거지 소녀

**THE BEGGAR MAID**
by Alice Munro

Copyright ⓒ Alice Munro, 1977, 1978
Korean Translation Copyright ⓒ MUNHAKDONGNE Publishing Corp., 2019

This Korean edition is published by arrangement with William Morris Endeavor
Entertainment, LLC, through Imprima Korea Agency.
All Rights Reserved.

이 책의 한국어판 저작권은 Imprima Korea Agency를 통해
William Morris Endeavor Entertainment, LLC,와 독점 계약한 (주)문학동네에 있습니다.
저작권법에 의해 한국 내에서 보호를 받는 저작물이므로
무단 전재 및 무단 복제를 금합니다.

이 도서의 국립중앙도서관 출판예정도서목록(CIP)은
서지정보유통지원시스템 홈페이지(http://seoji.nl.go.kr)와
국가자료종합목록 구축시스템(http://kolis-net.nl.go.kr)에서 이용하실 수 있습니다.
(CIP제어번호: CIP2019003834)

세계문학전집
1 7 6

Alice Munro : The Beggar Maid

# 거지 소녀

## 앨리스 먼로 소설

민은영 옮김

문학동네

일러두기

1. 번역 대본으로는 *The Beggar Maid*(Alice Munro, Vintage, 1991)를 사용했다.
2. 주석은 모두 옮긴이주다.
3. 본문 중 고딕체는 원서에서 이탤릭체나 대문자로 강조한 부분이다.

G. Fn.에게

# 차례

장엄한 매질

장엄한 매질Royal Beating. 플로가 한 장담이었다. 장엄한 매질을 한 번 당하게 될 거다.

'장엄'이라는 말이 플로의 혀 위를 구르며 요란하게 과장되었다. 로즈는 무엇이든 머리에 그려보고 말이 안 되는 것들은 꼬치꼬치 따져봐야 직성이 풀렸는데, 그런 욕구는 말썽을 피하려는 욕구보다 훨씬 강했다. 그래서 그녀는 위협을 마음에 새기는 대신 생각에 잠겼다. 어떻게 매질이 장엄할 수 있지? 그녀는 가로수가 심어진 대로와 의전 관중, 백마와 흑인 노예를 떠올렸다. 누군가가 무릎을 꿇었고 피가 깃발처럼 튀어올랐다. 야만적이고도 화려한 행사. 실생활의 그들은 그런 위엄과는 거리가 멀었다. 사건이 벌어지면 불가피함과 회한의 분위기를 급조하려고 애쓰는 건 플로뿐이었고, 로즈와 아버지는 즉시 눈뜨고는 볼 수 없는 수준으로 넘어가버렸다.

로즈의 아버지는 장엄한 매질의 왕이었다. 플로가 하는 매질은 항상 대단찮아서, 다른 데 정신을 판 채 손바닥으로 툭 치거나 찰싹 때리는 정도에 지나지 않았다. 얼쩡거리지 말고 비켜, 그녀는 말하곤 했다. 네 일에나 신경써. 얼굴 펴지 못해?

그들은 온타리오주 핸래티에 있는 상점 뒤편에서 살았다. 가족은 네 명이었다. 로즈와 아버지, 플로, 로즈의 이복동생 브라이언. 상점은 원래 가정집이었는데, 로즈의 아버지와 어머니가 결혼했을 때 이 집을 사서 여기에 가구와 커버 수선점을 차렸다. 가구 커버를 가는 일은 로즈의 어머니가 할 수 있었다. 로즈는 양친에게서 손재주, 재료를 신속히 파악하는 능력, 최상의 수선 방법을 판단하는 안목 등을 물려받았을 법도 하지만, 실상은 그렇지 않았다. 그녀는 손이 둔했고 뭔가 망가지면 곧바로 쓸어 담아 내버리곤 했다.

로즈의 어머니는 죽고 없었다. 그날 오후, 어머니는 로즈의 아버지에게 말했다. "설명하기 힘든 어떤 느낌이 있어요. 삶은 달걀이 가슴속에 든 것 같아요. 껍질을 벗기지 않은 채로요." 어머니는 밤이 되기 전에 죽었다. 폐에 생긴 혈전 때문이었다. 당시 로즈는 바구니에 담긴 아기였으므로 당연히 아무것도 기억하지 못했다. 이 얘기는 플로에게서 들었는데, 플로는 분명 로즈의 아버지에게서 들었을 것이다. 얼마 지나지 않아 플로가 와서 바구니 속의 로즈를 떠맡고 그녀의 아버지와 결혼하고 앞쪽 거실을 개방해 식료품점을 열었다. 집이라면 상점이 된 후만을 알고 어머니라면 플로밖에 모르는 로즈는 자기 부모가 이곳에서 깔끔하고 훨씬 더 상냥하고 좀더 격식을 갖춘 채 약간의 풍요를 누리며 살았을 십육 개월 남짓한 시간을 돌아보았다. 그런 상상을 뒷받침해주는 것은 어머니가 샀다는 조그만 삶은 달걀용 컵 몇 개를 빼면 아무것도 없었다. 컵 표면에 붉은 잉크로 그린 듯한 섬세한 덩굴과 새의 문양은 닳아 없어지기 시작했다. 어머니와 관련해서는 책도 옷도 사진도 남아 있지 않았다. 아버지가 없앴을 테지만 플로가 그랬을 수도 있다. 플로가 로즈의 어머니에 대해 유일하게 해주는 이야기, 어머니가 죽던 날에 대한 이야기에서는 묘한 거리낌이 느껴졌다. 플로는 죽음의 세부적인 것에 대한 이야기를 좋아했다. 사람들이 죽을 때 하는 말, 몸부림치거나 침대에서 나오려고 하거나 욕하거나 웃는(정말로 웃는 사람이 있다) 행동 같은 것. 하지만 플로는 로즈의 어머니가 말한 가슴속 삶은 달걀 이야기를 어쩐지 바보 같은 비유처럼 들리게끔 전했다. 마치 정말로 로즈의 어머니가 달걀을 통째로 삼키는 게 가능하다고 생각하는 부류인 것처럼.

로즈의 아버지는 상점 뒤에 있는 헛간에서 가구를 수리하고 복원하는 일을 했다. 의자의 좌판과 등판을 등나무 줄기로 엮고, 고리버들 세공을 손보고, 갈라진 틈을 메우고, 떨어진 다리를 붙이는 그 모든 일을 그는 대단히 훌륭하고 솜씨 좋게, 그것도 싼값에 해냈다. 그것이 그의 자랑거리였다. 그토록 저렴한, 심지어 터무니없기까지 한 가격에 그토록 훌륭한 솜씨를 선보여 사람들을 놀라게 하는 것. 대공황 시기에는 아마도 사람들이 돈을 더 낼 수도 없었을 것이다. 하지만 그는 전쟁중이나 전후의 번영기를 지나 죽는 날까지 계속 그런 식으로 일했다. 그는 수리비로 얼마를 청구하는지, 외상은 얼마나 되는지에 대해 결코 플로와 얘기하지 않았다. 그가 죽었을 때 그녀는 헛간으로 가 잠긴 문을 열고, 그가 서류함 대용으로 쓰던 기분 나쁘게 생긴 커다란 갈고리들에서 온갖 종류의 종이쪽과 찢어진 봉투를 빼내야 했다. 그렇게 해서 그녀가 읽게 된 종이들 중 다수는 장부나 영수증이 아니라, 날씨의 기록이나 텃밭에 대한 단편적인 정보, 그가 마음이 동해 쓴 글이었다.

햇감자를 먹음, 6월 25일. 기록이다.
'암흑의 날', 1880년대. 초자연적인 것은 아님. 산불로 인해 재 구름 형성.
1938년 8월 16일. 초저녁에 거대한 뇌우. 번갯불이 터베리 타운십 장로교회 강타. 하느님의 뜻?
딸기 열처리로 산미 제거할 것.
만물은 살아 있다. 스피노자.

플로는 스피노자가 브로콜리나 가지처럼 그가 재배하려고 계획한 새로운 채소일 거라고 생각했다. 그는 자주 새로운 종을 시도해보곤 했다. 그녀는 종이쪽들을 로즈에게 보여주며 스피노자가 뭔지 아니, 하고 물었다. 로즈는 알았지만, 혹은 대략 감은 있었지만—당시 그녀는 십대였다—모른다고 대답했다. 그녀는 아버지에 대해서나 플로에 대해서나 뭐든 더 아는 것을 견디지 못하는 나이에 이르러 있었다. 무엇을 알게 되건 당혹감을 느끼고 진저리를 내며 고개를 돌렸다.
헛간에는 난로가 하나 있었고, 대충 만든 선반 여러 개 위에는 페인트와 바니시, 셸락*과 테레빈유가 든 깡통, 도료용 붓이 담긴 항아리, 그리고 까맣고 끈적끈적한 기침약 병 등이 가득 놓여 있었다. 전쟁중에(로즈가 아주 어릴 때 그냥 '전쟁'이라 불린 그것은 첫번째가 아니라 마지막 전쟁이었다) 독가스를 잠깐 들이마신 폐 때문에 끊임없이 기침에 시달리는 사람이 왜 평생을 페인트와 테레빈유 냄새를 맡으며 살아야 할까? 당시에는 그런 질문을 하는 사람들이 지금처럼 많지 않았다. 날씨가 따뜻하면 이웃의 노인들 몇 명이 플로의 가게 바깥에 놓인 벤치에 나와 앉아 뒷소문을 나누거나 졸곤 했는데, 이들 중 몇 명도 항상 기침을 했다. 사실 그들은 천천히, 눈에 띄지 않게 죽어가는 중이었다. 사람들이 특별히 억울해할 것도 없이 '주물공장 병'이라고 부르는 것 때문이었다. 평생을 타운에 있는 주물공장에서 일한 그들은 이제 수척해진 누런 얼굴로 가만히 앉아 기침을 하며 킬킬거리다가 지나가는 여자들이나 자전거를 탄 어린 소녀들을 보면서 목적 없는 막연한 음담패설을 주고받았다.

아버지가 일하는 헛간에서는 기침소리뿐만 아니라 말소리도 들렸다. 뭔가를 꾸짖거나 격려하며 중얼거리는 말이 개별 단어를 알아듣기엔 약간 모자란 크기로 끊임없이 흘러나왔다. 까다로운 물건을 고치고 있을 때는 중얼거림이 좀더 느려졌고 좀 덜 어려운 일, 가령 사포질이나 페인트칠 같은 걸 하고 있을 때는 경쾌하게 속도를 냈다. 이따금 어떤 단어들이 새어나와 또렷하고 의미 없이 허공에 떠 있기도 했다. 그가 밖에 다른 식구가 있음을 깨달을 때면 신속한 은폐용 기침소리와 침 삼키는 소리가 났고 주위를 경계하는 심상찮은 침묵이 흘렀다.

"마카로니, 페퍼로니, 보티첼리, 콩……"

---

* 랙깍지진디의 분비물을 정제해 만든 가구용 광택제.

저건 무슨 의미일까? 로즈는 혼자서 그 단어들을 되뇌어보곤 했다. 아버지에게 물어볼 수는 없었다. 저런 말을 내뱉는 사람과 아버지로서 그녀에게 말을 건네는 사람은 비록 같은 공간을 차지하는 것처럼 보여도 같은 사람이 아니었다. 거기 없는 것으로 되어 있는 사람을 아는 척하는 것은 천박한 행동일 것이다. 용서받을 수 없을 것이다. 그러거나 말거나 그녀는 주변을 얼쩡거리며 귀를 기울였다.

구름 위로 높이 솟은 탑들, 언젠가 그녀는 아버지가 그렇게 말하는 것을 들었다.

"구름 위로 높이 솟은 탑들, 수려한 궁전들."*

어떤 손이 로즈의 가슴을 탁 치는 것 같았다. 아프게 하는 것이 아니라 놀라게, 숨을 탁 멎게 하는 손. 그럴 때면 그녀는 달려야 했다. 다른 곳으로 피해야 했다. 그만큼 들은 걸로 충분하다는 것을 알았다. 게다가 아버지에게 잡히면 어쩔 텐가? 끔찍할 것이다.

그건 욕실 소음과도 같았다. 플로는 돈을 모아 집에 욕실을 들였는데, 욕실 자리로 가능한 공간이 부엌 한쪽 구석밖에 없었다. 문은 잘 맞지 않았고 벽이라고 해봐야 홑겹 널빤지에 불과했다. 그리하여 부엌에서 일하거나 얘기하거나 식사를 하는 사람들은 욕실 안에서 화장지를 뜯는 소리, 궁둥이를 들썩이는 소리까지 다 들을 수 있었다. 그들은 모두 저마다의 아랫도리가 내는 목소리에 익숙해졌다. 폭발적인 순간뿐만 아니라 은밀한 한숨이나 으르렁거림이나 애원이나 단순한 진술까지도. 그들은 모두 내숭이 대단한 사람들이었다. 그래서 아무 소

---

* 셰익스피어의 『템페스트』 4막 1장에서 프로스페로의 대사.

리도 들리지 않는 것처럼, 혹은 듣고 있지 않는 것처럼 행동했고, 그에 대해 입에 올리는 사람도 없었다. 욕실 안에서 그런 소음을 내는 사람과 그곳에서 걸어나온 사람은 서로 관련이 없었다.

그들은 타운의 가난한 지역에서 살았다. 핸래티와 웨스트핸래티가 있고 그 사이로 흐르는 강이 있었다. 이곳은 웨스트핸래티였다. 핸래티의 사회구조는 상층부의 의사, 치과의사, 변호사에서 시작해 주물공장 노동자, 일반 공장 노동자, 짐마차꾼으로 내려가는데, 웨스트핸래티에서는 일반 공장 노동자와 주물공장 노동자에서 시작해 버는 대로 다 써버리는 비정규 밀주업자의 대가족, 창녀, 허탕만 치는 도둑으로 내려갔다. 로즈는 자기 가족은 강가에 있어서 양쪽 어디에도 속하지 않는다고 생각했지만, 그건 사실이 아니었다. 그들의 상점, 그리고 그들 자신이 속한 곳은 웨스트핸래티였다. 중앙로가 흐지부지 끝나는 부분에 자리한 상점의 길 건너에는 전쟁이 시작될 무렵 폐업한 대장간과 과거 언젠가 역시 상점이었던 집이 한 채 있었다. 전면 창문에 붙은 '샐러다 찻집' 간판을 떼지 않은 상태였다. 이제는 안에서 샐러다 차를 팔지 않았지만 간판만은 여전히 도도하고 흥미로운 장식으로 남아 있었다. 인도가 아주 조금 있긴 했지만 지면이 심하게 갈라지고 경사가 심했다. 롤러스케이트 타는 것이 소원이었던 로즈는 체크무늬 치마를 입은 세련된 모습으로 민첩하게 쌩 달려가는 자신의 모습을 자주 그려보았으나, 그곳은 롤러스케이트를 타기에 적절한 곳이 아니었다. 가로등이 딱 하나, 양철로 만든 꽃처럼 서 있었다. 그러다 편의시설들이 사라졌고, 흙길과 곳곳의 웅덩이들, 앞마당의 쓰레기와 이상하게 생긴 집들이 남았다. 완전한 폐허가 되는 것을 막기 위한 시도들이 그 집들을 오히려 이상하게 보이게 만들었다. 어느 곳에서는 그런 시도조차 없었다. 부서지고 기우뚱한 잿빛 집들이 덤불이 자란 구덩이와 개구리 연못, 부들과 쐐기풀로 이루어진 풍경 속으로 쓰러져갔다. 하지만 다른 집들 대부분은 타르를 입힌 종이와 새 지붕널 몇 장, 양철판, 망치로 직접 두들겨 만든 난로 연통, 심지어 판지를 써서라도 얼기설기 수선되었다. 이는 물론 전쟁이 터지기 전이었다. 훗날 전설적 빈곤으로 기억될 그 시기에 대해 로즈는 대체로 비루한 것들을 기억했다―위협적인 개미총과 나무 계단들, 그리고 희붐하고 흥미롭고 문제투성이로 보이는 세상.

　처음에는 플로와 로즈 사이에 긴 휴전이 있었다. 로즈의 성정은 뾰족한 껍질에 싸인 파인애플처럼 자라났으나 그 변화는 느리고 은밀했다. 단단한 자존심과 회의주의가 서로 겹쳐지면서 로즈 자신에게조차 놀라운 무언가가 만들어지고 있었다. 로즈가 학교에 갈 나이가 되기 전에, 그리고 브라이언이 아직 유모차에 누워 있을 때, 세 사람은 상점에서 함께 지냈다―플로는 계산대 뒤의 높은 스툴에 앉아 있었고 브라이언은 창가에서 잠들어 있었고 로즈는 마룻장이 넓고 삐걱거리는 바닥에 무릎을 꿇거나 엎드린 채 포장지로 쓰기에는 너무 찢어졌거나 모양이 들쭉날쭉한 갈색 종이에 크레용으로 그림을 그렸다.
　식료품점에 오는 사람들은 대부분 근처 주택에 사는 사람들이었다. 시골 사람들이 시내에 나갔다가 귀가하는 길에 들르는 경우도 있었고, 핸래티에 사는 몇몇 사람들이 걸어서 다리를 건너 식료품점까지 오기도 했다. 어떤 사람들은 항상 중앙로에서 어슬렁거리며 여러 상점을 드나들었는데, 마치 스스로를 전시할 의무와 어딜 가나 환영받을 권리를 지닌 양 행동했다. 예를 들면, 베키 타이드처럼.

베키 타이드는 플로의 계산대 위에 올라앉아, 바삭거리는 잼 쿠키가 담긴 뚜껑 없는 깡통 옆에 자리를 잡았다.

"이거 맛있어요?" 그녀는 플로에게 그렇게 말하며 대담하게 하나를 집어먹었다. "언제쯤 우리에게 일자리를 줄 거예요, 플로?"

"푸줏간에서 일해도 되잖아요," 플로가 순진하게 말했다. "남동생 가게에 가서 일해요."

"로버타 말이에요?" 베키는 연극조로 치를 떨며 말했다. "내가 그 인간 밑에서 일할 것 같아요?" 푸줏간을 운영하는 그녀의 남동생은 이름이 로버트였지만 유순하고 과민한 성격 때문에 로버타라는 여자 이름으로 불릴 때가 많았다. 베키 타이드는 웃었다. 그녀의 웃음소리는 정면으로 돌진하는 기관차처럼 크고 시끄러웠다.

그녀는 머리가 크고 목소리가 요란한 난쟁이였다. 마스코트 같은 무성無性의 걸음걸이로 활보하고 빨간색 벨벳으로 된 탬*을 썼으며 틀어진 목 때문에 머리가 한쪽으로 기울어져 항상 위를 향한 시선으로 곁눈질을 해야 했다. 그녀는 광택이 나는 조그만 하이힐, 진짜 숙녀화를 신었다. 로즈는 그녀의 구두를 빤히 쳐다보았다. 그 외의 부분, 그녀의 웃음과 목이 무서워서였다. 로즈는 베키 타이드가 어렸을 때 소아마비를 앓았으며 그로 인해 목이 틀어지고 키가 자라지 않았다는 것을 플로에게 들어 알고 있었다. 베키가 처음에는 달랐다는 것을, 정상이었

---

* 스코틀랜드 남성용 모자인 탬 오섄터에서 디자인을 따온 여성용 모자.

던 적이 있었다는 것을 믿기는 쉽지 않았다. 플로는 베키가 머리에 이상이 있는 건 아니라고, 뇌도 다른 사람들만큼 다 있다고, 하지만 자신이 무슨 짓을 해도 사람들이 봐주리라는 것을 알고 있다고 말했다.

"내가 예전에 이 근처 살았던 거 알지?" 베키가 로즈를 발견하고 말했다. "얘! 이름이 생각 안 나는 꼬마! 나 예전에 여기에서 살았잖아. 안 그래요, 플로?"

"그랬다면 내가 여기 오기 전이었겠죠." 플로는 아무것도 모르는 척 그렇게 말했다.

"동네가 이렇게 망가지기 전이었죠. 이렇게 말해서 미안해요. 우리 아버지가 이 근처에 집을 지었어요. 도살장도 지었고, 과수원도 반 에이커 정도 있었죠."

"그래요?" 플로는 남들 비위를 맞출 때 내는 목소리로 말했다. 꾸며낸 싹싹함에 심지어 겸양까지 가득 담아서. "그럼 도대체 왜 다른 데로 이사를 간 거죠?"

"말했잖아요, 동네가 너무 망가져서 그랬다고." 베키가 말했다. 그녀는 마음이 내키면 쿠키 하나를 통째로 입에 넣고 양볼이 개구리처럼 불룩해지도록 우물거렸다. 그녀는 더이상은 말하지 않았다.

그래도 플로는 알았다. 누가 모르겠는가. 모두가 붉은 벽돌과 밖으로 돌출한 베란다가 있는 그 집을 알았다. 원래 과수원이었던 곳에는 잡동사니가 넘쳐났다—카시트, 세탁기, 침대 스프링, 쓰레기. 그런 일이 벌어진 곳인데도 그 집은 전혀 불길한 느낌을 풍기지 않았다. 사방이 온통 파괴와 혼돈으로 가득했기 때문이다.

베키의 아버지는 그녀의 남동생과는 다른 종류의 푸주한이었다고 플로는 말했다. 성미가 고약한 영국인. 입담의 측면에서 보자면 베키와도 달랐다. 그의 입은 열리는 법이 없었다. 구두쇠에다 가정의 폭군이었다. 베키가 소아마비에 걸린 이후로는 딸을 학교에도 보내지 않았다. 베키가 밖에 있는 모습은 거의 눈에 띄지 않았고 마당을 벗어나는 일은 결코 없었다. 그는 사람들이 고소해하는 꼴을 보고 싶지 않았다. 그것이 베키가 법정에서 한 말이었다. 당시에 그녀의 어머니는 죽고 언니들은 출가한 상태였다. 집에 남은 것은 베키와 로버트뿐이었다. 사람들은 길에서 로버트를 불러 세우고 물었다. "네 누이는 지금 어떻게 지내니, 로버트? 지금은 다 좋아진 거니?"

"네."

"베키가 집안일도 하니? 저녁도 차려줘?"

"네."

"아버지는 베키에게 잘해주니, 로버트?"

아버지가 남매를 때린다는 소문이 있었다. 그가 모든 자식들을 때렸고 아내도 때렸으며 이제는 장애가 있다는 이유로 베키를 더욱 많이 때린다고 했는데, 그 장애 또한 아버지가 초래한 것이라고 믿는 사람들도 있었다(사람들은 소아마비에 대해 잘 몰랐다). 소문은 돌고 돌면서 점점 불어났다. 베키를 밖에 내보내지 않는 것은 아이를 가져서라고, 그리고 그녀의 아버지가 아이의 아버지라고 수군거렸다. 그다음에는 아이가 태어나 처리되었다고 말했다.

"뭐라고요?"

"처리되었다고." 플로가 말했다. "사람들은 이렇게 말하곤 했지. 타이드 푸줏간에 가서 새끼 양 갈빗살을 사, 엄청 부드러울 거야! 아마 모두 거짓말이었을 거야." 플로는 후회스러운 투로 말했다.

로즈는 플로의 목소리에서 후회나 경고의 분위기를 느끼면 딴짓을 하다가도—가령, 바람이 낡고 찢어진 차양을 따라 바르르 떨며 지나가다 찢어진 부분에 걸리는 모습을 바라보다가도—정신을 번쩍 차렸다. 플로는 이야기를 하다가—이것이 그녀가 아는 유일한 이야기도, 가장 끔찍한 이야기도 아닌데—생각에 잠긴 부드러운 표정으로 고개를 숙여 듣는 사람을 감질나게 하고 경계하게 했다.

"네게 이런 얘길 하는 게 아닌데."

그러고도 이야기는 이어졌다.

마차 대여소 주변에서 어울려 다니던 한심한 젊은이 셋이 규합하여—혹은 타운의 세력 있는 명망가들에 의해 규합되어—공공도덕 수호를 위해 말채찍을 휘둘러 타이드 노인을 징벌할 준비를 했다. 그들은 얼굴을 검게 칠했다. 각각에게 채찍과 함께 배짱을 심어줄 위스키가 일 쿼트씩 지급되었다. 그들은 경마 기수이자 술꾼인 젤리 스미스, 야구선수이자 차력사인 밥 템플, 시내에서 짐마차를 끄는 해트 네틀턴이었다. 해트라는 별명이 붙은 것은 그가 희극적 효과만큼이나 허영심 충족을 위해 쓰고 다니는 중산모 때문이었다. 사실 그는 아직도 시내에서 짐마차꾼으로 일했다. 모자는 버렸지만 이름은 버리지 않았고, 사람들 앞에 자주—베키 타이드만큼이나 자주—나타나 얼굴과 팔에 검댕을 뒤집어쓰고 석탄자루를 배달하는 모습을 보여주었다. 그런 모습이 그의 과거 이야기를 상기시킬 법도 했지만, 실상은 그렇지 않았다. 과거, 즉 플로의 이야기에 나오는 수상쩍고 멜로드라마 같은 과거는 현재와 크게 동떨어진 느낌이었다. 적어도 로즈에게는 그랬다. 현재의 사람들을 과거에 끼워맞출 수가 없었다. 베키만 보더라도, 속없고 심술궂은 지역의 기인이자 대중의 애완동물 같은 그 여자는 푸주한의 포로, 불구가 된 딸, 말 못하고 매 맞고 애를 밴, 창가를 휙 지나가는 흰 그림자와는 결코 겹쳐지지 않았다. 그녀의 집과 마찬가지로, 그저 형식적인 연상만이 가능할 뿐이었다.

채찍질을 할 준비가 된 젊은이들은 모두가 잠든 늦은 시간에 타이드의 집 앞에 나타났다. 그들은 총을 가져갔지만 마당에 총질을 하며 탄약을 모두 써버렸다. 그들은 요란하게 푸주한을 부르며 문을 두드리다 급기야 부숴버렸다. 돈이 목적이라고 결론을 내린 타이드는 지폐 몇 장을 손수건에 싸서 베키에게 들려 내려보냈다. 목이 비틀린 작은 소녀, 그 난쟁이를 보고 남자들이 안쓰러워하거나 겁을 먹으리라 생각해서였을 것이다. 하지만 그것만으로는 충분치 않았다. 그들은 위층으로 올라가, 잠옷 차림으로 침대 밑에 숨어 있는 푸주한을 끌어냈다. 그리고 밖으로 끌고 나가 눈 속에 세워두었다. 기온이 영하 4도였다는 사실이 추후 법정에서 언급되었다. 남자들은 모의재판을 할 셈이었지만 어떻게 하는 건지 기억나지 않았다. 그래서 그들은 노인을 때리기 시작했고 그가 쓰러질 때까지 계속 때렸다. 그들은 그에게 푸줏간의 고기나 다를 바 없는 놈! 하고 소리지르며 노인의 잠옷과 쓰러진 자리의 눈이 붉게 물들 때까지 계속 때렸다. 그의 아들 로버트는 법정에서 자신은 폭행 장면을 보지 못했다고 말했다. 베키는 로버트가 처음에는 봤지만 도중에 도망쳐 숨었다고 말했다. 그녀 자신은 처음부터 끝까지 지켜보았다. 그녀는 마침내 남자들이 떠나고 아버지가 피를 흘리며 눈밭을 느릿느릿 걸어 베란다 계단을 오르는 모습을 지켜보았다. 아버지에게 달려가 부축을 하거나 문을 열고 기다리지는 않았다. 왜 안 그랬나? 하고 법정에서 심문을 받자 그녀는 나가지 않은 것은 잠옷 차림이라 그런 것이고, 문을 열고 기다리지 않은 것은 집안으로 찬 공기가 들어오는 게 싫어서 그랬다고 대답했다.

어느 순간 타이드 노인은 기력을 회복한 것 같았다. 그는 로버트를 내보내 말에 마구를 채우게 했고 베키에게는 목욕물을 데우라고 했다. 그는 옷을 차려입고 가진 돈을 모두 챙긴 다음 자식들에게 일언반구도 없이 경마차에 올라타 벨그레이브로 갔다. 그곳에서 말을 추위 속에 매어둔 채 토론토행 새벽 기차를 탔다. 기차 안에서는 술 취한 사람처럼 신음하고 욕을 하는 이상행동을 보였다. 다음날 그는 토론토의 거리에서 열에 들떠 정신을 잃은 상태로 발견되어 병원으로 옮겨진 후 그곳에서 죽었다. 돈은 모두 수중에 있었다. 사인은 폐렴이라고 했다.

하지만 당국에 소문이 흘러들어갔어, 플로가 말했다. 사건이 법정으로 갔다. 일을 벌인 세 남자는 모두 장기 징역형을 선고받았다. 한 편의 소극이지, 플로가 말했다. 일 년 안에 그들은 모두 풀려났고, 모두 사면받았으며, 일자리가 그들을 기다리고 있었다. 왜 그랬을까? 높으신 분들이 너무 많이 연루되어 있었기 때문이다. 그리고 베키와 로버트는 정의 실현을 목도할 의지가 별로 없는 것 같았다. 남겨진 재산은 넉넉했다. 그들은 핸래티에 집을 샀다. 로버트는 푸줏간으로 들어갔고, 긴 은둔을 마친 베키는 사교와 자기 전시의 이력을 시작했다.

그게 전부다. 플로는 신물이 난다는 듯 이야기를 끝맺었다. 누구에게도 좋은 본보기가 될 것 없는 얘기다.

"세상에!" 플로가 말했다.

그때 플로는 분명 삼십대 초반이었다. 젊은 여자. 그런데 차림새는 오십대, 혹은 육십대, 혹은 칠십대 같았다. 무늬가 날염되고 목과 소매와 허리 부분이 헐렁한 실내복 원피스 위에 역시 날염 무늬가 있는 긴 앞치마를 입고 있다가 부엌에서 가게로 나갈 때는 앞치마를 벗었다. 그 시절, 가난하지만 찢어지게 가난하지는 않은 여자들의 일상적인 옷차림이었다. 이는 또한 어떤 면에서 경멸을 나타내는 의도적인 선택이기도 했다. 플로는 바지를 경멸했고, 유행을 따르는 옷차림을 경멸했고, 립스틱과 파마를 경멸했다. 그녀는 검은 머리를 귀 뒤로 겨우 넘길 수 있을 정도의 길이로 반듯하게 잘랐다. 키는 컸지만 골격은 가늘어서 손목도 얇고 어깨도 좁고 머리가 작았으며, 흰 피부에 주근깨가 박힌 얼굴은 표정 변화가 심했고 어딘가 원숭이 같은 데가 있었다. 스스로 가치 있다고 느꼈다면, 그리고 충분한 자원이 있었다면, 그녀는 검은 머리와 흰 피부의 대조가 뚜렷하며 섬세하고 잘 가꾼 느낌이 드는 예쁘장한 외모를 갖출 수도 있었을 것이다. 로즈는 훗날 그것을 깨달았다. 하지만 그런 일이 가능하려면 플로가 완전히 다른 사람이었어야 했다. 자신에게나 남에게 얼굴을 찌푸리고 싶은 충동을 물리칠 방법을 배웠어야 했다.

　　로즈에게 플로에 대한 가장 이른 기억은 남다른 부드러움과 딱딱함에 관한 것들이었다. 부드러운 머리칼, 길고 부드럽고 창백한 볼, 귀 앞쪽과 입술 위쪽에 보일락 말락 하는 부드러운 솜털. 뾰족한 무릎, 딱딱한 허벅지, 납작한 상체.

　　플로가 이렇게 노래할 때,

오 담배가 열린 나무에서 벌이 윙윙거리고
탄산음료가 나오는 분수에서는……*

로즈는 아버지와 결혼하기 전의 플로를 생각했다. 유니언역에 있는 커피숍에서 웨이트리스로 일하며 여자 친구 메이비스, 아이린과 함께 센터섬으로 놀러가고, 컴컴한 거리에서 남자들에게 뒤를 밟히고, 공중전화와 엘리베이터의 작동법을 아는 플로. 로즈는 플로의 목소리에서 도시의 위험하고 무모한 삶, 껌을 씹으며 날카롭게 대꾸하는 말투를 읽었다.
그리고 또 이렇게 노래할 때는,

그러자 그녀는 천천히, 천천히 일어났어요
그리고 천천히 그에게로 다가갔죠
그리고 그녀가 한 유일한 말은,
젊은이, 그대는 곧 죽겠군요!**

그보다도 전에, 더 이른 시기에 플로가 살았을 것 같은 삶을 생각했다. 혼잡하고 전설적인 삶, 바버라 앨런과 베키 타이드의 아버지가 등장하고 온갖 흉포함과 설움이 한데 뒤섞인 삶을 생각했다.

---

* 1928년 해리 매클린톡이 발표한 노래 〈커다란 바위 사탕 산*Big Rock Candy Mountain*〉의 일부로, 떠돌이 부랑자가 떠올리는 천국을 묘사했다.
** 스코틀랜드의 구전 민요 〈바버라 앨런*Barbara Allen*〉의 일부로 엇갈린 연인의 비극을 노래했다.

장엄한 매질. 그것을 촉발한 것은 무엇이었나?

토요일을 떠올려보자. 봄이다. 초록 이파리는 아직 나오지 않았지만 열린 문으로 햇살이 들어온다. 까마귀들. 배수로에 물이 넘실거리며 흐른다. 희망을 품은 날씨. 토요일이면 플로는 가게를 로즈에게 맡기고—이제 몇 년이 더 흘러 로즈가 아홉, 열, 열하나, 열두 살쯤이던 시절이다—다리를 건너 핸래티로 가서(사람들은 이를 '윗마을에 간다'고 표현했다) 장을 보고 사람들을 만나 그들의 얘기를 듣곤 했다. 플로가 귀담아듣는 말을 하는 사람들은 변호사 데이비스의 부인, 성공회 신부 헨리스미스의 부인, 수의사 매케이의 부인이었다. 플로는 집에 오면 그들의 경박한 목소리를 흉내내곤 했다. 그들이 괴물처럼 느껴지게 만들었다. 어리석음, 과시, 자화자찬의 괴물.

쇼핑을 마치면 그녀는 퀸스호텔 커피숍에 들어가 아이스크림선디를 먹었다. 무슨 종류? 플로가 집에 돌아왔을 때 로즈와 브라이언은 그것을 알고 싶어했다. 기껏해야 파인애플이나 버터스카치였다고 하면 실망했고, '틴 루프'나 '블랙 앤드 화이트'였다고 하면 좋아했다. 그러고 나서 플로는 담배를 피웠다. 사람들 앞에서 담배를 말지 않아도 되도록 미리 말아서 가지고 다니는 담배가 있었다. 흡연은 플로가 다른 사람이 했다면 허세라고 비난했을 거면서 자기도 하는 유일한 행동이었다. 토론토에서 일하던 시절에 남은 습관이었다. 문제를 일으키는 행동이라는 사실은 본인도 알았다. 언젠가는 퀸스호텔에서 성냥을 꺼내고 있는데 가톨릭 신부가 다가와 자기 라이터를 들이댔다. 그녀는 고맙다고 말했지만 신부가 개종을 시도할까봐 대화를 시작하지는 않왔다.

또 언젠가 플로는 집에 오는 길에 시내 쪽 다리 끝부분에서 파란 재킷을 입은 소년이 물을 바라보고 있는 모습을 보았다. 열여덟, 열아홉 정도. 그녀가 모르는 사람. 바짝 마르고 허약해 보이는 소년이었는데 뭔가 문제가 있다는 것을 한눈에 알 수 있었다. 뛰어내릴 생각일까? 그녀가 옆으로 다가갔을 때 그가 한 행동은 바로 이런 것, 그러니까 돌아서서 재킷을 열어젖히고 바지 지퍼를 내린 채 제 몸을 보여준 것이다. 추위 속에서 그애는 얼마나 힘들었을까, 플로는 코트 깃을 세워 목을 단단히 감싸야 했던 날씨에.

그애가 손에 쥔 것을 처음 보았을 때, 플로가 말했다, 머리에 떠오른 단 한 가지 생각은, 저 녀석은 지금 볼로냐소시지를 가지고 여기서 뭘 하는 거지?

플로라면 그렇게 말할 수 있었다. 사실을 말한 것일 뿐 농담을 하는 건 아니었다. 그녀는 음담패설을 경멸한다고 주장했다. 가게 밖으로 나가 앞쪽에 앉아 있는 노인들에게 소리를 지르기도 했다.

"거기 계속 앉아 계실 생각이면 입 좀 깨끗이 놀리세요!"

자, 이제 토요일. 어쩐 일인지 플로는 윗마을에 가지 않고 집에 남아 부엌바닥을 닦기로 마음먹었다. 어쩌면 그래서 기분이 나빠졌을지도 모른다. 어쩌면 애초에 기분이 나빴을 수도 있다. 외상값을 갚지 않는 사람들 때문일 수도 있고 봄이라 마음이 싱숭생숭해서 그랬을 수도 있다. 로즈와의 언쟁은 이미 시작되어 영원처럼 계속되고 있었다. 마치 어떤 꿈이 뒤로 계속 거슬러올라가 고개를 넘고 문을 지나 다른 꿈들로 이어지는 것처럼, 미치도록 흐릿하고 복작거리고 익숙하고 포착이 힘든 상태. 그들은 바닥을 닦기 위한 준비 작업으로 의자들을 모두 밖으로 들어내고 있고, 가게에서 팔기 위해 부엌에 비축해놓은 재고 상품도 옮겨야 한다. 통조림 상자, 큰 깡통에 든 메이플시럽, 등유 통, 식초병 등등. 그들은 이 물건들을 장작 헛간으로 가져간다. 이제 다섯 살이나 여섯 살쯤 된 브라이언은 큰 깡통들을 끌어내며 돕고 있다.

"그래," 플로가 샛길로 빠졌던 언쟁의 시작점으로 우리를 되돌려놓으며 말한다. "그래, 네가 브라이언에게 가르친 그 더러운 말."

"무슨 더러운 말이요?"

"아무것도 모르는 애한테."

부엌에서 장작 헛간으로 내려가는 한 단짜리 계단 위에는 하도 닳아서 로즈는 무늬를 본 기억조차 나지 않는 카펫 한 조각이 깔려 있다. 브라이언이 깡통을 끌다가 카펫을 울게 만든다.

"밴쿠버 둘을," 로즈가 나직하게 읊조린다.

플로는 부엌으로 돌아와 있다. 브라이언이 플로를 쳐다보다 로즈에게로 눈을 돌리는데, 로즈는 부추기듯 노래하는 목소리로 약간 더 크게 다시 말한다. "밴쿠버 둘을……"

"콧물에 튀겼네!" 브라이언이 더이상 참지 못하고 뒤를 잇는다.

"소금에 절인 잡놈 둘을……"

"……밧줄로 묶었네!"

바로 이것이다. 더러운 말.


밴쿠버 둘을 콧물에 튀겼네!
소금에 절인 잡놈 둘을 밧줄로 묶었네!

로즈는 그 구절을 학교에 처음 갔을 때 배운 뒤로 오랫동안 알고 있었다. 그녀는 집에 돌아와 플로에게 물었다. 밴쿠버가 뭐예요?

"도시야. 아주 멀리 있지."

"도시 말고 다른 뜻은 없어요?"

다른 뜻이라니, 무슨 말이냐, 하고 플로가 말했다. 그걸 어떻게 튀겨요, 로즈는 그렇게 말하며 위험한 순간으로 바짝 다가가고 있었다. 통쾌한 순간, 그 구절을 통째로 말하게 되는 순간.

"밴쿠버 둘을 콧물에 튀겼네!/ 소금에 절인 잡놈 둘을 밧줄로 묶었네!"

"혼날 줄 알아!" 예상대로 플로가 격분해서 소리쳤다. "그딴 소리한 번만 더 입에 올렸다가는 제대로 얻어터질 줄 알아!"

로즈는 참을 수가 없었다. 부드럽게 흥얼거리기도 했고, 무해한 말들은 또렷이 발음하면서 안 그런 말들은 흥얼거림으로 얼버무리기도 했다. 콧물이나 잡놈 같은 말만 짜릿했던 건 아니었다. 물론 그것들도 짜릿하긴 했지만. 소금에 절인다거나 밧줄로 묶는다는 말도, 그리고 상상이 되지 않는 밴쿠버라는 말도 다 마찬가지였다. 프라이팬 위에서 움찔대는 문어 같은 모습이 머릿속에 그려졌다. 와해되는 이성. 불꽃처럼 튀는 광기.

로즈는 근래에 그것을 다시 떠올리고는 브라이언에게도 가르쳐주면서 같은 효과가 있는지 살펴보았다. 물론 효과가 있었다.

"야, 다 들었다!" 플로가 말한다. "그거 들었어! 너 혼날 줄 알아!"

그렇게 플로는 경고한다. 브라이언은 경고를 새겨듣는다. 장작 헛간 문 밖으로 달려나가 저 하고 싶은 일을 한다. 남자아이라 돕거나 돕지 않을 자유, 관여하거나 관여하지 않을 자유가 있다. 집안의 갈등에 얽매이지 않는다. 어쨌거나 두 여자도 서로를 공격하느라 이용할 때만 그애가 필요한 터라, 아이가 가는지 어쩌는지도 모른다. 그들은 실랑이를 계속한다. 계속하지 않을 도리가 없다. 서로를 내버려두지 못한다. 포기한 것처럼 보일 때도 사실은 그냥 기다리고 있거나 화를 차곡차곡 쌓고 있을 뿐이다.

플로가 바닥을 닦기 위해 양동이와 솔과 걸레, 무릎에 받칠 더러운 빨간색 고무 깔개를 꺼낸다. 그리고 바닥을 닦기 시작한다. 로즈는 유일하게 앉을 수 있는 곳인 식탁 위에 앉아 다리를 흔든다. 반바지를 입고 있어서 차가운 유포의 감촉이 그대로 전해진다. 작년 여름에 입던 꽉 끼는 빛바랜 반바지를 여름옷 가방을 헤치고서 찾아낸 것이다. 겨울 동안 넣어둔 반바지에서는 곰팡이 냄새가 살짝 난다.

플로는 바닥을 기어다니며 솔로 문지르고 걸레로 닦아낸다. 그녀의 다리는 길고 하얗고 근육질이며, 누가 지워지지 않는 연필로 강줄기를 그려넣은 것처럼 사방에 푸른 실핏줄이 비친다. 솔이 리놀륨 바닥을 씹어대는 소리, 걸레가 쓰윽쓰윽 지나가는 소리가 비정상적인 에너지, 맹렬한 혐오를 표현한다.

두 사람은 서로에게 무슨 할말이 있을까? 사실 그것은 중요하지 않다. 플로는 로즈의 시건방진 행동, 무례함, 지저분함, 자만심에 대해 이야기한다. 다른 사람을 괜히 고생시키려 들고 고마워할 줄 모른다고. 그녀는 브라이언의 순진무구함과 로즈의 되바라짐을 입에 올린다. 오, 넌 네가 대단한 사람이라도 되는 줄 알지, 플로가 말한다. 그리고 잠시 뒤에는 이렇게 말한다. 넌 도대체 네가 뭐라고 생각하니? 로즈는 사악할 정도로 이성적이고 유순한 태도로 반박하고 부정하며 극적인 무심함을 과시한다. 플로는 보통 때의 멸시어린 냉정을 잃고 역시나 놀랍도록 극적으로 변해, 자신이 로즈를 위해 인생을 바쳤다고 말한다. 어린 딸을 데리고 쩔쩔매는 로즈의 아버지를 보며 그녀는 생각했다. 저 남자는 이제 어떡하지? 그래서 그와 결혼했는데, 결국 여기 이렇게 바닥에 엎드려 있는 것이다.

바로 그 순간 종이 울리며 식료품점에 손님이 왔음을 알린다. 싸움이 진행중이므로 로즈가 가게로 나가 누군지 모를 손님을 응대하는 것은 용납되지 않는다. 플로가 바닥에서 일어나 앞치마를 풀어 던지고 신음소리를 내며—하지만 소통을 위한 것은 아니어서, 로즈가 같은 방식으로 분노를 표현해서는 안 된다—밖으로 나가 손님을 맞이한다. 로즈는 플로가 평소와 같은 목소리로 말하는 것을 듣는다.

"딱 적절한 시기네요! 확실해요!"

되돌아와 앞치마를 맨 플로는 언쟁을 재개할 준비가 되어 있다.

"넌 오로지 네 생각만 하지! 내가 하는 일들은 생각하지도 않아."

"난 뭘 해달라고 한 적 없어요. 차라리 아무것도 하지 말지 그랬어요. 그러면 내가 훨씬 더 편했을 텐데."

로즈는 플로를 똑바로 쳐다보고 미소를 지으며 그렇게 말한다. 아직 바닥에 엎드리지 않은 플로는 그 미소를 보고 양동이 한쪽에 걸려 있던 걸레를 집어들어 로즈를 향해 던진다. 얼굴에 던질 생각이었겠지만 걸레는 다리에 맞아 아래로 미끄러지고, 로즈는 발을 들어 걸레를 발목으로 잡아 느긋하게 흔든다.

"좋아." 플로가 말한다. "이번엔 끝장이다. 좋아."

로즈는 플로가 장작 헛간 문으로 가는 모습을 지켜보고, 헛간을 터 벅터벅 가로질러 본채 입구로 걸어가 잠시 멈추는 소리를 듣는다. 본 채 입구에는 아직 방충망을 달지 않았고 덧문만 벽돌을 괴어 열어둔 상태다. 그녀는 로즈의 아버지를 부른다. 경고를 담아 호출하는 목소 리로 그를 부른다. 자신이 본의 아니게 전하게 될 나쁜 소식에 대비시 키려는 듯이. 그는 무슨 상황인지 짐작할 것이다.

부엌바닥에는 대여섯 가지 다른 무늬의 리놀륨이 깔려 있다. 플로가 공짜로 얻은 자투리를 절묘하게 잘라 서로 맞춘 다음 양철 철사와 압 정으로 가장자리를 댄 것이다. 로즈는 식탁 위에 앉아 기다리는 동안 사각형과 삼각형과 이름이 잘 기억나지 않는 다른 모양이 마음에 들게 배열된 바닥을 내려다본다. 플로가 흙바닥에 놓인 삐걱거리는 널빤지 길을 따라 장작 헛간을 가로질러 돌아오는 소리가 들린다. 플로 역시 능장을 부리며 기다리고 있다. 그녀와 로즈 둘이서만은 이 상황을 더 진행시킬 수가 없는 것이다.

로즈는 아버지가 들어오는 소리를 듣는다. 몸이 뻣뻣해지며 다리를 따라 전율이 흐르고 유포 위로 그 떨림이 전해진다. 평온하게 몰두하 던 일과 머리에서 흘러가던 말들을 뒤로하고 자기 내면 밖으로 불려나 온 아버지는 할말이 있다. 그는 말한다. "그래, 뭐가 문제지?"

이제 플로의 다른 목소리가 나온다. 풍부한 감정, 마음의 상처, 미안 함을 표현하는 그 목소리는 즉석에서 만들어낸 것 같다. 일하고 있는 사람을 불러내서 미안하다. 로즈가 자꾸 신경쓰게 하지 않았다면 그러 지 않았을 것이다. 신경쓰게 어떻게 했기에? 말대꾸하고 건방지게 굴 고 험한 말을 입에 담았다. 로즈가 플로에게 한 말이 어느 정도로 심하냐면, 플로가 그런 말을 자기 어머니에게 했다면 아버지가 자기를 땅바닥에 패대기쳤을 것이다.

로즈가 끼어들어 사실이 아니라고 말하려 한다.

무엇이 사실이 아닌 걸까?

아버지는 한 손을 들고 로즈를 쳐다보지도 않은 채 말한다. "조용히 해."

로즈가 사실이 아니라고 말할 때 그 뜻은 애초에 자신은 언쟁을 시작하지 않았고 단지 반응했을 뿐이라는 것, 플로가 자꾸만 부추겼다는 것, 그리고 지금 플로는 모든 것을 자기한테 유리하도록 비틀어 터무니없는 거짓말을 하고 있다고 생각한다는 것이다. 로즈는 플로가 무슨 말이나 행동을 했든, 자신이 무슨 말이나 행동을 했든, 그것은 전혀 중요하지 않다는 사실을 알면서도 외면한다. 중요한 것은 갈등 그 자체이며, 그것을 멈출 수는 없다. 지금과 같은 지경에 이르기 전에는 절대로 멈출 수 없다.

깔개를 댔음에도 플로의 무릎은 지저분하다. 걸레는 여전히 로즈의 발에 걸려 있다.

아버지는 플로의 말을 들으며 손을 닦는다. 그는 서두르지 않는다. 사태의 핵심으로 신속히 들어가지 않는다. 어쩌면 벌써 진력이 나서 자신이 해야 할 역할을 거부할 참인지도 모른다. 그는 로즈를 쳐다보려 하지 않고, 로즈가 조금이라도 소리를 내거나 움직이려 하면 한 손을 들어올린다.

"자, 이런 일을 남들이 알 필요는 없겠죠, 그건 확실해요." 플로는 그렇게 말하며 가게로 가서 문을 잠그고 창문에 '외출중'이라고 쓰인 표지판을 건다. 로즈가 글자 끄트머리를 멋진 곡선으로 장식하고 빨강과 검정 크레용으로 색깔을 넣어 플로에게 만들어준 표지판이다. 플로는 부엌으로 돌아와, 가게로 나가는 문과 계단으로 올라가는 문, 장작헛간으로 가는 문도 모두 닫는다.

플로의 신발이 청소가 된 바닥의 젖은 부분에 자국을 남긴다.

"아, 모르겠어요." 플로가 감정이 극도에 달해 지쳐버린 목소리로 말한다. "저애를 어떻게 하면 좋을지 정말로 모르겠어요." 그녀는 (로즈의 시선을 따라) 아래를 내려다보다가 자신의 더러운 무릎이 눈에 띄자 맨손으로 사납게 문질러 오히려 얼룩을 더 넓게 퍼트리고 만다.

"저애가 날 모욕해요," 플로가 허리를 펴며 말한다. 바로 이것이다. 설명. "저애가 날 모욕한다고요." 그녀는 흡족해하며 되풀이한다. "날 존중하는 마음이 없어요."

"그렇지 않아요!"

"조용히 해, 너!" 아버지가 말한다.

"내가 아버지를 부르지 않았다면 넌 아직도 거기 앉아 빙글빙글 웃고 있겠지. 이렇게 안 하면 내가 널 무슨 수로 당해내겠니?"

로즈는 아버지가 플로의 과장된 수사에 약간 반대하는 듯한, 약간 난감해하고 주저하는 듯한 기운을 감지한다. 하지만 거기에 기댈 수 있다고 생각하는 건 오산이며, 그녀도 그렇다는 사실을 알 것이다. 로즈가 안다는 사실, 그리고 로즈가 안다는 것을 아버지가 안다는 사실은 상황을 호전시키지 않을 것이다. 아버지가 발동을 걸기 시작한다. 딸을 한 번 쳐다본다. 처음에는 차갑고 시비를 거는 듯한 눈빛이다. 그 눈빛은 아버지의 판단을, 로즈가 얼마나 가망 없는 처지인지를 알려준다. 그러다 그 눈빛이 사라지며 다른 것이 차오른다. 옹달샘에서 낙엽을 치우면 물이 차오르듯이. 아버지의 눈에 혐오와 쾌락이 차오른다. 로즈는 그것을 보고 알아차린다. 분노가 그런 식으로 표현된 것뿐일까? 그녀는 아버지의 눈에 분노가 차오른다고 봐야 하는 것 아닐까? 아니. 혐오가 맞다. 쾌락이 맞다. 아버지의 얼굴이 풀어지고 변하고 점점 젊어진다. 그리고 그는 플로의 말을 막기 위해 한 손을 든다.

"좋아." 그는 말한다. 그걸로 충분하다는 뜻이다. 차고 넘친다는 뜻이며, 이 단계는 끝났으니 다음 단계로 넘어가도 된다는 뜻이다. 아버지는 벨트를 푼다.

어쨌거나 플로는 이미 말을 멈췄다. 그녀도 로즈와 같은 어려움을 겪고 있다. 틀림없이 일어날 것을 아는 일이 정말로 일어난다는 것, 이젠 돌이킬 수 없는 순간이 온다는 것을 믿기가 힘든 것이다.

"아, 모르겠어. 애한테 너무 심하게 하지 마세요." 플로는 도피구를 마련할 생각이라도 하는 것처럼 불안하게 주위를 서성인다. "아, 애한테 벨트를 쓸 것까진 없잖아요. 그 벨트를 꼭 써야겠어요?"

그는 대답하지 않는다. 벨트가 풀려나온다. 느긋하게. 필요한 지점에서 손에 쥐어진다. 좋아, 너. 아버지가 로즈에게 다가간다. 로즈를 식탁에서 밀친다. 아버지의 목소리와 마찬가지로 얼굴 역시 그의 본성과 어울리지 않는다. 배역을 기괴하게 연기하는 형편없는 배우 같다. 마치 이 상황의 수치스럽고 끔찍한 부분만을 음미하고 부각시켜야 한다는 듯. 하지만 그가 가장하고 있다는 말은 아니다. 이것이 연기이고 그의 진심은 아니라는 말이 아니다. 이것은 연기이고 그의 진심이다. 로즈는 그것을 안다. 그녀는 아버지에 대해 모든 것을 안다.

이때 이후로 로즈는 살인과 살인자에 대한 궁금증을 품었다. 끝장을 봐야 하는 이유는 결국 부분적으로는 어떤 효과를 얻기 위해서인 걸까? 그런 일이 일어날 수 있다고, 일어나지 못할 일은 없다고, 가장 무시무시한 허튼짓도 정당화될 수 있고 그 행위에 어울리는 감정도 끌어낼 수 있다는 것을 한 사람의 관객에게—교훈을 깨닫더라도 깨달음을 표시할 수도 없을 상대에게—증명하기 위해서일까?

로즈는 다시 부엌바닥을 바라보려 해본다. 아버지의 얼굴이나 벨트 대신 그 교묘하고 위안을 주는 기하학적 무늬를 보려고 한다. 어떻게 이런 일상적인 목격자들 앞에서—리놀륨 바닥, 물레방아와 시냇물과 단풍이 그려진 달력, 손에 익은 오래된 취사도구들 앞에서—이런 일이 벌어질 수 있단 말인가?

손 내밀어!

그것들은 로즈를 돕지 않을 것이다. 어느 것도 그녀를 구해주지 못할 것이다. 그것들은 무미건조하고 쓸모없게, 심지어 쌀쌀맞게 변한다. 냄비가 악의를 드러낼 수도 있고 리놀륨 바닥의 무늬들이 교활하게 곁눈질을 할 수도 있다. 배신은 일상성의 이면이다.

처음으로, 혹은 두번째로 찢어지는 아픔이 느껴질 때 그녀는 물러난다. 받아들이지 않을 것이다. 그녀는 부엌 안을 뛰어다니다 문으로 가려 한다. 아버지가 그녀를 막는다. 그녀에게 용기나 태연함은 눈곱만큼도 없는 것 같다. 그녀는 달리고 비명을 지르고 애걸한다. 아버지가 딸의 뒤를 쫓으며 기회가 있을 때마다 벨트를 내리치다가 나중에는 그것마저 내던지고 자기 손을 쓴다. 한쪽 귀를 팍, 다른 쪽 귀를 팍. 이쪽 저쪽 팍팍. 머리가 울린다. 얼굴을 팍. 벽 쪽으로 올려붙여 다시 한번 얼굴을 팍. 그는 딸을 흔들어대고 벽에 쾅쾅 밀치고 다리를 걸어찬다. 어리벙벙해진 그녀는 정신 나간 사람처럼 비명을 지른다. 용서해주세요! 아, 제발, 용서해주세요!

플로 역시 비명을 지른다. 그만, 그만해요!

아직은 아니다. 아버지는 로즈를 바닥에 패대기친다. 아니 어쩌면 로즈가 주저앉은 것인지도 모른다. 그는 딸의 다리를 다시 걸어찬다. 로즈는 말하기는 포기했으나 어떤 소음을 계속 내지르고, 그걸 들은 플로는 외친다. 아, 사람들이 들으면 어떡해요? 그 소음은 모욕감과 패배감을 기꺼이 사력을 다해 드러낸다. 왜냐하면 아버지가 자기 역할을 연기하며 보여주는 지독함과 과장을 로즈 역시 똑같이 보여주며 자신의 역할을 연기해야 할 것 같았기 때문이다. 그녀는 폭력의 피해자 역할에 마음껏 몰입한다. 그로써 그녀가 불러일으키는, 혹은 불러일으키기를 희망하는 감정은 마지막에 가서 아버지가 진저리치며 보여줄 경멸이다.

그들은 필요하다면 무슨 짓이든 할 것 같다. 어떤 수고라도 마다하지 않을 것이다.

하지만 꼭 그렇진 않다. 그는 딸을 정말로 다치게 하지는 않았다. 물론 로즈는 아버지가 정말로 그러기를 바랄 때도 있지만. 그는 손바닥을 펼쳐서 때리고 발로 찰 때도 어느 정도 절제를 발휘한다.

아버지가 이제 움직임을 멈추고 숨을 몰아쉰다. 플로가 끼어들게 내버려두고 로즈의 멱살을 잡았다가 넌더리를 내며 플로 쪽으로 밀어버린다. 플로가 로즈를 붙잡아 계단 쪽 문을 열고 위로 올라가라고 떠민다.

"어서 네 방으로 올라가! 빨리!"

로즈는 비틀거리며 계단을 올라간다. 일부러 비틀거리고 계단 위로 쓰러져가며. 문을 쾅 닫지는 않는다. 그런 짓을 하면 아버지가 또 뒤쫓아올 수도 있고, 어쨌거나 몸에 힘도 없다. 그녀는 침대에 눕는다. 난로 연통에 난 구멍을 통해 플로가 훌쩍이며 항의하는 소리, 아버지가 플로에게 그렇다면 그냥 조용히 있어야 했다고, 로즈가 야단맞기를 원하지 않았다면 야단치라고 권하지 말아야 했다고 말하는 화난 목소리가 들린다. 플로는 이 정도의 매질을 권한 건 아니라고 말한다.

그들은 이 일을 놓고 주거니 받거니 다툰다. 겁에 질렸던 플로의 목소리가 점점 커지며 자신감을 되찾는다. 그들은 언쟁을 하며 단계적으로 본래의 모습으로 되돌아오고 있다. 얼마 후, 말을 하는 것은 플로 혼자뿐이다. 아버지는 더이상 말을 하지 않을 것이다. 그들의 말을 듣기 위해 요란한 흐느낌을 억눌러야 했던 로즈는 엿듣는 데 흥미를 잃자 좀더 울고 싶지만 아무리 애써도 울음이 나오지 않는다. 이미 진정된 상태로 접어들어, 무자비한 폭행도 다 끝난 일, 바꿀 수 없는 일로 느껴진다. 이런 상태에서는 사건과 가능성들이 멋진 단순성을 띠게 된다. 선택은 자비로울 만큼 명백하다. 어물쩍 얼버무리는 말은 전혀, 조건을 붙이는 말은 거의 머리에 떠오르지 않는다. '결코'라는 단어가 갑작스레 확고한 권리를 얻는다. 그들과 결코 말을 하지 않을 것이다. 증오가 담기지 않은 눈길로는 결코 바라보지 않을 것이다. 결코 용서하지 않을 것이다. 그들을 벌할 것이고 끝장내버릴 것이다. 이러한 결의와 온몸의 통증에 감싸인 채로 그녀는 자기 자신도, 책임도 초월하는 묘한 편안함 속에 둥실 떠 있다.

지금 죽어버린다면? 자살해버린다면? 집을 나가버린다면? 그중 어떤 일을 하더라도 적절할 것이다. 선택만 하면, 방법을 찾아내기만 하면 된다. 그녀는 기분좋게 약에 취한 듯 순수한 우월감 속에 둥실 떠 있다.

그리고 가령 약에 취해 있을 때, 자신이 완벽히 안전하고 확실하고 아무도 해칠 수 없는 사람처럼 느껴지다가, 바로 뒤이어 돌연 모든 보호장치가 아직 꽤 온전해 보이는 겉모습과는 달리 실은 치명적인 균열을 안고 있음을 깨닫게 되는 순간이 있듯이, 지금 이 순간—사실 그것은 플로가 계단을 올라오는 소리가 들리는 순간인데—로즈는 당장의 평화와 자유뿐만 아니라 이제부터 또 내리막길이 시작된다는 확실한 깨달음을 동시에 경험한다.

플로는 노크도 없이 방안으로 들어오지만, 노크를 할까 생각을 하긴 했음을 나타내는 주춤거림이 느껴진다. 그녀는 콜드크림을 한 병 가져왔다. 로즈는 될 수 있는 한 오랫동안 유리한 입장을 유지하기 위해 침대에 얼굴을 묻은 채 알은체도, 대답도 하지 않는다.

"아, 왜 이래," 플로가 불안스레 말한다. "그렇게 심하진 않잖아, 안 그래? 이걸 바르면 좀 나을 거야."

플로는 허풍을 떨고 있다. 피해가 어느 정도 심각한지 그녀는 확실히 알지 못한다. 플로는 콜드크림 뚜껑을 연다. 로즈는 냄새로 알 수 있다. 은밀하고 유치하고 모욕적인 냄새. 그것을 절대로 바르게 놔두지 않으리라. 하지만 플로가 손에 큼직하게 덜어 준비한 그것을 피하기 위해서는 몸을 움직여야 한다. 로즈는 뒤채고 저항하면서 위엄을 잃고, 자신에게 별문제가 없다는 사실을 플로에게 보여주고 만다.

"좋아," 플로가 말한다. "네가 이겼다. 여기 두고 갈 테니 내킬 때 발라."

　조금 더 후에는 음식을 담은 쟁반이 나타날 것이다. 플로는 그것을 말없이 내려놓고 나갈 것이다. 가게에서 파는 비타몰트를 큰 잔에 타서 만든 초콜릿 우유. 덜 섞인 비타몰트가 유리잔 바닥에 이루는 진한 줄무늬. 깔끔하고 먹음직스러운 작은 샌드위치. 붉은색이 진한 최상급 통조림 연어와 넉넉한 마요네즈. 제과 세트 안에서 꺼낸 버터 타르트 두어 개와 페퍼민트 잼이 든 초콜릿 비스킷. 샌드위치·타르트·쿠키 범주의 상품 중에서 로즈가 가장 좋아하는 것들. 그녀는 고개를 돌리며 쳐다보기를 거부하겠지만, 그런 먹거리를 앞에 두고 혼자 있게 되면 연어 냄새와 바삭한 초콜릿에 대한 기대감에 비참할 만큼 유혹을 느끼고, 자극받고, 뒤숭숭해져, 자살이나 가출 생각은 사라지게 될 것이다. 그녀는 손가락 하나를 뻗어 샌드위치의(빵 테두리를 잘라내기까지!) 가장자리를 쓱 훔쳐내 밖으로 흘러나온 속이라도 맛볼 것이다. 그러다가, 하나만 먹고서 나머지를 거부할 힘을 얻어야겠다고 결심할 것이다. 하나만 먹으면 티가 안 나겠지. 이내 그녀는 속수무책으로 망가져 전부 먹어치울 것이다. 초콜릿 우유를 마시고 타르트를 먹고 쿠키를 먹을 것이다. 유리잔 바닥에 가라앉은 맥아 시럽까지 손가락으로 찍어 먹어치운 그녀는 수치심을 느끼며 훌쩍이게 될 것이다. 이미 늦었다.

　플로가 올라와 쟁반을 가져갈 것이다. 그녀는 "그래도 식욕은 있나보지," 혹은 "초콜릿 우유 맛있었니? 우유에 넣은 시럽은 충분했고?" 하고 말할 텐데, 본인이 느끼는 후회의 정도에 따라 나오는 말은 달라질 것이다. 어쨌든 이제 유리한 입장은 모두 사라졌을 것이다. 삶이 다시 시작되었고, 그들은 다시 식탁에 둘러앉아 라디오 뉴스를 들으며 식사를 하리라는 것을 로즈는 이해할 것이다. 내일 아침, 어쩌면 심지어 오늘밤이라도. 보기에 썩 좋지 않고 그런 일이 가능할까 싶기도 하겠지만. 그들은 난처해하겠지만 저마다 한 짓을 생각하면 더 난처해도 이상할 리 없다. 그들은 기묘한 나른함, 어쩌면 충족감과 크게 다르지 않을, 회복기 환자의 나태함을 느낄 것이다.

어느 날 밤, 이와 비슷한 소동 뒤에 그들은 모두 부엌에 있었다. 여름이었거나, 어쨌든 따뜻한 계절이었다. 로즈의 아버지가 가게 앞 벤치에 앉은 노인들에 대해 이야기했으니까.

"저 양반들이 지금 무슨 얘길 하고 있는 줄 알아?" 그가 말했다. 누구 얘기인지 알게 하려고 가게 쪽으로 고갯짓을 했지만, 물론 노인들은 어두워진 후 집으로 돌아갔기 때문에 거기 없었다.

"멍청한 노친네들." 플로가 말했다. "무슨 얘기요?"

그들은 딱히 거짓은 아니지만 보통 때 둘이서만 있을 때보다는 살짝 더 강조된 상냥한 태도로 이야기했다.

로즈의 아버지는 노인들이 서쪽 하늘에 별처럼 보이는 것, 해가 지고 처음 나오는 별, 초저녁별이 사실은 휴런호 너머 미시간주 베이시티 위를 맴도는 비행선이라는 소리를 어디에선가 주워들었다고 말했다. 천체와 경쟁하기 위해 올려보낸 미국의 발명품이라는 것이다. 노인들은 모두 일치된 생각으로 그 아이디어를 마음에 들어했다. 그들은 그 별이 전구 만 개를 밝혀놓은 거라고 믿었다. 로즈의 아버지는 가차없이 반박하며, 그들이 보는 것은 비너스 행성이며 전구가 발명되기한참 전부터 하늘에 떠 있었다고 지적했다. 노인들은 비너스 행성에 대해 들어본 적도 없었다.

"무식쟁이들." 플로가 말했다. 그 말을 듣고 로즈는 플로 역시 비너스 행성이 뭔지 모른다는 사실을 알아차렸고, 아버지도 알아차렸다는 사실 또한 알아차렸다. 그들의 주의를 딴 데로 돌리기 위해, 혹은 심지어 사과의 의미로, 플로는 찻잔을 내려놓더니 앉아 있던 의자에 머리를 대고 다른 의자에 발을 올린 채 몸을 뻗어(어떻게 한 건지 동시에 치맛자락을 다리 사이에 얌전히 끼워넣은 채) 판자처럼 뻣뻣하게 누웠다. 그러자 브라이언이 신나서 외쳤다. "그거 해요! 그거 해요!"

플로의 몸은 굉장히 유연하고 강했다. 축하 행사나 응급 상황에서 그녀는 신기한 재주를 선보이곤 했다.

플로가 팔을 쓰지 않고 다리와 발의 힘만을 이용해 몸을 뒤집는 동안 그들은 말이 없었다. 그러다 모두 환호성을 질렀다. 처음 보는 재주도 아니었건만.

플로가 몸을 뒤집는 바로 그 순간, 로즈는 머릿속으로 비행선을 떠올렸다. 길고 투명한 거품 같은 몸체에 줄줄이 펜 다이아몬드 불빛을 달고 기적 같은 미국의 하늘에 떠 있는 비행선.

"비너스 행성!" 그녀의 아버지가 플로에게 박수를 보내며 말했다. "만 개의 전구!"

부엌에는 허용과 이완의 느낌, 심지어 행복의 기운까지 흘렀다.


시간이 흐른 후, 긴 세월이 흐른 후, 어느 일요일 아침에 로즈는 라디오를 켰다. 토론토에서 혼자 살던 때였다.

네, 영감님.

우리 젊었을 땐 여기가 완전히 달랐어. 그래, 그랬지.

그때는 말밖에 없었거든. 말과 버기*뿐이었어. 토요일 밤이면 중앙로를 누비며 버기 경주를 하곤 했지.

"전차 경주 같았겠군요." 아나운서인지, 인터뷰 진행자인지가 매끄러운 목소리로 부추긴다.

그런 건 본 적이 없는데.

"아니요, 영감님, 고대 로마의 전차 경주 말입니다. 영감님 시대보다 앞이죠."

틀림없이 내 시대보다 앞일 거야. 난 백두 살이거든.

"정말 대단한 연세로군요, 영감님."

정말 그래.

로즈는 라디오를 그대로 켜둔 채 아파트 부엌 안을 돌아다니며 커피를 끓이고 있었다. 라디오 속 대화가 연출된 인터뷰나 연극의 한 장면 같다고 생각되어, 실제로 무엇인지 확인하고 싶었다. 노인은 허세가 가득하고 공격적인 목소리였고, 인터뷰 진행자는 연습된 상냥함과 여유의 표피 아래에서 쩔쩔매며 불안해하는 목소리였다. 이도 없고 분별도 없고 잘난 척만 하는 백세 노인에게 마이크를 갖다대며 이게 도대체 무슨 짓이지, 다음엔 무슨 말을 해야 하지, 하고 생각하는 남자가 눈앞에 보이는 것만 같았다.

"꽤나 위험했을 것 같습니다."

뭐가 위험해?

---

* 말 한 필이 끄는 소형 마차.

"버기 경주 말입니다."

맞아. 위험했지. 고삐 풀린 말들이었으니까. 사고도 흔했어. 사내들이 자갈길에서 질질 끌려다니고 얼굴도 막 찢기고 그랬지. 그러다 죽어도 별 신경 안 썼어. 헤.

앞발을 높이 쳐드는 팔팔한 놈들도 있었어. 어떤 놈들은 꼬리 밑에 겨자를 처발라야 했고,* 어떤 놈들은 공짜로는 한 발짝도 안 나갔지. 말들이 원래 그래. 어떤 놈들은 죽어서 꼬꾸라질 때까지 일하고 끌고 하는데, 어떤 놈들은 돼지기름에 빠진 좆도 못 꺼내줄걸. 헤헤.

결국 진짜 인터뷰가 틀림없었다. 아니라면 방송국에서 내보내지 않았을 것이다. 위험을 감수하지 않았을 것이다. 노인이 말하면 괜찮다. 향토색. 백 살이라는 나이는 무엇이든 무해하고 유쾌하게 들리게 한다.

그때는 항상 사고가 있었어. 원료가공공장에서. 주조공장에서. 안전수칙이 없었지.

"그때는 파업하는 일이 별로 없지 않았나요? 노동조합도 그리 많지 않았고요."

요즘엔 다들 팔자가 좋아. 우린 일만 했고 일자리에 감사했지. 일만 하고 일자리에 감사했다고.

"텔레비전도 없었죠."

텔레비전 없었어. 라디오도 없었고. 영화도 없었지.

"각자 알아서 즐길 거리를 찾아야 했군요."

우린 그렇게 살았지.

---

* 겨자는 말에 유독하며, 각성제, 이뇨제 등의 기능을 한다.

"영감님은 요즘 젊은이들은 해보지 못할 경험을 많이 하셨겠습니다."

경험이라.

"기억나시는 대로 말씀 좀 해주시죠."

마멋 고기를 한 번 먹어봤어. 어느 겨울에. 다들 안 좋아할 거야. 헤.

잠깐의 멈춤이 있었다. 음미하는 듯한 멈춤. 그리고 나서 아나운서의 목소리가 나오며, 앞선 대화는 온타리오주 핸래티의 윌프레드 네틀턴 씨와 지난봄 그가 사망하기 두 주 전에 진행한 인터뷰라고 말했다. 우리를 과거와 이어주는 살아 있는 고리. 네틀턴 씨와의 인터뷰는 와와나시 카운티 양로원에서 진행되었다.

해트 네틀턴.

백세 노인이 된 말채찍 난동꾼. 생일에 사진 촬영을 하고, 간호사들의 유난스러운 보살핌을 받고, 모르긴 해도 여자 기자의 뽀뽀도 받았을 것이다. 그를 향해 터지는 플래시. 그의 목소리를 빨아들이는 녹음기. 주민 중 최고령자. 말채찍 패거리 중 최고령자. 우리를 과거와 이어주는 살아 있는 고리.

부엌 창가에서 차가운 호수를 내다보며 로즈는 누군가에게 말하고 싶어 입이 근질거렸다. 들으면 좋아할 만한 사람은 플로였다. 최악의 의심이 멋들어지게 확인되었다는 뜻으로 그녀가 세상에! 하고 말하는 모습을 떠올렸다. 하지만 이제 플로는 해트 네틀턴이 죽은 바로 그곳에 있고, 로즈는 어떻게 해서도 플로에게 가닿을 수 없었다. 그 인터뷰가 녹음될 때도 그녀는 그곳에 있었다. 비록 그 인터뷰를 듣지도, 그에 대해 알지도 못했겠지만. 이삼 년 전 로즈가 양로원에 입원시킨 이후로 플로는 말문을 닫았다. 플로는 스스로를 완전히 거두어들였고, 하루종일 교활하고 심술궂은 표정으로 칸막이를 두른 침대 한구석에 앉아서 누가 뭐라 해도 대답하지 않았다. 가끔씩 간호사를 깨물어 감정을 드러내는 때를 제외하고는.

특권

로즈는 가난한 집에서 태어났기를 바라지만 그렇지 못한 사람들을 많이 알고 있었다. 그래서 그녀는 마치 여왕처럼 거드름을 피우며, 어린 시절의 다양한 추문과 지저분한 얘기들을 그들에게 들려주곤 했다. 남학생 변소와 여학생 변소. 변소에 들어간 노인 번스 씨. 남학생 변소 입구의 쇼티 맥길과 프래니 맥길. 변소를 배경으로 한 이야기를 되풀이한 것은 의도적인 선택은 아니었다. 그녀 자신도 변소가 자꾸만 언급된다는 사실이 조금은 놀라웠다. 그 시커멓거나 페인트칠이 된 작은 오두막들이 우스운 얘깃거리가 될 거라는 사실을 모르진 않았지만— 시골과 관련한 농담에서는 항상 그랬다—그녀 자신에게 그곳들은 놀랍도록 수치스럽고 야만적인 일들이 일어난 현장으로 여겨졌다.

여학생 변소와 남학생 변소 모두 입구가 가려져 있어서 문을 달 필요도 없었다. 문이 있거나 말거나, 판자 사이의 틈이나 엿보는 데 애용되는 옹이구멍들을 통해 눈발이 안으로 들이쳤다. 엉덩이를 대고 앉는 곳에도, 바닥에도 눈이 쌓였다. 대다수가 그 구멍을 사용하려 하지 않는 것 같았다. 얼음 표면 아래에서 녹았다가 다시 얼기를 반복하는 눈더미 속에는 똥이 무더기로 혹은 한덩어리로 있었는데, 마치 유리를 씌워 보존한 것 같은 똥은 겨자처럼 밝은색에서 석탄처럼 거무튀튀한 색에 이르기까지 다양한 음영을 띠었다. 로즈는 그것을 보면 속이 울렁거리면서 절망적인 기분이 들었다. 입구에서 멈춰 섰고 아무래도 발을 뗄 수가 없어서 결국 그냥 참기로 마음먹었다. 두세 번인가는 집에 가는 길에 옷을 적시고 말았다. 학교에서 가게까지 그리 멀지 않은 길을 달려가는 중이었다. 플로는 넌더리를 냈다.

"오줌싸개, 오줌싸개." 플로는 로즈를 놀리며 큰 소리로 노래했다. "집에 걸어오다 쉬야를 해버렸대요!"

플로는 또한 꽤나 고소해했다. 사람들이 바닥으로 끌어내려지는 모습, 자연의 힘에 휘둘리는 모습을 보는 것을 좋아했기 때문이다. 그녀는 자기 집 빨래 바구니 속 사정도 남들에게 대놓고 얘기할 여자였다. 로즈는 창피해서 치를 떨었지만 문제를 털어놓지 않았다. 왜 그랬을까? 아마도 로즈는 플로가 양동이와 부삽을 가지고 학교에 나타나 변소를 치우고, 그것도 모자라 다른 사람들에게 비난을 퍼부을까봐 겁이 났을 것이다.

로즈는 학교의 질서는 변경 불가능한 것이고 그곳의 규칙은 플로가 이해할 수 있는 그 어떤 규칙과도 다르며 그 야만성은 헤아릴 수조차 없다고 믿었다. 정의와 청결은 제 인생의 미개한 단계에서 형성된 순진한 개념이라고 여기게 되었다. 처음으로 마음속에 절대로 말할 수 없는 일들을 쌓아두기 시작했다.

번스 씨에 대해서도 결코 말할 수 없었다. 막 학교에 들어간 후, 앞으로 무엇을 보게 될지―혹은 거기에 무엇이 있을지―알게 되기 전, 로즈는 다른 여자애들과 함께 빨간 소리쟁이와 미역취를 헤치고 학교 담장을 따라 달려가, 운동장을 등지고 서 있는 번스 씨네 변소 뒤에 쪼그리고 앉았다. 누군가가 담장 밖으로 손을 뻗어 맨 아래 판자들을 떼어내 안을 들여다볼 수 있게 해놓았다. 반쯤 눈이 멀고 배가 불룩하며 지저분하고 활기 넘치는 노인 번스 씨는 혼잣말을 하거나 노래를 부르고 높이 자란 잡초들을 지팡이로 휘저으며 뒷마당을 건너왔다. 변소 안에서도 잠깐의 힘주기와 침묵의 순간이 흐르고 나면 그의 목소리가 들렸다.

도시 밖 저멀리
푸른 언덕에서
십자가에 못박히신 주님은
우리 모두를 구원하기 위해 돌아가셨다네.

번스 씨의 노래는 경건함과는 거리가 멀고 위협적이어서 마치 지금까지도 싸움을 갈망하는 것처럼 느껴졌다. 이 근방에서 종교는 대개 싸움의 형태로 나타났다. 사람들은 가톨릭 신자 아니면 근본주의 개신교도로서, 서로를 괴롭힐 도덕적 의무가 있다고 여겼다. 개신교도―혹은 그들의 가족―중 다수는 원래 성공회나 장로교 신자였다. 하지만 너무 가난해져서 그런 교파의 교회에 나갈 수 없게 되자, 구세군이나 펜테코스트파의 교회로 방향을 틀었다. 완전한 이교도였다가 구원을 받은 이들도 있었다. 어떤 이들은 여전히 이교도이면서 싸울 때만 개신교도가 되었다. 플로의 말에 의하면, 성공회와 장로교 신자는 고상한 체하는 속물이고 나머지는 예배중에 광분해 날뛰는 무리이며 가톨릭 신자는 교황에게 줄 돈이 있는 사람이라면 아무리 표리부동하고 타락했어도 묵인하는 이들이었다. 따라서 로즈는 그 어떤 교회에도 가지 않아도 되었다.

어린 여자애들은 모두 바닥에 쪼그리고 앉아서, 구멍 밑으로 처지는 번스 씨의 신체 부위를 훔쳐봤다. 로즈는 그때 고환도 보았다고 생각했지만 돌이켜보고는 그냥 궁둥이였다고 결론을 내렸다. 암소의 유방처럼 생겼고 표면이 까끌까끌해 보이는 것이 플로가 요리하려고 내놓은 소 혀의 익히기 전 모습 같았다. 로즈는 혀 요리를 먹지 않으려 했고 그게 뭔지 누나에게 들은 브라이언 역시 먹지 않으려 하자 플로는 길길이 화를 내며 앞으로는 삶은 소시지만 먹고 살자고 말했다.

고학년 여자애들은 앉아서 들여다보지 않고 옆에 서 있었고 몇 명은 토하는 소리를 내기도 했다. 어린 여자애들 중 일부는 언니들을 따라하고 싶은 마음에 벌떡 일어나 고학년 아이들 옆으로 갔지만, 로즈는 깜짝 놀라 생각에 잠긴 채 그대로 쪼그려앉아 있었다. 그렇게 한참 생각에 잠겨 있어도 좋았을 텐데, 번스 씨는 엉덩이를 거두고 단추를 채운 뒤 노래를 부르며 밖으로 나왔다. 아이들은 울타리를 따라 몰래 다가가 그에게 외쳤다.

"번스 씨! 안녕하세요, 번스 씨! 불알-태우는-번스 씨!"

그는 고함을 지르며 울타리 쪽으로 다가와 아이들이 닭이라도 되는 것처럼 지팡이로 내리쳤다.

저학년, 고학년, 여학생, 남학생을 막론하고 모두가—물론 교사들은 제외하고. 로즈가 집에 갈 때까지 꾹 참으며 사고 위험을 감수하고 고통을 견디는 것처럼 교사들은 쉬는 시간이면 문을 걸어 잠그고 학교 안에 머물렀다—모두가 모여 남학생 변소 입구 안을 들여다보았다. 쇼티 맥길이 프래니 맥길을 따먹는다는 소문이 돌 때였다!

남매간인 두 아이.

가족끼리 하는 놀음.

놀음. 그것이 플로가 쓰는 말이었다. 시골구석, 플로가 나고 자란 산골 농촌에서는 사람들이 머리가 돌아서 건초를 삶아 먹고 지나치게 가까운 가족과 놀음을 했다고 말했다. 그게 무슨 뜻인지 이해하게 될 때까지 로즈는 곧 무너질 듯 오래된 헛간 같은 데 마련한 임시무대를 상상하며 가족 구성원이 그 무대에 올라 바보 같은 노래를 하거나 글을 낭독하는 모습을 떠올렸다. 대단한 놀음이야! 플로는 역겨운 듯 담배 연기를 내뿜으며 그렇게 말하곤 했다. 특정한 단일 행위가 아니라 동일 선상에 있는 모든 행위, 과거와 현재와 미래를 망라해 세상 어디에서나 이루어지고 있는 그 행위를 가리키며 하는 말이었다. 사람들의 허세와 마찬가지로 그들의 오락거리에도 플로는 항상 경악했다.

프래니와 쇼티에 관한 생각은 누구에게서 나왔을까? 아마도 고학년 남자애들이 쇼티를 부추겼거나, 허풍을 떠는 쇼티에게 진짜 해보라고 요구했을 것이다. 한 가지만은 확실했다. 프래니가 생각해낸 것은 아니라는 사실. 그걸 하게 하려면 프래니를 붙들어놓거나 함정에 빠뜨려야 했다. 사실은 붙들어놓는다고 말할 수도 없는 것이, 그녀는 도망치지도 않았을 것이며 도망친다고 뭘 어떻게 할 수 있으리라는 믿음조차 없었을 것이었다. 하지만 꺼린다는 내색은 했기 때문에 그들은 그녀를 억지로 끌고 가 원하는 곳에 넘어뜨려야 했다. 프래니는 무슨 일이 일어날지 알고 있었을까? 적어도 다른 사람들이 자기를 두고 꾸민 일이 결코 유쾌할 리 없다는 것 정도는 알았을 것이다.

프래니 맥길은 아기였을 때 아버지가 술에 취해 벽에 뭉개버려 그렇게 되었다. 플로가 그렇게 말했다. 또다른 얘기에 따르면, 술에 취해 경마차에서 떨어져 말에게 차였다고도 했다. 어쨌든 뭉개졌다. 가장 심한 것은 얼굴이었다. 코가 비뚤어져 매번의 숨소리가 길고 음울한 훌쩍임과 같았다. 치아가 심하게 한데 몰려 있어 입을 다물지 못했고 침을 줄줄 흘릴 수밖에 없었다. 그녀는 희고 앙상했으며, 무거운 발걸음과 겁 많은 표정 때문에 할머니처럼 보였다. 늘 2학년이나 3학년에 머물러 있었고, 읽기와 쓰기를 조금은 할 수 있었지만 글을 읽거나 써보라고 호명당하는 일은 거의 없었다. 그녀는 모두가 생각한 것만큼 멍청한 게 아니라 그저 끊이지 않는 공격에 놀라고 어리둥절했을 뿐인지도 모른다. 그리고 그 모든 것에도 불구하고 그녀에게는 어딘가 희망찬 구석이 있었다. 즉시 공격하고 욕하지 않는 사람이라면 누구라도 졸졸 따라다녔고, 크레용 조각이나 씹다 버린 껌 뭉치를 의자나 책상에서 뜯어내 건네주곤 했다. 그녀와 눈이 마주치면 단호하게 쫓아내거나 얼굴을 찌푸려 경고를 보낼 필요가 있었다.

저리 가, 프래니. 저리 가라고. 안 그러면 너 맞는다. 때릴 거야. 정말이야.

그녀가 쇼티에게, 그리고 다른 사람들에게 이용당하는 일은 그후로도 계속되었다. 그녀는 아이를 배고 어딘가로 옮겨졌다가, 다시 돌아와 또 아이를 배고, 또 어딘가로 옮겨지고, 또 돌아와 아이를 배고, 또 옮겨졌다. 라이온스클럽이 비용을 대서 프래니에게 불임수술을 시키자, 돌아다니지 못하게 가두자 등의 얘기가 나왔지만 그녀가 돌연 폐렴에 걸려 죽으면서 문제는 해결되었다. 시간이 흘러 로즈는 책이나 영화에서 백치의 성녀 같은 인물이 나오면 프래니를 떠올렸다. 책이나 영화를 만드는 남자들은 그런 인물을 유난히 좋아하는 듯하지만, 로즈가 보기에 그들은 인물을 너무 깔끔하게 그려놓았다. 숨소리와 침과 치아를 다 생략하는 건 사기라고 그녀는 생각했다. 그들은 위안을 주는 텅 빔과 상대를 가리지 않는 환대라는 개념에서 만족을 얻기에 급급해 역겨움이 주는 최음적 자극을 고려하지 않으려 했다.

어쨌든 프래니는 성녀처럼 쇼티를 환대해주지는 않았다. 울부짖는 소리가 호흡 문제 때문에 끊어졌다 이어지기를 반복했고 가래 끓는 소리도 섞여 나왔다. 그녀는 한쪽 다리를 계속 버둥거렸다. 그러다 신발이 벗겨졌을 수도 있고 애초에 신발 자체를 신고 있지 않았을지도 모른다. 발가락에 진흙이 묻은 맨발과 흰 다리는 프래니 맥길의 것이라고 하기에는 너무나 정상적이고 활발하며 자존감을 풍겼다. 로즈가 볼 수 있는 것은 그게 전부였다. 체구가 작은 로즈는 무리의 뒤쪽으로 밀려났다. 고학년 남자애들이 그들을 둘러싸고 서서 요란한 목소리로 부추겼고 고학년 여자애들은 그 뒤에서 서성이며 낄낄거렸다. 로즈는 관심은 있었으나 겁나지는 않았다. 프래니에게 가해지는 행동에는 보편적인 의미가 없었기에, 다른 누구에게나 일어날 수 있는 일처럼 느껴지지 않았다. 그것은 그저 학대의 연속에 불과했다.

세월이 흘러 다른 사람들에게 그때 일을 이야기했을 때, 그녀의 이야기가 불러일으키는 효과는 상당했다. 로즈는 정말로 사실이라고, 과장하는 게 아니라고 거듭 말해야만 했다. 이야기는 사실이었으나 그 효과는 지나쳤다. 그녀의 학창시절이 통탄할 만한 시간이었던 것만 같았다. 로즈가 비참한 삶을 산 것처럼 보였다. 하지만 사실은 그렇지 않았다. 그녀는 배우고 있었다. 일 년에 두세 번씩 학교를 분열시켰던 큰 싸움을 감당하는 법을 배웠다. 그녀는 중립을 지키려는 뜻을 보였지만 그것은 심각한 실수였다. 양편 모두를 적으로 만들 수 있었기 때문이다. 옳은 방안은 하굣길이 너무 위험해지지 않도록 근처에 사는 애들과 동맹을 맺는 것이었다. 그녀는 애들이 뭘 두고 싸우는지도 확실히 몰랐고 싸움에 재능도 없었으며 필요성을 제대로 이해하지도 못했다. 등뒤에서 눈덩이나 돌덩이나 조약돌이 날아오면 항상 깜짝 놀랐다. 자신은 학교라는 세계에서 기를 펴고 살지 못할 것임을, 확고한 위치— 그런 게 있기나 하다면—를 차지하지도 못할 것임을 알고 있었다. 하지만 비참하지는 않았다. 변소에 갈 수 없다는 점만 제외한다면. 아무리 겁을 내고 소심하게 굴더라도, 그 어떤 충격과 불길한 예감에 시달린다 해도, 생존법을 배우는 것은 비참하게 사는 것과는 다르다. 그러기엔 너무 흥미롭다.

그녀는 프래니를 쫓아내는 법을 배웠다. 창문이 모두 깨지고 물이 뚝뚝 떨어지는 음침한 동굴 같은 학교 지하실 근처에는 가지 말아야 한다는 것, 계단 아래의 컴컴한 공간과 장작더미 사이의 틈새를 피해야 한다는 것, 어떤 식으로든 고학년 남자애들의 관심을 끌면 안 된다는 것을 배웠다. 그녀의 눈에 그들은 마치 들개 같아서, 딱 그만큼 재

빠르고 강하고 변덕스럽고 공격을 즐기는 듯했다.

　로즈가 초기에는 멋모르고 저질렀지만 나중이었다면 저지르지 않았을 실수는, 모리 형제 중 하나인 고학년 남자애가 비상계단을 내려오는 그녀의 발을 걸고 잡아채는 바람에 레인코트의 소매가 어깨에서 찢겨나갔을 때 플로에게 대충 둘러대지 않고 진실을 말했던 일이었다. 싹 뒤엎어버리겠다며(플로가 표명한 의도) 학교로 간 플로는 로즈의 옷이 못에 걸려 찢어졌다는 증언을 들어야 했다. 교사는 부루퉁한 표정으로 자신의 입장은 밝히지 않은 채 플로의 방문이 달갑지 않음을 드러냈다. 웨스트핸래티에서 어른들은 학교에 가지 않았다. 엄마들은 굉장히 편파적이어서 싸움이 벌어지면 대문 밖으로 고개를 내밀고 소리를 질렀고, 어떤 이들은 직접 달려나가 머리채를 잡거나 조약돌을 던지기도 했다. 교사를 등뒤에서 욕하기도 했고 아이들을 학교에 보내며 선생이 뭐라 하든 무시하라고 이르기도 했다. 하지만 그들은 어떤 경우에도 플로처럼 행동하지는 않았을 것이다. 학교 안으로 발을 들이지도 않았을 것이며, 불만이 있다고 해서 일을 그렇게 크게 만들지도 않았을 것이다. 플로는 잘못을 저지른 아이들이 자백하거나 지목될 거라고 여겼고, 코트보관실에 살짝 들어가 모리 형제의 코트를 잡아 찢는 복수 이외의 방식으로 정의를 실현할 수 있을 거라고 믿는 듯했지만(그리고 그로써 로즈는 플로의 한계와 판단 착오를 처음으로 보게 되었지만) 그 엄마들이었다면 결코 그러지 않았을 것이다.

　플로는 선생이 자기 할일이 무엇인지 모른다고 말했다.

　하지만 선생은 알았다. 아주 잘 알았다. 그녀는 쉬는 시간이 되면 문을 걸어 잠그고 밖에서 무슨 일이 일어나든 상관하지 않았다. 고학년 남자애들에게 지하실에서 나오라거나 비상계단에 있지 말고 안으로 들어오라고 하지도 않았다. 난로에 넣을 불쏘시개를 쪼개고 식수용 물통을 채우는 일은 시켰지만 그 외에는 자유롭게 풀어놓았다. 그들은 장작을 패거나 물을 긷는 일은 마다하지 않았으나 얼음같이 차가운 물을 사람들에게 끼얹기를 좋아했고 도끼로 사람을 죽일 뻔한 적도 있었다. 고학년 남자애들이 학교에 가는 이유는 달리 갈 데가 없기 때문이었다. 일을 해도 좋을 나이였지만 그들을 위한 일자리는 없었다. 고학년 여자애들은 가정부로나마 일자리를 찾을 수 있었으므로, 입학시험을 치르고 고등학교에 진학해 언젠가 상점이나 은행에 취직할 계획이 아니라면 학교에 남지 않았다. 일부 여학생들은 실제로 그런 진로를 택하기도 했다. 웨스트핸래티 같은 곳에서는 신분 상승이 남자애들보다는 여자애들에게 더 수월했다.

입학시험 준비반을 제외한 고학년 여자애들은 교사의 명을 받아 저학년 아이들을 감독하며 애들을 쓰다듬거나 쥐어박고 맞춤법을 가르쳤으며, 필통이나 새 크레용이나 크래커잭 액세서리 등 흥미로운 물건을 발견하면 뭐든 맘대로 가져다 썼다. 선생은 코트보관실에서 벌어지는 일, 도시락을 훔치거나 코트를 칼로 찢거나 바지를 끌어내리는 일 등은 자기 소관이 아니라고 생각했다.

선생은 어느 모로 보나 열정적이거나 상상력이 풍부하거나 공감을 잘하는 사람은 아니었다. 그녀는 아픈 남편과 함께 사는 핸래티에서 날마다 걸어서 다리를 건너왔다. 중년이 되어 다시 교직으로 돌아온 사람이었다. 아마도 구할 수 있는 직업이 그것뿐이었을 것이다. 그녀는 버텨야 했고 그래서 버텼다. 종이를 예쁘게 오려 창문에 붙이거나 학습장에 금별을 붙여주는 일은 결코 없었다. 선생은 칠판에 색분필로 그림을 그리지도 않았다. 준비해둔 금별도 없었고, 색분필도 없었다. 자신이 가르치는 과목에도 사람에게도 애정을 보이지 않았다. 그녀는 이제 집에 돌아가도 된다는 말을 듣기만을, 그래서 다시는 학생들을 보지 않아도 되고 스펠링 책을 들추지 않아도 되는 날이 오기만을 바랐을 것이다. 무엇이든 바라는 게 있기라도 했다면 말이다.

하지만 선생이 공부를 전혀 시키지 않은 것은 아니었다. 입학시험을 준비하던 학생들 중 일부가 합격한 것을 보면 그녀가 학생들에게 뭔가를 가르쳤음에는 틀림없다. 그 학교에 오는 학생들 모두에게 읽고 쓰는 법과 단순한 계산법 정도는 가르치려고 시도했음이 틀림없다. 계단의 난간은 떨어져나갔고 책상의 바닥 고정부는 건들거렸으며 난로에서는 연기가 났고 연통들은 철사로 한데 고정되어 있었다. 도서관에는 책도 지도도 없었고 분필도 부족했으며 심지어 자마저도 한쪽이 쪼개졌고 더러웠다. 그곳에서 이루어지는 중요한 일은 싸움과 섹스와 좀도둑질이었다. 그럼에도. 사실과 표를 설명하는 시간은 있었다. 그 모든 혼란과 불편과 불가능의 와중에도 평범한 교실의 일상이 미미하게나마 유지되고 있었다. 헌납이었다. 어떤 사람은 스펠링을 배우기도 했다.

선생은 코담배를 즐겼다. 로즈가 본 사람들 중 코담배를 하는 사람은 선생이 유일했다. 선생은 손등에 담뱃가루를 살짝 뿌리고 손을 얼굴 가까이로 가져가 코로 섬세하게 흡입했다. 머리를 뒤로 젖히며 목을 드러냈고, 언뜻 누군가를 멸시하거나 대드는 사람처럼 보이기도 했다. 그것 말고는 특이할 거라곤 없는 사람이었다. 뚱뚱하고 우중충하고 추레했다.

플로는 말했다. 아마도 선생은 코담배를 해서 머리가 멍해졌을 거다. 마약중독자가 그런 식이다. 담배는 그저 신경을 자극할 뿐인데.

학교에는 매혹적이고 멋진 것이 딱 한 가지 있었다. 새 그림들. 선생이 직접 칠판 위쪽, 너무 높아 훼손하기 쉽지 않은 곳까지 올라가 못을 박고 그림을 건 것인지, 그러니까 그것이 선생이 희망을 건 처음이자 마지막 노력의 결과물이었는지, 아니면 학교의 역사에서 좀더 이른, 좀더 평안했던 시기로부터 전해내려온 그림이었는지 알 수 없었다. 그 그림들은 어디에서 왔을까? 그 밖에 장식이나 삽화라고 할 만한 것은 전혀 없었는데 어떻게 그것들은 거기에 있었을까?

붉은머리딱따구리, 꾀꼬리, 파랑 어치, 캐나다 기러기. 선명하고 오래가는 색깔. 배경의 하얀 눈, 꽃 피는 나뭇가지, 강렬한 여름 하늘. 그 그림들은 평범한 교실에서라면 그렇게 특별해 보이지 않았을 것이다. 하지만 그곳에서 그것들은 환하고 거창하며 그 외의 모든 것과 너무도 달라서, 그림이 나타내는 것은 새 자체도, 하늘도, 눈도 아니라, 깨지지 않는 순수함, 풍부한 지식, 특권을 지닌 이들만 누릴 수 있는 경쾌함이 있는 다른 세상 같았다. 도시락을 훔치거나 코트를 칼로 찢거나 바지를 끌어내리고 막대기로 아프게 쑤시는 일이 없는 세상. 씹질도 없고, 프래니도 없는 세상.

입학시험 준비반에는 고학년 여학생이 세 명 있었다. 그들의 이름은 도나와 코라와 버니스였다. 그 세 명이 입학시험 준비반의 전부였고 그 외에는 없었다. 세 명의 여왕. 하지만 자세히 보면 여왕 하나에 공주 둘이었다. 그것이 로즈의 눈에 비친 그들의 모습이었다. 그들은 팔짱을 끼거나 서로의 허리에 팔을 두른 채 운동장을 돌아다녔다. 가운데는 코라. 코라가 키가 가장 컸다. 도나와 버니스는 코라에게 기대어 바짝 붙어 다녔다.

로즈가 사랑한 사람은 코라였다.

코라는 조부모와 함께 살았다. 할머니는 다리를 건너 핸래티로 가서 청소와 다림질을 했다. 할아버지는 '꿀 푸는 사람'이었다. 그건 코라의 할아버지가 변소를 청소하고 돌아다닌다는 뜻이었다. 그것이 그의 직업이었다.

돈을 모아 진짜 욕실을 들이기 전에 플로는 잠작 헛간 구석에다 화학물질로 오물을 처리하는 변소를 설치했다. 옥외 변소보다 나은 방식이었고 겨울에는 특히 좋았다. 코라의 할아버지는 못마땅하게 여겼다. 그는 플로에게 말했다. "이런 화학 변소를 해놓고 괜히 했다고 후회하는 사람들이 많다오."

그는 화학chemicals의 ch를 교회church의 ch처럼 발음했다.

코라는 사생아였다. 어머니는 다른 곳에서 취업을 했거나 혹은 결혼을 했을 것이다. 아마도 가정부로 일하는 듯했는데, 헌옷을 집에 보내줄 수가 있었다. 코라는 옷이 많았다. 학교에 올 때 입는 옷들을 보면, 엉덩이 부분에서 물결치며 흘러내리는 황갈색 새틴 원피스, 동일 소재로 만든 장미가 한쪽 어깨에 덜렁 놓인 감청색 벨벳 원피스, 주름이 잔뜩 잡힌 흐린 장미색 크레이프 원피스 등이 있었다. 너무 어른스러운 옷이었지만(로즈는 그렇게 생각하지 않았다) 너무 큰 옷은 아니었다. 코라는 키가 크고 체격이 단단하고 여자다웠다. 때로는 머리를 정수리에 둥글게 말고 앞머리를 한쪽 눈을 덮도록 늘어뜨렸다. 그녀와 도나와 버니스는 종종 어른 같은 머리 모양에 입술을 진하게 칠하고 볼에는 파우더를 두껍게 발랐다. 코라의 외모는 둔중했다. 이마는 기름기로 번들거렸고, 가무잡잡한 피부에 눈꺼풀은 아래로 처졌고, 농익은 분위기와 나른한 자기만족은 머지않아 억세고 풍채 당당한 모습으로 변할 참이었다. 하지만 양옆의 시녀들과(사실 예쁜 외모에 가장 근접한 사람은 희고 갸름한 얼굴에 금발이 곱슬곱슬한 도나였다) 팔짱을 낀 채 진지하게 얘기를 나누며 운동장을 걸어다니는 코라의 모습은 눈부셨다. 그녀는 학교 남학생들에게 관심을 허비하지 않았다. 사실 세 여학생 모두 그랬다. 그들은 제대로 된 남자친구를 기다리고 있었고, 어쩌면 이미 사귀고 있었는지도 모른다. 어떤 남자애들은 지하실 문간에서 그들을 부르며 아쉬운 마음에 욕설을 내뱉기도 했는데, 그러면 코라가 돌아보며 소리쳤다.

"요람에서 놀기엔 너무 커버렸고 침대에서 놀기엔 너무 어린 것들!"

로즈는 그게 무슨 뜻인지 알 수 없었지만, 허리를 틀어 뒤돌아보는 코라의 모습, 가혹하고 비웃음 가득하면서도 느른하고 태연한 목소리, 광이 나는 얼굴에 한없이 감탄했다. 혼자 있을 때면 로즈는 그 행동을, 그 장면 전체를 재연해보았다. 소리치는 남자애들, 코라가 된 로즈. 로즈는 코라가 한 것과 똑같이 상상 속의 악당들을 돌아보았고, 역시 똑같이 도발적인 멸시의 말을 내뱉었다.

요람에서 놀기엔 너무 커버렸고 침대에서 놀기엔 너무 어린 것들!

로즈는 가게 뒷마당을 걸어다니며, 엉덩이 위로 탐스럽게 주름지며 흘러내리는 새틴 원피스 차림에 머리는 둥글게 말아 늘어뜨리고 입술을 빨갛게 칠한 자신의 모습을 상상했다. 그녀는 코라와 똑같은 모습으로 자라기를 원했다. 다 자랄 때까지 기다리고 싶지도 않았다. 그녀는 당장 코라가 되고 싶었다.

코라는 하이힐을 신고 학교에 왔다. 사뿐사뿐한 발걸음은 아니었다. 그녀가 풍성한 원피스를 입고 교실 안을 걸어다니면 실내가 진동하고 유리창이 덜컹거리는 것을 느낄 수 있었다. 향기도 맡을 수 있었다. 탤컴파우더와 화장품 냄새, 따스하고 가무잡잡한 피부와 머리에서 나는 냄새.

날이 훈훈해지자 세 여학생은 비상계단 꼭대기에 앉아 매니큐어를 발랐다. 묘한 화학약품 향을 띤 바나나 냄새가 났다. 로즈는 중앙 현관에서 날마다 일어나는 궂은일을 피하기 위해 늘 그러듯 비상계단을 올라가 학교 안으로 들어가려 했으나 세 여학생을 보고는 뒤돌아섰다. 그들이 비켜줄 거라고는 감히 기대도 하지 않았다.

코라가 아래를 보며 외쳤다.

"올라오고 싶으면 와도 돼. 어서 올라와!"

그녀는 마치 강아지를 대하듯 로즈를 구슬리고 부추겼다.

"손톱을 어떻게 칠해줄까?"

"그러면 다른 애들도 다 해달라고 할 거야." 버니스라는 여자애가 말했다. 알고 보니 매니큐어의 주인이었다.

"다른 애들에겐 안 해줄 거야." 코라가 말했다. "그냥 얘만 해주면 돼. 너 이름이 뭐야? 로즈? 그냥 로즈에게만 해주면 된다고. 어서 올라와, 자기야."

그녀는 로즈에게 손을 내밀라고 했다. 로즈는 얼룩덜룩하고 지저분한 제 손을 보고 경악했다. 손이 차갑고 덜덜 떨리기까지 했다. 조그맣고 흉측한 물체. 코라가 그 손을 내팽개쳤다 해도 로즈는 놀라지 않았을 것이다.

"손가락을 펼쳐봐. 그래. 힘을 빼. 얘 손 떠는 것 좀 봐! 내가 물어뜯기라도 할까봐 그러니? 착하지, 가만히 있어봐. 옆으로 지저분하게 번지면 싫겠지, 그치?"

그녀는 매니큐어 병에 솔을 담갔다. 라즈베리 같은 진한 빨간색이었다. 로즈는 그 냄새가 좋았다. 코라의 손톱은 크고 분홍색이었으며 차분하고 따뜻했다.

"예쁘지 않니? 네 손톱 정말 예쁘지 않겠니?"

코라는 지금은 그렇게 하는 사람이 없지만 당시에는 유행하던 어려운 방식대로 손톱의 반달 부분과 흰 끝부분을 남겨두고 나머지만 칠했다.

"네 이름과 딱 맞는 장밋빛이구나. 로즈, 참 예쁜 이름이야. 좋다. 코라보다 더 좋아. 난 코라가 싫어. 날씨가 따뜻한데도 넌 손가락이 엄청 차갑네. 차갑지 않니? 내 손과 비교하면?"

그녀는 그 또래 여자애들이 잘 그러는 것처럼 실컷 아양을 부리고 있었다. 그 또래 여자애들은 강아지든, 고양이든, 거울에 비친 제 모습이든 상대를 가리지 않고 자신의 매력을 시험해본다. 로즈는 너무 얼떨떨해 그 순간을 제대로 즐기지 못했다. 그런 엄청난 호의를 받고 겁에 질린 나머지 다리가 풀리고 머리가 어질어질했다.

그날 이후로 로즈는 집착에 사로잡혔다. 틈날 때마다 코라의 걸음걸이와 외모를 모방했으며 코라가 하는 말을 주워듣고 모두 따라 했다. 코라가 되려고 노력했다. 로즈에게는 코라가 하는 모든 몸짓이 매력적이었다. 거칠고 숱 많은 머리에 연필을 찔러넣을 때나 이따금 학교에서 지루한 왕비처럼 신음할 때. 그리고 손가락에 침을 묻혀 눈썹을 세심히 정돈할 때도. 로즈는 손가락에 침을 묻혀 눈썹을 정돈하면서, 햇볕에 탈색되어 잘 보이지도 않는 제 눈썹도 그렇게 진한 색깔이기를 갈망했다.

모방만으로는 부족했다. 로즈는 한발 더 나아갔다. 병으로 몸져누운 자신을 어떤 식으로든 코라가 돌보러 오는 상황을 상상했다. 밤시간의 포옹, 쓰다듬기, 어르기. 로즈는 위험과 구조가 있는, 사고와 감사가 있는 이야기들을 지어냈다. 그녀가 코라를 구조할 때도 있었고 코라가 로즈를 구조할 때도 있었다. 그러고 나면 서로 다정하게 뭐든 다 받아주고 사연을 털어놓는 일만 남았다.

참 예쁜 이름이야.

어서 올라와, 자기야.

시작되고, 커져가고, 흐르는 사랑. 아직은 무엇에 집중해야 하는지 정확히 알지 못하는 성적인 사랑. 그것은 처음부터 있었을 것이다. 곧 녹아 흐르기만을 기다리며 양동이에 하얗게 굳어 있는 꿀처럼. 격렬함이 좀 부족하고 긴박함이 없고 선택된 상대의 성별이 우연히 달랐을 뿐, 그 외에는 똑같았다. 그 이후로 지금까지 로즈를 엄습한 다른 관계들과 똑같았다. 높은 파도, 잊을 수 없는 바보짓, 갑작스러운 홍수.

길가의 라일락, 사과나무, 산사나무에 꽃이 피면 그들은 고학년 여학생들이 주관하는 장례식 놀이를 했다. 죽은 척하기로 한 사람—여자애들만 하는 게임이었으므로 물론 여자애였다—은 비상계단 꼭대기에 반듯이 누웠다. 나머지는 찬송가를 부르며 천천히 줄지어 행진하다가 꽃을 한아름 던졌다. 그들은 시신 위로 엎드려 우는 척하며(일부는 진짜로 울기도 했다) 마지막 눈길을 보냈다. 그게 전부였다. 모두가 돌아가며 망자가 될 기회를 얻기로 되어 있었지만 결국 그렇게 되지는 않았다. 고학년 여학생들은 각자 한 번씩 주인공 역할을 하고 나면 굳이 어린애들 장례식에서 보조 역할을 하려고 들지 않았다. 그들이 빠지고 나면 장례식은 이내 중요하지도 매력적이지도 않은 놀이가 되어 아이들은 하나둘 빠져나갔고 놀이를 끝까지 끌고 가는 것은 고집스러운 어중이떠중이들뿐이었다. 로즈는 그렇게 남은 아이들 중 하나였다. 자기 장례식에 코라가 비상계단을 올라와줄지도 모른다는 희망을 버리지 않았지만, 결국 코라는 무시했다.

 망자를 연기하는 사람은 장례식에 쓰일 찬송가를 선택할 수 있었다. 코라는 〈천국은 얼마나 아름다울까〉를 선택했다. 그녀는 장미색 크레이프 원피스를 입고 라일락이 주종을 이루는 꽃무더기에 파묻혀 누워 있었다. 구슬 목걸이를 걸고 초록색 금박으로 자기 이름을 쓴 브로치를 달았고 얼굴에 파우더도 두껍게 발랐다. 파우더가 입가의 솜털 위에서 파르르 떨렸다. 속눈썹도 바들거렸다. 코라는 집중한 표정으로 얼굴을 찌푸린 근엄한 망자였다. 슬프게 노래하며 라일락을 내려놓을 때 로즈는 금방이라도 흠모의 행동이 터져나올 것 같았지만 딱히 무얼 해야 할지 생각나지 않았다. 그저 세세한 부분들을 차곡차곡 눈에 넣으며 나중에 생각해보리라고 마음먹을 뿐이었다. 코라의 머리색. 귀 뒤로 넘긴 머리칼 아래로 비치는 속머리 색깔. 겉 부분의 머리칼보다 더 밝고 따뜻한 캐러멜 색깔. 팔은 맨살이었고 거뭇했고 납작하게 퍼져 있었다. 어른 여자의 육중한 팔, 그리고 그 위에 덮인 원피스의 주름. 그녀의 진짜 냄새는 무엇일까? 찌푸린 듯 자만한 인상을 주는 그녀의 다듬은 눈썹은 무엇을 말하는 걸까? 나중에 로즈는 혼자 있을 때 그런 생각을 하며 머리를 쥐어짰다. 기억하고 알고 영원히 간직하려고 안간힘을 썼다. 그건 무슨 소용이었을까? 코라를 생각하면 로즈는 중심부가 녹아내리고 태운 초콜릿의 냄새와 맛이 나는, 결코 가닿을 수 없는 빛나는 흑점이 느껴지는 듯했다.

이런 지경에 이른 사랑을, 이토록 무력하고 가망 없고 미친듯 몰두하는 사랑을 어찌할 수 있을까? 제대로 깨져야만 할 것이다.

머지않아 로즈는 처참한 실수를 저질렀다. 코라에게 주려고 플로의 가게에서 사탕을 훔친 것이다. 당시에도 잘 알았지만, 그건 미련하고 부적절하고 유치한 짓이었다. 도둑질은 멍청한 짓이고 쉽지도 않았지만, 잘못은 그 행동 자체만이 아니었다. 플로는 사탕을 아이들이 손댈 수는 없어도 볼 수는 있도록 뚜껑을 닫지 않은 상자에 담아 계산대 뒤의 경사진 선반에 진열했다. 로즈는 기회를 엿보다가 스툴에 올라가 손에 잡히는 대로 아무거나 봉지에 넣어야 했다—껌 사탕, 젤리빈스, 혼합 감초사탕, 메이플버즈 초콜릿, 치킨본즈 사탕 등등. 그중에 한 개도 제 입에 넣지는 않았다. 봉지를 학교에 가져가기 위해 치마 속에 넣고 봉지 윗부분을 팬티 고무줄에 끼워 고정했다. 그러고는 모든 것이 제자리에 있도록 한쪽 팔을 허리에 대고 꽉 눌렀다. 플로가 말했다. "왜 그러는 거야? 배 아프니?" 하지만 플로는 너무 바빠서 자세히 살피지는 못했다.

로즈는 책상 속에 봉지를 숨기고 기다렸으나 기회는 기대한 만큼 쉽게 생기지 않았다.

사탕을 샀더라도, 정당한 방법으로 구했더라도, 그런 시도는 그 자체로 실수였을 것이다. 초기에는 괜찮았을지 몰라도 그때는 아니었다. 그즈음 로즈는 감사와 인정이라는 면에서 너무 많은 것을 원했지만 그 무엇도 받을 수 있는 상태가 아니었다. 어쩌다 코라가 그녀의 책상 옆을 예의 그 묵직하고 거만한 걸음걸이로 지나가며 체온으로 덥혀진 향수 냄새를 풍기기라도 하면, 로즈는 심장이 쿵쾅거렸고 입안에는 동경과 절망이 자아낸 묘한 쇠맛이 감돌았다. 그 어떤 표현도 로즈가 느끼는 감정에 부응할 수 없었고 만족이란 불가능했으며, 그녀는 자신의 행동이 우스꽝스럽고 불운한 것임을 잘 알았다.

로즈는 사탕을 줄 엄두를 내지 못했고, 적당한 기회도 나타나지 않았다. 그래서 며칠이 지난 뒤 봉지를 코라의 책상에 넣어두기로 결심했다. 그마저도 쉽지 않았다. 네시 이후에 뭔가 깜빡한 척하며 학교로 달려 돌아가야 했고, 나중에 다시 달려나올 때는 지하실 문간에 있는 고학년 남학생들 앞을 혼자 지나가야 한다는 점도 염두에 두어야 했다.

교실에는 아직 남아 있던 선생이 모자를 쓰고 있었다. 날마다 다리를 건너 오가는 출퇴근길에 그녀는 깃털이 꽂힌 낡은 초록색 모자를 썼다. 코라의 친구 도나가 칠판을 닦고 있었다. 로즈는 코라의 책상에 봉지를 밀어넣으려고 했다. 무언가가 툭 떨어졌다. 선생은 신경쓰지 않았지만 도나가 돌아서서 소리를 질렀다. "야, 너 코라 책상에서 뭐하는 거야?"

로즈는 의자에 봉지를 내려놓고 달려나왔다.

로즈가 전혀 예상하지 못했던 것은 코라가 플로의 가게에 찾아와 사탕을 돌려주는 상황이었다. 하지만 코라는 그렇게 했다. 로즈를 곤경에 빠트리려는 의도는 아니었고 단지 자기가 좋아서 그런 것이었다. 자신이 중요한 사람, 반듯한 사람이라는 사실이, 그리고 어른스러운 대화의 즐거움이 좋았던 것이다.

"그애가 뭘 바라고 그걸 제게 주었는지 모르겠네요." 코라가 말했다. 혹은 그랬다고 플로가 말했다. 이번만은 플로의 흉내가 이상했다. 로즈가 듣기에 전혀 코라의 목소리 같지 않았다. 플로가 흉내낸 코라는 고상 떨며 징징거리는 사람처럼 들렸다.

"와서 - 말씀드리는 - 게 - 좋겠다고 - 생각했어요!"

사탕은 어쨌든 먹을 수 없는 상태였다. 온통 뭉개지고 엉겨붙어버린 사탕을 플로는 모두 버려야 했다.

플로는 어이가 없었다. 그녀가 그렇게 말했다. 훔쳤다는 사실 때문이 아니었다. 플로는 당연히 도둑질을 하면 안 된다고 생각했지만, 이번 경우에는 그것이 부차적인 악행임을, 덜 중요한 일임을 이해하는 것 같았다.

"그게 뭐하는 짓이니? 그걸 줘서 어쩌자는 거야? 왜 그걸 그애한테 주려고 한 거냐고? 사랑에 빠지기라도 한 거니?"

모욕이자 농담으로 한 말이었다. 로즈는 아니라고 대답했다. 로즈에게 사랑은 영화의 마지막 장면, 키스와 결혼을 연상시키는 말이었기 때문이다. 그렇게 충격받고 까발려진 그녀의 감정은, 비록 자신은 깨닫지 못했지만, 이미 시들면서 가장자리부터 오그라들기 시작했다. 플로는 모든 것을 말려버리는 열풍이었다.

"맞구나," 플로가 말했다. "토할 것 같다."

플로가 얘기한 것은 미래의 동성애가 아니었다. 그에 대해 알았거나 생각해봤다면, 보통의 연애질보다 더욱더 농담 같은 일, 더욱더 기괴하고 이해할 수 없는 일이라고 느꼈을 것이다. 그녀가 역겨워한 것은 사랑이었다. 예속과 자기비하와 자기기만이었다. 그것을 알아차렸던 것이다. 그녀는 바로 그 위험을 보았고 허점을 읽었다. 앞뒤를 가리지 않는 희망, 열의, 바람.

"그애의 어디가 그렇게 대단하니?" 플로는 그렇게 묻고 곧바로 직접 답했다. "대단할 거 하나 없지. 외모가 예쁜 것도 아니고. 머지않아 뒤룩뒤룩 살찐 괴물이 될 거야. 조짐이 보여. 코밑수염도 날걸. 지금도 보이잖아. 게다가 그런 옷들은 다 어디서 난다니? 그런 게 자기한테 어울린다고 생각하는 모양이야."

로즈는 대꾸하지 않았고, 플로의 말은 한참 더 이어졌다. 코라에게는 아버지가 없다, 그애 엄마는 도대체 무슨 일을 하는지 모르겠다, 그리고 그애 할아버지가 누구냐? 꿀 푸는 사람 아니냐!


플로는 그후로도 오랫동안 가끔씩 코라 얘기를 꺼냈다.

"저기 네 우상 지나간다!" 그녀는 코라가 고등학교에 진학한 후 가게 앞을 지나가는 모습을 보면 그렇게 말했다.

로즈는 기억나지 않는 척했다.

"저애 알잖아!" 플로는 계속 지분거렸다. "네가 저애한테 사탕을 바치려고 했잖아! 저애 때문에 사탕을 훔쳤잖아! 어찌나 웃기던지."

모르는 척한 행동이 완전히 거짓은 아니었다. 사실은 기억했으나 감정은 기억나지 않았다. 코라는 몸집이 크고 가무잡잡하고 어깨가 구부정한 고등학생이 되어 뚱한 표정으로 책을 들고 다녔다. 책이 아무 소용 없었는지 고등학교에서는 낙제를 했다. 평범한 블라우스에 감색 치마를 입은 모습이 정말로 뚱뚱해 보였다. 어쩌면 우아한 원피스를 입지 못하게 되자 성격마저 변해버렸는지도 모른다. 코라는 고향을 떠나 전쟁터에서 일했다. 공군에 입대했고, 휴가를 받으면 끔찍한 군복을 뒤집어쓰고 집에 돌아왔다. 그리고 공군 병사와 결혼했다.

로즈는 그런 상실과 변화에 크게 영향받지 않았다. 그녀가 배운 바에 의하면 인생이란 대체로 놀라운 사건들의 연속이었다. 그 이야기를 자꾸만 들추며 코라를 점점 더 나쁘게—가무잡잡하고 털이 많고 뚱뚱하고 팔자걸음을 걷는다고—묘사하는 플로를 보면 그녀가 너무 과거에 머물러 있다는 생각이 들 뿐이었다. 그토록 긴 시간이 흘렀는데, 그리고 이제 아무 소용도 없는데, 로즈는 플로가 자꾸 경고하고 자신을 바꾸려 한다고 여겼다.


전쟁이 나면서 학교도 바뀌었다. 규모가 축소되었고 사악한 기운과 무질서한 분위기나 스타일도 모두 사라졌다. 거친 남자애들은 군대에 갔다. 웨스트핸래티 역시 바뀌었다. 사람들은 전시 산업의 일자리를 찾아 떠났고 남은 사람들 역시 꿈도 꾸지 못했던 보수를 받으며 일했다. 끈질기게 변화가 더딘 경우를 제외하고는 품위를 중시하는 분위기가 자리잡았다. 부분적으로 땜질하던 지붕에는 전체적으로 지붕널을 얹었다. 주택은 페인트로 칠하거나 모조 벽돌을 붙여 단장했다. 냉장고를 사고 뽐내는 사람들도 생겼다. 로즈는 전쟁기와 그 이전의 웨스트핸래티를 생각하면 그 두 기간이 너무도 판이해서 마치 그곳이 완전히 다른 조명 아래 놓인 것처럼, 혹은 각기 다른 방식으로 인화한 필름에 담긴 것처럼 느껴졌다. 그리하여 한쪽은 모든 것이 선명하고 단정하고 한정적이고 평범해 보이는 반면, 다른 한쪽은 어둡고 흐릿하고 무질서하고 심란해 보이는 듯했다.

학교 자체도 개선되었다. 창문을 교체했고 책상은 바닥에 나사로 고정했으며 지저분한 낙서는 흐린 빨간색 페인트로 군데군데 덧칠해 가렸다. 남학생 변소와 여학생 변소를 철거하고 구덩이도 메웠다. 정부와 학교 위원회는 지하실을 치우고 거기에 수세식 화장실을 설치하는 것이 적절하다고 판단했다.

모두가 그런 방향으로 움직이고 있었다. 번스 씨는 여름에 세상을 떠났고 그의 집을 산 사람들은 욕실을 설치했다. 그들은 또한 닭장용 철조망을 높이 세워 학교 운동장에서 손을 뻗어 라일락을 꺾어가지 못하게 했다. 플로도 그즈음에 욕실을 들였다. 그들도 공사를 하는 게 낫겠다고 플로가 말했다. 전시 부흥기였다.

코라의 할아버지는 은퇴해야 했고, 그를 마지막으로 꿀 푸는 사람은 완전히 사라졌다.

자몽 반 개

로즈는 고등학교 입학시험을 치렀고, 다리를 건너갔고, 고등학교에 다녔다.

벽을 따라 크고 깨끗한 창문이 네 개 있었다. 새 형광등이 달려 있었다. 수업은 '보건 길잡이'라는 새로 생긴 과목이었다. 남녀 합반으로 크리스마스를 지나서까지 진행되다가 그뒤로는 '가정생활'이라는 과목으로 넘어갔다. 교사는 젊고 낙천적이었다. 그녀는 엉덩이 부분에서 넓게 퍼지는 근사한 빨간색 정장을 입었다. 각 분단 사이를 앞에서 뒤로, 다시 뒤에서 앞으로 돌아다니며 모든 학생들에게 아침식사로 무엇을 먹었는지 말하게 했다. '캐나다 식생활 기준'을 지키고 있는지 확인하기 위한 것이었다.

시내와 시골의 차이는 금방 드러났다.

"감자튀김이요."

"옥수수 시럽을 바른 빵이요."

"차와 죽이요."

"차와 빵이요."

"차와 달걀프라이와 햄이요."

"건포도 파이요."

웃음소리가 들리자 교사는 꾸짖는 표정을 지었으나 효과는 없었다. 교사는 교실 안의 시내 구역으로 다가가고 있었다. 교실에서는 허술한 종류의 분리 정책이 자발적으로 형성되어 유지되었다. 이쪽 편에서 사람들은 토스트와 마멀레이드를, 베이컨과 달걀을, 콘플레이크를, 심지어 시럽을 바른 와플을 먹었다고 주장했다. 몇 명은 오렌지주스라고 대답했다.

로즈는 시내 아이들의 줄 뒤에 들러붙었다. 웨스트핸래티를 대표하는 사람은 그녀뿐이었다. 그녀는 자신이 출신지를 무시하고 시내 학생들과 나란히 설 수 있기를, 와플을 먹고 커피를 마시고 아침식사용 간이식탁을 따로 구비한 초연하고 유식한 무리에 붙을 수 있기를 간절히 바랐다.

"자몽 반 개요." 로즈는 대담하게 말했다. 아무도 생각해내지 못한 대답이었다.

사실 플로는 아침식사로 자몽을 먹는 것은 아침식사로 샴페인을 마시는 것만큼이나 나쁘다고 생각했을 것이다. 플로의 가게에서는 자몽을 팔지도 않았다. 그들은 생과일을 그다지 좋아하지 않았다. 검은 반점이 생긴 바나나, 혹은 작고 맛없어 보이는 오렌지 몇 개를 먹는 정도였다. 플로는 대다수 시골 사람들과 마찬가지로 잘 익히지 않은 음식은 뭐든 위장에 나쁘다고 생각했다. 그들 역시 아침식사로 차를 마시고 죽을 먹었다. 여름에는 '퍼프드 라이스' 시리얼을 먹었다. 꽃가루처럼 가벼운 '퍼프드 라이스'를 연중 처음으로 대접에 쏟아붓는 아침은 흥겹고 신나는 시간이었다. 처음으로 고무 덧신을 신지 않고 단단한 길을 걸을 수 있게 된 날처럼, 혹은 서릿발과 파리떼 사이에 긴 잠깐 동안의 좋은 날씨에 처음으로 문을 열어놓고 지낼 수 있게 된 날처럼.

로즈는 자몽을 생각해낼 수 있었다는 사실, 그리고 대담하면서도 자연스러운 목소리로 그것을 말할 수 있었다는 사실이 스스로 대견했다. 학교에서는 목소리가 완전히 말라붙어버릴 수도 있고, 심장이 쿵쿵거리는 공처럼 뭉쳐져 목구멍에 박혀버릴 수도 있고, 땀을 너무 흘려 블라우스가 팔에 찰싹 달라붙을 수도 있었다. 멈*을 발라도 아무 소용 없었다. 그녀의 과민한 신경은 재앙의 근원이었다.

며칠 후 로즈는 다리를 건너 집으로 가는 길에 누군가가 부르는 소리를 들었다. 이름을 부른 건 아니었지만 자신을 향한 말이라는 건 알 수 있어서 그녀는 판자 위를 살살 걸으며 귀를 기울였다. 목소리는 아래에서 올라오는 듯했지만 판자 사이 틈으로 내려다봐도 세차게 흐르는 강물 외에는 아무것도 보이지 않았다. 누군가가 아래쪽 교각 옆에 숨어 있는 것 같았다. 목소리는 처량했고 워낙 섬세하게 위장한 터라 남자애인지 여자애인지 분간이 되지 않았다.

"자몽 반 개요!"

---

* 인체용 탈취제 브랜드.

로즈는 그뒤로 몇 년 동안 가끔씩 골목길이나 어둑한 창문에서 그 말이 흘러나오는 것을 들었다. 들었다는 사실을 결코 내색하지 않았지만, 이내 얼굴을 만지거나 입술 위쪽의 물기를 닦아내야 했다. 아닌 것을 그런 척하는 대가로 우리는 땀을 흘린다.

　　더 나쁠 수도 있었다. 치욕이야말로 가장 얻기 쉬운 것이었다. 고등학교 생활은 그 혹독하고 선명한 조명 아래에서 위태롭기 짝이 없었고, 무엇 하나 잊히는 법이 없었다. 코텍스 생리대를 잃어버린 사람이 로즈일 수도 있었다. 아마도 그 코텍스는 시골에 사는 여자애가 나중에 쓸 작정으로 주머니 속이나 공책 뒷장에 끼워 가지고 다녔던 것이리라. 집이 먼 사람이라면 누구라도 그럴 수 있었다. 로즈 자신도 그런 적이 있었다. 여학생 화장실에는 코텍스 자판기가 있었지만 항상 비어 있었고, 동전을 삼키고는 아무것도 토해내지 않기 일쑤였다. 시골 여학생 두 명이 뜻을 모아 점심시간에 수위를 찾아가 자판기를 채워달라고 요구했다는 유명한 일화도 있었다. 아무런 소용이 없었다.

　　"둘 중에 누가 그게 필요한 거야?" 수위가 물었다. 여학생들은 달아났다. 그들은 계단 아래에 있는 수위의 방에 낡고 더러운 소파와 고양이의 해골이 있다고 말했다. 맹세코 사실이라고 했다.

　　그 코텍스는, 아마도 코트보관실 바닥에 떨어져 있는 것을 누군가가 주워 중앙홀에 있는 트로피 케이스에 몰래 넣어두었을 것이다. 거기에서 모두가 볼 수 있게 된 것이다. 접어서 가지고 다니는 동안 새것의 외양은 사라지고 표면이 닳아서, 사람 몸의 온기에 덥혀졌던 물건이라는 상상도 가능했다. 엄청난 추문이었다. 조회 시간에 교장은 역겨운 물건에 대해 언급했다. 그것을 그곳에 전시해놓은 범인을 색출해 모두에게 알리고 매질하여 퇴학시키겠다고 장담했다. 여학생 모두가 자기는 모르는 일이라고 말했다. 각종 이론이 넘쳐났다. 로즈는 자신이 생리대 주인으로 유력시되고 있을까봐 두려움에 떨었고, 그래서 책임이 뮤리얼 메이슨이라는 덩치 크고 무뚝뚝한 시골 여자애에게 떨어졌을 때는 안도의 한숨을 내쉬었다. 뮤리얼은 집에서 입는 쭈글쭈글한 레이온 홈드레스 차림으로 학교에 왔고 몸에서는 냄새가 났다.

"오늘도 걸레 차고 있냐, 뮤리얼?" 이제 남자애들은 그렇게 말하며 등뒤에서 이름을 불러댔다.

"내가 뮤리얼 메이슨이라면 자살하고 싶을 거야." 로즈는 계단에서 고학년 여학생이 다른 여학생에게 하는 말을 들었다. "나 같으면 자살, 하고 만다." 그 여학생은 측은함이 아니라 조급함을 담아 그렇게 말했다.

날마다 로즈는 집에 오면 플로에게 학교에서 있었던 일을 이야기했다. 플로는 코텍스에 관한 일화를 재미있어했고 새로 벌어진 일은 없는지 묻곤 했다. 그녀는 자몽 반 개에 대한 이야기는 듣지 못했다. 로즈는 자신이 우월한 역할, 관찰자의 역할을 하지 않는 이야기는 결코 플로에게 하지 않았다. 곤경은 다른 사람들의 몫이다, 플로와 로즈는 그렇게 합의했다. 로즈가 현장을 떠나 다리를 건너며 사건의 기록자로 탈바꿈할 때 그녀에게 일어나는 변화는 놀라운 것이었다. 신경과민은 싹 사라졌다. 커다랗고 회의적인 목소리, 빨간색과 노란색 체크무늬 치마를 입고 엉덩이를 살살 흔들며 완연히 거들먹거리는 발걸음.

플로와 로즈는 역할을 바꿨다. 이제 집에 이야깃거리를 가져오는 쪽은 로즈, 등장인물들의 이름을 훤히 꿰고 듣기를 기다리는 쪽은 플로였다.

호스 니컬슨, 델 페어브리지, 런트 체스터턴. 플로렌스 도디, 셜리 피커링, 루비 캐루서스. 플로는 날마다 그들에 관한 소식을 기다렸다. 그녀는 그들을 망나니들이라고 불렀다.

"그 망나니들이 오늘은 또 무슨 짓을 저질렀니?"

그들은 부엌에 앉았다. 손님이 올 때를 대비해 가게로 나가는 문을 활짝 열어놓았고 아버지가 부를 때를 대비해 계단으로 통하는 문도 열어두었다. 아버지는 자리보전을 하고 누워 있었다. 플로는 커피를 끓이거나 로즈에게 아이스박스에서 콜라를 몇 개 꺼내오게 했다.

로즈가 집으로 전해오는 이야기는 이런 식이었다.

루비 캐루서스는 빨간 머리에 사시가 심한, 좀 문란한 여학생이었다. (그때와 지금을 비교해 굉장히 다른 점 한 가지는, 적어도 시골이나 웨스트핸래티 같은 곳에서는 사시나 외사시를 그냥 내버려두었다는 것이다. 뻐드렁니가 제멋대로 겹쳐지거나 튀어나와도 마찬가지였다.) 루비 캐루서스는 철물점을 하는 브라이언트 가족을 위해 일했다. 그 집에서 집안일을 하며 숙식을 해결했고 주인집 가족이 종종 경마나 하키 경기를 보러 가거나 플로리다로 여행을 떠나면 집을 봐주었다. 한번은 루비가 그 집에 홀로 지내고 있을 때 남자애들 세 명이 그애를 보러 갔다. 델 페어브리지, 호스 니컬슨, 런트 체스터턴.

"뭐 좀 얻어먹을 게 있나 하고 갔구먼." 플로가 끼어들며 말했다. 그녀는 천장 쪽을 쳐다보며 로즈에게 목소리를 낮추라고 말했다. 아버지는 이런 종류의 이야기를 용납하지 않았다.

델 페어브리지는 잘생기고 자만심이 강했지만 그리 영리하지는 못했다. 그는 자기가 집안으로 들어가 한번 하자고 루비를 설득하겠다

82

고, 그리고 그들 세 사람과 다 같이 하게 할 수 있으면 그렇게 해보겠다고 말했다. 그가 알지 못했던 것은 호스 니컬슨이 이미 루비와 베란다 아래에서 만나기로 약속했다는 사실이었다.

"거미가 있을 텐데." 플로가 말했다. "그애들은 상관 안 하겠지."

델이 어두운 집안에서 루비를 찾아 헤매고 있는 동안 루비는 베란다 아래에서 호스와 함께 있었고, 이미 그런 계획을 알고 있던 런트는 베란다 계단에 앉아 망을 보았다. 당연히 쿵쿵 부딪치는 소리, 헉헉거리는 숨소리에 귀를 기울이면서.

호스는 곧 밖으로 기어나와 집안에 들어가 델을 찾아보겠다고 말했다. 델에게 사정을 알려주려는 것이 아니라 장난질이 어떻게 흘러가고 있는지 보려는 것이었는데, 그것이 호스에게는 그날의 행사에서 가장 중요한 부분이었다. 그는 식품저장실에서 마시멜로를 먹고 있는 델을 찾았고, 델은 루비 캐루서스가 건드리기 좋은 상황이 아니라고, 다른 날 얼마든지 잘할 수 있으니 이젠 집에 가겠다고 했다.

그동안 런트는 베란다 아래로 기어들어가 루비와 작업에 들어갔다.

"아이고, 세상에!" 플로가 말했다.

그러다 호스가 집밖으로 나왔고 런트와 루비는 머리 위 베란다에서 호스가 걷고 있는 소리를 들었다. 루비가 말했다. 저건 누구야? 그러자 런트가 말했다. 아, 그냥 호스 니컬슨이야. 그럼 넌 도대체 누군데? 루비가 말했다.

아이고, 세상에!

로즈는 나머지 이야기는 굳이 하지 않았지만 사정은 이러했다. 기분이 상한 루비는 아래쪽에 있을 때 묻힌 먼지를 옷과 머리에 온통 뒤집어쓴 채 베란다 계단에 앉아 있었다. 담배를 권해도 피우지 않았고 런트가 방과후에 일하는 식료품점에서 슬쩍해온 (그때쯤이면 꽤나 찌그러졌을) 컵케이크 한 상자를 나눠 먹자고 해도 싫다고 했다. 왜 그러는지 말해보라고 남자애들이 채근하자 마침내 그녀가 말했다. "누구랑 하고 있는지 정도는 알 권리가 있다고 생각해."

"뿌린 대로 거두는 거지." 플로가 달관한 듯 그렇게 말했다. 다른 사람들도 그렇게 생각했다. 마치 유행처럼, 사람들은 실수로 루비의 물건을 집으면, 특히 체육복이나 운동화 같은 경우엔 더더욱, 곧바로 손을 씻으러 갔다. 성병에 걸릴까봐 그러는 것이었다.

위층에서 로즈의 아버지가 발작적으로 기침을 하고 있었다. 필사적인 기침이었지만 그들은 이미 익숙해져 있었다. 플로는 일어나서 계단 밑으로 갔다. 거기에서 그녀는 기침이 멈출 때까지 귀를 기울였다.

"약이 눈곱만큼도 효과가 없어." 플로가 말했다. "그 의사는 반창고 하나도 반듯이 붙이지 못하더라." 마지막까지도 그녀는 로즈 아버지의 고생을 약이나 의사 탓으로 돌렸다.

"남자애랑 그 지경까지 가면 넌 끝장인 줄 알아." 플로가 말했다. "정말이야."

로즈는 얼굴이 벌게지도록 화를 내며 그러느니 차라리 죽어버리겠다고 말했다.

"꼭 그래라." 플로가 말했다.


플로가 로즈에게 해준 이야기는 이런 것이었다.

플로가 열두 살 때 어머니가 세상을 떠났고 아버지는 딸을 다른 집으로 보냈다. 부유한 농가에 보내 재워주고 먹여주는 대신 일을 시키고 학교에도 보내달라고 한 것이다. 하지만 학교에 가지 못하는 날들이 대부분이었다. 할일이 너무 많았다. 그들은 모진 사람들이었다.

"사과를 따라고 했는데 나무에 사과가 한 개 남아 있으면, 다시 돌아가 과수원 전체를 돌며 모든 나무를 살피고 오라고 해. 밭에서 돌을 고를 때도 마찬가지지. 돌을 한 개라도 남겨두면 밭 전체를 다시 고르라고 하거든."

주인집 부인은 주교의 누이였다. 늘 피부에 신경을 써서 '하인즈 허니 앤드 아몬드'를 발랐다. 누구에게나 비꼬는 듯한 높은 목소리로 말했고 밑지는 결혼을 했다고 생각했다.

"그래도 생긴 건 괜찮았어." 플로가 말했다. "그리고 내게 뭘 하나 주었지. 새틴으로 된 긴 장갑이었는데 연한 갈색이었어. 황갈색. 정말 예뻤지. 잃어버릴 생각이 아니었는데 결국 그렇게 되고 말았어."

플로는 먼 들판까지 일꾼들의 식사를 날라다주어야 했다. 주인집 남편이 꾸러미를 풀고 나서 말했다. "왜 파이가 없는 거야?"

"파이를 먹고 싶으면 직접 만들어 드시든가." 플로가 말했다. 함께 음식을 싸고 있을 때 여주인이 한 말을 말투까지 그대로 흉내낸 것이었다. 그 여자 흉내를 그렇게 잘 냈다는 건 놀라운 일이 아니었다. 늘 흉내내고 있었고 심지어 거울을 보고 연습도 했기 때문이다. 정말로 놀라운 것은 그때 그걸 내보였다는 사실이었다.

남편은 아연실색했지만 흉내임을 알아차렸다. 그는 플로를 앞세우고 집으로 가서 자기 아내에게 그런 말을 한 것이 사실이냐고 따져 물었다. 그는 덩치가 크고 성미가 고약한 남자였다. 아니, 사실이 아니에요, 주교의 누이가 말했다. 그 계집애는 맨날 말썽만 피우는 거짓말쟁이예요. 여주인은 남편을 거뜬히 당해냈고 플로와 둘만 남게 되자 플로를 어찌나 세게 팼는지 부엌 저편으로 밀려나 찬장에 부딪힐 정도였다. 두피가 찢어졌다. 상처는 꿰매지 않은 채 시간이 흘러 아물었다(주교의 누이는 의사를 부르지 않았다. 소문나는 것이 싫어서였다). 플로에겐 아직도 상처가 남아 있었다.

플로는 그뒤로 다시는 학교에 가지 못했다.

열네 살이 되기 직전 플로는 도망쳤다. 나이를 속이고 핸래티에 있는 장갑공장에 취직했다. 하지만 주교의 누이는 플로가 어디 있는지 알아냈고 가끔씩 찾아왔다. 우리는 널 용서했어, 플로. 넌 우리를 버리고 도망쳤지만 우린 아직도 널 우리의 플로, 우리의 친구라고 생각한단다. 언제든 와서 하루라도 함께 지내자. 시골에서 하루 정도 지내고 싶지 않니? 장갑공장은 어린 네 몸에 좋지 않아. 바람을 쐬어야지. 우리집에 놀러와. 오늘 오지 않을래?

그런데 플로가 초대를 받아들여 그 집에 가보면 매번 대대적으로 저장용 과일잼이나 칠리소스를 만들고 있거나, 도배 또는 봄맞이 대청소를 하거나, 때로는 타작을 앞두고 있기도 했다. 시골 풍경이라고는 울타리 너머로 설거지물을 버릴 때 본 것이 전부였다. 그녀는 자신이 도대체 거기 왜 가고 왜 머물다 오는지 이해할 수 없었다. 바로 돌아서서 시내로 걸어가기엔 먼 거리였다. 그리고 그들은 자기들끼리는 그런 일을 감당할 수 없는 사람들이었다. 주교의 누이는 잼 병을 씻지도 않고 치워두었다. 지하실에서 병을 꺼내오면 안에 곰팡이가 군데군데 피어 있거나 썩은 잼이 보송보송한 곰팡이에 뒤덮여 바닥에 엉겨붙어 있었다. 이런 사람들을 어찌 불쌍히 여기지 않을 수 있을까?

주교의 누이가 병원에서 죽어가고 있을 때 플로도 우연히 그 병원에 있었다. 담낭수술 때문에 입원해 있었는데, 로즈도 그 일이 기억날 듯했다. 주교의 누이는 플로가 병원에 있다는 말을 듣고 만나고 싶어했다. 그래서 플로는 휠체어에 실려 복도를 따라 그곳으로 갔는데, 침대에 누운 그 여자—키가 크고 피부가 매끄럽던 여자가 이젠 검버섯이 피고 뼈만 앙상한데다 암에 걸려 약에 취한 모습—를 본 순간 엄청나게 심한 코피가 터져나왔다. 평생 처음이자 마지막으로 흘린 코피였다. 붉은 피가 마치 색 테이프처럼 줄줄 흘러나왔다, 라고 플로가 말했다.

간호사들이 플로를 돕기 위해 복도를 왔다갔다했다. 어떻게 해도 코피는 멈추지 않을 것 같았다. 그녀가 고개를 들면 피가 병에 걸린 여자의 침대로 튀었고, 고개를 숙이면 바닥으로 흘러내렸다. 마침내 사람들이 얼음주머니를 대주었다. 침대에 누운 여자에게는 작별인사도 할 수 없었다.

"작별인사도 못했다니까."

"하고 싶었어요?"

"아, 그렇지." 플로가 말했다. "그래. 하고 싶었어."


로즈는 저녁마다 책을 한아름씩 집으로 가지고 왔다. 라틴어, 대수, 고대 및 중세 역사, 프랑스어, 지리. 『베니스의 상인』 『두 도시 이야기』 『단시 모음집』 『맥베스』. 플로는 다른 모든 책에 대해 그런 것처럼 그 책들에도 반감을 보였다. 책이 무겁고 클수록, 장정이 어둡고 음침할수록, 제목의 글이 길고 어려울수록 반감은 커지는 듯했다. 『단시 모음

집』을 보고는 격분했다. 책을 펼쳐 보다가 다섯 쪽에 걸친 시 한 편을 발견했기 때문이다.

제목을 엉터리로 바꿔놓기도 했다. 로즈는 플로가 일부러 잘못 발음하는 거라고 생각했다. '송가ode'는 '이상한odd'으로 발음했고, 율리시스는 '시'를 '쉬'라고 길게 늘여 그가 마치 술 취한 영웅 같았다.

로즈의 아버지는 욕실에 가기 위해 아래층으로 내려와야 했다. 계단 난간을 붙잡고 느리기는 하지만 멈춤 없이 움직였다. 그는 갈색 모직 가운을 입고 술이 달린 끈으로 허리를 묶었다. 로즈는 아버지의 얼굴을 똑바로 쳐다보지 않았다. 병 때문에 변해버린 아버지의 모습을 보기 힘들어서라기보다는 그 얼굴에서 자신을 탐탁지 않아하는 기미를 읽을까봐 두려웠기 때문이다. 로즈가 그 책들을 집에 가져온 것은 당연히 아버지를 의식해서, 아버지에게 자랑하기 위해서였다. 그리고 아버지는 정말로 그 책들을 쳐다봐주었다. 그는 세상의 어떤 책이든 집어들어 제목을 읽어보지 않고는 지나칠 수 없는 사람이었다. 하지만 아버지가 한 말은 이것뿐이었다. "조심해라. 너무 똑똑해지지 않는 게 신상에 이로울 거야."

로즈는 아버지가 혹시 듣고 있을지도 모르는 플로의 비위를 맞추려고 그렇게 말한 거라고 생각했다. 그때 플로는 가게에 있었다. 하지만 아버지는 플로가 어디에 있든 그녀가 듣고 있는 것처럼 말할 거라고 로즈는 생각했다. 그는 플로의 비위를 맞추려고, 혹은 그녀의 반감을 살까봐 전전긍긍했다. 아버지는 결론을 내린 것 같았다. 안전한 곳은 플로의 곁이라고.

로즈는 아버지에게 대꾸하지 않았다. 아버지가 말을 하면 그녀는 고개를 숙이고 입을 꼭 다물었다. 비밀스럽게, 하지만 불손해 보이지 않도록 조심하면서. 그녀는 신중했다. 하지만 뽐내고 싶은 욕구, 자신에 대한 원대한 희망, 요란한 야심이 아버지에게는 감춰지지 않았다. 그는 모두 알고 있었고, 로즈는 아버지와 같은 공간에 있는 것만으로도 수치심을 느꼈다. 아버지에게 망신을 안겨주었다고 느꼈다. 왠지 자신은 태어난 순간부터 망신거리였고 미래에는 훨씬 더 철저히 그를 망신시킬 거라는 생각이 들었다. 하지만 그녀는 뉘우치지 않았다. 그녀는 자신의 고집스러운 기질을 알았으며 바꿀 생각도 없었다.

아버지에게 플로는 바람직한 여자의 전형이었다. 로즈는 그것을 알았고 실제로 아버지도 자주 그렇게 말했다. 여자는 활달하고 현실적이어야 하며 무엇을 만들거나 비축하는 재주가 있어야 한다. 빠릿빠릿해야 하고 흥정과 관리에 능해야 하며 사람들의 가식을 꿰뚫어볼 수 있어야 한다. 동시에 지적인 면에서는 어수룩하고 아이 같아야 하며, 지도나 긴 단어나 책에 나오는 모든 것을 우습게 보고, 아기자기하면서 알쏭달쏭한 생각, 미신, 전통에 대한 믿음 등으로 가득차 있어야 한다.

"여자의 정신은 달라." 아버지는 로즈가 약간 더 어렸을 때, 평온했고 심지어 친밀하기까지 했던 어느 시기에 그렇게 말했다. 아마도 그는 로즈도 여자라는 것, 혹은 곧 여자가 된다는 것을 잊었는지도 모른다. "여자들은 자기가 믿고 싶은 걸 믿지. 여자들 생각은 따라가기가 불가능하잖아." 그는 집안에서 고무 덧신을 신고 다니면 눈이 멀게 된다고 믿는 플로를 가리켜 그렇게 말하고 있었다. "하지만 여자들은 나름의 방식으로 삶을 꾸려나가. 그게 그들의 재능이야. 머리에서 나오는 게 아니지. 여자가 남자보다 더 뛰어난 어떤 부분이 있어."

그러므로 아버지에게 로즈가 망신거리인 것은 그녀가 여자라는 사실, 그러나 뭔가가 잘못되어 바람직한 종류의 여자가 되지는 않을 거라는 사실 때문이었다. 하지만 그것 말고도 더 있었다. 진짜 문제는 아버지가 스스로에게서 최악이라고 보았음이 분명한 품성들을 그녀 또한 지녔고 유지하고 있다는 사실이었다. 그가 자기 안에서 계속 억누르고 가라앉힐 수 있었던 성향들이 딸에게서 다시 떠올랐고 게다가 딸은 그것을 물리치려는 의지조차 보이지 않았다. 그녀는 동경과 공상에 빠지곤 했으며 헛된 자부심을 품고 뽐내기를 좋아했다. 삶 전체가 그녀의 머릿속에서 흘러갔다. 그녀는 아버지가 자랑스럽게 여기고 중시하는 자질—손재주, 어떤 일에도 공을 들이는 철저함과 꼼꼼함—은 전혀 물려받지 못했다. 사실 손을 쓰는 일에는 보기 드물 정도로 서툴렀고 성급했고 건성이었다. 그녀가 설거지통에 손을 넣고 물을 철벅거리며 정신을 완전히 딴 데 팔고 있는 모습, 엉덩이가 이미 플로보다 더 커지고 무성한 머리는 마구 헝클어진 모습, 몸집이 크고 나태하며 온통 스스로에게만 몰두해 있는 모습을 보면 그녀의 아버지는 짜증과 비애, 심지어 혐오감마저 드는 모양이었다.

그 모든 것을 로즈는 알았다. 아버지가 방을 가로질러 지나갈 때까지 그녀는 꼼짝도 하지 않고서 아버지의 눈을 통해 자신을 바라보았다. 그녀 역시 자신이 차지하고 있는 공간이 싫어질 지경이었다. 하지만 아버지가 가고 나면 곧바로 회복했다. 다시 하던 생각으로, 또는 거울 앞으로 돌아갔다. 근래에 그녀는 거울 앞에 서서 시간 가는 줄도 모르고 머리카락을 모아 정수리에 말아올리거나 옆으로 살짝 돌아 가슴선을 비춰보거나 눈가 피부를 잡아당겨 눈을 위로 조금, 아주 조금, 도발적으로 치키면 어떻게 보이는지 살펴기도 했다.

그녀는 아버지가 자신에 대해 느끼는 다른 감정들도 있다는 사실 역시 아주 잘 알고 있었다. 그가 딸에 대해 통제하기 힘든 짜증과 우려뿐만 아니라 자부심 또한 느끼고 있다는 것을. 그는 딸이 다르기를 원치 않는다는 것, 본모습 그대로이기를 바란다는 것이 진실, 최종적인 진실이었다. 적어도 그의 마음 한구석에서는 그랬다. 당연히 아버지는 그런 마음을 계속 부정해야 했다. 겸양 때문에 그래야만 했다. 그리고 비뚤어진 마음 때문에. 비뚤어진 겸양. 또한 그는 플로와 의견이 잘 맞는 것처럼 보여야만 했다.

로즈는 이 문제를 깊이 생각해본 적이 없었다. 혹은 그러고 싶지 않았다. 그녀 또한 아버지와 마찬가지로 부녀가 서로에게 불러일으키는 감정을 부담스럽게 느꼈기 때문이다.


로즈가 학교에서 돌아왔을 때 플로가 말했다. "아, 네가 와서 다행이다. 가게에 좀 있어."

그녀의 아버지는 런던\*에 있는 재향군인병원으로 갈 예정이었다.

"왜요?"

"나한테 묻지 마. 의사가 그랬어."

"상태가 더 나빠졌어요?"

"나는 몰라. 나는 아무것도 몰라. 아무 하는 일 없는 그 의사는 그렇진 않다더라. 오늘 아침에 와서 아버지를 살펴보고는 병원에 가래. 빌

───────────────

\* 캐나다 온타리오주에 있는 도시.

리 포프가 있어서 다행이야. 네 아버지를 차로 태워다줄 거니까."

빌리 포프는 플로의 사촌으로, 푸줏간에서 일했다. 사실 그는 예전에 도살장 안에서 살았는데 바닥에 시멘트를 바른 방 두 개가 그의 거처였고 당연히 양과 대창과 살아 있는 돼지 냄새를 풍겼다. 하지만 가정적인 품성을 지녔는지, 다 쓴 담배 깡통을 모아 제라늄을 심어 두꺼운 시멘트 창틀에 놓고 키웠다. 이제 그는 가게 위에 작은 아파트를 마련했고 모아놓은 돈으로 올즈모빌 자동차를 샀다. 때는 전쟁 직후로, 새 차를 마련한다는 것이 특별한 감흥을 일으키던 시절이었다. 그는 집에 놀러오면 자꾸만 창가로 다가가 차를 내다보며 이목을 끄는 말을 했다. 가령 이런 말. "우리 아가씨한테 건초 좀 더 먹여야겠네. 하지만 그런다고 그녀에게서 거름을 얻을 순 없을 거야."

플로는 빌리 포프와 그 차를 자랑스러워했다.

"봐라, 빌리 포프의 차는 뒷좌석이 넓으니까 네 아버지가 누울 수도 있지."

"플로!"

로즈의 아버지가 그녀를 부르고 있었다. 그가 처음 자리보전을 하게 되었을 때는 그녀를 부르는 일이 거의 없었고, 시간이 조금 지나서는 조심스럽게, 심지어 미안한 것처럼 부르곤 했다. 하지만 그런 단계도 지나자 툭하면 불러대고 이유를 만들어서 위층으로 불러들인다, 라고 플로가 말했다.

"저이는 거기에서 나 없이 어떻게 지내려는 걸까?" 플로가 말했다. "날 오 분도 가만두지 않는 사람인데." 그녀는 그런 사실이 자랑스러운 듯했다. 그래도 자주 그를 기다리게 했다. 때로는 계단 밑에 가서 자기가 필요한 이유를 좀더 상세히 외쳐보라고 억지를 쓰기도 했다. 가게에 오는 사람들에게는 남편이 자기를 오 분도 가만두지 않는다고, 침대보를 하루에 두 번이나 갈아야 한다고 말했다. 그건 사실이었다. 그의 침대보는 땀으로 폭 젖었다. 늦은 밤이면 플로나 로즈가, 혹은 둘이 함께 장작 헛간으로 나가 세탁기를 돌렸다. 때로 로즈는 아버지의 속옷이 얼룩진 것을 보기도 했다. 로즈는 보고 싶지 않았지만 플로는 그것을 로즈의 코밑 가까이 들이대고 흔들어대며 외쳤다. "이것 좀 보소, 또!" 그러면서 못마땅한 듯 혀를 끌끌 찼는데 그 소리가 익살극 배우 같았다.

그럴 때 로즈는 플로가 싫었고 자기 아버지도 싫었다. 그의 병이, 빨래를 세탁소에 맡기는 건 상상조차 못하는 가난이나 절약이, 삶에서 그 무엇도 피해갈 수 없는 신세가 싫었다. 피해갈 수 없도록 거기에 플로가 있었다.

로즈는 가게에 머물렀다. 아무도 오지 않았다. 모래 섞인 바람이 부는 날이었다. 보통의 눈 내리는 시기는 지났지만 어차피 그전에도 눈은 오지 않았었다. 그녀는 플로가 위층에서 돌아다니며 옷을 입는 아버지를 나무라거나 격려하고, 아마도 그의 짐을 싸며 물건을 찾고 있는 것 같은 소리를 들었다. 로즈는 계산대 위에 교과서를 올려놓고 집 안의 소음에서 벗어나기 위해 영어책에 있는 단편소설을 읽고 있었다. 캐서린 맨스필드가 쓴 「가든파티」라는 작품이었다. 소설에는 가난한 사람들이 나왔다. 그들은 정원 가장자리에 있는 오솔길 가에 살았다. 소설은 그들을 연민의 시선으로 그렸다. 그럴듯했다. 하지만 로즈는 그 소설이 결코 불러일으킬 의도가 없었을 울화를 느꼈다. 정확히 무엇 때문에 화가 나는지는 알 수 없었지만, 캐서린 맨스필드는 얼룩진 속옷을 봐야만 하는 상황에 처하지 않으리라는 확신이 들면서 생긴 감정이었다. 작가의 친척들은 심성이 가혹하고 경박할지언정 말투는 근사할 거라고 생각했다. 맨스필드가 느끼는 연민은 행운의 구름 위에 떠 있는 사람의 감정이며, 그녀는 아마도 그 행운을 개탄했겠으나 로즈는 그것을 경멸했다. 로즈는 가난에 관한 한 엄격한 판관이 되어가고 있었고 그후로도 긴 세월을 그런 태도로 살아갔다.

빌리 포프가 부엌에 들어와 명랑하게 외치는 소리가 들렸다. "아, 모다들 내가 왜 안 오나 했지?"

캐서린 맨스필드에게는 모다들이라고 말하는 친척은 없었다.

로즈는 단편을 다 읽고 『맥베스』를 집어들었다. 그녀는 그 작품의 대사를 일부분 외우고 있었다. 셰익스피어의 작품을 비롯해 여러 시들을 학교에서 시키는 것 이상으로 많이 외웠다. 그 구절들을 암송할 때 그녀는 자신이 무대 위에서 맥베스 부인을 연기하는 배우라고 상상하지 않았다. 자기가 바로 그 여자라고, 맥베스 부인이라고 상상했다.

"나 걸어서 왔어요." 빌리 포프가 계단 위쪽에 대고 외쳤다. "우리 아가씨, 입원시켰거든." 그는 누구나 그게 자동차 얘기라는 것을 알 거라고 생각했다. "뭐가 문젠지 모르겠네. 공회전을 시키면 시동이 꺼져버리데요. 뭔가 제대로 작동하지 않는 채로 큰 도시에 나가긴 싫더라고. 로즈 집에 있나?"

빌리 포프는 로즈를 어릴 적부터 예뻐했다. 그는 동전 하나를 주면서 이렇게 말하곤 했다. "열심히 저축해서 코르셋 사 입어라." 로즈가 가슴이 평평하고 말랐을 때였다. 농담이라고 한 소리였다.

그가 가게 안으로 들어왔다.

"어이구, 로즈는 착한 짓 하고 있네?"

로즈는 거의 대꾸도 하지 않았다.

"학교 책 보냐? 선생 될래?"

"그럴 수도 있죠." 그녀는 교사가 될 생각이 없었다. 하지만 그런 포부가 있다고 인정하고 나면 사람들은 놀라울 정도로 순순히 물러났다.

"너희 식구한텐 참 슬픈 날이겠다." 빌리 포프가 목소리를 낮춰 말했다.

로즈는 고개를 들어 싸늘하게 그를 쳐다보았다.

"아버지 입원하니까 슬프겠다 그 말이지. 그래도 다 고쳐줄 거다. 거기엔 장비들도 다 있어. 좋은 의사도 있고."

"글쎄요." 로즈가 말했다. 그녀는 그것도 싫었다. 사람들이 뭔가를 암시했다가 바로 철회하는 짓. 그 음흉함. 사람들은 주로 죽음과 섹스에 대해 그런 짓을 했다.

"병원에서 싹 고쳐줄 거니까, 봄 무렵엔 아버지가 다시 오실 거다."

"폐암이라면 그렇게 안 될걸요." 로즈가 단호하게 말했다. 전에는 한 번도 입에 담은 적 없는 말이었고, 플로에게서 들은 적도 없는 말이었다.

빌리 포프는 로즈가 지저분한 욕이라도 입에 담은 것처럼 참담하고 무안한 표정을 지었다.

"야, 말을 그리하면 안 되지. 그렇게 말하는 거 아니다. 아버지가 금방이라도 내려오실 참인데, 들으시면 어쩌려고."

그 상황이 때로는 로즈에게 즐거움을 주었다는 사실은 부인할 여지가 없다. 침대보를 빨 때나 발작적인 기침소리를 들을 때처럼 너무 깊이 휘말리지만 않는다면 음미할 수 있는 가혹한 즐거움. 그녀는 그 상황에서 제 역할을 연극 속 배역처럼 상상하면서, 자신을 명민하고 침착하여 모든 기만을 거부하는 인물, 나이는 어리지만 인생의 쓰라린 경험을 다 겪은 인물로 그렸다. 폐암은 그런 기분에서 나온 말이었다.

빌리 포프는 차량 정비소에 전화를 걸었다. 자동차 수리는 저녁 무렵이나 되어야 끝나는 것으로 밝혀졌다. 빌리 포프는 그 시간에 출발하느니 부엌 소파에서 하룻밤을 자겠다고 했다. 그와 로즈의 아버지는 아침에 병원으로 가기로 했다.

"허겁지겁 갈 이유가 없어. 그 작자 말 한마디에 날뛸 생각은 없거든." 플로가 의사를 언급하며 말했다. 플로는 연어로 미트로프를 만들 요량으로 연어 통조림을 가지러 가게에 들어왔다. 그녀는 아무데도 가지 않을 테고 애초에 그럴 계획도 없었는데 스타킹을 신고 깨끗한 블라우스와 치마를 입은 모습이었다.

플로는 저녁을 준비하며 부엌에서 빌리 포프와 큰 소리로 대화를 이어갔다. 로즈는 높은 스툴에 앉아 머릿속으로 대사를 암송하며 전면 창밖의 웨스트핸래티를, 거리에 흩날리는 먼지와 메마른 웅덩이들을 바라보았다.

이 내 여자의 가슴으로 다가와
젖 대신 담즙을 채워다오, 그대 살인의 사제들이여!*

로즈가 그 대사를 부엌에 대고 외쳤다면 두 사람은 화들짝 놀랐을 것이다.

여섯시에 그녀는 가게문을 닫았다. 부엌으로 들어갔을 때 아버지가 거기 있는 것을 보고 그녀는 깜짝 놀랐다. 그때까지 아버지의 목소리는 들리지 않았었다. 그는 말도 기침도 하지 않았었다. 개중에 좋은 옷으로 갈아입은 모습이었는데, 옷 색깔—번들거리는 진녹색—이 특이했다. 아마도 싸구려였을 것이다.

"네 아버지, 이렇게 차려입으신 것 좀 봐라." 플로가 말했다. "자기가 말쑥해 보인다고 생각하셔. 너무 맘에 들어서 다시 자리에 눕지 않으려고 하신다."

로즈의 아버지는 부자연스럽게, 순종적으로 미소를 지었다.

"지금은 좀 어때요?" 플로가 물었다.

"괜찮아."

"어쨌든 기침 발작도 안 일어났네요."

면도를 한 아버지의 얼굴은 매끈하고 섬세한 것이 전에 그녀가 학교에서 노란 세탁비누로 깎은 동물상 같았다.

"일어나서 돌아다녀야 하나봐."

"바로 그거예요." 빌리 포프가 요란한 목소리로 말했다. "농땡이는 이제 그만 부리셔. 일어나서 돌아다니시라고요. 일도 다시 하시고."

식탁 위에 위스키 한 병이 놓여 있었다. 빌리 포프가 가져온 것이었다. 남자들은 크림치즈를 담았던 작은 유리잔에 위스키를 따라 마셨

---

* 『맥베스』에서 맥베스 부인의 대사.

다. 위스키를 따르고 나서 그 위에 물을 0.5인치 정도 부었다.

로즈의 배다른 남동생 브라이언이 밖에서 놀다가 진흙투성이가 되어 차가운 바깥공기 냄새를 몰고 떠들썩하게 들어왔다.

아이가 들어오는 순간 로즈가 말했다. "나도 좀 마셔도 돼요?" 그녀는 위스키 병을 고갯짓으로 가리켰다.

"계집애들은 그런 거 마시면 못써." 빌리 포프가 말했다.

"네가 마시면 브라이언도 마시겠다고 징징거릴 거다." 플로가 말했다.

"마셔도 돼요?" 브라이언이 징징거리며 말했다. 그러자 플로는 시끌벅적하게 웃으며 자기 잔을 빵 보관함 뒤로 밀어놓았다. "거기 보이지?"


"옛날엔 병 고치는 사람들이 있었는데," 빌리 포프가 저녁식사 자리에서 말했다. "근데 지금은 아무리 봐도 없데."

"지금 그런 사람 하나 붙잡으면 좋을 텐데, 안타깝군." 로즈의 아버지가 시작되려는 기침 발작을 붙잡아 막아내며 말했다.

"우리 아버지가 가끔 얘기하던 신앙 치료사가 하나 있어요." 빌리 포프가 말했다. "말투가 좀 특이했죠. 성경에 나오는 것 같은 말투요. 근데 귀먹은 친구 하나가 그 작자한테 가서 나았어요. 그러자 그 작자가 말했어요. '들리느요?'"

"들리느뇨?" 로즈가 넌지시 물었다. 그녀는 저녁식사로 먹을 빵을 꺼내면서 플로의 잔을 비운 참이라 친지들을 향해 훨씬 나긋나긋한 기분이 들었다.

"바로 그거야. 들리느뇨? 그러자 이 친구가 네, 들려요, 하고 말했어요. 신앙 치료사가 또 말했죠. 믿느뇨? 그런데 이 사람은 그게 무슨 말인지 모른 거지. 그래서 말했죠. 뭘요? 그러자 신앙 치료사가 꼭지가 휙 돌아서 청력을 도로 빼앗아버린 거야. 그래서 그 친구는 올 때와 마찬가지로 귀머거리인 채로 집에 돌아갔죠."

플로가 자기가 어릴 적에 살던 곳에 천리안을 가진 여자가 있었다는 이야기를 시작했다. 처음에는 마차들이, 나중에는 자동차들이 일요일마다 그 여자의 집이 있는 오솔길 끝에 와서 주차했다. 사람들이 그녀와 상담을 하려고 먼 곳에서 찾아오는 날이 바로 일요일이었다. 대개는 잃어버린 물건에 대해 물었다.

"가족친지들과 소통하고 싶어하진 않았대?" 로즈의 아버지가 말했다. 그는 플로가 이야기를 할 때마다 그렇게 추임새 넣는 것을 좋아했다. "그런 사람이면 죽은 이들과도 이어줄 수 있었을 텐데."

"음, 사람들 대부분은 자기 친지들을 살아 있을 때 본 것만으로 만족해요."

그들이 알고 싶어한 것은 반지나 유언장이나 가축의 행방이었다. 사라진 물건들이 어디로 갔을까?

"내가 아는 어떤 사람이 그 여자한테 갔어요. 지갑을 잃어버렸거든. 철도에서 일하는 남자였어요. 그 여자가 말하기를, 자, 한 일주일 전에 철로에서 일하다가 과수원 가까이에 가게 되었을 때 사과나 한 개 먹고 싶다고 생각했던 거 기억나요? 그래서 울타리를 넘어갔죠. 바로 그때 지갑을 떨어뜨린 거예요. 바로 그때, 거기 높이 자란 풀숲에서. 그런데, 하고 여자는 계속 말했죠. 개 한 마리가 와서 그걸 물었고 울타리를 따라 한참 가다 땅에 떨어뜨렸어요. 거기 가면 찾을 수 있을 거예요. 음, 이 남자는 과수원에 간 일, 울타리를 넘은 일 등등을 다 까맣게 잊어버리고 있던 참이라 여자한테 감탄을 하며 일 달러를 주었어요. 그러고는 그 여자가 말한 바로 그곳에서 지갑을 찾은 거죠. 실화예요. 내가 그 남자를 알거든요. 하지만 개가 돈을 다 물어뜯어놓은 거예요. 아주 갈가리 찢어놓았죠. 그래서 그 사람은 지갑을 찾았을 때 너무 화가 나서, 그 여자한테 그렇게 큰돈을 주지 말걸! 하고 말했대요."

"자, 물론 당신은 그 여자에게 안 갔을 거야." 로즈의 아버지가 말했다. "당신은 그런 걸 믿지 않을 테지?" 그는 플로에게 이야기할 때 시골 사람들이 흔히 그러듯, 상대를 살살 놀리며 사실 또는 사실일 거라 믿는 것과 정반대로 말하곤 했다.

"아니에요, 정말로 난 그 여자에게 뭘 물어보러 가지 않았어요." 플로가 말했다. "하지만 거기 간 적은 한 번 있죠. 가서 파를 좀 얻어 와야 했어요. 어머니가 편찮으시고 신경과민에 시달렸는데, 그 여자가 소식을 전하기를, 자기한테 파가 좀 있는데 신경과민에 좋다는 거야. 사실은 신경과민이 아니라 암이었으니, 그게 무슨 효과가 있었을까 싶지만."

플로가 그 말을 입 밖에 내고 당황해 목소리가 높아지더니 이야기를 다급하게 이어갔다.

"그래서 그걸 가지러 가야 했어요. 그 여자가 파를 뽑아서 물에 씻어 단으로 묶어주더니, 아직 가지 마라, 줄 게 있으니까 부엌으로 들어와봐, 그러는 거야. 아, 난 뭘 준다는지 몰랐지만 감히 안 들어간다고는 못했죠. 그 여자가 마녀라고 생각했거든요. 우리 모두 그랬어요. 학교 아이들 모두. 그래서 부엌에 가서 앉았는데 그 여자가 식품저장실에 들어가 커다란 초콜릿 케이크를 가지고 나와서 한 조각을 잘라주는 거야. 앉아서 먹을 수밖에요. 그 여자는 근처에 앉아 내가 먹는 걸 지켜봤고. 그 여자에 대해 기억나는 건 손밖에 없어요. 엄청나게 크고 붉은 손에 두꺼운 혈관이 툭 불거져 있었는데, 손을 무릎 위에 놓고 철썩철썩 내리치거나 배배 꼬고 있었죠. 그뒤로 가끔, 정작 그 파를 먹어야 하는 사람은 그 여자가 아니었을까 생각이 들더군요. 그 여자도 신경이 그리 튼튼한 것 같진 않았으니까.

그런데 문득 이상한 맛이 느껴졌어요. 그 케이크에서. 묘했죠. 그래도 감히 그만 먹을 엄두가 안 나더라고요. 먹고 또 먹고 하다가 다 먹은 뒤엔 고맙다고 말하고 드디어 그 집에서 나왔어요. 그 여자가 날 보고 있을 거란 생각에, 내려오는 길은 내내 걷다가 큰길로 나와서야 뛰기 시작했어요. 하지만 그 여자가 투명인간이든 뭐든 되어서 날 따라오고 있을 것 같아 무서웠어요. 내 생각을 읽고 날 번쩍 들어올려 자갈길에 머리를 짓이겨버릴 것 같기도 했고. 집에 도착해서는 문을 활짝 열어젖히고 독이야! 하고 소리를 질렀죠. 내 생각이 바로 그거였으니까. 그 여자가 내게 독이 든 케이크를 먹였다고.

사실은 그냥 곰팡이가 좀 핀 것뿐이었어요. 엄마가 그렇게 말해줬거든요. 집안의 습기 때문에요. 그리고 어떤 때는 사람들이 떼로 몰려오기도 하지만 어떤 때는 며칠 동안 아무도 찾아오지 않기도 해서 케이크를 먹을 사람이 없었을 거예요. 남은 케이크가 오래되기 십상이었던 거죠.

하지만 난 그렇게 생각 안 했어요. 아니다, 난 독을 먹었으니 곧 죽을 거다. 그래서 곡식창고 구석에 꾸며놓은 나만의 공간으로 가서 앉아 있었어요. 내게 그런 공간이 있다는 건 아무도 몰랐죠. 거기에 온갖 잡동사니를 모아놨어요. 깨진 도자기 조각과 벨벳으로 만든 조화도 좀 있었고. 그 꽃들이 기억나요, 비에 맞아 못쓰게 된 모자에서 떼어낸 거였죠. 그렇게 거기 앉아서 기다렸어요."

빌리 포프가 놀리듯이 말했다. "그럼 사람들이 와서 끌어낸 거야?"

"생각이 안 나. 아닌 것 같아. 날 찾느라 고생깨나 했겠지. 쌓아놓은 사료 부대 뒤쪽에 있었으니까. 아니, 모르겠어. 결국은 내가 기다리는 게 지겨워져서 스스로 나온 것 같아."

"그리고 이렇게 살아서 이야기도 하는 거고." 로즈의 아버지가 말했다. 지연시켰던 기침 발작이 그를 무너뜨리면서 마지막 단어는 삼켜지고 말았다. 플로는 그에게 이제 잠자리에 들어야 한다고 말했지만 그는 그냥 부엌 소파에 누워 있겠다면서 거기로 가서 누웠다. 플로와 로즈는 식탁을 치우고 설거지를 한 뒤, 모두—플로와 빌리 포프와 브라이언과 로즈—가 함께할 오락거리로 식탁에 둘러앉아 유커 카드 게임을 했다. 아버지는 졸고 있었다. 로즈는 플로가 곡식창고 구석에서 도자기 조각과 시든 벨벳 꽃들과 그 밖의 다른 소중한 물건들 사이에 앉아, 분명 점점 잦아들었을 공포와 고귀한 기쁨과 욕망을 느끼며, 죽음이 그날을 어떻게 동강내는지 보려고 기다리는 모습을 생각했다.

그녀의 아버지는 기다리고 있었다. 그의 헛간은 잠겼고 그의 책들은 다시는 주인의 손길을 받지 못할 것이며 내일은 그가 마지막으로 신발을 신는 날이 될 터였다. 그들은 모두 이런 생각에 익숙했고, 어떤 면에서는 그의 죽음이라는 사건이 일어날 때보다 일어나지 않을 때 더 불안함을 느꼈을 것이다. 그가 어떻게 생각하는지는 아무도 묻지 못했다. 그런 질문을 했다면 아버지는 주제넘은 짓, 극적인 과장, 방종한 짓으로 치부했을 것이다. 로즈는 아버지가 그랬을 거라고 생각했다. 그녀는 아버지가 웨스트민스터병원, 늙은 병사들을 위한 그 병원에 갈 마음의 준비를 마쳤다고 생각했다. 남자들의 음울한 분위기, 침대 둘레에 쳐진 누렇게 바랜 커튼, 점점이 얼룩진 오물받이 등을 대할 마음의 준비가 되어 있다고. 그리고 그뒤에 일어날 일에 대해서도. 그녀는 바로 그 순간보다 더 아버지와 가까이 있는 날은 오지 않을 거라고 생각했다. 그뒤로 찾아온 뜻밖의 깨달음은 아버지가 그보다 더 멀리 있는 날이 오지 않는다는 사실이었다.

고등학교 백주년 기념 동창회에서—일부러 간 것은 아니었고 플로가 어떻게 지내는지 살피러 간 길에, 말하자면 우연히 들르게 되었는데—로즈는 커피를 마시며 새로운 고등학교의 창문 없는 녹색 홀들을 돌아다니다 이런 말을 하는 사람들과 만났다. "루비 캐루서스가 죽은 거 알았니? 가슴 한쪽을 제거하고 다른 한쪽도 제거했다는데, 결국 그게 온몸에 퍼져서 죽었대."

그리고 이런 말을 하는 사람들도 만났다. "잡지에서 네 사진 봤어. 그 잡지 제목이 뭐였더라, 우리집에 있는데."

새로운 고등학교에는 자동차 정비공을 양성하는 자동차 정비소, 미용실 운영자를 양성하는 미용실, 그리고 도서관, 강당, 체육관이 마련되어 있고, 여자 화장실에는 손을 씻을 수 있는 분수대 같은 장치도 있었다. 또한 코텍스 자판기도 잘 작동했다.

델 페어브리지는 장의사를 경영했다.

런트 체스터턴은 회계사가 되었다.

호스 니컬슨은 건설업자로 돈을 많이 벌다가 정계로 나갔다. 그는 어느 연설에서 학교가 하느님에 대해 훨씬 더 많이 가르치고 프랑스어는 훨씬 더 적게 가르쳐야 한다고 말했다.

야생 백조

플로는 '백인 노예 상인'을 조심하라고 말했다. 그들이 활동하는 방식을 그녀는 이렇게 설명했다. 엄마나 할머니 같은 푸근한 분위기를 풍기는 나이든 여자가 버스나 기차에서 옆자리에 앉아 친근하게 말을 건다. 그 여자가 네게 사탕을 주는데 그 안에는 약이 들어 있다. 얼마 지나지 않아 너는 몸이 축 늘어지고 횡설수설하며 의사 표현을 제대로 할 수 없게 된다. 아, 도와주세요, 그 여자가 말한다. 우리 딸이(손녀가) 아파요. 바람 좀 쐬이고 정신을 차리게 하려면 얘를 차에서 내려야겠는데 누가 좀 도와주세요. 점잖은 신사가 모르는 사이인 척하며 돕겠다고 나선다. 다음 정거장에서 두 사람이 함께 기차나 버스에서 너를 끌어내리면, 그것을 끝으로 평범한 세상은 너를 다시는 볼 수 없게 된다. 그들은 너를 백인 노예 소굴에 데려가(약을 먹이고 꽁꽁 묶어 데려갔을 테니 너는 거기가 어딘지 알 수 없을 것이다) 완전히 바닥으로 떨어지고 절망에 빠질 때까지 가둔다. 술 취한 남자들이 네 몸속을 찢고 역겨운 병을 옮겨놓을 테고 네 정신은 약으로 망가질 것이며 머리와 이빨도 모두 빠져버릴 텐데, 그런 상태가 될 때까지 대략 삼 년 정도 걸린다. 그때가 되면 너는 집에 가고 싶지도 않을 것이고 어쩌면 집을 기억하지도 못하거나 기억하더라도 찾아갈 수 없을 거다. 그러면 그들은 너를 거리로 내보내줄 거다.

플로는 십 달러짜리 지폐를 꺼내 로즈의 슬립 어깨끈에 꿰매놓은 작은 헝겊 주머니에 넣었다. 또 한 가지 일어날 가능성이 있는 사고는 로즈가 지갑을 도난당하는 것이었다.

사제복을 차려입은 사람들을 조심해, 플로는 그런 말도 했다. 그들이 최악이다. 백인 노예 상인들은 그런 변장을 흔히 쓴다. 돈을 노리는 사람들도 마찬가지고.

로즈는 변장한 사람과 그렇지 않은 사람을 어떻게 구분할 수 있는지 모르겠다고 말했다.

플로는 언젠가 토론토에서 일한 적이 있었다. 유니언역에 있는 커피숍에서 웨이트리스로 일했다. 그녀가 아는 것들은 모두 그래서 알게된 것이었다. 그 시절에 플로는 쉬는 날이 아니면 햇빛을 보지 못했다. 하지만 그것 말고는 아주 많은 것들을 보았다. 어떤 남자가 칼로 다른 남자의 배를 찌르는 것도 보았는데, 그는 상대의 셔츠를 잡아 빼더니 배가 아니라 수박을 자르는 것처럼 깔끔하게 칼질을 했다. 배의 주인은 저항할 틈도 없이 그대로 앉아 깜짝 놀란 눈으로 아래를 내려다보았다. 플로는 토론토에서 그런 일쯤은 별것도 아니라는 듯이 말했다.

그녀는 배드 우먼(플로가 창녀를 가리킬 때 쓰는 말로, '배드민턴'을 발음할 때처럼 '배드'와 '우먼'을 딱 붙여서 말했다) 두 명이 싸우는 장면도 보았다. 한 남자가 그들을 비웃었고 다른 남자들은 싸움을 말리다가 웃다가 부추기다가 했으며 여자들은 서로의 머리를 한 움큼씩 뽑았다. 마침내 경찰이 와서 여전히 울부짖고 비명을 지르는 두 여자를 데려갔다.

플로는 발작을 일으킨 아이가 죽는 모습도 보았다. 아이 얼굴이 잉크처럼 까맸다.

"뭐, 난 겁 안 나요." 로즈가 어깃장을 놓으며 말했다. "어쨌든 경찰이 있잖아요."

"아, 경찰! 제일 먼저 사람들 등쳐먹는 게 그 인간들이야!"

로즈는 섹스에 관해서 플로가 한 얘기는 아무것도 믿지 않았다. 장의사 남자만 해도 그렇다.

아주 깔끔한 옷차림에 머리가 벗어진 자그만 남자가 가끔씩 가게에 와서 플로에게 구슬리는 듯한 표정으로 말을 건네곤 했다.

"사탕 한 봉지만 사고 싶었어요. 껌 몇 통 정도하고요. 초콜릿 바 한두 개도. 실례지만 포장해주실 수 있나요?"

플로는 물론 그럴 수 있다고, 정중함을 가장한 말투로 말했다. 그러고는 선물 비슷한 것이 되도록 과자를 두꺼운 흰 종이에 쌌다. 남자는 콧노래를 부르고 잡담을 해가며 천천히 물건을 고르고 나서도 한참을 꾸물거렸다. 플로에게 기분이 어떤지 묻기도 했고 로즈가 근처에 있으면 로즈에게도 인사를 건넸다.

"얼굴이 창백해 보이는구나. 어린 소녀들은 신선한 공기를 쐬어야

해." 플로에게는 이렇게 말하곤 했다. "일을 너무 많이 하시는군요. 평생 동안 일을 너무 많이 하셨어요."

"쉬지 말라는 팔자인가봐요." 플로는 쾌활하게 말하곤 했다.

그가 나가고 나면 플로는 서둘러 창가로 갔다. 바로 거기에 있었다―보라색 커튼이 드리워진 오래된 검은색 영구차.

"오늘 여자들한테 가겠군!" 영구차가 완만한 속도로, 거의 장례 행렬처럼 천천히 멀어지면 플로는 그렇게 말했다. 그 자그만 남자는 장의사를 운영했지만 이제는 은퇴했다. 영구차도 마찬가지로 은퇴했다. 그의 아들들이 장의사를 인계받아 영구차를 새로 샀다. 그는 오래된 영구차를 타고 여자들을 찾아 시골 곳곳을 돌아다녔다. 플로의 말에 의하면 그랬다. 로즈는 믿을 수 없었다. 플로는 그가 껌과 사탕을 여자들에게 줄 거라고 말했다. 로즈는 아마도 그 남자가 직접 먹을 거라고 말했다. 플로는 그 남자를 본 사람, 그가 하는 말을 들은 사람이 있다고 말했다. 날씨가 훈훈하면 그는 창문을 내린 채 차를 운전했고, 혼자서 또는 뒷자리의 안 보이는 누군가에게 노래를 불렀다.


바람에 날린 눈더미 같은 그녀의 이마
백조와 같은 그녀의 목


플로는 그가 노래하는 모습을 흉내냈다. 시골길을 걷는 여자를 천천히 따라잡으며, 혹은 시골의 교차로에 멈춰 서서 노래하는 남자. 온갖 찬사와 예의치레를 늘어놓고 초콜릿 바를 주며 차를 태워주겠다고 제안하는 남자. 물론 그런 제안을 받았다고 전하는 여자들은 하나같이 자기는 거절했다고 말했다. 그는 결코 성가시게 조르지 않고 예의바르게 차를 몰아갔다. 이 집 저 집 들르기도 했고, 남편이 집에 있으면 함께 앉아 잡담을 나누는 것도 마찬가지로 좋아하는 듯했다. 어쨌거나 그가 하는 행동은 그게 다라고 유부녀들이 말했지만 플로는 믿지 않았다.

"어떤 여자들은 차 안으로 들어가기도 해." 그녀는 말했다. "많은 여자들이." 플로는 영구차 안이 어떻게 생겼을지 추측하기를 즐겼다. 플러시 천. 플러시 천으로 감싼 벽과 지붕과 바닥. 커튼과 똑같은 부드러운 보라색, 진한 라일락과 같은 색깔.

말도 안 돼, 로즈는 생각했다. 누가 믿겠는가, 그 나이의 남자가 그런다는 걸?

로즈는 처음으로 혼자서 기차를 타고 토론토로 가려는 참이었다. 전에 한 번 가본 적은 있지만 그때는 플로와 함께였고 아버지가 돌아가시기 훨씬 전이었다. 그들은 샌드위치를 싸서 가져갔고 객실 판매원에게서 우유를 샀다. 시큼했다. 시큼한 초콜릿 우유. 로즈는 그토록 원했던 것이 이렇게 실망스럽다는 사실을 받아들이기 싫어 계속 조금씩 홀짝홀짝 마셨다. 우유 냄새를 맡아본 플로는 객실을 이곳저곳 뒤져서 이가 다 빠지고 쟁반을 끈으로 목에 두르고 다니는 빨간 재킷 차림의 노인을 찾아냈다. 그녀는 노인에게 초콜릿 우유를 한번 마셔보라고 했다. 근처의 다른 사람들에게도 냄새를 맡아보라고 권했다. 노인은 돈을 받지 않고 진저에일을 좀 주었다. 살짝 뜨듯했다.

"난 할말을 한 거예요." 노인이 떠난 뒤 플로가 주변을 둘러보며 말했다. "할말은 해야죠."

여자 한 명이 맞장구를 쳤지만 다른 사람들 대부분은 창밖을 바라봤다. 로즈는 뜨듯한 진저에일을 마셨다. 그게 문제였는지, 아니면 판매원과의 소동이 문제였는지, 아니면 플로가 맞장구친 여자와 대화를 트며 어디 사는지, 토론토에는 왜 가는지 얘기하고 로즈가 아침에 변을 보지 못해서 낯빛이 칙칙하다고 늘어놓아서였는지, 아니면 뱃속에 들어간 소량의 초콜릿 우유 때문이었는지, 로즈는 기차 화장실에서 먹은 것을 게워냈다. 그러고는 하루종일 코트에 묻은 토사물 냄새를 사람들이 맡을까봐 전전긍긍했다.

이번에 플로는 출발에 앞서 차장에게 "이 아이 좀 잘 봐주세요. 집을 떠나본 적이 없는 애거든요!" 하고 말하고는, 깔깔 웃으며 주위를 둘러보는 것으로 농담임을 알렸다. 그러고 나서 플로는 내려야 했다. 차장은 로즈만큼이나 농담을 원하지 않는 것 같았고 누군가를 잘 봐줄 생각도 전혀 없는 듯했다. 그는 표를 보여달라고 할 때 말고는 로즈에게 한 번도 말을 걸지 않았다. 그녀는 창가 자리에 앉았고 이내 이상할 정도로 행복해졌다. 플로가 뒤로 물러나고 웨스트핸래티가 날아가듯 멀어지며 그녀 자신의 피곤한 자아도 다른 모든 것처럼 쉽사리 버려지는 느낌이었다. 갈수록 낯설어지는 타운들이 너무나 좋았다. 한 여자가 기차 안의 사람들이 모두 쳐다봐도 상관없다는 듯 잠옷 차림으로 자기 집 뒷문 앞에 서 있었다. 그들은 대설大雪지대를 벗어나 봄이 더 빨리 찾아오고 풍경이 더 부드러운 남쪽으로 내려가고 있었다. 사람들은 뒤뜰에 복숭아나무를 기를 수도 있었다.

로즈는 토론토에 가면 찾아봐야 할 물건들을 머릿속에 정리해보았다. 첫째로, 플로에게 줄 물건들. 다리의 정맥류에 도움이 될 특수 스

타킹. 떨어진 냄비 손잡이를 붙일 특별한 종류의 접합제. 그리고 도미
노 한 벌.

자신을 위해서는 팔과 다리에 쓸 제모제, 그리고 구할 수 있다면, 엉
덩이와 허벅지 사이즈를 줄여준다는 공기주입식 쿠션도. 그녀는 핸래
티의 약국에 가면 제모제가 있을 것 같다고 생각했지만 약국 여자가
플로의 친구여서 안 하는 얘기가 없었다. 약국 여자는 염모제를 산 사
람이 누군지, 살 빼는 약을 산 사람은 누구이고 프랑스식 금고*를 산 사
람은 누구인지 플로에게 모두 이야기했다. 쿠션은 다른 곳에 주문을
해도 되지만 우체국에서 무슨 말을 들을 게 뻔했고, 거기에도 플로가
아는 사람이 있었다. 로즈는 팔찌와 앙고라 스웨터도 살 계획이었다.
그녀는 은팔찌와 연파랑 앙고라 스웨터에 큰 기대를 품고 있었다. 그
것들이 자신을 변신시켜줄 거라고, 차분하고 날씬하게 변화시키고 부
스스한 머리를 정돈해주며 겨드랑이 밑을 보송보송하게 해주고 안색
을 진줏빛으로 바꿔줄 거라고 생각했다.

여행 경비를 포함해 그런 물건들을 살 돈의 출처는 로즈가 '다가올
세상의 예술과 과학'이라는 제목으로 에세이를 써서 탄 상금이었다.
놀랍게도 플로는 그 글을 읽어달라고 했고, 로즈가 에세이를 읽는 동
안에는, 그 사람들이 상을 주어야 한다고 생각한 것은 로즈가 사전을
집어삼켰기 때문일 거라고 평했다. 그러고는 수줍게 말했다. "참 재미
있구나."

로즈는 셸라 매키니의 집에서 하룻밤을 자야 했다. 셸라 매키니는

---

* 콘돔을 뜻하는 캐나다의 속어.

아버지의 사촌이었다. 그녀는 호텔 지배인과 결혼했고 자신이 출세했다고 생각했다. 하지만 호텔 지배인은 어느 날 집에 와서 식사실 의자 두 개 사이의 바닥에 주저앉더니 말했다. "다시는 이 집 밖으로 나가지 않을 거야." 달리 특별한 일이 생겨서가 아니라 그냥 다시는 집밖으로 나가지 않겠다고 결심한 것뿐이었다. 실제로 그는 죽을 때까지 밖에 나가지 않았다. 그로 인해 셀라 매키니는 별나고 예민한 성격으로 변했다. 여덟시만 되면 문을 모두 잠갔다. 그녀는 또한 굉장히 인색하기도 했다. 저녁식사는 대개 건포도를 넣은 오트밀 죽이었다. 집은 컴컴하고 좁았으며 은행에서 나는 냄새가 났다.

기차에 사람이 점점 많아졌다. 브랜트퍼드에서 어떤 남자가 옆에 앉아도 되느냐고 물었다.

"밖이 생각보다 쌀쌀해요." 그가 말했다. 그는 신문 일부를 읽으라고 주었다. 로즈는 됐다고 말했다.

그러고는 그가 무례하다고 생각할까봐, 아닌 게 아니라 정말로 쌀쌀하다고 말했다. 그녀는 계속해서 창문 밖으로 봄날 아침 풍경을 내다보았다. 이곳 아래쪽에는 눈이 남아 있지 않았다. 나무와 관목들의 표피 색깔도 고향에서보다 더 연한 것 같았다. 햇살까지도 달라 보였다. 이곳은 지중해 해안이나 캘리포니아의 계곡들만큼이나 고향과 달랐다.

"창문이 지저분하네요. 관리가 이렇게 허술할 거라는 생각은 못했을 거예요." 남자가 말했다. "기차 여행 자주 해요?"

그녀는 아니라고 말했다.

들판에 물이 고여 있었다. 그는 턱짓으로 그곳을 가리키며 올해는 눈이 많았다고 말했다.

"백설이 푸짐했죠."

백설이라는 그의 말이 귀에 들어왔다. 시적이라고 느껴졌다. 고향에서라면 다들 그냥 눈이라고 했을 것이다.

"일전에 특이한 경험을 했어요. 시골길을 운전하고 있었거든요. 사실은 교구민 한 명을 찾아가는 중이었어요. 심장이 안 좋은 여자분인데⋯⋯"

그녀는 재빨리 그의 옷깃을 살폈다. 평범한 셔츠와 넥타이에 감색 양복 차림이었다.

"아, 맞아요." 그가 말했다. "저는 연합교회 소속 목사입니다. 하지만 항상 사제복을 입진 않고, 설교할 때 입지요. 오늘은 근무하지 않는 날이고요.

아, 아까 말한 대로 제가 시골길을 운전하고 있었는데, 저편 연못을 보니 캐나다 기러기들이 있더군요. 그런데 다시 한번 봤더니 백조들도 함께 있는 거예요. 커다란 무리를 짓고 있었죠. 어찌나 멋지던지. 봄에 북쪽을 향해 이동중인 것 같더군요. 장관이었죠. 그런 광경은 처음이었어요."

로즈는 야생 백조 이야기를 감탄하며 들을 수가 없었다. 그가 대화를 백조에서 자연 전체로, 그러다가 결국은 신에 대한 얘기로 끌고 갈까봐 겁났기 때문이다. 목사들은 그래야만 한다고 생각하는 경우가 많았으니까. 하지만 그는 그러지 않고 백조 얘기에서 멈췄다.

"정말 멋진 광경이었죠. 아가씨도 봤다면 아주 좋아했을 거예요."

쉰에서 예순 사이일 거다, 로즈는 생각했다. 그는 키가 작았고 기력이 왕성해 보였으며 각진 얼굴은 불그스름했고 곱슬곱슬한 흰머리를 이마에서 뒤로 빗어 넘겼다. 그가 신을 언급하지 않으리라는 것을 깨닫자 그녀는 고마움을 표해야겠다는 생각이 들었다.

그녀는 정말로 멋졌을 것 같다고 말했다.

"일반적인 연못도 아니었어요. 들판에 고인 물에 불과했거든요. 그냥 행운이었죠. 거기 물이 고여 있었고 그 새들이 거기에 내려앉았고 제가 딱 맞춰 그곳을 지나가고 있었다는 건, 그냥 행운이었어요. 이리Erie 호수 동쪽 끝에서 오는 새들일 거예요. 하지만 전에는 직접 볼 수 있는 운이 없었던 거죠."

그녀는 차츰차츰 창문 쪽으로 고개를 돌렸고 그는 읽고 있던 신문으로 돌아갔다. 로즈는 계속 희미한 미소를 짓고 있었다. 무례해 보이지 않기 위해, 대화를 완전히 거부하는 것처럼 보이지 않기 위해서였다. 아침 날씨는 정말로 쌀쌀해서, 그녀는 기차에 탔을 때 벗어서 고리에 걸어두었던 코트를 내려 무릎 담요처럼 덮고 있었다. 목사가 기차에 탔을 때 자리를 마련하기 위해 내려놓은 핸드백은 바닥에 있었다. 그가 신문 낱장을 여유롭게, 조금은 보란듯이 빼들어 탈탈 털고 부스럭거렸다. 무슨 일이든 보란듯이 하는 부류로 보였다. 목사들의 방식. 그는 당장은 읽을 생각이 없는 장은 옆으로 치워두었다. 신문지 귀퉁이가 코트 가장자리에, 그녀의 다리에 닿았다.

로즈는 한참 동안 그것이 신문지라고 생각했다. 그러다가 속으로 말했다. 손이면 어떡하지? 그것은 그녀가 상상할 수 있는 종류의 상황이었다. 그녀는 때로 남자들의 손, 팔에 난 솜털, 무언가에 집중한 옆모습을 쳐다보곤 했다. 그리고 그들이 할 수 있는 모든 것을 생각하곤 했다. 심지어 멍청한 남자들까지도. 예를 들면, 플로의 가게에 빵을 가져오는 트럭 빵장수. 자신감 있고 무르녹은 태도, 수월함과 기민함이 섞인 안정적인 움직임으로 빵 트럭을 다루는 모습. 허리띠 위로 주름 잡힌 원숙한 뱃살도 불쾌하지 않았다. 또 언젠가는 학교의 프랑스 선생을 눈여겨본 적도 있었다. 사실 프랑스 사람은 아니었고 이름이 매클래런이었는데, 로즈는 그가 프랑스어를 가르치다보니 분위기가 배어들어 프랑스 사람처럼 보이는 거라고 생각했다. 재치 있는 언변에 누렇게 뜬 얼굴, 각진 어깨, 매부리코와 서글픈 눈빛. 로즈는 그를 도락을 완벽히 익힌 독학자, 주변을 맴돌고 우회하며 느릿하게 쾌락을 향해 나아가는 사람으로 그려보았다. 그녀는 누군가의 대상이 되고픈 갈망을 느꼈다. 강탈당하고 애무받고 전락하고 소진되는.

하지만 이게 손이라면? 이게 정말로 손이라면? 그녀는 몸을 살짝 뒤척여 최대한 창문 쪽으로 움직였다. 자신의 상상이 이런 현실을 만들어낸 것만 같았다. 대응할 준비가 되지 않은 현실. 그것이 두렵게 느껴졌다. 그녀는 그쪽 다리에, 스타킹으로 감싸인 그쪽 피부에 정신을 모았다. 쳐다볼 엄두는 나지 않았다. 누르는 느낌이 있는가, 없는가? 그녀는 다시 뒤척였다. 두 다리는 처음부터 내내 딱 붙이고 있었다. 맞았다. 그건 손이었다. 손이 누르는 느낌이었다.

하지 마세요. 그녀는 그 말을 하려고 했다. 속으로 말을 만들고 연습해봤지만 입 밖으로 내보낼 수는 없었다. 왜 그랬을까? 창피해서였을까? 사람들이 들을까봐? 사방에 사람들이 있었고 좌석은 꽉 차 있었다.

그것만은 아니었다.

그녀는 고개를 들지는 않고 조심스럽게 옆으로 틀어 어렵사리 그를 쳐다보았다. 그는 좌석을 뒤로 젖힌 채 눈을 감은 모습이었다. 감색 양복 소매가 신문에 가려져 있었다. 그는 신문을 로즈의 코트 위로 겹쳐지게 내려놓았고, 그의 손은 그저 자다가 무심코 뻗은 것처럼 그 밑에 놓여 있었다.

이제 로즈는 신문을 젖히고 코트를 걷어낼 수도 있었다. 그가 잠들지 않았다면 손을 치울 수밖에 없었을 것이다. 그가 잠들어 있다면, 그래서 손을 치우지 않는다면, 로즈는 나지막한 목소리로 실례합니다, 하고 말한 뒤 그의 손을 그의 무릎 위로 단호하게 되돌려놓을 수도 있었을 것이다. 이런 명백하고 간단한 해법은 그녀의 머리에 떠오르지 않았다. 그래서 그녀는 자문하지 않을 수 없었다. 왜 그랬을까? 목사의 손은 전혀, 혹은 아직은, 달갑지 않았다. 불편하고 거부감이 들고 약간은 역겨웠으며 함정에 빠진 듯했고 경계심이 들었다. 하지만 그 손을 맘대로 할 수가, 거부할 수가 없었다. 그는 아니라고 주장하고 있는 것 같은데 그녀가 그 손이 거기 있다고 주장할 수는 없었다. 바쁜 하루를 앞두고 휴식을 취하며 악의도 의심도 없이 그토록 유쾌하고 건강한 얼굴로 앉아 있는 사람에게 어떻게 책임을 묻는단 말인가? 아버지가 살아 있다면 그보다도 연배가 위일 남자, 존경받는 데 익숙한 남자, 자연을 감상하고 야생 백조를 보고 기뻐하는 남자에게. 그녀가 정말로 하지 마세요, 하고 말한다면 그는 분명 무시할 거라고, 마치 그녀가 어리석거나 예의 없는 짓을 했지만 눈감아주는 것처럼 굴 게 분명하다고 생각했다. 그녀는 자신이 그 말을 하자마자 그가 듣지 못했기를 바랄 것임을 알았다.

하지만 그것 말고도 더 있었다. 호기심. 그 어떤 욕망보다 더 줄기차고 긴급한 것. 그 자체로 욕망인 것. 단지 무슨 일이 일어나는지 보기 위해 뒤로 물러나 지나치게 오래 기다리면서 엄청난 위험을 감수하게 이끄는 것. 무슨 일이 일어나는지 보기 위해.

그뒤 몇 마일을 더 가는 동안, 그 손은 가장 미세하고 가장 소심한 누르기와 탐사를 시작했다. 그는 잠든 것이 아니었다. 혹시 잠들었다 해도 손은 그렇지 않았다. 그녀는 정말이지 역겨웠다. 현기증이 나면서 속이 울렁울렁 뒤집혔다. 살이 떠올랐다. 살덩어리, 분홍색 주둥이, 통통한 혀, 뭉툭한 손가락, 그 모두가 안락함을 찾아 종종거리고 살금살금 움직이고 축 늘어지고 문지르는 모습. 발정기의 고양이가 비참한 괴로움에 울부짖으며 판자 울타리 꼭대기에 몸을 문지르는 모습이 생각났다. 처량하고 유아적이었다. 이렇게 간지럽히고 밀고 주무르는 짓은. 해면조직, 부풀어오른 점막조직, 자극받은 말초신경, 수치스러운 냄새, 그리고 굴욕.

그 모든 것이 시작되고 있었다. 그의 손, 그녀가 절대로 잡고 싶지 않을, 결코 맞잡아주지 않을 손, 그의 고집스럽고 끈기 있는 손이 결국 이파리를 바스락거리게 하고 시냇물을 흐르게 하고 간사한 육감을 일깨우고 말았다.

그럼에도 그녀는 아니었으면 했다. 여전히 아니었으면 했다. 이것 좀 치워주세요, 그녀는 창문 밖에 대고 말했다. 제발, 그만해요, 그녀는 나무 그루터기와 헛간에 대고 말했다. 손은 더 위로 올라와 스타킹 끝부분을 지나 맨살에 닿았고, 가터벨트 밑으로 좀더 올라와 그녀의 팬티와 배 아랫부분에까지 이르렀다. 다리는 아직도 딱 붙여 꼬고 있었다. 다리를 계속 꼰 채로 있는 동안은 결백을 주장할 수 있다. 그 무엇도 시인하지 않았다. 언제라도 이걸 멈출 수 있다고 계속 믿을 수 있다. 아무 일도, 더이상은 아무 일도 일어나지 않을 것이다. 다리는 결코 벌어지지 않을 것이다.

하지만 아니었다. 벌어지고 말았다. 기차가 던대스 위쪽에서 나이아가라 급경사면을 건너갈 때, 그들이 빙하기 이전의 계곡, 작은 언덕을 이루는 돌땅에 난 은빛 나무들을 내려다볼 때, 그들이 온타리오 호숫가로 미끄러져내려갈 때, 그녀는 느리고 조용하고 확실한 선언, 손의 주인에게는 흡족하기보다는 차라리 실망스러울지도 모르는 선언을 하고 말았다. 그는 눈을 뜨지 않았고, 얼굴도 변하지 않았으며, 손가락은 머뭇거림 없이 강렬하고도 신중하게 움직였다. 침입과 반김, 그리고 호수의 수면 위로 널리 멀리 번뜩이는 햇살. 벌링턴 근방에서부터 나타나 몇 마일이 지나도록 펼쳐지는 헐벗은 과수원들.

이는 수치였다. 비루함이었다. 하지만 우리는 그런 순간에 자문한다. 해될 게 뭔가, 우리가 탐욕이 일으킨, 탐욕스러운 승인이 일으킨 차가운 파도를 타고 있는 동안에, 나쁘면 나쁠수록 좋은 그것이 뭐가 되었든, 해될 게 뭐란 말인가. 낯선 이의 손이든, 뿌리채소든, 혹은 농담에 등장하는 소박한 부엌 도구든, 세상에는 일견 결백해 보이지만 언제라도 그 미끈거리고 협조적인 정체를 선언할 준비가 된 사물들이 널려 있다. 그녀는 숨소리를 내지 않으려고 조심했다. 믿을 수가 없었다. 그녀는 피해자이자 공모자로서 '글래스코스 잼 앤드 마멀레이드' 공장을 지나고 정유공장들의 펄떡거리는 파이프들을 지나 기차에 실려갔다. 기차가 교외 지역을 지나쳐 나아갈 때 빨랫줄에서는 침대보와 은밀한 얼룩을 닦는 데 쓰인 수건들이 음흉하게 펄럭거렸고, 학교 운동장의 아이들마저도 음탕하게 뛰노는 것처럼 보였고, 철도 건널목에 정차한 트럭 운전수들은 구부린 손아귀 속에 엄지손가락을 신나게 쑤셔박고 있을 게 분명했다. 그런 교활한 희롱, 그런 통속적인 환영幻影이라니. 박람회장의 입구와 높은 건물들이 시야에 들어왔다. 페인트칠한 돔형 지붕과 기둥들이 그녀의 눈꺼풀 안쪽에 비친 장밋빛 하늘 위로 경이롭게 떠다니다 축포를 터트리듯 산산이 흩어졌다. 새떼가, 심지어 야생 백조떼가, 커다란 돔형 지붕 밑에서 깨어나 지붕을 뚫고 폭발하듯 하늘로 솟구치는 모습 같다고도 할 수 있었다.

그녀는 혀끝을 깨물었다. 얼마 지나지 않아 차장이 객차 안을 돌아다니며 승객들을 흔들어 깨웠다.

기차역 안의 어둠 속에서 상쾌한 얼굴로 눈을 뜬 연합교회 목사는 신문을 모아 정리한 뒤 그녀에게 코트 입는 걸 도와줄까 물었다. 그의 정중함에서 자기만족과 멸시가 느껴졌다. 아니요, 로즈는 말했다. 혀가 아릿했다. 목사는 서둘러 먼저 기차에서 내렸다. 역에서 그의 모습은 보이지 않았다. 그뒤로 평생 그를 다시 만나는 일은 없었다. 하지만 그에 대한 기억은 훗날 남편이나 연인이 곁에 있건 말건 언제라도 결정적인 순간에 불쑥 끼어들 것처럼 마음 한구석에 오래도록 남아 있었다. 그의 무엇이 눈길을 끌었을까? 그녀는 결코 이해할 수 없었다. 그의 단순함? 오만? 준수함도, 심지어 평범한 수준의 남성성도 철저히 결핍되어 차라리 비뚤어진 호감을 느끼게 하는 외모? 자리에서 일어선 그는 그녀가 처음에 생각했던 것보다도 키가 더 작았고 얼굴은 발그레하게 윤기가 돌았으며 어딘가 상스럽고 조급하고 유치한 구석이 있어 보였다.

그는 정말 목사였을까, 아니면 말로만 그런 것일까? 플로는 목사가 아니면서 목사처럼 옷을 입고 다니는 사람들에 대해 말했었다. 목사이면서 목사가 아닌 것처럼 입은 사람들에 대해서는 말하지 않았다. 혹은 더욱 이상하긴 하지만, 목사가 아닌데 목사인 척하면서 목사가 아닌 것처럼 입은 사람들에 대해서도. 어쨌든 무슨 일이 일어났을지도 모르는데 그런 사태에 그토록 가까이 갔다는 사실은 유쾌하지 않았다. 로즈는 유니언역을 통과해 걸어가며 십 달러가 든 조그만 주머니가 피부에 닿는 것을 느꼈고, 계속 피부에 스치며 교훈을 상기시키는 그 주머니를 하루종일 느끼게 되리라는 것을 알았다.

그런 와중에도 그녀는 끊임없이 떠오르는 플로의 메시지로부터 자유로울 수가 없었다. 유니언역에 와 있노라니 플로가 커피숍에서 일할 적에 기념품점에서 일했던 메이비스라는 여자 이야기가 생각났다. 메이비스의 눈꺼풀에는 다래끼로 진행될 것처럼 보이는 무사마귀들이 있었는데, 결국은 사라졌다. 제거 시술을 받았는지도 모르지만 플로는 묻지 않았다. 무사마귀가 사라지니 인물이 아주 좋았다. 그 시절에는 그녀와 굉장히 닮은 영화배우가 있었다. 그 배우의 이름은 프랜시스 파머였다.

프랜시스 파머. 로즈는 그 배우에 대해 들어본 적이 없었다.

그것이 그녀의 이름이었다. 메이비스는 한쪽 눈을 가리는 커다란 모자와 레이스로만 이루어진 드레스를 한 벌 샀다. 주말에 그녀는 조지언 베이에 있는 리조트에 갔다. 그곳에서 플로렌스 파머라는 이름으로 방을 빌렸다. 실은 프랜시스 파머인데 휴가중에 누가 알아볼까봐 플로렌스라는 이름을 댄 거라고 사람들이 생각하게 하기 위한 것이었다. 그녀는 자개가 박힌 조그만 검은색 파이프를 지니고 있었다. 경찰에 잡혀갈 수도 있었어, 플로는 말했다. 그런 뻔뻔한 짓을 했으니.

　로즈는 기념품점으로 가서 메이비스가 아직도 거기 있는지, 그녀를 보면 알아볼 수 있을지 확인해보려다 말았다. 그 정도로 변신할 수 있다는 것은 특히 멋진 일일 거라고 생각했다. 그런 엄두를 낸다는 것, 그러고도 들키지 않는다는 것, 이름만 바꿨을 뿐 자기 모습 그대로 그런 엄청난 모험을 감행한다는 것은.

거지 소녀

패트릭 블래치퍼드는 로즈를 사랑했다. 이는 그에게 확고하고 심지어 격렬하기까지 한 관념이 되었다. 그녀에게는, 거듭되는 놀라움. 그는 로즈와 결혼하고 싶어했다. 수업이 끝나면 그녀를 기다리던 그가 다가와서 나란히 걸었기 때문에, 누구든 그녀에게 말을 거는 사람은 그의 존재를 고려하지 않을 수 없었다. 로즈의 친구나 동급생이 주변에 있을 때면 그는 말을 하지 않으면서 그녀와 눈을 마주치려고 애썼다. 그들의 대화에 대한 자신의 생각을 차갑고 회의적인 표정으로 드러내기 위해서였다. 로즈는 우쭐했지만 불안했다. 친구 낸시 폴스가 그가 있는 데서 메테르니히의 이름을 잘못 발음했다. 그는 나중에 말했다. "넌 어떻게 그런 사람들과 친구로 지낼 수 있어?"

낸시와 로즈는 피를 팔러 빅토리아병원에 함께 간 적이 있었다. 각각 십오 달러씩 받았다. 그들은 정장 구두와 야한 은색 샌들을 사느라 받은 돈을 거의 다 써버렸다. 그러고 나서는 피를 빼서 몸무게가 줄었으리라 확신하며 부머스에 가서 뜨거운 퍼지를 얹은 아이스크림선디를 먹었다. 로즈는 왜 패트릭 앞에서 낸시를 두둔하지 못했을까?

패트릭은 스물네 살의 대학원생으로 사학과 교수가 될 계획이었다. 키가 크고 마르고 피부가 희고 잘생겼지만, 흐릿한 붉은색 모반이 관자놀이에서 볼을 따라 눈물처럼 길게 드리워져 있었다. 그는 모반에 대해 변명하며 나이가 들수록 흐려지고 있다고 말했다. 마흔이 되면 사라지고 없을 것이다. 그의 준수한 외모를 가리는 건 모반이 아니다, 로즈는 생각했다. (그녀가 보기에는 분명 그의 준수함을 가리는, 혹은 깎아내리는 무언가가 있었고, 그래서 그녀는 그가 잘생긴 남자라는 사실을 일삼아 상기해야만 했다.) 그는 어딘가 예민하고 안절부절못하며 상대를 당혹스럽게 하는 면이 있었다. 스트레스를 받으면—그녀와 함께 있을 때는 늘 스트레스를 받는 듯했는데—목소리가 갈라졌으며, 탁자 위의 접시나 컵을 떨어뜨리고 음료수나 땅콩 대접을 엎지르는 모습이 꼭 코미디언 같았다. 하지만 그는 코미디언이 아니었을뿐더러 그렇게 보이는 것은 그가 가장 의도하지 않은 결과였다. 그는 브리티시컬럼비아 출신이었다. 가족은 부유했다.

함께 영화를 보러 가기로 한 날, 그는 일찌감치 로즈를 데리러 왔다. 시간이 이르다는 것을 깨닫고 문을 두드리지 않았다. 그는 헨쇼 박사의 집 밖 계단에 앉아 있었다. 겨울이었다. 밖은 캄캄했지만 현관문 옆에 작은 벽등이 달려 있었다.

"오, 로즈! 이리 와서 봐!" 헨쇼 박사가 부드럽고 흥겨운 목소리로 불렀고, 그들은 서재의 어두운 창문에서 함께 밖을 내다봤다. "불쌍한 젊은이." 헨쇼 박사가 다정하게 말했다. 헨쇼 박사는 칠십대 노인이었다. 전직 영문과 교수로 깐깐하고 활달한 여성이었다. 다리 하나를 절뚝거렸지만 여전히 앳되고 애교 있게 고개를 갸웃했고 흰머리를 땋아 머리 둘레에 감아올렸다.

헨쇼 박사가 패트릭이 불쌍하다고 한 것은 그가 사랑에 빠진 사람이라서였다. 또한 어쩌면 그가 남자라서, 밀어붙이고 실수를 저지를 운명이라서 그랬을 것이다. 위층에서 내려다봐도, 추위 속에 밖에 앉아 있는 그는 고집스럽고도 측은하며 단호하고도 의존적으로 보였다.

"문을 지키고 있네." 헨쇼 박사가 말했다. "오, 로즈!"

언젠가는 헨쇼 박사가 귀에 거슬리는 말을 하기도 했다. "오, 어쩌나. 저 친구는 잘못된 아가씨를 쫓아다니는 것 같아."

로즈는 헨쇼 박사가 그런 말을 하는 게 싫었다. 패트릭을 웃음거리로 삼는 것도 싫었다. 패트릭이 그런 식으로 계단에 앉아 있는 것도 싫었다. 그는 웃음거리가 될 빌미를 주고 있었다. 그는 로즈가 그때까지 본 중에 가장 상처받기 쉬운 사람이었는데, 스스로 그런 상태를 초래했고 자신을 보호할 줄도 몰랐다. 하지만 그는 가혹한 판단을 내리는 사람, 자만심으로 가득한 사람이기도 했다.

"너는 학구파잖아, 로즈." 헨쇼 박사는 그렇게 말하곤 했다. "이거 재미있을 거야." 그러고는 신문에서, 더 자주는 〈캐나디안 포럼〉이나 〈애틀랜틱 먼슬리〉에서 어떤 글을 소리 내어 읽곤 했다. 헨쇼 박사는 시 교육청의 위원장을 역임했고 캐나다 사회주의 정당의 창립 멤버였다. 여전히 위원회에 참석했고 신문에 글을 기고하고 서평을 쓰기도 했다. 양친이 의료 선교사여서 중국에서 태어났다. 그녀의 집은 아담하고 완벽했다. 광택을 낸 마루와 깊고 따뜻한 색의 러그, 중국제 화병과 대접과 풍경화, 무늬가 음각된 검은색 병풍. 대다수가 당시의 로즈는 진가를 알아보지 못한 것들이었다. 그녀는 헨쇼 박사의 집 벽난로 선반에 놓인 옥으로 된 작은 동물상들과 핸래티의 보석상 진열장에 전시된 장식품들 사이의 차이를 잘 구분하지 못했다. 하지만 이제는 그 두 가지 중 어느 하나와 플로가 싸구려 잡화점에서 산 물건들이 얼마나 다른지 잘 구분할 수 있게 되었다.

로즈는 헨쇼 박사의 집에 머무르는 것이 좋은지 싫은지도 판단이 안 섰다. 그 집 식사실에 앉아 무릎에 리넨 냅킨을 올려놓고 파란색 식탁 매트에 놓인 고급스러운 흰 접시 위의 음식을 먹노라면 때로 기가 죽기도 했다. 무엇보다 음식이 충분한 적이 없어서, 그녀는 도넛이나 초콜릿 바 같은 것을 사다가 방에 숨겨놓는 습관이 생겼다. 카나리아가 식사실 창가 횃대에 앉아 건들거렸고, 헨쇼 박사가 대화를 이끌었다. 박사는 정치에 대해, 작가들에 대해 이야기했다. 프랭크 스콧과 도러시 리브세이를 언급했다. 박사는 로즈에게 그들의 책을 꼭 읽어야 한다고 말했다. 이것도 읽어야 하고 저것도 읽어야 한다. 부루퉁해진 로즈는 그것들을 읽지 않겠다고 결심했다. 그녀는 토마스 만을 읽고 있었다. 톨스토이를 읽고 있었다.

헨쇼 박사의 집으로 들어가기 전에 로즈는 노동 계층이라는 말을 들어본 적이 없었다. 로즈는 그 용어를 집에서 써먹었다.

"이 타운에서 하수도가 가장 늦게 놓이는 곳은 이곳이 될 수밖에 없을 거야." 플로가 말했다.

"당연하죠," 로즈가 차분하게 말했다. "이곳은 노동 계층 주거지니 까요."

"노동하는 계층이라고?" 플로가 말했다. "여기 사람들이 달리 방법 이 있으면 노동을 하겠니?"

헨쇼 박사의 집이 해낸 일이 한 가지 있다면, 그것은 고향집의 자연 스러움, 당연시하며 받아들였던 배경을 파괴한 것이었다. 그곳에 돌아 가는 것은 말 그대로 조악한 조명 속으로 들어가는 것과 같았다. 플로 는 가게와 부엌에 형광등을 달았다. 부엌 한 귀퉁이에는 플로가 빙고 에서 상으로 탄 긴 스탠드가 있었는데 전등갓을 감싼 넓은 셀로판 포 장지는 영원히 벗겨지지 않았다. 로즈가 볼 때 헨쇼 박사의 집과 플로 의 집은 서로의 장점을 가장 효과적으로 깎아내렸다. 헨쇼 박사의 매 력적인 방들은 항상 집이라는 개념에 대한 미가공의 삼키기 힘든 덩어 리 같은 지식을 전달하는 듯했다. 그런데 집에 돌아가면 다른 곳에서 느꼈던 질서와 조절의 감각이 되살아나, 결코 자신이 가난하다고 생각 하지 않는 사람들에게서 난처하고 서글픈 빈곤을 보았다. 헨쇼 박사는 가난을 그저 불우함이나 결핍 정도로 생각하는 듯했지만 가난은 그런 것이 아니었다. 그것은 흉한 막대기 모양 전등을 사용하며 자랑스러 워하는 것을 의미했다. 시도 때도 없이 돈 얘기를 하고, 다른 사람들이 새로 산 물건을 놓고 악담을 하며 그것을 공짜로 얻은 건지 아닌지 입 씨름하는 것을 의미했다. 플로가 정면 창문에 사서 단 비닐 커튼이나 가짜 레이스 따위를 두고 자부심과 질투가 난무하는 것을 의미했다. 뿐만 아니라 문 뒤에 박은 못에 옷을 걸고 욕실에서 나는 소리를 죄다들을 수 있는 것, 또한 경건하고 발랄하고 조금은 외설적인 경고를 담은 수많은 액자로 벽을 장식하는 것을 의미했다.

주님은 나의 목자이시다
주 예수그리스도를 믿으라, 그러면 구원을 받으리라

종교도 없는 플로는 왜 그런 걸 걸어두었을까? 그것들은 사람들이 달력만큼이나 흔히 걸어두는 물건이었다.

여기는 내 부엌이므로 내가 뭘 하든 관심 끌 것
침대 하나에는 두 사람까지만, 그 이상은 위험하며 불법이다

그것은 빌리 포프가 가져온 액자였다. 그런 것들을 봤다면 패트릭은 뭐라고 했을까? 메테르니히를 잘못 발음하는 사람을 보고 심기가 상하는 사람이 빌리 포프가 하는 이야기들을 들었다면 무슨 생각을 했을까?

빌리 포프는 타이드의 푸줏간에서 일했다. 그가 가장 자주 입에 올리는 얘기는 푸줏간에 일하러 온 벨기에 사람 D.P.에 관한 것이었다. 그는 되바라지게 프랑스어 노래를 불러댈 뿐만 아니라, 이 나라에서 손쉽게 성공해 자기 푸줏간을 차리게 될 거라는 순진한 발상으로 빌리 포프의 신경을 건드렸다.

"너들, 여기 와 살면서 멋대로 착각해도 된다고 생각하지 마." 빌리 포프는 D.P.에게 말했다. "너들이 우리 밑에서 일하는 거야. 우리가 너들

밑에서 일하게 바뀔 거라고 착각하지 마." 그렇게 말하니 입을 다물더라, 빌리 포프가 말했다.

이따금 패트릭은 로즈의 집이 기껏해야 오십 마일 거리에 있으니 자기가 가서 로즈의 가족을 만나봐야겠다고 말하곤 했다.

"우리 새어머니 말고는 아무도 없어."

"네 아버지를 만나보지 못해서 정말 유감이다."

경솔하게도 그녀는 패트릭에게 아버지를 역사책을 읽는 아마추어 학자로 묘사했다. 엄밀히 말해 거짓말이라고 할 수는 없지만 진상을 그대로 나타낸 것은 아니었다.

"그럼 새어머니가 네 후견인이야?"

로즈는 모른다고 말할 수밖에 없었다.

"음, 아버지가 유언장에 네 후견인을 지정해두었을 거야. 유산estate 관리는 누가 해?"

유산. 로즈는 유산이란 땅이라고, 소유지를 일컬어 영국 사람들이 쓰는 말이라고 생각했다.

패트릭은 그런 생각을 하는 그녀가 매력 있다고 생각했다.

"아니, 돈이나 주식 같은 거. 아버지가 남기신 재산 말이야."

"남기신 게 없을 텐데."

"웃기지 말고." 패트릭이 말했다.


그리고 때로 헨쇼 박사는 이렇게 말하기도 했다. "음, 넌 학구파니까 저런 데는 관심 없겠지." 대개 대학에서 열리는 행사들을 가리키며 하는 말이었다. 궐기대회라든가, 미식축구 경기, 댄스파티 등등. 그리고 대개는 그 말이 맞았다. 로즈는 관심이 없었다. 하지만 순순히 인정하고 싶진 않았다. 그녀는 자신에 대한 그런 정의를 원하지도 즐기지도 않았다.

계단 벽에는 헨쇼 박사와 함께 살았던 다른 모든 여학생들, 즉 여자 장학생들의 졸업사진이 걸려 있었다. 대부분이 교사가 되었다가 아이 엄마가 되었다. 한 명은 영양사, 두 명은 사서, 또 한 명은 헨쇼 박사처럼 영문과 교수였다. 로즈는 그들의 모습이 마음에 들지 않았다. 초점을 부드럽게 해서 찍은 사진 속의 온순한 감사의 미소, 커다란 치아와 아가씨답게 둥글게 만 머리. 그들은 그녀에게 치명적인 세속적 경건함을 독려하는 것 같았다. 그들 중에는 배우도 없고 대중잡지 기자도 없었다. 로즈 자신이 살고 싶은 종류의 삶을 찾아간 사람은 아무도 없었다. 그녀는 사람들 앞에서 공연하는 일을 하고 싶었다. 배우가 되고 싶다는 생각은 있었지만 연기를 시도해본 적은 없었고 대학 극단에는 겁이 나서 가보지도 못했다. 노래나 춤을 잘 못한다는 사실은 알았다. 하프는 정말로 연주해보고 싶었지만 음악엔 소질이 없었다. 그녀는 유명하고 선망받는 사람, 날씬하고 총명한 사람이고 싶었다. 헨쇼 박사에게 남자로 태어났다면 해외 특파원이 되고 싶었을 거라고 말했다.

"그럼 특파원이 되어야지." 헨쇼 박사가 겁먹게 하는 목소리로 외쳤다. "미래는 활짝 열려 있어, 여자들에게도. 외국어 공부에 집중해야 돼. 정치학 강의도 듣고. 경제학도. 여름에 신문사에서 일자리를 구할 수 있을지도 모르겠다. 거기 내 친구들이 있거든."

로즈는 신문사에서 일한다고 생각하니 두려워졌다. 경제학 개론 수업도 싫어서 수강을 취소할 방법을 찾던 중이었다. 헨쇼 박사에게 함부로 말을 하는 건 위험했다.


헨쇼 박사와 함께 살게 된 것은 우연이었다. 원래 선택된 다른 여학
생이 병에 걸렸다. 폐결핵 때문에 그 집이 아니라 요양원에 들어가게
된 것이다. 등록일 다음날 헨쇼 박사는 장학금을 받은 다른 신입생들
의 명단을 받으러 대학 사무실로 갔다.

그 직전에 로즈는 사무실에 가서 장학생들 모임이 열리는 곳이 어
디인지 문의했었다. 통지서를 분실했기 때문이다. 회계 담당 교직원이
새로운 장학생들에게 돈을 버는 방법이나 저렴하게 생활하는 방법, 학
교에서 장학금을 계속 받기 위해 충족해야 하는 높은 성적 기준 등에
대해 설명하기 위해 강연을 하기로 되어 있었다.

로즈는 모임이 열리는 강의실 번호를 알아냈고 계단을 통해 일층으
로 올라갔다. 여학생 한 명이 옆으로 다가와 말했다. "너도 3012호에
가니?"

그들은 각자의 장학금과 관련한 얘기를 나누며 함께 걸어갔다. 로
즈는 아직 집을 구하지 못해 YWCA에 머무르고 있었다. 사실은 이 학
교에 다니기에 충분한 돈이 아예 없었다. 학비는 장학금으로 충당했고
카운티에서 받은 상금으로 교과서를 샀으며 학비보조금 삼백 달러 안
에서 생활비를 써야 했다. 그것이 전부였다.

"일자리를 찾아야겠구나." 다른 여학생이 말했다. 그녀는 이공계 학
생이라서 학비보조금을 더 많이 받았는데(거기에 돈이 많아, 돈은 다
이공계로 가거든, 그 여학생이 진지하게 말했다) 그래도 카페테리아에
서 일할 수 있기를 바랐다. 거처는 지하실 셋방을 구했다고 했다. 거기

는 방세가 얼마야? 핫플레이트는 얼마야? 로즈는 여학생에게 물었다. 불안한 숫자 계산으로 머리가 빙빙 돌았다.

그 여학생은 머리를 둥글게 말아올렸다. 크레이프 소재의 블라우스를 입었는데 거듭된 세탁과 다림질 때문에 누렇고 반질반질했다. 가슴은 크고 아래로 처졌다. 아마도 후크가 옆에 달린 칙칙한 분홍색 브래지어를 입고 있을 것 같았다. 한쪽 뺨에는 버짐이 피어 있었다.

"여기일 거야." 여학생이 말했다.

문에 작은 창이 나 있었다. 창을 통해 그들은 이미 모여 기다리고 있는 장학생들을 볼 수 있었다. 로즈가 보기에 강의실 안에는 제 옆에 있는 사람과 똑같이 구부정하고 아줌마 같은 여학생 네댓 명과 눈이 초롱하고 자기만족적이고 아이 같은 남학생 여럿이 모인 것 같았다. 장학생들을 보면 여학생들은 대략 마흔 살처럼, 남학생들은 대략 열두 살처럼 보이는 것이 상례인 듯했다. 물론 그들이 모두 그렇게 생길 수는 없었다. 문에 난 창을 통해 한 번 힐끗 보는 것만으로 습진의 흔적과 겨드랑이 밑의 얼룩과 비듬과 잇새에 긴 누런 찌꺼기, 눈가에 굳은 눈곱을 알아보는 것은 로즈에게 불가능한 일이었다. 그것은 단지 그녀의 생각에 불과했다. 하지만 그들의 머리 위에 휘장이 드리워져 있다는 사실은 오해가 아니었다. 간절함과 고분고분함이라는 끔찍한 휘장이 정말로 거기 있었다. 그렇지 않고서야 어떻게 그리 많은 정답을 맞히고 듣기 좋은 대답을 하고 두각을 나타내어 이곳까지 왔을 것인가? 그리고 로즈 역시 똑같이 살아왔다.

"화장실에 가야겠어." 그녀는 말했다.

그녀는 카페테리아에서 일하는 자신의 모습을 그려볼 수 있었다. 안 그래도 덩치 좋은 몸이 초록색 면 유니폼 때문에 더욱 커 보이고 얼굴은 불그스름하며 머리는 열기로 인해 지저분하게 엉겨붙은 모습. 지능이 떨어지고 돈은 넉넉한 사람들을 위해 스튜와 프라이드치킨을 담아주는 모습. 음식 온장고에 가로막혀 유니폼 때문에, 그 누구도 창피해할 필요 없는 건전한 중노동 때문에, 세상에 공표한 좋은 머리와 가난 때문에 소외된 채로. 그런 처지는 남학생들에게는 그나마 괜찮을 수 있지만 여학생들에게는 치명적이었다. 여학생들에게 가난은 상냥하고 헤픈 태도나 멍청함과 결합되지 않는 한 매력이 없다. 좋은 머리는 우아함의 징후, 즉 품격과 결합되지 않는 한 매력이 없다. 정말로 그랬을까? 그리고 그녀는 그런 걸 신경쓸 만큼 어리석었을까? 정말로 그랬다. 그리고, 어리석었다.

로즈는 다시 일층으로 돌아갔다. 그곳의 강의실들은 장학금을 받지 않는 보통 학생들, A학점을 받고 학교에 감사하며 저렴하게 생활하지 않아도 되는 학생들로 붐볐다. 부럽고 순진무구한 그 학생들은 자주색과 흰색의 새 블레이저에 자주색 신입생 모자를 쓴 채로 등록 창구를 서성이며 서로에게 주의 사항이나 혼란스러운 정보, 의미 없는 욕설 등을 시끄럽게 외쳐댔다. 로즈는 그들 사이를 걸어다니며 씁쓸한 우월감과 낙담을 느꼈다. 초록색 코듀로이 정장의 치마가 걸음을 옮길 때마다 가랑이 사이에 끼었다. 너무 흐느적거리는 천이라서 그랬다. 돈을 더 주고 빳빳한 천으로 된 옷을 샀어야 했다. 재킷 또한 집에서는 괜찮아 보였지만 이제 보니 만듦새가 좋지 않았다. 그 옷 한 벌은 핸래티에서 의상실을 하는 플로의 친구가 만든 것이었는데, 그 사람의 주요한 관심사는 몸매가 드러나지 않아야 한다는 점이었다. 로즈가 치마를 좀더 몸에 붙게 해줄 수 없는지 묻자 그 여자는 말했다. "궁둥이가 드러나면 안 되잖아, 안 그래?" 로즈는 상관없다는 말을 하고 싶지 않았다.

의상실 주인은 다른 말도 했다. "이제 학교도 마쳤으니 취직도 하고 살림도 도울 줄 알았더니."

복도를 걸어온 여자가 로즈를 멈춰 세웠다.

"장학금 받는 학생 아니야?"

교무과장 비서였다. 모임에 가지 않아 질책을 받을 거라고 생각한 로즈는 몸이 안 좋다고 말할 작정이었다. 그 거짓말에 맞게 표정도 바꿀 준비를 하고 있었다. 하지만 비서는 말했다. "나랑 같이 가자. 학생이 만나봐야 할 사람이 있어."

헨쇼 박사는 사무실에서 밉지 않은 수선을 피우고 있었다. 그녀는 가난한 여학생, 총명한 여학생을 좋아하지만 외모도 꽤 괜찮아야 한다고 했다.

"오늘은 학생한테 정말 운좋은 날이 될 수도 있어." 비서가 로즈를 데리고 가며 말했다. "표정만 좀 상냥하게 짓는다면."

로즈는 그런 말을 듣는 게 싫었지만 그래도 고분고분하게 미소를 지었다.

한 시간 내로 그녀는 헨쇼 박사와 함께 중국 병풍과 화병이 놓인 집으로 갔고 학구파라는 말을 들었다.


로즈는 카페테리아 대신 대학 도서관에 일자리를 얻었다. 헨쇼 박사가 사서장의 친구였다. 로즈는 매주 토요일 오후에 근무했다. 서가에서 일하며 책들을 정리했다. 가을철의 토요일 오후에는 미식축구 경기 때문에 도서관이 텅텅 비었다. 좁은 창문들 밖으로 나무가 우거진 교정과 미식축구 경기장, 메마른 가을의 시골 풍경이 보였다. 멀리서 노래와 함성이 들려왔다.

대학 건물들은 전혀 오래되지 않았지만 오래되어 보이도록 지어졌다. 석조 건물이었다. 예술대학 건물에는 탑이 있었고, 도서관에는 열린 틈새로 화살을 쏠 수 있도록 설계된 듯한 여닫이창이 있었다. 그 대학에서 로즈가 가장 좋아한 것은 그 건물들과 도서관의 책들이었다. 보통 때 그곳을 채우던 활기가 썰물처럼 빠져나가 경기장에 집중되어 그런 소음을 일으키는 것이 그녀에겐 적절치 못하고 어수선하게 느껴졌다. 응원의 함성과 노래의 내용을 잘 들어보면 참 바보 같았다. 그런 식의 노래나 할 거라면 건물들은 뭐하러 그렇게 위엄 있게 지었을까?

그녀는 그런 의견을 드러내는 것을 삼갈 정도의 분별은 있었다. 누군가가 "토요일에 일하느라 경기를 하나도 못 봐서 정말 안됐다" 하고 말하면 그녀는 그 말에 열렬히 동의했다.

한번은 어떤 남자가 그녀의 다리, 양말과 치마 사이의 맨살을 손으로 잡았다. 서고의 맨 뒤편, 농업 관련 책들이 꽂힌 구역이었다. 교직원과 대학원생, 도서관 직원만이 서고에 출입할 수 있었지만, 마른 사람이라면 일층 창문으로 기어올라 들어올 수도 있었다. 그녀는 서가 저편에서 어떤 남자가 바닥에 쪼그리고 앉아 낮은 책장에 있는 책들을 살펴보는 모습을 보았다. 로즈가 위쪽에 책을 꽂기 위해 팔을 뻗었을 때 남자가 등뒤로 지나갔다. 그는 기겁하게 하는 한 번의 매끄러운 동작으로 허리를 숙여 그녀의 다리를 움켜쥔 뒤 바로 사라졌다. 로즈는 그의 손가락이 파고든 부분을 한참 동안이나 느낄 수 있었다. 성적인 접촉 같지는 않았고 장난처럼 느껴졌지만 전혀 우호적이지는 않았다. 그녀는 남자가 달려가는 소리를 들었다, 혹은 느꼈다. 철제 책장이 진동한 것이다. 그러더니 움직임이 딱 멈췄다. 그의 기척이 들리지 않았다. 그녀는 서가 사이사이를 살피고 개인용 열람석 안쪽도 들여다보며 주위를 걸어다녔다. 그를 정말로 보거나 모퉁이를 돌다 서로 부딪치면 어쩔 생각이었을까? 그녀는 알지 못했다. 아이들의 어떤 열띤 놀이에서처럼, 그저 그 남자를 찾아야 한다고 느낄 뿐이었다. 그녀는 분홍빛이 도는 자신의 다부진 종아리를 내려다보았다. 놀라웠다. 누군가가 난데없이 그 다리를 얼룩덜룩하게 만들어 벌주고 싶어했다는 것이.

대개의 경우 토요일 오후에도 개인용 열람석에서 공부하는 대학원생이 서넛은 있었다. 그보다 흔치는 않지만 교수도 있었다. 로즈가 들여다보고 다닌 개인용 열람석들은 모두 비어 있었다. 그러다 모퉁이에 있는 한 자리에 이르러서는 거기에도 사람이 없을 줄 알고 스스럼없이 안쪽에 머리를 디밀었다. 그녀는 미안하다고 말해야 했다.

젊은 남자 하나가 책 한 권을 무릎에 올린 채 앉아 있었는데, 바닥에는 다른 책들이 쌓여 있고 주변 곳곳에도 문서가 널려 있었다. 로즈는 그에게 근처에서 누가 달려가는 걸 보았느냐고 물었다. 그는 못 봤다고 대답했다.

그녀는 어떤 일이 일어났는지 이야기했다. 나중에 알게 된 남자의 생각처럼 겁이 나거나 혐오감이 들어서가 아니라 그저 누구에게든 말을 해야 했기 때문이었다. 너무 이상한 일이었으니까. 그녀는 남자가 보인 반응에 전혀 준비가 되어 있지 않았다. 그는 긴 목과 얼굴을 심하게 붉혔는데, 볼 한쪽 측면으로 길게 난 모반이 홍조에 완전히 섞여들었다. 흰 피부에 마른 체형의 남자는 무릎에 놓인 책이나 앞에 놓인 문서에 아랑곳하지 않고 자리에서 일어섰다. 책이 쿵 하고 바닥에 떨어졌다. 책상 위의 두툼한 문서 다발이 옆으로 밀리며 잉크병을 넘어뜨렸다.

"그런 치졸한 짓을." 그가 말했다.

"잉크병 잡으세요." 로즈가 말했다. 그는 몸을 기울여 병을 잡으려다 바닥에 떨어뜨리고 말았다. 다행히도 뚜껑이 닫혀 있었고 병이 깨지지는 않았다.

"그래서 다친 거예요?"

"아뇨, 그렇진 않아요."

"위층으로 올라갑시다. 신고해야죠."

"아니, 아니에요."

"그런 짓을 해놓고 무사하면 안 되죠. 그렇게 놔둘 순 없어요."

"신고할 곳도 없어요." 로즈가 안도하며 말했다. "사서님은 토요일이면 정오에 퇴근하시거든요."

"역겨운 일이군요." 그는 격앙된 높은 목소리로 말했다. 이제 로즈는 그에게 말을 했다는 사실 자체가 후회되어 다시 일하러 가야겠다고 말했다.

"정말로 괜찮은 거예요?"

"아, 네."

"제가 여기 있을 테니 그 사람이 다시 오면 부르세요."

패트릭은 그런 사람이었다. 만일 로즈가 그를 자신에게 반하게 하려고 애쓰는 중이었다면 그보다 더 좋은 방법은 없었을 것이다. 그는 기사도에 대한 개념이 뚜렷했는데, 실제로는 그런 개념을 조롱하는 척하며 마치 남의 말을 인용하듯 어떤 표현들을 썼다. 연약한 여성이라든가 곤경에 처한 아가씨라고 그는 말하곤 했다. 로즈는 그의 열람석에 가서 방금 전에 겪은 일을 이야기함으로써 스스로를 곤경에 처한 아가씨로 변모시켰다. 그가 아무리 비꼬는 척해도 아무도 속지 않았을 것이다. 외려, 기사와 숙녀가 살고 만행과 헌신이 있는 세상에서 활약하고 싶은 그의 소망이 역력히 드러났다.

그녀는 토요일마다 도서관에서 그를 보았고, 교정을 걸어가거나 카페테리아에 있을 때도 종종 마주쳤다. 그는 으레 공손함과 우려를 담아 "잘 지내세요?"라고 인사했는데, 마치 그녀가 또다시 그런 일을 당할 수도 있거나 아직도 이전 사건에서 헤어나지 못했을 거라고 생각하는 듯했다. 그는 그녀를 보면 항상 새빨갛게 얼굴을 붉혔다. 로즈는 그가 그때 자신이 한 말이 떠올라 겸연쩍어 그러는 거라고 생각했다. 그가 사랑에 빠져서 그랬다는 사실은 나중에야 알게 되었다.

그는 그녀의 이름과 사는 곳을 알아냈다. 그는 헨쇼 박사의 집으로 전화를 걸어 영화를 보러 가자고 청했다. 처음에 그가 "패트릭 블래치퍼드입니다"라고 했을 때 로즈는 그게 누구인지 몰랐으나 잠시 후 분개한 듯 떨리는 고음의 목소리를 알아들었다. 그녀는 가겠다고 말했다. 부분적으로 이는 로즈가 남자애들과 돌아다니느라 시간을 허비하지 않아서 다행이라고 늘 말하는 헨쇼 박사 때문이기도 했다.

패트릭과 사귀기 시작한 지 얼마 되지 않아 로즈는 그에게 말했다. "도서관에서 내 다리를 잡은 사람이 실은 자기였다면 참 재미있지 않겠어?"

그는 결코 재미있다고 생각하지 않았다. 그리고 그녀가 그런 생각을 한다는 사실에 경악했다.

그녀는 그냥 농담이라고 했다. 단지 그게 사실이라면 흥미로운 반전이 있는 이야기가 될 거라는 뜻이라고 말했다. 서머싯 몸의 소설처럼, 히치콕의 영화처럼. 그들은 방금 히치콕 영화를 보고 나온 참이었다.

"있잖아, 만일 히치콕이 그런 소재로 영화를 만든다면 자기는 인격의 반쪽은 탐욕스럽게 여자의 다리를 움켜쥐는 거친 사람이고 다른 반쪽은 소심한 학자인 인물로 그려질 수도 있을 거야."

그 말 역시 그는 좋아하지 않았다.

"네 눈엔 내가 그렇게 보여? 소심한 학자로?" 그는 농담을 하는 것처럼 턱을 안으로 당기고 낮은 목소리에 간혹 그르렁거리는 소리를 섞어가며 말했다. 하지만 그는 그녀와 있을 때 좀처럼 농담을 하지 않았다. 사랑에 빠진 사람에게 농담은 적절하지 않다고 그는 생각했다.

"난 자기가 소심한 학자라든가 다리를 움켜쥐는 사람이라고 말한 게 아니야. 그냥 머리에 떠오른 생각일 뿐이야."

한참 뒤 그가 말했다. "내가 별로 남자다워 보이지 않나보구나."

그녀는 그런 속마음 노출이 놀랍고도 거슬렸다. 그런 위험을 무릅쓰다니, 그러면 안 된다는 것을 아직도 배우지 못했단 말인가? 하지만 결국 그는 위험을 무릅쓰지 않았는지도 모른다. 그녀가 고무적인 말을 할 수밖에 없으리라는 것을 그는 알고 있었다. 그녀는, 한편으로는 그런 마음이 들지 않기를 갈망하면서도, 또 한편으로는 이런 분별 있는 말을 하고 싶은 마음도 간절했다. "음, 맞아. 남자다워 보이지 않아."

하지만 그 말은 사실이 아니었다. 그녀는 그가 정말로 남성적이라고 느꼈다. 그런 위험을 무릅썼다는 이유로. 그렇게 경솔하고 요구가 많아도 되는 것은 오직 남자들뿐이었다.

"우리는 너무 다른 세계에서 자랐어." 언젠가 다른 상황에서 그녀는 말했다. 그런 말을 하다보니 자신이 연극 속 인물처럼 느껴졌다. "우리 가족은 가난해. 자기는 내가 살던 곳을 보면 돼지우리 같다고 생각할 거야."

상대의 처분에 자신을 맡기는 척하는 정직하지 않은 사람은 이제 그녀였다. 당연히 그가 오, 그래, 네가 가난한 집에서 태어나 돼지우리에 산다면 네게 했던 제안을 철회해야겠어, 하고 말하리라고 예상하지는 않았기 때문이다.

"하지만 나는 좋아." 패트릭이 말했다. "네가 가난해서 나는 좋아. 너무 사랑스러워. 거지 소녀 같잖아."

"누구?"

"코페투아왕과 거지 소녀. 알잖아. 그림 말이야. 그 그림 몰라?"

패트릭은 술수를 부릴 때가 있었다—아니, 그건 술수가 아니었다, 패트릭은 술수를 부릴 줄 몰랐다. 패트릭은 자기가 아는 것을 다른 사람들이 모를 때 그 나름의 방식으로 놀라움을, 조롱 섞인 놀라움을 표현하곤 했다. 또한 자기가 모르는 것을 다른 사람들이 굳이 알고 있을 때에도 비슷한 조롱과 비슷한 놀라움을 표현했다. 그의 오만과 겸손은 양쪽 다 기묘하게 과장되어 있었다. 오만은, 로즈가 시간이 흘러 판단한 대로, 부유함에서 오는 것이 틀림없었다. 비록 패트릭은 자신이 부유하다는 사실 자체에 대해서는 거만하게 군 적이 결코 없었지만 말이

144

다. 그의 누이들을 직접 만났을 때도 그녀는 비슷한 느낌을 받았다. 그들은 말이나 요트에 대해 모르는 사람들에게 혐오감을 느꼈는데, 마찬가지의 혐오감을 예컨대 음악이나 정치에 대해 잘 아는 사람들에게도 느꼈다. 패트릭과 누이들은 함께할 수 있는 일이 거의 없이 그저 혐오감을 내뿜을 뿐이었다. 하지만 오만에 관한 한 빌리 포프 역시 심하지 않나? 플로 역시 심하지 않나? 아마도. 하지만 차이가 있었는데, 그것은 빌리 포프와 플로는 보호받지 않는다는 사실이었다. 많은 것들이, 가령 D.P.와 같은 사람들, 라디오에서 프랑스어로 말하는 사람들, 변화 등이 그들을 건드렸다. 패트릭과 그의 누이들은 그 무엇도 자신들을 건드릴 수 없는 것처럼 행동했다. 식탁에서 다툴 때 그들의 목소리는 깜짝 놀랄 정도로 유아적이었다. 좋아하는 음식을 요구하는 모습이나 좋아하지 않는 음식이 식탁에 올랐을 때 짜증을 내는 모습은 아이와 다를 바 없었다. 그들은 타인의 뜻에 따르고 자신을 갈고닦으며 세상의 호의를 얻어야 했던 적이 없었고 앞으로도 그러할 것이었다. 부유하기 때문에 가능했다.

처음에 로즈는 패트릭이 얼마나 부유한지 알지 못했다. 그 말을 믿는 사람은 아무도 없었다. 모두들 그녀가 계산적이고 영악했다고 생각했는데, 그녀는 그런 면에서 전혀 영악하지 못해서 다른 사람들이 그렇게 생각해도 개의치 않았다. 알고 보니, 그에게 접근했지만 로즈처럼 꼭 필요한 인상을 심어주지 못해 실패한 여학생들이 있었다. 그전까지 로즈의 존재조차 모르던 여학생 클럽의 선배들이 의아함과 존중이 담긴 눈빛으로 그녀를 바라보기 시작했다. 심지어 그들이 생각보다 진지한 관계임을 깨닫고 로즈에게 대화를 청한 헨쇼 박사까지도 그녀의 관심이 돈일 거라고 추측했다.

"기업 왕국 후계자의 관심을 끈 것은 대단한 성과라고도 할 수 있지." 헨쇼 박사는 비꼬면서도 진지한 말투로 말했다. "난 부(富)를 경멸하지 않아." 그녀가 말했다. "가끔은 나도 조금은 부유했으면 할 때도 있단다." (헨쇼 박사는 정말로 자신이 부유하지 않다고 생각하는 걸까?) "네가 부를 잘 활용하는 법을 배우게 될 거라고 확신한다. 하지만 네 포부는 어떡할 거니, 로즈? 네 공부와 학위는 어떡할 거야? 그 모든 걸 이렇게 빨리 잊어버릴 참이니?"

기업 왕국이라는 말은 조금 거창한 표현이었다. 패트릭의 가족은 브리티시컬럼비아주에 백화점 체인을 소유하고 있었다. 패트릭이 로즈에게 한 말이라고는 자기 아버지가 상점을 몇 개 소유하고 있다는 것뿐이었다. 그에게 너무 다른 세계라고 말했을 당시에 그녀는 막연히, 패트릭이 헨쇼 박사의 동네에 있는 집들처럼 큰 집에 살 거라고 생각했다. 그녀는 핸래티에서 가장 부유한 상인들을 생각하고 있었다. 자신이 얼마나 빛나는 업적을 세운 것인지 깨닫지 못했다. 왜냐하면 푸줏간 주인이나 보석상 주인의 아들이 그녀에게 반했다 해도 그녀에게는 빛나는 업적이었을 것이기 때문이다. 사람들은 그녀가 성공했다고 말했을 것이다.

로즈는 그 그림을 보았다. 도서관에 있는 미술서적을 찾아본 것이다. 그녀는 유순하고 육감적인 거지 소녀와 그 소녀의 수줍은 흰 발을 자세히 살펴보았다. 소녀의 소심한 굴복, 그 무력함과 황송함. 패트릭은 로즈를 그런 눈으로 보는 걸까? 그녀가 그렇게 될 수도 있을까? 그녀에게는 그런 왕이 필요할 것이다. 그 왕처럼 날카롭고 가무잡잡하며, 열정의 무아지경에 빠져서도 총명하고 야만적인 사람. 그는 자신의 격렬한 욕망으로 그녀를 완전히 녹아내리게 할 수 있을 것이다. 그에게는 사과란 없을 것이며, 패트릭과의 모든 의사소통에서 드러나는 듯한 주춤거림이나 신념 부족도 없을 것이다.

그녀는 패트릭을 거부할 수 없었다. 그럴 수가 없었다. 무시할 수 없는 것은 그가 가진 돈의 양이 아니라 그가 주는 사랑의 양이었다. 그녀는 자신이 그에게 안쓰러움을, 도와줘야 한다는 의무감을 느낀다고 믿었다. 마치 그가 군중 속에서 커다랗고 단순하고 빛나는 물체—가령 순은으로 된 거대한 달걀 같은, 용도는 미심쩍지만 살인적으로 무거운 물체—를 들고 다가와 자신에게 바치는 듯, 아니 실은 마구 떠안기며 무게를 조금이라도 나누자고 애원하는 듯했다. 그걸 그에게 도로 떠안긴다면 그는 어떻게 견딜 것인가? 하지만 그런 설명에는 뭔가 빠진 것이 있었다. 그것은 로즈 자신의 욕구, 재산이 아니라 흠모를 바라는 욕구였다. 그가 사랑이라고 말하는(그리고 그녀 역시 의심하지 않는) 그것의 크기, 무게, 광채는 그녀를 감명시켜야만 했다. 비록 그녀가 요구한 것은 아니었지만. 그런 선물이 또다시 그녀에게 올 것 같지도 않았다. 패트릭 자신도 로즈를 흠모하면서도 은근히 에둘러 그녀의 행운을 지적했다.

로즈는 언제나 이런 일이 일어날 거라고 생각했다. 누군가가 자신을 보고 완전히, 속수무책으로 사랑에 빠질 거라고. 그러면서도 동시에 그런 사람은 없을 거라고, 아무도 자신을 원하지 않을 거라고 생각했다. 그때까지는 실제로도 그런 사람이 없었다. 누군가가 어떤 사람을 원하게 되는 것은 그 사람이 무엇을 해서가 아니라 그 사람 안에 무엇이 있어서인데, 자기 안에 그것이 있는지 아닌지를 어떻게 알 것인가? 그녀는 거울에 비친 자신의 모습을 보며, 아내, 애인, 하고 생각했다. 그 온화하고 사랑스러운 말들. 그 말들이 어떻게 자신에게 적용될 수 있을까? 그것은 기적이었다, 실수였다. 그것은 그녀가 꿈꿔온 것이었다, 그녀가 바라지 않는 것이었다.

로즈는 극도로 지치고 신경이 과민해졌고 밤잠을 설치기도 했다. 패트릭을 우러러보는 마음을 가지려고 애썼다. 그의 살집 없고 하얀 얼굴은 정말로 준수했다. 분명 아는 것도 많았다. 과제물을 채점했고 시험을 감독했으며 논문을 마무리하고 있었다. 그녀는 그에게서 나는 파이프 담배와 거친 모직물 냄새가 좋았다. 그는 스물네 살이었다. 그녀가 아는 여학생들의 남자친구는 모두 그보다 더 어렸다.

그러다가도 난데없이 그가 한 말이 떠오르곤 했다. "내가 별로 남자다워 보이지 않나보구나." 다른 말도 떠올랐다. "날 사랑하니? 정말로 나를 사랑해?" 그는 두려움과 위협이 담긴 얼굴로 그녀를 쳐다보곤 했다. 그러다 그녀가 그렇다고 대답하면 그는 자기가 얼마나 운이 좋은지, 그들 두 사람이 얼마나 운이 좋은지 얘기했고, 제 친구들의 연애를 자신들의 관계와 비교하며 그들을 깎아내리곤 했다. 로즈는 신경이 거슬리고 참담해서 몸이 떨릴 지경이었다. 패트릭뿐만 아니라 자신에게도 진저리가 났고, 바로 그 순간 그들의 모습, 눈 내린 도심 공원에서 패트릭의 호주머니에 손을 넣어 그의 손에 자신의 맨손을 맡긴 채로 걸어가는 모습에도 진저리가 났다. 마음속에서 지독하고 가혹한 말들이 아우성쳤다. 그 말들이 터져나오는 것을 막으려면 무언가 해야만 했다. 그녀는 그를 간지럽히고 자극하기 시작했다.

헨쇼 박사의 집 뒷문 밖, 내리는 눈 속에서, 그녀는 그에게 키스를 하며 그의 입을 벌리게 하려고 애썼다. 그에게 낯뜨거운 짓도 했다. 키스할 때 패트릭의 입술은 부드럽고 혀는 수줍었고, 그는 그녀를 안았다기보다는 그녀에게로 무너지는 듯했다. 그에게서 아무런 힘도 찾을 수 없었다.

"사랑스러워. 피부도 사랑스럽고. 눈썹이 이렇게 예쁘다니. 넌 정말 섬세해."

그런 말을 듣고 그녀는 기분이 좋았다. 누구라도 그랬을 것이다. 하지만 그녀는 경고하듯 말했다. "난 사실 별로 섬세하지 않아. 덩치가 꽤 크잖아."

"내가 널 얼마나 사랑하는지 넌 모를 거야. 내게 『하얀 여신』이라는 책이 있는데, 그 책 제목을 볼 때마다 네 생각이 나."

그녀는 그의 품에서 빠져나왔다. 허리를 숙이고 계단 옆에 쌓인 눈을 한 움큼 집어 그의 머리 위에 올려놓았다.

"나의 하얀 신."

그는 눈을 떨어냈다. 그녀는 눈을 조금 더 집어 그에게 던졌다. 그는 웃지 않았다. 깜짝 놀라고 기겁했다. 그녀는 그의 눈썹에 묻은 눈을 털어내고 귀에 묻은 눈을 입술로 핥았다. 웃고는 있었지만 신나기보다는 절박한 기분이었다. 자신이 왜 그런 짓을 했는지 알 수 없었다.

"헨-쇼 박사님." 패트릭이 화난 소리로 소곤거렸다. 그녀를 열정적으로 찬양할 때 내던 부드럽고 시적인 목소리는 흔적도 없이 사라져버릴 수도 있었다. 중간 단계가 전혀 없이 곧바로 항의와 격노로 변할 수도 있었다.

"헨쇼 박사님이 듣겠어!"

"헨쇼 박사님은 자기가 훌륭한 젊은이라고 하셨어." 로즈가 꿈꾸는 듯한 목소리로 말했다. "박사님이 당신한테 푹 빠진 것 같아." 그건 사실이었다. 헨쇼 박사가 그렇게 말한 적도 있었다. 그가 훌륭한 젊은이라는 것도 사실이었다. 그는 로즈가 말하는 방식을 못 견뎌했다. 그녀는 그의 머리에 있는 눈을 입으로 불어 날렸다. "안에 들어가 꽃을 꺾어보지 그래. 박사님은 분명 숫처녀일 거야. 저기가 박사님 방이야. 어서 가봐?" 그녀는 그의 머리를 문지르다가 그의 코트 안으로 손을 넣어 바지 앞섶을 문질렀다. "단단해졌네!" 그녀는 의기양양하게 말했다. "오, 패트릭! 헨쇼 박사님 때문에 일어선 거구나!" 그녀는 전에 그런 식으로 말한 적이 없었고, 그런 식으로 행동한 적은 더더욱 없었다.

"닥쳐!" 패트릭이 괴로워하며 말했다. 하지만 그녀는 그럴 수 없었다. 그녀는 머리를 쳐들고 요란하게 속삭이며 위층 창문을 향해 고함치는 척했다. "헨쇼 박사님! 이리 와서 패트릭이 박사님을 위해 뭘 준비했는지 보세요!" 그녀의 지분거리는 손이 그의 바지 앞섶으로 덤벼들었다.

그녀를 제지하기 위해, 조용히 시키기 위해, 그는 몸싸움을 해야 했다. 한 손으로 그녀의 입을 막고 다른 한 손으로는 자신의 바지 지퍼로 향한 손을 쳐서 밀어냈다. 그가 입은 코트의 크고 헐렁한 소매가 펄럭이는 날개처럼 그녀를 후려쳤다. 그가 싸우기 시작하자 그녀는 즉시 안도감을 느꼈다—바로 그것을, 그가 어떤 식으로든 행동을 취하기를 바랐던 것이다. 하지만 그가 더욱 강하다는 것을 정말로 증명할 때까지 그녀는 계속 저항해야 했다. 그가 증명하지 못할까봐 그녀는 두려웠다.

하지만 그는 할 수 있었다. 패트릭은 로즈를 아래로, 아래로 짓눌렀고, 그녀는 눈밭에 얼굴을 묻고 고꾸라졌다. 그는 뒤에서 팔을 잡아당기고 그녀의 얼굴을 눈더미에 처박았다. 그러더니 그녀를 놓아주어 일을 그르치려 했다.

"괜찮니? 괜찮아? 미안해. 로즈?"

그녀는 비틀거리며 일어나 눈 범벅이 된 얼굴을 그에게 들이밀었다. 그가 뒤로 물러섰다.

"키스해줘! 눈송이에 키스해! 사랑해!"

"정말이야?" 그가 처량하게 말했다. 그러고는 그녀 입가의 눈을 떨어주며, 당연한 당혹감을 감추지 못한 채 그녀에게 키스했다. "정말이야?"

그때 불이 켜지며 두 사람과 짓밟힌 눈 위로 빛이 쏟아졌다. 헨쇼 박사가 머리 위에서 외쳤다.

"로즈! 로즈!"

끈기 있게 격려하는 목소리였다. 마치 로즈가 근처의 안개 속에서 길을 잃어 집으로 오는 길을 안내받아야 하는 것처럼.


"그 친구를 사랑하니, 로즈?" 헨쇼 박사가 물었다. "아니, 생각해봐. 사랑해?" 회의와 진지함이 가득한 목소리였다. 로즈는 심호흡을 한 번 하고는 고요한 감정이 벅차오르는 듯 대답했다. "네, 그래요."

"그럼 됐다."

한밤중에 로즈는 잠에서 깨어 초콜릿 바를 먹었다. 그녀는 단것을 갈망했다. 수업을 듣거나 영화를 보다가도 퍼지 컵케이크, 브라우니, 헨쇼 박사가 '유러피언 베이커리'에서 사오는 케이크 같은 것들이 떠올랐다. 진하고 씁쓸한 초콜릿 덩어리로 가득찬 케이크 속이 접시로 흘러내렸다. 패트릭과의 관계에 대해 생각해보려 하면, 자신이 느끼는 감정이 정말로 무엇인지 판단하려 하면 으레 그런 갈망이 끼어들었다.

체중이 불어났고 양미간에 여드름이 무더기로 솟아났다.

그녀의 방은 차고 위에 있는데다 세 면에 창문이 나 있어 추웠다. 그것만 아니라면 쾌적한 방이었다. 침대 위 벽에는 그리스의 하늘과 유적지 사진들이 액자에 걸려 있었다. 헨쇼 박사가 지중해 여행중에 직접 찍은 것들이었다.

그녀는 예이츠의 희곡에 대한 에세이를 쓰고 있었다. 그 작품들 중 하나는 요정의 꼬임을 받은 어린 신부가 조건은 좋지만 견딜 수 없는 결혼생활로부터 도망치는 이야기였다.

"이리 오너라, 오 인간의 아이야⋯⋯" 이 구절을 읽자 로즈의 두 눈에 눈물이 고였다. 마치 자신이 수줍고 알 수 없는 그 처녀, 그녀를 옭아맨 어리둥절한 시골뜨기들에게는 분에 넘치게 훌륭한 그 처녀인 것 같은 느낌이었다. 실제로는 그녀 자신이 고매한 패트릭에게 충격을 주는 시골뜨기였지만, 그는 도망칠 생각을 하지 않았다.

그녀는 그리스 사진 액자 하나를 떼어내고 벽지에 막 생각난 시의 첫 부분을 적어 낙서를 했다. 기번스공원에서 불어온 바람이 차고의 벽을 때리는 동안 침대에 누워 초콜릿 바를 먹고 있을 때 떠오른 시였다.


내 어두운 자궁에 부주의하게 생겨난

광인의 아이를 품었네……

더 이어서 쓰지는 않았고, 때로는 '부주의하게heedless'가 아니라 '머리가 없이headless'라고 쓰려 했던 건 아닐까 의문이 들 때도 있었다. 더 이어서 쓰지는 않았지만 써놓은 것을 지워 없애려 하지도 않았다.

패트릭은 다른 대학원생 두 명과 한 아파트에서 살았다. 그는 소탈하게 생활했고 자기 차를 갖지 않았으며 남학생 사교클럽에도 가입하지 않았다. 평범하고 학생다운 허름한 옷을 입었고, 친구들의 부모는 교사나 목사였다. 자기 아버지는 아들이 학자가 되려 한다는 이유로 연을 끊다시피 했다고 말했다. 그는 결코 사업가는 되지 않겠다고 했다.

어느 이른 오후 그들은 다른 학생들이 모두 외출한 것을 알고 아파트로 돌아갔다. 집은 추웠다. 그들은 재빨리 옷을 벗고 패트릭의 침대로 들어갔다. 절호의 기회였다. 그들은 덜덜 떨고 킥킥거리며 서로를 끌어안았다. 킥킥거린 건 로즈였다. 장난스러운 분위기를 계속 유지해야 할 것만 같았다. 그녀는 둘이 잘해내지 못할까봐, 엄청난 굴욕의 순간이 닥쳐올까봐, 자신들의 형편없는 기만과 술수가 드러날까봐 공포에 질려 있었다. 하지만 기만과 술수를 부린 것은 그녀뿐이었다. 패트릭은 속임수를 쓰지 않았다. 그는 어마어마한 곤혹스러움을 느끼면서도 서투름을 사과했고, 놀란 사람처럼 숨을 몰아쉬고 버둥거리다가 마침내 평정을 찾았다. 로즈도 서투르기는 마찬가지였다. 솔직하게 수동적인 태도를 취하기보다는 몸을 꼬고 뒤채며 열띤 모습을 보여주려 했고 어설프게 열정을 가장했다. 잘 끝나고 나자 기뻤다. 그 기쁨은 가장

할 필요가 없었다. 다른 사람들이 하는 것, 연인들이 하는 것을 그들도 해낸 것이다. 그녀는 축하하고 싶었다. 맛있는 것을 먹어야겠다고 생각했다. 부머스에 가서 아이스크림선디나 뜨거운 시나몬소스를 얹은 사과파이를 먹어야겠다고. 패트릭이 나가지 말고 다시 한번 해보자는 아이디어를 낼 거라고는 전혀 예상하지 못했다.

다섯 번인가 여섯 번쯤 함께한 뒤 쾌락이 찾아오자 그녀는 완전히 통제력을 잃었고 이전의 열띤 호들갑은 잦아들었다.

패트릭이 말했다. "무슨 문제 있어?"

"아니, 없어!" 로즈가 환한 표정으로 다시 그에게 집중하며 말했다. 하지만 그녀는 자꾸만 망각했고, 새로운 감각의 경험이 끼어들면서 결국은 그런 발버둥을 포기하고 패트릭의 존재를 얼마간은 잊어버리게 되었다. 다시 그를 의식할 수 있게 되면 고마운 마음을 넘치도록 표현했다. 이제 그녀는 정말로 그에게 감사했으며, 비록 터놓고 말할 수는 없었지만 여태 고마움을 가장하고 그를 무시하고 회의를 품었던 자신을 용서받고 싶었다.

왜 그토록 회의를 품어야만 할까, 패트릭이 인스턴트커피를 타오겠다고 나간 동안 그녀는 편안히 침대에 누워 생각했다. 가장했던 그 감정을 진짜로 느끼는 것도 가능하지 않을까? 이런 성적 경이가 가능하다면 다른 것도 그렇지 않을까? 패트릭은 별로 도움이 되지 않았다. 그의 기사도와 자기비하가 타인에 대한 힐난과 뒤섞여 그녀의 의욕을 꺾고 말았다. 하지만 진짜 문제는 그녀가 아닐까? 누구든 자신과 사랑에 빠질 수 있는 사람은 무언가 가망 없이 부족할 테고 결국 바보로 판명될 거라는 그녀의 확고한 믿음이 문제가 아닐까? 그래서 그녀는 패트릭의 어리석은 점에 촉각을 곤두세웠다. 비록 자신은 그의 능숙하고 존경스러운 점을 찾고 있다고 생각했지만 말이다. 그의 방에서 그의 책과 옷과 구둣솔과 타자기, 압정으로 붙여놓은 만화—그녀는 몸을 일으켜 앉아 그것들을 훑어보았다. 정말로 꽤 재미있었다. 패트릭은 그녀가 여기 없을 때는 재미도 용인하는 모양이었다—에 둘러싸인 채 그의 침대에 누워 있는 그 순간 그녀는 그를 호감이 가고, 똑똑하고, 심지어 유머도 있는 사람으로 볼 수 있었다. 영웅은 아니지만 바보도 아닌 사람. 어쩌면 그들은 평범해질 수 있을지도 몰랐다. 단, 그가 방으로 돌아와 고마워하며 그녀를 쓰다듬고 흠모의 언사를 늘어놓지만 않는다면. 사실 그녀는 흠모를 좋아한 것이 아니었다. 그녀가 좋아한 것은 흠모라는 개념이었다. 다른 한편으로, 그녀는 그가 자신의 말을 정정하고 비판하기 시작할 때 기분이 좋지 않았다. 그가 고치려고 계획한 것은 꽤 많았다.

패트릭은 그녀를 사랑했다. 그는 무엇을 사랑하는가? 사투리는 아니었다. 로즈가 모든 증거를 무시하며 자기는 사투리를 쓰지 않는다고, 다른 사람들도 다 자기처럼 말한다고 우기며 반항해도 그는 그녀의 말투를 고치려고 무진 애를 썼으므로. 그렇다고 그녀의 조마조마한 성적 대담성도 아니었다(그는 그녀가 숫처녀라는 사실에 안도했고 그녀는 그가 무능하지 않다는 사실에 안도했다). 그녀는 저속한 말과 늘여 빼는 발음으로 그를 움찔하게 만들기도 했다. 로즈는 말하고 움직이는 매 순간 그를 위해 자신을 무너뜨렸지만 그는 그녀를 뚫고 지나가 다른 곳을 바라보았고, 그녀가 아무리 주의를 돌리려 해봐도 아랑곳하지 않으면서 그녀 자신도 보지 못하는 순종적인 이미지를 사랑했다. 그리고 그의 희망은 원대했다. 그녀의 사투리를 없앨 수 있을 것이다. 못난 친구들에게서 떼어놓을 수 있을 것이다. 저속한 습성을 억제시킬 수 있을 것이다.

나머지 부분은 어떡할 것인가? 활기, 게으름, 허영, 불만, 야망은? 그녀는 그 모든 것을 감췄다. 그는 전혀 몰랐다. 그녀는 그에 대해 그토록 회의를 품었지만 그가 자신을 사랑하지 않게 되는 것은 결코 바라지 않았다.

그들은 두 번 여행을 떠났다.

부활절 연휴에 그들은 기차를 타고 브리티시컬럼비아로 갔다. 패트릭의 부모가 아들에게 기차票값을 보내주었다. 로즈의 여비는 패트릭이 통장 잔고를 털고 룸메이트에게 나머지를 빌려서 충당했다. 패트릭은 그녀가 기차표를 자비로 사지 못했다는 사실을 자기 부모에게 알리지 말라고 했다. 그녀는 자신이 가난하다는 사실을 그가 감출 작정임을 감지했다. 그는 여자 옷에 대해서는 아는 것이 없었다. 알았다면 감추는 게 가능하다고 생각하지 않았을 것이다. 비록 그녀는 나름대로 최선을 다했지만. 그녀는 해안가 날씨를 고려해 헨쇼 박사의 레인코트를 빌렸다. 약간 길긴 했지만, 헨쇼 박사의 고전적인 젊은 취향 덕분에 그 외에는 괜찮았다. 그녀는 피를 더 팔아서 보송보송한 복숭앗빛 앙고라 스웨터를 샀다. 너무 푸시시해서 작은 타운 아가씨가 한껏 모양을 낸 분위기를 풍겼다. 그런 것을 그녀는 항상 물건을 사기 전이 아니라 산 직후에야 깨달았다.

패트릭의 부모는 밴쿠버섬의 시드니 근처에 살았다. 반 에이커 정도의 땅에 짧게 자른 푸르른 잔디―한겨울에 푸르른 잔디라니, 로즈에

156

게 3월은 한겨울 같았다—가 돌담까지 경사져 내려갔고 그 너머로는 좁다란 자갈 해변과 바다가 펼쳐졌다. 집은 반은 돌로, 반은 벽토와 목재로 지어졌다. 튜더양식과 다른 양식이 절충된 집이었다. 거실과 식사실과 서재의 창문 모두가 바다에 면하고 있었는데, 해변에서 때때로 불어오는 강한 바람 때문에 창문은 모두 두꺼운 유리로 되어 있었다. 핸래티의 자동차 전시장 유리창과 같은 판유리일 거라고 로즈는 생각했다. 바다에 면한 식사실의 벽 한 면은 전체가 부드러운 곡선을 그리며 돌출한 내닫이창으로 이루어져 있었다. 두꺼운 곡선 유리창을 통해 바깥을 바라보면 꼭 병 밑바닥을 통해 풍경을 보는 것 같았다. 벽에 놓인 찬장 역시 가운데가 곡선형이고 광택이 났으며 보트처럼 커 보였다. 어디를 가나 크기가 눈에 띄었고 특히 인상적인 것은 두께였다. 수건과 러그, 나이프나 포크 손잡이의 두께, 그리고 침묵의 두께. 그곳에는 사치와 불안이 만연했다. 한 이틀을 그곳에서 보낸 뒤 로즈는 너무도 기가 꺾여 손목과 발목에 힘이 풀리는 느낌이었다. 나이프와 포크를 집는 것도 고역이었고 완벽하게 조리된 로스트비프를 자르고 씹는 것조차 불가능하게 느껴졌다. 계단을 올라갈 때는 숨이 가빴다. 장소가 사람을 질식시킬 수 있다는 것을, 숨을 막아 생기를 완전히 빼놓을 수 있다는 것을 처음으로 깨달았다. 심히 적대적인 장소에 있어본 적은 전에도 많았지만 이런 사실을 깨달은 것은 처음이었다.

첫날 아침에 패트릭의 어머니가 로즈를 데리고 산책을 하며 경내를 안내했다. 온실도 보여주고 "그 부부"가 사는 오두막도 알려주었다. 그곳은 담쟁이가 자라고 덧문이 달린 매력적인 집으로 헨쇼 박사의 집보다도 컸다. 그 부부는 하인들이었는데 말씨가 핸래티 사람들 중 그 누구보다도 더 온화하고 신중하고 기품 있었으며, 그런 면에서는 패트릭의 가족보다도 나았다.

패트릭의 어머니는 부엌 텃밭에 일군 장미 화단을 보여주었다. 낮은 돌담이 많았다.

"패트릭이 쌓았단다." 그의 어머니가 말했다. 그녀는 무엇이든 혐오감에 가까운 무관심을 띠며 설명했다. "그애가 이 돌담을 다 쌓았어."

로즈에게서 거짓 확신이 가득한 목소리가 흘러나왔다. 열성적이고 어울리지 않게 적극적인 목소리.

"패트릭은 진정한 스코틀랜드인Scot이로군요." 그녀가 말했다. 패트릭은 이름으로 봐선 안 그럴 것 같지만 스코틀랜드 태생이었다. 블래치퍼드가는 글래스고 출신이었다. "최고의 석공들은 항상 스코틀랜드 남자들Scotsmen 아니었나요?" (그녀는 '스코치Scotch'라고 하지 말아야 한다는 것을 바로 얼마 전에 배웠다.)* "패트릭에게 석공 조상이 있었는지도 모르겠네요."

나중에 그런 노력들을 생각하면 로즈는 민망해졌다. 편안함과 발랄함을 가장한 그녀의 태도는 입고 있던 옷처럼 값싼 모조품이었다.

"아니," 패트릭의 어머니가 말했다. "석공은 아니었을 거야." 그녀에게서 부연 안개 같은 것이 흘러나왔다. 모욕, 반감, 낭패감 같은 것. 자기 남편의 가문이 육체노동자였을지도 모른다는 암시에 기분이 상했는지도 모른다고 로즈는 생각했다. 그녀를 좀더 잘 알게 되었을 때─혹은 더 오래 관찰하고 난 뒤에, 왜냐하면 그녀를 안다는 것은 불

---

* 스코틀랜드에서는 자신들을 지칭할 때 Scotch나 Scottish라는 말 대신 Scot을 쓴다.

가능했으므로—로즈는 패트릭의 어머니가 대화에 상상이나 추측이나 추상적인 말이 끼어들면 싫어한다는 것을 알아차리게 되었다. 물론 로즈의 수다스러운 말투도 싫어했을 것이다. 눈앞에 실재하는 것—음식, 날씨, 초대장, 가구, 하인들—에 대한 사실 관계를 넘어선 관심은 어떤 것이든 부실하고 본데없고 위험하다고 생각하는 사람이었다. "푸근한 날이네요"라고 말하는 것은 괜찮지만 "이런 날에는 예전에 이러저러했던 기억이 떠오르네요"라고 하는 건 괜찮지 않았다. 그녀는 기억이 떠오른다는 사람들을 싫어했다.

패트릭의 어머니는 밴쿠버섬의 초기 목재업계 부호의 외동딸이었다. 지금은 사라진 북부 정착지에서 태어났다. 하지만 패트릭이 어머니에게 과거에 대해 말을 시키려 할 때마다, 지극히 단순한 정보를 구하는 질문을 할 때마다—어떤 증기선들이 해안가로 들어왔는지, 어느 해에 정착지가 폐쇄되었는지, 최초의 벌목 기차 노선은 어디에 놓였는지—그녀는 짜증스럽게 말했다. "난 몰라. 내가 그런 걸 어떻게 알겠니?" 그런 짜증을 낼 때가 그녀의 어조가 가장 강해질 때였다.

패트릭의 아버지 또한 과거에 대한 이런 관심을 좋아하지 않았다. 패트릭과 관련한 많은 것들, 대부분의 것들이 아버지에게는 나쁜 조짐으로 느껴지는 모양이었다.

"그런 걸 왜 알고 싶어하는 거냐?" 그는 식탁 머리에서 소리쳤다. 그는 작은 키에 어깨가 떡 벌어지고 얼굴이 붉으며 깜짝 놀랄 정도로 호전적인 남자였다. 패트릭은 어머니를 닮았는데, 그녀는 큰 키에 피부가 희고 최대한 억제된 방식으로 우아했으며 옷이나 화장이나 전체적인 스타일이 이상적인 중용을 염두에 두고 선택한 것처럼 보였다.

"저는 역사에 관심이 있으니까요." 패트릭이 노기가 섞이고 거만하지만 과민하게 갈라지는 목소리로 말했다.

"저는-역사에-관심이-있으니까요." 그의 누이 매리언이 갈라지는 목소리까지 그대로 흉내내며 말했다. "역사!"

패트릭의 누이 존과 매리언은 패트릭보다는 어렸고 로즈보다는 나이가 많았다. 패트릭과는 달리 누이들에게는 과민함도, 자기만족의 균열도 엿보이지 않았다. 초반에 식사 자리에서 그들은 로즈를 심문했다.

"말 타요?"

"아뇨."

"요트 타요?"

"아뇨."

"테니스 쳐요? 골프는? 배드민턴은?"

아뇨, 아뇨, 아뇨.

"아마 로즈도 패트릭처럼 천재 지식인인가보구나." 그의 아버지가 말했다. 그러자 패트릭은 식탁에 앉은 사람들 모두를 향해 큰 소리로 로즈가 받은 장학금과 수상 내역을 읊기 시작했고 이에 로즈는 질겁하여 몸 둘 바를 몰라했다. 그는 도대체 무엇을 바라는 걸까? 그런 자랑으로 그들을 제압할 수 있다고 생각할 정도로, 더한 멸시를 받을 뿐임을 모를 정도로 어리석은 걸까? 그의 가족 전체가 의기투합하여 패트릭에게, 그의 요란한 자랑거리에, 스포츠와 텔레비전을 경멸하는 태도에, 그의 소위 지적인 관심에 대항하는 것 같았다. 하지만 그런 동맹도 잠시뿐이었다. 아버지가 딸들에게 느끼는 혐오감은 그가 패트릭에게 느끼는 혐오감과 비교할 때라야만 심하지 않았다. 그는 할애할 시간이

160

생기면 딸들에게도 꾸지람을 늘어놓았다. 딸들이 여러 스포츠에 들이는 시간을 두고 비웃었고, 그들이 쓰는 장비와 요트와 말에 들어가는 경비에 대해 불평했다. 그리고 딸들끼리도 점수와 빌려간 물건과 손상 등에 관한 알아듣기 힘든 문제를 두고 옥신각신했다. 음식은 풍성하고 맛도 좋았지만 가족 모두가 어머니에게 음식에 대해 불평했다. 어머니는 누구에게나 최소한의 말만 했는데, 사실 로즈는 그런 어머니를 탓할 마음이 들지 않았다. 진심어린 악의가 한 장소에 그토록 강렬하게 집중될 수 있다는 것은 상상해본 적도 없었다. 빌리 포프는 편견과 불평이 심한 사람이고 플로는 변덕스럽고 불공정하고 뒷말을 즐기는 사람이며 아버지는 생전에 냉혹한 판단과 가차없는 비판을 서슴지 않았지만, 패트릭의 가족에 비하면 로즈의 가족은 하나같이 유쾌하고 매사에 만족하는 사람들 같았다.

"가족들이 항상 이래?" 로즈가 패트릭에게 물었다. "나 때문이야? 다들 날 싫어해."

"우리 가족은 내가 선택한 사람이라서 널 싫어하는 거야." 패트릭이 속시원한 듯 대답했다.

저녁 어둠 속에서 그들은 레인코트를 입은 채로 자갈이 많은 해변에 누워 서로를 안고 키스하다 불편한 자세로 그 이상을 시도했지만 성공하지는 못했다. 로즈는 헨쇼 박사의 코트에 해초 얼룩을 묻히고 말았다. 패트릭이 말했다. "내게 네가 왜 필요한지 알겠지? 난 정말로 네가 필요해!"

그녀는 패트릭을 핸래티에 데려갔다. 예상한 대로 만남은 엉망이 되었다. 플로는 얇게 저민 감자 요리와 순무, 빌리 포프가 푸줏간에서 선물로 가져온 빅컨트리 소시지 등으로 식사를 차리느라 무진 애를 썼다. 식감이 거친 음식을 몹시 싫어하는 패트릭은 먹는 시늉조차 하지 않았다. 그들은 비닐 식탁보가 깔린 식탁에 앉아 형광등 불빛 아래에서 식사를 했다. 식탁 한가운데에 놓인 장식품은 특별히 이 행사를 위해 새로 마련한 것이었다. 플라스틱으로 만든 라임빛 녹색 백조의 날개에 홈이 파여 있어서 거기에 색색의 종이 냅킨을 꽂게 되어 있었다. 빌리 포프는 냅킨을 쓰라는 권유를 툴툴대며 거부했다. 그때 말고는 암울할 정도로 얌전했다. 로즈의 성공에 대한 소문이 그의 귀에, 두 사람 모두의 귀에 들어간 것이다. 그들보다 지위가 높은 핸래티 사람들에게서 나온 말이기에 망정이지 그렇지 않았다면 그들은 믿지 않았을 것이다. 푸줏간 손님들―치과의사의 아내나 수의사의 아내 같은 유력 인사의 부인들―이 빌리 포프에게 로즈가 백만장자를 잡았다더라고 전해주었다. 로즈는 내일이면 빌리 포프가 백만장자의, 아니 백만장자의 아들의 이야기를 일터에 퍼뜨릴 것이며, 그 이야기는 이 상황에서 그가―빌리 포프가―보여준 꼿꼿하고 주눅들지 않는 행동에 초점이 모아질 것임을 알았다.

"그냥 녀석을 앉혀놓고 소시지를 좀 줬지요. 집안이 좋거나 말거나 우리에겐 아무 차이가 없거든요."

로즈는 플로 역시 이런저런 논평을 하리라는 것을 알았다. 플로는 패트릭의 과민한 태도를 간과할 리 없으며, 그의 목소리나 케첩병을 엎은 파닥이는 손짓을 그대로 흉내낼 게 뻔했다. 하지만 당장 그들은 둘 다 빛을 잃고 처량한 모습으로 식탁에 구부정하게 앉아 있었다. 로즈는 밝은 목소리로 부자연스럽게 대화를 유도했다. 마치 무식한 시골 사람 두어 명에게서 대답을 끌어내려 애쓰는 인터뷰 진행자 같았다. 로즈는 셀 수 없을 정도로 많은 측면에서 수치심을 느꼈다. 음식과 백조와 비닐 식탁보가 수치스러웠고, 플로가 이쑤시개통을 전달하자 깜짝 놀라며 얼굴을 찡그리는 패트릭의 암울한 속물근성이 수치스러웠고, 플로의 소심함과 위선과 가식이 수치스러웠으나, 그 무엇보다도 수치스러운 것은 그녀 자신이었다. 심지어 자연스럽게 말을 할 수조차 없었다. 패트릭을 앞에 두고 플로와 빌리 포프와 핸래티 사람들이 쓰는 사투리로 되돌아갈 수는 없었다. 어쨌거나 이제 사투리는 그녀의 귀에도 거슬렸다. 그저 발음법이 다른 것이 아니라 말하기에 대한 접근법 자체가 완전히 다른 느낌이었다. 말하기는 악쓰기였고, 사람들은 단어를 쪼개기도 하고 특별히 강조하기도 하면서 서로에게 말로 공격을 퍼부었다. 그리고 그들의 말은 가장 진부한 시골 희극에서 뽑아낸 대사 같았다. 에, 싸나이 대장부가 칼을 딱 뽑았으면, 그들은 말했다. 그들은 정말로 그런 식으로 말했다. 패트릭의 눈을 통해 그들을 보고 패트릭의 귀를 통해 그들의 말을 들으며 로즈 역시 아연실색할 수밖에 없었다.

로즈는 두 사람에게서 지역의 역사나 패트릭이 관심을 가질 거라 생각되는 화제를 끌어내려 하고 있었다. 바야흐로 플로가 말을 시작했다. 어떤 거리낌이 있었든, 그 정도 이상은 자제할 수 없는 사람이었다. 대화는 로즈의 의도와는 다른 방향으로 흘러갔다.

"내가 어렸을 때 살았던 구획선 근방은," 플로가 말했다. "자살하기 딱 좋은 최악의 공간이었어."

"구획선은 정부 불하 경작지 사이의 도로를 말해. 타운십*에서 말야." 로즈가 패트릭에게 말했다. 그녀는 다음에 무슨 말이 나올까 불안했는데, 아니나 다를까, 플로는 패트릭에게 어떤 남자가 목을, 자기 자신의 목을, 한쪽 귀에서 다른 쪽 귀까지 길게 벤 이야기, 또 어떤 남자가 총으로 자기를 쐈지만 첫번째 시도에서 피해가 불충분해 총을 재장전한 뒤 다시 쏘고서야 성공한 이야기, 아울러 또 한 남자가 트랙터에 매다는 것과 같은 종류의 쇠사슬로 목을 맸는데 머리가 뜯기지 않은 것이 놀랍다는 이야기를 늘어놓았다.

뜯겨지지, 라고 플로는 말했다.

이어서 그녀는 자살은 아닌데 죽고 나서 일주일 후에야, 그것도 여름에, 자기 집에서 발견된 여자에 대해 이야기했다. 그러고는 패트릭에게 상상해보라고 했다. 그 모든 것이 자신이 태어난 곳에서 기껏 오마일 정도 떨어진 곳에서 일어났다, 플로는 그렇게 말했다. 그녀는 사교적으로 자신의 권위를 증명하려 했을 뿐 패트릭을 경악하게 하려는 것은, 적어도 용인되는 수준을 넘어서려는 것은 아니었다. 그를 당황하게 할 의도는 없었다. 그가 그걸 어떻게 이해하겠는가?

"네 말이 맞았어." 버스를 타고 핸래티를 떠나는 길에 패트릭이 말했다. "돼지우리 맞아. 그런 데를 떠나왔으니 정말 다행이겠다."

그 말을 듣자마자 로즈는 그가 하지 말았어야 할 말을 했다고 느꼈다.

"물론 네 진짜 엄마는 아니지만," 패트릭이 말했다. "네 진짜 부모는 저랬을 리가 없지." 그 말도 싫었다. 비록 그녀 자신도 그렇게 생각했

---

* 카운티 아래의 행정구역 단위.

지만. 로즈는 그가 자신에게 좀더 고상한 배경을 덧씌우려 한다는 것을 깨달았다. 아마도 그의 가난한 친구들의 집 같은 분위기로, 주변에 몇 권씩 굴러다니는 책, 다구茶具가 놓인 쟁반, 짜깁기한 식탁보, 허름하지만 고상한 취향 같은 것들을. 고단한 삶을 긍지를 지니고 살아가는 유식한 사람들. 어쩌면 저렇게 비겁할까, 그녀는 화가 나서 그렇게 생각했지만 자기 역시 비겁한 사람임을 잘 알고 있었다. 제 가족도, 제 집 부엌도, 그 밖에 어떤 것도 편안하게 받아들이지 못하는 사람이라는 것을. 세월이 흐른 뒤, 로즈는 그런 환경을 이용하는 법을 배웠다. 저녁식사 모임에서 유년기의 집에 대한 이런저런 이야기로 사리 바른 사람들을 즐겁게 하거나 겁먹게 할 수 있게 되었다. 하지만 당시에 그녀가 느낀 것은 혼란과 참담함뿐이었다.

그럼에도, 의리가 생기기 시작했다. 이제 그곳을 확실히 벗어났다고 생각하자 한 겹의 의리와 방어 의식이 생겨나 지난날의 모든 기억을, 상점과 타운, 밋밋하고 볼품없고 특별할 것 없는 시골 풍경 주위를 단단하게 감쌌다. 그녀는 자신의 이런 마음을 패트릭이 산과 바다, 돌과 목재로 된 그의 대저택에 대해 갖는 생각과 대조시키곤 했다. 고향에 대한 그녀의 충성심은 그의 경우보다 훨씬 자존심 강하고 고집스러운 것이었다.

하지만 알고 보니 그는 그 무엇도 저버릴 생각이 없었다.


패트릭은 로즈에게 다이아몬드 반지를 주었고 그녀를 위해 역사학자가 되기를 포기하겠노라고 선언했다. 그는 자기 아버지의 사업에 동참할 작정이었다.

그녀는 그에게 아버지의 사업을 싫어하지 않느냐고 말했다. 그는 이제 부양할 아내가 생긴 이상 그런 태도를 취할 처지가 아니라고 말했다.

패트릭이 결혼하기를 원한다는 사실을, 설령 그 상대가 로즈라 해도, 그의 아버지는 아들이 정신을 차렸다는 신호로 읽는 것 같았다. 그들 가족 사이에 만연한 악감정에는 간혹 엄청난 관대함이 섞여들기도 했다. 그의 아버지는 즉시 자기 점포 중 한 곳에 일자리를 마련해주었고 집을 사주겠다고 했다. 로즈가 패트릭의 제안을 거절할 수 없는 것과 마찬가지로 패트릭 역시 아버지의 제안을 거절할 수 없었다. 그리고 그 이유는 로즈와 마찬가지로 패트릭 역시 순전히 돈 때문만은 아니었다.

"우리도 당신 부모님 집 같은 곳에서 살게 되는 거야?" 로즈가 물었다. 처음부터 그런 방식으로 살아야 하는 건가 하는 생각이 정말로 들었던 것이다.

"음, 처음에는 아닐 거야. 꽤 차이가 날……"

"난 그런 집 싫어! 난 그렇게 살기 싫어!"

"우린 어떤 식이든 네가 원하는 방식대로 살 거야. 어떤 집이든 네가 원하는 집에서 살 거고."

돼지우리만 아니라면 말이지, 그녀는 심술궂게 생각했다.

로즈가 거의 알지도 못하는 여학생들이 가던 길을 멈추고 그녀에게 반지를 보여달라 하고는 감탄의 눈길로 바라보다가 행복하게 살라고 덕담을 했다. 주말에 핸래티에, 이번에는 다행히도 혼자서 갔을 때 그녀는 중앙로에서 치과의사 부인을 만났다.

"오, 로즈. 너무 멋진 일이구나! 언제 다시 돌아올 거니? 우리가 널 위해 티파티를 할 생각인데. 타운의 부인들 모두가 네게 티파티를 열어주고 싶어한단다!"

그전까지는 로즈에게 말을 건 적도, 알은체한 적도 없는 여자였다. 이제 길이 열리고 장벽이 사라지고 있었다. 그리고 로즈는—아, 이 부분이야말로 최악이었다, 수치였다—치과의사 부인의 말을 자르지 않고 붉어진 얼굴로 다이아몬드 반지를 방정맞게 들이대면서 네, 정말 좋은 생각이에요, 하고 말했다. 사람들이 무척 행복하겠다고 말할 때는 정말로 행복하다고 생각하기도 했다. 그처럼 단순했다. 그녀는 보조개 팬 얼굴로 빛나게 웃으며 아무 고민 없는 약혼녀로 탈바꿈했다. 어디에 살 거니, 하고 사람들이 물으면 그녀는 말했다. 아, 브리티시컬럼비아에서요! 그것이 이야기에 더 큰 마력을 부여했다. 거기가 정말 그렇게 아름답니, 그들은 물었다. 거기엔 겨울이 없다며?

"아, 맞아요!" 로즈는 외쳤다. "아, 그렇진 않아요!"


그녀는 일찍 잠에서 깨어 일어나 옷을 입고 헨쇼 박사의 차고 옆문으로 빠져나왔다. 버스가 다니기엔 너무 이른 시간이었다. 도심을 지나 패트릭의 아파트로 걸어갔다. 공원을 가로질러 걸어갔다. 남아프리카전쟁기념관 근처에서 그레이하운드 한 쌍이 뛰어놀고 있었고 나이든 여자가 개들의 목줄을 잡고 그 옆에 서 있었다. 막 떠오른 해가 개들의 흐릿한 가죽을 비췄다. 풀잎은 젖어 있었다. 나팔수선화와 수선화가 만발했다.

패트릭은 흐트러진 머리에 회색과 밤색 줄무늬 파자마 차림으로 졸린 얼굴을 찌푸리며 문을 열었다.

"로즈! 무슨 일이야?"

그녀는 아무 말도 할 수 없었다. 그는 로즈를 아파트 안으로 들였다. 그녀는 패트릭을 껴안고 그의 가슴에 얼굴을 묻은 채 연극조의 목소리로 말했다. "제발, 패트릭. 자기랑 결혼하지 않을 수 있게 해줘."

"어디 아픈 거야? 무슨 일이야?"

"자기랑 결혼하지 않을 수 있게 해줘." 그녀가 더욱 확신 없는 목소리로 다시 말했다.

"미쳤구나."

그녀는 그렇게 생각하는 패트릭을 탓하지 않았다. 제 목소리가 너무도 부자연스럽고 교태스럽고 우스꽝스럽게 들렸다. 그가 문을 열자마자, 그의 졸린 눈과 파자마 같은 엄연한 그의 모습을 보자마자, 그녀는 자신이 하려고 온 그 일이 엄청나다는 것을, 불가능하다는 것을 알았다. 그에게 모든 것을 설명해야 하지만 당연히 그럴 수가 없었다. 자신에게 불가피한 일임을 깨닫게 할 수가 없었다. 적절한 말투와 표정을 찾을 수가 없었다.

"속상한 일 있었어?" 패트릭이 물었다. "무슨 일이 생긴 거야?"

"아니야."

"좌우간 여기엔 어떻게 온 거야?"

"걸어서."

그녀는 화장실에 가고 싶은 욕구를 물리치고 있었다. 화장실에 간다면 자신이 하려는 주장이 다소 힘을 잃을 것 같았다. 하지만 가야 했다. 그의 품에서 빠져나왔다. 그리고 말했다. "잠깐만 기다려, 오줌 누고 올게."

168

밖으로 나왔을 때 패트릭은 전기 주전자에 물을 끓이며 인스턴트커피를 덜고 있었다. 그는 점잖으나 혼란스러워 보였다.

"아직 잠이 다 깨지 않았어." 그가 말했다. "자, 앉아봐. 우선, 너 지금 생리 직전이야?"

"아니야." 하지만 그녀는 당혹감을 느끼며 실제로 그렇다는 것을, 지난달에 함께 걱정했던 참이라 그도 생각해보면 알 수 있으리라는 것을 깨달았다.

"음, 생리 직전도 아니고 속상한 일이 생긴 것도 아니라면 이게 다 무슨 소동이야?"

"난 결혼하기 싫어." 그녀는 난 너와 결혼하기 싫어, 라는 잔인한 말에서 한발 물러서며 말했다.

"이런 결심을 한 게 언제야?"

"한참 전에. 오늘 아침에."

그들은 목소리를 낮춰 이야기했다. 로즈는 시계를 쳐다봤다. 일곱시가 조금 지난 시간이었다.

"다른 사람들은 언제 일어나?"

"여덟시쯤."

"커피에 넣을 우유가 좀 있어?" 그녀는 냉장고로 갔다.

"문 조용히 닫아." 패트릭이 말했다. 너무 늦게.

"미안." 그녀가 말했다. 이상하고 우스꽝스러운 목소리로.

"우린 어젯밤에 함께 산책을 나갔고 그때는 다 괜찮았어. 근데 넌 오늘 아침에 여기 와서 내게 결혼하기 싫다고 말해. 왜 결혼하기 싫다는 거야?"

"그냥 싫어. 결혼을 하기가 싫다고."

"그럼 그것 말고 뭘 하고 싶은데?"

"모르겠어."

패트릭은 엄한 표정으로 그녀를 계속 쳐다보며 커피를 마셨다. 날 사랑하니? 정말로 날 사랑해? 하고 애원하던 사람이 이제는 그 말을 입에 올리지 않았다

"음, 난 알아."

"뭘?"

"누가 네게 자꾸 그런 얘기를 하는지."

"그런 사람 없어."

"아, 아니지. 내가 장담해. 헨쇼 박사가 그러는 거잖아."

"아니야."

"헨쇼 박사를 별로 좋지 않게 말하는 사람들도 있어. 여학생들을 좌지우지한다고. 그 여자는 자기랑 같이 사는 여학생들이 남자친구 사귀는 걸 좋아하지 않지. 안 그래? 너도 그렇게 말한 적 있잖아. 그 사람은 여자애들이 정상적으로 사는 걸 원치 않아."

"그게 아니야."

"그 사람이 너한테 무슨 말을 한 거야, 로즈?"

"아무 말도 안 했어." 로즈는 울기 시작했다.

"확실해?"

"아, 패트릭, 제발 좀 들어봐. 난 자기랑 결혼 못하겠어, 정말. 이유는 모르겠지만 정말 안 되겠어. 미안해, 정말이야, 못하겠어." 로즈는 울면서 횡설수설했다. 그러자 패트릭은 "쉿! 다른 애들 깨겠다!" 하며

170

그녀를 부엌 의자에서 들어올려 자기 방으로 데리고 갔다. 그녀가 침대 위에 앉은 후 그는 방문을 닫았다. 그녀는 양팔로 배를 감싸고 몸을 앞뒤로 흔들었다.

"뭐야, 로즈? 문제가 뭐야? 어디 아픈 거냐고!"

"말하는 게 너무 힘들어!"

"무슨 말?"

"방금 자기한테 한 말!"

"결핵 진단을 받았다거나, 뭐 그런 거야?"

"아니야!"

"네 가족에 대해 내게 안 한 말이라도 있는 거야? 정신이상자가 있었다거나?" 패트릭이 부추기며 말했다.

"아니야!" 로즈는 몸을 흔들며 울었다.

"그럼 뭐야?"

"당신을 사랑하지 않아!" 그녀는 말했다. "사랑하지 않아. 사랑하지 않아." 그녀는 침대 위에 쓰러져 베개에 머리를 묻었다. "정말 미안해. 너무 미안해. 어쩔 수가 없어."

잠시 후 패트릭이 말했다. "좋아. 날 사랑하지 않는다면 어쩔 수 없지. 날 사랑하라고 강요하진 않아." 이성적인 말의 내용에 견주어 그의 목소리는 긴장감과 앙심을 풍겼다. "단지 궁금한 것은," 그가 말했다. "스스로가 뭘 원하는지 네가 알고 있는가 하는 거야. 난 아니라고 봐. 난 네가 자신이 뭘 원하는지 전혀 모른다고 생각해. 그냥 어떤 상태에 빠져 있는 거지."

"뭘 원하는지 알아야 뭘 원하지 않는지 알 수 있는 건 아니야!" 로즈는 돌아누우며 말했다. 그 말을 하고 나니 속이 시원했다. "당신을 사랑한 적 없어."

"쉿! 다른 애들 깨겠다. 우리 그만해야 돼."

"사랑한 적 없다고. 그러고 싶지도 않았어. 실수였어."

"좋아. 좋아. 네 말 알아들었어."

"왜 내가 자기를 사랑해야 돼? 왜 자기는 내가 그러지 않으면 뭔가 문제가 있는 것처럼 구는 거야? 당신은 날 경멸하잖아. 내 가족과 내 배경을 경멸하면서 내게 엄청난 호의를 베푼다고 생각하고……"

"난 네게 푹 빠졌어." 패트릭이 말했다. "널 경멸하지 않아. 오, 로즈. 난 널 흠모해."

"계집애 같아." 로즈가 말했다. "또 너무 고상한 척해." 그녀는 그렇게 말하고 침대에서 뛰어내리며 희열을 느꼈다. 온몸에 활력이 넘쳤다. 더한 것이 밀려오고 있었다. 끔찍한 것들이 밀려오고 있었다.

"심지어 잠자리도 제대로 못해. 아주 처음부터 난 항상 빠져나가고 싶었어. 당신이 불쌍했어. 앞을 제대로 안 보고 다니고 항상 물건들을 쓰러뜨려. 신경을 쓰지 않으니까, 뭐 하나 신경써서 보는 법이 없으니까, 자기 자신한테만 몰두하니까. 그리고 항상 뽐내기만 하잖아. 정말 멍청해. 그런데 하물며 제대로 뽐내지도 못해. 다른 사람들에게 멋있어 보이려면 절대로 그렇게 하면 안 돼. 자기처럼 하면 사람들은 비웃기만 한다고!"

패트릭은 침대에 앉아 그녀가 하는 말을 모두 귀담아듣는 얼굴로 로즈를 올려다보고 있었다. 그녀는 그를 때리고 또 때리기를 원했고, 더더욱 나쁘고 험하고 잔인한 말을 퍼붓고 싶었다. 그녀는 속에서 밀려

올라오는 것들이 밖으로 나가지 못하게 하려고 숨을 쉬고 공기를 들이마셨다.

"다시는 보고 싶지 않아, 절대로!" 그녀는 표독스럽게 말했다. 하지만 문간에서는 뒤를 돌아보며 후회의 기미가 담긴 정상적인 목소리로 말했다. "잘 있어."

패트릭은 짧은 편지를 썼다. "일전의 일이 이해가 되지 않아서 너랑 이야기를 하고 싶어. 하지만 우선은 두 주 정도 만나거나 말을 하지 않고 기다린 다음, 그뒤에 어떤 느낌이 드는지 알아보는 게 좋겠다."

로즈는 반지를 돌려주는 것을 완전히 잊고 있었다. 그날 아침 그의 아파트 건물 밖으로 나올 때도 반지를 끼고 있었다. 그의 집으로 다시 갈 수는 없었고 반지를 우편으로 보내자니 그러기엔 너무 귀한 물건 같았다. 그녀는 반지를 계속 끼고 다녔다. 헨쇼 박사에게 사정을 설명하고 싶지 않다는 이유가 컸다. 그녀는 패트릭의 편지를 받고 마음이 놓였다. 그때 반지를 돌려주면 되겠다고 생각했다.

그녀는 패트릭이 헨쇼 박사에 대해 했던 말을 생각해보았다. 영 틀린 말은 아닌 게 분명했다. 그게 아니라면 왜 헨쇼 박사에게 파혼했다고 털어놓기가 그렇게 꺼려졌으며, 그녀의 분별 있는 찬성과 안도한 듯 절제된 축하인사를 대하기가 왜 그렇게 내키지 않았겠는가?

헨쇼 박사에게 시험 기간에는 패트릭을 만나지 않을 거라고 말했다. 그것만으로도 그녀가 기뻐하는 것을 로즈는 알 수 있었다.

다른 사람에게도 자신의 상황이 바뀌었다는 말은 하지 않았다. 알리고 싶지 않은 사람이 헨쇼 박사만은 아니었다. 시샘을 받는 입장을 포기하기 싫었다. 그녀에게는 너무도 새로운 경험이었던 것이다.

그녀는 앞으로 어떻게 할까 생각해보았다. 헨쇼 박사의 집에 계속 머무를 수는 없을 것이다. 패트릭에게서 도망친다면 헨쇼 박사에게서도 도망치는 것이 당연한 일 같았다. 그리고 파혼에 대해 아는 사람들이 있고, 지금은 축하한다고 하지만 나중에는 그녀가 패트릭을 차지하는 건 요행임을 애초에 알고 있었다고 말할 여학생들이 있는 학교에도 남아 있기 싫었다. 직장을 구해야 할 것이다.

사서장이 여름 동안의 일자리를 제안했지만 아마도 헨쇼 박사의 권유 때문인 듯했다. 그 집에서 나오면 제안도 유효하지 않을 것 같았다. 그녀는 시험공부를 하는 대신 시내에 나가 보험회사에서 문서 정리하는 일을 찾아보거나 '벨 텔레폰'이나 백화점의 일자리에 지원해야 한다는 것을 알았다. 그런 생각을 하니 겁이 덜컥 났다. 그녀는 계속 공부를 했다. 정말로 할 줄 아는 유일한 일이 그것이었다. 어쨌거나 그녀는 장학생이었던 것이다.

토요일 오후에 도서관에서 일하고 있을 때 그녀는 패트릭을 보았다. 우연히 마주친 것은 아니었다. 그녀는 소리가 나지 않게 조심하며 나선형 철제 계단을 따라 맨 아래층으로 내려갔다. 서고에는 깜깜한 곳에 서서 그의 열람석을 볼 수 있는 장소가 있었다. 그녀는 그렇게 했다. 얼굴은 보이지 않았다. 길고 불그스름한 목과 토요일에 입는 오래된 체크무늬 셔츠가 보였다. 그의 긴 목. 뼈가 앙상한 어깨. 이제는 패트릭이 거슬리지 않았고, 그가 무섭지도 않았다. 그녀는 자유였다. 그녀는 다른 모든 사람을 보듯이 그를 볼 수 있었다. 그를 제대로 인식할 수 있었다. 그는 바르게 행동했다. 그녀의 동정을 사려 애쓰지 않았고, 그녀를 괴롭히지 않았고, 한심한 전화와 편지로 들볶지도 않았다. 헨쇼 박사의 집에 찾아와 계단에 앉아 있지도 않았다. 그는 고결한 사람인데, 그것을 그녀가 인정하고 고마워한다는 것을 알지 못할 것이었다. 그에게 퍼부었던 말들을 생각하니 수치심이 들었다. 게다가 그 말들은 사실도 아니었다. 전부 다는 아니었다. 사실 그는 잠자리를 잘했다. 그녀는 그의 모습에 마음이 찡해져서, 너무도 다정하고 서글퍼져서, 그에게 뭔가를 주고 놀라운 관대함을 베풀고 싶었다. 그의 불행을 물리고 싶었다.

그때 상상 속 자신의 모습이 강하게 마음을 끌었다. 그녀는 패트릭의 열람석으로 살그머니 달려가고 있었다. 뒤에서 양팔로 그를 감싸안고 있었다. 그에게 모든 것을 되돌려주고 있었다. 그가 그것을 받을까? 아직도 그것을 원할까? 그녀는 두 사람이 웃고 울며 해명하고 용서하는 모습을 보았다. 사랑해. 정말로 사랑해, 다 괜찮아, 내가 정말 나빴어, 그럴 생각이 아니었어, 그냥 정신이 나갔었나봐, 사랑해, 다 괜찮아. 그것은 그녀에게 격렬한 유혹이었다. 저항하기 힘들었다. 몸을 던지고 싶은 충동이 일었다. 깎아지른 절벽 아래로 떨어질 것인지, 풀과 꽃이 반겨주는 포근한 들판으로 떨어질 것인지는 알 수가 없었다.

결국 저항할 수 없었다. 그녀는 몸을 던졌다.


세월이 흘러 그 순간을 돌이켜보며 이야기할 때—왜냐하면 요즘 사람들 대다수와 마찬가지로, 그녀도 친구나 연인이나 파티에서 만났지만 앞으로 다시는 볼 일이 없을 사람들과 저마다의 내밀한 결정들에 대해 자유롭게 이야기하고 듣는 시기를 거쳤으므로—로즈는 동지애에 휩쓸렸다고, 맨살이 드러난 수그린 뒷목에 마음이 흔들리지 않을 수 없었다고 말했다. 그러고는 더 깊이 들어가 그것은 탐욕, 바로 탐욕이었다고 말했다. 그에게 달려가 매달리고 그의 의혹을 극복하고 키스하고 울고 원래 자리로 돌아간 것은 그의 사랑과 자신을 돌봐주겠다는 약속 없이는 뭘 어떻게 해야 할지 몰랐기 때문이었다고 말했다. 세상이 두려웠고 앞으로 어떻게 살아야 할지 아무런 계획이 떠오르지 않았다고. 그녀는 경제적 측면에서 삶을 바라볼 때, 혹은 그런 시각을 가진 사람과 함께 있을 때, 어쨌거나 선택권을 가진 이들은 중산층 사람들뿐이라고 말했다. 자신에게 토론토행 기차표를 살 돈만 있었다면 인생이 달라졌을 거라고.

헛소리, 나중에 그녀는 그렇게 말하게 될 수도 있었다. 다 소용없고, 사실 그건 허영이었다고, 그를 되살리고 그에게 행복을 되돌려준 것은 다름 아닌 허영 때문이었다고. 자신이 그렇게 할 수 있는지 보기 위해서. 권력을 시험해볼 그런 기회를 거부할 수가 없어서. 하지만 이야기를 한 당시에는, 자신이 선택에 대한 대가를 치렀다고 부연했다. 패트릭과 십 년간 결혼생활을 하는 동안, 첫 헤어짐과 화해의 장면이 주기적으로 반복되었고, 그럴 때면 그녀는 처음에 했던 모든 말들과 처음에는 참았던 말들까지, 그리고 당시에 떠오른 많은 다른 말들까지 다 쏟아냈다고 말했다. 사람들에게 하지 않았기를 바라는 얘기는(사실은 했을 거라고 생각하지만) 그녀가 침대 기둥에 머리를 짓찧기도 했고, 그레이비소스 그릇을 식사실 창문에 내던져 산산조각내기도 했으며, 자신이 저지른 짓에 너무도 놀라고 질려서 침대에 누워 덜덜 떨며 그에게 용서를 애원한 적도, 그래서 받은 적도 있다는 사실이다. 때로는 로즈가 그에게 덤벼들기도 했고 때로는 패트릭이 그녀를 때리기도 했다. 다음날 아침이면 그들은 일찍 일어나 특별한 아침식사를 차린 후 고단하고 얼떨떨한 모습으로 베이컨과 달걀 요리를 먹고 필터에 거른 커피를 마시며 서로에게 겸연쩍은 상냥함을 베풀었다.

왜 그런 반응이 나오는 걸까? 그들은 말하곤 했다.

휴가가 필요하다고 생각해? 함께 휴가 갈까? 각자 다녀올까?

낭비, 기만이었다. 그런 노력들은 결국. 하지만 잠깐 동안은 효과가 있었다. 진정하고 나면 그들은 다른 부부들도 대개는 이런 일을 겪을 거라고 말하곤 했고, 실제로 그들과 알고 지내는 이들은 대체로 그런 것 같았다. 그들은 엄청난 손상, 거의 치명적인 손상이 생겨 두 사람을 갈라놓고 나서야 헤어질 수 있었다. 그리고 로즈가 직장을 구해 스스로 돈을 벌 수 있게 되고 나서야. 그러니 결국 굉장히 평범한 이유가 있었던 것이다.

그녀가 아무에게도 말하지 않았던, 털어놓지 않았던 얘기는, 때로 그것이 동정이나 탐욕이나 비겁함이나 허영이 아니라 완전히 다른 어떤 것이었다는 생각이 든다는 점이었다. 행복에 대한 환상 같은 것. 그녀가 그간 남들에게 해왔던 다른 모든 얘기들을 생각하면 그런 말은 차마 할 수가 없었다. 정말로 이상한 것 같은데, 그녀는 정당화를 할 수가 없다. 이는 그들의 결혼생활에 벽지를 바르고 휴가를 떠나고 식사를 함께하고 쇼핑을 하고 아픈 아이를 걱정하는 길고 분주한 기간처럼 완벽하게 평범하고 견딜 만한 시간도 있었다는 의미가 아니라, 때로는 이유도 조짐도 없이 행복이, 행복의 가능성이 나타나 그들을 놀라게 하곤 했다는 의미다. 그런 때 그들은 같아 보이지만 사실은 다른 외피를 두른 것 같았고, 눈부시게 상냥하고 순결한 로즈와 패트릭이 각자의 평상시 자아의 그림자 속에 거의 눈에 띄지 않는 모습으로 존재하는 것 같기도 했다. 어쩌면 그때, 그에게서 자유로워진 상태로 눈에 띄지 않는 곳에서 열람석 안을 들여다보았을 때 그녀가 본 사람도 바로 그 패트릭이었을 것이다. 아마도 그랬을 것이다. 그때 그를 내버려뒀어야 했다.

로즈는 자신이 패트릭을 그렇게 바라보았음을 알았다. 그녀는 안다. 그런 일이 다시 한번 벌어졌기 때문에. 그녀는 한밤중에 토론토공항에 있었다. 패트릭과 이혼한 지 구 년 정도 지난 뒤였다. 그즈음 로즈는 상당히 유명해져서 국내의 많은 이들이 그녀의 얼굴을 알아보았다. 출연하는 텔레비전 프로그램에서 정치인, 배우, 작가, 화제의 인물, 그리고 정부나 경찰이나 조합 등에 분한 일을 당한 많은 일반인들을 인터뷰했다. 때로는 이상한 광경을 본 사람들과 대화를 나누기도 했다. UFO나 바다 괴물, 보기 드문 재주나 수집품을 가진 사람, 이제는 사라진 풍습을 계속 지키는 사람 등등.

그녀는 혼자였다. 배웅 나오는 사람도 없었다. 옐로나이프에서 연착한 항공편으로 막 도착한 참이었다. 피로에 지치고 후줄근했다. 그녀는 커피 바에 서 있는 패트릭의 뒷모습을 보았다. 레인코트 차림이었다. 전보다 살집이 붙었지만 단번에 알아보았다. 그녀는 예전과 똑같은 기분이 되어, 자신과 하나로 묶인 사람은 바로 이 남자라고 느꼈다. 마법 같지만 실현 가능한 어떤 비법으로 두 사람이 서로를 찾고 신뢰할 수 있게 될 거라고, 그리고 그 과정을 시작하기 위해서는 그에게 다가가 어깨에 손을 올리고 행복해서 깜짝 놀라게 해주기만 하면 된다고 생각했다.

물론 그렇게 하지는 않았다. 하지만 걸음은 멈추었다. 그가 돌아서서 커피 바 앞에 모여 있는 작은 플라스틱 탁자와 곡선형 벤치들 중 한 곳으로 향하는 동안 그녀는 가만히 서 있었다. 깡마른 앙상함과 학자 같은 추레함과 고지식한 권위주의는 그에게서 사라지고 없었다. 그는 매끈하게 펴지고 채워져서, 너무나 세련되고 유쾌하고 믿음직하고 약간은 안일해 보이는 남자로 변해 있었다. 모반도 희미해졌다. 그녀는 구겨진 트렌치코트 차림에 흰머리 섞인 긴 머리가 얼굴을 반쯤 가린 채로 눈 밑에는 한참 전에 바른 마스카라가 번져 있는 자신이 얼마나 초췌하고 삭막해 보일지 생각했다.

그가 그녀를 보고 낯을 찌푸렸다. 진정한 혐오감과 맹렬한 경고를 담은 얼굴, 유아적이고 제멋대로이지만 정확히 계산된 표정이었다. 역겨움과 증오의 때맞춘 폭발. 믿을 수가 없었다. 하지만 그녀는 보았다.

때로 로즈는 텔레비전 카메라 앞에서 누군가와 대화를 나눌 때 그들에게서 낯을 찌푸리고 싶은 욕망을 감지하곤 했다. 그런 욕망은 온갖 종류의 사람들에게서 감지되었다. 수완 좋은 정치인이나 재치 있고 관대한 주교, 존경받는 인도주의자뿐만 아니라 자연재해를 목격한 주부나 영웅적인 구조작업에 뛰어들었거나 장애연금을 편취당한 노무자에게서도. 그들은 스스로를 사보타주하기를, 낯을 찌푸리고 더러운 말을 하기를 갈망했다. 그들 모두가 드러내고 싶어하는 표정이 바로 이런 것일까? 누군가에게, 모두에게 보여주고 싶은 표정이? 하지만 그들은 그렇게 하지 않을 것이다. 그럴 기회를 갖지 못할 것이다. 그러기 위해서는 특별한 상황이 필요했다. 조명이 강렬하고 비현실적인 장소, 한밤중의 시간대, 다리가 풀리고 어질어질한 피로, 갑작스레 환영처럼 나타난 진정한 적.

그녀는 서둘러 자리를 피해 갖가지 빛깔로 장식된 긴 복도를 따라 부들부들 떨며 걸어갔다. 그녀는 패트릭을 보았고 패트릭도 그녀를 보았다. 그가 그런 찌푸린 표정을 내보였다. 하지만 그녀는 자신이 어떻게 적이 될 수 있는지 이해가 되지 않았다. 그게 누구든 어떻게 로즈를 그토록 증오할 수 있을까? 그녀가 선의와, 미소로 고백하는 피로와, 예의를 갖춘 서막을 기대하는 소심한 분위기를 띠고 막 다가서려 한 바로 그 순간에?

오, 패트릭은 할 수 있다. 패트릭은 그럴 수 있다.

장난질

로즈는 클리퍼드와 사랑에 빠졌다. 클리퍼드와 조슬린이 연 파티에 패트릭과 함께 갔을 때였다. 결혼한 지 삼 년쯤 된 무렵이었고, 클리퍼드와 조슬린은 그보다 한 해 정도 더 오래 결혼생활을 한 부부였다.

　클리퍼드와 조슬린은 웨스트밴쿠버를 지나 자리한 여름 별장들 중 하나에 살고 있었다. 겨울을 날 준비가 엉성한 그 별장들은 해안가 고속도로와 바다 사이의 짧고 굽은 거리들을 따라 서 있었다. 파티는 3월의 어느 비 오는 밤에 열렸다. 로즈는 파티에 갈 생각을 하니 긴장이 되었다. 차를 타고 웨스트밴쿠버를 지나는 동안, 도로 웅덩이에 흐르는 네온사인 불빛이 보이고 성토하듯 재깍거리는 와이퍼 소리가 들릴 때는 거의 토할 것 같은 기분이 들었다. 그후로도 그녀는 그 순간 패트릭 옆에 앉아 있던 자신의 모습을 자주 회상했다. 그녀는 목둘레가 깊이 파인 검은색 블라우스에 검은색 벨벳 스커트를 입은 모습으로 그 정도면 파티에 적절한 차림이기를 기원했고, 차라리 둘이서 영화를 보러 가는 길이라면 좋겠다고 생각했다. 곧 인생이 바뀌게 될 거라는 사실은 알지 못했다.

패트릭 역시 인정하지는 않았겠지만 긴장한 상태였다. 사교생활은 두 사람 모두에게 곤혹스러운 일, 달갑잖을 때가 많은 일이었다. 그들이 처음 밴쿠버에 왔을 때는 아는 사람이 아무도 없었다. 그들은 인맥이 이끄는 대로 따라갔다. 정말로 친구를 사귀고 싶은 것인지 아니면 단지 친구가 있어야 한다고 생각하는 것인지 로즈는 확신이 없었다. 그들은 옷을 차려입고 나가서 사람들의 집을 방문하거나, 거실을 치우고 초대한 사람들이 찾아오기를 기다렸다. 어떤 경우에는 고착된 방문 패턴을 꾸준히 지키기도 했다. 그런 저녁이면 그들은 술을 좀 마셨고 열한시나 열한시 반 정도가 되면—그 시간은 너무나 느리게 찾아왔다—로즈는 부엌에 들어가 커피와 먹을거리를 준비했다. 그녀가 만드는 음식은 대개 구운 식빵을 네모나게 자른 후 얇게 저민 토마토와 네모난 치즈와 베이컨 한 조각을 올려 통째로 굽고 이쑤시개로 한데 고정시킨 것이었다. 다른 메뉴는 아무리 해도 생각해낼 수가 없었다.

로즈가 좋아하는 사람들보다는 패트릭이 좋아하는 사람들과 친구가 되는 편이 그들에게는 더 쉬웠다. 로즈는 적응을 아주 잘했고, 사실은 눈속임을 잘했고, 패트릭은 적응을 전혀 못했기 때문이다. 하지만 이번 경우에, 조슬린과 클리퍼드는 로즈의 친구들이었다. 아니, 조슬린이 로즈의 친구였다. 조슬린과 로즈는 부부동반으로 만나려고 시도하지 않을 만큼은 서로를 잘 알았다. 패트릭은 클리퍼드가 바이올린 연주자라는 말에 그를 알지도 못하면서 싫어했다. 패트릭이 자기 가족 소유의 백화점 지점에서 일한다는 이유로 클리퍼드가 그를 싫어할 것은 보나마나 뻔했다. 그 시절에는 아직 사람들 사이의 장벽이 강고하고 뚜렷했다. 예술계 사람과 사업하는 사람들 사이에, 남자와 여자 사이에.

조슬린의 친구 중에 로즈가 아는 사람은 아무도 없었지만 대개가 음악가, 언론인, 대학 강사 등이며, 자기 작품이 라디오극으로 방송된 여성 작가도 한 명 있다는 사실은 알고 있었다. 로즈는 그들이 지적이고 재치 있고 비웃기를 잘하는 사람들일 거라 예상했다. 로즈는 패트릭과 함께 사람들을 찾아가거나 맞이하여 거실에 함께 앉아 있을 때마다, 아주 똑똑하고 재미있어서 그들을 한심해할 자격이 있는 사람들은 어딘가 다른 곳에서 불규칙한 삶과 파티를 즐기고 있다는 느낌을 받았다. 이제 그런 사람들과 어울릴 기회가 왔는데 그녀의 뱃속이 거부반응을 일으켰고 손에는 땀이 배었다.

조슬린과 로즈는 노스밴쿠버종합병원 산부인과 병동에서 만났다. 로즈가 애나를 낳고 다시 입원실로 옮겨진 후 목격한 첫 광경은 조슬린이 침대에 앉아 『앙드레 지드의 일기』를 읽는 모습이었다. 로즈는 그 책을 드러그스토어 진열대에서 눈여겨본 참이라 표지 색만 보고도 알아봤다. 지드는 로즈가 앞으로 독파하리라 마음먹은 작가들의 목록에 포함되어 있었다. 당시에 그녀는 위대한 작가들의 작품만 읽었다.

조슬린에 대해 로즈가 곧바로 놀랍고도 편안하게 느낀 점은 조슬린이 영락없는 학생처럼 보이고 산부인과 병동의 환경에 거의 영향을 받지 않는다는 사실이었다. 조슬린은 검은 머리를 길게 땋았고 큼직한 허연 얼굴에 두꺼운 안경을 썼으며 미모의 흔적은 없으나 편안한 집중의 분위기를 풍겼다.

조슬린 옆 침대에 있는 여자가 자기 집 부엌 찬장을 어떻게 정리해놓았는지 묘사하고 있었다. 그녀는 어떤 물건—예컨대 쌀이나 갈색설탕—을 어디에 보관하는지 잊어버리고 말을 안 했다 싶으면 처음부터 다시 시작했고, 청중이 자기 말을 잘 따라오게 하려고 이런 말을 했다. "난로 옆 오른쪽 맨 위 선반, 그곳에 봉지 수프를 보관한다고 했잖아요. 그런데 캔에 든 수프는 거기가 아니라 싱크대 아래에 다른 종류의 캔 제품들과 함께 보관해요. 음, 그리고 바로 그 옆에는……"

다른 여자들이 자기는 물건을 어떻게 보관하는지 말하려 했지만 끼어들지 못했고 용케 끼어들어도 길게 말하지는 못했다. 조슬린은 앉아서 책을 읽으며 땋아내린 머리채의 끝을 손가락으로 빙빙 돌리고 있었다. 마치 대학 도서관에 있는 것처럼, 논문을 쓰기 위해 자료 조사를 하고 있는 것처럼, 주변 다른 여자들의 세계는 그녀를 전혀 방해하지 못했다. 로즈는 자신도 그렇게 잘 버틸 수 있기를 바랐다.

로즈는 출산 직후라 아직 정신이 아뜩했다. 눈을 감기만 하면 커다란 검은 공 주변에 고리 모양의 불길이 타오르는 일식이 보였다. 그것은 마지막으로 힘을 주어 아기를 밖으로 내보내기 직전의, 통증으로 둘러싸인 아기의 머리였다. 그 이미지를 가로질러 캔과 봉지에 든 제품들의 엄청난 무게 때문에 아래로 처진 수다쟁이 여자의 부엌 선반들이 어지러운 물결을 그리며 지나갔다. 하지만 눈을 뜨면 환자복 위로 머리채를 늘어뜨린 흑백의 조슬린을 볼 수 있었다. 눈앞에 보이는 사람들 중 그 상황에 걸맞게 차분하고 진지해 보이는 이는 조슬린뿐이었다.

곧이어 조슬린이 면도하지 않은 길고 하얀 다리와 임신의 여파로 아직 늘어져 있는 배를 보이며 침대에서 나왔다. 그녀는 줄무늬 욕실가운을 입고, 허리에는 끈 대신 남자 넥타이를 묶었다. 그리고 병원의 리놀륨 바닥을 맨발로 터벅터벅 걸어갔다. 간호사가 달려와서 슬리퍼를 신어야 한다고 주의를 주었다.

"슬리퍼가 없는데요."

"신발은 있어요?" 간호사가 좀 못된 말투로 물었다.

"아, 네. 신발은 있어요."

조슬린은 침대 옆에 놓인 작은 철제 캐비닛으로 가서 커다랗고 지저분하고 닳아빠진 모카신 한 켤레를 꺼냈다. 그러고는 바로 전과 다름없이 칠칠맞고 뻔뻔한 소음을 내며 걸어나갔다.

로즈는 그녀를 알고 싶어 견딜 수가 없었다.

다음날에는 로즈도 읽을 책을 꺼냈다. 조지 산타야나의 『마지막 청교도』였다. 하지만 불행히도 도서관에서 빌린 책이라 표지의 제목이 희미하게 닳아서, 로즈가 조슬린의 읽을거리를 보고 그랬듯 조슬린이 로즈의 읽을거리를 우러러보는 일은 불가능했다. 로즈는 어떻게 하면 그녀와 대화를 틀 수 있을지 알 수 없었다.

찬장에 대해 설명했던 여자는 이제 자신이 진공청소기를 어떻게 사용하는지에 대해 이야기하고 있었다. 부속품들이 저마다 다른 용도가 있고 결국 그게 다 제품 가격에 포함되어 있으므로 그것들을 모두 사용하는 것이 아주 중요하다고 말했다. 많은 사람들이 부속품을 사용하지 않는다는 것이었다. 그녀는 청소기로 거실 커튼의 먼지를 빨아들이는 방법을 묘사했다. 다른 여자가 자기도 그렇게 해봤지만 커튼 천이 자꾸만 뭉쳐지더라고 말했다. 그건 제대로 하지 않아서 그렇다고, 그 권위적인 여자가 말했다.

로즈는 책 한 귀퉁이 너머로 조슬린의 시선을 붙들었다.

"스토브의 점화 손잡이도 광을 내야 하는데, 그렇게 하고 계시기를 바라요." 그녀가 조용히 말했다.

"당연히 그렇게 하죠." 조슬린이 말했다.

"날마다 광을 내시나요?"

"지금까지는 하루에 두 번 광을 냈지만 이젠 아이도 태어났으니 그럴 여유가 있을지 모르겠네요."

"점화 손잡이 전용 광택제를 사용하시나요?"

"당연하죠. 특별 묶음 상품에 함께 들어 있는 점화 손잡이 전용 헝겊도 사용하는걸요."

"잘하셨어요. 어떤 사람들은 안 그러거든요."

"어떤 사람들은 아무거나 쓰려 하죠."

"낡은 행주라든가."

"낡은 손걸레."

"늙은 걸레."

그뒤로 두 여자의 우정이 급속히 피어났다. 그것은 학교, 수용소, 감옥 같은 시설에서 싹트는 아낌없는 친밀감이었다. 그들은 간호사의 만류도 듣지 않고 복도를 걸어다녔다. 다른 여자들을 자극하고 얼떨떨하게 했다. 두 사람이 서로에게 큰 소리로 책을 읽어주면 여자들은 여고생처럼 히스테리를 부렸다. 그들은 지드나 산타야나를 읽지 않고 대기실에서 찾은 『진정한 사랑』이나 『퍼스널 로맨스』 같은 책을 읽었다.

"여기 보니까, 가짜 종아리를 살 수 있대." 로즈가 읽었다. "근데 가짜 종아리를 어떻게 숨기지? 다리에다 끈으로 묶나봐. 아니면 스타킹 안에다 넣고 신는 건가? 하지만 밖으로 비치지 않을까?"

"다리에다?" 조슬린이 말했다. "끈으로 다리에 묶는다고? 오, 가짜 종아리calves라니! 가짜 종아리라! 난 처음에 자기가 가짜 송아지calves를 말하는 줄 알았어.* 가짜 아기 소!"

그런 얘기에 그들은 웃음보가 터지곤 했다.

"가짜 아기 소!"

"가짜 가슴, 가짜 엉덩이, 가짜 아기 소!"

"사람들은 다음엔 또 뭘 생각해낼까!"

진공청소기 여자는 그들이 항상 불쑥 끼어들어 다른 사람들의 대화를 망친다고, 그런 속된 말이 뭐가 그리 우스운지 모르겠다고 말했다. 그런 추태를 멈추지 않는다면 모유가 상해버릴 거라고도 말했다.

"안 그래도 내 모유가 정말로 상한 건가 궁금했는데." 조슬린이 말했다. "지독하게 역겨운 색깔이거든."

"무슨 색인데?" 로즈가 물었다.

"음. 파란색에 가까워."

"세상에나, 잉크인가봐!"

진공청소기 여자는 간호사에게 그들이 욕을 한다고 말할 거라고 했다. 자신이 고상한 척하는 사람은 아니지만 그래도, 라고 말했다. 그들

---

* 종아리와 송아지는 동음이의어다.

에게 엄마가 되기에 적합한 사람이긴 하냐고 묻기도 했다. 누구나 보았듯이 실내복 가운을 한 번도 빤 적 없는 조슬린이 아기 기저귀는 어떻게 빨 것인가?

조슬린은 이끼를 쓸 계획이라고, 자기는 인디언이라고 말했다.

"믿을 수가 없군." 여자가 말했다.

그뒤로 조슬린과 로즈는 말머리에 걸핏하면 이런 말을 붙였다. 난 고상한 척하는 사람은 아니지만, 그래도.

"난 고상한 척하는 사람은 아니지만, 그래도 이 푸딩을 좀 봐!"

"난 고상한 척하는 사람은 아니지만, 그래도 이 아이는 벌써 이빨이 다 난 것 같은 느낌이야."

간호사는 말했다, 이제 좀 어른스러워질 때도 되지 않았나?

복도를 걸으며 조슬린은 로즈에게 자신은 스물다섯 살이고 아기 이름은 애덤이라 지을 것이며 집에 두 살배기 아들 제롬이 있고 남편 이름은 클리퍼드인데 직업이 바이올린 연주자라고 말했다. 그는 밴쿠버 심포니에서 연주했다. 그들은 가난했다. 조슬린은 매사추세츠 출신으로 웰즐리대학을 나왔다. 아버지는 정신과의사이고 어머니는 소아과 의사였다. 로즈는 조슬린에게 자신은 온타리오주의 작은 타운에서 자랐고 패트릭은 밴쿠버섬 출신이며 그의 부모는 둘의 결혼을 탐탁지 않게 여겼다고 말했다.

"내가 자란 타운에서는," 로즈는 과장하며 말했다. "모두가 '모다들' 이라고 말해. 모다들 뭐 먹을래? 모다들 잘 지냈어?"

"모다들yez?"

"너희들youse. 너의 복수형."

190

"오. 브루클린에서처럼. 그리고 제임스 조이스처럼. 패트릭은 어디에서 일해?"

"가족 소유 매장에서. 그 사람 가족이 백화점을 운영하거든."

"그럼 부자겠네. 이 병동에 입원하기에는 너무 부자 아니야?"

"얼마 전에 패트릭이 원하는 집을 사느라 돈을 다 써버렸어."

"자기는 원하지 않았어?"

"그이만큼은 아니었지."

그건 로즈가 한 번도 해본 적 없는 말이었다.

그들은 더욱 두서없이 자기를 드러내는 대화에 뛰어들었다.

조슬린은 자기 어머니를 싫어했다. 어머니는 조슬린의 방을 흰 오건디 천 커튼으로 꾸몄고 오리를 모으라고 부추겼다. 열세 살쯤 되었을 때는 고무 오리, 도자기 오리, 나무 오리, 오리 그림, 수놓은 오리 등으로 이루어진, 모르긴 해도 세계에서 가장 방대할 오리 컬렉션을 이루었다. 조슬린은 또한 본인 표현에 의하면 끔찍하게 조숙한 이야기인 「거대한 오리 올리버의 놀랍고도 위대한 모험」을 쓰기도 했는데, 그녀의 어머니는 크리스마스에 그것을 인쇄해 친지들에게 배포했다.

"엄마는 일종의 가식적인 상냥함으로 모든 것을 덮어버리는 부류의 인간이야. 항상 느끼함이 줄줄 흘러. 정상적인 목소리로 얘기하는 법이 없지, 절대로. 내숭도 대단하고. 아주 더럽게 내숭을 떨거든. 당연히 소아과의사로는 굉장히 성공했어. 몸의 모든 부분을 끔찍하게 내숭떠는 이름으로 부른다니까."

오건디 커튼이라면 좋아서 펄쩍 뛰었을 로즈이지만 조슬린의 세상에 존재하는 섬세한 경계선, 감정을 건드리는 방식들을 감지할 수는 있었다. 그곳은 로즈가 자라난 곳보다 훨씬 덜 투박하고 안정적인 세상처럼 느껴졌다. 조슬린에게 핸래티에 대해 제대로 얘기하는 게 가능할까 회의가 들었지만 그래도 로즈는 시도했다. 플로와 가게에 대해서는 대략적으로 묘사했다. 가난은 더욱 강조했다. 꼭 그래야 할 필요는 없었다. 그녀의 유년기는 사실 그대로도 조슬린에겐 충분히 이국적인, 하물며 부럽기까지 한 것이었다.

"더 진짜 같아." 조슬린이 말했다. "낭만적인 생각이란 건 나도 알아."

그들은 젊은 시절의 꿈에 대해서도 이야기했다. (그들은 젊음이 지나가버렸다고 정말로 믿었다.) 로즈는 무대에서 걷기조차 못하는 겁쟁이지만 배우가 되고 싶었다고 말했다. 조슬린은 작가가 되고 싶었지만 '거대한 오리'의 기억이 너무 창피해 포기했다.

"그러다 클리퍼드를 만났어." 조슬린이 말했다. "진짜 재능이 어떤 건지 보니까 난 그냥 펜이나 놀리며 노닥거리다 말 거란 생각이 드는 거야. 그래서 그냥 그 사람을 돌보는 게, 그러니까 내가 그이를 위해 하는 이딴 일들이 다 뭐든 간에 좌우간 이걸 하는 게 낫겠더라고. 그이는 정말 재능을 타고났거든. 때로는 좀 야비하기도 한 사람이지만. 그런데 재능이 있으니까 뭐든 모면해."

"내 생각엔 그거야말로 낭만적인 생각 같은데." 로즈는 단호하게, 그리고 질투를 느끼며 말했다. "재능이 있는 사람은 뭐든 모면할 수 있다는 생각."

"그렇게 생각해? 하지만 위대한 예술가들은 항상 그랬잖아."

"여자들은 안 그랬지."

"하지만 여자들은 대개 위대한 예술가가 아니잖아. 남자들처럼 그렇게는 말이야."

당시에 가장 교육을 잘 받았고, 사려 깊으며, 심지어 인습에 얽매이지 않는, 혹은 정치적으로 급진적인 젊은 여자들의 생각이 이러했다. 로즈가 그런 생각을 공유하지 않았던 것은 그녀가 잘 교육받지 못했기 때문이기도 했다. 두 사람의 우정이 더 오래 지속된 후에 조슬린은, 처음부터 로즈와의 대화가 그렇게 재미있었던 이유 중 하나는 로즈가 학식은 없지만 자기만의 아이디어가 있어서라고 말했다. 로즈는 깜짝 놀라며 자기가 다녔던 웨스턴온타리오의 대학 이름을 말했다. 그때 조슬린의 표정에서 난처한 듯 물러서고, 후회하고, 갑작스레 솔직함을 거둬들이는 기색을 보고―그런 일은 좀처럼 없는 사람인데―로즈는 바로 그것이 조슬린이 뜻한 바라는 사실을 깨달았다.

예술가에 대한, 남성과 여성 예술가에 대한 그런 견해차를 경험한 뒤로, 로즈는 저녁에 병원에 온 클리퍼드를 유심히 살펴보았다. 낯빛이 파리하고 방종하고 신경이 예민한 사람이라고 생각되었다. 조슬린이 이 결혼생활에 바치는 기지와 노력과 순전히 육체적인 노고를 더 잘 알게 된 뒤로(새는 수도꼭지를 고치고 막힌 배수구를 뚫는 것은 그녀의 일이었다) 로즈는 조슬린이 스스로를 허비하고 있다고, 실수하고 있다고 확신하게 되었다. 조슬린 역시 로즈와 패트릭의 결혼생활이 특별히 의미 있다고 보지는 않는 것 같았다.

처음에 파티는 로즈가 예상한 것보다 순조로웠다. 그녀는 자신이 너무 차려입은 건 아닐까 걱정했었다. 원래는 투우사 바지를 입고 싶었지만 패트릭이 용납하지 않았을 것이다. 하지만 여자들 중 바지를 입은 사람은 몇 되지 않았다. 나머지는 스타킹을 신고 귀걸이를 했으며 차림새가 그녀와 크게 다를 바 없었다. 그 당시에는 젊은 여자들이 모이는 곳이면 어디에나 임신한 티가 역력한 사람들이 서너 명 정도 있었다. 남자들 대부분은 패트릭과 마찬가지로 양복과 셔츠를 입고 넥타이를 맸다. 로즈는 안심했다. 그녀는 패트릭이 파티에 잘 섞여들 뿐만 아니라 그곳에서 만난 사람들을 받아들이기를, 모두가 다 괴짜는 아니라고 납득하기를 바랐다. 패트릭은 학교에 다닐 때 그녀를 콘서트와 연극에 데려갔고 거기에 나오는 사람들에게 과도한 반감을 품는 것 같지는 않았다. 오히려 좋아하기까지 했는데, 자기 가족들이 그런 것들을 혐오하는데다 당시에 ─로즈를 선택했던 시기에─ 그는 가족에게 짧은 반란을 일으키는 중이었기 때문이다. 언젠가 두 사람은 토론토에 가서 박물관에 꾸며진 중국 사찰 법당 안에 앉아 프레스코 벽화를 쳐다보고 있었다. 패트릭은 그 법당이 조각조각 해체해 샨시성에서 옮겨온 것이라고 말해주며 그런 사실을 안다는 데 자부심을 느끼는 것 같았지만, 그러면서도 순진하고 그답지 않게 겸손한 태도로 박물관 투어에서 들은 정보임을 인정했다. 그가 그런 것들을 가혹하게 깎아내리고 싸잡아 비판하는 입장이 된 것은 사업을 시작하고부터였다. 현대미술은 사기다. 아방가르드 연극은 구역질난다. 패트릭은 아방가르드라는 말을 뚝뚝 끊어 내뱉듯이 특이하게 발음하여 넌더리나도록 가식적으로 들리게 하곤 했다. 사실 그렇긴 해, 로즈는 생각했다. 어떤 면에서는 그가 뭘 말하려는 것인지 알 것도 같았다. 그녀는 무슨 일이든 너무 많은 측면에서 알 것도 같았는데, 패트릭은 그런 문제를 겪지 않았다.

주기적으로 심하게 싸우는 경우를 제외하면 그녀는 패트릭에게 매우 고분고분했고 그의 마음에 들기 위해 노력했다. 쉽지는 않은 일이었다. 결혼 전에도 그는 로즈가 간단한 질문을 하거나 의견을 내면 그에 대해 꾸짖듯이 설교하는 버릇이 있었다. 그 시절에 그녀는 패트릭이 탁월한 지식을 과시하고 그로 인해 자신이 그를 우러러볼 수 있도록 질문을 할 때가 있었는데, 대개는 질문한 것을 후회했다. 그가 나무라는 어조로 너무 길게 답을 하는데다 지식 또한 그다지 탁월하지 않았기 때문이다. 그녀는 정말이지 그를 우러러보고 존중하고 싶었다. 하지만 그것은 항상 도움닫기만 하고 끝나는 도약과 같았다.

나중에 생각해보니, 그녀는 정말로 패트릭을 존중했지만 그가 원하는 방식으로 존중하지 않았고, 정말로 그를 사랑했지만 그가 원하는 방식으로 사랑하지 않았다. 당시에는 그것을 몰랐다. 그녀는 그의 어떤 부분을 잘 안다고 생각했다. 그가 그토록 전력을 다해 되고자 하는 모습이 어떤 것이든 실은 본인이 그렇게 되기를 원치 않는다는 것을 그녀는 안다고 생각했다. 그런 교만을 존중이라 할 수도 있고, 그런 고자세를 사랑이라 부를 수도 있을 것이다. 그것은 그를 행복하게 해주는 데 아무런 도움이 되지 않았다.

남자들 중 몇몇은 청바지에 터틀넥 스웨터나 운동복 상의를 입었다. 클리퍼드도 그중 하나로, 위아래 모두 검은색이었다. 샌프란시스코에서 비트족이 활개를 치던 시기였다. 조슬린은 로즈에게 전화를 걸어 「울부짖음」*을 낭송해주기도 했었다. 검은색 옷과 대비를 이루는 클리퍼드의 피부는 아주 잘 그을린 것처럼 보였고, 당시 기준으로 길다 싶

---

* 비트족의 대표적인 시인 앨런 긴즈버그의 시.

은 머리는 표백하지 않은 면직물 색과 흡사할 정도로 연했다. 눈 역시 밝은 청회색으로 굉장히 연했다. 로즈의 눈에 그는 조금 작아 보였고 고양이 같은, 약간 여성적인 느낌이었다. 그녀는 패트릭이 그를 보고 거부감을 느끼지 않기를 바랐다.

음료는 맥주와 와인 펀치가 있었다. 요리 솜씨가 훌륭한 조슬린이 잠발라야를 만들기 위해 재료를 뒤섞고 있었다. 로즈는 자기 옆에 딱 붙어 있으려는 패트릭을 떼어버리기 위해 화장실에 갔다(그녀는 그가 감시하려 한다고 생각했다. 수줍어서 그럴 수도 있다는 생각은 미처 하지 못했다). 화장실에서 나와보니 그는 다른 곳으로 가고 없었다. 그녀는 펀치 세 잔을 단숨에 마셨고, 라디오극을 쓴 여자를 소개받았다. 놀랍게도 이 여자는 그 안에서 가장 칙칙하고 자신감 없어 보이는 축에 속했다.

"연극이 참 좋았어요." 로즈가 여자에게 말했다. 사실을 말하자면 그녀는 좀 이해하기 힘든 연극이라고 생각했고, 패트릭은 혐오스럽다고 생각했다. 자기 아이들을 잡아먹는 여자에 관한 이야기 같았다. 로즈는 그것이 상징적이라는 것은 이해했지만 무엇을 상징하는지는 알 수 없었다.

"아, 그런데 제작이 형편없었어요!" 여자가 말했다. 당황스럽게도, 그녀는 자기 연극에 대해 열을 내며 얘기하느라 흥분해서 로즈에게 펀치를 흩뿌리고 말았다. "너무 문자 그대로 해석한 거죠. 난 작품이 그저 섬뜩한 이야기로만 받아들여질까봐 걱정스러웠어요. 미묘하게 표현되기를 바랐거든요. 저들이 제작한 방식과는 다른 것을 의도한 거예요." 그녀는 로즈에게 무엇이 잘못되었는지 낱낱이 설명하기 시작했다. 캐스팅 실수와 가장 중요한—가장 결정적인—대사 누락 등등. 그런 세세한 설명을 듣자니 으쓱해져서 로즈는 흩뿌려진 펀치를 슬며시 닦아냈다.

"하지만 제가 의도한 것을 보셨잖아요?" 여자가 말했다.

"아, 그렇죠!"

클리퍼드는 로즈에게 펀치를 한 잔 더 따라주며 미소를 지었다.

"로즈, 참 달콤해 보이는군요."

'달콤'은 클리퍼드가 쓰기에는 좀 이상한 말이었다. 그는 아마도 취했을 것이다. 혹은 어쩌면 조슬린이 말한 대로 파티를 너무도 싫어한 나머지 연기를 하고 있었을지도 모른다. 여자에게 달콤해 보인다고 말하는 부류의 남자 역할을. 그는 가장에 능숙한 사람인 것 같기도 했다. 역시 가장에 능숙해지고 있다고 생각하는 그녀 자신과 마찬가지로. 로즈는 그 작가, 그리고 17세기 영문학을 가르치는 남자와 계속 대화를 나누었다. 다른 사람들이 판단할 수 있는 면에서는 그녀 역시 가난하고 똑똑하며, 급진적이고 불손해 보였을지도 모른다.

좁은 복도에서 한 남자와 젊은 여자가 서로를 열정적으로 안고 있었다. 누군가가 그 옆을 지나가려 할 때마다 두 사람은 포옹을 풀어야 했는데, 그 와중에도 서로에게서 눈을 떼지 않았고 심지어 벌린 입을 다물지도 않았다. 축축하게 벌려진 그들의 입을 보고 로즈는 전율했다. 그녀는 평생 그런 식으로 안겨본 적이 없었다. 입을 그런 식으로 벌려본 적이 없었다. 패트릭은 프렌치키스가 역겹다고 생각했다.

시릴이라는 작은 대머리 남자가 화장실 문 밖에 버티고 서서 나오는 여자들에게 무차별적으로 입을 맞추며 말했다. "잘 왔어요, 예쁜이. 와

줘서 기뻐. 가버리니 또 기쁘네."

"시릴은 정말 기분 나빠요." 여성 작가가 말했다. "시릴은 시인처럼 행동하려고 애써야 한다고 생각해요. 화장실 근처에서 어슬렁거리며 사람들을 기분 나쁘게 하는 것 말고는 할일이 떠오르지 않나봐요. 자기가 굉장히 별난 사람이라고 생각해."

"저 사람이 시인이에요?" 로즈가 물었다.

영문학 강사가 말했다. "내게는 자기 시를 모두 불태웠다고 말하더군요."

"활활 타오르네요, 허세가." 로즈가 말했다. 그녀는 그런 말을 했다는 것이, 그리고 다른 사람들이 웃었다는 것이 무척 기뻤다.

강사가 톰 스위프티*를 생각해내기 시작했다.

"난 그런 말들이 하나도 생각나지 않아요." 작가가 침통하게 말했다. "난 언어에 지나치게 신경을 쓴답니다."

거실에서 요란한 목소리들이 들려왔다. 로즈는 다른 사람들의 소리를 덮어버리며 높아지는 패트릭의 목소리를 구분할 수 있었다. 그녀는 무슨 말이라도, 아무 말이라도 해서 그의 목소리를 가리려고 입을 열었지만—어떤 재앙이 벌어지리라는 것을 알았으므로—바로 그때 곱슬머리에 키가 크고 의기양양한 분위기를 띤 남자가 복도를 지나오며 열정적인 연인들을 아무렇지 않게 갈라놓고 주의를 끌기 위해 양손을 올렸다.

---

* 말장난의 일종으로 한 사람이 한 말의 내용과 관련 있는 말로 그 사람의 행위를 묘사하거나, 앞 사람의 말과 관련된 말을 넣어서 대답하는 방식이다. 여기에서는 '불태웠다'는 말에 '활활 타오르다'라고 응수한 경우다.

"이 말 좀 들어봐요." 그가 부엌 전체에 대고 말했다. "거실에서 어떤 남자가 하는 말인데, 믿을 수가 없을 거예요. 들어봐요."

거실에서는 인디언에 대한 대화가 진행되고 있었던 듯했다. 이때는 패트릭에게 발언권이 넘어와 있었다.

"다른 데로 보내야 해요." 패트릭이 말했다. "아이가 태어나면 즉시 부모에게서 분리시켜 문명화된 환경에 데려다놓고 교육을 시켜야 합니다. 그러면 이내 백인과 마찬가지로 훌륭하게 커갈 거예요." 보나마나 그는 자신이 진보적인 견해를 피력하고 있다고 생각할 게 분명했다. 그런 말에 놀라는 사람들이라면 그가 로젠버그 부부 사형 문제나 앨저 히스 재판*이나 핵실험의 필요성 같은 주제에 대해 뭐라고 하는지 들어봤어야 한다.

어떤 젊은 여자가 부드럽게 말했다. "아, 그런데요, 그들에게도 고유한 문화가 있잖아요."

"끝장난 문화입니다." 패트릭이 말했다. "꽝이에요." 근래에 그가 굉장히 많이 쓰고 있는 말이었다. 그는 특정한 말이나 상투어, 사설 투의 문구들―대대적인 재검토가 그중 하나였다―을 대단히 음미해가며 아연할 정도의 권위를 실어 써먹었기 때문에, 그가 그 말의 원조일 거라고, 혹은 그가 사용한다는 사실 자체가 그 말에 비중이나 광휘를 더해준다고 생각하는 사람이 있다 해도 무리는 아니었다.

"그들은 문명화되기를 원합니다." 그가 말했다. "머리가 좀 좋은 사람들은 그래요."

---

* 1940~50년대에 미국에서 발생한 소련 간첩 사건들.

"음, 그들은 자기들이 문명화되지 않았다고 생각하지 않을 수도 있죠." 젊은 여자가 말했다. 그녀의 조신하지만 차가운 말투를 패트릭은 감지하지 못했다.

"떠밀어줘야만 움직이는 사람들이 있어요."

그런 자기만족적인 말투와 도를 넘은 훈계가 계속되자 부엌에 온 남자는 양손을 쳐들며 재미있어 죽겠다는 듯, 그리고 믿을 수가 없다는 듯 고개를 설레설레 저었다. "영락없는 사회신용당 정치인이로군."

실제로 패트릭은 사회신용당에 투표했다.

"그래요, 아, 좋건 싫건," 그는 계속 얘기했다. "그들이 발버둥치고 소리를 지르더라도 20세기로 끌어내야 합니다."

"발버둥치고 소리를 지르더라도?" 누군가가 따라 했다.

"발버둥치고 소리를 지르더라도 20세기로 끌어내야 한다고요." 패트릭이 말했다. 그는 이미 한 말을 되풀이하는 것을 개의치 않는 사람이었다.

"정말이지 재미있는 표현이군요. 정말로 인간적이기도 하고요."

이제 좀 이해할 때도 되지 않았을까? 자신이 궁지에 몰려 있다는 것을, 놀림과 비웃음을 사고 있다는 것을? 하지만 패트릭은 궁지에 몰리면 오히려 더 막 나가는 사람이었다. 로즈는 더이상 듣고 있을 수가 없었다. 그녀는 뒤쪽 복도로 갔다. 조슬린과 클리퍼드가 파티를 위한 공간을 마련하려고 내던져놓은 장화와 코트, 갖가지 병과 통, 장난감 등이 가득했다. 다행히도 사람은 없었다. 그녀는 뒷문 밖으로 나가 차가운 밤비 속에서 열에 들뜬 채 떨고 있었다. 그녀는 말할 수 없이 혼란스러운 감정을 느꼈다. 그녀는 치욕을 느꼈고 패트릭이 창피했다. 하지만 자신이 그 무엇보다 치욕스럽게 여기는 것은 그의 스타일이라는 것을 깨달았고, 그것을 알고 나니 자신 안에 어떤 타락하고 경박한 성향이 있는 것이 아닌가 하는 의문이 들었다. 그녀는 패트릭보다 더 똑똑한, 또는 적어도 기지가 더 뛰어난 사람들에게 분노를 느꼈다. 그들을 나쁘게 생각하고 싶었다. 사실 그들이 인디언에 대해 무슨 신경을 쓰겠는가? 인디언을 바르게 대할 기회가 주어진다면 패트릭은 그들보다 먼저 나설 것이다. 이는 비약이 심한 생각이었지만 그녀는 믿어야만 했다. 패트릭은 좋은 사람이었다. 좋지 않은 것은 그의 견해일 뿐, 사람 자체는 좋았다. 패트릭의 본질은 단순하고 순수하고 신뢰할 만하다, 로즈는 그렇게 믿었다. 하지만 그 본질에 어떻게 도달할 것이며, 다른 사람에게 그것을 보여주기는 고사하고 그녀 자신이라도 확신을 얻으려면 어떻게 해야 하는 것일까?

뒷문이 닫히는 소리가 들리자 그녀는 조슬린이 자신을 찾아 나왔을까봐 겁이 났다. 조슬린은 패트릭의 본질 따위를 믿을 수 있는 사람이 아니었다. 그녀는 패트릭이 콧대가 세고 아둔하고 근본적으로 우스꽝스러운 사람이라고 생각했다.

조슬린이 아니었다. 클리퍼드였다. 로즈는 그에게 어떤 말도 하고 싶지 않았다. 살짝 취하기도 했고 수심에 잠긴데다 비를 맞아 젖은 얼굴로 그녀는 반기는 기색 없이 그를 쳐다보았다. 하지만 그는 그녀를 껴안고 부드럽게 흔들었다.

"오, 로즈. 로즈 베이비. 신경쓰지 말아요. 로즈."

클리퍼드는 이런 사람이었다.

오 분 가까이 그들은 키스하고 중얼거리고 전율하고 밀어붙이고 어루만졌다. 그들은 앞문을 통해 사람들에게 돌아갔다. 시릴이 거기 있었다. 그는 말했다. "이런, 와, 두 사람 어디 있다 오는 거예요?"

"빗속을 걸었어요." 클리퍼드가 태연하게 말했다. 로즈에게 달콤해 보인다고 말했을 때와 같은 가볍고 어쩌면 적대적일 수도 있는 목소리였다. 패트릭 놀리기는 끝나 있었다. 대화는 더 느슨했고 더 취기를 띠었고 더 무모했다. 조슬린이 사람들에게 잠발라야를 퍼주고 있었다. 로즈는 화장실에 들어가 머리를 말리고, 문질러져 드러난 맨입술에 립스틱을 발랐다. 그녀는 변신했고 막강해졌다. 화장실에서 나오다 맨 처음으로 만난 사람은 패트릭이었다. 그를 기쁘게 해주고 싶었다. 그가 무슨 말을 했든, 앞으로 무슨 말을 하든 이젠 개의치 않았다.

"전에 뵌 적이 없는 분 같네요, 선생님." 그녀는 애교 섞인 작은 목소리로 말했다. 때로 둘이 함께 있는 시간이 편안하게 느껴질 때 그녀가 쓰는 말투였다. "하지만 제 손에 입을 맞추셔도 돼요."

"이런, 맙소사." 그는 쾌활하게 말했다. 그러고는 그녀를 끌어안고 요란한 쪽 소리를 내며 볼에 입을 맞췄다. 그는 키스를 할 때 늘 쪽 소리를 냈다. 그리고 그의 양 팔꿈치는 항상 어딘가를 파고들어 그녀를 아프게 했다.

"재미있어?" 로즈가 물었다.

"그럭저럭, 나쁘진 않아."

물론 그날 저녁 내내, 그녀는 클리퍼드를 안 보는 척하며 지켜보는 게임을 하고 있었고 그 역시 마찬가지인 것 같았다. 몇 번인가 두 사람의 눈길이 무표정하게 마주치며 더할 나위 없이 명백한 메시지를 교환했을 때 그녀는 화들짝 놀라 자리에서 벌떡 일어섰다. 이제는 그가 상당히 다르게 보였다. 자그맣고 나른해 보이던 그의 몸은 이제 날렵하고 민첩하고 활력적으로 느껴져, 스라소니나 살쾡이 같았다. 피부가 그을린 것은 스키를 타느라 그런 것이었다. 그는 시모어산에 올라가 스키를 탔다. 비싼 취미였지만 조슬린은 그에게 꼭 필요한 취미라고 생각했다. 그가 이미지와 관련해 겪는 문제들 때문이었다. 이 사회에서 바이올린 연주자로서 그가 보강해야 하는 남성적 이미지. 어쨌든 조슬린은 그렇게 말했다. 그녀는 로즈에게 클리퍼드의 성장 배경에 대해 모두 말했다. 관절염을 앓던 아버지, 뉴욕주 북부 타운의 작은 식료품가게, 가난하고 거친 동네. 그가 어릴 때 겪은 문제에 대해서도 얘기했었다. 환경에 걸맞지 않은 재능, 마지못해 허락한 부모, 비웃는 반 아이들. 그런 유년기를 보내서 사람이 삐딱해, 조슬린이 말했다. 하지만 이제 로즈는 조슬린이 클리퍼드에 대해 가장 잘 아는 사람이라고 믿지 않았다.

파티는 금요일 밤이었다. 다음날 아침, 패트릭과 애나가 식탁에서 달걀 요리를 먹고 있을 때 전화가 울렸다.

"잘 있었어요?" 클리퍼드가 물었다.

"그럼요."

"전화하고 싶었어요. 내가 그냥 취해서 그랬다고 생각할 것 같았어요. 그게 아니에요."

"아, 그건 아니죠."

"밤새 당신 생각 했어요. 그전에도 생각했고요."

"네." 부엌이 눈부셨다. 눈앞의 광경이, 식탁에 앉은 패트릭과 애나,

측면에 흘러내린 자국이 있는 커피 주전자, 마멀레이드 병까지, 모두가 기쁨과 가능성과 위험으로 폭발할 것처럼 보였다. 로즈는 입이 바짝 말라 말을 하기도 힘들었다.

"날씨가 좋네요." 그녀는 말했다. "패트릭과 애나와 함께 산에 갈까 해요."

"패트릭이 집에 있어요?"

"네."

"아, 세상에. 이런 멍청한 짓을 하다니. 다른 사람들은 토요일에 일하지 않는다는 걸 잊었어요. 지금 리허설 때문에 나와 있거든요."

"네."

"다른 사람과 통화하는 척할 수 있겠어요? 조슬린과 얘기하는 척해요."

"물론이죠."

"사랑해요, 로즈." 클리퍼드는 그렇게 말하고 전화를 끊었다.

"누구야?" 패트릭이 물었다.

"조슬린."

"내가 집에 있는데도 꼭 전화를 해야 하나?"

"잊었대. 클리퍼드가 리허설하러 가서 다른 사람들은 일하지 않는다는 걸 깜빡했대." 로즈는 클리퍼드의 이름을 입 밖에 내며 희열을 느꼈다. 속이고 숨기는 일이 그녀에게는 놀라울 정도로 쉬웠다. 그 자체로 쾌락에 가까운 것 같았다.

"그 사람들이 토요일에도 일해야 하는 줄은 몰랐어." 그녀는 화제를 바꾸지 않으려고 그렇게 말했다. "일을 엄청나게 많이 하나봐."

"그들이 보통 사람들보다 더 일을 많이 하는 건 아니야. 일이 다른 방식으로 지연되는 것뿐이지. 그 사람은 애초에 일도 잘 못하게 생겼던데."

"아주 실력이 좋은 사람이라던데. 바이올린 연주자로서."

"머저리 같더구먼."

"그렇게 생각해?"

"당신은 아니야?"

"난 그 사람에 대해 제대로 생각해본 적이 없는 것 같아."


월요일에는 조슬린이 전화를 걸어 도대체 왜 파티를 했는지 모르겠다고 말했다. 아직도 난장판 속을 헤치고 다니는 중이라고 했다.

"클리퍼드가 청소를 도와주지 않아?"

"농담해? 주말 내내 그 사람 얼굴 거의 구경도 못했어. 토요일에 리허설이 있었고 일요일에는 공연이 있었어. 애초에 파티를 하자고 한 건 나니까, 그 여파도 내가 감당할 수 있을 거라는 거 있지. 맞아. 난 갑자기 발작적으로 사람들과 어울리고 싶어질 때가 있는데, 파티만이 유일한 해결책이야. 패트릭은 참 흥미로웠어."

"아주 많이 그랬지."

"정말 사람을 놀라게 하는 유형이야, 안 그래?"

"그런 사람은 많고 많아. 자기가 그런 사람을 만나보지 못해서 그렇지."

"아, 이렇게 슬플 때가!"

조슬린과 평소에 나누던 대화와 조금도 다르지 않았다. 그들의 대화, 그들의 우정은 계속 그렇게 이어질 수 있을 것이었다. 로즈는 조슬린과의 의리 때문에 가책을 느끼지는 않았다. 클리퍼드를 나누어서 생각했기 때문이다. 조슬린이 아는 클리퍼드, 그녀가 항상 로즈에게 이야기하던 클리퍼드가 있는 한편, 이제는 로즈가 아는 클리퍼드도 있었다. 로즈는 조슬린이 그 사람에 대해 착각하고 있을 수도 있다고 생각했다. 예컨대, 그가 유년기 때문에 삐딱해졌다고 말했을 때처럼. 조슬린이 말하는 삐딱함이 로즈에게는 그보다 더 복잡하고도 더 평범한 것처럼 느껴졌다. 피로, 융통성, 기만성, 심술처럼 그저 어떤 계층의 공통적인 성향 같은 것. 클리퍼드가 속한 계층의, 그리고 로즈가 속한 계층의 공통적인 성향. 어떤 면에서 조슬린은 보호막 속에서 살아왔기 때문에 계속 단호하고 천진한 상태로 남아 있었다. 어떤 면에서 그녀는 패트릭과 같았다.

이때부터 로즈는 클리퍼드와 자신을 같은 부류의 인간으로 보았고, 조슬린과 패트릭을, 비록 그들은 너무 다르고 서로를 너무 싫어하지만, 또 한 부류의 인간으로 보았다. 그들은 온전했고 예측 가능했다. 그들은 자신들의 삶을 전적으로 진지하게 생각했다. 그들과 비교할 때 클리퍼드와 로즈는 둘 다 의뭉한 물건들이었다.

만일 조슬린이 유부남과 사랑에 빠진다면 그녀는 어떻게 할까? 아마 그와 손을 잡기도 전에 회의를 열 것이다. 클리퍼드와 문제의 남자, 그 남자의 아내, 그리고 십중팔구 조슬린의 정신과의사까지 회의에 초대될 것이다. (자기 가족을 거부하는 조슬린이지만 인생의 변화 혹은 적응 단계에서는 누구나 정신과 상담을 받아야 한다고 생각했고 그녀 자신도 일주일에 한 번씩 상담을 받았다.) 조슬린은 사태의 여파를 고려하고 상황을 직시할 것이다. 몰래 쾌락을 맛보려 하지 않을 것이다. 그녀는 무엇이든 몰래 훔쳐내는 법을 배운 적이 없었다. 그녀가 다른 남자와 사랑에 빠지는 일이 있을 성싶지 않은 것은 바로 그 때문이었다. 그녀는 탐욕스럽지 않았다. 그리고 패트릭 역시 이제는, 적어도 사랑에 관해서는, 탐욕스럽지 않았다.

패트릭을 사랑하는 것이 그의 가장 깊은 곳에 있는 선함과 순박함을 알아보는 일이라면, 클리퍼드를 사랑하는 것은 완전히 달랐다. 로즈는 클리퍼드가 선한 사람이라고 믿을 필요가 없었고, 그가 순박하지 않다는 것은 잘 알고 있었다. 그가 이중성이나 비정함을 보이더라도 그게 자신이 아니라 다른 사람들을 향한 것이라면 그녀는 크게 문제삼지 않았을 것이다. 그렇다면 그녀가 사랑하는 것은 무엇이며, 그에게 바라는 것은 무엇일까? 그녀는 속임수를, 반짝거리는 비밀을, 소중히 기념하는 정염을, 활활 타오르는 불륜을 원했다. 그저 빗속에서 오 분을 함께했을 뿐인데.

그 파티 이후로 육 개월쯤 지난 어느 날, 로즈는 밤새 깨어 있었다. 그라우스산 기슭의 캐필라노 하이츠라는 교외 지역에 돌과 삼나무로 지은 그들의 집에서, 그녀의 옆에는 패트릭이 잠들어 있었다. 다음날 밤은 클리퍼드가 그녀 옆에서 잠들기로 일정이 맞춰져 있었다. 그가 순회공연을 하러 가 있는 파월리버에서. 그녀는 이런 일이 정말로 일어난다는 것이 믿기지 않았다. 말하자면, 그 일이 있으리라고 온 마음을 다해 믿었지만, 자신이 아는 삶의 질서에 끼워맞출 수가 없었다.

수개월이 흐르는 동안 클리퍼드와 로즈는 한 침대에 누운 적이 없었다. 그 외에 다른 곳에서 사랑을 나눈 적도 없었다. 상황은 이러했다. 조슬린과 클리퍼드에게는 차가 없었다. 패트릭과 로즈에게는 차가 있었지만 로즈는 운전을 하지 않았다. 클리퍼드는 직업상 근무시간이 불규칙하다는 이점이 있지만 로즈를 어떻게 만날 것인가? 버스를 타고 라이언스 게이트 브리지를 건넌 후 환한 대낮에 그녀가 사는 교외의 거리를 이웃들의 전망창을 지나 걸어간단 말인가? 로즈가 아이 보는 사람을 불러놓고 치과에 가는 척하며 버스를 타고 시내에 나가 레스토랑에서 클리퍼드를 만난 후 호텔방에 함께 가는 건 가능할까? 하지만 그들은 어느 호텔로 가야 할지 몰랐다. 여행가방 없이 들어갔다가 거리로 내쫓기거나, 풍기 사범 단속반에 넘겨져 조슬린과 패트릭이 연락을 받고 그들을 데리러 오는 동안 경찰서에 앉아 있게 될까봐 두려웠다. 또한 그들에게는 돈도 충분하지 않았다.

로즈는, 그럼에도, 치과 핑계를 대고 밴쿠버까지 간 적이 있었다. 그들은 카페 뒤쪽 칸막이 좌석에 나란히 앉아, 클리퍼드의 학생들과 동료 음악가들이 자주 찾는 바로 그곳에서 대놓고 키스하고 애무했다. 얼마나 위험천만한 짓인가? 집으로 오는 버스에서 로즈는 원피스를 내려다보다 가슴골에서 배어나는 땀을 보았고, 제 모습이 얼마나 꿍장한지, 얼마나 큰 위험을 감행했는지 생각하니 아찔해졌다. 또다른 때에는, 혹서의 8월 오후에 클리퍼드가 리허설을 하는 극장 뒤 골목의 어두운 곳에 숨어 있다가 그를 만나 미친듯이 서로를 더듬었지만 만족할 수는 없었다. 그들은 열린 문을 발견하고 안으로 들어갔다. 사방에 상자들이 쌓여 있었다. 편안히 자리잡을 곳을 찾고 있을 때 어떤 남자가 그들에게 말했다.

"도와드릴까요?"

구두 가게의 뒤편 창고로 들어간 것이었다. 남자의 목소리는 냉랭하고 섬뜩했다. 풍기 사범 단속반. 경찰서. 로즈의 원피스는 허리까지 벗겨진 상태였다.

한번은 공원에서도 만났다. 로즈가 종종 애나를 데리고 가서 그네를 밀어주는 곳이었다. 그들은 벤치에 함께 앉아 손을 맞잡고 로즈의 폭이 넓은 면 치마로 가렸다. 서로 손가락을 얽어 맞잡은 채 아플 정도로 세게 쥐었다. 그때 애나가 벤치 뒤에서 나타나 "얼레리꼴레리! 다 봤다!" 하고 소리를 쳐 두 사람을 놀라게 했다. 클리퍼드는 안색이 처참할 정도로 창백해졌다. 집에 돌아가는 길에 로즈는 애나에게 말했다. "네가 벤치 뒤에서 펄쩍 뛰었을 때 참 재미있더라. 엄마는 네가 그네를 타고 있는 줄 알았어."

"나도 알아." 애나가 말했다.

"근데 무슨 뜻이었어, 다 봤다는 건?"

"내가 다 봤어." 애나는 그렇게 말하며 키득거렸다. 로즈가 보기에 불안할 정도로 당돌하고 알 것 다 아는 아이 같은 태도였다.

"퍼지시클 아이스크림 먹을래? 엄마는 먹을 건데!" 로즈는 쾌활하게 말했다. 그녀는 협박과 협상을 생각했고, 이십 년 후에 애나가 정신과의사와 상담하며 이 일을 기억의 밑바닥에서 퍼올리는 모습을 생각했다. 이 사건은 그녀에게 어지러움과 메스꺼움을 일으켰다. 이 때문에 클리퍼드가 그녀에게 환멸을 느끼게 되지는 않을까도 생각했다. 그는 정말로 그랬다. 잠시뿐이었지만.

날빛이 밝자마자 그녀는 침대에서 나와 날씨가 비행기 여행에 적합한지 살펴보았다. 하늘은 맑았고, 해마다 그즈음이면 짙게 끼어 비행기 이륙을 막는 안개도 흔적이 없었다. 클리퍼드 외에는 아무도 그녀가 파월리버에 간다는 사실을 몰랐다. 그들은 그가 순회공연을 가게 된다는 사실을 안 후로 육 주 동안 이 만남을 계획했다. 패트릭은 그녀가 대학 때 알던 친구가 사는 빅토리아에 간다고 생각했다. 지난 몇 주 동안 그녀는 이 친구와 다시 연락이 닿은 것처럼 가장했다. 그녀는 내일 저녁에 돌아올 거라고 말해두었다. 오늘은 토요일이었다. 패트릭이 애나를 돌보려고 집에 있었다.

그녀는 식사실로 가서 정부에서 나오는 가족 수당을 모아둔 돈을 확인했다. 그것은 머핀을 담는 뚜껑 달린 은식기 바닥에 있었다. 십삼 달러였다. 그녀는 거기에 패트릭이 빅토리아에 갈 여비로 주는 돈을 더할 생각이었다. 패트릭은 로즈가 돈이 필요하다고 하면 항상 주었지만 얼마가 어디에 필요한지 알려고 했다. 한번은 함께 산책을 나갔을 때 그녀가 약국에 갈 일이 있어서 돈을 달라고 한 적이 있었다. 그는 평상시와 크게 다를 바 없는 엄한 말투로 "뭐하려고?" 하고 물었고, 질 윤활제를 사려 했던 로즈는 울기 시작했다. 그냥 웃어버려도 괜찮았을, 지금이라면 아마도 그랬을 일이었다. 클리퍼드와 사랑에 빠진 이후로 그녀는 패트릭과 한 번도 싸우지 않았다.

그녀는 돈이 얼마나 필요할지 다시 계산해보았다. 항공권, 밴쿠버에서 탈 공항버스비, 그리고 파월리버로 가는 버스비 혹은 상황에 따라 택시비, 그리고 음식과 커피를 위한 돈이 좀 남아야 했다. 호텔비는 클리퍼드가 낼 것이다. 그 생각을 하니 성적인 편안함과 순종적인 마음이 생겼다. 제롬에게 새 안경이 필요하고 애덤에게는 고무장화가 필요하다는 것을 알면서도 그랬다. 그녀는 이미 어딘가에 존재해 그들을 기다리고 있을 중성적이고 부드럽고 넉넉한 침대를 생각했다. 오래전 어린 소녀였을 적에 (지금은 스물셋이었다) 로즈는 종종 무성하게 피어나는 소망을 품고, 빌린 방의 밋밋한 침대와 잠긴 문을 생각해보곤 했다. 이제 다시 그런 상상이 시작되었다. 비록 그 중간에, 결혼을 전후해 한동안은, 섹스와 관련된 모든 것이 생각만 해도 거슬리던 시기가 있었지만. 패트릭이 현대미술에 보이는 거부감과 흡사하게.

그녀는 집안을 조용히 걸어다니며 그날 하루를 행동의 연속으로 구성해 계획했다. 목욕을 하고, 몸에 오일과 파우더를 바르고, 다이어프램 피임기와 살정제 젤리를 핸드백에 넣는다. 돈을 잊지 않고 챙긴다. 마스카라, 영양크림, 립스틱도. 그녀는 거실로 내려가는 두 단짜리 계단 위에 서 있었다. 거실 벽은 황록색, 벽난로는 흰색, 커튼과 소파 덮개는 흰색 바탕에 은빛이 도는 회색, 녹색, 황색 이파리 무늬로 장식되어 있었다. 벽난로 선반에는 화관 모양의 녹색 이파리가 그려진 흰색 웨지우드 화병이 두 개 놓여 있었다. 패트릭은 이 화병들을 굉장히 좋아했다. 때로 그는 집에 돌아온 뒤 곧바로 거실에 가서, 벽난로 선반 위 화병들의 위치가 대칭에서 벗어났다고 생각하며 손으로 살짝 돌려 맞췄다.

"이 화병들 가지고 장난치는 사람이라도 있어?"

"당연하지. 당신이 출근하자마자 내가 달려가서 위치를 바꿔놓으니까."

"애나가 그런 거 아니냐는 말이야. 애가 이거 못 만지게 하고 있지,

그렇지?"

패트릭은 로즈가 어떤 식으로든 화병을 두고 하는 농담을 듣기 싫어
했다. 그녀가 이 집의 진가를 알아보지 못한다고 생각했다. 조슬린이
처음으로 이 집에 왔을 때 로즈가 한 말을, 그는 알지는 못해도 추측은
할 수 있을 것이다. 그들은 지금 로즈가 서 있는 곳에 서서 거실을 굽
어보고 있었다.

"백화점 후계자가 꿈꾸는 우아함이란 바로 이런 거야."

그런 배반 행위에 조슬린마저 겸연쩍어하는 것 같았다. 그 말은 정
확한 진실은 아니었다. 패트릭은 그보다 훨씬 더 우아해지기를 꿈꾸었
다. 그리고 마치 모든 것이 패트릭의 선택이었고 자신은 항상 초연하
게 물러나 있었던 것 같은 로즈의 암시도 사실과 달랐다. 패트릭의 선
택인 것은 맞지만 그녀가 한때 좋아했던 물건들도 많았다. 그녀는 식
사실 샹들리에에 달린 유리구슬들을 높은 곳에 올라서서 베이킹소다
물에 담근 헝겊으로 닦곤 했다. 그녀는 그 샹들리에가 좋았다. 유리구
슬에 푸른빛과 보랏빛이 감돌았다. 하지만 그녀가 우러러보는 사람들
은 식사실에 샹들리에가 없었다. 그들의 집에 따로 식사실이 있을 것
같지도 않았다. 식사실이 있다 해도, 스칸디나비아산 검은색 금속 촛
대의 가지에 가느다란 흰 초 몇 개를 꽂았다. 아니면 와인병에 두꺼운
초를 꽂아 색색의 촛농이 흘러내려 굳은 채로 사용했다. 그녀가 우러
러보는 사람들은 그녀보다 가난한 사람들일 수밖에 없었다. 가난이 결
코 자랑일 리 없는 곳에서 평생을 살아온 그녀가 이제는 반대의 상황
에 대해 미안해하고 창피하게 생각해야 한다는 것은 고약한 농담 같았
다―예컨대 조슬린처럼 중산층의 풍요를 그토록 악의적이고 경멸조로

언급하는 사람에게 그런 감정을 느낀다는 것은.

하지만 다른 사람들이 어떻게 사는지 보지 못했다면, 조슬린에게서 깨달은 바가 없다면, 로즈는 그 집을 여전히 좋아했을까? 아니다. 어쨌든 신물을 냈을 것이다. 패트릭은 집에 처음으로 찾아오는 이들에게 집 구경을 시키면서 상들리에, 현관 옆의 간접조명이 달린 파우더룸, 걸어들어갈 수 있는 대형 벽장과 테라스와 연결된 블라인드 창문을 조목조목 가리켰다. 그는 로즈가 아니라 자신이 가난하게 자라기라도 한 것처럼 이 집을 자랑스러워했고 작은 차이를 열심히 부각시켰다. 처음부터 로즈는 그런 집 구경 의식이 불편해서, 뒤에서 아무 말 없이 따라다니거나 흠잡는 말을 던지며 패트릭의 심기를 건드렸다. 얼마 후부터는 그냥 부엌에 남아 있었지만 그래도 패트릭의 목소리는 들려왔고 그가 무슨 말을 할지 모두 미리 알았다. 그는 식사실의 커튼을 열고 자신이 정원에 세운 조명 달린 작은 분수—무화과 잎으로 가린 넵투누스* 동상—를 가리키며 이렇게 말하곤 했다. "자, 수영장에 열광하는 교외의 풍조에 대한 우리의 답이 저기 있습니다!"

그녀는 목욕을 한 뒤 베이비오일이라고 생각되는 병에 손을 뻗어 몸에 부었다. 투명한 액체가 그녀의 가슴과 배를 타고 흘러내리자 피부가 따갑고 불타는 듯했다. 상표를 보니 베이비오일이 아니라 매니큐어 제거제였다. 그녀는 액체를 씻어낸 뒤 찬물로 헹구고 수건으로 필사적으로 닦아내며 망가진 피부와 병원을, 피부 이식과 상처와 형벌을 생

---

* 로마신화에 나오는 바다의 신.

각했다.

애나가 욕실 문을 졸린 듯이, 하지만 급하게 긁었다. 로즈가 이런 준비 과정을 위해 평소 목욕할 때는 잠그지 않는 문을 잠가두었던 것이다. 그녀는 애나를 안으로 들였다.

"엄마 앞쪽이 다 빨개." 애나가 변기에 올라앉으며 말했다. 로즈는 베이비오일을 찾아 피부를 진정시키려 해보았다. 오일을 너무 많이 바른 나머지 새 브래지어에 기름기 얼룩이 생겼다.

로즈는 클리퍼드가 순회공연을 하는 동안 그녀에게 편지를 보낼 거라고 생각했지만 편지는 없었다. 그는 프린스조지에서 전화를 했는데 말투가 사무적이었다.

"파월리버에 언제 도착하죠?"

"네시에요."

"좋아요, 버스든 뭐든 타고 시내로 와요. 거기 가본 적 있어요?"

"아뇨."

"나도 안 가봤어요. 우리가 묵을 호텔 이름만 알 뿐이죠. 당신은 거기에 가서 기다리면 안 돼요."

"버스터미널에서 기다리면 어떨까요? 어느 타운이든 버스터미널은 있으니까요."

"좋아요, 버스터미널에서. 아마도 다섯시쯤 거기 가서 당신을 태울 거예요. 그런 다음 당신이 묵을 호텔로 함께 갈 수 있을 겁니다. 호텔이 하나만 있는 건 제발 아니었으면 해요. 됐네요, 그럼."

클리퍼드는 오케스트라 단원들에게 파월리버에서 친구들과 만나 하룻밤을 보낼 예정인 척하고 있었다.

"나도 당신 연주 들으러 갈 수 있는데." 로즈가 말했다. "안 그래요?"

"음, 물론이죠."

"눈에 전혀 안 띌 거예요. 뒷자리에 앉을게요. 노부인처럼 꾸미고 갈게요. 당신 연주하는 거 듣고 싶어요."

"좋아요."

"괜찮아요?"

"네."

"클리퍼드?"

"네?"

"내가 가기를 바라는 거 맞아요?"

"오, 로즈."

"알아요. 그냥 당신 말투 때문에 그래요."

"나 지금 호텔 로비에 있어요. 단원들이 기다리고 있고. 조슬린과 통화하는 걸로 알고들 있어요."

"좋아요. 알아요. 갈게요."

"파월리버. 버스터미널. 다섯시."

그들이 보통 때 하는 전화 통화와 달랐다. 대개 그들은 청승맞고 유치한 대화를 나눴고, 아니면 서로를 너무 자극해 전혀 말을 하지 못하는 때도 많았다.

"거기, 숨소리가 거칠군요."

"알아요."

"다른 얘기 해야겠어요."

"다른 얘기가 뭐가 있나요?"

"그곳에도 안개가 끼었나요?"

"네. 그곳에도 안개가 끼었나요?"

"네. 무적霧笛소리가 들리나요?"

"네."

"지긋지긋한 소리 아닌가요?"

"난 괜찮은데요, 정말로. 좋다는 생각도 들어요."

"조슬린은 안 좋아해요. 그걸 조슬린이 어떻게 묘사하는지 알아요? 우주적 권태의 소리랍니다."

처음에 둘은 조슬린과 패트릭에 대한 언급을 피했다. 그러다 사무적이고 실용적인 방식으로, 마치 그들이 머리 써서 따돌려야 할 어른이나 부모라도 되는 것처럼 언급했다. 그리고 이제는 그들이 각자의 자식이라도 되는 것처럼 거의 애정어린 투로 감탄하듯 이야기했다.


파월리버에는 버스터미널이 없었다. 로즈는 모두 남자인 다른 승객 네 명과 함께 공항버스를 탔고 기사에게 버스터미널에 가고 싶다고 말했다.

"거기가 어딘지 알아요?"

"아니요." 그녀는 말했다. 벌써 모두가 자신을 쳐다보는 것이 느껴졌다.

"거기에서 버스를 타려고 그래요?"

"아니요."

"그냥 버스터미널에 가고 싶다고요?"

"거기에서 누굴 만나기로 했어요."

"난 여기 버스터미널이 있는 줄도 몰랐네요." 승객 하나가 말했다.

"없어요, 내가 아는 한은." 기사가 말했다. "버스가 있긴 한데 아침에 밴쿠버에 갔다가 밤에 돌아오고, 노인들 집 앞에서 서요. 예전 벌목꾼들 숙소 말이에요. 거기에서 정차하죠. 거기에 모셔다드리는 게 내가 할 수 있는 전부예요. 괜찮겠어요?"

로즈는 좋다고 말했다. 그런데 더 설명해야 할 것 같은 기분이 들었다.

"친구랑 만나기로 했는데 달리 생각나는 데가 없어서 거기로 약속을 정한 거예요. 우리 둘 다 파월리버를 전혀 몰라서, 타운 정도 되면 어디든 버스터미널은 있잖아, 그렇게 생각한 거죠!"

그녀는 친구라고 하지 말아야 했다고, 남편이라고 말해야 했다고 생각하고 있었다. 둘 다 이곳을 모른다면 여기 와서 뭘 하는 거냐고 사람들이 물을 것이었다.

"제 여자 친구는 오늘밤 이곳에서 연주회를 하는 오케스트라 단원이에요. 바이올린을 연주하죠."

모두가 시선을 돌렸다. 거짓말하는 사람은 그런 대접을 받아도 싸다는 듯. 그녀는 오케스트라에 여자 바이올린 연주자가 있는지 기억을 더듬고 있었다. 그 연주자 이름이 뭔지 저들이 묻는다면?

기사는 페인트가 벗겨진 기다란 이층 목조 건물 앞에서 그녀를 내려주었다.

"저기 건물 끝에 있는 실내 테라스에 가 있으면 될 것 같아요. 어쨌든 버스는 저기에서 승객을 태우거든요."

실내 테라스 안에는 당구대가 하나 있었다. 당구를 치는 사람은 없었다. 나이든 남자들 몇이 체커 게임을 하고 다른 사람들은 게임을 구경했다. 로즈는 그들에게 상황을 설명할까 하다가 그러지 않기로 결정했다. 고맙게도 그들은 아무런 관심이 없었다. 그녀는 공항버스 안에서 해야 했던 설명만으로도 진이 빠졌다.

실내 테라스 안의 시계가 네시 십분을 가리켰다. 그녀는 다섯시까지 주위를 둘러보며 시간을 보내면 되겠다고 생각했다.

밖으로 나서자마자 나쁜 냄새가 났는데 자신에게서 나는 냄새인가 싶어 걱정이 되었다. 그녀는 밴쿠버공항에서ㅡ여윳돈도 없는데ㅡ산 고체 향수를 꺼내 손목과 목에 문질렀다. 그래도 냄새가 계속 났는데 알고 보니 펄프공장에서 풍기는 냄새였다. 그곳은 거리가 너무 가파르고 어떤 곳에는 인도가 없어서 걸어다니기 힘들었다. 어슬렁거릴 만한 곳도 없었다. 사람들이 낯선 사람을 알아보고 빤히 쳐다보는 느낌이 들었다. 어떤 남자들은 차 안에서 그녀에게 소리를 질렀다. 로즈는 상점 창문에 비친 제 모습을 보고 자신이 시선과 고함을 원하는 사람처럼 보인다는 것을 깨달았다. 검은색 벨벳으로 된 투우사 바지에 목선이 높고 몸에 꽉 끼는 검정 스웨터를 입고 베이지색 재킷은 바람이 쌀쌀한데도 어깨에 느슨하게 걸친 모습이었다. 언젠가 풍성한 치마와 연한 색조, 어린애 같은 앙고라 스웨터, 올록볼록한 조가비 모양의 목선을 좋아하던 그녀가 이제는 섹시함을 광고하는 극적인 옷을 찾게 된 것이다. 그 순간 입고 있던 새 속옷은 검은색 레이스와 분홍색 나일론 소재였다. 밴쿠버공항 대기실에서 그녀는 두꺼운 마스카라와 검은색 아이라이너, 은색이 도는 아이섀도를 발랐다. 립스틱은 거의 흰색에 가까웠다. 나중에 기괴하게 여겨지게 될 그런 스타일은 당시에는 유행이었기 때문에 좀 낫긴 했지만 그래도 놀라움을 일으키기에는 충분했다. 그런 위장을 할 때 그녀가 느끼는 자신감은 그때그때 큰 폭으로 변동했다. 패트릭이나 조슬린 앞에서라면 그런 모습을 과시할 엄두를 내지 못했을 것이다. 조슬린을 보러 갈 때면 항상 그녀는 가장 펑퍼짐한 바지와 스웨터를 입었다. 그런데도 조슬린은 문을 열어주며 친근한 나무람이 섞인 말투로 "안녕, 섹시" 하고 말하곤 했다. 조슬린 자신은 어마어마하게 흐트러진 모습으로 변해갔다. 입는 옷들은 모두 클리퍼드의 헌옷이었다. 애덤을 낳은 이후로 배가 들어가지 않아서 지퍼를 제대로 채울 수도 없는 낡은 바지와 클리퍼드가 예전에 연주회에서 입었던 닳아빠진 흰 셔츠 같은 것들. 몸매를 관리하거나, 화장을 하거나, 어떤 식으로든 유혹적으로 보이기 위해 하는 모든 일들을 조슬린은 경멸까지는 아니어도 떨떠름하게 재미있는 일로 여기는 것이 분명했다. 말하자면 진공청소기로 커튼의 먼지를 빨아들이는 것과 비슷한 일. 조슬린은 클리퍼드도 같은 생각이라고 말했다. 클리퍼드는 여성적인 술수와 꾸밈이 전혀 없는 사람에게 끌린다, 라고 조슬린은 전했다. 그이는 털을 밀지 않은 다리와 겨드랑이 털, 자연스러운 체취를 좋아한다. 로즈는 클리퍼드가 정말로 그런 말을 했는지, 했다면 왜 그랬는지 궁금했다. 동정심, 동지 의식, 아니면 농담?

로즈는 공공도서관을 발견하고 안으로 들어가 장서들의 제목을 살펴봤지만 정신을 집중할 수 없었다. 정신을 멍하게 하지만 불쾌하지는 않은 웡웡거림이 머리와 몸 전체를 따라 흐르고 있었다. 다섯시 이십분 전에 그녀는 다시 실내 테라스로 돌아가 기다렸다.

여섯시 십분에도 그녀는 여전히 기다리고 있었다. 핸드백 속의 돈을

장난질  219

세어봤다. 일 달러 육십삼 센트. 호텔에는 갈 수 없었다. 실내 테라스 안에서 밤을 새도록 사람들이 내버려둘 것 같지도 않았다. 클리퍼드가 오기를 기도하는 것 말고는 할 수 있는 일이 전혀 없었다. 그가 오지 않을 거라는 생각이 들었다. 일정이 바뀐 것이다. 아이가 아파서 집으로 오라는 연락을 받은 것이다. 손목이 부러져서 바이올린을 연주할 수 없게 된 것이다. 파월리버는 실재하는 장소가 아니라 죄지은 여행자들이 잡혀서 형벌을 받는 악취나는 신기루다. 그녀는 정말로 놀라지도 않았다. 해서는 안 되는 점프를 했고, 그래서 이곳에 착지하게 되었다.

노인들이 저녁을 먹으러 들어가기 전에 로즈는 그들에게 그날 밤 고등학교 강당에서 열리는 콘서트에 대해 아는지 물었다. 그들은 내키지 않는 말투로 아니라고 말했다.

"여기에서 콘서트가 열린다는 소리는 못 들었소."

그녀는 남편이 오케스트라에서 연주할 거다, 순회공연을 하러 밴쿠버에서 왔다, 자신은 비행기를 타고 남편을 만나러 왔다고 말했다. 여기에서 그를 만나기로 했다.

여기에서?

"길을 잃었구면." 노인들 중 하나가 알 만하다는 듯 악의가 담긴 것 같은 투로 말했다. "댁의 남편은 길을 잃은 것 같소, 에? 남편들은 언제나 길을 잃지!"

밖은 거의 어두워졌다. 10월이었고 그곳은 밴쿠버보다 훨씬 북쪽이었다. 그녀는 어떻게 해야 할지 머리를 쥐어짰다. 유일하게 떠오르는 아이디어는 의식을 잃은 척한 뒤 기억을 잃었다고 주장하는 것이었다. 패트릭이 그 말을 믿을까? 파월리버에서 뭘 하고 있었는지 모르겠다고 말해야 할 것이다. 공항버스 안에서 한 말도 전혀 기억나지 않는다고, 오케스트라에 대해서도 아무것도 모른다고 말해야 할 것이다. 경찰과 의사들을 납득시켜야 할 것이고, 신문에 기사도 날 것이다. 오, 클리퍼 드는 어디에 있는 걸까? 왜 그녀를 버린 걸까? 길에서 사고라도 난 것 일까? 그녀는 핸드백 안에 있는 종이, 그가 일러준 말을 적어놓은 종이 를 없애야 한다고 생각했다. 다이어프램도 버리는 것이 좋겠다고 생각 했다.

핸드백 안을 뒤지고 있을 때 바깥에 밴이 한 대 와서 섰다. 그녀는 경찰차인지도 모른다고 생각했다. 노인들이 전화를 걸어 의심스러운 사람이 있다고 신고했을 거라고 생각했다.

클리퍼드가 차에서 나와 실내 테라스 계단을 뛰어올라왔다. 그녀는 한참이 지나서야 그를 알아보았다.


그들은 어느 호텔에서 맥주를 마시며 햄버거를 먹었다. 오케스트라 가 머무는 곳과 다른 호텔이었다. 로즈는 손이 떨려서 맥주를 흘렸다. 생각지 못한 리허설이 있었다, 라고 클리퍼드가 말했다. 그러고 나서 버스터미널을 찾느라 삼십 분쯤 걸렸다.

"별로 좋은 생각은 아니었던 것 같아요, 버스터미널 말이에요."

로즈의 손은 탁자 위에 놓여 있었다. 그는 냅킨으로 맥주를 닦아내 고 그녀의 손 위에 자기 손을 올렸다. 그녀는 이 순간을 자주 떠올렸 다, 시간이 흐른 뒤에.

"갑시다. 호텔에 들어가세요."

"함께 안 들어가요?"

"당신 혼자 들어가는 게 낫겠어요."

"여기 온 뒤로 계속," 그녀가 말했다. "너무 이상했어요. 너무 불길했어요. 모두가 아는 것처럼 느껴졌어요." 그녀는 재미있는 얘기를 하는 것처럼 들리기를 바라며 공항버스 기사에 대해, 다른 승객들에 대해, 벌목꾼 숙소의 노인들에 대해 이야기하기 시작했다. "당신이 나타났을 때 얼마나 안심이 되었는지, 얼마나 무지막지하게 안심이 되었는지 몰라요. 그래서 이렇게 떨리는 거예요." 그녀는 기억상실증을 가장하려던 일과 다이어프램을 버리는 게 낫겠다고 생각한 일에 대해서도 이야기했다. 그는 웃었지만, 재미있어하는 것 같지는 않았다. 다이어프램에 대해 이야기할 때는 그의 입술이 책망 혹은 혐오감으로 긴장하는 것처럼 보였다.

"하지만 지금은 정말 좋아요." 그녀가 서둘러 말했다. 그들이 서로 마주보고 나눈 가장 긴 대화였다.

"죄책감 때문에 그런 것뿐이에요," 그가 말했다. "당연한 느낌이죠."

그는 그녀의 손을 쓰다듬었다. 그녀는 전에 자주 그랬듯이 손가락으로 그의 맥이 뛰는 곳을 문지르려고 했다. 그는 손을 놓았다.


삼십 분 뒤, 그녀는 말하고 있었다. "내가 아직도 콘서트에 가고 싶다면, 괜찮겠어요?"

"아직도 가길 원해요?"

"달리 할일이 없잖아요."

그녀는 그 말을 하며 어깨를 으쓱했다. 눈을 내리깔고 입술을 도톰하게 내민 채 생각에 잠겼다. 예컨대 바버라 스탠윅 같은 배우가 비슷한 상황에서 지었을 법한 표정을 흉내내고 있었다. 물론 흉내내기가 본뜻은 아니었다. 어떻게든 유혹적인 매력, 무심하고도 유혹적인 매력을 풍겨 그의 마음을 바꾸게 할 방법을 찾는 중이었다.

"문제는 밴을 가지고 돌아가야 한다는 거예요. 다른 사람들을 태우고 가야 해요."

"걸어가면 돼요. 어딘지만 말해주세요."

"여기에서는 오르막을 가야 하는데."

"별거 아니에요."

"로즈. 이렇게 하는 게 나아요, 로즈. 정말이에요."

"정 그러시다면." 이번에 그녀는 어깨를 으쓱하지 못했다. 여전히 상황을 돌이켜 다시 시작할 방법이 있을 거라고 생각하고 있었다. 다시 시작하고, 무슨 말이나 행동을 잘못했든 바로잡고, 이 모든 것이 사실이 아니게끔 돌이키는 방법. 이미 그녀는 자신이 무슨 말이나 행동을 잘못했느냐고 묻는 실수를 저질렀고, 그는 그런 것 없다고 말했다. 그런 것 없다. 그녀와 상관있는 문제가 아니다, 그는 말했다. 한 달 동안 집을 떠나 있어보니 모든 것을 달리 바라보게 되었다. 조슬린. 아이들. 피해.

"그저 장난질일 뿐이에요." 그가 말했다.

그는 그녀가 본 것 중에 가장 짧게 머리를 잘랐다. 그을린 피부도 연해져 있었다. 정말이지 그는 피부를 한 겹 벗겨낸 것처럼 보였다. 그녀의 피부를 갈망하던 그 한 겹의 피부를. 그는 예전에 산부인과 병동에 조슬린을 면회 왔을 때 로즈가 보았던, 희멀겋고 다소 과민하지만 의무를 다하는 젊은 남편으로 되돌아와 있었다.

"뭐가요?"

"우리가 하고 있는 이것. 필연적이고 대단한 일은 아니잖아요. 평범한 장난질이에요."

"프린스조지에서도 내게 전화했잖아요." 어느덧 바버라 스탠윅은 사라지고 로즈는 징징거리기 시작하는 자신의 목소리를 들었다.

"나도 알아요." 그는 바가지 긁히는 남편처럼 말했다.

"그때도 이렇게 느끼고 있었나요?"

"그렇기도 하고 아니기도 해요. 우린 이미 모든 계획을 세웠잖아요. 내가 전화로 이런 얘기를 했다면 더 나쁘지 않았겠어요?"

"무슨 뜻이에요, 장난질이란 건?"

"오, 로즈."

"무슨 뜻이에요?"

"무슨 뜻인지 알잖아요. 우리가 이걸 밀고 나간다면 누구에게 좋은 일이 있겠어요? 로즈? 네?"

"우리요." 로즈가 말했다. "우리에게 좋겠죠."

"아닐 거예요. 결국 난장판이 되고 말 거예요."

"한 번만요."

"안 돼요."

"당신이 한 번만이라고 했잖아요. 꿈 대신에 기억이 생길 거라고 했잖아요."

"세상에. 구역질나는 말들을 많이도 했군."

그는 그녀의 혀가 조그만 온혈의 뱀, 예쁜 뱀 같다고도 말했고, 그녀의 젖꼭지가 산딸기 같다고도 했었다. 그 말들을 기억하게 하면 그는 싫어할 것이다.

> 루슬란과 루드밀라 서곡. 글린카
> 현을 위한 세레나데. 차이콥스키
> 베토벤 교향곡 6번, 전원. 1악장
> 몰다우강. 스메타나
> 빌헬름 텔 서곡. 로시니

오랫동안 그녀는 이 곡들을 들을 때마다 엄습하는 수치심을 느꼈다. 매번 비슷하게, 머리 위로 벽 전체가 무너져내리고 부서진 잔해가 목구멍을 막는 것 같은 느낌이었다.

클리퍼드가 순회공연을 하러 떠나기 직전에 조슬린은 로즈에게 전화를 걸어 애 봐주는 사람이 못 온다고 말했다. 그녀가 정신과의사와 상담하러 가는 날이었다. 로즈는 자신이 가서 애덤과 제롬을 돌보겠다고 했다. 전에도 그런 적이 있었다. 그녀는 애나를 데리고 버스를 두 번 갈아타는 먼길을 갔다.

조슬린의 집은 부엌에 있는 석유 스토브와 작은 거실에 있는 거대한 석재 벽난로로 난방을 했다. 스토브 위는 음식을 흘린 자국으로 뒤덮여 있었고, 오렌지 껍질과 커피 가루, 새까맣게 탄 장작과 재가 벽난로 밖으로 흘러나와 있었다. 지하실도, 빨래 건조기도 없었다. 비가 내리는 날이었고 천장에 매달린 건조대와 자립형 건조대에는 누리끼리하고 축축한 침대보와 기저귀, 빳빳해진 수건 들이 걸려 있었다. 세탁기도 없었다. 그 침대보들은 조슬린이 욕조에 넣고 빤 것이었다.

"세탁기도 없고 건조기도 없지만 정신과의사와 상담은 한다는 거지." 패트릭이 말했다. 로즈는 의리도 없이, 그가 들으면 좋아할 만한 얘기를 가끔씩 전하곤 했다.

"제정신이 아니라 그런 거겠지." 로즈가 말했다. 그 말에 패트릭이 웃었다.

하지만 패트릭은 그녀가 아이들을 봐주러 가는 걸 좋아하지 않았다.

"당신은 그 여자가 손가락만 까딱하면 바로 달려가는군." 그가 말했다. "당신이 그 집 마룻바닥을 닦아주지 않는 게 놀라워."

솔직히 말하자면, 로즈는 그것도 했다.

조슬린이 있을 때면 그 집의 무질서는 의도적이고 인상적인 분위기를 풍겼다. 하지만 그녀가 없을 때는 견딜 수 없는 것이 되었다. 로즈는 고릿적부터 부엌 의자에 눌어붙어 있는 패블럼 시리얼 찌꺼기를 칼로 긁어내고 커피 주전자를 박박 닦고 바닥을 훔쳤다. 조사를 위한 시간은 남겨두었다. 그녀는 침실로 들어가—조숙하고 신경에 거슬리는 아이 제롬을 조심해야 했다—클리퍼드의 양말과 속옷이 조슬린의 낡은 수유용 브래지어와 찢어진 가터벨트 등과 한데 뭉쳐져 있는 것을 보았다. 그가 턴테이블에 레코드를 걸어두었는지도 살펴보며, 자신을 떠올리게 할 만한 음악인지 생각해보았다.

텔레만. 그럴 것 같지는 않았다. 하지만 그녀는 레코드를 틀어 그가 듣는 음악을 들었다. 그가 아침식사 때 사용했을 거라고 생각되는 지저분한 컵에 커피를 마셨다. 그가 전날에 저녁으로 먹은 스페인식 쌀 요리 냄비의 뚜껑을 닫았다. 그녀는 그가 존재한 흔적을 찾아보고 다

넜지만(그는 전기면도기를 쓰지 않고 목재 사발에 담긴 면도용 거품을 사용했다) 그 집, 조슬린의 집에서 그의 삶은 패트릭의 집에서 자신의 삶과 마찬가지로 모두 허위라고 믿었다.

조슬린이 집에 오면 로즈는 함부로 청소한 것을 사과해야 할 것 같은 기분이 들었다. 사실은 로즈에게 자기 어머니를 연상시키는 정신과 의사와 다투고 온 얘기를 하고 싶었던 조슬린은, 로즈가 집안 청소에 대해 갖는 태도는 겁에 질린 광증이 틀림없다고 동의하며 그걸 없애고 싶다면 그녀야말로 정신과의사와 상담을 하는 게 좋겠다고 말했다. 조슬린은 농담을 하고 있었다. 하지만 애나는 칭얼거리고 패트릭의 저녁식사는 준비가 되지 않은 채로 버스를 타고 집에 돌아가는 길이면 로즈는 왜 자신은 항상 잘못된 자리에 있는 것 같은지 의문이 들었다. 이웃 여자들은 그녀가 살림에 신경을 덜 쓴다고 좋지 않게 보는데, 조슬린은 삶의 자연스러운 혼란과 쓰레기에 관용이 부족하다고 그녀를 타박하는 것이다. 그런 상황을 받아들이기 위해 그녀는 사랑을 생각했다. 그녀는 사랑받고 있다. 의무를 다하는 남편과 같은 방식이 아니라, 이웃 여자들과 조슬린은 경험하지 못하는 방식으로, 미친듯이, 불륜의 열정으로. 그런 생각을 하며 그녀는 모든 것을 담담히 받아들였다. 예컨대, 패트릭이 당장은 모든 결점을 눈감아주겠으니 이제 성관계를 하자는 의미로, 봐준다는 듯 가볍게 혀를 차며 침대에서 돌아누울 때도.

클리퍼드가 이성적이고 점잖게 한 얘기는 로즈에게 아무런 효과가 없었다. 그녀는 그가 배신했다고 생각했다. 그에게 요구한 것은 이성과 점잖음이 결코 아니었다. 로즈는 파월리버고등학교 강당에서 그를 지켜보았다. 그가 언젠가 자신에게 보여주던 심각하고 집중한 표정으로 바이올린을 연주하는 모습을 지켜보았다. 클리퍼드 없이 어떻게 견딜지 알 수가 없었다.

한밤중에 그녀는 혼자 투숙한 호텔에서 그의 호텔로 전화를 했다.

"제발 얘기 좀 해요."

"괜찮아." 한참을 침묵하던 클리퍼드가 말했다. "괜찮아, 조스."

방을 함께 쓰는 사람이 전화 소리에 잠을 깬 것이 틀림없었다. 그는 조슬린과 통화하는 척하고 있었다. 아니면 너무 졸려서 정말로 조슬린이라고 생각했거나.

"클리퍼드, 나예요."

"괜찮아." 클리퍼드는 말했다. "마음 편히 가져. 어서 자."

그는 전화를 끊었다.


조슬린과 클리퍼드는 토론토에서 살고 있다. 이제 그들은 가난하지 않다. 클리퍼드는 성공했다. 레코드 재킷에 이름이 실리고 라디오에서 언급되는 사람이 되었다. 그가 바이올린과 씨름하는 동안 텔레비전 화면이 그의 얼굴을, 그보다 더 자주는 그의 손을 비추었다. 조슬린은 다이어트를 해서 날씬해졌고 머리도 잘라 모양을 냈다. 머리카락이 가운데 가르마를 중심으로 얼굴 바깥쪽으로 구불거리며 흘러내리고 관자놀이 양쪽에 흰머리가 날개처럼 퍼져 있다.

그들은 협곡 가장자리에 있는 커다란 벽돌집에서 산다. 뒷마당에는 새 모이통을 놓아두었고 사우나도 설치했다. 클리퍼드는 거기 앉아서 상당한 시간을 보낸다. 그렇게 하면 자기 아버지처럼 관절염에 걸리는 일을 막을 수 있을 거라고 생각한다. 그가 가장 두려워하는 것이 관절염이다.

로즈는 때때로 그들을 보러 갔다. 그녀는 시골에서 홀로 살고 있었다. 전문대학에서 강의를 했는데, 토론토에 갈 때 어디든 하룻밤 지낼 곳이 있으면 좋았다. 그들은 그녀를 반겨주는 것 같았다. 그녀가 그들의 가장 오랜 친구라고 말했다.

언젠가 로즈가 거기 가 있는 동안 조슬린이 애덤에 관한 이야기를 했다. 애덤은 그 집 지하에 거처를 마련했다. 제롬은 시내에서 여자친구와 함께 살았다. 애덤은 여자애들을 이곳으로 데려왔다.

"난 서재에서 책을 읽고 있었어." 조슬린이 말했다. "클리퍼드는 외출중이었고. 그런데 아래쪽 애덤의 방에서 여자애가 안 돼, 안 돼! 하는 소리가 들리지 뭐야. 그애 방에서 나는 소리는 서재로 바로 올라오거든. 그 문제로 주의를 주면서 우리는 그애가 창피해할 줄 알았거든……"

"난 창피해할 거라고 생각 안 했어." 클리퍼드가 말했다.

"근데 걔가 하는 말이 우리더러 전축을 켜고 있으라는 거야. 그래서 우리는 얼굴도 모르는 불쌍한 여자애가 낑낑거리고 저항하는 소리를 계속 듣게 되었는데 뭘 어떻게 해야 할지 모르겠더라고. 난 이런 건 정말로 새로운 상황, 유례가 없는 일이라고 생각했어. 만일 내 아들이 내 코앞에서, 혹은 바로 발밑에서, 어떤 여자를 강간하고 있다면 그걸 막아야 하는가? 난 결국 아래층으로 내려가서 그애 침실과 맞닿은 벽장을 열고 가족들의 스키 장비를 모두 꺼내기 시작했지. 그걸 닦을 참이라고 말할 생각을 하면서. 그때가 7월이었는데 말이야. 애덤은 내게 아무 말도 안 하더라. 그애가 다른 데로 이사갔으면 좋겠어."

로즈는 패트릭이 돈이 얼마나 많은지 얘기했고 그가 심지어 자기보다 더 부자인 분별 있는 여자와 결혼했으며 그 여자가 거실을 거울과 연한색 벨벳과 우그러진 새장처럼 생긴 철사 조각품으로 휘황찬란하게 장식했다는 소식을 전해주었다. 이제 패트릭은 현대미술을 못마땅하게 여기지 않았다.

"물론 같은 곳은 아니야," 로즈가 조슬린에게 말했다. "같은 집은 아니라고. 난 그 여자가 웨지우드 화병을 어떻게 했는지 궁금해."

"아마 세탁실을 야단스럽게 꾸며놓고 화병 하나에는 표백제를, 다른 하나에는 세제를 넣어두었을 거야."

"선반 위에 완벽한 대칭을 이루도록 놔두었겠지."

하지만 로즈는 아주, 아주 오래된 죄책감이 가슴을 찌르는 것을 느꼈다.

"그래도 난 패트릭이 좋아."

조슬린이 말했다. "왜?"

"그이는 대부분의 사람들보다 더 착해."

"어리석은 소리!" 조슬린이 말했다. "그리고 그 사람은 널 안 좋아할걸."

"맞아." 로즈가 말했다. 그녀는 버스를 타고 온 여정에 대해 이야기하기 시작했다. 그때는 그녀가 차를 운전하지 않을 때였다. 차가 여기저기 고장난 데가 많았지만 고칠 돈이 없었기 때문이다.

"건너편 옆자리에 앉은 남자가 예전에 커다란 트럭을 몰았던 얘기를 해줬어. 그 사람이 이 나라에서는 미국에 있는 것과 같은 트럭을 못볼 거라고 하데." 그녀의 말투에 사투리 억양이 얹혔다. "미국에는 턴

파이크라고 하는 특별한 도로가 있는데, 거긴 트럭들만 다닐 수 있어요. 도로가 나라 이쪽 끝에서 저쪽 끝까지 뻗어 있는데, 트럭들은 그 도로에서 정비고 뭐고 다 받으니까 사람들 대부분이 그 트럭들을 보지도 못하지요. 차가 어찌나 큰지 운전석이 버스 반만하고 그 안에서 운전사와 보조 운전사가 차를 모는 동안 또다른 운전사와 보조 운전사는 잠을 자요. 화장실, 부엌, 침대 등등 다 있고요. 그런 턴파이크에서는 제한속도가 없어서 시속 팔십, 구십 마일까지 밟고 다니죠."

"당신 굉장히 이상해지고 있어요." 클리퍼드가 말했다. "저 위에서 살아서 그런지."

"트럭 같은 소린 관둬." 조슬린이 말했다. "그런 구닥다리 미신 같은 소리도 관두고. 클리퍼드가 또 날 떠나고 싶어해."

그들은 본격적으로 술을 마시며 클리퍼드와 조슬린이 뭘 어떻게 해야 하는지에 대해 이야기하기 시작했다. 익숙하지 않은 대화는 아니었다. 클리퍼드가 정말로 원하는 건 무엇인가? 그는 조슬린과 부부의 연을 끝내기를 정말로 원하는가, 아니면 손에 넣을 수 없는 무엇을 원하는가? 그는 중년의 위기를 겪고 있는가?

"진부한 소리 하지 말아요." 클리퍼드가 로즈에게 말했다. 중년의 위기를 운운한 사람이 그녀였다. "스물다섯 살 때부터 겪고 있는 문제라고요. 난 들어온 순간부터 계속 나가고 싶었으니까."

"클리퍼드가 저런 소리를 하다니, 새롭네." 조슬린이 말했다. 그녀는 치즈와 포도를 가지러 부엌으로 갔다. "저 사람이 터놓고 저런 말을 한 것 말이야." 그녀가 부엌에서 외쳤다. 로즈는 클리퍼드의 시선을 피했다. 그들에게 어떤 비밀이 있어서가 아니라 조슬린이 나간 사이에

서로를 쳐다보지 않는 것이 그녀에 대한 예의라는 생각이 들어서였다.

"지금 무슨 일이 벌어졌느냐면," 조슬린이 한 손에는 치즈와 포도가 든 쟁반을, 다른 한 손에는 진을 한 병 들고 돌아오며 말했다. "클리퍼드가 마음을 활짝 열었다는 거야. 저이는 혼자 지랄을 떨고 부글부글 끓다가 결국엔 진짜 문제와는 아무 상관이 없는 헛소리를 쏟아낸단 말이야. 그런데 지금은 터놓고 말하잖아. 거대하고 빛나는 진실. 완전한 이해."

로즈는 분위기를 파악하기가 약간 힘들었다. 시골에서 살아서 둔해진 건가 싶기도 했다. 조슬린이 풍자를 하고 있는 걸까? 빈정대고 있는 걸까? 아니다. 그건 아니다.

"그런데 내가 당신을 위해 그 진실을 무너뜨려줄게." 클리퍼드가 빙그레 웃으며 말했다. 그는 맥주를 병째로 마시고 있었다. 그는 진보다는 맥주가 자신에게 더 이롭다고 생각했다. "내가 들어온 순간부터 줄곧 나가기를 원했다는 건 절대적인 사실이야. 그런데 안에 있기를, 안에 남아 있기를 원했다는 것 또한 사실이지. 난 당신과 부부로 지내기를 원했고 지금도 원해. 당신과 부부로 지내는 것을 참을 수가 없었고 지금도 참을 수 없어. 그건 정태적인 모순이야."

"끔찍한 상태 같군요." 로즈가 말했다.

"그런 얘기가 아니에요. 그냥 이게 중년의 위기가 아니라는 점을 강조하는 것뿐이지."

"아, 그건 아마 지나친 단순화였을 거예요." 로즈가 말했다. 그렇긴 해도, 라고 운을 떼며 그녀는 그때까지의 분별 있고 현실적이고 시골티가 나는 분위기를 유지한 채 단호하게 말했다. 자신들은 온통 클리퍼드에 대한 얘기만 하고 있다. 클리퍼드가 정말로 원하는 것은 무엇인가? 클리퍼드에게 필요한 것은 무엇인가? 그에게 스튜디오가 필요한가, 휴가가 필요한가, 혼자 유럽에 다녀올 필요가 있는가? 로즈는 물었다. 도대체 왜 그는 조슬린이 자신의 안위를 끊임없이 신경쓸 수 있다고 생각하는가? 조슬린은 그의 어머니가 아니다.

"그리고 그건 네 잘못이야." 그녀는 조슬린에게 말했다. "클리퍼드에게 행동을 하든가 닥치든가 하라고 말하지 않은 건. 네 남편이 정말로 원하는 게 뭔지는 상관없어. 나가, 아니면 닥쳐. 네가 해야 할 말은 그것뿐이야. 닥쳐요, 아니면 나가요." 그녀는 클리퍼드에게 퉁명스러운 말투를 꾸며내며 말했다. "미안하네요, 섬세하지 못해서. 아니면 너무 호전적으로 솔직해서."

그녀는 자신의 말이 호전적으로 들리더라도 해될 것 없다는 사실을 알았다. 해가 될 수 있는 것은 점잖 빼고 무관심한 태도였다. 지금처럼 말하는 것은 그녀가 두 사람의 진정한 친구이며 그들을 진지하게 여긴다는 증거였다. 그리고 실제로도 그녀는 그러했다. 어느 정도까지는.

"로즈 말이 맞아, 이 씨발 개새끼야." 조슬린이 시험삼아 말했다. "닥쳐, 아니면 나가."

몇 년 전에 조슬린이 전화를 걸어 로즈에게 「울부짖음」이라는 시를 읽어주었을 때 그녀는 평소의 대범한 말투와 어울리지 않게 씨발이라는 말을 입 밖에 내지 못했다. 그녀는 억지로 해보려고 하다가 그만두고는 말했다. "아, 바보 같지만 난 정말 이 말은 못해. 난 그냥 '씨'라고만 할게. 내가 '씨'라고 말하면 알아들어."

"하지만 로즈는 다 당신 잘못이라잖아." 클리퍼드가 말했다. "어머니이고 싶은 건 당신이야. 어른이고 싶은 건 당신이고. 오래 고통받는 사람이고 싶은 것도 당신이야."

"헛소리." 조슬린이 말했다. "아, 어쩌면. 어쩌면 그럴지도 몰라. 어쩌면 내가 그걸 원하는지도 몰라."

"학교 다닐 때도 당신은 항상 문제가 있는 아이들에게 들러붙었을 게 뻔해." 클리퍼드가 다정한 함박웃음을 지으며 말했다. "불쌍한 아이들, 여드름이 잔뜩 났거나 옷차림이 형편없거나 언어장애가 있는 아이들. 당신은 상냥함으로 그 아이들을 성가시게 했을 게 뻔하다고."

조슬린이 치즈나이프를 들고 그에게 휘둘렀다.

"당신, 조심해. 당신은 여드름도 없고 언어장애도 없어. 당신은 소름 끼치게 잘생겼어. 재능 있고. 또 운도 좋고."

"난 성인 남성의 성역할을 받아들이는 데 거의 극복 불가능한 문제를 겪고 있어." 클리퍼드가 고지식하게 말했다. "정신과의사가 그렇게 말하더군."

"난 못 믿겠어. 정신과의사는 '거의 극복 불가능한' 같은 말은 절대로 쓰지 않거든. 그리고 그런 전문용어도 사용하지 않아. 그런 판단을 하지도 않고. 당신 말 못 믿겠어, 클리퍼드."

"음, 사실 난 정신과에 가지 않아. 난 지저분한 영화를 보러 온지 거리로 가지."

클리퍼드는 사우나를 하겠다며 자리를 떴다.

로즈는 그가 나가는 모습을 지켜보았다. 청바지와 그저 지나가는 사람이라는 문구가 쓰인 티셔츠 차림이었다. 마치 열두 살 아이처럼 허리가 가늘고 엉덩이가 좁았다. 잿빛 머리는 아주 짧게 깎아서 두피가 보일 지경이었다. 요즘 음악가들은 머리를 저렇게 자르나? 정치인과 회계사들은 머리와 수염을 덥수룩하게 기르는데. 아니면 클리퍼드가 워낙 삐딱해서 그런 건가? 그의 그을린 피부는 파운데이션을 두껍게 바른 것처럼 보였지만 아마도 맨얼굴이었을 것이다. 딱딱하고 반짝거리고 비아냥거리는 그의 모습은 전체적으로 어딘가 연극적인 데가 있었다. 그의 마른 몸과 매력적인 억지웃음은 어딘가 외설적이었다.

"클리퍼드는 괜찮은 거야?" 로즈가 조슬린에게 물었다. "너무 많이 말랐어."

"저렇게 보이고 싶어해. 요구르트와 호밀빵만 먹어."

"너희 부부는 절대로 못 헤어져," 로즈가 말했다. "집이 너무 아름다워서." 그녀는 털실로 짠 러그 위에 몸을 뻗고 누웠다. 벽이 하얀 거실은 두껍고 흰 커튼과 오래된 소나무 가구, 크고 밝은 그림, 털실로 짠 러그 들로 장식되어 있었다. 그녀의 팔꿈치 부근에 있는 낮고 둥근 탁자에는 광이 나는 돌들이 쟁반에 담겨 있어서 사람들이 돌을 한 움큼 집었다가 손가락 사이로 흘려보내곤 했다. 샌디코브와 잉글리시베이와 키칠라노와 앰블사이드와 던더레이브 등 밴쿠버의 해변에서 난 돌이었다. 오래전에 제롬과 애덤이 그것들을 모았다.

클리퍼드가 지방 순회공연에서 돌아온 뒤 얼마 지나지 않아 조슬린과 클리퍼드는 브리티시컬럼비아를 떠났다. 그들은 몬트리올로 갔다가 핼리팩스로, 그다음엔 토론토로 이주했다. 밴쿠버에 대해서는 거의 기억하지 못하는 것 같았다. 한번은 자기들이 살았던 거리 이름을 기억해내지 못해서 로즈가 말해주어야 했다. 로즈는 캐필라노 하이츠에 살던 시절, 그전에 살던 온타리오의 곳곳을 회상할 때가 많았다. 어떤 면에선, 앞선 시기의 그 풍경에 신의를 지킨 것이었다. 이제 그녀는 온타리오에서 살면서 밴쿠버를 기억하는 일에 비슷한 종류의 노력을 기울이며, 그 자체로는 무척 평범한 세부를 똑바로 떠올리기 위해 골똘히 생각에 잠겼다. 예를 들면, 노스밴쿠버에서 웨스트밴쿠버로 가려고 할 때 퍼시픽스테이지 버스를 기다린 곳이 어디였는지 기억하려 했다. 어느 봄날, 가령 한시경에, 그 낡은 녹색 버스에 올라타는 자신의 모습을 그려보았다. 조슬린을 위해 아이들을 봐주러 가는 길. 노란색 우비에 방수모자를 쓴 애나를 데리고. 차가운 비. 웨스트밴쿠버로 접어들면 길게 펼쳐지는 질퍽질퍽한 길. 지금은 쇼핑센터와 고층건물들이 있는 곳. 그녀는 그 거리들과 집들, 오래된 세이프웨이 슈퍼마켓, 세인트모스호텔, 다가오는 무성한 숲, 버스를 내렸던 작은 상점 앞이 보이는 듯했다. 블랙캣 담배 표지판. 조슬린의 집까지 가는 숲길의 비에 젖은 삼나무. 이른 오후의 침체. 낮잠 시간. 비 오는 창밖을 내다보며 커피를 마시는 젊은 여자들. 개를 산책시키는 은퇴한 노부부들. 두툼한 양토 위의 발소리. 크로커스, 때 이른 나팔수선화, 꽃을 피우는 그 차가운 구근들. 바다와 가까운 곳의 확연히 다른 공기, 빗물이 뚝뚝 떨어지는 초목을 따라 가도 가도 끝없는 길, 그 고요함. 손을 잡아당기는 애나, 눈앞에 나타나는 조슬린의 갈색 목조 오두막. 그토록 육중한 불안감의 무게, 그 집에 가까워질수록 실감나는 복잡한 현실.

별로 기억하고 싶지 않은 다른 일들.

비행기 안에서 그녀는 선글라스 뒤에서 눈물을 흘렸다. 파월리버에서부터 내내. 그녀는 밴쿠버공항 대기실에 앉아서도 울었다. 울음을 멈추고 패트릭이 있는 집으로 돌아갈 수가 없었다. 사복 경관이 옆에 앉더니 재킷을 들춰 자신의 배지를 보여주며 도와줄 일이 있는지 물었다. 누군가가 그를 부른 것이 분명했다. 자신이 그렇게 눈에 잘 띈다는 사실에 겁을 먹은 그녀는 여자화장실로 도망쳤다. 술로 위안을 얻을 생각은, 술집을 찾을 생각은 하지 못했다. 당시에 그녀는 술집을 드나들지 않았다. 진정제를 복용하지 않았고, 갖고 있지도 않았으며, 그것에 대해 알지도 못했다. 어쩌면 그때는 그런 게 없었는지도 모른다.

그 괴로움. 그건 무엇이었을까? 모두 낭비였을 뿐, 아무것도 증명하지 못했다. 너무도 불미스러운 슬픔. 짓밟힌 자존심과 웃음거리가 된 환상. 마치 망치를 들고 의도적으로 제 엄지발가락을 박살낸 것과 같았다. 그것이 때로 그녀가 하는 생각이다. 다른 때 드는 생각은, 그것은 꼭 필요한 사건이었다는 것, 파괴와 변화의 시작이었으며, 패트릭의 집에 머무르지 않고 지금 있는 곳에 오게 한 과정의 시작이었다는 것이다. 으레 그러하듯, 인생은 작은 효과를 위해 엄청난 소동을 피우는 법이다.

그녀가 사실을 말했을 때 패트릭은 아무 말도 하지 못했다. 그에게는 준비해놓은 설교가 없었다. 그는 한참을 아무 말도 하지 않더니, 그녀가 자기 합리화와 불평을 늘어놓으며 집안 곳곳을 돌아다니는 동안 그 뒤를 따라다녔다. 그녀가 하는 말을 믿지 못하면서도 계속 말하기를 바라는 것처럼. 말을 멈춘다면 상황은 훨씬 더 나빠질 것이기 때문에.

그녀는 완전한 진실을 털어놓지는 않았다. 클리퍼드와 "외도를 했다"고 말했고, 말하는 행위를 통해 스스로에게 희미하고 간접적인 종류의 위안을 주었다. 패트릭의 표정과 침묵으로 당장은 꿰뚫렸지만 아예 부서지지는 않는 위안이었다. 그가 그런 맨얼굴을 보여준다는 것, 그렇게 부적절하고 삼킬 수 없는 슬픔의 덩어리를 그대로 내보인다는 것은 시기도 나쁘고 부당한 짓 같았다.

그때 전화가 울렸다. 그녀는 클리퍼드가 심경의 변화를 겪고 전화한 거라고 생각했다. 전화 건 사람은 클리퍼드가 아니라 조슬린의 파티에서 만났던 남자였다. 라디오극을 연출하는데 시골 여자가 필요하다고 말했다. 그녀의 억양을 기억하고 있었다.

클리퍼드가 아니었다.

그녀는 그 일에 관해서는 아무 생각도 하고 싶지 않다. 비에 흠뻑 젖은 삼나무와 새먼베리 덤불, 무성히 퍼지고 있지만 언젠가는 사라질 우림의 초목들을 보여주는 철제 창틀을 통해 잃어버린 일상의 작은 풍경을 바라보는 편이 낫다. 애나의 노란 우비. 조슬린이 잘못 피운 불에서 올라오는 연기.


"내가 요즘 사들이는 쓰레기들을 볼래?" 조슬린이 그렇게 말하며 로즈를 위층으로 데리고 갔다. 그녀는 자수가 놓인 치마와 진홍색 새틴 블라우스를 보여주었다. 수선화 색깔의 파자마 한 벌. 올이 거친 직물로 만든 길고 펑퍼짐한 아일랜드산 원피스.

"거액을 쓰고 있어. 예전의 나라면 거액이라고 생각했을 돈을. 내겐 긴 시간이 걸렸지. 우리 둘 다 긴 시간이 지나서야 돈을 쓸 수 있게 되었어. 둘 다 엄두를 내지 못했거든. 우리는 컬러텔레비전을 가진 사람들을 경멸했어. 근데 그거 알지─컬러텔레비전은 굉장해! 요즘 우리는 빈둥거리면서 말해, 뭘 사면 좋을까? 별장에 작은 토스터오븐을 사다놓을까? 난 헤어드라이어가 있으면 좋을 것 같은데? 다른 사람들은 모두 오랫동안 알고 살아왔지만 우리는 너무 훌륭한 사람들이라 쓰면 안 된다고 생각하던 모든 것들. 우리가 서로에게 뭐라고 말하는지 알아? 우리는 소비자다! 그래도 된다!

그림이나 레코드나 책 같은 것만 사는 게 아니야. 그런 것들이 괜찮다는 건 항상 알고 있었어. 컬러텔레비전! 헤어드라이어! 와플팬!"

"리모컨 새장!" 로즈가 쾌활하게 외쳤다.

"좋은 생각이다."

"보온 수건."

"보온 수건걸이야, 바보야! 그거 진짜 굉장해!"

"고기용 전동 칼, 전동 칫솔, 전동 이쑤시개."

"듣기엔 좀 이상해도 어떤 것들은 그렇게 나쁘지 않아. 진짜로 나쁘지 않아."


또 언젠가 로즈가 조슬린과 클리퍼드의 집에 갔을 때 그들은 파티를 열고 있었다. 손님들이 모두 집에 돌아간 뒤 그들 세 사람, 조슬린과 클리퍼드와 로즈는 다들 상당히 취하고 아주 편안한 상태로 거실 바닥에 둘러앉아 있었다. 파티는 잘 끝났다. 로즈는 그리움을 띤 희미한 정욕을 느꼈다. 정욕의 기억, 아마도. 조슬린은 자러 가기 싫다고 했다.

"할일이 없잖아?" 로즈가 말했다. "술은 더 마시면 안 돼."

"사랑을 나누면 되지." 클리퍼드가 말했다.

조슬린과 로즈가 정확히 동시에 "정말?" 하고 말했다. 그런 다음 그들은 새끼손가락을 걸고 말했다. "연기는 굴뚝을 타고 올라간다."*

그런 다음 클리퍼드가 그들의 옷을 벗겼다. 그들은 떨지 않았다. 벽난로 앞이라 따뜻했다. 친절하게도 클리퍼드는 관심을 이 사람에게서 저 사람에게로 계속 옮겼다. 그 역시 옷을 벗었다. 로즈는 호기심이 일었고, 믿기지 않았고, 열의는 없었지만 약간은 흥분을 느꼈으며, 너무 혼곤해 가늠할 수 없는 어떤 차원에서는 오싹하도록 두렵고 서글펐다. 시작 단계에서 클리퍼드는 두 사람 모두에게 예를 갖췄지만, 그가 최종적으로 사랑을 나눈 상대는 로즈였다. 털실로 짠 깔깔한 러그 위에서 조금은 너무 빨리. 조슬린은 승낙을 의미하는 편안한 소리를 내며 그들 위를 맴도는 듯했다.

다음날 아침 로즈는 조슬린과 클리퍼드가 깨기 전에 집을 나와야 했다. 지하철을 타고 시내로 가야 했다. 그녀는 탐색적인 굶주림을 느끼며 남자들을 쳐다보고 있는 자신을 깨달았다. 한동안 자신을 놓아주었던 그 차갑고 아픈 욕구. 그녀는 치미는 분노를 느꼈다. 클리퍼드와 조슬린에게 화가 났다. 그들이 그녀를 놀리고 속였다고, 그 일이 없었다면 의식하지 못했을 확연한 결핍을 보게 했다고 느꼈다. 그들을 다시는 보지 않겠다고 마음먹은 로즈는 그들의 이기심, 둔감함, 도덕적 타락을 비판하는 편지를 쓰기로 했다. 그 편지가 머릿속에서 만족스럽게 완성될 무렵, 그녀는 시골로 돌아왔고 마음은 진정되어 있었다. 편지는 쓰지 않기로 했다. 한참이 지난 후, 그녀는 계속 클리퍼드와 조슬린의 친구로 지내기로 했다. 인생의 그 시기에 가끔은 그런 친구들이 필요했기 때문이다.

---

\* 예전에 영어 사용권의 일부 지역에서 두 사람이 동시에 같은 말을 하면 새끼손가락을 걸고 외치던 말.

섭리

로즈는 꿈에서 애나를 보았다. 그녀가 애나를 남겨두고 떠난 뒤였다. 꿈에서 그녀는 곤잘러스힐을 걸어올라오는 애나를 만났다. 학교에 다녀오는 길이라는 것을 알 수 있었다. 얘기를 나누려고 다가갔지만 애나는 말을 하지 않고 지나쳐갔다. 이상할 것도 없었다. 아이는 점토로 뒤덮여 있었는데, 흙에는 나뭇잎 혹은 나뭇가지 같은 것들이 섞여 있는 듯해서 죽은 화환 같은 효과를 냈다. 장식, 파괴. 그리고 점토인지 진흙인지는 마른 흙이 아니라 아직 아이의 몸에서 뚝뚝 떨어지는 상태여서, 애나는 망가진 가분수 우상처럼 조잡하고 애처로웠다.

"엄마랑 가고 싶니, 아빠랑 여기 남고 싶니?" 전에 로즈는 그런 질문을 했지만 애나는 대답하기를 거부하며 대신 이렇게 말했다. "엄마가 안 갔으면 좋겠어." 로즈는 쿠트네이산에 있는 타운의 라디오 방송국에 일자리를 구해놓았다.

애나는 침대 위에 누워 있었다. 네 모퉁이에 기둥이 달린 그 침대에서 예전에는 패트릭과 로즈가 함께 잤고, 이제는 패트릭이 혼자 잤다. 로즈는 서재에서 잤다.

애나는 그 침대에서 잠이 들었고, 패트릭이 나중에 애나를 안아 아이의 침대로 옮겼다. 이따금 있던 그런 일이 언제부터 당연한 상황이 되었는지는 패트릭도 로즈도 알지 못했다. 집에서 일어나는 모든 일이 정상에서 벗어나 있었다. 로즈는 짐을 꾸리고 있었다. 패트릭과 애나가 주변에 없는 낮시간에 그 일을 했다. 로즈와 패트릭은 집안의 각기 다른 장소에서 저녁 시간을 보냈다. 언젠가 그녀는 식사실 안으로 들어갔다가 앨범의 스냅사진에 스카치테이프를 새로 붙이고 있는 그를 보았다. 그런 일을 하는 그에게 화가 치밀었다. 그녀는 공원에서 그네를 탄 애나를 밀어주는 자신의 모습이 담긴 사진을 보았다. 비키니를 입고 히죽거리는 모습도 있었다. 사실이지만 진실은 아닌 모습들.

"그때라고 좋았던 건 아니야." 그녀는 말했다. "정말 아니야." 마음 한구석에서는 언제나 지금 하고 있는 일을 계획하고 있었다는 의미였다. 그녀는 심지어 결혼식 날에도 이런 날이 오리라는 것을, 이럴 수 없다면 죽는 편이 나을 것임을 알았다. 배신하는 사람은 그녀였다.

"나도 알아." 패트릭이 화가 난 목소리로 말했다.

하지만 물론 예전에는 나았다. 아직 그녀가 파국을 일으키려는 시도를 하지 않았고, 그런 날이 올 수밖에 없다는 사실을 오랫동안 잊고 살았기 때문이다. 파국을 계획하고 있었다는, 파국을 일으켰다는 말조차 옳지 않았다. 그녀가 의도적으로, 지능적으로 한 일은 전혀 없이, 온갖 미적거림과 화해와 질타와 함께 가능한 한 가장 고통스럽고 파괴적으로 일어난 상황이었기 때문이다. 그리고 이제 그녀는 흔들리는 다리 위를 걸으며 앞쪽의 판자에만 시선을 고정한 채 다리 아래도 주변도 볼 수 없는 처지가 된 것 같은 느낌이 들었다.

"어느 쪽을 원하니?" 그녀는 애나에게 부드럽게 물었다. 애나는 대답 대신에 패트릭을 불렀다. 그가 오자 아이는 일어나 앉아 두 사람 모두를 침대로 불러 양옆에 앉혔다. 애나는 부모에게 매달리더니 흐느껴 울며 몸을 흔들기 시작했다. 때로 난폭하리만치 연극적인 아이, 칼의 면날 같은 아이.

"안 그래도 되잖아," 아이가 말했다. "요즘은 싸우지도 않잖아."

패트릭이 비난의 기미 없이 로즈를 건너다보았다. 그는 몇 년 동안, 심지어 사랑을 나눌 때조차, 습관적으로 비난하는 표정을 지었지만, 애나의 말이 너무 큰 고통을 주었는지 그의 얼굴에서 모든 비난이 지워졌다. 로즈는 자리에서 일어나 그가 애나를 위로하도록 놔두고 나가야 했다. 그를 향한 거대하고 기만적인 감정이 물밀어올까 두려웠기 때문이다.

사실이었다. 그들은 더이상 싸우지 않았다. 그녀의 손목과 몸에는 (가장 위험한 곳이라고는 할 수 없는 곳에) 면도칼로 자해한 흔적이 있었다. 한번은 부엌에서 패트릭이 그녀의 목을 조르려고 한 적도 있었다. 한번은 그녀가 잠옷 차림으로 밖으로 달려나가 땅바닥에 무릎을 꿇고 풀을 쥐어뜯기도 했다. 하지만 부모가 실수와 부조화로 자아낸 이 피투성이의 직물, 누가 봐도 찢어서 버려야 마땅할 이 직물이 애나에게는 아직도 삶이 있는, 아빠와 엄마가 있는, 시작과 안식처가 있는 진정한 안전망이었다. 이 무슨 사기란 말인가, 로즈는 생각했다. 모두에게 이 무슨 사기란 말인가. 우리는 우리가 당연히 받아야 한다고 생각하는 것들을 전혀 갖추지 못한 결합을 통해 세상에 나온다.

그녀는 톰에게 편지를 써서 앞으로의 결심을 알렸다. 톰은 캘거리대학의 선생이었다. 로즈는 그를 아주 살짝 사랑했다(그녀는 그 관계에 대해 아는 친구들에게 그렇게 말했다. 아주 살짝 사랑한다고). 그를 만난 것은 일 년 전이었고—그녀가 라디오극에서 가끔씩 함께 연기하는 여자가 톰의 누이였다—지금까지 딱 한 번 빅토리아에서 함께 지낸 적이 있었다. 그들은 서로에게 긴 편지를 썼다. 사학자인 그는 예의바른 남자로, 재치 있고 섬세한 연애편지를 써 보냈다. 로즈는 패트릭을 떠난다는 사실을 알리면, 그녀 자신이 너무 많은 것을 바랄까봐, 망상을 가질까봐, 톰이 편지를 더 뜸하게, 혹은 더 방어적으로 쓰지는 않을까 조금 걱정스러웠다. 하지만 그런 일은 없었다. 그는 그렇게 저속하지는, 혹은 비겁하지는 않았다. 그는 그녀를 신뢰했다.

로즈는 친구들에게 패트릭을 떠나는 것은 톰과 아무런 관련이 없다고, 그를 전보다 더 자주 보게 될 것 같지도 않다고 말했다. 그녀는 그렇게 믿었다. 하지만 밴쿠버섬에도 일자리가 있었는데 산골 타운의 일자리를 택한 것은 캘거리에서 가까운 곳에서 산다고 생각하니 좋았기 때문이다.

아침이 되자 애나는 발랄해졌다. 모두 괜찮다고, 집에 남고 싶다고 말했다. 아이는 같은 학교에 다니고 친구들과 계속 함께 지내기를 원했다. 애나는 길을 걸어가다 중간에 뒤돌아서서 부모를 향해 손을 흔들며 날카롭게 외쳤다.

"이혼 축하해!"

로즈는 패트릭의 집에서 나오면 텅 빈 방, 얼룩지고 허름한 곳에서 살 거라고 생각했다. 관심을 두지 않을 것이다, 자신을 위해 굳이 주변을 꾸미지 않을 것이다. 그런 것들은 모두 싫다. 새로 구한 아파트— 산비탈 중턱에 위치한 갈색 벽돌집 위층—는 얼룩지고 허름했으나, 그녀는 즉시 수리 작업에 착수했다. 빨간색과 금색으로 된 벽지(나중에 알게 되지만, 그 지역의 집들은 저마다 우아하다고 생각하는 벽지를 붙여 단장하는 경우가 많았다)는 급히 바른 거라 걸레받이 부근에서 찢어져 말려올라갔다. 그녀는 풀을 사서 벽지를 제대로 붙였다. 벽걸이 화분도 사다 매달아놓고 죽지 말라고 구슬리며 키웠다. 욕실에는 재미있는 포스터도 붙였다. 모욕적일 정도의 액수를 주고 인도산 침대보와 바구니와 도자기와 채색한 머그를 샀다. 그런 물건을 파는 타운의 유일한 상점에서였다. 그녀는 부엌을 버드나무 무늬 청화 자기의 색깔을 내기 위해 파란색과 흰색으로 칠했다. 집주인은 페인트 값을 대겠다고 약속해놓고 지키지 않았다. 로즈는 파란 초, 향, 그리고 금빛의 말린 나뭇잎과 풀을 커다랗게 한 다발 샀다. 그 모든 것이 끝나자 그곳은 언뜻 봐도 여자의 집처럼, 혼자 살고 아마도 더이상 젊지 않으며 대학 또는 예술계와 연결된, 혹은 연결되기를 희망하는 여자의 집처럼 보였다. 그전에 살던 집, 패트릭의 집이 언뜻 봐도 성공한 사업가, 혹은 유산이 있고 기대 수준이 높은 전문직 남자의 집으로 보인 것과 마찬가지로.

산골의 타운은 모든 것에서 멀리 떨어져 있는 듯했다. 하지만 로즈는 얼마간 바로 그런 점 때문에 그곳이 좋았다. 대도시에서 살다가 다시 타운으로 돌아가 살게 되면 그곳에선 모든 것이 이해 가능하고 수월하다는 느낌이 든다. 마치 어떤 사람들이 한데 모여 "우리 마을 놀이 하자" 하고 말한 것처럼. 그곳에서는 죽는 사람도 없을 거라는 생각이 든다.

톰은 그녀를 만나러 꼭 가야겠다고 편지에 썼다. 10월에(그녀는 그렇게 이를 거라고는 기대하지 않았다) 밴쿠버에서 학회가 열려 기회가 생겼다. 그는 하루 일찍 학회에서 빠져나오고 그곳에서 하루 일정이 더 있는 것처럼 꾸며 이틀간의 자유 시간을 얻을 계획이었다. 하지만 그는 밴쿠버에서 전화를 걸어 올 수 없게 되었다고 말했다. 치아에 염증이 생겼다, 통증이 극심하다, 로즈와 함께 보내기로 한 바로 그날 응급 치과수술을 받게 되었다. 결국 그래서 일정이 정말로 하루 늘어났는데, 하며 톰은 물었다. 그것이 자신에 대한 심판 같지 않은가? 그는 이 상황을 칼뱅주의적 관점에서 보게 된다고, 통증과 약 때문에 정신이 혼미하다고 말했다.

로즈의 친구 도러시가, 그 말을 믿어? 하고 물었다. 로즈는 의심할 생각조차 못 한 참이었다.

"그이가 그런 짓을 할 것 같진 않은데." 로즈가 말하자 도러시는 꽤 쾌활하게, 심지어 무심하게 말했다. "아, 그들은 무슨 짓이라도 할 거야."

도러시는 방송국에서 로즈 외에 유일한 여성이었다. 그녀는 일주일에 두 번씩 주부들을 위한 프로그램을 진행했고, 여러 여성 단체에 강연을 나갔으며, 청소년 단체의 시상식 만찬 같은 행사의 사회자로 인기가 좋았다. 그녀와 로즈가 친구가 된 큰 이유는 독신이라고 할 수 있는 그들의 상황과 모험심 강한 성격이었다. 도러시는 시애틀에 사는 연인이 있지만 그를 신뢰하지 않았다.

"그들은 무슨 짓이라도 할 거야." 도러시는 말했다. 그들은 홀인원에서 커피를 마시고 있었다. 방송국 옆에 있는 커피와 도넛 가게였다. 도러시는 로즈에게 방송국 소유주와 연애했던 이야기를 들려주기 시작했다. 지금은 노인이 되어 주로 캘리포니아에 가서 지내는 사람이었다. 예전에 그는 크리스마스에 도러시에게 목걸이를 주면서, 비취로 만든 거라고 말했다. 밴쿠버에서 샀다고 했다. 그녀는 고리를 고치러 갔다가, 목걸이 값이 얼마나 나가는지 자랑스럽게 물었다. 보석상은 비취가 아니라고 말했고 목걸이를 불빛에 비춰보며 구분하는 법을 알려주었다. 며칠 후, 방송국 소유주의 아내가 똑같이 생긴 목걸이를 과시하며 사무실로 들어왔다. 그녀 역시 비취라는 말을 들은 것이다. 도러시가 그 얘기를 하는 동안 로즈는 그녀의 회색빛 금발 가발을 쳐다보았다. 윤기 흐르고 풍성한 그 가발은 단 한순간도 진짜로 보이지 않았고, 갈라지고 닳아빠진 듯한 얼굴의 분위기는 그 가발과 청록색 아이섀도 때문에 더욱 강조되었다. 대도시에서라면 매춘부 같다고 했을 모습이었는데, 이곳 사람들은 그녀가 기이하지만 화려하다고 생각하며 말로만 듣던 유행의 세계를 대변하는 인물로 여겼다.

"그뒤로 난 남자를 신뢰하지 않아." 도러시가 말했다. "그 사람은 나를 만나는 동안에도 여기에서 일하는 여자—유부녀인데 웨이트리스였어—와 자기 손주들 보모랑도 잤어. 그건 어떤 것 같아?"

크리스마스에 로즈는 패트릭의 집으로 돌아갔다. 아직 톰을 만나지 못했지만 그는 테두리 장식이 있고 자수가 놓인 군청색 숄을 보내주었다. 12월 초에 휴가를 겸해 학회에 참석하기 위해 갔던 멕시코에서 산 선물이었다. 그는 멕시코에 아내를 데리고 갔다(어쨌든 약속을 했었대, 로즈는 도러시에게 말했다). 애나는 삼 개월 동안 쑥 늘어나 있었다. 아이는 배를 안으로 쑥 집어넣고 갈비뼈를 내밀어 기아에 시달리는 아이처럼 보이게 하는 장난을 좋아했다. 활기차고 재주넘기를 잘했고 계속 우스꽝스러운 장난을 하고 수수께끼를 냈다. 엄마와 함께 상점으로 걸어가며—로즈는 쇼핑과 요리를 다시 떠맡았고 때로는 자신의 직업과 아파트와 톰이 상상 속에서만 존재하는 건 아닐까 두려워지며 절박한 마음이 들었다—아이는 말했다. "학교에 가면 항상 잊어버려."

"뭘 잊어버려?"

"엄마가 집에 없다는 걸 항상 잊어버려. 그러다 기억해. 아, 크리버 부인밖에 없지." 크리버 부인은 패트릭이 고용한 가정부였다.

로즈는 아이를 데려가기로 결심했다. 패트릭은 안 된다고 하지 않고, 어쩌면 그게 최선일지도 모른다고 말했다. 하지만 로즈가 애나의 짐을 싸고 있는 동안 그는 집안에 있지 못했다.

나중에 애나는 그때 로즈와 영영 살러 가는 건지 몰랐다고, 그냥 놀러가는 거라고 생각했다고 말했다. 로즈는 아이가 어떤 결정을 내리고도 죄책감을 느끼지 않으려면 그런 식으로 말하고 생각해야만 할 거라고 믿었다.

산으로 가는 기차가 폭설로 인해 느려졌다. 물이 얼어붙었다. 기차는 증기구름에 휩싸인 채로 배관이 녹기를 기다리며 작은 역에서 오랫동안 정차해 있었다. 그들은 코트를 입고 플랫폼을 따라 달렸다. 로즈가 말했다. "엄마가 네 겨울 코트를 사줘야겠구나. 따뜻한 장화도 사줘야겠어." 해안가의 컴컴한 겨울 동안에는 고무장화와 모자가 달린 레인코트로도 충분했다. 그때 애나는 앞으로 엄마와 살게 된다는 것을 알았을 테지만 아무 말도 하지 않았다.

밤에 애나가 잠든 사이 로즈는 창문을 통해 충격적일 정도로 높이 쌓여 반짝이는 눈을 바라보았다. 기차는 눈사태가 무서운 듯 천천히 기어갔다. 로즈는 겁나지 않았다. 그녀는 이 어두운 칸막이 안에 갇힌 채로 거친 객차용 담요를 덮고 그런 무자비한 풍경을 지나 어디론가 실려간다는 생각이 마음에 들었다. 제아무리 위태로운 상황에서도 기차의 진행은 항상 안전하고 적절하게 느껴졌다. 반면 비행기는 언제라도 자기가 뭘 하고 있는지 깨닫고 질겁하여 외마디 저항도 못하고 바로 떨어져버릴 것만 같았다.

그녀는 애나에게 새 겨울 코트를 입혀 학교에 보냈다. 모두 순조로웠다. 애나는 이방인이라고 위축되거나 힘들어하지 않았다. 일주일도 지나지 않아 집에 함께 오는 아이들이 생겼고, 애나 역시 다른 아이들의 집에 놀러갔다. 어둑어둑한 초겨울날, 로즈는 눈이 높은 담장처럼 쌓인 길을 따라 아이를 마중하러 나갔다. 가을에 곰이 산에서 내려와 시내로 들어온 적이 있었다. 그에 대한 뉴스가 라디오에서 나왔다. 특별한 손님 흑곰 한 마리가 풀턴 스트리트를 따라 거닐고 있습니다. 어린이들은 실내에 머물도록 유의해주시기 바랍니다. 로즈는 겨울에는 곰이 시내로 걸어들어올 리 없다는 것을 알았지만 그래도 걱정이 되었다. 게다가 도로가 너무 좁고 모퉁이 너머가 잘 보이지 않아서 자동차도 무서웠다. 때로 애나가 다른 길로 집에 가버리기도 해서 로즈는 다른 아이의 집까지 갔다가 애나가 거기 없다는 것을 알게 되는 때도 있었다. 그러면 그녀는 언덕진 도로를 지나고 긴 계단을 올라가 집까지 내내 달려갔다. 달리기와 두려움으로 심장이 쿵쾅거렸지만 애나가 집에 있는 것을 발견하면 두려움을 드러내지 않으려고 애썼다.

세탁물과 장 본 식료품을 끌고 올라갈 때도 심장은 쿵쾅거렸다. 세탁소, 슈퍼마켓, 주류소매점 등은 모두 언덕 아랫자락에 있었다. 로즈는 항상 바빴다. 항상 다음 한 시간 안에 해야 할 급박한 일이 있었다. 밑창을 간 구두를 찾고, 머리를 감은 뒤 염색하고, 내일 애나가 학교에 입고 갈 코트를 손보는 일. 그 자체로 힘든 바깥일 외에도 로즈는 전에 늘 하던 것과 똑같은 일들을 훨씬 힘든 상황에서 해내고 있었다. 그런 허드렛일들에는 놀라울 만큼 큰 위안이 있었다.

로즈가 애나에게 사준 것은 두 가지였다. 금붕어 그리고 텔레비전. 그 아파트에서는 고양이나 개를 키우는 것은 금지였고 새와 물고기만 가능했다. 애나가 그곳에서 살게 된 지 두 주째가 된 1월의 어느 날, 로즈는 수업을 마친 애나를 울워스에 데려가 물고기를 사주려고 언덕을 걸어내려갔다. 애나의 얼굴이 더럽다는 생각이 들어 다시 보니 눈물로 얼룩진 자국이 있었다.

"오늘 누가 제러미를 부르는 소리를 들었어." 애나가 말했다. "그래서 여기 제러미가 있는 줄 알았어." 제러미는 애나가 원래 집에서 자주 함께 놀던 남자아이였다.

로즈는 물고기 얘기를 했다.

"나 배 아파."

"배고파서 그런 거 아닐까? 엄마는 커피 한 잔 마시면 좋겠는데. 넌 뭐 마실래?"

끔찍한 날이었다. 그들은 시내로 가는 지름길을 택해 공원을 가로질러 걸어가고 있었다. 눈이 녹았다가 다시 얼어서 사방이 얼음판이었고 그 위에는 물이나 진창이 고여 있었다. 햇살이 빛났지만, 그것은 눈을 찌르고 옷이 너무 무겁다고 느끼게 하며 얼음 위를 걷기 위해 애쓰며 겪는 모든 무질서와 난관을, 가령 지금과 같은 난관을 더욱 강조하는 종류의 겨울 햇살이었다. 막 학교에서 나온 십대 아이들이 사방에 있었는데, 그들이 내는 소음, 함성과 미끄럼, 얼음 위 벤치에 앉아서 보란듯이 키스하는 어린 남녀의 모습 등등이 더욱 의욕을 앗아갔다.

애나는 초콜릿 우유를 먹었다. 십대 아이들도 함께 식당으로 들어왔다. 그곳은 등받이가 높은 40년대식 칸막이 좌석이 있고, 다들 드리라고 부르는 주황색 머리의 요리사가 경영하는 구식 식당이었다. 그런 곳이 영화에 나온다면 사람들이 향수를 느끼며 알아보는 것은 그 추레함인데 다행히도 그곳에 있는 사람들은 그게 향수를 느끼며 바라볼 만한 것인지 전혀 알지 못했다. 드리는 아마도 가게 수리를 위해 돈을 모으고 있을 것이었다. 하지만 이날 로즈는 그 식당을 보자 어릴 적에 학교가 끝나고 가던 식당들이 떠올랐고 그런 곳들이 정말로 싫었다는 기억이 났다.

"엄만 아빠를 사랑하지 않아." 애나가 말했다. "난 다 알아."

"음, 엄마는 아빠를 좋아해." 로즈가 말했다. "그냥 우린 함께 살 수가 없는 거야, 그뿐이야."

바른 대화법이라고 권장되는 말들이 대부분 그렇듯 이 말도 거짓되게 들렸다. 애나는 말했다. "엄만 아빠를 좋아하지 않아. 그건 그냥 거짓말이야." 아이는 점점 자신에 찬 목소리로 말했고, 제 엄마를 이기고 싶어하는 것 같았다.

"안 그래?"

로즈는 사실, 그래, 아빠 싫어, 그렇게 말할 뻔했다. 그게 네가 듣고 싶은 말이라면, 그래 말해주마, 하고 말하고 싶은 기분이었다. 애나는 분명 그 말을 듣고 싶어하지만 듣고도 견딜 수 있을까? 아이들이 무엇을 견딜 수 있는지를 어떻게 판단할 수 있을까? 그리고 사실 사랑한다, 사랑하지 않는다, 좋아한다, 좋아하지 않는다, 심지어 미워한다는 말까지도 로즈에게는 아무런 의미가 없었다. 패트릭과 관련해서라면.

"배가 아직도 아파." 애나는 그렇게 말할 수 있어서 흡족한 듯 초콜릿 우유를 옆으로 밀쳤다. 하지만 아이는 위험 신호를 감지했고 더이상 상황을 악화시키기를 원하지 않았다. "물고기는 언제 사줄 건데?" 아이가 물었다. 질질 끌고 있는 사람이 로즈이기라도 한 것처럼.

그들은 주황색 물고기 한 마리, 파란색 점박이 물고기 한 마리, 벨벳처럼 보이는 몸통에 눈이 흉측하게 튀어나온 검은색 물고기 한 마리를 샀고, 그 모두를 비닐봉지에 넣어 집으로 가져갔다. 그들은 어항과 색색의 돌, 초록색 플라스틱 식물도 샀다. 울워스 안을 구경하며 두 사람 모두 기분을 회복했다. 화려한 물고기들, 노래하는 새들, 밝은 분홍색과 녹색 속옷과 금테를 두른 거울, 플라스틱 부엌용품들과 차가운 빨간 고무로 만든 커다란 바닷가재 장난감 같은 것들.

텔레비전 프로그램 중에 애나가 즐겨 본 것은 〈가사 법정〉이었다. 낙태를 해야 하는 십대 아이, 소매치기하다 걸린 여자, 오랜 세월 사라졌다 나타나서 새아버지를 더 좋아하게 된 아이들을 되찾으려 하는 아

버지 등에 관한 이야기였다. 그리고 〈브레이디 가족〉이라는 프로그램
도 좋아했다. 브레이디 가족은 여섯 명의 아름답고, 분주하고, 익살스
럽게 오해받거나 오해하는 아이들과 예쁜 금발의 어머니, 잘생기고 가
무잡잡한 아버지, 쾌활한 가정부로 이루어져 있었다. 애나는 여섯시
에 방송되는 〈브레이디 가족〉을 보며 저녁을 먹고 싶어했다. 로즈는 애
나의 저녁 시간에 일을 계속하고 싶었기 때문에 그래도 좋다고 허락했
다. 그녀는 애나가 좀더 쉽게 먹을 수 있도록 대접에 음식을 한데 담기
시작했다. 고기와 감자와 채소로 이루어진 저녁식사는 나중에 버려지
는 것이 너무 많아서 그만 만들기로 했다. 대신에 칠리, 스크램블드에
그, 베이컨과 토마토를 넣은 샌드위치, 비스킷 반죽으로 감싼 소시지
등을 만들었다. 때로 애나는 시리얼을 먹고 싶어했고 로즈는 원하는
대로 해주었다. 하지만 그러다가도 뭔가 형편없이 잘못되었다는 생각
이 들었다. 온 세상 가족들이 부엌이나 식사실의 탁자에 모여 먹고 싸
우고 즐거움도 괴로움도 주고 할 바로 그 시간에, 텔레비전 앞에 앉아
서 캡틴 크런치를 먹고 있는 애나를 보면 그런 생각이 들었다. 그녀는
닭고기를 사서 채소와 보리를 넣어 걸쭉하고 노릇노릇한 수프를 만들
었다. 애나는 그것 말고 캡틴 크런치를 달라고 했다. 수프에서 이상한
맛이 난다고 말했다. 정말 기막히게 맛있는 수프야, 로즈는 외쳤다. 제대
로 먹어보지도 않았잖아, 애나, 제발 더 먹어봐.

"날 위해서라도"라는 말을 하지 않은 게 이상할 정도였다. 애나가
차분한 목소리로 "싫어"라고 말했을 때, 대체적으로 로즈는 차라리 안
도했다.

여덟시가 되면 그녀는 목욕을 하고 잠자리에 들라고 애나를 들볶았

다. 그 모든 것을 다 마쳤을 때에야—초콜릿 우유를 마지막으로 한 컵 가져다주고, 목욕탕을 대걸레로 닦고, 종이와 크레용과 모양을 내 잘라낸 펠트지, 가위, 더러운 양말, 중국식 체커 보드, 그리고 아파트가 추워서 텔레비전을 볼 때 애나가 뒤집어쓰고 있던 담요 등을 다 줍고, 애나의 다음날 점심 도시락을 싸고, 저항을 무릅쓰고 아이 방의 불을 끄고 난 뒤에야—로즈는 술 한 잔, 혹은 럼을 탄 커피 한 잔을 들고 자리에 앉아 만족감과 감흥에 빠져들었다. 그녀는 불을 끄고 높다란 전면 창가에 앉아 일 년 전에는 존재하는지도 몰랐던 이 산골 타운을 내다보며, 이런 일이 일어났다니, 이 먼길을 와서 일을 하고, 애나를 키우고, 애나와 자신의 생활비를 스스로 벌고 있다니, 이 얼마나 기적적인 일인가 하고 생각했다. 그럴 때면 그녀는 몸안에 있는 자신의 무게를 느끼듯 자연스럽게 아파트 안에 있는 애나의 무게를 느낄 수 있었다. 직접 가서 보지 않더라도 아이의 금발과 흰 살결, 윤기 흐르는 눈썹과, 자세히 봐야 보이는 투명하리만치 미세한 털이 일어나 불빛을 반사하는 옆모습을 놀랍고도 두려운 기쁨을 느끼며 그려볼 수 있었다. 평생 처음으로 그녀는 가정적인 삶을 이해했고 안식처의 의미를 알았으며 그것을 유지하기 위해 애를 썼다.

"결혼생활에서 벗어나고 싶었던 이유가 뭐야?" 도러시가 물었다. 그녀도 아주 오래전에 결혼한 적이 있었다.

로즈는 무엇부터 언급해야 할지 알 수 없었다. 손목의 상처? 부엌에서 목 졸린 일, 풀을 쥐어뜯은 일? 모두 핵심에서 벗어난 얘기였다.

"난 그냥 무료해서 그랬어." 도러시가 말했다. "미쳐버릴 정도로 무료했어, 솔직하게 사실을 말하자면."

도러시는 반쯤 취한 상태였다. 로즈가 웃기 시작하자 도러시가 말했다. "도대체 뭐가 우스워?"

"그냥 안심이 돼서 그래, 그렇게 말하는 사람이 있다는 게. 말이 안 통했느니 하는 말 대신에."

"아, 우리도 말은 안 통했어. 아니, 사실은 내가 다른 사람한테 미쳐서 그랬어. 내가 바람을 피웠거든. 신문사에서 일하는 남자였어. 기자. 음, 그 사람이 영국으로 가버렸는데, 그 기자 말이야, 날 정말로, 진정으로 사랑한다고 대서양 건너에서 편지를 써 보낸 거야. 그 편지를 쓴 건 자기는 대서양 너머에 있고 나는 여기 있어서 그런 건데, 난 눈치가 없어서 그걸 몰랐지. 그래서 내가 어떻게 했는지 알아? 남편을 떠났어―아, 그건 그다지 손해는 아니었지. 그리고 돈을 빌렸어. 천오백 달러를 은행에서 빌린 거야. 그리고 그 남자를 뒤쫓아 영국으로 날아갔지. 신문사에 전화를 했더니 그 사람이 터키에 갔다고 하더라. 난 호텔에 앉아서 그이가 돌아오기만 기다렸어. 아, 그 시간이라니. 호텔 밖으로 나가지도 않았어. 우편물이 온 게 있나 보거나 머리를 하려고 나갈 때도 호텔 사람들에게 어디로 연락하면 되는지 알려두었지. 그들을 하루에 오십 번도 넘게 괴롭혔어. 편지 온 거 없어요? 전화 안 왔어요? 세상에, 세상에, 세상에."

"그 사람이 돌아오긴 했어?"

"다시 전화를 했더니 이번엔 케냐에 갔다는 거야. 근데 난 얼마 전부터 몸이 주체할 수 없이 덜덜 떨리기 시작했었거든. 나 자신을 추슬러야 한다는 걸 깨달았고 그래서 그렇게 했어. 아슬아슬했지. 비행기를 타고 집으로 돌아왔어. 빌어먹을 은행빚을 갚기 시작했고."

도러시는 보드카를 희석하지 않은 채로 물컵에 담아 마셨다.

"오, 이삼 년쯤 후에 그 남자를 만났어, 어디였더라. 공항이었다. 아니야, 백화점이었어. 당신이 영국에 왔을 때 만나지 못해서 미안해요, 그 사람이 말했어. 난 그랬지. 아, 괜찮아요, 어쨌든 재미있게 놀다 왔어요. 난 그때도 여전히 빚을 갚는 중이었는데. 그 자식한테 망할 놈이라고 욕해줬어야 했어."

직장에서 로즈는 광고나 일기예보를 낭독하고 편지에 답장을 했으며, 전화를 받고, 뉴스 기사를 타자로 치고, 지역의 목사가 쓴 주일 촌극에서 목소리 연기를 하고, 인터뷰 계획을 세웠다. 그녀는 그 타운의 초기 정착민들에 관해 인터뷰하고 싶어서, 사료 상점 위층에 사는 늙은 맹인을 찾아가 대화를 나눴다. 노인이 옛날에는 소나무나 삼나무 가지에 사과와 체리를 묶어놓고 사진을 찍어 영국으로 보냈다는 이야기를 해주었다. 그 사진을 본 영국 이민자들이 사철 꽃이 피는 과수원이 있는 곳으로 이주한다고 믿고 이곳으로 몰려왔다고 했다. 방송국으로 돌아와 그 이야기를 했더니 모두가 웃었다. 그들은 전에 여러 번 들어본 이야기였다.

그녀는 톰을 잊지 않았다. 그는 편지를 썼고 그녀도 편지를 썼다. 한 남자와 이어진 이런 끈이 없었다면 그녀는 자신을 불안정하고 불쌍한 사람으로 여겼을지도 모른다. 그 끈으로 인해 그녀의 새로운 삶이 제자리에 안착했다. 한동안은 행운이 그들 편에 있는 것처럼 느껴졌다. 농촌생활과 라디오, 또는 그 비슷한 주제로 캘거리에서 학술회의가 조직되어 방송국에서 로즈를 파견하기로 했다. 그녀 쪽에서 아무런 수단을 쓰지도 않았는데 그렇게 된 것이었다. 그녀와 톰은 통화를 하며 주

책스럽게 기뻐했다. 복도 건너에 사는 젊은 교사들 중 하나에게 한동안 집에서 지내며 애나를 돌봐줄 수 있는지 물었다. 여자 선생은 좋아하며 그렇게 하겠다고 했다. 함께 사는 다른 교사의 남자친구가 와 있어서 집이 잠시 너무 복작거렸던 것이다. 로즈는 침대보와 도자기를 샀던 가게로 다시 가서, 각종 보석 빛깔의 새 무늬가 그려진 카프탄* 형태의 잠옷 같은 가운을 샀다. 그 옷을 보니 〈황제의 나이팅게일〉**이 생각났다. 그녀는 머리를 새로 염색했다. 버스를 타고 육십 마일을 간 다음 비행기를 탈 예정이었다. 한 시간 동안의 공포와 캘거리에서의 여유 시간을 맞바꿀 참이었다. 그녀에게 겁주는 것을 즐거워한 방송국 사람들은 소형 비행기가 산중의 공항에서 수직에 가깝게 날아오를 것이고, 로키산맥 위를 날아가는 내내 출렁이고 흔들릴 거라고 말했다. 그녀는 그런 식으로 죽는 것, 톰을 보러 가다가 산중에 추락해 죽는 것은 옳지 않다고 생각했다. 가고 싶어 열에 들뜬 와중에도 그녀는 그런 생각을 했다. 목숨을 바치기엔 너무 경박한 용무 같았다. 그런 위험을 감수한다는 것은 배반 같았다. 애나가 아니라, 또한 당연히 패트릭이 아니라, 자기 자신에 대한 배반. 하지만 그 여행이 그렇게 경박하게 이루어진다는 바로 그 이유로, 그것이 완전히 현실적이지 않다는 이유로, 그렇게 죽는 일은 없을 거라고 그녀는 생각했다.

그렇게 들뜬 기분으로 그녀는 애나와 시도 때도 없이 중국식 체커 게임을 했다. 소리Sorry 게임을 비롯해 애나가 원하는 모든 게임을 했다. 출발 예정일 바로 전날에도—새벽 다섯시 반에 탈 수 있도록 택시

---

* 소매가 넓고 헐렁하며 긴 원피스.
** 중국을 배경으로 한 안데르센의 동화 「나이팅게일」을 바탕으로 만든 애니메이션 영화.

도 예약해두었다—두 사람은 중국식 체커 게임을 했는데, 애나는 "아이, 저 파란색 말 때문에 잘 안 보인단 말이야" 하더니 보드 위로 축 늘어지며 곧이라도 울 기세였다. 애나가 게임을 하다 그런 행동을 하는 경우는 없었다. 로즈는 애나의 이마를 만져보고 투덜거리는 아이를 침대에 눕혔다. 체온이 38.9도였다. 톰에게 사무실로 연락하기엔 너무 늦은 시간이었고 집으로는 당연히 전화할 수 없었다. 택시회사와 공항에는 전화를 걸어 예약을 취소했다. 애나가 아침에 괜찮은 것처럼 보이더라도 갈 수 없을 터였다. 로즈는 복도를 건너가 애나와 함께 지내기로 한 선생에게 사정을 얘기했고 캘거리에서 학술회의를 조직하는 남자에게도 전화를 했다. "아, 이런, 알겠어요." 그는 말했다. "아이들이란!" 아침에 애나가 담요를 둘러쓰고 만화영화를 보고 있는 동안 로즈는 사무실에 나온 톰에게 전화를 했다. "온 거죠, 여기 온 거죠!" 그가 말했다. "어디예요?"

그녀는 톰에게 사정을 말해야 했다.

애나는 기침을 했고 체온이 오르락내리락했다. 로즈는 난방을 올리기 위해 온도조절장치를 조작해보고 라디에이터에서 물을 빼보고 하다가 집주인의 사무실로 전화를 걸어 메시지를 남겼다. 집주인에게서는 연락이 없었다. 그녀는 다음날 아침 일곱시에 그의 집으로 전화를 해서 아이가 기관지염에 걸렸다며(그때 그녀는 그렇게 믿었을 수도 있지만 사실은 아니었다) 한 시간 내로 난방을 해주지 않으면 신문사에 전화를 하겠다고, 라디오에서 공개적으로 그를 규탄하겠다고, 고소하겠다고, 적절한 수단을 찾겠다고 말했다. 그는 곧바로 왔다. 혹사당한 사람의 얼굴을 하고 와서는(수지를 맞추려고 애를 쓸 뿐인데 히스테리

발작을 일으킨 여자에게 시달리는 불쌍한 남자) 온도조절장치에 어떤 조치를 하자 라디에이터가 뜨거워지기 시작했다. 건너편에 사는 선생들은 집주인이 복도의 난방을 조절할 수 있도록 온도조절장치를 고쳐주었다면서 전에는 아무리 항의를 해도 꿈쩍도 하지 않았다고 말했다. 그녀는 자랑스러웠다. 자식을 위해 소리지르고 욕하고 분탕질을 하는 빈민가의 맹렬한 엄마가 된 기분이었다. 빈민가의 엄마들은 너무 피곤하고 얼이 빠져서 좀처럼 맹렬하게 굴지 않는다는 사실은 잊고 있었다. 그녀가 그토록 힘을 내고 고자세로 압박할 수 있게 한 것, 집주인을 두렵게 한 것은 그녀의 중산층다운 확신, 정의에 대한 기대였다.

이틀이 지나고 그녀는 다시 직장에 나가야 했다. 애나는 나아졌지만 로즈는 계속 전전긍긍했다. 불안이 덩어리처럼 목에 걸려 있어 커피한 잔을 제대로 삼킬 수 없었다. 애나는 괜찮았고, 기침약도 먹었고, 침대에서 일어나 앉아 크레용으로 그림을 그렸다. 엄마가 집에 돌아왔을 때는 이야기도 들려주었다. 어떤 공주들에 관한 이야기였다.

신부 드레스를 입고 진주 목걸이를 한 하얀 공주가 있었다. 애완동물로 백조와 양과 북극곰 여러 마리가 있었고 정원에는 백합과 수선화가 있었다. 공주는 매시트포테이토와 바닐라 아이스크림을 먹고 파이위에서 코코넛 조각과 머랭을 쏙 빼서 먹었다. 분홍 공주는 장미를 키우고 딸기를 먹었고 플라밍고를(애나는 이름을 생각해내지 못하고 생김새를 설명했다) 목줄을 매어 키웠다. 파랑 공주는 포도와 잉크를 먹고 살았다. 갈색 공주는 옷차림은 칙칙했지만 그 누구보다 화려한 만찬을 즐겼다. 그레이비소스를 끼얹은 로스트비프와 초콜릿 아이싱을 입힌 초콜릿 케이크, 그리고 초콜릿퍼지소스를 곁들인 초콜릿 아이스크림까지. 갈색 공주의 정원에는 뭐가 있을까?

"원시 식물." 애나가 말했다. "땅을 온통 뒤덮고 있어."

이번에 톰과 로즈는 실망감을 드러내 얘기하지 않았다. 그들은 조금 주춤했고, 어쩌면 자신이 상대에게 불운한 사람이 아닌가 회의하기 시작했을 것이다. 그들은 최근의 실패가 아예 없던 일인 것처럼 다정하고 조심스럽고 재미있는 편지를 주고받았다.

3월에 톰은 전화를 걸어 아내와 아이가 영국에 간다고 말했다. 그 뒤 열흘 후에 톰도 영국으로 가 가족과 합류할 예정이었다. 그러면 열흘간 시간이 있겠네요, 로즈는 그렇게 외쳤고 그뒤로 다가올 긴 부재는(그는 여름이 끝날 때까지 영국에 머물 계획이었다) 무시했다. 알고 보니 완전한 열흘도 아니었다. 그가 영국으로 가는 길에 위스콘신주의 매디슨에 들러야 했기 때문이다. 하지만 여길 먼저 들러 가세요, 로즈는 실망감을 삼키며 말했다. 얼마나 오래 있을 수 있어요, 일주일은 머물 수 있나요? 그녀는 햇살 가득한 곳에서 느긋하게 아침을 먹는 두 사람을 그려보았다. 황제의 나이팅게일 의상을 입고 있는 자신의 모습을 떠올렸다. 필터에 걸러 커피를 끓이고(필터용 주전자를 사야 한다) 돌항아리에 담겨 나오는 쌉쌀한 고급 마멀레이드도 살 것이다. 그녀는 방송국에서 아침마다 해야 하는 일은 고려하지도 않았다.

톰은 어떻게 될지 모르겠다고, 패멀라와 아이들이 출발하는 것을 돕기 위해 어머니가 오시는데 어머니를 놔두고 바로 짐을 싸서 출발할 수는 없을 것 같다고 말했다. 그녀가 캘거리로 올 수 있다면 정말로 훨씬 좋을 텐데, 그는 그렇게 말했다.

그러더니 그가 갑자기 신이 나서 함께 밴프에 가자고 말했다. 사흘이나 나흘 정도 휴가를 떠나자, 그녀는 그럴 수 있을까, 주말을 낀 연휴는 어떨까? 그녀는 말했다. 밴프는 그에게 좀 곤란하지 않겠는가, 아는 사람을 만날 수도 있다. 그는, 아니, 아니, 괜찮을 거다, 하고 말했다. 그녀는 톰만큼 기쁘지 않았다. 예전에 빅토리아에서 그와 함께 호텔에 묵은 일이 꼭 즐겁지만은 않았기 때문이다. 그는 신문을 가지러 로비에 내려갔다가 둘이 묵는 방으로 전화를 걸어 그녀가 전화를 받지 않을 만큼 분별이 있는지 확인했다. 그녀는 분별이 있었지만 그의 그런 술책에 기분이 우울해졌다. 그런데도 그녀는 좋다고, 잘됐다고 말했고, 두 사람은 전화선 양쪽 끝에서 각기 달력을 챙겨 적당한 날짜를 궁리했다. 주말을 끼워도 될 것 같다, 주말 한 번은 쉴 자격이 있다. 거기에 금요일도 어떻게 해볼 수 있을 테고 월요일도 일부는 붙일 수 있을 거다. 절대적으로 필요한 일은 도러시가 대신 해줄 수 있다. 도러시가 그녀에게 빚진 근무시간이 조금 있었다. 도러시가 시애틀에서 안개 때문에 발이 묶였을 때 로즈가 대신 일을 해주었다. 로즈는 한 시간 동안 계속 방송을 하며, 실제로 효과가 있을 거라고는 믿지 않는 살림 관련 아이디어와 요리법을 읽었다.

준비할 시간이 거의 두 주 정도 있었다. 로즈는 여자 선생과 다시 이야기했고 선생은 와서 지내겠다고 대답했다. 그녀는 스웨터를 샀다. 그 시간 안에 스키를 배워 탈 수 있으리라는 기대를 받지는 않았으면 했다. 둘이 함께 산책을 하는 시간도 있을 것이었다. 그녀는 함께하는 시간 대부분 동안 먹고 마시고 이야기하고 사랑을 나눌 거라고 생각했다. 마지막 활동에 대한 생각을 하자 조금 불안해졌다. 그들의 전화 통화는 점잖았고 거의 수줍기까지 했지만, 이제 곧 만나게 될 것이 확실해지자 편지는 도발적인 약속들로 가득찼다. 그런 글들을 읽고 쓰는 것은 좋았지만, 톰에 대한 기억이 원하는 만큼 선명하지 않았다. 그의 외모는 기억났다. 그리 크지 않은 키, 마른 체구, 흰머리 섞인 곱슬머리, 기름하고 영리해 보이는 얼굴. 하지만 그의 사소한 특징들, 질감이나 냄새 같은 것들은 화가 날 정도로 생각이 나지 않았다. 너무 잘 기억나는 것은 빅토리아에서 함께한 시간이 완전히 성공적이지는 않았다는 사실이었다. 욕도 아니고 사과도 아닌 어떤 말, 실패의 그 미끈거리던 언저리는 기억이 났다. 그녀는 그래서 더욱 다시 시도해 성공하고 싶은 마음이 간절했다.

로즈는 금요일 새벽에 출발해 일전에 계획했던 것과 똑같은 버스편과 항공편을 이용할 예정이었다.

화요일 아침에 눈이 내리기 시작했다. 그녀는 그다지 신경쓰지 않았다. 커다란 눈송이로 똑바로 떨어져내리는 촉촉하고 예쁜 눈이었다. 그녀는 밴프에도 눈이 오고 있을지 궁금했다. 그러기를 바랐다. 침대에 누워 눈을 바라본다고 생각하니 좋았다. 눈은 이틀간 대체로 꾸준히 내렸고, 목요일 늦은 오후에 비행기표를 받으러 갔을 때 여행사는 공항이 폐쇄되었다고 알렸다. 그녀는 걱정을 드러내지도, 심지어 느끼지도 않았고 비행기를 타지 않아도 된다는 생각에 조금은 안도감을 느꼈다. 기차는 어떨까요, 그녀는 물었지만 물론 기차는 캘거리까지는 가지 않고 스포캔까지만 갔다. 그녀도 이미 아는 사실이었다. 그럼 버스로요, 그녀가 말했다. 그들은 고속도로가 폐쇄되지 않고 버스가 다니는지 확인하기 위해 전화를 걸었다. 통화가 진행되는 동안 그녀는 가슴이 조금 두근거렸지만, 괜찮았다. 다 괜찮았고, 버스도 운행되고 있었다. 그리 즐거운 여정은 아닐 거예요, 그들이 말했다. 버스가 여기에서 열두시 반에, 그러니까 자정 지난 열두시 반에 출발하고 캘거리에는 다음날 오후 두시경에 도착합니다.

"괜찮아요."

"캘거리에 굉장히 가고 싶으신가봐요." 여행사의 꾀죄죄한 청년이 말했다. 그곳은 호텔 로비 안의 맥줏집 문 밖에 엉성하게 차려놓은 약식 여행사였다.

"밴프에 가는 거예요, 사실은." 그녀가 넉살맞게 말했다. "그리고 가고 싶은 거 맞아요."

"스키 타시게요?"

"아마도." 그녀는 청년이 모든 것을 간파했을 거라고 확신했다. 그때는 그런 불륜 여행이 얼마나 흔한지 몰랐지만, 자신의 주위에서 가스버너 위의 희미한 불꽃처럼 죄의 기운이 어른거리고 있을 거라고 생각했다.

집으로 가는 동안에는, 잠들지 못하고 침대에 누워 있느니 차라리 버스에 앉아 시시각각 톰에게 다가가고 있는 편이 정말로 낫겠다고 생각했다. 앞집 선생에게 오늘밤부터 와 있어달라고만 하면 될 것이다.

선생은 그녀를 기다리며 애나와 중국식 체커 게임을 하고 있었다. "아, 어떻게 말씀드려야 할지," 선생이 말했다. "너무너무 죄송한데요, 일이 좀 생겼어요."

그녀는 언니가 유산을 해서 자신이 수발을 들어야 하는 형편이라고 했다. 언니는 밴쿠버에 살았다.

"눈을 뚫고 갈 수 있다면 남자친구가 내일 차로 데려다줄 거예요."

그전까지는 남자친구가 있다는 말을 들어본 적이 없었으므로, 로즈는 즉시 그 모든 이야기에 의구심을 품었다. 선생은 어떤 우연한 기회를 잡으러 가려는 것이었다. 그녀 역시 사랑과 희망의 냄새를 풍겼다. 아마도 누군가의 남편이거나, 아니면 그녀와 동갑인 어떤 청년. 로즈는 아직 여드름자국이 남아 있는 그녀의 얼굴이 부끄러움과 흥분으로 달아오른 것을 보고 마음을 돌려놓기는 불가능하다는 것을 깨달았다. 선생은 언니가 애가 둘이라는 둥, 아들만 둘이라 딸 하나만 낳기를 간절히 원했다는 둥 하며 자기 이야기를 계속 꾸며나갔다.

로즈는 다른 사람을 구해보려고 전화를 걸기 시작했다. 학생들에게, 추천해줄 사람을 알 만한 직장 동료의 아내들에게 전화를 했다. 아이들을 싫어하는 도러시에게도 전화를 했다. 소용없었다. 그녀는 사람들이 알려준 인맥을 따라갔다. 그녀를 떼어버리려고 준 연락처일 테고 그러니 소용없는 짓임을 알면서도 그랬다. 자신의 끈질김이 창피했다. 마침내 애나가 말했다. "나 혼자서도 있을 수 있어."

"말도 안 되는 소리."

"예전에도 그랬잖아. 나 아프고 엄마는 일하러 가야 했을 때."

"이러면 어떨까." 로즈는 그렇게 말하며 그토록 손쉽고 무모한 해결책이 불현듯 진심으로 반가웠다. "너 밴프에 가면 어떨 것 같아?"

그들은 황급히 짐을 쌌다. 전날 세탁소에 다녀왔다는 게 다행스러웠다. 밴프에서 애나가 뭘 할 것인지, 더 필요한 방값은 누가 낼 것인지, 사실 애나가 따로 자는 걸 받아들일지 등에 대해서는 생각을 차단했다. 그녀는 색칠공부 책과 이야기책, 엉망으로 흐트러진 장신구 만들기 세트 등 놀이에 소용이 닿을 거라고 생각되는 것은 모두 집어넣었

다. 애나는 갑자기 변한 상황에 신이 났고 버스를 타고 가야 한대도 개
의치 않았다. 로즈는 자정에 그들을 데리러 올 택시를 미리 불러두는
것도 잊지 않았다.

버스터미널까지 가는 길은 꽉 막히다시피 했다. 로즈는 보통은 오
분이면 가는 거리인데도 삼십 분 전에 택시를 불러두기를 잘했다고 생
각했다. 원래는 주유소였던 버스터미널은 을씨년스러운 곳이었다. 그
녀는 벤치에 짐과 함께 애나를 남겨두고 버스표를 사러 갔다. 돌아오
니 애나가 여행가방 위로 늘어져 있었다. 엄마가 등을 돌리자마자 졸
음에 빠져든 것이다.

"잠은 버스에서 자면 돼."

애나는 허리를 세우며 피곤하지 않다고 말했다. 로즈는 버스 안이
따뜻하기를 바랐다. 담요를 가져와 애나에게 둘러줘야 했다는 생각이
들었다. 미리 생각하지 않은 건 아니지만, 애나의 책과 놀거리 등으로
가득찬 쇼핑백을 비롯해 가지고 갈 짐이 이미 너무 많았다. 머리가 엉
망으로 뻗치고 짜증과 변비에 시달리는 모습으로 크레용이 쏟아지는
쇼핑백과 담요를 질질 끌며 캘거리에 내린다는 건 생각하고 싶지 않은
일이었다. 그래서 그녀는 가져가지 않기로 결정한 것이다.

버스를 기다리는 다른 승객은 몇 되지 않았다. 청바지 차림에 춥고
굶주려 보이는 젊은 연인 한 쌍. 겨울 모자를 쓴 가난하지만 품위 있는
노부인 한 명. 아기를 안은 인디언 할머니 한 명. 벤치에 누운 남자 하
나는 아프거나 술 취한 사람 같았다. 곧 토할 것처럼 보였기 때문에 로
즈는 그가 버스를 기다리는 게 아니라 그저 몸을 녹이려고 버스터미널
에 들어와 있는 것이기를 바랐다. 또한, 버스를 탈 사람이라면 나중이

아니라 지금 토해주었으면 했다. 그녀는 이곳에서 애나를 화장실에 데려가는 게 낫겠다고 생각했다. 그 화장실이 아무리 불쾌할지언정 버스 안에 있는 화장실보다는 나을 것 같았다. 애나는 담배자판기, 사탕자판기, 음료와 샌드위치 자판기 등을 둘러보며 돌아다니고 있었다. 로즈는 샌드위치와 묽은 핫초콜릿이라도 좀 사야 하는 것 아닌가 생각했다. 산중에 들어가게 되면 그런 것들을 살 걸 그랬다는 생각이 들지도 몰랐다.

갑자기 그녀는 톰에게 전화해서 공항이 아니라 버스터미널로 마중 나오게 하는 걸 잊었음을 깨달았다. 그녀는 아침식사 시간에 정차하면 전화할 참이었다.

크랜브룩, 레이디엄 핫스프링스, 골든, 캘거리로 가시는 승객 여러분, 버스 운행이 취소되었습니다. 열두시 삼십분 출발 예정 차편이 취소되었습니다.

로즈는 창구로 가서 물었다. 이게 무슨 소리예요, 무슨 일이 생긴 거예요, 말해봐요, 고속도로가 폐쇄된 거예요? 남자가 하품을 하며 말했다. "크랜브룩 너머가 폐쇄됐어요. 여기에서 크랜브룩까지는 열려 있는데 그 너머로는 폐쇄예요. 그리고 여기에서 서쪽으로 그랜드포크스까지 폐쇄되어 오늘밤엔 버스가 여기에 오지도 못해요."

차분하게, 로즈가 물었다. 다른 버스는 어떤 걸 타면 될까?

"다른 버스라니 무슨 소리예요?"

"저, 스포캔까지 가는 버스는 없나요? 거기에서 캘거리로 가면 될 텐데요."

마지못해 그는 운행시간표를 꺼냈다. 그러다가 두 사람 모두, 그랜드포크스에서 여기까지 도로가 폐쇄되었다면 그 역시 소용이 없다는 것, 버스가 이곳까지 오지도 못한다는 것을 기억해냈다. 로즈는 스포캔까지 기차를 타고 갔다가 거기에서 버스로 캘거리에 가는 방법을 생각해보았다. 절대로 해낼 수 없는 일, 애나를 데리고는 도저히 불가능한 일이었다. 그런데도 그녀는 기차에 대해 물었다. 혹시 그가 기차에 대해서는 들은 게 있는지?

"열두 시간 연착되고 있다고 들었어요."

그녀는 계속 창구에 서 있었다. 마치 어떤 해법이 나타나야만 하고 자신은 그 해법을 받아낼 권리가 있다는 듯이.

"제가 여기서 더 해드릴 수 있는 건 없어요, 손님."

창구에서 돌아서서 보니 애나가 공중전화 앞에 서서 동전반환함을 만지작거리고 있었다. 때로 애나는 그런 식으로 다임 동전 한 개를 발견하기도 했다.

애나가 걸어서 다가왔다. 뛰지는 않았지만 빠른 걸음으로, 부자연스럽게 차분하고도 동요된 모습으로. "이리 와봐." 아이가 말했다. "이리 와봐." 애나는 멍해 있는 로즈의 손을 잡고 여러 대의 공중전화기 중 하나로 데려갔다. 아이는 동전반환함 뚜껑을 밀어 그녀에게 안을 보여주었다. 그 안에는 은빛 동전이 가득했다. 가득. 애나는 동전들을 손바닥 위로 긁어내기 시작했다. 쿼터, 니켈, 다임. 조금 더, 조금 더. 아이는 동전을 주머니에 넣었다. 꿈이나 동화에서처럼 동전함은 뚜껑을 닫을 때마다 다시 가득 채워지는 것 같았다. 마침내 동전함을 다 비우며 마지막 다임 하나를 꺼냈다. 애나는 창백하고 피로하고 이글거리는 얼굴로 로즈를 쳐다보았다.

"아무 말도 하지 마." 아이가 명령했다.

로즈는 아이에게 결국 버스는 타지 않을 거라고 말해주었다. 그러고는 집으로 가려고 아까와 같은 택시를 불렀다. 애나는 바뀐 계획을 무심하게 받아들였다. 로즈는 아이가 택시 좌석에 앉을 때 동전이 쨍그랑거리는 소리가 나지 않도록 조심한다는 것을 알아챘다.

아파트로 돌아와 로즈는 술을 한 잔 따랐다. 애나는 장화와 코트도 벗지 않은 채 돈을 식탁 위에 올려놓고 액수를 세기 위해 종류별로 따로 쌓아올렸다.

"믿을 수가 없어." 애나가 말했다. "도저히 믿을 수가 없어." 아이는 기묘하게 어른 같은 목소리로 말했다. 마음에서 우러난 놀라움을 사교적인 놀라움의 표현으로 가리는 목소리였다. 마치 이 사건을 통제하고 다스릴 유일한 방법은 그것을 이런 식으로 극화하는 것뿐이라는 듯이.

"장거리전화에서 나온 돈일 거야." 로즈가 말했다. "돈이 안으로 안 들어간 거지. 그건 모두 전화회사가 가져가야 할 돈이라는 생각이 드는데."

"하지만 돌려줄 수가 없잖아, 안 그래?" 애나가 죄책감과 승리감을 동시에 드러내며 말했고, 로즈는 그렇다고 말했다.

"말도 안 되지." 로즈는 말했다. 돈을 전화회사가 가져가야 한다는 생각을 두고 한 말이었다. 그녀는 피곤하고 머리가 뒤죽박죽이었으나 어처구니없게도 잠시나마 가벼운 마음이 들었다. 동전이 그들에게 소나기처럼, 눈보라처럼 쏟아져내리는 모습이 보이는 듯했다. 이토록 만연한 부주의함이라니, 이런 우아한 변덕이라니.

그들은 동전을 세려 했으나 자꾸만 셈이 엉켰다. 대신 그들은 동전을 가지고 놀면서, 동전을 손가락 사이로 보란듯이 떨어뜨렸다. 늦은 밤, 산등성이의 빌린 집 부엌에서 아무 생각 없이 흥겨운 시간이었다. 전혀 기대하지 않은 곳에서 터진 돈복. 상실과 행운의 연속. 그녀가 과거나 미래에, 사랑에, 혹은 그 누군가에게 휘둘리지 않았다고 진심으로 말할 수 있었던 몇 안 되는 때, 얼마 안 되는 시간이었다. 그녀는 애나도 똑같이 느끼기를 바랐다.

톰은 긴 편지를 보내왔다. 다정하고 유머가 가득한 편지에 그는 운명을 언급했다. 영국으로 떠나기 전에 애달파하면서도 안도하며 보내온 포기 선언이었다. 로즈는 그곳의 주소를 알지 못했다. 알았다면 그에게 다시 한번 기회를 만들어보자고 청하는 편지를 보냈을 것이다. 그것이 그녀의 천성이었다.

겨울의 마지막을 장식한 이번 눈은 재빨리 녹아내려 계곡 곳곳에서 물이 불어 넘쳤다. 패트릭은 편지를 보내 학기가 끝나는 6월에 차로 오겠다고, 애나를 데려가 여름방학 동안 함께 지내겠다고 전했다. 그는 결혼하고 싶은 여자를 만났다며 이혼 수속을 시작하고 싶다고도 했다. 그 여자의 이름은 엘리자베스였다. 세련되고 안정적인 여자라고 그는 말했다.

그리고 패트릭이 물었다. 내년에는 애나가 예전의 집에 정착하는 편이 낫지 않을까? 항상 익숙하게 알던 집에서 원래 다니던 학교에 다니며 옛친구들과(제러미가 자꾸 애나 소식을 묻는데) 함께 공부하게 하는 것이 독립적인 생활을 새로 시작한 로즈와 함께 이리저리 옮겨다니는 것보다 아이에게 더 좋지 않을까? 사실을 따져보자면—여기에서 로즈는 그의 안정적인 여자친구의 목소리가 들리는 것 같았다—그녀가 앞날에 대해 선택한 결과를 당당히 감당하기보다는 안정감을 느끼기 위해 애나를 이용하고 있는 건 아닌가? 물론, 그는 말했다. 애나가 선택하는 대로 따라야겠지만.

로즈는 이곳에서 애나를 위해 가정을 잘 꾸리고 있다고 답장하고 싶었지만 진실이 아니기 때문에 그렇게 하지 못했다. 그녀는 더이상 이곳에 머무르고 싶지 않았다. 이 타운의 매력과 투명함은 이제 사라지고 없었다. 급료도 형편없었다. 이 싸구려 아파트 외에 다른 거처를 구할 여력은 생기지 않을 것이었다. 더 좋은 직업을, 혹은 다른 연인을 찾지 못할지도 몰랐다. 그녀는 동쪽으로 이주해 토론토에 가서 라디오나 텔레비전 방송국에서 일하거나, 연기를 할 수 있는 직장을 찾는 것은 어떨까 생각해보았다. 애나를 데리고 가서 임시 쉼터에서 새 생활을 시작해보고 싶었다. 패트릭의 말은 하나도 틀리지 않았다. 그녀는 애나와 함께 가정을 이루고 싶었고 아이가 삶의 빈자리를 채워주기를 바랐다. 애나가 그런 삶을 선택할 것 같지는 않았다. 아이들은 가난하고 다채롭고 떠돌이 같은 유년기를 별로 좋아하지 않는다. 비록 나중에는 별 이유를 대가며 소중하게 여긴다고 주장하겠지만.

점박이 물고기가 먼저 죽었고, 그다음으로 주황색 물고기가 죽었다. 애나도 로즈도 울워스에 다시 가서 검은색 물고기의 친구를 찾아주자고 제안하지 않았다. 검은색 물고기가 딱히 친구를 원하는 것 같지도 않았다. 불룩한 몸과 튀어나온 눈에 심술궂으면서도 편안해 보이는 물고기는 어항 전체를 홀로 누비고 다녔다.

애나는 로즈에게 자기가 간 뒤에 물고기를 변기에 넣고 흘려보내지 않겠다고 약속하라고 했다. 로즈는 약속했고, 토론토로 떠나기 전에 어항을 들고 도러시의 집으로 가서 친구에게 반기지도 않는 선물을 떠안겼다. 도러시는 상냥하게 물고기를 받아들고서 시애틀에 있는 그 남자의 이름을 붙여주겠노라고 했고, 떠나는 로즈를 축복해주었다.

애나는 패트릭과 엘리자베스의 집에 가서 살았다. 연극과 발레 교습도 받기 시작했다. 아이들은 특기를 길러주어야 하고 늘 바쁘게 돌려야 한다는 것이 엘리자베스의 생각이었다. 그들은 아이에게 원래 있던 네 모퉁이 기둥 침대를 주었다. 엘리자베스가 그 침대에 캐노피와 침대보를 만들어주었고, 애나에게 원피스 잠옷과 그에 어울리는 모자도 지어주었다.

그들은 애나에게 새끼 고양이를 사주었고, 침대 위의 꽃무늬 가득한 침구 한가운데에서 고양이와 함께 조신하고 흡족한 모습으로 앉아 있는 아이의 사진을 찍어 로즈에게 보내주었다.

사이먼의 행운

로즈는 새로운 곳에서 외로워지고, 사람들의 초대를 받기를 바란다. 그녀는 밖으로 나가 거리를 걸어다니며, 불 밝힌 창문들을 통해 토요일 밤의 파티와 일요일 밤의 가족 식사 모임을 구경한다. 지금 그 안에서 술을 마시며 수다를 떨거나 그레이비소스를 떠 담고 있더라도 얼마 안 있어 차라리 거리를 걷고 있기를 바라게 될 거라고 스스로를 타일러도 소용없다. 그 어떤 호의라도 받아들일 수 있을 거라고 그녀는 생각한다. 어떤 곳에서 열리는 파티라도 갈 수 있을 것이다. 벽에 포스터가 붙어 있고 코카콜라 마크가 그려진 갓을 씌운 전등으로 불을 밝힌, 모든 것이 부스러질 듯하고 삐뚤어진 방에서 열리는 파티, 혹은 책이나 청동 탁본이 많고 해골이 한두 개 놓여 있는 전문가의 방에서 열리는 파티, 심지어 밖으로 난 지하실 창문을 통해 천장 부근이 들여다보이며 대형 맥주잔과 사냥용 뿔피리와 뿔로 만든 술잔, 총기 등이 줄줄이 걸려 있는 레크리에이션 룸에서 열리는 파티에도 갈 수 있다. 그녀는 검은 벨벳 바탕에 솔질을 한 모직 천으로 산과 대형 범선과 북극곰 등을 표현한 벽걸이 아래에서, 반짝이 실로 직조된 소파에 앉아 있을 수도 있다. 어느 호화로운 식사실에서 유리 세공을 한 대접에 담긴 값비싼 카비네 드 디플로마트 푸딩을 접시에 담고 있어도 좋을 것이다. 이때, 등뒤에는 광택이 흐르는 커다란 곡선형 찬장이 놓여 있고 벽에는 풀을 뜯는 말, 풀을 뜯는 소, 풀을 뜯는 양이 서투르게 붓질한 자줏빛 풀밭에서 노니는 흐릿한 그림이 걸려 있다. 또한, 버스정류장 근처의 회칠한 작은 집 부엌에서 구석 탁자에 앉아 빵 푸딩을 먹고 있어도 마찬가지로 좋을 것이다. 그 집의 외벽에는 배와 복숭아 문양이 회반죽으로 장식되어 있고 조그만 놋쇠 주전자에서 담쟁이가 구불구불 자라나고 있다. 로즈는 배우다. 어떤 곳에도 섞여들어갈 수 있다.

로즈는 파티에 초대받기도 한다. 이 년쯤 전에 그녀는 킹스턴의 고층 아파트에서 열린 파티에 갔다. 창문이 온타리오호와 울프섬을 향해 나 있었다. 로즈는 킹스턴에 살지 않았다. 그녀는 내륙의 시골에 살면서 지역 전문대학에서 이 년째 연기를 가르치고 있었다. 그녀가 그런 일을 한다는 사실에 놀라는 사람들도 있었다. 사람들은 배우의 수입이 얼마나 적은지 알지 못했다. 유명하다면 자동적으로 부유할 거라고 생각했다.

로즈는 오로지 이 파티에 참석하기 위해 차를 몰고 킹스턴까지 왔는데, 그런 자신이 조금 창피하기도 했다. 파티의 여주인은 전에 만난 적이 없는 사람이었다. 그녀의 남편은 바로 전해에 그가 다른 여자와 살면서 전문대학에서 강의를 할 때 알게 된 사람이었다.

　이름이 셸리인 그 집 여주인은 로즈를 침실로 데려가 코트를 벗어놓게 했다. 셸리는 엄숙해 보이는 깡마른 여자로, 진짜 금발에 눈썹은 흰색에 가까웠고, 머리카락이 나무토막에서 켜낸 것처럼 길고 두껍고 반듯했다. 그녀는 그런 비쩍 마른 스타일을 중요시하는 것 같았다. 그녀의 목소리가 워낙 낮고 구슬퍼서, 로즈는 바로 전에 인사를 건넸을 때 자기 목소리가 지나치게 발랄하다고 느꼈다.

　침대 발치에 있는 바구니 안에는 삼색 얼룩 고양이가 눈도 못 뜬 조그만 새끼 네 마리에게 젖을 먹이고 있었다.

　"타샤예요." 여주인이 말했다. "아기 고양이들을 보는 건 괜찮지만 만지면 안 돼요. 그러면 어미가 새끼들에게 젖을 안 먹이거든요."

　바구니 옆에 무릎을 꿇고 앉아 노래하듯 흥얼거리며 어미 고양이에게 온 정신을 쏟는 듯이 말을 거는 그녀의 모습이 로즈의 눈에는 꾸며낸 행동처럼 보였다. 어깨에 걸친 검은색 숄은 가장자리가 흑옥黑玉 구슬로 장식되어 있었는데, 어떤 것은 비뚤어지게 달려 있고 어떤 것은 빠져서 없기도 했다. 낡은 것처럼 보이도록 만든 것이 아니라 정말로 오래된 숄이었다. 흐느적거리고 살짝 누렇게 바랬으며 자수로 마감한 구멍으로 장식된 그녀의 원피스 역시 진품이었고, 아마도 원래는 페티코트로 만들어졌던 것 같았다. 찾으러 돌아다녀야만 구할 수 있는 옷들이었다.

　실로 감아놓은 실패처럼 울퉁불퉁한 기둥이 달린 침대 맞은편 벽에는 커다란 거울이 이상할 정도로 높은 위치에 기울어진 각도로 매달려 있었다. 로즈는 여주인이 바구니 위로 몸을 숙이고 있는 동안 거울 속 자신의 모습을 보려고 했다. 다른 사람이 한방에 있을 때, 특히 그 사람이 나이가 더 어린 여자일 때는 거울을 보는 것이 아주 힘들다. 로즈는 꽃무늬 면 원피스 차림이었다. 긴 치마에 몸통은 딱 붙고 소매가 풍성한 옷이었는데, 허리가 너무 짧고 가슴은 너무 꽉 끼어서 편하지 않았다. 어딘가 잘못된 방식으로 어리고 연극적으로 보였다. 아마도 그녀는 그런 스타일의 옷에 적당한 날씬한 몸매가 아닌 듯했다. 붉은 기가 도는 갈색 머리는 집에서 직접 염색했다. 눈 밑 주름이 점점이 거뭇해진 피부를 둘러싸며 양옆으로 뻗어나갔다.

그 무렵의 로즈는 알고 있었다. 어떤 사람들이 그 여자처럼 꾸며낸 행동을 하는 것 같고, 방들을 내숭스럽게 꾸며놓았다고 느껴지며, 그들의 삶의 방식이 유난히 거슬릴 때(그 거울, 퀼트 이불, 침대 위에 걸린 일본 춘화, 거실에서 들려오는 아프리카 음악), 대개 그것은 그녀가, 로즈가, 그곳에서 바라는 관심을 받지 못한데다 계속 그럴까봐 걱정되고, 파티에 섞여들어가지 못했으며, 그렇게 이런저런 판단만 하면서 주변에서 맴돌 거라는 느낌이 들기 때문임을.

거실에 나가서는 기분이 나아졌다. 거기에는 아는 사람들, 자신만큼 나이든 사람들이 좀 있었다. 그녀는 처음부터 급히 술을 마셨고, 얼마 안 가 그 집 새끼 고양이들을 발판삼아 자기 이야기를 늘어놓고 있었다. 그녀는 자기 고양이에게 바로 그날 끔찍한 일이 일어났다고 말했다.

"그런데 최악은 뭐냐면요." 그녀는 말했다. "내가 우리 고양이를 좋아한 적이 없다는 거예요. 고양이와 함께 산다는 건 내 뜻이 아니었어요. 그 녀석의 뜻이었죠. 어느 날 내 뒤를 따라 집까지 오더니 안으로 들여달라고 우기지 뭐예요. 무직자 건달 같은 거구에 비웃음 띤 표정으로 내게 자기를 먹여 살려야 할 의무라도 있는 것처럼 주장하는 것 같았다고나 할까요? 아, 그 녀석은 항상 빨래 건조기를 좋아했어요. 건조된 빨래를 꺼내고 난 직후에 내부가 따뜻할 때 그 안으로 뛰어들어 갔죠. 대개 저는 건조기를 하루에 한 번만 돌리는데 오늘은 두 번을 돌렸거든요. 그러고 나서 두번째 빨래를 꺼내려고 손을 넣었더니 뭔가 만져지는 거예요. 전 생각했죠. 내게 모피로 된 옷이 뭐가 있더라?"

사람들은 동정심으로 몸서리치며 신음하거나 웃었다. 로즈는 호소하듯 주변을 둘러보았다. 기분이 훨씬 좋았다. 호수가 내다보이는 그 거실과 세심한 장식(주크박스, 이발소 거울들, 세기 전환기의 광고—당신의 목을 위한 담배—오래된 실크 전등갓, 농장에서 쓰는 대접과 물 주전자들, 원시 종족의 탈과 조각들)이 더는 그다지 악의적으로 보이지 않았다. 진을 한 잔 더 마시고 나자 그녀는 이제 곧 스스로가 경쾌한 벌새처럼 환대받는 느낌이 드는 시간이 올 것임을, 그 방 안에 있는 많은 이들이 위트 넘치고 많은 이들이 친절하며 일부는 위트 넘치면서 친절하기까지 하다고 확신하는 제한된 시간이 올 것임을 알았다.

"오, 안 돼, 하고 저는 생각했어요. 하지만 맞았어요. 맞았다고요. 건조기 속에서 죽다."

"쾌락을 좇는 모든 이들에게 내리는 경고." 그녀 바로 곁에 있던 작고 얼굴이 뾰족한 남자가 말했다. 그녀가 몇 년 동안 알고만 지내던 남자였다. 그 집 주인이 현재 강의를 나가고 여주인은 대학원생으로 있는 대학의 영문과 선생이었다.

"끔찍하네요." 여주인이 예민함을 드러내는 냉랭하고 흔들림 없는 표정으로 말했다. 웃음을 터트렸던 사람들은 자신이 무자비한 사람처럼 보이지 않았을까 생각한 듯 조금 겸연쩍은 표정을 지었다. "그 고양이 말이에요. 끔찍하다고요. 그런 상황에서 어떻게 오늘밤에 여기 오실 수 있었죠?"

사실을 말하자면, 그 사건은 오늘이 아니라 지난주에 일어났다. 로즈는 여주인이 자신을 궁지에 몰아넣으려고 저러는 건가 생각했다. 그녀는 진심과 후회를 담아, 자신은 그 고양이를 별로 좋아하지 않았다고, 그래서 그 일이 왠지 더 심하게 느껴진다고 말했다. 바로 그런 마음을 설명하려 했던 거다. 그녀는 그렇게 말했다.

"내 잘못 때문에 그렇게 되었나 싶다는 거죠. 내가 좀더 예뻐했더라면 그런 일이 일어나지 않았을지도 모르겠어요."

"물론 그렇겠죠." 곁에 있는 남자가 말했다. "그 녀석이 건조기 안에서 찾던 건 온기였어요. 사랑이었다고요. 아, 로즈!"

"이젠 그 고양이랑 씹할 수 없게 됐군요." 그때까지 있는 줄도 몰랐던 키 큰 청년이 말했다. 갑자기 그녀 앞에 솟아난 사람 같았다. "개랑 씹하는지, 고양이랑 씹하는지, 당신이 뭘 하는지 난 모르겠어요. 로즈."

그녀는 머릿속에서 그의 이름을 탐색했다. 지금 가르치는 학생이거나 예전에 가르쳤던 학생이라는 것 정도는 알아보았다.

"데이비드." 그녀가 말했다. "안녕, 데이비드." 그녀는 이름을 기억해냈다는 사실이 너무 기쁜 나머지 그가 한 말의 의미를 재빨리 알아들을 수 없었다.

"개랑 씹하는지, 고양이랑 씹하는지." 그는 그녀의 머리 위쪽에서 건들거리며 같은 말을 되풀이했다.

"네 말 못 알아들었어, 미안해." 로즈가 어이없지만 봐주겠다는 듯 매력적인 표정을 지으며 말했다. 주위 사람들도 로즈와 마찬가지로 그 남학생의 말을 제대로 이해하지 못했다. 사교적이고 공감과 선의가 흐르는 분위기는 쉽게 깨지지 않았다. 또한 이 자리에 그런 분위기로도 흡수하지 못할 것들이 많다는 기미가 역력한데도 상황은 달라지지 않았다. 거의 모든 사람들이 여전히 웃고 있었다. 마치 그 남학생이 어떤 사연을 얘기했거나 극중 배역을 연기했으며 이제 그 행동의 요점이 곧 드러나게 될 것처럼. 여주인은 눈을 내리깔고 다른 곳으로 빠져나갔다.

"미안은 개뿔." 남학생이 흉한 말투로 말했다. "좆까세요, 로즈." 그는 얼굴이 허옇고 불안정해 보였으며 엉망으로 취해 있었다. 아마도 그는 화장실에 가며 '자연의 부름에 답한다'고 하고, 누가 재채기를 할 때마다 '건강을 빌어요'라고 말하는 점잖은 집안에서 자랐을 것 같았다.

검은 곱슬머리에 키가 작고 몸집이 다부진 남자가 남학생의 팔을 어깨 바로 아래에서 잡았다.

"저리 가자." 그가 마치 엄마처럼 어르듯 말했다. 저 사람은 유럽 사람, 아마도 프랑스 사람처럼 흐리멍덩한 억양으로 말을 하네, 로즈는 억양을 잘 구분하는 사람도 아니면서 그렇게 생각했다. 그리고, 일리가 없는 줄 알면서도 그런 억양은 북미에서, 또 자신이 자란 핸래티 같은 곳에서 찾아볼 수 있는 남성성보다 더 풍부하고 복합적인 남성성에서 생겨난다고 생각하는 편이었다. 그런 억양은 고난과 다감함과 속임수를 내포한 남성성의 징후였다.

집주인이 벨벳으로 된 점프슈트를 입고 나타나 남학생의 다른 쪽 팔을 시늉으로만 잡고 동시에 로즈의 볼에 입을 맞췄다. 그녀가 집에 들어올 때는 보지 못했기 때문이다. "당신과 얘기 좀 해야 돼." 그가 그렇게 중얼거렸지만, 사실은 그럴 필요가 없기를 바란다는 의미가 들어 있었다. 둘 사이에 곤란한 화제가 너무 많기 때문이었다. 우선은 작년에 그가 함께 살던 여자에 대한 이야기, 아울러 학기말 즈음에 로즈와 둘이서 술을 마시며 흰소리를 늘어놓고 신의 없음에 대해 개탄하다 결국 기이하게 모욕적이면서도 기분좋은 섹스로 넘어갔던 하룻밤. 흘러내리는 머리에 진녹색 벨벳 슈트 차림의 그는 잘 가꾸고 다듬은 모습이었고 살이 빠졌지만 훨씬 부드러워 보였다. 로즈보다 고작 세 살 아래, 하지만 그의 모습은 어떤가. 그는 아내와 가족과 집과 별 볼 일 없는 미래를 떨쳐버리고 새 옷과 새 가구를 구했고 학생들을 줄줄이 정부로 삼았다. 남자는 그럴 수 있다.

"이런, 이런." 로즈는 벽에 기대며 말했다. "도대체 무슨 일이 일어난 거죠?"

옆에 있던 남자, 내내 미소를 지으며 자기 잔을 들여다보던 남자가 말했다. "아, 우리 시대의 민감한 젊은이들이여! 그들의 품위 있는 언어, 깊이 있는 감정! 우리는 그들 앞에 절을 올려야 합니다."

검은 곱슬머리 남자가 되돌아와 아무 말도 하지 않고 로즈에게 새로 술 한 잔을 건넨 후 그녀의 잔을 받아갔다.

집주인도 되돌아왔다.

"로즈 베이비. 저 친구가 어떻게 들어왔는지 모르겠어요. 내가 빌어먹을 학생들은 절대 안 된다고 말했는데 말이야. 학생들로부터 안전한 장소가 있어야 해요."

"작년에 내 수업을 들었던 학생이에요." 로즈가 말했다. 그녀가 기억할 수 있는 것은 정말로 그것이 전부였다. 다른 사람들은 그 외에 뭔가 더 있으리라 생각할 것 같았다.

"저 친구는 배우가 되고 싶어했나요?" 옆의 남자가 물었다. "보나마나 그랬겠죠. 지나간 시절에는 다들 변호사나 엔지니어나 기업체 중역이 되고 싶어했다는 거 기억나요? 이제 다시 그런 시절이 올 거라고들 하더군요. 난 그랬으면 좋겠어요. 정말 열렬히 바랍니다. 로즈, 보나마나 저 친구 고민을 들어준 거죠? 절대로 그러면 안 돼요. 보나마나 그랬겠지만."

"아, 그런 것 같아요."

"저애들은 대리 부모를 찾아오는 거예요. 더없이 진부한 얘기죠. 졸졸 따라다니며 숭배하고 귀찮게 굴다가, 어느 순간 꽝! 그때부턴 대리 부모 거부의 시간이죠!"

로즈는 술을 마시며 벽에 기대어 다른 사람들이 학생들을 화제로 하는 얘기를 들었다. 요즘 학생들이 선생에게 무엇을 기대하는지에 대해, 문을 박차고 들어와 낙태나 자살 시도, 창의성 위기, 체중 고민 등을 늘어놓는 학생들에 대해 이런저런 대화가 오갔다. 늘 입에 오르는 똑같은 어휘들. 개성, 가치, 거부.

"난 지금 널 거부하는 게 아니야, 이 멍청한 자식아. 널 낙제시키는 거라고!" 작고 얼굴이 뾰족한 남자가 언젠가 그런 학생과 맞서 이겼던 경험을 떠올리며 말했다. 그 말에, 그리고 한 젊은 여자가 "세상에, 내가 대학에 다닐 때와 이렇게 다르다니! 교수 연구실에서 낙태를 언급한다는 건 바닥에 똥을 놓는 것만큼이나 해서는 안 될 일이었는데. 아니, '누는'이 맞구나" 한 말에, 사람들이 웃음을 터트렸다.

로즈도 웃었지만 속으로는 한 대 얻어맞은 느낌이었다. 사람들이 의

심하는 것과 같은 일이 배후에 있다면 어떤 면에서는 차라리 나을 것 같았다. 그 남학생과 잤다면. 그에게 뭔가 약속했다면, 그를 배신하고 모욕한 거라면. 그녀는 아무것도 기억할 수 없었다. 그는 갑자기 바닥에서 솟아나 그녀를 비난했다. 자신이 뭔가를 했음이 분명한데 기억나지 않았다. 학생들과 관련된 것은 아무것도 기억나지 않는다는 것, 그것이 진실이었다. 그녀는 온화함과 포용만을 보여주며 세심히 배려하고 호감을 주도록 행동했고, 그들의 말을 들어주며 조언도 해주었다. 그런데 학생들의 이름은 확실히 알지 못했다. 자신이 학생들에게 한 말들도 전혀 기억하지 못했다.

한 여자가 그녀의 팔에 손을 올렸다. "깨어나요." 비밀스럽게 친밀한 그녀의 말투를 듣자 아는 사람일 거라는 생각이 들었다. 또다른 학생인가? 하지만, 아니었다. 여자가 자신을 소개했다.

"여성의 자살에 대해 논문을 쓰고 있어요." 그녀가 말했다. "그러니까, 여성 예술가들의 자살 말이에요." 여자는 로즈를 텔레비전에서 보고 대화를 나눌 수 있기를 간절히 원했다고 말했다. 그녀는 다이앤 아버스, 버지니아 울프, 실비아 플라스, 앤 섹스턴, 크리스티아네 플루크를 언급했다. 그녀는 박식했다. 빼빼 마르고 핏기 없고 집착적인 여자, 최고의 후보자는 이 여자 자신일 듯, 로즈는 그렇게 생각했다. 로즈가 배고프다고 하자 여자는 부엌까지 따라왔다.

"배우들도 셀 수 없이 많아서……" 여자가 말했다. "마거릿 설러번이나……"

"전 이제 그냥 선생일 뿐이에요."

"아, 말도 안 돼요. 뼛속까지 배우이시면서."

여주인이 만들어둔 빵이 있었다. 반죽을 꼬아 모양을 내고 노릇하게 색을 내 장식까지 한 덩어리 빵이었다. 로즈는 그 모든 노력의 이유가 궁금했다. 빵, 파이, 벽걸이 화초, 아기 고양이 등 위태롭고 일시적인 가정생활을 위한 그 모든 것. 그녀는 자신이 그런 노력을 할 수 있기를, 의식을 치르고, 속속들이 관여하고, 빵을 만들 수 있기를 소망했다. 자주 소망했다.

로즈는 젊은 교직원 무리를 발견했다―집주인이 학생들은 들이지 않았다고 말하지 않았다면 그들을 학생이라고 생각했을 것이다. 그들은 조리대 위에 앉거나 개수대 앞에 서서 나직하고 심각한 목소리로 대화를 나누고 있었다. 그들 중 하나가 로즈를 쳐다보았다. 그녀는 미소를 지었다. 미소에 대한 화답은 없었다. 다른 사람들 두엇이 그녀를 쳐다보더니 하던 말을 계속했다. 로즈는 그들이 자기에 대해, 거실에서 있었던 일에 대해 이야기하고 있었다고 확신했다. 그녀는 여자에게 빵과 파이를 권했다. 그러면 그 여자가 말을 멈출 것이고 로즈는 그들의 말을 엿들을 수 있을 거라는 생각에서였다.

"난 파티에서는 아무것도 안 먹어요."

로즈를 대하는 여자의 태도가 점점 음침해졌고 어딘가 비난이 섞인 듯했다. 알고 보니 여자는 학과 교수의 아내였다. 그 여자를 초대한 것은 아마도 정치적인 노림수였을 듯했다. 그리고 로즈를 만나게 해준 것, 그것도 그 노림수의 일부였을까?

"늘 그렇게 배가 고파요?" 여자가 물었다. "아플 때는 없나요?"

"이렇게 좋은 음식을 앞에 두면 그렇죠." 로즈는 말했다. 그녀는 음식을 먹는 모범을 보여주려 했을 뿐 자신에 대한 쑥덕거림을 듣고 싶어 안달이 난 터라, 거의 씹지도 삼키지도 못했다. "아니요, 난 자주 아프지 않아요." 그녀가 말했다. 그러고는 그 말이 사실임을 깨닫고 깜짝 놀랐다. 예전에는 감기나 독감, 생리통, 두통을 앓곤 했었다. 이제는 그런 확실한 병증은 사라졌지만 불안과 피로, 걱정 등의 낮고 지속적인 웅얼거림이 늘 함께했다.

시기나 하는 빌어먹을 기득권층.

로즈는 그 말을 들었다, 혹은 들었다고 생각했다. 그들은 경멸이 담긴 시선으로 그녀를 흘깃 보았다, 혹은 그랬다고 그녀는 생각했다. 그들을 바로 보지 못했으므로. 기득권층. 그것이 로즈였다. 그런가? 로즈가 기득권층인가? 배우 일로는 먹고살 수 없어 교직을 택했고, 무대와 텔레비전에서의 경력 덕분에 교직을 구할 수 있었으나 학위가 부족해 급여를 깎인 로즈가? 그녀는 그들에게 다가가 그런 말을 하고 싶었다. 자신의 주장을 펼치고 싶었다. 일을 해온 오랜 세월, 피로, 출장, 고등학교 강당들, 긴장, 지루함, 다음 급여는 어디에서 받게 될지 모르는 형편. 로즈는 자신을 용서하고 사랑하고 같은 편으로 받아달라고 그들에게 간청하고 싶었다. 자신의 주장을 지지한 거실의 무리가 아니라 이 사람들의 편에 속하고 싶었다. 하지만 그 선택은 원칙이 아니라 두려움에 의한 것이었다. 그녀는 그들이 두려웠다. 그들의 박절한 도덕관념과 냉정하고 경멸이 서린 얼굴, 그들의 비밀과 웃음, 음담이 두려웠다.

그녀는 딸 애나를 생각했다. 애나는 열일곱 살이었다. 긴 금발을 늘어뜨리고 목에는 섬세한 금목걸이를 한 소녀였다. 목걸이는 매우 섬세해서 그것이 매끄럽고 밝은 피부의 반짝임이 아니라 목걸이라는 것을 확실히 알기 위해서는 자세히 들여다보아야 했다. 애나는 이곳에 모인 젊은이들과 달랐으나 그들과 마찬가지로 냉담했다. 애나는 날마다 발레 연습을 하고 말을 탔지만 경마 경기에 나가거나 발레리나가 될 계획은 없었다. 왜일까?

"웃기잖아요."

섬세한 목걸이와 말없는 모습 같은 애나의 스타일은 어딘지 모르게 아이의 할머니, 패트릭의 어머니를 연상시켰다. 그렇긴 하지만, 로즈는 생각했다. 애나는 엄마와 함께 있을 때만 그렇게 말없고 깐깐하고 무뚝뚝한지도 모른다고.

검은 곱슬머리 남자가 부엌 문간에 서서 그녀를 보며 천연덕스럽게 어이없다는 듯한 표정을 지었다.

"저 사람 누군지 아세요?" 로즈는 자살을 연구한다는 여자에게 물었다. "술 취한 애 데리고 나간 남자?"

"사이먼이에요. 그리고 그애는 술에 취한 게 아니었을걸요. 약을 한 것 같아요."

"뭐하는 사람이에요?"

"음, 어딘가의 학생일 거예요."

"아니요." 로즈가 말했다. "저 남자, 사이먼?"

"아, 사이먼. 그 사람은 서양고전학부에 있어요. 처음부터 강의하던 사람은 아닐 거예요."

"저처럼 말이죠." 로즈는 그렇게 말하며 젊은이들에게 시도했던 미소를 사이먼에게 보냈다. 피로하고 혼란스럽고 정신없는 와중에도 익숙한 찌릿함이, 밀려드는 희망이 느껴지기 시작했다.

그가 미소에 화답한다면 다 괜찮아질 것이다.

그는 정말로 미소를 지었고, 자살을 연구한다는 여자는 날카롭게 쏘아붙였다.

"이봐요, 남자 만나러 파티에 오는 거예요?"


사이먼이 열네 살이었을 때 그는 누나와 그들의 친구인 다른 소년과 함께 화물기차에 숨어 프랑스의 독일군 점령지를 탈출해 비점령지로 갔다. 그들은 리옹으로 가는 길이었고 그곳에 가면 유대인 아동 구조를 위해 일하는 단체의 회원들이 이들을 보살피며 안전한 곳으로 다시 이동시킬 예정이었다. 사이먼과 누나는 전쟁 초기에 이미 폴란드를 떠나 프랑스의 친척집에 머무르고 있었다. 그들은 이제 또다른 곳으로 떠나야 했다.

화물기차가 멈췄다. 기차는 한밤중에 시골 지역 어딘가에서 가만히 멈춰 있었다. 프랑스어와 독일어로 말하는 사람들의 목소리가 들렸다. 앞쪽 차량들에서 소동이 일었다. 문이 드르륵 열리는 소리가 들리고, 맨바닥에 부딪히는 장화 소리와 진동이 앞쪽 차량들로부터 전해졌다. 철도 검문검색이었다. 그들은 마댓자루 밑에 누워 있었지만 얼굴을 가리려는 시도조차 하지 않았다. 희망이 없다고 생각했던 것이다. 목소리들이 점점 가까워지면서 장화가 철로 옆 자갈을 밟는 소리가 났다. 그때 기차가 움직이기 시작했다. 너무도 천천히 움직여서 처음 잠깐은 알아차리지도 못했고, 알아차렸을 때조차도 그저 차량들이 선로를 바꾸고 있는 거라고 생각했다. 그들은 기차가 멈추고 검문검색이 계속되리라 생각했다. 하지만 기차는 계속 움직였다. 조금씩 빨라지다가 조금 더 빨라지더니, 애초에 대단찮았던 정상 속도까지 올라갔다. 그들은 이동하고 있었다. 검문검색을 피해 탈출하고 있었다. 어떤 사정으로 그렇게 된 것인지 사이먼은 알 길이 없었다. 위험은 지나갔다.

안전하다는 것을 깨달았을 때 사이먼은 그들 모두 무사히 헤쳐나갈 수 있을 거라고, 이제는 아무 일도 일어나지 않을 거라고, 그들은 특별히 운이 좋고 축복받은 사람들이라고 느꼈다. 그는 그 일을 행운의 징조로 여겼다.

로즈가 물었다, 그 친구와 누나를 다시 만났는지?

"아니, 못 만났어요. 리옹에 도착한 이후로는."

"그럼, 행운은 당신에게만 일어난 거로군요."

사이먼이 웃었다. 그들은 침대에 누워 있었다. 교차로 마을 외곽의 오래된 집에 있는 로즈의 침대에. 파티에서 나와 차를 타고 곧바로 여기로 온 것이다. 4월이었고 바람이 찼으며 로즈의 집은 싸늘했다. 보일러는 성능이 미흡했다. 사이먼은 침대 뒤편 벽지에 로즈의 손을 갖다 대며 그녀에게 웃풍을 느껴보라고 했다.

"단열이 좀 필요한 것 같군요."

"알아요. 형편없죠. 우리집 연료비 청구서를 보셔야 하는데."

사이먼은 화목 보일러를 들여놓으라고 했다. 그러고는 다양한 종류의 땔나무에 대해 이야기했다. 단풍나무는, 그가 말했다. 화목으로 쓰기에 아주 좋다. 그러더니 여러 종류의 단열재에 대해 장황하게 늘어놓았다. 스티로폼, 마이카필, 유리섬유. 그는 침대에서 나가 집안 곳곳의 벽을 살펴보며 알몸으로 소리 없이 돌아다녔다. 로즈가 그의 뒤에 대고 소리쳤다.

"이제 기억나요. 지원금이에요."

"뭐라고요? 잘 안 들려요."

그녀는 침대에서 나가 담요로 몸을 둘렀다. 계단 꼭대기에 서서 그녀는 말했다. "그 남학생이 지원금 신청서를 들고 왔었다고요. 극작가가 되고 싶어했어요. 방금 기억이 났어요."

"무슨 남학생 말이에요?" 사이먼이 말했다. "아."

"하지만 난 그 학생 추천했는데. 확실해요." 진실은 그녀가 누구든 다 추천했다는 것이었다. 그들의 장점이 안 보일 경우에는 자신이 보지 못하는 장점들이 있을 거라고 믿었다.

"지원금을 타지 못했나봐요. 그래서 내가 사기를 쳤다고 생각하는 거예요."

"음, 만일 그랬다 쳐요." 사이먼이 지하실 계단을 내려다보며 말했다. "그 또한 당신 권한이죠."

"알아요. 근데 난 그에 관해선 좀 소심해요. 학생들에게 반감을 사는 게 너무 싫거든요. 그애들은 정말이지 도덕적이야."

"그들은 전혀 도덕적이지 않아요." 사이먼이 말했다. "이제 난 신발을 신고서 당신 보일러를 볼 겁니다. 아마 필터를 청소해야 할 거예요. 그건 그냥 그애들 스타일이에요. 두려워할 거 없어요. 그애들도 다른 누구 못지않게 멍청할 뿐이니까. 권력을 나눠 갖고 싶은 거죠. 당연히."

"하지만, 당신 같으면 그렇게 독기 서린 말을"—로즈는 잠시 멈췄다가 다시 고쳐 말해야 했다—"그런 독기를, 단지 야심 때문에?"

"달리 뭐가 있죠?" 사이먼이 계단을 올라오며 말했다. 그는 로즈가 두른 담요를 잡아 함께 몸을 감싸며 그녀의 코에 입을 맞췄다. "이제 그 얘긴 그만하시죠, 로즈. 염치도 없습니까? 난 당신 보일러를 살피러 온 불쌍한 사내잖아요. 당신의 지하실 보일러 말입니다. 어이쿠, 이렇게 부딪쳐서 죄송합니다, 부인." 그녀는 그가 연기하는 인물들을 몇몇은 이미 알 것 같았다. 지금 이 사람은 '미천한 일꾼'이었다. 다른 인물들로는, 메멘토 모리, 메멘토 모리* 하고 중얼거리며 욕실에서 나와 그녀에게 일본식으로 깊이 허리 숙여 인사하는 '늙은 철학자'와 때를 잘 봐서 코를 부비고 펄쩍펄쩍 뛰고 그녀의 배꼽에 의기양양하게 입맞춤 소리를 내는 '정신 나간 사티로스'가 있었다.

교차로 상점에서 그녀는 인스턴트커피 대신에 진짜 커피와 진짜 크림을, 베이컨, 냉동 브로콜리, 지역 토산품 치즈 한 덩어리, 캔에 든 게살, 팔고 있는 것들 중에 가장 좋아 보이는 토마토, 버섯, 장립미長粒米를 샀다. 담배도. 그녀는 완벽하게 자연스러우면서도 위태로운 느낌은 들지 않는 행복에 잠겨 있었다. 누가 묻는다면 그녀는 사이먼 때문에 행복한 만큼이나 날씨 때문에도—바람은 거칠어도 하늘은 화창했다—행복하다고 말했을 것이다.

"집에 누굴 데려왔나봐요." 상점 여자가 말했다. 놀라움이나 악의나 질책이 아니라 동지끼리 느끼는 부러움을 담아 한 말이었다.

"기대도 안 했는데 말이죠." 로즈는 계산대에 식료품을 조금 더 올렸다. "얼마나 신경쓰이는지. 돈 드는 건 말할 것도 없고요. 저 베이컨을 보세요. 그리고 크림도요."

"나 같으면 그 정도는 기꺼이 감당하겠네요." 여자가 말했다.

---

* '죽음을 기억하라'는 의미의 라틴어.

사이먼은 사다준 재료를 가지고 대단한 저녁식사를 차려냈고, 그동안 로즈는 주변을 서성이며 구경하고 침대보를 간 것 말고는 한 일이 없었다.

"시골생활은요." 그녀가 말했다. "변했어요. 아니면 내가 잊어버렸거나. 여기로 이사했을 때 난 이렇게 살아야지 하는 생각이 있었어요. 인적 드문 시골길을 따라 오래 산책을 할 거라고 생각했죠. 그런데 처음 산책을 나간 날, 바로 뒤편에서 차가 자갈길을 따라 마구 달려오는 거예요. 난 멀찍이 비켜났죠. 그런데 또 총소리가 들리는 거예요. 깜짝 놀라서 덤불 속에 숨었는데 차 한 대가 굉음을 내면서 도로를 이리저리 누비고 지나가지 뭐예요. 차 안의 사람들은 창밖으로 총을 쏘고 있었고요. 난 들판을 가로질러 상점에 가서 주인 여자에게 경찰을 불러야 할 것 같다고 말했어요. 그랬더니 여자가 하는 말이, 아, 네, 주말이면 사내아이들이 맥주 상자를 차에 싣고 나가 그라운드호그를 쏘고 다녀요, 이러는 거예요. 그러더니 또 이러더라고요. 그나저나 거기 길가에서는 뭐하고 있었던 거예요? 그 여자는 혼자서 산책을 나가는 것이 그라운드호그를 쏘고 다니는 것보다 훨씬 수상쩍은 일이라고 생각한다는 걸 알겠더군요. 그런 일들이 많아요. 여기 계속 살 것 같지는 않지만, 일자리가 여기 있고 집세도 싸요. 친절하지 않은 건 아니에요, 상점 여자 말이에요. 점도 봐줘요. 카드와 찻잔을 가지고요."

사이먼은 리옹에서 프로방스 산골로 보내진 후 농장에서 일했다고 말했다. 그곳 사람들은 중세와 다를 바 없이 생활하고 농사를 지었다. 그들은 프랑스어를 읽지도 쓰지도 말하지도 못했다. 병에 걸리면 죽기를 기다리거나 호전되거나 둘 중 하나였다. 의사라고는 본 적도 없었지만 수의사는 일 년에 한 번씩 소를 검진하러 왔다. 사이먼은 쇠스랑으로 발을 찍어 상처가 감염되고 열이 펄펄 끓었을 때, 당시 옆 마을에 있던 수의사를 불러달라고 그들을 설득하느라 큰 어려움을 겪었다. 마침내 그들이 수의사를 불렀고, 수의사가 말에게 쓰는 거대한 바늘로 주사를 놔주고 나서 그는 회복되었다. 그 집 사람들은 사람의 생명을 위해 그런 조치를 취할 수 있다는 사실을 알고 어리둥절해하고 신기해했다.

그는 몸이 회복되는 동안 그들에게 카드 게임을 가르쳤다고 말했다. 그 집 엄마와 아이들에게 가르친 것이었다. 아버지와 할아버지는 너무 둔하고 관심이 없었고 할머니는 헛간의 우리에 갇혀 하루에 두 번씩 음식 찌꺼기를 받아먹었다.

"정말이에요? 그게 가능해요?"

그들은 서로에게 많은 것을 펼쳐놓는 단계에 와 있었다. 쾌락을, 이야기를, 농담을, 고백을.

"시골생활이란!" 사이먼이 말했다. "하지만 여기는 그리 나쁘지 않아요. 이 집도 아주 안락하게 고칠 수 있어요. 텃밭도 가꾸지 그래요."

"그것도 제 계획 중 일부였어요. 텃밭을 가꾸려고 해봤죠. 잘되는 게 없던데요. 양배추를 키우고 싶었어요. 난 양배추가 아름답다고 생각하거든요. 그런데 벌레가 들어가서 다 먹어치우는 바람에 이파리가 레이스처럼 변하더니 그마저 누렇게 돼서 바닥에 늘어져버리더라고요."

"양배추는 키우기가 아주 힘들어요. 쉬운 것부터 시작해야죠." 사이먼은 탁자에서 일어나 창가로 갔다. "텃밭을 가꿨던 데가 어딘지 가리켜봐요."

"울타리 근처예요. 전에 살던 사람들이 거기에 텃밭을 만들었거든요."

"거긴 좋지 않아요. 호두나무에 너무 가까이 있잖아요. 호두나무는 토질을 악화시켜요."

"그건 몰랐네요."

"아, 사실이에요. 텃밭을 마당 안쪽으로 더 들여서 만들어야 해요. 내일 내가 땅을 갈아줄게요. 비료가 많이 필요할 거예요. 보자. 비료로는 양두엄이 최고인데. 근처 이웃 중에 양 키우는 사람 있어요? 양두엄을 몇 부대 얻고, 무엇을 기를 것인지 계획을 세우기로 하죠. 그런데 아직 좀 이르긴 하네. 아직은 서리도 내릴 수 있고. 어떤 건 처음엔 실내에서, 씨부터 길러도 돼요. 토마토 같은 거."

"아침 버스 편으로 돌아가야 하는 줄 알았어요." 로즈는 말했다. 그들은 그녀의 차로 집에 왔었다.

"월요일은 일이 많지 않아요. 전화를 걸어 취소할게요. 사무실 여직원들에게 인후염이라고 말해야겠어요."

"인후염이요?"

"대충 그런 거."

"당신이 여기 있으니 좋네요." 로즈는 진심으로 말했다. "안 그랬으면 난 종일 그 남학생 생각을 하고 있었을 거예요. 안 그러려고 노력했겠지만 계속 생각났을 거예요. 방심한 순간마다. 굴욕감에 빠져 있었겠죠."

"굴욕감에 빠지기엔 너무 사소한 일이에요."

"나도 알아요. 근데 난 작은 일에도 그렇게 돼버려요."

"얼굴이 좀 두꺼워지도록 노력합시다." 사이먼이 말했다. 그녀를, 집과 텃밭과 함께, 슬기롭게 떠맡으려는 사람처럼. "무. 상추. 양파. 감자. 감자 먹어요?"

그가 떠나기 전에 두 사람은 텃밭에 대한 계획을 세웠다. 그는 그녀를 위해 땅을 파고 갈았고 거름은 소두엄으로 만족해야 했다. 로즈는 월요일에 일하러 가야 했지만 하루종일 쉼없이 그를 생각했다. 텃밭에서 땅을 가는 그의 모습을 보았다. 알몸으로 지하실 계단을 내려다보는 그를 보았다. 땅딸하고 작은 키에 텁수룩하고 따뜻하며, 주름진 얼굴이 코미디언 같은 남자. 집에 돌아가면 그가 무슨 말을 할지도 알았다. 그는 "제가 해놓은 일이 마음에 들면 좋겠어요, 엄마" 하면서 앞머리를 잡아당길 것이다.*

그는 딱 그렇게 했고, 그녀는 너무 기쁜 나머지 소리쳤다. "아, 사이먼, 이런 멍청이, 당신은 내 인생의 남자예요!" 특권을 누린다는 느낌이 좋아서, 그 순간의 햇살이 너무 환해서, 그녀는 그것이 현명하지 않은 말일 수도 있다는 생각은 미처 하지 못했다.


주 중반에 그녀는 상점으로 갔다. 무얼 사려는 것이 아니라 점을 보기 위해서였다. 상점 여자는 찻잔 안을 들여다보며 말했다. "아, 자기! 모든 것을 바꿔버릴 남자를 만났군요."

"네, 그런 것 같아요."

"그 남자가 자기 인생을 바꿀 거야. 아, 세상에. 자긴 여기 계속 살지

---

* 과거에 평민이 귀족에게, 아랫사람이 윗사람에게 인사의 의미로 앞머리를 잡아당기는 관습이 있었다.

않을 것 같은데. 명성이 보여요. 물도 보이네."

"그건 모르겠어요. 그 사람은 우리집 단열 처리를 해주고 싶어하는 것 같던데."

"변화가 이미 시작되었네요."

"맞아요. 저도 알아요. 맞아요."


로즈는 사이먼이 다시 찾아오는 것과 관련해 둘이서 무슨 말을 했는지 기억이 나지 않았다. 그녀는 그가 주말에 올 거라고 생각했다. 그를 기다리며 밖에 나가 식료품을 샀다. 이번에는 동네 상점이 아니라 몇 마일 떨어진 슈퍼마켓으로 갔다. 식료품 봉지들을 집으로 들이는 모습을 상점 여자가 보지 않기를 바랐다. 신선한 채소와 스테이크와 수입품 블랙체리와 카망베르 치즈와 배를 사고 싶었다. 그녀는 와인도 샀고 파란색과 노란색의 세련된 화환이 그려진 침대보도 샀다. 그 침대보 위에 있으면 자신의 하얀 엉덩이가 예쁘게 도드라져 보일 거라고 생각했다.

금요일 밤에 그녀는 침대보를 깔고 파란 대접에 체리를 담았다. 와인은 차가워지고 치즈는 부드러워지고 있었다. 아홉시경에 문에서 요란한 노크 소리, 기대하던 대로 장난기어린 노크 소리가 들렸다. 그의 차 소리가 들리지 않았다는 게 놀라웠다.

"적적했어요." 상점 여자가 말했다. "그래서 여기에나 들러봐야지 했는데…… 아, 아, 올 사람이 있구나."

"꼭 그런 건 아니에요." 로즈가 말했다. 노크 소리를 들었을 때 기뻐서 쿵쿵거리던 심장이 여전히 쿵쿵거리고 있었다. "그 사람이 언제 도착할지는 모르겠어요." 그녀가 말했다. "내일 올지도 모르고."

"염병할 비가 와서."

로즈에게 딴생각이나 위로가 필요하다고 느끼는 듯 여자의 목소리는 쾌활하고 현실적이었다.

"그렇다면 그 사람이 빗속에서 운전하지 않았으면 좋겠네요." 로즈가 말했다.

"아니 되옵니다, 이 빗속에 차를 모는 건."

여자가 자신의 짧은 흰머리를 손으로 쓸어 빗물을 떨어냈다. 로즈는 뭔가 대접해야 한다는 것을 알았다. 와인 한 잔? 그러면 여자는 나른하게 풀어져 수다를 떨며 한 병을 다 비울 때까지 있고 싶어할지도 모른다. 여기 이 사람, 무수히 함께 얘기를 나눴던, 말하자면 친구인 사람, 여느 때 같았으면 좋아한다고도 했을 사람을 로즈는 이제 알은척하기조차 귀찮았다. 당장은 사이먼이 아닌 사람이라면 누구에 대해서도 그런 느낌일 듯했다. 그 사람 외에는 누구와도 돌발적이고 짜증스러운 만남일 것 같았다.

로즈는 앞으로 다가올 일이 눈에 선했다. 삶의 모든 평범한 기쁨, 위안, 오락거리는 둘둘 말려 치워질 것이다. 음식, 라일락, 음악, 한밤중의 천둥에서 발견하던 기쁨은 사라질 것이다. 사이먼의 몸 아래에 누워 있는 것 말고는, 격통과 경련에 자신을 내맡기는 것 말고는 그 무엇도 소용없을 것이다.

그녀는 차로 결정했다. 그 시간에 자신의 미래를 한번 더 점쳐보는 것도 좋을 거라고 생각했다.

"선명하지가 않네요." 여자가 말했다.

"뭐가 선명하지 않다는 거예요?"

"오늘밤엔 뚜렷하게 보이는 게 없네. 그럴 때가 있어요. 아니, 솔직히 말하면, 그 남자가 어디 있는지 모르겠어요."

"어디 있는지 모른다고요?"

"자기 미래에서 말이야. 내가 지쳤나봐요."

로즈는 여자가 악의로, 질투로 그런 말을 한다고 생각했다.

"뭐, 내가 그 사람만 생각하고 사는 건 아니니까요."

"그 사람 물건이 있으면 더 잘될지도 몰라. 내가 붙잡을 만한 거 하나만 줘봐요. 그 사람이 손을 댄 거면 뭐든 괜찮은데, 그런 거 있어요?"

"저요." 로즈가 말했다. 그런 하찮은 자랑에 점쟁이는 웃음을 터트릴 수밖에 없었다.

"아니, 진지하게."

"없는 것 같아요. 담배꽁초도 버렸거든요."

여자가 간 뒤로 로즈는 계속 앉아서 기다렸다. 곧 자정이 되었다. 비가 세차게 내렸다. 다음으로 시계를 보았을 때는 한시 사십분이었다. 그토록 텅 빈 시간이 어찌 그리 빨리 흐를 수 있을까? 그녀는 앉아 있는 모습으로 눈에 띄고 싶지 않아 불을 껐다. 옷을 벗었지만 새 침대보 위에 누울 수가 없었다. 그녀는 부엌에서 어둠 속에 앉아 있었다. 때때로 차를 끓였다. 길모퉁이의 가로등 불빛이 안으로 조금 흘러들어왔다. 마을에는 밝은 수은등이 새로 설치되어 있었다. 밖으로 가로등과 상점 일부와 길 건너 교회 계단이 보였다. 분별 있고 점잖은 개신교 종파가 지은 그 교회는 더이상 그 종파의 터전이 아니어서, 이제는 '나사

렛 회당'이라는 간판을 내세웠고 또한 정체를 알 수 없는 '신성 센터'라는 이름으로 불리기도 했다. 이곳의 많은 것들이 얼마 전까지의 인상보다 조금 더 비틀어진 느낌이었다. 주택에는 은퇴한 농부들이 살지 않았다. 실상은 은퇴할 때까지 일할 농장도 없었고 사방이 향나무로 뒤덮인 척박한 들판이었다. 사람들은 삼사십 마일 떨어진 곳의 공장이나 주립정신병원에서 일하거나 아예 일을 하지 않았고, 범죄의 언저리에서 수상쩍게 살아가거나 '신성 센터'의 그늘 안에서 정돈된 광기의 삶을 이어갔다. 사람들의 삶은 확실히 예전보다 더 절박했다. 그런데 그 무엇이 밤새 어두운 부엌에 앉아 연인을 기다리는 로즈 나이의 여자보다 더 절박할 수 있을까? 로즈는 이 상황을 스스로 만들어냈고 모든 것을 혼자서 했다. 그녀는 도대체 배우는 게 없는 사람 같았다. 사이먼을 고리로 바꿔 거기에 온 희망을 걸어놓은 그녀는 이제 그를 결코 그 사람 자신으로 되돌릴 수 없었다.

와인을 산 게 실수다, 그녀는 생각했다. 그리고 침대보와 치즈와 체리도. 준비가 재앙을 부른다. 그녀는 문을 열었을 때, 그리고 가슴속 요동이 즐거움에서 낭패감으로 바뀌었을 때에야 그것을 깨달았다. 마치 탑에서 흘러나오는 무수한 종소리가 녹슨 무적霧笛 소리로 우스꽝스럽게(로즈에게는 그렇지 않았지만) 변해버린 것 같은 순간이었다.

비 내리는 밤의 어둠 속에서 시시각각, 그녀는 일어날 수 있는 일들을 예견했다. 주말 내내 핑계가 떠오르면 마음이 강해지고 의심이 들면 속이 울렁거리는 채로, 전화가 올지도 모른다는 생각에 집밖으로 나가지도 않고 기다릴 수도 있을 것이다. 월요일에 다시 출근하면 바깥세상의 모습에 얼떨떨하면서도 조금은 안도하며, 용기를 그러모아 그에게 쪽지를 써서 서양고전학과 사무실에 맡길 것이다.

"다음 주말쯤 텃밭에 식물을 심으면 어떨까 생각했어요. 여러 가지 다양한 씨앗을 샀고요(거짓말이지만 그에게서 소식이 오면 살 생각이었다). 오게 되면 알려줘요. 하지만 다른 할일이 있더라도 전 괜찮으니 걱정 마세요."

그러다 걱정하게 될 것이다. 다른 할일을 언급하면 너무 무심하게 들리나? 그 말을 덧붙이지 않으면 너무 들이대는 것 같지 않을까? 자신감이 빠져나가고 마음이 무거워지겠지만 안 그런 척 위장하려 할 것이다.

"비가 와서 텃밭에서 일하기 힘들 경우에는 언제라도 드라이브를 나갈 수 있겠죠. 그라운드호그를 쏘며 돌아다닐 수도 있겠고요. 그럼 이만, 로즈."

그러다 기다림의 시간이 더 이어지면서, 주말의 기다림은 가벼운 연습, 심각하고 진부하고 비참한 의식으로 가는 우발적인 도입부에 불과했음을 깨닫게 될 것이다. 우편함에 손을 넣어 애써 글자를 보지 않고 우편물을 꺼내고, 다섯시까지는 학교를 떠나지 않으며, 전화기로 가는 시선을 차단하기 위해 그 위에 쿠션을 올려놓는다. 무심을 가장한다. 주전자 물도 쳐다보고 있으면 끓지 않는다는 식으로 생각한다. 밤늦게 깨어 있고, 술을 마시고, 이런 바보짓은 집어치우자고 다짐할 만큼 신물을 내지도 않는다. 왜냐하면 기다림 사이사이에는 푸릇푸릇한 봄 같은 몽상이 자리하고 그의 의도에 대한 설득력 있는 주장들이 끼어들 테니까. 그러다가 어느 시점에는 그가 병에 걸린 게 틀림없다고, 그렇지 않다면 그녀를 버릴 리가 없다고 결론을 내리게 될 것이다. 그녀는 킹스턴병원에 전화를 걸어 그의 상태를 문의하고 환자 명단에 그가 없다는 대답을 들을 것이다. 그런 다음에는 대학 도서관에 가서 날짜가 지난 킹스턴 신문의 부고란을 훑어보며 그가 급사하지는 않았는지 알아보는 날이 올 것이다. 그러다 싸늘하게 진저리치며 완전히 포기하고는 대학 사무실에 전화를 걸어 그를 찾을 것이다. 사무실의 여직원은 그가 떠났다고 할 것이다. 유럽으로 갔다, 캘리포니아로 갔다, 어차피 한 학기 동안만 강의하기로 되어 있었다. 캠핑을 갔다, 결혼하러 갔다.

아니면 여직원은 "잠깐만 기다리세요" 하고는 그를 바꿔줄지도 모른다. 그냥 그렇게.

"네?"

"사이먼?"

"네."

"로즈예요."

"로즈?"

그렇게까지 극단적이지는 않겠지. 더 나쁠 것이다.

"전화하려고 했어요." 그는 그렇게 말할 것이다. 아니면, "로즈, 그간 잘 지냈어요?" 아니면, "텃밭은 잘 가꾸고 있나요?"

차라리 당장 그를 잃는 편이 나았다. 하지만 그녀는 전화기 옆으로 가서, 아마도 그게 따뜻한지 보기 위해, 혹은 그것을 격려하기 위해 가만히 손을 올려놓았다.

월요일 아침, 날이 밝기 전에 그녀는 필요하리라 생각되는 물건을 챙겨서 차 뒤편에 싣고, 부엌 조리대 위에서 여전히 카망베르 치즈가 흐물흐물 녹아내리고 있는 집을 걸어 잠근 뒤 서쪽을 향해 차를 몰았다. 침대보와 갈아놓은 텃밭과 웃풍을 느끼기 위해 손을 올려보았던 침대 뒤편 자리를 마주할 수 있을 만큼 정신이 맑아질 때까지 하루이틀 정도 떠나 있을 작정이었다. (정말로 그런 거라면 장화와 겨울 코트는 왜 가져갔을까?) 그녀는 대학에 편지를 써서—그녀는 편지로는 멋들어진 거짓말을 할 수 있었으나 전화로는 그러지 못했다—가까운 친구가 불치병에 걸려서 토론토에 오라는 연락을 받았다고 알렸다. (어쩌면 결국 그것은 멋들어진 거짓말이 아니라 너무 과한 거짓말이었는지도 모른다.) 그녀는 주말 내내 거의 잠을 자지 않았고 많이는 아니어도 지속적으로 술을 마셨다. 더는 싫어, 그녀는 차에 짐을 실으며 큰 소리로, 매우 진지하고 단호하게 말했다. 그리고 집에서 썼다면 훨씬 편하게 썼을 편지를 앞좌석에 웅크려 앉아 쓰면서, 지금껏 어떤 남자 때문에 떠나야 해서 혹은 떠나는 것이 두려워서 얼마나 많은 황당한 편지를 썼는지, 얼마나 많은 부풀린 핑계들을 찾았는지 생각했다. 그녀의 어리석음이 어느 정도인지 제대로 아는 사람은 아무도 없었다. 이십 년 동안 알고 지낸 친구들조차 그녀가 감행한 도피, 소비한 돈, 감수한 위험을 절반도 채 알지 못했다.

결국 이렇게 되었구나, 잠시 후 그녀는 그렇게 생각하며 차를 몰았고, 월요일 아침 열시에 마침내 빗발이 누그러지자 와이퍼를 껐으며, 주유소에서 정차했고, 은행이 문을 열자 멈춰서 계좌 이체를 처리했다. 그녀는 능숙했고 쾌활했으며 무엇을 해야 할지 잊지 않았다. 어떤 치욕이, 치욕의 기억이, 앞날에 대한 예측이 그녀의 머릿속을 휘젓고 있는지 그 누가 짐작하겠는가? 그중에서도 가장 치욕스러운 것은 희망이었다. 처음에는 아주 기만적으로 파고들어 교활하게 위장하고 있다가 이내 모습을 드러낸 희망. 일주일만 있으면 그것은 밖으로 나와 천국의 문에서 지저귀고 짹짹거리고 노래를 부를 수도 있다. 심지어 지금도 그것은 바지런을 떨며 그녀에게 말하고 있었다. 바로 그 순간 사이먼이 그녀의 집 진입로로 들어서고 있을지도 모른다고, 문 앞에서 양손을 모으고 서서, 빌고 놀리고 사과하며 이렇게 말할지도 모른다고. 메멘토 모리.

그렇더라도, 그게 사실이더라도, 언젠가, 어느 아침엔가는 무슨 일이 벌어질까? 어느 아침엔가 그녀는 잠에서 깨어나 옆에 누운 그의 숨소리를 듣고, 그가 깨어 있으면서도 그녀를 만지지 않는다는 것, 그녀가 그를 만져서도 안 된다는 것을 깨닫게 될 것이다. 여자가 그렇게 만지는 것은 요구이며(바로 그것을 그녀는 그에게서 처음으로 혹은 다시 배웠을 것이다) 여자의 다정함은 탐욕이고 여자의 관능은 거짓이다. 그녀는 거기 그렇게 누워, 차라리 자신에게 분명한 결함이, 수치심으로 감싸고 보호할 무언가가 있었으면 할 것이다. 그런 상황에서 그녀는 자신의 물리적 실체를, 펼쳐지고 벌거벗고 음식을 소화하고 썩어 문드러질 자신의 존재를 수치스러워하고 짐스럽게 느껴야 할 것이다. 그녀의 살은 두툼하고 모공이 많고 칙칙하고 얼룩덜룩하여 처참해 보일 것이다. 그의 몸은 문제가 되지 않는다. 결코 그런 일은 없을 것이다. 비난하고 용서하는 쪽은 그 사람일 텐데, 그가 다시 용서해줄지 아닐지 어떻게 알 것인가? 그는 이리 와요, 할 수도 있고 가버려요, 할 수도 있을 것이다. 패트릭 이후로 단 한 번도 그녀는 자유로운 사람이었던 적이, 그런 권력을 지닌 사람이었던 적이 없었다. 아마도 그녀는 다 써버렸는지도 모른다, 자신에게 주어질 몫을 모두.

아니면 어느 파티에서 이렇게 말하는 그의 목소리를 들을지도 모른다. "그때 난 이제 무사하리라는 것을 알았어요, 그게 행운의 징조라는 것을 안 거죠." 표범 무늬 실크 옷을 입은 헤프고 보잘것없는 여자에게, 혹은—훨씬 더 나쁜 경우지만—자수로 장식된 원피스를 입은 상냥한 긴 머리 소녀에게 사이먼이 자신의 이야기를 하면 그 여자는 얼마 안 있어 그의 손을 잡고 문간을 지나 어느 방 안으로, 혹은 로즈가 따라갈 수 없는 풍경 속으로 가버릴 것이다.

그래, 하지만 그런 일이 안 일어날 수도 있지 않나? 친절과 양두엄, 그리고 개구리가 울어대는 깊은 봄밤만이 있을 수도 있지 않을까? 첫번째 주말에 나타나지 않았다는 것, 혹은 전화하지 않았다는 것은 서로 시간 개념이 다르다는 의미일 뿐, 불길한 징후가 아니었는지도 모른다. 그녀는 이십 마일마다 그런 식으로 생각하며 속도를 늦췄고 심지어 차를 돌릴 곳을 찾아보기도 했다. 그러다 차를 돌리지 않고 속도를 올리면서, 정신이 명료한지 확신할 수 있도록 좀더 멀리 가보기로 했다. 부엌에 앉아 있는 자신의 모습, 상실의 이미지가 다시 생각 속으로 밀려들었다. 그렇게 우물쭈물하며 나아가는 길이었다. 마치, 약해졌다 세지기를 반복하지만 차를 돌려세울 정도는 아닌 자력의 힘에 차의 꽁무니가 붙잡힌 것 같았다. 얼마 후 순수한 호기심이 동한 그녀는 그것을 실재하는 물리적 힘으로 생각하며, 차가 전진하면 할수록 자력이 점점 약해지지 않을까, 그러다 저 앞 어느 지점에선가 자신과 차가 그 힘을 완전히 떨쳐버리고 자장에서 벗어나는 그 순간을 인식하게 되지 않을까 궁금해졌다.

그렇게 로즈는 계속 운전했다. 머스코카, 레이크헤드, 매니토바주 경계까지. 때로는 차를 한 시간 정도 갓길에 세우고 잠을 잤다. 매니토바에서는 너무 추워서 그렇게 할 수가 없어 모텔로 들어갔다. 그녀는 도로변 식당에서 밥을 먹었다. 식당에 들어가기 전에는 머리를 빗고 화장을 했으며, 어떤 남자가 자신을 쳐다보고 있을지도 모른다고 생각할 때 여자들이 그러듯 꿈꾸는 것처럼 아련한 눈빛으로 가까운 주변에만 시선을 고정했다. 그녀가 정말로 거기에 사이먼이 있을 거라고 기대했다고 한다면 지나친 말이겠지만, 그녀는 그 가능성을 완전히 배제하지는 않는 듯했다.

거리가 늘어날수록 그 힘은 정말로 약해졌다. 그만큼 단순했다. 하지만 그녀가 나중에 생각했듯이, 그 거리는 차나 버스나 자전거로 밟아야 하며 비행기를 타서는 똑같은 결과를 얻을 수 없을 터였다. 사이프러스힐스가 보이는 초원의 타운에서 변화가 감지되었다. 그녀는 태양이 머리 뒤에서 솟아오를 때까지 밤새 운전했고, 그런 상황에서 으레 그렇듯 감정이 고요해지고 정신이 맑아지는 것을 느꼈다. 그녀는 카페에 들어가 커피와 달걀프라이를 주문했다. 카운터 자리에 앉아 카페 카운터 뒤편에 흔히 있는 물건들—커피 주전자들, 아마도 신선도가 떨어졌을 밝은색의 레몬과 라즈베리 파이들, 아이스크림이나 젤로를 담는 두꺼운 유리 접시들—을 쳐다보았다. 그녀의 바뀐 상태를 말해준 것이 바로 그 접시들이었다. 그 접시들이 모양새가 좋다거나 뭔가를 웅변하는 것처럼 보였다고 말한다면 올바른 상황 설명이 아니었을 것이다. 가능한 유일한 설명은 그녀가 단계를 막론하고 사랑에 빠진 사람에게는 불가능할 시선으로 그 접시들을 바라보았다는 것이었다. 로즈는 회복기 환자와 같은 감사의 마음을 품고 그 접시들의 견고함을 느꼈으며, 그 무게는 그녀의 두뇌와 다리에 편안히 자리잡았다. 그때 그녀는 이 카페에 들어오면서 사이먼에 대한 터무니없는 생각을 전혀 하지 않았다는 것을 깨달았고, 그래서 그를 만날지도 모르는 무대로만 보였던 세상이 다시 원래대로 돌아간 것 같았다. 아침식사를 하자 졸음이 밀려와 모텔에 들어가야 했다. 거기에서 옷을 입은 채로 해가 들이치는 창문에 커튼도 치지 않고 잠에 빠져들었는데, 그 일련의 과정이 시작되기 전의 풍성하도록 명료한 삼십 분 동안 그녀는 생각했다. 사랑은 세상을 지워버린다고, 사랑이 잘되어갈 때만이 아니라 망가지고 있을 때도 마찬가지라고. 놀라울 것도 없는 생각이었고 실제로 그녀는 놀라지 않았다. 정말 놀라운 것은 모든 것이 자신을 위해 아이스크림 접시처럼 두껍고 평범하게 제자리에 있어주기를 바라고 요구했다는 사실이었다. 따라서 그녀가 달아나며 벗어나려 하는 것은 실망, 상실, 파경만이 아니며 그와 정반대되는 것, 즉 사랑의 축복과 충격, 그 눈부신 변화이기도 한 것 같았다. 그런 것들이 안전하다 해도 그녀는 받아들일 수 없었다. 둘 중 어떤 경우라도 결국엔 뭔가를, 자신만의 균형추이건 진실성의 작고 메마른 알맹이이건, 빼앗기게 된다. 그렇게 그녀는 생각했다.

로즈는 대학에 편지를 써서, 토론토에서 죽어가는 친구의 병상을 지키는 동안 우연히 지인을 만나 서해안 지역의 일자리를 제안받았다고, 그래서 즉시 그곳으로 갈 예정이라고 설명했다. 그들이 까다롭게 나올 거라고 추측했지만 또 한편으로는 전혀 신경쓰지 않을 것 같기도 했는데, 결국 그 생각이 맞았다. 그녀의 고용 조건은, 특히 급료는, 그다지 고정적이지 않았기 때문이다. 그녀는 집을 세낼 때 중개를 맡았던 부동산 사무소에 편지를 썼고, 상점 여자에게도 편지를 써서 잘 지내라고 작별인사를 했다. 호프와 프린스턴을 잇는 고속도로에서 그녀는 차에서 나와 해안가 산지의 차가운 빗속에 서 있었다. 비교적 안전한 느낌, 기진맥진하면서도 정신이 온전한 느낌이었다. 물론 그 말에 동의하지 않을 사람들 몇몇을 뒤에 남기고 왔다는 것을 모르는 바는 아니었지만.

행운이 그녀와 함께했다. 밴쿠버에서 만난 지인이 새로운 텔레비전 시리즈의 배역을 담당하고 있었다. 서해안 지역에서 제작될 이 드라마는 괴짜와 떠돌이로 이루어진 가족 내지는 유사 가족에 관한 것으로 이들은 솔트스프링섬을 그들의 가정 내지는 본부로 삼았다. 로즈는 그 집을 소유한 주인, 즉 유사 엄마 역할을 맡게 되었다. 편지에 쓴 내용 그대로 서해안 지역의 일자리이자 지금까지 거쳐온 일 중 최고일 수도 있는 일자리였다. 특수 분장 기술을 사용해 그녀의 얼굴을 노인처럼 보이게 만들어야 했다. 분장을 담당한 남자는 이 시리즈가 성공을 거둬 몇 해만 계속된다면 그런 분장 기술들은 필요 없겠다고 농담을 했다.

서해안 지역 사람들 모두가 입에 달고 다니는 말은 연약이었다. 그들은 오늘 좀 연약해진 느낌이 든다거나 연약한 상태에 처해 있다는 식으로 말했다. 난 아니에요, 로즈는 말했다. 난 내가 오래된 말가죽으로 만들어졌다는 게 분명하게 느껴져요. 초원의 바람과 햇볕에 피부가 그을리고 거칠어졌다. 그녀는 말가죽이라는 말을 강조하기 위해 자신의 주름진 갈색 목덜미를 찰싹 쳤다. 벌써부터 그녀는 곧 연기하게 될 인물의 말투와 버릇을 조금씩 따르기 시작했다.

일 년 정도 지난 후, 로즈는 지저분한 스웨터를 입고 머리에 스카프를 두른 모습으로 브리티시컬럼비아 페리의 갑판 위에 나와 있었다. 그녀는 청반바지와 홀터넥 셔츠 차림으로 추위에 떨고 있는 예쁜 아가씨를 예의 주시하며 구명보트들 사이로 살금살금 돌아다녀야 했다. 대본에 의하면, 로즈가 연기하는 여자는 이 아가씨가 임신을 비관해 배에서 뛰어내릴까봐 두려워하고 있었다.

촬영 현장에 상당한 군중이 몰려들었다. 촬영을 잠시 멈춘 연기자들이 갑판 위 후미진 곳으로 걸어가 코트를 걸치고 커피를 마시고 있을 때 군중 속에 있던 여자가 다가와 로즈의 팔을 잡았다.

"나 기억 안 나죠?" 여자가 말했고, 실제로 로즈는 그 여자가 기억나지 않았다. 그러자 여자는 킹스턴에 대해, 파티를 열었던 커플에 대해, 심지어 로즈가 키우던 고양이의 죽음에 대해 이야기했다. 마침내 로즈는 그 여자가 자살에 관한 논문을 쓰고 있다던 사람임을 깨달았다. 하지만 외모가 상당히 달라 보였다. 값비싼 베이지색 바지 정장을 입고 베이지색과 흰색이 섞인 스카프를 머리에 두른 여자는 예전처럼 앞머리를 내리고 지저분하며 깡마르고 반항적인 모습이 아니었다. 그녀가 남편을 소개하자 그는 로즈를 보고 툴툴거렸다. 마치 자기가 그녀를 보고 법석을 떨 거라고 기대한다면 착각이라고 말하려는 것 같았다. 그가 다른 곳으로 가자 여자가 말했다. "불쌍한 사이먼, 그 사람 죽은 거 알죠?"

그러더니 촬영이 더 이어질 것인지 알고 싶어했다. 로즈는 여자가 왜 그런 질문을 하는지 알았다. 장면의 배경에 서 있거나 심지어 전경에 끼어들어 화면에 나온 뒤 친구들에게 전화해 텔레비전에 나온 자신의 모습을 보라고 말하고 싶은 것이다. 예전에 파티에 있었던 사람들에게 전화를 한다면, 자기도 그 텔레비전 시리즈가 완전히 쓰레기인건 알지만 그냥 재미삼아 해보라는 설득에 넘어가서 화면에 나온 거라고 말해야 할 것이다.

"죽어요?"

여자가 머리에 두른 스카프를 벗자 바람에 머리칼이 얼굴 위로 날렸다.

"췌장암이었어요." 그녀는 그렇게 말하고는, 스카프를 좀더 맘에 들게 고쳐 쓰려고 얼굴을 바람이 부는 방향으로 돌렸다. 사정을 잘 아는 사람의 교활한 목소리라고 로즈는 생각했다. "사이먼을 얼마나 잘 아셨는지는 모르겠어요." 여자가 말했다. 자기가 그를 얼마나 잘 알았는지 이쪽에서 의문을 품게 하려는 말일까? 저 교활한 태도는 승리의 확인일 뿐만 아니라 도움의 요청일 수도 있다. 저 여자는 불쌍해할지언정 신뢰할 수는 없는 사람이다. 로즈는 그 여자에게 들은 말을 생각하기보다는 그런 생각을 하고 있었다. "정말 슬픈 일이에요." 여자는 턱을 안으로 밀어넣어 스카프에 매듭을 지으며, 부쩍 사무적으로 변한 말투로 말했다. "슬픈 일이죠. 오랫동안 병을 앓았거든요."

누군가가 로즈의 이름을 부르고 있었다. 촬영 현장으로 돌아가야 했다. 젊은 여자는 바다에 몸을 던지지 않았다. 이 드라마에서 그런 일은 일어나지 않았다. 그런 일은 언제나 일어날 듯 말 듯 하다가, 매력 없고 지엽적인 인물들에게만 가끔 일어나고 끝났다. 드라마를 보는 사람들은 예측 가능한 재앙은 일어나지 않을 거라고 믿었고, 줄거리에 의심의 여지를 남기는 초점의 이동으로부터, 새로운 판단과 해법을 요구하면서 온당치 않고 잊을 수 없는 풍경으로 창문을 열어젖히는 어긋남으로부터 자신들은 안전하다고 믿었다.

사이먼의 죽음은 로즈에게 그런 어긋남으로 다가왔다. 터무니없었다, 부당했다, 그런 정보가 뭉텅 빠져버렸다는 것은. 로즈가 이 나이를 먹고도 오로지 자신만이 아무런 권력이 없는 사람이라고 생각할 수 있었다는 것은.

스펠링

상점을 하던 지나간 시절에, 플로는 정상을 벗어나고 있는 여자를 보면 자신은 바로 알아차릴 수 있다고 말하곤 했다. 특이한 모자나 신발이 최초의 단서인 경우가 많았다. 여름날 활짝 벌어진 채 신은 방수용 덧신. 질질 끌고 다니는 고무장화나 남자용 작업화. 그들은 티눈 때문이라고 말하겠지만 플로는 그런 말에 넘어갈 사람이 아니었다. 그것은 의도적인 행동, 무언가를 말하려는 행동이었다. 그다음으로 등장할 수 있는 것은 오래된 펠트 모자, 날씨와 관계없이 입고 다니는 찢어진 레인코트, 끈으로 허리를 동여 입은 바지, 갈가리 찢긴 흐릿한 색 스카프, 겹겹이 껴입은 올이 풀린 스웨터 등이었다.

　엄마와 딸이 똑같은 경우도 많았다. 그것은 항상 그들 안에 있었다. 광기의 파도, 키득거림처럼 억누를 수 없고 내면 깊숙한 곳에서 차올라 그들의 온전한 면을 서서히 잠식해버리는 그것.

그들은 플로에게 와서 자신들의 이야기를 들려주었다. 플로는 맞장구를 쳐주었다. "그런 거예요?" 그녀는 그렇게 말하곤 했다. "너무하네요."

우리집 채소 강판이 사라졌는데, 누가 가져갔는지 난 알아요.

밤에 옷을 벗을 때면 어떤 남자가 와서 날 쳐다봐요. 블라인드를 내려도 그 틈새로 엿본다니까요.

새로 캔 감자 두 무더기를 도둑맞았어요. 복숭아를 담아둔 항아리도요. 괜찮은 오리알도 좀 없어졌고요.

그런 여자들 중 한 명은 마침내 카운티 양로원에 보내졌다. 거기 사람들이 처음으로 한 일은, 플로는 말했다, 그 여자를 씻기는 거였다. 다음으로 한 일은 건초 더미처럼 자란 머리칼을 자르는 일이었다. 그들은 그 안에서 죽은 새라든가 새끼 쥐의 해골만 남은 둥지 같은 것이 나오지 않을까 생각했다. 그들이 찾은 것은 열매의 겉껍데기와 나뭇잎과 머리에 걸려들어 윙윙거리다 죽었을 게 틀림없는 벌 한 마리였다. 머리를 충분히 짧게 잘랐을 때 그들은 헝겊 모자를 발견했다. 여자의 머리에 씌워진 채 썩어버린 모자를 뚫고 머리카락이 철망 사이로 솟아나는 풀처럼 자라 있었다.


플로는 수고를 줄이려고 식탁을 미리 차려두는 버릇을 들였다. 비닐 식탁보는 끈끈했고, 그 위에 놓였던 크고 작은 접시의 외곽선이 기름때 묻은 벽에 걸렸던 액자의 외곽선처럼 또렷이 보였다. 냉장고에는 유황냄새가 나는 파편, 거무스름한 더께, 솜털이 뒤덮인 음식찌꺼기 들이 가득했다. 로즈는 닦고 긁어내고 열탕 소독을 했다. 때로 플로는 지팡이 두 개를 짚고 쿵쿵거리며 지나갔다. 로즈의 존재를 아예 모른 척하기도 했고, 메이플시럽을 병째로 입에 대고 와인 마시듯 마시기도 했다. 이제 플로는 단것을 좋아했다. 갈망했다. 갈색설탕을 숟가락으로 퍼먹었고, 메이플시럽, 캔에 든 푸딩, 젤리 등 단것을 뭉텅뭉텅 목구멍으로 넘겼다. 담배는 끊었다. 아마도 불이 날까 두려워서 그랬을 것이다.

다른 때는 이렇게 말했다. "계산대 뒤에서 뭐해? 원하는 게 있으면 말해. 내가 꺼내줄 테니." 플로는 부엌이 상점이라고 생각했다.

"나 로즈예요." 로즈는 큰 목소리로 느리게 말했다. "여기는 부엌이에요. 난 부엌을 치우고 있고요."

부엌을 정리해놓은 방식은 수수께끼 같고 개인적이고 엉뚱했다. 대형 팬은 오븐 안에, 중간 크기의 팬은 모퉁이 선반 위 감자 재배용 화분 아래에, 작은 팬은 개수대 옆 걸이에. 채소 거름망은 개수대 아래에. 행주, 오려낸 신문기사, 가위, 머핀 틀 등은 잡다한 걸이에. 청구서와 편지 더미는 재봉틀 위에, 전화기 선반 위에. 그것들은 하루나 이틀 전에 거기 놓인 것처럼 보이겠지만 사실은 몇 년째 그 자리에 있었다. 로즈는 자신이 쓴 편지도 우연히 발견했다. 억지로 쥐어짠 듯한 발랄한 문체로 쓴 편지. 거짓된 전령이었다. 이제는 사라진 그녀 인생의 한 시기와의 거짓된 연결.

"로즈는 없어," 플로는 말했다. 그녀는 이제 기분이 나쁘거나 혼란스러울 때 아랫입술을 밖으로 빼는 습관이 있었다. "로즈는 시집갔어."

둘째 날 아침에 일어나 보니 누군가가 떨리는 거대한 숟가락을 휘두른 것처럼 부엌이 난리가 나 있었다. 대형 팬은 냉장고 뒤에 끼워져 있었고, 뒤집개는 수건과 함께 있었으며, 빵칼은 밀가루 통 속에, 구이용 팬은 개수대 아래 배관 뒤편에 처박혀 있었다. 로즈는 플로에게 아침 식사로 죽을 만들어주었다. 플로가 말했다. "날 돌보라고 사람들이 보낸다던 여자가 댁이로구먼."

"그래요."

"이 근처 사람이 아니야?"

"아니에요."

"난 돈이 없어서 돈 못 줘. 돈은 보낸 사람이 줘야지."

플로는 갈색설탕이 죽을 완전히 뒤덮도록 설탕을 붓고는 숟가락으로 평평하게 두드렸다.

아침을 먹은 뒤에 플로는 로즈가 자기 토스트를 만들려고 빵을 자르느라 쓰고 있던 도마를 쳐다보았다. "이 물건이 걸리적거리게 왜 여기 놓여 있어?" 플로는 권위적으로 말한 뒤 도마를 들고—지팡이 두 개를 쓰는 사람으로서 최대한 능숙하게—걸어나가 어딘가에, 예컨대 피아노 의자 안이나 뒤뜰로 나가는 계단 아래에 숨겼다.


몇 년 전 플로는 집 측면에 유리로 칸막이를 한 작은 실내 테라스를 만들었다. 그곳에서는 예전에 상점 계산대 뒤에서 그랬던 것처럼 한길을 바라볼 수 있었다(이제 판자로 막아버린 상점 창문에는 페인트로 칠한 오래된 광고가 뒤덮여 있었다). 예전에 핸래티에서 뻗어나가 웨스트핸래티를 지나 호수로 이어지던 그 길은 이제 중앙로가 아니었다. 고속도로 우회로가 생긴 것이다. 그리고 옛길은 이제 포장이 되고 널

찍한 배수로도 갖췄으며 길가에는 새로 수은등이 설치되었다. 옛날 다리는 없어지고 넓지만 훨씬 눈에 덜 띄는 다리가 새로 들어섰다. 핸래티와 웨스트핸래티의 차이는 거의 드러나지 않았다. 웨스트핸래티는 페인트칠과 알루미늄 외장재로 단장을 했고, 플로의 집만이 유일하게 흉물처럼 남아 있었다.

벌써 몇 년 동안이나, 플로가 관절과 동맥이 굳어가도록 앉아 있던 그 작은 실내 테라스에 놔두고 바라본 것들은 무엇이었을까?

강아지와 아기 고양이가 한 마리씩 그려진 달력. 코가 맞닿도록 마주한 얼굴과 두 몸 사이의 공간이 하트 모양을 이루었다.

앤 공주의 어린 시절을 찍은 컬러 사진.

브라이언과 피비가 선물로 준 블루마운틴 사기 화병. 안에는 노란 플라스틱 장미가 세 송이 꽂혀 있었고, 화병과 장미 모두 몇 계절에 걸쳐 내려앉은 먼지를 품고 있었다.

태평양 쪽 해변에서 로즈가 집으로 보낸, 하지만 플로가 확신하듯, 혹은 언젠가 확신했듯, 로즈가 직접 줍지는 않은 조개껍데기 여섯 개. 그것은 워싱턴주에서 보낸 휴가중에 산 것이었다. 여행자용 식당에서 비닐봉지에 넣어 계산대 옆에 진열해 팔던 충동구매 품목이었다.

주는 나의 목자시니, 라는 글을 칼로 음각하고 반짝이를 뿌린 검은색 바탕의 족자. 유제품회사에서 준 공짜 선물.

관 일곱 개가 나란히 놓인 신문기사의 사진. 두 개는 크고 다섯 개는 작은 관이었다. 부모와 아이들, 한밤중에 시골 농장에서 아무도 알지 못하는 이유로 모두 총에 맞아 죽었다. 그 집은 찾기 쉬운 곳이 아니었지만 플로는 직접 보았다. 플로가 지팡이를 하나만 쓰던 시절에 이웃들이 그녀를 일요일 드라이브에 데리고 나가 그곳에 갔다. 그들은 고속도로 주유소에서 한 번, 그리고 교차로 상점에서 다시 한번 길을 물어야 했다. 그들은 많은 사람들이 똑같은 질문을 했고 그들과 마찬가지로 결연한 태도였다는 말을 들었다. 하지만 플로는 볼 것이 별로 없었다고 인정할 수밖에 없었다. 다른 집들과 다를 것 없는 집. 굴뚝, 창문, 지붕널, 문. 아무도 걷을 생각을 하지 않고 빨랫줄에서 썩도록 내버려둔, 행주나 기저귀일 듯한 어떤 물건.

로즈는 거의 이 년 동안 플로를 보러 오지 않았었다. 그녀는 바빴다. 지원금으로 운영되는 소규모 극단과 함께 연극 전체를 또는 주요 장면을 무대에 올리거나, 고등학교 강당과 마을회관에서 낭독회를 하며 전국을 순회했다. 지역 방송국에 출연해 그 작품들에 대해 담소를 나누며 관심을 불러일으키고 순회공연 동안 있었던 재미있는 이야기들을 하는 것이 그녀가 맡은 일의 일부였다. 전혀 부끄러울 게 없는 일이었지만 로즈는 때로 설명할 수 없는 깊은 수치심을 느꼈다. 그녀는 마음속 혼란을 드러내지 않았다. 사람들 앞에서 이야기할 때는 솔직했고 호감을 샀다. 흥미로운 일화를 소개할 때도, 그것을 이미 수백 번 되풀이한 게 아니라 방금 생각난 것처럼 어리숙하고 소심한 투로 이야기했다. 호텔방으로 돌아오면 열병에 걸린 것처럼 몸을 덜덜 떨며 신음할 때가 많았다. 그녀는 피로 때문이라고, 혹은 폐경기가 가까워서라고 생각했다. 만났던 사람들이 아무도 기억나지 않았다. 그녀를 저녁식사 자리에 초대한 매력적이고 흥미로운 사람들, 그녀가 여러 도시에서 만나 함께 술을 마시며 자기 인생의 내밀한 사정을 털어놓았던 사람들을 하나도 기억할 수가 없었다.

플로의 집은 그 방치 상태가 지난번에 로즈가 다녀간 뒤로 마지막 굽이를 지나 있었다. 누더기와 종이와 먼지로 인해 방에 들어설 틈이 없었다. 햇볕을 들이려고 블라인드를 당기면 손에서 부서지고. 커튼을 흔들면 너덜너덜 찢어지면서 숨막히는 먼지를 일으키고. 서랍에 손을 넣으면 무언가 물컹하고 시커멓고 쓰레기 같은 것이 만져지고.

나쁜 소식을 전하게 되어 안됐다만, 네 어머니가 스스로를 건사할 수 있는 단계를 지나신 것 같아. 우리도 자주 들여다보려고 노력하지만 우리 역시 이젠 젊지 않잖아. 이제 때가 온 것 같다.

로즈와 그녀의 배다른 남동생 브라이언은 거의 똑같은 편지를 받았다. 엔지니어인 브라이언은 토론토에 살고 있었다. 로즈는 순회공연에서 막 돌아온 참이었다. 그녀는 거의 만나는 일 없는 브라이언과 그의 아내 피비가 플로와 가깝게 지낼 거라고 생각했었다. 결국 플로는 브라이언의 어머니이고 로즈에게는 새어머니였으니. 그리고 알아보니 그들은 실제로 가깝게 지냈다. 어쨌든 그들은 그렇다고 생각했다. 브라이언은 최근 남미에 있었지만 피비는 일요일 밤마다 플로에게 전화를 했다. 플로는 할말이 거의 없었고, 원래도 피비와는 대화를 나누지 않았다. 플로는 괜찮다고, 아무 일 없다고 말하며 날씨에 관한 몇 가지 얘기만 했다. 로즈는 집에 돌아온 뒤 전화로 플로를 살피며, 피비가 왜 속아넘어갔는지 알 수 있었다. 플로는 정상적으로 말했다. 여보세요, 괜찮아, 간밤에 폭풍이 대단했어, 그래, 몇 시간이나 정전이 되었어, 그런 말이었다. 한 동네에 살지 않는다면 간밤에 폭풍이 불지 않았다는 것을 모를 것이다.

그 이 년 동안 로즈가 플로를 완전히 잊은 것은 아니었다. 간간이 발작처럼 걱정이 들기도 했다. 단지 근래는 발작과 발작 사이의 소강기일 뿐이었다. 한번은 폭풍이 한창이던 1월에 갑작스레 걱정이 들어 눈보라를 뚫고 버려진 차들을 지나 이백 마일을 운전해 갔다. 마침내 플로의 집 앞 거리에 차를 세우고 플로가 치우지 못해 눈이 쌓인 길을 저벅저벅 걸어가면서, 로즈는 자신이 무사하다는 안도감과 플로를 걱정하는 마음뿐이었다. 초조함과 즐거움이 온통 뒤범벅된 기분이었다. 문을 연 플로가 고함을 내지르며 경고했다.

"저기 주차하면 안 돼!"

"뭐라고요?"

"저기 주차하면 안 된다고!"

플로는 새로운 조례가 생겼다고 말했다. 겨울철 도로변 주차 금지.

"눈을 치워서 주차할 공간을 만들어야지."

당연히 로즈는 폭발했다.

"지금 한마디만 더하면, 난 바로 차 몰고 가버릴 거예요."

"근데 저기 주차하면 안……"

"한마디만 더 해봐요!"

"넌 왜 여기 서서 입씨름을 하면서 집안에 찬바람을 들이는 거냐?"

로즈는 안으로 들어섰다. 집에 온 것이었다.

이는 로즈가 플로에 대해 하는 여러 이야기들 중 하나였다. 그녀는 재미있게 이야기했다. 자신이 느꼈던 피로, 좋은 일을 했다는 느낌, 지팡이를 휘두르며 고함치는 플로, 타인의 구조를 받는 신세에 대한 그녀의 격렬한 반감.

편지를 읽은 후 로즈는 피비에게 전화했고 피비는 집에 와서 함께 저녁을 먹으며 이야기하자고 했다. 로즈는 얌전히 굴기로 다짐했다. 브라이언과 피비는 항상 로즈를 못마땅해하는 기운을 뭉게뭉게 피우고 다닌다는 것이 로즈의 생각이었다. 그녀는 그들이 비록 제한적이고 위태로우며 지역적인 것이나마 자신의 성공을 못마땅해한다고, 또한 실패하면 더더욱 못마땅해한다고 생각했다. 그들이 그녀에 대해 특별히 많은 생각을 한다거나 뚜렷한 감정 같은 것을 느낄 가능성은 별로 없다는 사실 또한 알고 있었다.

로즈는 평범한 치마에 오래된 블라우스를 입었다가 마지막 순간에 빨간색과 금색이 섞인 얇은 인도산 면으로 만든 긴 원피스로 갈아입었다. 로즈가 항상 너무 연극적이라고 생각하는 그들의 의견을 정당화시켜줄 바로 그런 옷이었다.

어쨌거나 그녀는 늘 하던 다짐을 또 했다. 조곤조곤한 목소리로 사실에 근거한 말만을 할 것이며 브라이언과 진부하고 어리석은 언쟁에 빠져들지 않겠다고. 그러나 늘 그렇듯이 동생 부부의 집에 들어서서 그들의 고요한 일상을 접하고 그들이 느끼는 만족, 자기만족, 완벽히 정당화되는 자기만족이 심지어 그릇이나 커튼에서도 풍겨나오는 것을 느끼는 순간, 그녀의 분별력은 증발해버리는 것 같았다. 피비가 순회공연에 대해 물었을 때 그녀는 긴장했다. 그리고 피비 역시 약간 긴장했는데, 브라이언이 딱히 찡그리지는 않았지만 경박한 화제가 탐탁지 않음을 내색하며 말없이 앉아 있었기 때문이다. 브라이언은 로즈와 같은 계통의 일을 하는 사람들을 좋게 보지 않는다고, 본인을 면전에 두고 여러 번 말했었다. 하지만 그가 좋게 보지 않는 사람들은 아주 많았다. 배우, 화가, 언론인, 부자(자신도 부자라는 사실은 결코 인정하지 않았다), 그리고 대학의 예술 계통 교직원 전체. 관련 계층과 범주 전체가 다 쓸데없는 낭비. 죄목은 모호한 사고와 과시적 행동, 부정확한 말, 도를 넘는 방종. 그가 진심으로 하는 말인지 누이 앞에서 일부러 하는 말인지 로즈는 알 수 없었다. 브라이언이 경멸조의 낮은 목소리로 미끼를 던지면 그녀는 덥석 물었다. 남매는 싸웠고 누이는 눈물을 머금고 그 집을 나왔다. 그런데 로즈는 느꼈다, 그 모든 것의 한꺼풀 아래에서 그들은 서로 사랑한다고. 하지만 그들은 아주, 아주, 오랜 경쟁—누가 더 나은 사람인가? 누가 더 좋은 직업을 선택했는가?—을 멈출 수가 없었다. 그들은 무엇을 갈구한 것일까? 그것은 상대방의 인정, 아마도 둘 다 기꺼이 줄 의향은 있지만 아직은 아닌 인정이었다. 피비는 상황을 정상화시키는 데 훌륭한 재능이 있는(상황을 부풀리는 그들 가족의 재능과 정반대되는 특성) 조용하고 충실한 여자였다. 피비는 그들에게 음식을 차려주고 커피를 따라주며 점잖지만 어리둥절한 태도로 그들을 바라보았다. 피비에게 그들의 경쟁, 예민함, 상처 등은 전구 소켓에 손가락을 집어넣는 만화 주인공들의 허튼짓처럼 야릇하게 보였을 것이다.

"난 항상 플로가 우리집에 다시 한번 오셨으면 했어요." 피비가 말했다. 플로는 아들 집에 한 번 왔었고 사흘 만에 집에 데려다달라고 했다. 그래놓고도 그뒤로는 브라이언과 피비가 소유한 물건들과 그 집의 특징을 주워섬기는 데서 기쁨을 느끼는 듯했다. 브라이언과 피비는 돈밀스에서 수수하게 살았고, 플로가 늘 입에 올리는 특징들—현관문의 초인종, 차고의 자동문, 수영장—은 교외의 평범한 집이라면 대개 갖

출 법한 것들이었다. 로즈가 그렇게 이야기하면 플로는 그녀가, 로즈
가, 질투한다고 생각했다.

"저도 누가 준다면 좋아라 할 거면서."

"좋아라 안 해요."

그건 사실이었다. 로즈는 사실이라고 믿었다. 하지만 플로에게나 핸
래티 사람들에게 그것을 어떻게 설명할 수 있을까? 핸래티에 쭉 살면
서 부자가 되지 않는다면 그것은 예정된 삶을 살아내는 것이므로 괜찮
다. 하지만 외지로 가서 부자가 되지 못하거나, 혹은 로즈처럼 부자가
된 삶을 유지하지 못한다면 뭐하러 나갔단 말인가?

저녁을 먹은 후 로즈와 브라이언과 피비는 뒤뜰 수영장가에 앉아 있
었다. 브라이언과 피비의 네 딸 중 막내가 용 모양 튜브를 타고 놀았
다. 모든 것이 아직은 화기애애하게 흘러갔다. 로즈가 핸래티에 가서
플로를 와와나시 카운티 양로원에 입원시킬 준비를 하기로 결정되었
다. 브라이언이, 혹은 그의 비서가, 이미 조사를 마쳤고, 그는 그곳이
단지 저렴하기만 한 것이 아니라 다른 어느 사설 양로원보다 운영 방
식이 좋고 시설도 다양한 것 같더라고 말했다.

"플로가 그곳에서 옛날 친구들을 만나실 수도 있겠네요." 피비가 말
했다.

로즈의 유순함과 얌전한 행동은 부분적으로 그녀가 저녁 내내 쌓아
올린 환상으로 인한 것이었다. 브라이언과 피비에게는 결코 내보이지
않을 환상이었다. 그녀는 핸래티로 가서 플로를 돌보는 자신, 플로와
함께 살면서 필요한 동안 내내 그녀를 돌보는 자신의 모습을 그려보았
다. 플로의 부엌을 청소한 뒤 새로 칠을 하고, 지붕이 새는 곳에(편지

에서 언급한 문제들 중 하나) 지붕널을 덧대고, 화분에 꽃을 심고, 영양이 듬뿍 담긴 수프를 만들 거라고 생각했다. 그녀는 플로가 그 그림에 쏙 들어가 감사하는 삶에 안주할 거라고 상상할 정도로 앞서 나가지는 않았다. 하지만 플로가 점점 짜증을 내면 낼수록 그녀는 더욱 온순하고 끈기 있게 행동할 것이다. 그러면 그 누가 그녀를 자기중심적이고 경박하다고 꾸짖을 수 있겠는가?

그 환상은 집에 돌아와 지낸 첫 이틀을 넘기지 못했다.


"푸딩 드실래요?" 로즈가 물었다.

"아, 난 상관없어."

술을 권유받을 때 어떤 사람들이 내보이곤 하는 정교한 무심함, 한 줄기 희망의 낌새.

로즈는 트라이플을 만들었다. 베리와 복숭아, 커스터드, 케이크, 거품을 낸 생크림 그리고 달콤한 셰리.

플로는 대접째로 절반을 먹어치웠다. 먼저 작은 그릇에 옮겨 담는 수고는 생략하고 그대로 허겁지겁 퍼먹었다.

"끝내준다." 플로가 말했다. 로즈는 플로가 그토록 순순히 감사와 기쁨을 인정하는 말을 하는 것은 들어본 적이 없었다. 플로는 "끝내준다"고 말하고는 앉아서 기억하고 음미하고 트림도 조금 했다. 부드럽고 감미로운 커스터드, 새콤한 베리, 단단한 복숭아, 셰리에 적신 케이크의 호사스러움, 거품을 낸 생크림의 풍부함.

로즈는 자신이 한 일이 플로를 이만큼 기쁘게 한 건 평생 처음이라고 생각했다.

"곧 또 만들어드릴게요."

플로는 본모습으로 돌아왔다. "아, 뭐. 좋을 대로 해."

로즈는 카운티 양로원으로 차를 몰고 갔다. 시설을 답사하며 안내를 받았다. 집에 돌아와서는 플로에게 그곳에 대해 이야기하려 해보았다.

"누구네 집home이라고?"

"아니요, 카운티 양로원County Home 말이에요."

로즈는 그곳에서 본 사람들 몇 명을 언급했다. 플로는 그들 중 누구도 안다고 인정하지 않았다. 로즈는 창밖 풍경과 쾌적한 방에 대해 이야기했다. 플로는 화가 난 듯했다. 얼굴이 어두워졌고 입술이 비죽 나와 있었다. 로즈는 카운티 양로원 공예교실에서 오십 센트를 주고 산 모빌을 내밀었다. 파란색과 노란색 종이로 오려 만든 새들이 눈에 보이지 않는 공기의 흐름에 따라 들썩들썩 춤을 췄다.

"네 똥구멍에나 처넣어라." 플로가 말했다.

로즈는 모빌을 실내 테라스에 매달며, 저녁식사가 담긴 쟁반이 방으로 올라오는 것을 보았다고 말했다.

"움직일 수 있으면 식당으로 가는데, 그럴 수 없는 사람들은 방에서 쟁반에 담긴 음식을 받아요. 그 사람들이 뭘 먹는지도 봤어요.

잘 익은 로스트비프, 매시트포테이토, 깍지 콩, 통조림이 아니라 냉동된 걸 요리한 거고요. 또 오믈렛을 먹기도 해요. 버섯 오믈렛이든 닭고기 오믈렛이든 아니면 그냥 아무것도 안 넣은 오믈렛이든 입맛에 맞게 먹을 수 있어요."

"디저트는 뭐였니?"

"아이스크림. 소스를 얹어서요."

"무슨 소스였는데?"

"초콜릿소스. 버터스카치소스. 호두소스."

"난 호두는 못 먹어."

"마시멜로도 있었어요."


　양로원에서 노인들은 층별로 분류되었다. 일층에는 총기가 있고 깔끔한 사람들이 있었다. 그들은 대개 지팡이에 의지해 걸어다녔다. 서로의 방에도 가고 카드 게임도 했다. 함께 노래도 부르고 취미를 즐기기도 했다. 공예교실에서는 그림을 그리고, 러그를 짜고, 퀼트 이불을 만들었다. 그런 일들을 할 수 없으면 헝겊 인형이나 로즈가 산 것과 같은 모빌을 만들기도 했고, 스티로폼 공을 연결하고 반짝이로 눈을 붙여 푸들이나 눈사람을 만들었다. 또한 베껴 그린 외곽선 위에 압정을 박아, 말을 탄 기사나 전함, 비행기, 성 등의 그림자 그림을 그리기도 했다.

　그들은 연주회를 조직했고, 댄스파티를 열었고, 체커 게임 대회를 주관했다.

　"이곳에는 평생 어느 때보다 지금이 제일 행복하다고 말하는 사람들도 있어요."

　한 층을 올라가면 텔레비전을 보는 사람들이 더 많았고, 휠체어가 더 자주 눈에 띄었다. 머리를 떨군 사람, 혀가 축 늘어진 사람, 사지가 통제할 수 없이 떨리는 사람들이 있었다. 그럼에도 여전히 사교적인 분위기가 흘렀고, 사람들은 대체로 정신이 온전해서 어쩌다 가끔 멍해

지거나 넋을 놓는 때가 있는 정도였다.

삼층에서는 좀 놀라운 경우들을 볼 수 있었다.

삼층 사람들 중 일부는 말을 전혀 하지 않았다.

기괴하게 경련하거나 머리를 홱 젖히거나 팔을 휘젓는 등의 목적도 없고 통제도 안 되는 듯한 행동을 제외하면 움직임이 없는 사람들도 있었다.

거의 모든 사람들이 바지가 젖었든 말랐든 신경쓰지 않았다.

그들은 먹이고 닦고 들어올리고 의자에 묶고 풀고 침대에 올리는 몸 뚱이였다. 산소를 들이마시고 이산화탄소를 내뿜는 것으로 그들은 세상의 삶에 참여했다.

피부가 견과류 껍질처럼 거뭇하고 두피에는 민들레 홀씨의 갓털 같은 머리카락 세 가닥이 비어져나온 할머니가 칸막이를 두른 침대 위에 기저귀를 차고 웅크린 채로 요란하게 떨리는 소음을 내고 있었다.

"안녕, 이모." 간호사가 말했다. "오늘, 스펠링 연습하시네. 밖에 날씨가 너무 좋아요." 그녀는 허리를 숙여 노인의 귀에 대고 말했다. "'날씨'는 어떻게 써요?"

웃을 때마다 잇몸이 드러나는 간호사는 한시도 웃음을 멈추지 않았다. 그녀는 흡사 정신 나간 사람처럼 명랑했다.

"날씨," 노인이 말했다. 그녀는 단어를 생각해내려고 끙끙거리며 몸을 앞으로 수그렸다. 로즈는 노인이 변을 지릴 것 같다고 생각했다. "W-E-A-T-H-E-R."

그러자 노인은 비슷한 단어를 생각해냈다.

"여부. W-H-E-T-H-E-R."

거기까지는 좋았다.

"자, 이제 손님이 이모에게 문제를 내세요." 간호사가 로즈에게 말했다.

잠시 로즈의 머릿속에 떠오른 단어들은 온통 음란하거나 절망적인 것들뿐이었다.

하지만 미처 문제를 내기도 전에 다른 단어가 나왔다.

"숲. F-O-R-E-S-T."

"축하하다." 로즈가 불쑥 말했다.

"C-E-L-E-B-R-A-T-E."

노인은 또렷하게 소리 내는 능력을 많이 잃어버린 사람이라 그녀가 하는 말을 알아들으려면 신경을 바짝 세우고 들어야 했다. 그녀가 말하는 것은 입이나 목이 아니라 폐와 배 깊은 곳에서 나오는 것 같았다.

"대단하시지 않아요?" 간호사가 말했다. "보지 못하는 분이라 들을 수 있는지 알아보는 유일한 방법이 이거예요. 만일 '여기 저녁식사가 왔어요' 하면 식사에는 신경을 쓰시지 않지만 저녁식사의 스펠링은 잘 말씀하시기도 해요."

"저녁식사." 간호사가 보란듯이 말하자 할머니가 알아들었다. "D-I-N-N……" 때때로 긴 멈춤이 있었다. 각 글자 사이의 긴 멈춤. 노인은 아주 가느다란 끈을 따라, 이쪽 편에 있는 사람은 누구든 추측만 할 수 있을 뿐인 공허 혹은 혼란 속을 헤매고 있는 것 같았다. 하지만 끈을 아예 놓치지는 않았고, 아무리 까다롭거나 복잡한 단어일지라도 끝까지 따라갔다. 완성했다. 그러고는 앉아서 기다렸다. 보이는 것도 재미난 일도 없는 나날의 한복판에서, 어디에선가 다른 단어가 튀어나올 때까지 하염없이 기다렸다. 그녀는 그 단어를 품에 안고 모든 에너지를 쏟아부어 완전히 알아냈다. 노인의 머릿속에서 단어들은 어떤 상태일지 로즈는 궁금했다. 보통의 의미를 지닐까? 무슨 의미든 의미가 있기는 할까? 꿈속의 단어, 혹은 어린아이들의 머릿속 단어가 그렇듯 하나하나가 새로 알게 된 동물처럼 경이롭고 또렷하고 생생할까? 해파리처럼 축 늘어지고 투명한 이 단어, 뿔달팽이처럼 딱딱하고 고약하며 은밀한 저 단어. 단어들은 실크해트처럼 근엄하고 희극적일 수도 있고 리본처럼 매끈하고 활달하고 돋보일 수도 있었다. 사적인 방문객들의 행진, 아직 끝나지 않았다.

다음날 아침 일찍 로즈는 무엇 때문엔가 잠에서 깼다. 플로의 집에서 냄새를 견딜 수 있는 유일한 곳인 작은 실내 테라스에서 자던 중이었다. 하늘이 우윳빛으로 밝아오고 있었다. 강 건너 나무들—트레일러 주차장을 만들기 위해 곧 잘려나갈 나무들—은 새벽하늘을 배경으로, 예컨대 물소 같은, 새까만 털북숭이 짐승처럼 웅크리고 있었다. 바로 전까지 로즈는 꿈을 꾸고 있었다. 전날 답사를 다녀온 양로원과 확실히 연결된 꿈이었다.

사람들이 우리에 갇혀 있는 커다란 건물 안에서 누군가가 그녀를 이끌고 다녔다. 처음에는 모든 것이 어두침침하고 거미줄투성이처럼 보였고, 로즈는 이건 너무 형편없는 시설 같다고 따졌다. 하지만 더 갈수록 우리는 커지고 정교해져서 거대한 고리버들 새장, 모양과 장식이 환상적인 빅토리아시대의 새장처럼 보였다. 새장 속 사람들에게 음식이 배급되었는데 로즈가 잘 살펴보니 초콜릿 무스와 트라이플과 블랙

포리스트 케이크 등의 질 좋은 음식이었다. 그때 어느 새장에서 플로를 보았다. 왕좌 같은 의자에 수려한 모습으로 앉아서 또렷하고 권위적인 목소리로 스펠링을 말하고 있었는데(로즈는 잠에서 깬 후엔 그 단어들이 무엇이었는지 기억할 수 없었다) 지금까지 비밀로 했던 능력을 보여주는 자신에게 흡족해하는 것처럼 보였다.

로즈는 부서진 잡석이 쌓여 있는 방에서 플로가 숨쉬고 뒤채는 소리가 들리나 귀를 기울였다. 아무 소리도 들리지 않았다. 플로가 죽었으면 어떡하지? 로즈의 꿈속에 눈부신 모습으로 나타나 흡족해하던 바로 그 순간에 죽은 거라면? 로즈는 잠자리를 박차고 일어나 맨발로 플로의 방으로 달려갔다. 침대가 비어 있었다. 부엌에 가니 외출 준비를 마친 플로가 식탁에 앉아 있었다. 브라이언과 피비의 결혼식 때 입었던 감청색 여름 코트와 그에 딸린 터번 모양 모자 차림이었다. 코트는 구겨져 세탁이 필요한 상태였고 터번은 비뚤어져 있었다.

"이제 난 갈 준비가 되었소." 플로가 말했다.

"어디를 가요?"

"거기." 플로가 머리를 까딱하며 말했다. "댁이 말한 거기. 구빈원."

"양로원이요." 로즈가 말했다. "오늘 가실 필요는 없어요."

"날 데리고 오라고 댁을 고용한 거잖아요. 그러니 이제 어서 날 데려가시오." 플로가 말했다.

"난 누가 고용한 사람이 아니에요. 로즈예요. 차를 한 잔 끓여드릴게요."

"끓이는 건 맘대로 하시오. 난 안 마실 거니까."

플로를 보니 로즈는 진통을 느끼기 시작한 산모가 생각났다. 그녀의 집중, 결연함, 급박함이 그러했다. 죽음이 자기 안에서 아기처럼 움직이다 곧 몸을 찢고 나올 준비를 하고 있음을 느끼는 거라고 로즈는 생각했다. 그래서 그녀는 언쟁을 포기했고, 옷을 입고 서둘러 짐을 싼 뒤 플로를 차에 태워 양로원으로 데려갔다. 하지만 죽음이 곧이라도 찢고 나와 플로를 해방시킬 거라는 로즈의 생각은 잘못된 것이었다.

그 얼마 전에 로즈는 전국 텔레비전에 방송되는 연극에 출연했다. 〈트로이의 여인들〉. 대사가 없는 배역이었으며, 사실은 다른 곳에서 더 좋은 배역을 딴 친구를 위해 자리를 채워주려고 참여한 작품이었다. 연출자는 트로이 여인들의 통곡과 애도를 잘 살리기 위해 여배우들을 맨가슴으로 출연시켰다. 그들은 저마다 한쪽 가슴을 드러냈다. 헤카베와 헬레네 같은 왕족은 오른쪽 가슴을, 로즈와 같은 평민 처녀나 부인들은 왼쪽을 내놓았다. 로즈는 그런 노출이 자신을 더 나아 보이게 해줄 거라고 생각하지 않았지만—어쨌든 나이가 들었고 가슴은 처졌으니—그 아이디어에는 적응할 수 있었다. 그것이 일으킬 반향은 예상하지 않았다. 많은 사람들이 시청할 거라고도 생각하지 않았다. 이 나라의 어떤 지역에서는 퀴즈 쇼나 경찰차 추격전, 미국 시트콤 등을 맘 놓고 좋아하지 못하면서 사회문제나 미술관 기행이나 야심차게 기획한 연극에 대한 대화를 애써 견뎌야만 하는 사람들이 산다는 사실을 그녀는 잊고 있었다. 그리고 도시마다 잡지 판매대에 살덩어리들이 편으로, 조각으로 올라 있는 판국에, 사람들이 그렇게나 놀랄 거라고는 생각하지 않았다. 슬픈 눈을 한 트로이 여인들에게 어찌 그런 흉한 것이 달려 있단 말인가? 한기로 쪼그러들었다가 조명 아래에서 땀으로

흠씬 젖고 허연 분을 덕지덕지 바른 것이? 제 짝 없이 홀로 있는 모습이 우스꽝스럽고 마치 종양처럼 애처롭고 부자연스러운 것이?

플로는 그에 대해 한마디하기 위해 관절염으로 거의 못 쓰게 된 부은 손가락을 억지로 놀려 편지에 수치라고 써 보냈다. 플로는 로즈의 아버지가 이미 오래전에 돌아가시지 않았다면 바로 지금 죽고 싶었을 거라고 썼다. 맞는 말이었다. 로즈는 저녁식사에 초대한 친구들에게 그 편지를, 혹은 그 일부를 소리 내어 읽어주었다. 그녀가 그 편지를 읽은 것은 희극적인 효과를 위해서였다. 떠나온 삶과의 간극이 얼마나 큰지 보여주는 극적 효과를 위해. 비록 그런 간극은 잘 생각해보면 그다지 특별할 게 못 된다는 것을 알고는 있었지만. 그녀의 친구들도 대부분 열심히 일하고 안달을 내고 희망을 품는 평범한 사람들 같았지만, 그들 역시 어느 실망한 가정에서 절연을 당하거나 간절한 기도의 대상이 된 사연 하나쯤은 내놓을 수 있었다.

편지를 반쯤 읽었을 때 그녀는 멈춰야 했다. 이런 식으로 플로를 드러내고 비웃는 것이 구차한 일이라고 생각해서 그런 것은 아니었다. 전에도 자주 그런 적이 있었고, 그것이 구차한 일이라는 사실 또한 처음 떠오른 생각도 아니었다. 사실 그녀를 멈추게 한 것은 그 간극이었다. 그녀는 그 간극을 새삼스럽게 깨닫고 아찔해졌다. 그것은 비웃을 일이 아니었다. 플로의 이런 나무람은 우산을 폈다고 항의한다거나 건포도를 먹지 말라고 경고하는 것만큼이나 일리가 없었다. 하지만 그것은 고통스러울 정도로 진심어린 말이었고, 고된 삶에서 나올 수 있는 교훈은 그런 것뿐이었다. 맨가슴에 대한 수치심.

또다른 어느 때에는 로즈가 상을 받기로 되어 있었다. 다른 몇 사람과 함께 받는 상이었다. 토론토의 한 호텔에서 연회가 열릴 예정이었다. 플로에게도 초대장을 보냈지만 로즈는 플로가 올 거라고 생각하지 않았다. 연회 주최자가 친지에 대해 물었을 때 누군가의 이름을 대야 한다고 생각했고, 브라이언과 피비의 이름은 댈 수가 없었다. 물론 내심으로는 플로가 오기를 바랐을 가능성, 와서 보고 주눅들게 하고 싶고 마침내 플로의 그늘에서 벗어나고 싶었을 가능성도 있었다. 그것은 자연스러운 희망일 것이다.

플로는 미리 알리지 않고 기차로 왔다. 그리고 호텔에 도착했다. 그때도 관절염을 앓고 있었지만 아직은 지팡이 없이 돌아다녔다. 그녀는 항상 값싼 옷으로 단정하고 점잖게 차려입었지만 그날은 돈을 쓰고 조언을 구하기도 한 것 같았다. 연보라색과 자주색 체크무늬 바지 정장을 입었고, 흰색과 노란색 팝콘을 꿰어놓은 것 같은 목걸이를 했고, 머리에는 숱 많은 회청색 가발을 털모자처럼 이마 위로 내려 썼다. 재킷의 브이자 모양 목선 위와 너무 짧은 소매 밖으로 플로의 목과 손목이 튀어나와 있었고 무사마귀가 많이 난 갈색 피부가 마치 나무껍질에 싸인 것처럼 보였다. 로즈를 보자 플로는 가만히 멈춰 섰다. 그녀는 기다리고 있는 것 같았다―로즈가 다가오기를 기다릴 뿐만 아니라 눈앞의 장면에 대한 자신의 느낌이 정리되기를 기다리는 것 같았다.

정리는 곧 끝났다.

"저 검둥이 좀 보게!" 플로는 로즈가 가까이 다가가기도 전에 큰 소리로 말했다. 그랜드캐니언 아래를 내려다보았거나 오렌지가 정말로 나무에서 자라는 것을 본 사람처럼 단순하고 흡족한 놀라움을 표현하는 말투였다.

함께 상을 받는 사람들 중 하나인 조지를 두고 한 말이었다. 그는 자신에게 그런 희극적인 대사를 던진 사람이 누구인지 보려고 뒤돌아섰다. 그리고 플로는 실제로 희극 속 인물처럼 보였다. 그녀가 어리둥절해하는 모습, 배우가 아니라 실제 인물이라는 사실이 꽤 당황스러웠다는 점만 제외하면. 그녀는 자신이 일으킨 충격을 감지했을까? 아마도 그랬을 것이다. 그 한 번의 외침 이후로 플로는 입을 꼭 다문 채 마지못한 단음절의 대답 외에는 아무 말도 하지 않으려 했고 대접받은 음식이나 음료를 먹으려 하지도 않았으며 자리에 앉지도 않았다. 수염을 기르고 목걸이를 한 사람들, 남자도 여자도 아닌 듯한 사람들, 백인이 아니면서도 기죽지 않는 사람들 한가운데에서 위축되지 않는 모습으로 신기해하며 서 있다가 시간이 되자 기차를 타고 집으로 돌아갔다.

로즈는 플로를 보낸 뒤의 무시무시한 청소 작업 도중에 침대 밑에서 그 가발을 발견했다. 그리고 빨거나 드라이클리닝을 한 옷, 새로 산 스타킹, 탤컴파우더, 향수 등과 함께 그 가발을 양로원으로 가져갔다. 로즈를 의사라고 생각한 플로가 "난 여자 의사는 싫으니까 그냥 나가요" 하고 말할 때도 있었다. 하지만 가발을 가져온 로즈를 보았을 때는 이렇게 말했다. "로즈! 너 지금 손에 뭘 들고 있는 거냐? 회색 다람쥐 시체 아니야?"

"아니에요," 로즈는 말했다. "가발이에요."

"뭐라고?"

"가발이요." 로즈가 그렇게 말하자 플로는 웃기 시작했다. 로즈도 웃었다. 그 가발은 빨아서 빗질을 했는데도 정말로 죽은 고양이나 다람쥐처럼 보였다. 참 심란한 물건이었다.

"세상에, 로즈, 난 왜 쟤가 나한테 죽은 다람쥐를 갖다주나 생각했다! 내가 그걸 쓰면 틀림없이 누가 날 총으로 쏴버릴 거다."

로즈는 희극을 이어가기 위해 그것을 제 머리에 썼고 플로는 칸막이를 두른 침대 위에서 앞뒤로 몸을 흔들며 웃어댔다.

숨을 고른 뒤 플로가 말했다. "내가 침대에 왜 이런 빌어먹을 칸막이를 쳐놨지? 넌 브라이언이랑 얌전히 놀고 있니? 싸우지 마. 너희가 싸우면 아버지 신경이 곤두서니까. 내 몸에서 담석을 몇 개나 빼낸 줄 너 아니? 열다섯 개야! 하나는 영계 알만큼이나 컸다. 내가 그것들을 어디 두었는데. 그걸 집에 가져가야겠다." 플로는 담석을 찾겠다고 침대보를 잡아당겼다. "병에 들어 있는데."

"제가 벌써 찾았어요," 로즈가 말했다. "집에 갖다두었고요."

"그랬니? 네 아버지에게도 보여줬니?"

"네."

"아, 그래, 그럼 거기 있겠구나." 플로는 그렇게 말하고 자리에 누워 눈을 감았다.

넌 도대체 네가
뭐라고 생각하니?

로즈와 남동생 브라이언이 원칙의 문제로, 혹은 입장의 차이로 충돌하지 않고도 탈없이 얘기할 수 있는 화제가 몇 가지 있는데, 그중 하나가 밀턴 호머였다. 그들이 홍역에 걸려 문 앞에 격리 공고문을 붙였을 때—아주 오래전, 아버지가 돌아가시기 전, 그리고 브라이언이 학교에 다니기 전이었다—밀턴 호머가 거리를 지나다 그 공고문을 읽던 일을 두 사람 다 기억했다. 그들은 그가 다리를 건너오며 언제나처럼 큰 소리로 불평하는 소리를 들었다. 그가 시내를 통과해 다가올 때는 입에 가득 사탕을 물고 있는 경우를 빼면 조용한 법이 없었다. 그는 개들에게 소리를 지르고 나무와 전신주에 해코지를 하며 오래된 불만들을 되새겼다.

"그래서 난 안 그랬어, 안 그랬어, 안 그랬다고!" 그는 고래고래 소리를 지르며 다리 난간을 쳤다.

로즈와 브라이언은 장님이 되지 않도록 빛을 가리기 위해 창문에 쳐 둔 이불을 젖혔다.

"밀턴 호머." 브라이언이 감탄하듯 말했다.

밀턴 호머가 그때 문에 붙은 공고문을 보았다. 그는 옆으로 꺾어 계단을 올라와 그것을 읽었다. 그는 글을 읽을 수 있었다. 중앙로를 따라 걸으며 모든 간판을 큰 소리로 읽곤 했다.

로즈와 브라이언은 이때를 기억했고 그 문이 옆문이었다는 데 의견을 같이했다. 나중에 플로는 이곳에 유리로 막은 실내 테라스를 설치했는데 그전에는 나무로 된 기울어진 단밖에 없었다. 그들은 그 단 위에 서 있던 밀턴 호머를 기억했다. 격리 공고문이 플로의 가게로 들어가는 앞문이 아니라 옆문에 붙어 있었다면 필시 가게를 열고 있었을 텐데, 그건 좀 이상했다. 플로가 보건부 공무원을 들볶았다고 해야만 설명이 되는 일이었다. 로즈는 기억나지 않았다. 기억나는 것은 밀턴 호머가 큰 머리를 한쪽으로 젖히고 노크를 하려고 주먹을 올린 채 단 위에 서 있는 모습뿐이었다.

"홍역이라 이거지?" 밀턴 호머는 말했다. 그는 결국 노크하지 않고, 머리를 문에 바짝 대고 외쳤다. "그런다고 겁먹진 않아!" 그러고 나서 돌아섰지만 마당을 떠나지는 않았다. 그는 그네로 가서 앉더니 밧줄을 잡고 처음에는 침울하게, 그뒤로는 점점 격렬하게 환호하며 그네를 탔다.

"밀턴 호머가 그네를 타요. 밀턴 호머가 그네를 타요!" 로즈는 소리쳤다. 창문에 있다가 층계참으로 달려나온 참이었다.

플로가 어딘가에서 나타나 측면의 창문을 내다봤다.

"그네를 부서뜨리진 않을 거야." 놀랍게도 플로는 그렇게 말했다. 로즈는 플로가 빗자루를 들고 그를 쫓아낼 거라고 생각했었다. 나중에 로즈는 의문이 들었다. 플로는 무서웠던 걸까? 아니었을 것이다. 밀턴 호머의 특권과 관련된 문제였을 것이다.

"밀턴 호머가 앉고 난 자리엔 앉을 수 없어요!"

"너! 넌 침대로 돌아가."

로즈는 어두침침하고 냄새나는 홍역 환자의 방으로 돌아가 브라이언에게 그애가 좋아하지 않을 이야기를 하기 시작했다.

"네가 아기였을 때 밀턴 호머가 와서 널 안아올렸어."

"안 그랬어."

"그 사람이 와서 널 안고서 이름이 뭐냐고 물었어. 난 다 기억나."

브라이언이 층계참으로 나갔다.

"밀턴 호머가 와서 날 안고 이름이 뭐냐고 물었어요? 그랬어요? 내가 아기였을 때?"

"로즈한테 가서 그 사람이 개한테도 딱 그렇게 했다고 말해줘라."

입 밖에 낼 생각은 없었지만 정말로 그랬을 수도 있다고 로즈는 생각했다. 밀턴 호머가 브라이언을 안은 것을 정말로 기억하는지 어디에서 주워들은 건지도 확실치 않았다. 아기를 집에서 낳던 가까운 과거에, 어느 집에서 아기가 태어나기만 하면 밀턴 호머는 최대한 빨리 달려가 아기를 보자고 했고 이름을 물었으며 똑같은 연설을 했다. 그 연설의 내용은 아기가 산다면 기독교인의 삶을 살기를 바라고 죽는다면 바로 천국으로 가기를 바란다는 것이었다. 세례와 동일한 개념이었지만 밀턴은 성부나 성자를 언급하지 않았고 물을 사용하지도 않았다.

그는 이 모든 일을 독단으로 수행했다. 매번 평소와는 달리 말을 더듬었다. 아니면 자신의 선언에 무게를 더하기 위해 고의로 더듬었을 수도 있다. 그는 입을 크게 벌리고 몸을 앞뒤로 흔들며, 목 깊은 곳에서 나오는 끙 소리와 함께 매 구절을 시작했다.

"그리고 만약에 아기가…… 만약에 아기가…… 만약에 아기가…… 산다면……"

로즈는 몇 년이 지난 후 남동생의 거실에서 이 말을 흉내냈다. 몸을 앞뒤로 흔들며 대사를 읊조렸고, 만약에라는 말을 매번 터트리듯 내뱉었고 끝에 가서는 산다면이라는 말을 더 크게 터트렸다.

"아기는 좋은 삶을…… 살 것이고…… 또한 아기는…… 또한 아기는…… 또한 아기는…… 죄를 짓지 않을 것이다. 그는 좋은 삶을…… 좋은 삶을…… 살 것이며 죄를 짓지 않을 것이다. 죄를 짓지 않을 것이다!

그리고 만약에 아기가…… 만약에 아기가…… 만약에 아기가…… 죽는다면……"

"자, 그만하면 됐어. 이제 됐다고, 로즈." 그렇게 말은 했지만 브라이언은 웃었다. 그가 로즈의 연극적 행동을 참아주는 것은 핸래티에 관한 이야기일 때뿐이었다.

"그런 걸 어떻게 기억하세요?" 브라이언의 아내 피비가 물었다. 로즈가 너무 오래 끌어서 남편의 참을성이 바닥나기 전에 로즈의 말을 막으려는 것이었다. "그 사람이 그러는 걸 보셨어요? 그렇게 자주요?"

"아, 아니야." 로즈가 조금은 놀라며 말했다. "그 사람이 그러는 걸 본 건 아니야. 랠프 길레스피가 밀턴 호머를 흉내내는 걸 본 거지. 같은 학교에 다니던 남자애였어. 랠프 말이야."

밀턴 호머의 다른 공적 기능은, 로즈와 브라이언이 기억하는 바로
는, 가두행진에 참여하는 것이었다. 핸래티에서는 가두행진이 꽤 많이
열렸다. 7월 12일에는 오렌지 행진이, 5월에는 고등학교 사관후보생
행진이 있었으며, 학생들이 참여하는 빅토리아여왕 탄신일 행진, 재
향군인회의 예배 행진, 산타클로스 행진, 라이온스클럽 고참 회원 행
진 등이 있었다. 핸래티 사람들은 행진하며 돌아다니기를 즐기는 사람
이라는 평을 들으면 다들 극히 모욕적으로 받아들였지만, 시내에 사는
사람들은 대부분이―웨스트핸래티를 빼고 핸래티 시내만 놓고 보면
더욱 예외 없이―모종의 조직된, 혹은 공인된 행사에서 행진할 기회
를 얻었다. 다만 그것을 즐기는 것처럼 보여서는 절대 안 되었다. 세상
에 얼굴을 내놓는 것을 좋아하지 않지만 어쩔 수 없이 불려나온 사람,
의무를 다할 각오가 된 사람, 행진이 기념하는 개념이 무엇이든 그것
에 진지하게 몰두하는 사람이라는 인상을 주어야 했다.

오렌지 행진은 모든 행진 중에서 가장 성대했다. 행렬 첫머리에 자
리한 빌리왕*은 구할 수 있는 가장 하얀 말을 탔고, 뒤편의 흑기사들
은 오렌지 교단**의 가장 고귀한 계급으로서―대개는 깡마르고 가난하
고 거만하고 광신도적인 늙은 농부들―대대로 내려오는 헌 실크해트
와 연미복으로 차려입고 진한 색 말을 탔다. 실크에 자수를 놓은 화려
한 깃발은 청색과 금색, 주황색과 흰색으로 신교도의 승리 장면, 백합

---

* 명예혁명을 통해 영국 왕위에 오른 네덜란드의 오라녀(오렌지)공 빌럼 3세의 별칭.
** 신교도였던 빌럼(윌리엄) 3세를 기념해 오렌지단(Orange Order)이라고 이름 지은 신
교도 조직.

과 펼쳐진 성경, 신앙심과 명예와 격렬한 편견을 나타내는 표어를 담고 있었다. 양산을 쓰고 나온 숙녀들은 오렌지 교단 단원의 아내와 딸들로, 모두 순결을 상징하는 흰옷을 입었다. 그리고 고적대도 있었고 이동 무대로 쓰이는 깨끗한 건초 수레 위에서 공연하는 뛰어난 스텝댄서들도 있었다.

아울러 밀턴 호머도 나왔다. 그는 행렬의 어디에서든 나타날 수 있었고, 때때로 다양하게 위치를 바꿔 빌리왕이나 흑기사들이나 스텝댄서들이나 주황색 어깨띠를 두르고 깃발을 든 수줍은 아이들 뒤에 서기도 했다. 흑기사 뒤에서는 뚱한 표정을 지으며 실크해트가 머리에 얹힌 것처럼 목을 빳빳하게 쳐들었다. 숙녀들 뒤에서는 엉덩이를 씰룩거리며 상상의 양산을 만지작거렸다. 그는 맹렬한 재능과 끔찍한 활력을 지닌 흉내쟁이였다. 스텝댄서의 깔끔한 공연을 바보의 오두방정으로 바꿔버리면서도 박자를 정확히 맞출 수 있었다.

오렌지 행진은 밀턴 호머에게 최고의 기회였지만, 다른 모든 행진에서도 그의 활약은 두드러졌다. 그는 재향군인회 부대장 뒤에서 고개를 쳐들고 팔을 흔들며 오만하게 보조를 맞추었다. 빅토리아여왕 탄신일에는 영국 상선기와 영국 국기를 들고 나와 머리 위에서 바람개비처럼 빙글빙글 돌렸다. 산타클로스 행진에서는 아이들에게 나눠줄 사탕을 낚아챘는데, 장난으로 하는 짓이 아니었다.

핸래티시 당국의 누군가가 이런 짓들을 그만두게 했을 거라고 생각할 수도 있을 것이다. 어떤 행진에서든 밀턴 호머의 역할은 전적으로 부정적인 것으로, 행진을 우스꽝스럽게 보이도록 설계된 것이었다. 무언가를 설계할 능력이 그에게 있기는 했다면 말이다. 행사 주최자와 참가자들은 왜 그를 쫓으려는 노력을 하지 않은 걸까? 그들은 그것이 말만큼 쉬운 일이 아니라고 판단했음이 틀림없다. 밀턴은 부모를 모두 여의고 노처녀 이모 두 명과 함께 살았는데 그 나이든 할머니 둘에게 그를 집에 붙들어놓으라고 요구하는 일은 아무도 하고 싶지 않았을 것이다. 안 그래도 감당할 게 많은 사람들이라고 여겼을 테니까. 그가 일단 고적대 소리를 들었는데 무슨 수로 그를 잡아놓는단 말인가? 가두고 묶어야만 했을 것이다. 그리고 일단 상황이 시작되면 그를 끌어내고 쫓아내는 일은 아무도 하고 싶어하지 않았다. 그가 저항하면 모든 게 엉망이 되었을 테니까. 그가 저항하리라는 사실은 추호도 의심의 여지가 없었다. 그는 목소리가 깊고 우렁찼으며 키가 아주 크진 않아도 힘이 센 남자였다. 나폴레옹 정도의 몸집이었다. 그는 사람들이 자기 집 마당에 들어오지 못하게 하면 문과 울타리를 발로 찼다. 인도에 있는 아이의 손수레를 단지 길을 막는다는 이유로 박살낸 적도 있었다. 그런 상황이라면 그를 행진에 참여하게 내버려두는 것이 최선의 방안이라고 생각되었을 것이다.

그렇다고 그것이 최악의 방안들 중 최선이었다는 뜻은 아니다. 행렬 속의 밀턴을 미심쩍은 시선으로 바라보는 사람은 아무도 없었다. 모두가 그의 존재에 익숙했다. 심지어 부대장조차 그가 자신을 조롱하게 내버려두었고 불만 가득한 음침한 얼굴로 행진하는 흑기사들도 그를 무시했다. 인도에 선 사람들은 그저 "아, 저기 밀턴이네" 하고 말했다. 그를 비웃는 사람도 별로 없었다. 하지만 타운에 처음 온 사람들, 행진 구경에 초대받은 도시의 친척들은 그를 손가락질하며 실없이 웃어댔고, 실제로는 젊은 사업가지만 광대로 분장하고 엉터리 재주넘기를 하는 사람처럼 그가 희극적 완화 효과를 위해 공식적으로 참여하고 있다고 생각했다.

"저 사람은 누구죠?" 방문객들이 그렇게 물으면 사람들은 특별히 모호한 종류의 자부심을 담아 태연하게 대답했다.

"그냥 밀턴 호머일 뿐이에요. 밀턴 호머가 없으면 행진이 아니죠."

피비는 아무도 알아주지 않지만 늘 한결같은 공손한 태도로 "그 마을 바보"에 대해 물으며 이런 일들을 이해해보려 했다. 하지만 로즈와 브라이언은 둘 다 그를 그런 식으로 묘사하는 말은 들어본 적이 없다고 말했다. 그들은 핸래티가 마을이라고 생각한 적도 없었다. 모름지기 마을이란 크리스마스카드에서 보는 것처럼 첨탑이 있는 교회 주변에 옹기종기 모인 그림 같은 집들이었다. 마을 사람들이란 고등학교의 악극에서 의상을 갖추고 노래하는 합창단이었다. 외부인에게 밀턴 호머에 대해 말할 필요가 있을 때 사람들은 그를 "온전하지 않은" 사람이라고 묘사했다. 로즈는 당시에도 궁금했다. 그의 어떤 부분이 온전하지 않은 걸까? 그녀는 아직도 궁금했다. 두뇌, 라고 하면 가장 쉬운 대답일 것이다. 밀턴 호머의 IQ는 분명히 낮았을 것이다. 하지만 핸래티든 어디든 그런 사람은 많았고, 그들이 다 그 사람처럼 튀는 행동을 하지는 않았다. 그는 격리 공고문의 경우에서 보듯 어려움 없이 글을 읽었다. 그리고 사람들이 그를 속이려고 시도했던 많은 사례에서 증명되듯 잔돈을 셀 줄도 알았다. 그에게 없었던 건 경계심이었어, 로즈는 이제 그렇게 생각했다. 사회적 억제, 비록 당시엔 그런 용어가 없었지만. 보통 사람들이 술에 취하면 잃어버리는 것, 그게 무엇이든 밀턴 호머에게는 애초에 그것이 없었거나 아니면 유년기 어느 시점에—그리고 이 점이 로즈는 특히 흥미로웠다—그것을 버리기로 했을 것이다. 심지어 그의 표정, 일상적인 모습도 술 취한 사람이 보이는 극도의 극적인 상태와 비슷했는데—휘둥그레 뜬 눈, 음흉한 미소, 축 늘어진 얼굴 등 뻔뻔스럽게 계산된 듯도 하고 어쩔 수 없어서 본의 아니게 그러는 것 같기도 한 모습—그런 일이 가능한가?

밀턴 호머와 함께 살던 두 할머니는 그의 어머니의 자매들이었다. 그들은 쌍둥이였고 이름은 해티와 매티 밀턴이었다. 보통 미스 해티, 미스 매티라고 불렸는데, 아마도 두 이름이 붙어 있으면 비슷한 발음 때문에 장난스럽게 불릴 수도 있어서 분리하느라 그랬을 것이다. 밀턴은 외가의 성을 그대로 가져온 이름이었다. 그것은 흔한 관습이었으니, 위대한 시인 두 명의 이름을 연결할 생각으로 지은 이름은 아니었을 것이다. 그런 우연을 언급하는 사람은 아무도 없었고, 아마 알아차린 사람도 없었을 것이다. 로즈도 고등학교 시절 어느 날 뒤에 앉은 남자애가 등을 두드리고는 자기 영어책에 쓴 글을 보여주었을 때에야 깨달은 우연이었다. 그는 어떤 시의 제목에서 '채프먼의'라는 말을 줄로 긋고 대신 '밀턴'을 적어넣어 제목을 '밀턴 호머를 처음 보고서'*라고 바꾸었다.

밀턴 호머에 대한 언급은 무엇이든 농담이긴 했지만, 이 바뀐 제목은 다소 미약하게나마 밀턴 호머의 불미스러운 행동과 관련이 있어서 또한 농담거리가 되었다. 이야기는 그가 우체국이나 극장에서 줄을 서

---

* 존 키츠의 시 「채프먼의 호메로스를 처음 보고서 *On First Looking into Chapman's Homer*」를 바꾼 것.

있을 때면 코트를 열어젖혀 국부를 내놓고 앞사람에게 달려들어 문지르기 시작한다는 것이었다. 물론 오래 그러지는 못했는데, 그의 열정의 대상이 자리를 피해버렸기 때문이다. 들리는 말에 의하면 남자애들은 그가 뒤에서 자세를 잡게 놔두고 마지막 순간까지 앞에 딱 붙어 서 있다가 옆으로 슬쩍 비켜나 간절한 순간의 그의 모습을 까발리자고 서로를 부추겼다.

그 이야기를 새겨들었다는 의미로—그것이 사실이든 아니든, 딱 한 번 누군가가 부추겨서 그랬든, 시도 때도 없이 그랬든—여자들은 밀턴이 다가오는 것을 보면 도로 반대편으로 건너갔고 아이들은 그의 곁에 가지 말라는 훈계를 들었다. 그애가 아예 주변에서 알짱거리지 못하게 해, 라는 것이 플로가 한 말이었다. 사람들은 아기가 태어나는 의례적인 경우에는 그를 집안에 들였지만—병원 출산이 흔해지면서 그런 경우도 줄어들었다—그 외의 경우에는 문을 잠그고 열어주지 않았다. 그는 집에 와 노크를 하고 문을 발로 차다가 떠나갔다. 하지만 마당에서는 마음 내키는 대로 할 수 있었다. 그가 물건을 훔쳐가지 않기도 했거니와 감정이 상하면 큰 피해를 입힐 수도 있었기 때문이다.

물론, 그가 이모 한 명과 함께 나타날 때는 사정이 완전히 달라졌다. 그런 때 그는 쭈뼛거리면서 얌전히 행동했고, 그의 힘과 열정은, 그게 어떤 종류든, 모두 한데 치워져 보이지 않았다. 그는 이모가 사준 사탕을 종이봉투에서 꺼내 먹고 있었다. 누가 달라면 주기도 했지만, 세상에서 가장 탐욕스러운 사람이 아니고서야 밀턴 호머의 손가락이 닿았거나 그의 침 세례를 받았을지도 모르는 것을 만지려 하지는 않았다. 이모들은 그가 제때 이발을 하도록 신경썼고 흉하지 않은 행색을 갖춰

주려고 최선을 다했다. 그의 옷을 빨고 다리고 수선했으며, 밖에 내보낼 때는 날씨에 따라 비옷과 장화, 또는 털모자와 머플러를 챙겨주었다. 그들은 조카가 자기들이 안 보는 데서 어떻게 하고 다니는지 알았을까? 분명히 소문을 들었을 것이고, 들었다면 고통받았을 것이다. 그들은 자존심이 강하고 감리교 윤리관이 투철한 사람들이었으니까. 핸래티에 아마亞麻 가공공장을 차린 그들의 조부는 종업원 전원에게 토요일 밤마다 자신이 지도하는 성경 교실에 참석하라고 강제했다. 호머가家 역시 점잖은 사람들이었다. 호머가 사람들 중 일부는 밀턴을 시설에 넣고 싶어했지만 밀턴가 여자들은 그럴 생각이 없었다. 그들이 인정에 약해서 그랬을 거라는 의견을 내놓는 사람은 없었다.

"애를 정신병원엔 절대로 넣지 않을 사람들이야. 자존심이 웬만큼 강해야 말이지."

미스 해티 밀턴은 고등학교 교사였다. 그 학교 교사들 전원의 재직 기간을 합친 것보다 더 오래 가르쳤고 교장보다 더 중요한 인물이었다. 담당 과목은 영어였고—시의 제목을 바꾼 일은 그녀의 코밑에서 일어난 일이라는 점에서 더욱 대담하고 만족스러운 일이었다—가장 유명한 장기는 질서 유지였다. 미스 해티는 눈에 띄는 노력을 기울이지 않고, 탤컴파우더를 바르고 안경을 낀 얼굴, 커다란 가슴, 악의 없고 강력한 존재 자체의 힘만으로, 그리고 십대 청소년(그녀는 그 단어를 쓰지 않았다)과 4학년생 사이의 차이를 인정하지 않는 고집의 힘만으로 질서를 유지했다. 그녀는 암기 숙제를 많이 내주었다. 어느 날에는 칠판에 긴 시를 적더니 전원이 베껴 쓰고 외워서 다음날 암송해야 한다고 말했다. 로즈는 당시 고등학교 3학년인가 4학년이었는데 그런

지시를 말 그대로 따라야 한다고는 생각하지 않았다. 시를 쉽게 외우는 로즈로서는 첫번째 단계를 생략하는 것이 합리적일 것 같았다. 그녀는 시를 읽고 각 연을 차근차근 기억했으며 머릿속에서 두어 번 낭송했다. 그러고 있는 로즈에게 미스 해티는 왜 시를 베껴 쓰지 않느냐고 물었다.

로즈는 시를 다 외우고 있다고, 자신도 진실인지 확신할 수 없는 대답을 했다.

"정말이니?" 미스 해티가 물었다. "일어서서 교실 뒤편을 향해 돌아서라."

로즈는 그렇게 했다. 괜히 잘난 척했나 싶어서 덜덜 떨렸다.

"이제 급우들에게 시를 낭송해라."

로즈의 자신감은 틀리지 않았다. 그녀는 한 번도 더듬지 않고 시를 낭송했다. 로즈는 무엇이 뒤따를 거라고 기대했을까? 경탄과 찬사, 그리고 익숙하지 않은 존중?

"음, 시를 외우기는 했구나." 미스 해티가 말했다. "하지만 시킨 걸하지 않았다는 데는 변명의 여지가 없어. 자리에 앉아 책에 베껴 써라. 모든 행을 세 번씩 적도록 해. 다 끝내지 못하면 네시 넘도록 남아 있어도 좋아."

로즈는 물론 네시 이후까지 남아야 했다. 미스 해티가 코바늘 뜨개질을 하는 동안 로즈는 씩씩거리며 시를 적었다. 베껴 쓴 시를 책상으로 가져가자 미스 해티는 부드럽지만 단호하게 말했다. "네가 시를 잘외울 수 있다고 해서 다른 사람들보다 낫다고 생각해선 안 돼. 넌 도대체 네가 뭐라고 생각하니?"

자신이 도대체 뭐라고 생각하느냐는 질문을 받은 것이 로즈에게 평생 처음 있는 일은 아니었다. 사실은 그전에도 단조로운 징소리처럼 자주 귓전을 울리던 말이었기에 그녀는 그 말에 신경쓰지 않았다. 하지만 그제야 미스 해티가 가학적인 선생이 아니라는 것을 알았다. 지금 하는 그 말을 수업 시간에 학생들 앞에서는 삼갔던 것이다. 미스 해티는 로즈에게 앙심을 품지 않았다. 시를 외웠다는 로즈의 말이 틀린 것은 아니므로, 앙갚음으로 야단을 친 것도 아니었다. 미스 해티는 여기에서 가르치고자 한 교훈을 그 어떤 시보다도 중시했고 로즈가 그 교훈을 깨달아야 한다고 진심으로 믿었다. 그런 생각을 하는 사람들은 미스 해티 외에도 꽤 많은 것 같았다.

3학년 말에 학급 전체가 밀턴가에서 열리는 환등 슬라이드 쇼에 초대받았다. 환등 슬라이드의 내용은 중국에 관한 것이었는데, 중국은 쌍둥이 자매 중 집에 머무르는 쪽인 미스 매티가 젊었을 때 선교사로 갔던 곳이었다. 미스 매티는 수줍음이 심해서 슬라이드를 작동시키며 뒷전에 머물러 있었고 그동안 미스 해티가 내용을 설명했다. 환등 슬라이드는 예상대로 황색의 나라를 보여주었다. 황색의 언덕과 하늘, 황색의 사람들, 인력거, 파라솔 등 모든 것이 바싹 말라 종이처럼 보이고 허술했으며 현실 같지 않았다. 물감이 갈라진 부분에는 사찰과 도로와 사람들의 얼굴 위로 지그재그 모양의 검은 줄이 나 있었다.* 바로 그때, 로즈가 처음이자 마지막으로 밀턴가의 응접실에 앉아 있었던 그

---

* 환등 슬라이드는 유리판에 손으로 그린 그림을 환등기로 비춰 영상을 나타낸다.

때에, 마오쩌둥이 중국에서 정권을 잡고 있었고 한국전쟁이 진행중이었지만, 미스 해티는 역사 교육에 전혀 양보하지 않았고 청중이 열여덟 살과 열아홉 살이라는 사실에도 마찬가지로 전혀 양보하지 않았다.

"중국인들은 이교도란다." 미스 해티가 말했다. "그래서 거기에 거지가 있는 거야."

그림 속에서 거지가 거리에서 무릎을 꿇고 인력거에 앉은 부유한 부인에게 팔을 뻗었지만 부인은 그에게 전혀 눈길을 주지 않았다.

"그들은 우리라면 손도 안 댈 음식을 먹는단다." 미스 해티가 말했다. 어떤 중국인들이 대접에 막대기를 쑤시고 있는 그림도 있었다. "하지만 기독교인이 되면 그들도 더 좋은 음식을 먹게 돼. 기독교인 일 세대는 일 인치 반쯤 키가 더 크지."

줄지어 선 기독교인 일 세대가 노래를 하는지 입을 벌리고 있었다. 그들은 검은색과 흰색 옷을 입고 있었다.

슬라이드를 본 후 샌드위치와 쿠키와 타르트가 접시에 담겨 나왔다. 모두 집에서 만든 음식으로 맛이 아주 좋았다. 포도주스와 진저에일로 만든 펀치가 종이컵에 부어졌다. 밀턴은 두꺼운 트위드 소재 양복에 흰 셔츠와 타이 차림으로 구석에 서 있었는데, 옷 위에는 이미 펀치와 쿠키 부스러기가 묻어 있었다.

"언젠간 그 사람들 면전에서 터져버리고 말 거다." 플로가 불길한 말투로 했던 그 말은 밀턴을 의미했다. 사람들이 해마다 환등 슬라이드를 보고 온갖 농담의 소재가 된 펀치를 마시러 가는 이유가 바로 그것이었을까? 턱 아래 살이 늘어지고 장이 안 좋은 사람처럼 배가 부푼 채로 금방이라도 터질 것 같은 밀턴을 보기 위해? 그가 한 일은 믿을 수 없는 속도로 음식을 삼키는 것뿐이었다. 그는 네모난 대추 케이크와 허미트 쿠키와 나나이모 바와 과일 사탕과 버터 타르트와 브라우니를 뱀이 개구리를 삼키듯 통째로 집어삼키는 것 같았다. 밀턴 역시 그런 뱀과 비슷하게 부풀었다.

핸래티에서 감리교도는 서서히 저물어가는 세력이었다. 의무적인 성경 교실의 시대도 지났다. 아마도 밀턴가는 그 사실을 몰랐을 것이다. 어쩌면 알면서도 자신들의 쇠퇴를 용감무쌍하게 마주하고 있었을지도 모른다. 그들은 독실한 신앙에 대한 요구가 전혀 바뀌지 않은 것처럼, 독실한 신앙과 번영의 관계가 여전히 공고한 것처럼 행동했다. 편의를 위한 물건이 과하게 채워진 그들의 벽돌집과 포근하되 칙칙한 모피가 달린 그들의 코트는 감리교도의 집과 감리교도의 옷임을 공언하듯 고의로 투박하고 육중하고 질이 좋았다. 그들과 관련된 모든 것이 자신들은 하느님을 위해 세상의 일에 전념했고 하느님은 그들을 실망시키지 않았다고 말하는 듯했다. 하느님을 위해, 홀의 바닥 카펫 주위는 왁스로 윤이 났고, 회계장부의 선들은 곧은 펜으로 완벽하게 그어졌으며, 베고니아가 무성했고, 돈이 은행으로 들어갔다.
하지만 요즈음엔 실수들이 생겼다. 밀턴가 여자들이 저지른 실수는 캐나다방송공사에 일요일 밤 예배 참석을 저해하는 프로그램들을 방송하지 말라고 탄원서를 보낸 것이었다. 예컨대 〈에드거 버건과 찰리 매카시〉〈잭 베니〉〈프레드 앨런〉 등의 방송이었다. 그들은 목사에게 자신들이 보낸 탄원서를 교회에서 거론해달라고 했다—이곳은 연합교회로서 장로교와 조합교회의 신자 수가 감리교 신자보다 많았고, 이 장면은 로즈가 목격한 것이 아니라 플로의 묘사를 들은 것이었다. 예배 후 그들은 기다렸다. 미스 해티와 미스 매티는 밖으로 나오는 사람들의 줄 양옆에 각각 자리를 잡고 사람들을 돌려세워 교회 현관 대기실의 작은 탁자 위에 놓아둔 탄원서에 서명하게 할 작정이었다. 탁자 너머에는 밀턴 호머가 앉아 있었다. 그는 거기 있어야만 했다. 이모들은 그가 일요일에 예배를 빼먹게 놔두지 않았다. 그들은 그가 분주하게 있을 수 있도록 일거리를 주었다. 그는 만년필에 잉크가 떨어지지 않게 채우고 서명자들에게 건네주는 책임을 맡았다.

명백한 실수는 바로 그것이었다. 자기 얼굴에 고양이 수염을 그리겠다는 아이디어를 낸 밀턴은 거울을 보지 않고 수염을 그렸다. 수염은 그의 살찌고 애처로운 볼에서 벌겋고 불길한 눈까지 위로 구불구불 이어졌다. 펜을 입에 물기도 했던 터라 입술에도 잉크가 번졌다. 요컨대, 그가 너무도 희극적인 광경을 연출했기에 내심으로는 아무도 원치 않던 탄원서 역시 희극으로 치부되었다. 아마 가공공장의 감리교도 밀턴 자매의 힘은 마지막 몇 방울밖에 남지 않았다고 볼 수 있었다. 사람들은 웃으며 지나갔고 할 수 있는 일은 아무것도 없었다. 물론 밀턴가 여자들은 밀턴을 혼내거나 사람들 앞에서 소란을 피우지 않았고, 청원서와 함께 조카를 챙겨서 집으로 갔다.

"그 사람들이 뭔가 좌지우지할 수 있다고 생각하던 시대는 이제 끝났어." 플로가 말했다. 언제나처럼, 그녀가 고소해하며 구경하는 패배가 특히 어떤 것인지는—종교의 패배, 아니면 허세의 패배?—확실히 알기 힘들었다.

핸래티고등학교에서 미스 해티가 담당한 영어 시간에 로즈에게 시를 보여준 남자애는 랠프 길레스피였으며, 그는 밀턴 호머 모사가 특기이기도 했다. 로즈의 기억에 의하면 그가 시를 보여주었던 때는 아직 모사를 시작하기 전이었다. 그것은 나중에 그가 학교생활의 마지막 몇 달간 발휘한 특기였다. 둘의 이름이 알파벳 순서상 서로 가까웠기 때문에 대부분의 수업에서 그는 로즈의 앞이나 뒤에 앉았다. 알파벳 순서가 가까운 이름 외에도 그들 사이에는 가족간 유사성과 흡사한 어떤 것이 있었는데, 이는 외모가 아니라 습관이나 성향에 관한 것이었다. 남매간이었다면 그런 공통점을 창피하게 여겼을지도 모르지만 그들은 오히려 상부상조하는 모의를 통해 서로 가까워졌다. 둘 다 성공적인 학교생활을 위해 필요한 모든 것, 연필이나 자, 지우개, 펜촉, 유선지, 모눈종이, 컴퍼스, 분도기, 각도기 등을 잃어버렸거나, 어디 두었는지 모르거나, 제대로 갖추지 못했다. 둘 다 잉크를 깔끔하게 다루지 못해서 엎지르거나 번지는 일이 다반사였다. 둘 다 숙제를 열심히 안 하면서도 숙제를 안 했다고 걱정하며 전전긍긍했다. 그래서 그들은 준비물을 있는 것이나마 나눠 쓰고 좀더 준비성이 좋은 옆자리 친구들에게 사정하거나 다른 사람의 숙제를 빌려 베껴 쓰면서, 서로를 도와주려고 최선을 다했다. 그들은 포로들의 동지애, 혹은 전쟁에 아무런 마음 없이 오로지 전투를 피해 살아남기만을 바라는 병사들의 동지애를 키웠다.

그게 다는 아니었다. 그들의 구두와 장화는 다정하고 은밀하게 만나 실랑이하고 밀어대며 서로 잘 아는 사이가 되었고, 때로는 머뭇머뭇 부추기며 잠시 서로 닿아 있기도 했다. 이런 상호적인 우애는 칠판으로 나가 수학 문제를 풀 사람이 지목당하는 순간을 견뎌야 할 때 특히 힘이 되었다.

한번은 랠프가 점심시간이 지나 머리에 눈을 가득 묻히고 들어왔다. 그는 고개를 숙이고 로즈의 책상에 눈을 흩뿌리며 말했다. "너 비듬 블루스지?"*

"아니. 내 건 흰색이야."

몸에 대한 허물없는 언급, 어린 시절에서 불러낸 농담으로 인해 로즈는 그 순간 어떤 친밀함을 느꼈다. 다른 어느 날 점심시간에 로즈가 종이 울리기 전에 교실로 들어와 보니 랠프가 구경꾼들에게 둘러싸여 밀턴 호머를 흉내내고 있었다. 로즈는 놀랍고도 걱정스러웠다. 교실 안에서 그는 항상 로즈와 맞먹을 만큼 내성적이었으며 그것이 둘을 가깝게 해준 부분적인 원인이었기 때문에 놀라웠던 것이고, 그가 제대로 해내지 못해서 아이들을 웃기지 못할까봐 걱정스러운 것이었다. 하지만 그의 재주는 훌륭했다. 랠프의 크고 창백하고 온순한 얼굴에 밀턴의 울퉁불퉁하고 절박한 얼굴이 겹쳐졌다. 눈은 휘둥그레졌고, 턱밑 살이 흔들렸으며, 최면에 걸린 듯 단조로운 어조의 말이 쉰 목소리로 흘러나왔다. 랠프의 흉내가 너무도 성공적이어서 로즈는 감탄했고 다른 아이들도 마찬가지였다. 그때부터 랠프는 모사를 시작했다. 몇 가지 모사를 할 수 있었으나 밀턴 호머가 그의 트레이드마크였다. 로즈는 그를 위한 동지애 비슷한 걱정을 완전히 털어내지는 못했다. 그리고 다른 감정도 있었다. 시샘은 아니었지만 불안스러운 종류의 갈망

---

* "Do you have those dandruff blues?" '너 비듬 고민 있지?' 혹은 '네 비듬 파랗지?' 두 가지 의미로 읽을 여지가 있는 말장난.

이었다. 그녀도 똑같이 하고 싶었다. 밀턴 호머는 아니고. 밀턴 호머를 흉내내고 싶었던 것은 아니다. 그렇게 마법적으로 개성을 발산하며 자신을 채우고 변신하고 싶었다. 그럴 용기와 힘을 갖고 싶었다.

랠프 길레스피는 사람들 앞에서 그런 재능을 발휘하기 시작한 지 얼마 지나지 않아 학교를 그만두었다. 로즈는 그의 발과 그의 숨결과 어깨를 두드리는 그의 손가락이 그리웠다. 때로 길에서 마주칠 때도 있었지만 그는 전과 같은 사람처럼 보이지 않았다. 멈춰 서서 얘기를 나눈 적도 없었고 그냥 안녕, 하고는 급히 지나쳐 갔다. 몇 년 동안이나 친밀한 공모자처럼 지내며 가족적인 분위기를 그럴싸하게 꾸며왔으나, 둘은 학교 밖에서는 말을 나눠본 적도 없었고 극도로 형식적인 알은체 이상은 해본 일도 없었으며, 이제 와서는 더더욱 그럴 수 없을 것 같았다. 로즈는 랠프에게 왜 학교를 그만두었는지 묻지 않았다. 직장을 구했는지조차 알지 못했다. 그들은 서로의 목덜미와 어깨, 머리와 발을 알았지만 전신을 드러낸 존재로는 서로를 마주할 수 없었다.

얼마 후 로즈는 길거리에서도 랠프를 볼 수 없었다. 랠프가 해군에 입대했다는 소식을 들었다. 나이가 차서 입대할 수 있을 때까지 기다리고 있었던 것이 분명했다. 그는 해군에 입대해 핼리팩스로 갔다. 전쟁이 끝난 뒤였으니 그냥 평시의 해군이었다. 그럼에도 로즈는 랠프 길레스피가 군복을 입고 구축함 위에서 대포를 쏘고 있을지도 모른다고 생각하면 기분이 묘했다. 그녀는 비로소 이해하기 시작했다. 그녀가 아는 소년들은 아무리 무능해 보여도 결국은 남자가 될 것이며, 자신들이 갖춘 것보다 훨씬 큰 재능과 권위가 필요할 것 같은 일들을 하도록 허가받을 거라는 사실을.

플로는 상점을 그만둔 후부터 관절염 때문에 거동이 불편해지기 전까지 한동안 빙고 게임에 가거나 때로는 재향군인회관에 가서 이웃들과 카드 게임을 했다. 로즈가 집에 다니러 오면 둘 사이의 대화가 궁색했기 때문에 그녀는 플로에게 회관에서 본 사람들에 대해 묻곤 했다. 자신과 동년배인 호스 니컬슨, 런트 체스터턴 같은, 성인 남자가 되었다고 상상하기 어려운 이들의 소식도 물었다. 플로는 그들을 본 적이 있을까?

"내가 본 사람이 하나 있어. 항상 그 근처에 있더라. 랠프 길레스피 말이야."

로즈는 랠프 길레스피가 해군에 있는 줄 알았다고 말했다.

"그랬지. 그런데 지금은 돌아왔어. 사고를 당했대."

"어떤 사고요?"

"몰라. 해군에서 일어난 사고야. 삼 년을 꽉 채워 해군병원에 있었지. 사람을 완전히 처음부터 다시 조립했다더라. 지금은 절룩거리는 거 말고는 괜찮아. 한쪽 다리를 끄는 것 같던데."

"안됐네요."

"응, 그렇지. 내 말이 그 말이야. 난 랠프에게 악의가 없는데, 회관에는 그런 사람이 좀 있지."

"악의가 있는?"

"연금 때문이잖아." 플로가 말했다. 핸래티의 그런 기본적인 삶의 현실을, 그렇게 자연스러운 태도를 감안하지 못하는 로즈가 놀랍고도 한심하다는 투였다. "사람들은 생각하지, 아, 저놈은 팔자가 폈구나.

난 랠프가 그에 마땅한 고생을 했다고 봐. 그 친구가 너무 많이 받는다고 말하는 사람도 있지만 난 그렇게 생각 안 해. 필요한 것도 별로 없는 사람이야. 혼자뿐이잖아. 우선, 그 친구는 아파도 내색을 안 해. 나처럼. 나도 내색을 안 하지. 울더라도 혼자 울어. 다트도 잘하더라. 진행되는 게임이 있으면 뭐든 함께하지. 그리고 사람들을 그대로 흉내내기도 해."

"아직도 밀턴 호머 흉내를 내요? 학교 다닐 때는 밀턴 호머 흉내를 잘 냈는데."

"흉내내지. 밀턴 호머. 아주 웃기게 잘해. 그리고 다른 사람들 흉내도 내."

"밀턴 호머는 아직 살아 있어요? 아직도 행진에 나와요?"

"물론 아직 살아 있지. 그런데 굉장히 얌전해졌어. 카운티 양로원에 있는데, 햇살 좋은 날에는 고속도로 근처에서 자동차가 지나다니는 걸 보며 아이스크림콘을 핥아먹는 모습을 볼 수 있을 거야. 노인들은 둘 다 죽었어."

"그래서 이제 행진에는 안 나오는 거예요?"

"행진이 있어야 나오지. 행진이 많이 없어졌어. 오렌지 교단 단원들도 하나둘 죽어 없어지고, 어쨌거나 참가자도 없지. 다들 집에서 텔레비전 보는 걸 더 좋아하니까."


나중에 집에 다니러 갔을 때 로즈는 플로가 재향군인회관과 소원해졌음을 알게 되었다.

"그런 늙다리 괴짜들 사이에는 끼고 싶지 않구나." 플로는 말했다.

"어떤 늙다리 괴짜들 말이에요?"

"거기 둘러앉아서 맨날 똑같은 멍청한 얘기나 주절거리며 맥주를 마시는 것들. 구역질난다."

플로는 늘 이런 식이었다. 사람, 장소, 놀이가 갑자기 좋았다가 싫어졌다. 그런 반전은 나이가 들면서 더욱 급격해지고 잦아졌다.

"이젠 그 사람들이 다 싫어요? 랠프 길레스피도 아직 거기 다니나요?"

"아직 다니지. 거길 너무 좋아해서 그곳에 일자리까지 얻으려고 했어. 바에서 시간제로 일하려고 했지. 이미 연금을 받고 있어서 거부당했다고 하는 사람들도 있는데, 나는 그 사람 행동거지 때문이라고 봐."

"어떤데요? 술에 취해 있어요?"

"그렇더라도 구분이 안 될 거다. 어쨌거나 흉내내고 다니는 건 똑같거든. 근래에 이사온 사람들은 알지도 못하는 인물을 흉내낼 때가 절반은 되는데, 그들은 누구 흉내를 내는지 모르니 그냥 랠프가 바보짓을 한다고 생각하지."

"밀턴 호머처럼요?"

"맞아. 그 사람들이 그게 밀턴 호머 흉내라는 걸 어떻게 알 것이며, 또 밀턴 호머가 어떤 사람이었는지 어떻게 알겠니? 그 사람들은 모르지. 랠프는 언제 멈춰야 하는지를 몰라. 너무 밀턴 호머처럼 돼버려서 일자리도 얻지 못한 거야."


로즈가 플로를 양로원에 입원시킨 뒤―그녀는 그곳에서 이미 오래전에 죽었을 거라 생각한 다른 사람들을 보긴 했지만 밀턴 호머는 보지 못했다—집을 치우고 팔 준비를 하려고 남아 있는 동안, 로즈가 토요일 밤에 쓸쓸할 거라고 생각한 플로의 이웃이 로즈를 재향군인회관에 데려갔다. 어떻게 거절해야 할지 난감했던 로즈는 결국 회관 지하실에서 바bar로 사용되는 긴 탁자에 앉아 있게 되었다. 마지막 햇살한 자락이 콩과 옥수수가 자라는 들판을 가로지르고 자갈이 깔린 주차장을 지나 높은 창문을 통과해 합판으로 된 벽을 물들이는 참이었다. 사방의 벽에 사진이 걸려 있고 각각의 액자에는 손으로 써서 테이프로 붙인 이름표가 달려 있었다. 로즈는 그 사진들을 보려고 일어섰다. '106연대, 출항 직전, 1915년.' 그 전쟁의 다양한 영웅들, 아들과 조카들에게 이름을 물려주었지만 그전까지 그녀는 존재도 몰랐던 사람들. 탁자로 돌아가자 카드 게임이 시작되어 있었다. 로즈는 사진들을 보려고 자리에서 일어나는 것이 물의를 일으키는 행동은 아니었을까 궁금했다. 사진을 보는 사람은 아무도 없을 것 같았다. 그 사진들은 보라고 있는 것이 아니라, 벽의 합판처럼 그냥 거기 있는 것이었다. 방문객들, 외부인들은 항상 주위를 구경하고 항상 관심을 가지며 이게 무어냐, 저건 언제냐 물으며 대화에 활기를 불어넣으려 한다. 그들은 너무많은 것을 집어넣고서 너무 많은 것이 나오기를 원한다. 또 한편으로는, 그녀가 관심을 끌기 위해 그 안을 행진하듯 돌아다니는 것처럼 보일 수도 있었다.

한 여자가 자리에 앉아 자신을 소개했다. 카드 게임을 하는 남자들중 하나의 아내였다. "텔레비전에 나오는 모습 봤어요." 여자가 말했다. 로즈는 누가 그렇게 말하면 항상 뭔가 조금 미안한 사람처럼 굴었다. 다시 말해, 그녀는 스스로 터무니없는 사과 충동이라고 인정한 제

마음속 어떤 성향을 통제해야 했다. 이곳 핸래티에서 그 충동은 보통 때보다 더 강해졌다. 그녀는 틀림없이 거만하게 보일 짓을 했다는 사실을 인지했다. 그녀는 텔레비전 인터뷰 진행자로 일하던 시절, 자신감과 매력으로 환심을 사려 했던 자신을 떠올렸다. 다른 어디보다 이곳에서는 그것이 속임수라는 것을 다들 알 것이 틀림없었다. 연기는 또다른 문제였다. 그녀가 수치스럽게 여기는 것은 그녀가 수치스럽게 여길 거라고 사람들이 생각하는 것과는 달랐다. 그것은 덜렁거리는 맨가슴이 아니라, 자신이 파악하거나 설명할 수 없는 실패였다.

로즈에게 말을 건 여자는 핸래티 토박이가 아니었다. 십오 년 전에 결혼을 하면서 사니아에서 왔다고 말했다.

"전 아직도 익숙해지질 않네요. 솔직히 그래요. 대도시에서 살다 와서인지. 드라마에서 볼 때보다 직접 보니 더 예쁘시네요."

"당연히 그러길 바라야겠죠." 로즈는 그렇게 말하며 드라마에서 분장을 어떻게 했는지 이야기했다. 사람들은 그런 얘기에 관심이 많았고, 대화가 기술적인 세부로 흘러가면 로즈는 마음이 더 편해졌다.

"아, 여기 랠프가 왔네요." 여자가 말했다. 그녀는 조금 비켜나며 맥주잔을 든 깡마르고 머리가 센 남자에게 자리를 만들어주었다. 그 사람이 랠프 길레스피였다. 거리에서 만났다면 알아보지 못했을 것이다. 그는 완전히 낯선 사람이었을 것이다. 그런데 한참을 쳐다보고 나니 별로 변한 것 같지 않다는 생각이 들었다. 열일곱 또는 열다섯 살의 랠프에서 별로 변한 것 같지 않았다. 연한 갈색이었던 그의 흰머리는 여전히 이마 위로 내려왔고, 얼굴은 여전히 창백하고 고요하고 몸에 비해 조금 큰 느낌이 들었으며, 전과 다름없이 주눅들고 경계하며 나서

지 않는 모습이었다. 하지만 그의 몸은 더 말랐고 어깨는 쪼그라든 것처럼 보였다. 그는 작은 칼라와 장식용 단추 세 개가 달린 짧은 소매 스웨터를 입었는데 연한 파란색 바탕에 베이지색과 노란색 줄무늬가 있었다. 그 스웨터는 로즈에게 노화하는 발랄함, 일종의 석화된 사춘기를 말하고 있는 듯했다. 팔이 늙고 말랐다는 것, 손이 심하게 떨려 맥주잔을 입가로 들어올릴 때 양손으로 잡아야 한다는 것을 그녀는 눈여겨보았다.

"여기 오래 머무르실 건 아니죠?" 사니아에서 온 여자가 물었다.

로즈는 내일, 일요일 밤에 토론토로 떠난다고 말했다.

"바쁘게 사시겠어요." 여자가 그렇게 말하며 크게 한숨을 내쉬고 부러움을 솔직히 내색했다. 이곳에서 나고 자란 사람이 아님을 선언하는 것이나 마찬가지인 행동이었다.

로즈는 월요일 정오에 한 남자를 만나 점심을 먹고 잠자리로 갈 생각을 하고 있었다. 남자는 그녀와 오래 알고 지낸 톰 셰퍼드였다. 언젠가 그는 그녀를 사랑했고 연애편지를 썼다. 그와 토론토에서 마지막으로 만난 날, 잠자리 후 침대에 앉아 함께 진토닉을 마시고 있었을 때—그들은 만나면 항상 술을 많이 마셨다—로즈는 불현듯 생각했다, 아니 알았다. 누군가가 있다는 것, 그가 사랑하고 멀리서 구애하는, 아마 편지도 쓰는 여자가 있다는 것. 그리고 그가 로즈에게 편지를 보내던 시기에도 정력적으로 잠자리를 하던 또다른 여자가 분명 있었다는 것. 게다가 그동안 내내 그의 아내도 있었다. 로즈는 이에 대해 묻고 싶었다. 무엇이 필요하고, 무엇이 어려우며, 무엇이 좋은지. 우호적이고 무비판적인 관심이었지만 그런 질문은 통하지 않을 것임을 그녀는

넌 도대체 네가 뭐라고 생각하니? 365

알았다. 그것을 알 만큼의 분별은 있었다.

재향군인회관에서 대화는 복권으로, 빙고 게임으로, 상금 액수로 흘러갔다. 카드를 치던 남자들—플로의 이웃도 그중 하나였다—의 입에 오른 한 남자는 복권으로 만 달러를 땄을 것으로 추정되는데도 그 사실을 다른 사람들에게 알리지 않았다고 했다. 몇 년 전에 파산을 해서 너무 많은 사람들에게 빚을 졌기 때문이다.

남자들 중 하나가, 파산을 선고했다면 빚은 없었던 게 되는 거라고 말했다.

"그때는 빚이 아니었을지도 모르지." 다른 남자가 말했다. "하지만 지금은 빚진 게 맞아. 이유는, 지금은 돈이 있기 때문이야."

사람들은 전반적으로 이 의견에 동조했다.

로즈와 랠프 길레스피는 서로를 바라보았다. 똑같은 침묵의 농담, 똑같은 공모, 편안함이 있었다. 여전했다. 똑같았다.

"흉내를 그렇게 잘 낸다며?" 로즈가 말했다.

그것은 잘못이었다. 그녀는 아무 말도 하지 말았어야 했다. 그는 웃음을 터트리고 고개를 저었다.

"아, 뭐야. 밀턴 호머 흉내를 끝내주게 잘 낸다던데."

"난 그런 거 몰라."

"그 사람 아직도 있어?"

"카운티 양로원에 있다고 알고 있어."

"미스 해티와 미스 매티 기억나? 집에서 환등 슬라이드 쇼를 보여줬잖아."

"물론이지."

"내 머릿속에 떠오르는 중국은 아직도 그 슬라이드에서 본 것들과 꽤 많이 연결되어 있어."

로즈는 멈출 수 있기를 바라면서도 계속 그런 식으로 이야기했다. 다른 곳에서라면 재미있고 친밀하며 별 뜻도 없이 대놓고 교태를 부린다고 여겨질 만한 태도로 말을 했다. 랠프 길레스피는 유심히 들었고 심지어 반기는 것 같기도 했지만 별 반응은 보이지 않았다. 로즈는 말하는 내내 랠프가 그녀에게 원하는 말은 무엇일까 궁금했다. 그는 분명 무언가를 바랐다. 하지만 그것을 얻기 위해 어떤 행동도 하지 않았다. 그를 보고 소년처럼 수줍어하고 환심을 구한다고 느꼈던 첫인상은 수정되어야 했다. 그것은 그의 껍데기였다. 그 껍데기 아래에서 그는 자족적이었고 당혹감 속에서 사는 삶을 받아들였으며 어쩌면 긍지를 느끼는 것도 같았다. 그녀는 그가 바로 그 차원에서 말을 건네주길 바랐고 그 자신도 그러기를 바란다고 생각했지만, 무언가가 그들을 막았다.

그러나 뭔가가 부족한 듯했던 이 대화를 나중에 떠올렸을 때, 로즈는 두 사람 사이에 우애가, 공감과 용서가 흘렀다고, 비록 분명 누구도 그런 말을 입에 올리지는 않았지만 그런 감정이 물결이 되어 흘렀다고 회상했다. 그녀가 늘 떨쳐내지 못했던 이상한 수치심이 누그러진 것 같았다. 연기를 할 때 그녀는 자신이 허튼 것에만 주목하고 우스꽝스러운 장난만 전달했던 건 아니었을까, 항상 그 이상의 어떤 것, 섬세한 결이나 깊이나 빛 등이 있는데 자신은 그것을 포착하지 못했고 그러려고 하지도 않은 건 아니었을까 생각하며 수치심을 느꼈다. 그리고 그런 의심은 비단 연기와 관련한 것만은 아니었다. 그때까지 해왔던 모든 일이 때로는 실수로 보일 수도 있을 것이다. 그런 생각이 랠프 길레스피와 이야기하고 있을 때처럼 강렬했던 적은 없었다. 하지만 나중에 랠프에 대해 생각할 때는 자신의 실수들이 모두 하찮게 느껴졌다. 그녀 역시 그 시대가 낳은 자식이었으므로 랠프에 대한 느낌이 단순한 성적 호기심이나 정감이 아닌지도 생각해보았지만, 그런 건 아니라고 판단했다. 번역을 통해야만 말해질 수 있는 감정들이 있는 것 같았다. 아마도 그 감정들은 번역을 통해야만 행동으로 옮겨질 수 있을 것이다. 그러니 그에 대해 말하지 않고 그에 따라 행동하지 않는 것이 올바른 길이다. 번역은 의심스러운 것이기 때문이다. 또한, 위험하기도 하고.

그런 이유로 로즈는 아기들에게 의식을 베풀거나 그네 위에서 악마적인 행복감을 드러내던 밀턴 호머를 회상했을 때 브라이언과 피비에게 랠프 길레스피에 대해 더이상 설명하지 않았다. 그가 죽었다는 말도 하지 않았다. 그가 죽었다는 사실을 안 것은 아직도 핸래티 신문을 구독하고 있었기 때문이다. 지난 크리스마스에 플로는 선물을 주어야 한다는 의무감 때문에 로즈에게 칠 년 구독권을 선물했었다. 그러면서 지극히 그녀답게도, 그 신문은 사람들이 자기 이름을 올리기 위해 만드는 것이니 가치 있는 읽을거리는 전혀 없을 거라고 말했다. 평상시 로즈는 신문을 재빨리 넘겨본 뒤 연소실에 넣었다. 하지만 언젠가 1면에 나온 랠프에 대한 기사는 읽었다.

### 전역 해군 사망

전역한 해군 하사관 랠프 길레스피 씨가 지난 토요일 밤에 재향군인회관에서 치명적인 두부 손상을 당했다. 본인 외에 사고에 연루된 사람은 없었으며, 길레스피 씨의 시신은 불행히도 몇 시간이 지나서야 발견되었다. 지하실 문을 출구로 착각하여 중심을 잃은 것이 원인이라고 파악된다. 해군 복무중 발생한 상해로 인해 부분적으로 장애를 입은 상태였기에 치명적인 사고로 이어졌을 것이다.

신문은 아직 생존해 있는 랠프의 양친과 출가한 누이의 이름도 실었다. 장례식은 재향군인회관이 담당할 예정이었다.

로즈는 이에 대해 누구에게도 이야기하지 않았으며, 자신이 이야기하지 않음으로써 고이 간직하는 것이 단 하나라도 있어서 기뻤다. 물론 이야기 소재가 부족하다는 점이 고결한 억제만큼이나 큰 침묵의 요인이라는 것을 모르지는 않았다. 그녀는 랠프 길레스피와 자신에 대해 무엇을 이야기할 수 있을까? 그의 삶을 가까이에서, 여태 사랑했던 남자들보다도 더 가까이에서 느꼈다는 것, 자신의 자리 바로 옆 칸에 존재한다고 느꼈다는 것 말고는.

# 삶을 직시하는 냉정한 시선

『거지 소녀』는 앨리스 먼로가 1978년에 발표한 작품으로, 최초의 작품집 『행복한 그림자의 춤』(1968)부터 절필 선언 직전에 나온 『디어 라이프』(2012)까지 수십 년간 이어진 창작 활동에서 비교적 초기에 자리한 단편집이다. 먼로의 고국 캐나다에서는 '넌 도대체 네가 뭐라고 생각하니?'라는 제목으로 출간되었고, 그 외 지역에서는 '거지 소녀'로 발표되었다. 첫번째 제목은 상대의 존재를 단숨에 하찮은 것으로 깔아뭉개는 질문 아닌 질문이며 두번째 제목은 왕에게 구조되는 거지 소녀의 그림 제목에서 따온 것으로, 두 가지 모두 먼로 작품에서 자주 변주되어 나타나는 소재, 즉 체념적 동화를 강제하는 시골의 폐쇄적 공동체와 거기에서 벗어나려 안간힘 쓰는 여성 인물을 함축적으로 드러낸다.

'플로와 로즈의 이야기들'이라는 부제가 붙은 이 작품은 전편에서 동일한 주인공 로즈를 중심으로 긴밀히 연결된 단편 열 편으로 구성되어 있다. 시간순보다는 주제를 중심으로 엮인 이 이야기들은 지방 소도시의 가난한 집에서 태어난 로즈의 유년기부터 중년까지의 삶을 새어머니 플로와의 질곡과 같은 유대를 배경으로 그린다.

앨리스 먼로는 장편이라고도 단편 연작이라고도 정의되는 한두 작품을 제외하면 평생 단편만을 써왔으며 단편소설의 형식을 예술적으로 승화한 단편소설의 대가로 인정받는다. 이 작품에서도 각 단편이 하나의 이야기로서 압축미와 완결성을 갖춘 채 전체적으로는 장편처럼 이야기가 진행되는데, 한 이야기 속에서도 수십 년을 훌쩍 뛰어넘고 그다음 이야기에서는 다시 과거 이야기를 시작하는 식으로 단숨에 시공을 오가는 서술로 인해 한 여자의 삶이 여러 각도에서 입체적으로 그려진다.


## 로즈와 앨리스


『거지 소녀』의 주인공 로즈는 앨리스 먼로의 소설에서 자주 등장하는 여성 인물들과 비슷한 면이 많다. 온타리오주 소도시의 중산층이나 하층민 가정. 딸과 깊은 차원의 교감을 나누지만 때로는 혹독한 매질도 서슴지 않는 과묵한 아버지. 딸의 오만과 허영을 견디지 못하고 억누르려 하는 독선적인 어머니. 남자로 태어나 아무런 노력 없이도 특권을 누리고 인정받는 세계로 편입하는 남동생. 그리고 무엇보다, 나고 자란 곳의 누추한 환경과 굴레를 벗어나 새로운 인물로 거듭나려

부단히 애쓰는 똑똑한 여자.

앨리스 먼로는 자신의 주변 환경과 인물들을 소재로 인간관계에 관한 주제를 끊임없이 탐색한 소설가다. 그의 소설 속 배경은 토론토와 휴런호 사이의 작은 도시 주변을 거의 벗어나지 않는데, 이곳은 작가의 고향이자 노년에 다시 돌아와 정착한 윙엄이라는 소도시로 여러 소설 속에서 핸래티, 주빌리, 월리, 덜글리시 등의 이름으로 등장한다. 이처럼 자전적인 요소들은 초기부터 먼로 소설의 주요한 특징이었지만, 작가 자신의 경험과 인생 궤적이 엇비슷하게 일치하는 인물상이 본격적으로 형성된 것은 『거지 소녀』에서라고 말할 수 있다. 아울러, 주인공 로즈의 성격이나 로즈가 겪는 인생사는 그 이후 수많은 다른 작품에서 다양하게 변주된다.

로즈는 장학금에 의존해 지방 대학에 진학한 시골의 수재인데 여성이 자립하기에는 팍팍한 삶에 겁을 먹고 이른 결혼으로 도피한다. 하지만 갈등으로 점철된 결혼생활과 중산층의 폐쇄적 삶에 환멸을 느껴 십 년 만에 이혼하고, 무수한 성적 일탈과 실망과 좌절을 겪는 불안정하지만 독립된 삶을 통해 진정한 자신과 만나고 화해한다.

『거지 소녀』에서 열 편의 단편을 통해 그려지는 로즈의 모습은 먼로의 다른 작품 곳곳에서 그 흔적을 찾아볼 수 있다. 표제작 「거지 소녀」에서 패트릭은 사소한 곤경에 처한 로즈를 보고 동명의 그림에 나오는 무력하고 아름다운 거지 소녀를 떠올리며 자신을 그림 속 왕과 동일시하여 환상 속 이미지와 사랑에 빠지는데, 이는 『런어웨이』의 「열정」에서 그레이스의 지성과 가난한 처지를 로맨틱한 매력쯤으로 여겨 사랑에 빠지는 모리의 상황에서 흡사하게 묘사된다. 또한, 그 나름의 방식으로 사랑과 안정을 주는 패트릭과의 결혼생활에서 충족을 느끼지 못하고 다른 남자와의 외도에서 돌파구를 찾으려 하는 로즈의 모습은 『디어 라이프』의 「일본에 가 닿기를」에 나오는 그레타와도 겹치며, 기차에서 우발적인 성적 모험을 하는 그레타의 이야기는 비록 결은 다르지만 「야생 백조」에서 옆자리 남자의 성희롱에 희생자이자 공모자가 되는 로즈를 떠올리게 한다. 「장엄한 매질」에서 의붓딸의 반항에 약이 올라 남편을 부추겨 대신 응징하게 하는 새어머니와 가죽 허리띠를 풀어 무자비하게 매질하는 아버지의 이야기는 작가가 실제로 자기 이야기임을 밝힌 「디어 라이프」의 일화와 흡사하다.

더욱 주목할 만한 점은 『런어웨이』에 포함된 단편 세 편 「우연」 「머지않아」 「침묵」에 동일하게 등장하는 주인공 줄리엣이 많은 부분 로즈와 겹쳐 보인다는 사실이다. 세 편이 하나의 이야기로 읽힐 수도 있다는 형식상의 공통점뿐만 아니라, 학구적인 여성, 우연한 만남(역시 기차에서), 실패한 결혼, 엄마에게 등을 돌리는 딸, 심지어 주인공이 텔레비전 인터뷰 프로그램 진행자로 소소한 유명세를 누린다는 점까지, 내용 면에서도 로즈의 이야기를 좀더 현대적이고 세련된 배경으로 다시 쓴 것 같은 느낌을 지울 수 없다.

이처럼 앨리스 먼로는 대부분의 작품에서 자신과 주변을 소재로 다양한 변주를 거쳐 인간사와 관계를 그려냈는데 여러 작품에서 반복적으로 등장하는 배경과 소재, 인물형 등은 제자리를 맴도는 단순한 자기 복제가 아니라 다른 장소에서 여러 번 만나 더욱 깊이 알게 되는 사람이나 여러 각도에서 꼼꼼히 묘사해 풍부한 입체성을 띠게 되는 사물과 같은 발전의 느낌을 준다.

## 혹독한 이야기들, 냉정하고 태연한 시선

　로즈의 유년기를 주로 다룬 첫 작품 「장엄한 매질」은 여러 가지 측면에서 충격적이다. 우선, 사건이나 배경이 놀라울 정도로 원시적이고 잔혹한데, 아버지의 매질 장면 자체도 그렇거니와 그 폭력과 나란히 제시된 다른 폭력, 즉 장애인 딸을 임신시키고 아기를 죽였다고 소문난 타이드 노인을 동네 건달들이 구타해 죽게 한 이야기도 마찬가지다. 소문의 진위는 드러나지 않지만 푸줏간을 운영하며 돈을 많이 번 성미 고약한 노인에 대한 악의적인 소문일 가능성도 충분한데, 특출하고 모난 구성원을 잔혹하게 응징하는 공동체의 원시성은 소설의 배경이 수십 년 전이 아니라 수백 년 전이 아닐까 생각하게 한다.

　한편, 이런 비참한 일화를 묘사하는 목소리는 지극히 태연해서, 그런 부조화가 내용에 대한 충격적인 인상을 더욱 부각한다. 자기 세계를 형성해가는 사춘기의 오만한 딸의 기를 혹독하게 꺾는 아버지가 이성과 광기를 넘나들며 폭력에 탐닉하는 순간을 포착하고, 매맞는 딸의 공포와 분노, 자기 파괴를 통한 복수를 상상하는 다분히 사춘기적인 심리, 용서하지 않음으로써 그나마 남은 자존감을 지키려는 결연한 다짐이 새어머니가 죄책감 때문에 내놓는 맛있는 음식 때문에 서서히 무너질 때의 수치심, 이런 미묘한 심리를 작가는 시종일관 냉정하고 태연한 목소리로 묘사한다. 가끔 자유간접화법을 이용해 로즈의 한탄을 전하는 목소리조차 풍자적인 느낌이 들 정도다.

　이어지는 단편 「특권」에서는 또래 아이들의 부추김에 편승해 장애가 있는 제 여동생을 강간하는 오빠와 그들을 둘러싸고 구경거리처럼 환호하는 잔인한 아이들이 나온다. 실제로 먼로는 몇 편의 자전적인 글에서 어린 시절에 몇 년간 다닌 타운 변두리의 학교가 얼마나 두렵고 끔찍한 곳이었는지 거듭 언급했는데, 그때의 경험이 이 작품에서 이토록 강렬하고 생생하게 표현된 것 같다. 소설 속의 로즈 역시 도저히 들어갈 엄두가 나지 않는 재래식 변소와 아이들 사이의 위계질서, 조금만 틈을 보이면 단숨에 폭력의 표적이 되고 마는 무서운 곳에서 오로지 살아남는 것만을 목적으로 적당히 눈 돌리고 때로는 사색하듯 관찰하며 버텨낸다. 그런데도 어린 시절을 회고할 때는, 그때 자신이 비참하게 산 것처럼 보이겠지만 사실은 "배우고 있었다"고, "생존법을 배우는 것은 비참하게 사는 것과는 다르다"고, "그러기엔 너무 흥미롭다"고 말한다. 그런 냉정한 관찰자의 태도와 함께, "그 어떤 욕망보다 더 줄기차고 긴급"하며 "그 자체로 욕망"이어서 "엄청난 위험을 감수하게 이끄는" 호기심의 힘으로 세상을 바라본다.

이런 태도는 앨리스 먼로가 소설에서 사람과 관계를 그려낼 때 취하는 시선과 흡사하다. 먼로의 인물들은 늘 방황하고 실수하고 굴레에 얽매여 있고 뒤늦게 깨닫는다. 그리고 그런 인물들을 묘사하는 작가의 시선은 혹독할 만큼 냉정하다. 허울을 한 꺼풀만 벗겨내면 드러나는 일상의 너절함, 잔혹함, 수치를 냉정하고 담담하게 그리는데, 그 이야기들이 많은 부분 개인적 경험의 변주라는 점을 참고한다면 어떤 의미에서 냉혹한 자기 해부라고 볼 수도 있을 것이다. 먼로는 삶의 초라한 속내를 들춰내면서도 움찔하거나 변명하거나 비난하지 않고 그저 그런 게 사람이고 인생이라는 듯, 다들 알지 않느냐는 듯, 초연하게 이야기한다. 그리고 그런 냉정한 시선이 가 닿는 곳은 인간의 허위, 되도록 감추고 싶은 본능, 규범에 얽매이면서도 벗어나려고 안달하는 사람들—대개는 여자들—이다.


## 캐나다, 온타리오, 휴런 카운티


소설 속 핸래티는 먼로의 고향 소도시를 모델로 한다. 1970년대에 나온 소설임을 감안하더라도 이곳은 단지 시간적 차이만으로는 잘 설명되지 않는 특징적인 분위기가 있다. 온갖 소문과 전설이 난무하고 공동체의 유대는 억압적일 만큼 끈끈하여, 이곳이 과연 불과 수십 년 전의 북미 소도시가 맞나 의문을 품게 한다. 어쩌면 캐나다문학이 세계적으로 그리 널리 알려지지 않았다는 점도 한 요인이 될 수 있을 것이다.

앨리스 먼로와 더불어 가장 잘 알려진 캐나다 작가는 아마도 마거릿 애트우드일 것이다. 두 작가는 그다지 비옥하다 할 수 없는 캐나다의 문학적 풍토에서 세계적 소설가로 발돋움한 동시대 여성이자 1970년대부터 우정을 이어온 절친이다. 그들은 1960년대부터 지금까지 여성이자 작가라는 이중의 소수자적 지위를 감내하며 각자 개성적인 문학 세계를 일구었다.

2008년에 애트우드는 앨리스 먼로와 그의 작품을 설명한 글을 영국 일간지 〈가디언〉에 실었다. 이 글에서 애트우드가 먼로의 작품 속 배경이 되는 지역을 묘사한 부분은 우리에게는 다소 낯설 수도 있는 공간과 사회에 대한 훌륭한 해설이 될 것 같다.

〔온타리오는〕 광활하고 다채로운 공간이지만, 온타리오 남서부는 그곳과 뚜렷이 구별되는 지역이다. 화가 그렉 커노는 이 지역을 소웨스토라고 명명했는데, 그 이름이 굳어져 지금까지 쓰인다. 커노는 소웨스토가 상당히 흥미로운 곳이기는 하나 또한 어두컴컴한 심리와 기벽이 두드러진 곳이라고 생각했는데, 많은 이들이 이 견해에 동의한다. 역시 소웨스토 출신인 로버트슨 데이비스는 "내 고향 사람들의 음침한 습속을 안다"고 말하곤 했고, 먼로 역시 이를 안다.

요컨대, 먼로 소설의 배경이 된 소웨스토는 캐나다의 전반적 분위기라고 하기 힘든 독특한 지역적 특성을 지닌 곳이라는 얘기다. 애트우드가 간략히 묘사하는 소웨스토는 『거지 소녀』 속 로즈의 고향과 흡사하여, 소도시 출신의 자의식, 계층적 차이에 대한 감수성, 긴밀하고 억압적인 공동체의 분위기와 그로부터 파생되는 온갖 비밀과 기이한 이야기들이 소웨스토의 이러한 특징과 연결된다는 사실을 알려준다.

휴런호Lake Huron는 소웨스토 서쪽 가장자리에 있고 이리호Lake Erie는 남쪽에 있다. 지역 대부분이 평야인 농장 지대이며, 자주 범람하는 넓고 구불구불한 강 몇 개가 평야를 가로지르고 그 강들을 따라―선박을 통한 교통과 수력발전을 이용한 전기 공급이 용이하므로―19세기에 크고 작은 타운이 여럿 생겨났다. 저마다의 타운에는 붉은 벽돌로 지은 타운 청사(대개는 탑이 딸린)와 우체국 건물, 여러 종파의 예배당 몇 곳이 있었고, 중앙로를 따라 우아한 집들이 늘어선 주택가와 다른 편에는 빈민들이 모여 사는 또하나의 주택가가 있었다. 이들 가정에는 제각각 오래된 기억과 저마다 벽장에 숨겨둔 뼈들(어두운 비밀)이 있었다.

애트우드는 먼로의 소설 속에서 일관되게 등장한 소웨스토의 휴런 카운티가 포크너의 요크나파토파 카운티와 마찬가지로 탁월한 작가의 글에 의해 전설의 땅이 되었다고 말한다. 그리고 그 지역을 "해부"하듯 묘사하는 먼로의 글을 다음의 질문을 통해 웅변적으로 개괄한다.

강박적인 탐사, 고고학적 발굴, 정확하고 세밀한 회고, 인간 본질의 지저분하고 저열하고 복수심 가득한 이면의 탐닉, 에로틱한 비밀과 이제는 사라진 처참한 인간사에 대한 향수, 삶의 풍부함과 다양함에 대한 환희, 이런 모든 것들이 뒤섞인 혼합물을 우리는 뭐라고 불러야 할까?

## 여자의 삶

앨리스 먼로는 소설 속에서 줄기차게 여자의 이야기를 해왔다. 남자 화자가 등장하는 몇 안 되는 작품에서도 결국 이야기의 중심은 여자인 경우가 많다. 『거지 소녀』에서 로즈가 패트릭을 만나 결혼하고 싸움과 화해를 반복하는 갈등을 거쳐 이혼하는 이야기도 어찌 보면 전형적인 여자의 삶이다. 자기실현에 대한 포부는 있지만 열악한 사회적·개인적 환경 때문에 포부를 이룰 수 없는 여자에게 결혼은 편리한 도피였다. 자신에게 "토론토행 기차표를 살 돈만 있었다면 인생이 달라졌을 거"라고 말하는 로즈에게 패트릭의 눈먼 열정과 부유함은 큰 유혹이었다. 하지만 마음속 깊은 곳의 회의를 견디지 못하고 결별을 선언했던 로즈가 다시 패트릭에게 돌아가 "그를 되살리고 그에게 행복을 되돌려준 것은" 자신에게 그렇게 할 수 있는 힘이 있음을 즐기는 "허영" 때문이었고, 자신의 권력을 시험해볼 기회를 거부할 수 없어서였다. 누구나 예견할 수 있겠지만, 상대가 아닌 자기 감정을 사랑한 남자와 사랑보다는 다른 고려가 더 많은 여자의 결합이 행복할 리 없다.

예로부터 동서양을 막론하고 흔히 있었던 진부한 이야기지만, 여기에는 진부하다는 사실 자체가 반증하는 진실이 숨어 있다. 여자가, 그것도 가난한 여자가 능력을 발휘하며 자립하기 힘든 환경, 그런 조건에서 남자의 자원에 의존하기 위해 여자가 둘의 관계에 행사하는 정서적 권력, 그렇게 비뚤어져 파탄에 이르는 관계. 이런 남녀관계의 진실과 당대 여자들의 처지를 그리면서 앨리스 먼로는 비난도 고발도 주장도 하지 않는다. 로즈를 역경을 이겨내고 우뚝 서는 영웅적인 인물로 그리기보다는 다이아몬드 반지를 부러워하는 다른 여학생들의 시샘을 즐기고, 패트릭의 눈으로 바라본 자기 가족의 초라함을 수치스러워하며, 백화점이나 통신회사에서 일하며 근근이 살아갈 앞날에 겁을 내는 허영과 나약함도 여실히 드러낸다.

수십 년 전 똑똑한 여자들의 삶은 참으로 분열적이었을 것 같다. 여자의 삶을 옭아매는 규범이 굳건하고 사회의 인식이 변하지 않을 때 개인의 각성은 차라리 버거운 짐이었을 수도 있다. 〈파리 리뷰〉의 인터뷰에서 말했듯이 앨리스 먼로는 일찍 결혼해서 아이가 자는 시간에 틈틈이 글을 썼고, 일하고 있을 때 아이가 다가오면 손으로 찰싹 쳐서 내쫓았다고 한다. 가사와 육아와 글쓰기를 병행하며 그토록 허덕이고 살면서 부당함을 느끼지 않았을 리는 없을 테지만, 소설 속에서 그 문제에 대해 언급할 때의 목소리는 조용하다. 동생을 두고 "남자아이라 돕거나 돕지 않을 자유, 관여하거나 관여하지 않을 자유가 있다. 집안의 갈등에 얽매이지 않는다"고 말하거나 일견 부당한 일 뒤에 사뭇 냉소적으로 "남자는 그럴 수 있다"라고 하는 정도의 논평이다. 이런 목소리는 후기작으로 갈수록 조금 더 강해지기는 하지만, 먼로는 작품 속에서 페미니즘을 직접 논하는 일이 거의 없고 대의를 주장하지도 않는다. 그저 냉정한 시선으로 약간의 아이러니를 섞어 태연히 지적할 뿐이다. 그럼에도 여자의 삶을 이야기한다는 일, 여자의 심리와 처지를 세밀하게 묘사하여 드러내는 일은 그 자체로 강경한 구호 못지않은 강한 공감을 일으킨다. 아마도 수십 년 전의 구식 여자들은 그렇게 잔잔하고 공감을 일으키는 소수자의 목소리를 통해 자기 이야기를 했을 것이며, 그런 목소리들이 하나, 둘 늘어가며 사회는 바뀌어왔을 것이다.

『거지 소녀』 또한 그 목소리 중 하나로서, 돌고 돌아 자신을 찾아가는 한 여자를 이야기한다. 성숙한 인생은 자신을 알아가고 자기 자리를 찾아가는 길이겠지만, 그런 여정의 끝에 반드시 행복하고 충만한 삶이 기다리고 있는 것은 아니다. 그래도 로즈는 부딪치며 나아간다. 잘못된 선택을 하고 경로를 수정하며 상처를 입거나 입히고, 수치스러운 실수를 저지르고, 그래서 더 초라해지더라도 결국에는 가장 자신다울 수 있는 자리를 찾아가는 것이다. 그런 의미에서 「넌 도대체 네가 뭐라고 생각하니?」의 로즈가 중년에 다시 찾은 핸래티에서 어린 시절 친구 랠프를 만나 비로소 자기와 닮은 영혼을 찾았다고 느끼는 것도 궁극적으로 자신과의 화해라고 볼 수 있을 것 같다.

로즈의 이야기를 실패와 실망으로 점철된 우울한 넋두리로 읽는 독자들도 많은 듯하지만, 표면적으로 어떻게 보이든 아픈 경험을 통해 주류에서 벗어날 용기를 낸 로즈는 궁극적으로는 만족할 것이다. 가만히 앉아서 탈출의 꿈만 꾸지 않고 직접 가봤으므로, 부딪치고 살아봤으므로, 궁금한 것은 끝까지 들여다봤으므로, 그 모든 수치와 비아냥을 견뎌냈으므로. 외롭고 보잘것없더라도 자기가 선택한 삶이므로.

민은영

| 1931년 | 7월 10일 캐나다 온타리오주 윙엄에서, 로버트 에릭 레이들 로와 앤 클라크 레이들로의 장녀로 태어남. 아버지는 스코틀 랜드계 장로교 집안에서 태어났고 결혼과 함께 윙엄에 정착 하여 여우와 밍크를 길러 모피를 팔아 가족을 부양함. 어머 니는 아일랜드계 성공회 집안에서 자랐으며 결혼 전까지 학 교에서 아이들을 가르침. |
|---|---|
| 1936년 | 3월 13일 남동생 윌리엄 조지 레이들로 태어남. |
| 1937년 | 4월 1일 여동생 실라 제인 레이들로 태어남. 로워타운학교 입학. |
| 1939년 | 가을, 윙엄에 있는 학교에 4학년으로 전학. |
| 1942년 | 작가에 대한 꿈을 키우기 시작. |
| 1943년 | 여름, 어머니가 파킨슨병 증세를 보임. 가세가 기울기 시작함. |
| 1949년 | 2년간 장학금을 받는 조건으로 웨스턴온타리오대학교에 입 학. 영문학과 저널리즘을 전공. |
| 1950년 | 웨스턴온타리오대학교의 문예지 『폴리오 *Folio*』에 시를 발 표하던 선배 제럴드 프렘린을 만남. 첫 단편 「그림자의 차원 *The Dimensions of a Shadow*」을 『폴리오』에 발표함. 1949년 부터 1951년까지 『폴리오』에 세 편의 단편을 기고함. 웨이 트리스, 도서관 사서, 담뱃잎 수확 등의 아르바이트로 생활 을 유지했으나 경제적으로 어려움을 겪음. |
| 1951년 | 같은 학교 학생이었던 제임스 먼로와 결혼. 학업을 중단하고 웨스트밴쿠버의 던더레이브로 이사. |

| | |
|---|---|
| 1953년 | 딸 실라 먼로 태어남. |
| 1955년 | 딸 캐서린 먼로 태어남. 태어난 지 15시간 만에 사망. |
| 1956년 | 여름, 딸 실라와 온타리오주에 가지만 어머니를 만나지는 않음. |
| 1957년 | 딸 제니 먼로 태어남. |
| 1959년 | 2월 10일 어머니 사망. 장례식에 참석하지 않음. |
| 1963년 | 빅토리아로 이사. 남편 제임스 먼로와 '먼로의 책들'이라는 서점을 운영하기 시작. |
| 1966년 | 딸 앤드리아 먼로 태어남. |
| 1968년 | 15년간 집필한 단편을 모아 크노프 출판사에 출간을 의뢰 했으나 거절당함. 라이슨 출판사에서 『행복한 그림자의 춤 Dance of the Happy Shades』 출간. 이 데뷔작으로 총독문학 상 수상. |
| 1971년 | 맥그로힐 라이슨 출판사에서 『소녀와 여자들의 삶Lives of Girls and Women』 출간. 캐나다 북셀러 상 수상. |
| 1972년 | 남편 제임스 먼로와 이혼. |
| 1973년 | 딸들과 브리티시컬럼비아주 넬슨에 정착. 노트르담대학교의 여름학기 창작 과목을 가르침. 가을, 23년 만에 온타리오주 로 돌아와 그곳에 살면서 일주일에 한 번 토론토의 요크대학 교에서 학생들을 가르침. |
| 1974년 | 8월, 제럴드 프렘린과 재회. 소설집 『내가 당신에게 말하려 했던 것Something I've Been Meaning to Tell You』 출간. 웨스 턴온타리오대학교의 레지던스 작가로 선정됨. |
| 1976년 | 웨스턴온타리오대학교에서 명예학위를 받음. 제럴드 프렘 린과 재혼. 노모를 돌보려는 제럴드 프렘린의 뜻에 따라 그 가 나고 자란 온타리오주 클린턴으로 이사. 8월 2일 아버지 사망. |

| 1978년 | 소설집 『넌 도대체 네가 뭐라고 생각하니? *Who Do You Think You Are?*』 출간. 해외에서는 『거지 소녀 *The Beggar Maid*』라는 제목으로 출간됨. 총독문학상 수상. |
|---|---|
| 1980년 | 브리티시컬럼비아대학교와 퀸즐랜드대학교의 레지던스 작가로 선정됨. 『거지 소녀』로 부커상(지금의 맨부커상) 최종 후보에 오름. |
| 1982년 | 『목성의 달 *The Moons of Jupiter*』 출간. 총독문학상 후보에 오름. |
| 1983년 | 「소년소녀들 *Boys and Girls*」을 원작으로 하는 단편영화가 제작됨. |
| 1984년 | 영화 〈소년소녀들〉이 아카데미영화제 단편영화 라이브 액션 부문 수상. |
| 1986년 | 『사랑의 경과 *The Progress of Love*』 출간. 세번째 총독문학상 수상. 메리언 엥겔 상 수상. |
| 1990년 | 『젊은 날의 친구 *Friend of My Youth*』 출간. |
| 1991년 | 『젊은 날의 친구』로 트릴리엄 북 어워드, 커먼웰스상 수상. |
| 1992년 | 미국 문학예술아카데미의 외국인 명예회원으로 추대됨. |
| 1993년 | 캐나다 론 피어스 왕립협회 메달 수상. |
| 1994년 | 『열린 비밀 *Open Secrets*』 출간. 총독문학상 후보에 오름. |
| 1995년 | 『열린 비밀』로 W.H. 스미스 문학상 수상. 래넌문학상 픽션 부문 수상. |
| 1997년 | 펜/맬러머드 상 단편소설 부문 수상. |
| 1998년 | 『착한 여자의 사랑 *The Love of a Good Woman*』 출간. 길러상 수상. 전미도서비평가협회상 수상. |
| 1999년 | 『착한 여자의 사랑』으로 두번째 트릴리엄 북 어워드 수상. |
| 2001년 | 『미움, 우정, 구애, 사랑, 결혼 *Hateship, Friendship, Courtship, Loveship, Marriage*』 출간. 레이 단편소설상 수상. 관상동맥 |

우회술을 받음. 앨리스 먼로의 딸 실라 먼로가 어린 시절에 대한 회고록인 『어머니들과 딸들의 삶: 앨리스 먼로의 아이로 자란다는 것 Lives of Mothers and Daughters: Growing Up With Alice Munro』을 출간함.

2002년  『미움, 우정, 구애, 사랑, 결혼』으로 커먼웰스상 수상.

2004년  3월 22일 〈뉴요커〉에 「열정 Passion」을 발표. 「열정」이 수록된 소설집 『런어웨이 Runaway』 출간. 길러상 수상.

2005년  미국 내셔널아트클럽으로부터 문학 부문 명예훈장을 받음. 『런어웨이』로 세번째 커먼웰스상 수상.

2006년  〈아메리칸 스콜라〉에 「왜 알고 싶어하니? What Do You Want to Know For」를 발표. 「왜 알고 싶어하니?」가 수록된 소설집 『캐슬록에서 보는 풍경 The View from Castle Rock』 출간. 『미움, 우정, 구애, 사랑, 결혼』에 수록된 「곰이 산을 넘어오다 The Bear Came Over the Mountain」를 원작으로 만든 세라 폴리 감독의 영화 〈어웨이 프롬 허〉가 토론토국제영화제에서 상영되고 아카데미영화제에서 최우수 각색상 후보에 오름. 「열정」으로 오헨리상 수상.

2008년  「왜 알고 싶어하니?」로 생애 두번째 오헨리상 수상.

2009년  8월, 『지나친 행복 Too Much Happiness』 출간. 맨부커 인터내셔널 상 수상.

2010년  프랑스 예술문화훈장을 받음.

2012년  『디어 라이프 Dear Life』 출간. 이 책에 수록된 「코리 Corrie」로 세번째 오헨리상 수상.

2013년  4월 17일 남편 제럴드 프렘린이 88세의 나이로 사망. 『디어 라이프』로 세번째 트릴리엄 북 어워드 수상. 시상식에서 『디어 라이프』가 자신의 마지막 작품이 될 것이라고 말함. 9월, 「미움, 우정, 구애, 사랑, 결혼」을 원작으로 만든 리자 존슨

감독의 영화 〈헤이트십, 러브십〉 개봉.
10월 10일 노벨문학상 수상. 캐나다 사상 첫 노벨문학상 수상
자이며, 노벨문학상 역사상 열세번째 여성 수상자가 됨.

# 문학동네 세계문학전집 발간에 부쳐

세계문학은 국민문학 혹은 지역문학을 떠나 존재하는 문학이 아니지만 그것들의 총합도 아니다. 세계문학이라는 용어에는 그 나름의 언어와 전통을 갖고 있는 국민문학이나 지역문학의 존재를 인정하면서 그것을 넘어서는 문학의 보편적 질서에 대한 관념이 새겨져 있다. 그 용어를 처음 고안한 19세기 유럽인들은 유럽 문학을 중심으로 그 질서를 구축했지만 풍부한 국민문학의 전통을 가지고 있는 현대의 문학 강국들은 나름의 방식으로 세계문학을 이해하면서 정전(正典)의 목록을 작성하고 또 수정한다.

한국에서도 세계문학 관념은 우리 사회와 문화의 변화 속에서 거듭 수정돼왔다. 어느 시기에는 제국 일본의 교양주의를 반영한 세계문학 관념이, 어느 시기에는 제3세계 민족주의에 동조한 세계문학 관념이 출현했고, 그러한 관념을 실천한 전집물이 출판됐다. 21세기 한국에 새로운 세계문학전집이 필요하다는 것은 명백하다. 우리의 지성과 감성의 기준에 부합하는 세계문학을 다시 구상할 때가 되었다.

문학동네 세계문학전집은 범세계적으로 통용되는 고전에 대한 상식을 존중하면서도 지난 반세기 동안 해외 주요 언어권에서 창작과 연구의 진전에 따라 일어난 정전의 변동을 고려하여 편성되었다. 그래서 불멸의 명작은 물론 동시대 세계의 중요한 정치·문화적 실천에 영감을 준 새로운 작품들을 두루 포함시켰다.

창립 이후 지금까지 한국문학 및 번역문학 출판에서 가장 전문적이고 생산적인 그룹을 대표해온 문학동네가 그간 축적한 문학 출판 경험을 바탕으로 새로운 세계문학전집을 펴낸다. 인류가 무지와 몽매의 어둠 속을 방황하면서도 끝내 길을 잃지 않은 것은 세계문학사의 하늘에 떠 있는 빛나는 별들이 길잡이가 되어주었기 때문이다. 우리가 자부심과 사명감 속에서 그리게 될 이 새로운 별자리가 독자들의 관심과 애정에 힘입어 우리 모두의 뿌듯한 자산이 되기를 소망한다.

문학동네 세계문학전집 편집위원
민은경, 박유하, 변현태, 송병선, 이재룡, 홍길표, 남진우, 황종연

지은이 **앨리스 먼로**
1968년 첫 소설집 『행복한 그림자의 춤』을 발표하며 평단의 주목을 받은 이래 영어권을 대표하는 작가로 자리매김했다. 총 세 차례의 총독문학상과 두 차례의 길러상, 전미도서비평가협회상, 오헨리상, 펜/맬러머드 상 등 다수의 상을 수상했다. 2009년에는 맨부커 인터내셔널 상을 수상했고, 2012년 『디어 라이프』를 발표했다. 2013년 "현대 단편소설의 거장"이라는 평을 들으며 노벨문학상을 수상했다.

옮긴이 **민은영**
고려대학교 영어교육과를 졸업하고 이화여자대학교 통번역대학원에서 석사학위를 받았다. 현재 전문 번역가로 활동중이며 『여우 8』 『앨프리드와 에밀리』 『남자가 된다는 것』 『사랑의 역사』 『어두운 숲』 『아일린』 『내 휴식과 이완의 해』 『곰』 『에논』 『안데르센 교수의 밤』 『친구 사이』 『칠드런 액트』 『어떤 날들』 『존 치버의 편지』 『여름의 끝』 『그의 옛 연인』 등을 우리말로 옮겼다.

세계문학전집 176
거지 소녀

1판 1쇄  2019년 2월 25일
1판 7쇄  2023년 9월  9일

지은이 앨리스 먼로 | 옮긴이 민은영
책임편집 윤정민 | 편집 이현자 오동규
디자인 김마리 이원경 | 저작권 박지영 형소진 최은진 서연주 오서영
마케팅 정민호 서지화 한민아 이민경 안남영 왕지경 황승현 김혜원 김하연
브랜딩 함유지 함근아 박민재 김희숙 고보미 정승민 배진성
제작 강신은 김동욱 이순호 | 제작처 영신사

펴낸곳  (주)문학동네 | 펴낸이 김소영
출판등록  1993년 10월 22일 제2003-000045호
주소  10881  경기도 파주시 회동길 210
전자우편  editor@munhak.com | 대표전화  031) 955-8888 | 팩스  031) 955-8855
문의전화  031) 955-1927(마케팅) 031) 955-2634(편집)
문학동네카페  http://cafe.naver.com/mhdn
인스타그램  @munhakdongne | 트위터  @munhakdongne
북클럽문학동네  http://bookclubmunhak.com

ISBN  978-89-546-5508-8  04840
      978-89-546-0901-2  (세트)

**www.munhak.com**

● 문학동네 세계문학전집은 계속 출간됩니다

# 대통령 선거 마케팅

## 클린턴의 캠페인 전략과 정치 마케팅

나남출판

나남신서 · 812

# 대통령 선거 마케팅

클린턴의 캠페인 전략과 정치 마케팅

브루스 뉴만 / 김충현 · 이수범 공역

NANAM
나남출판

5

# 역자 서문

1992년의 미국 대통령 선거는 기술적 혁신이 정치적 역학을 획기적으로 변화시키는 과정을 목격할 수 있었던 미국 선거사상 하나의 중대한 전환점이었다. 입후보자들은 컴퓨터로 신속하게 처리되는 여론조사를 통해 즉각적인 결과를 알 수 있었고, 위성중계를 활용하여 다른 많은 지역방송국 뉴스에 거의 동시에 등장하였으며, 전화를 이용하여 수백만 달러의 선거자금 모금캠페인도 전개할 수 있었다. 빌 클린턴이 선거전략에 사용하였던 마케팅 기법은 상품과 서비스를 시장에 내놓기 위해 사용되는 바로 그것이었다.

2000년 현재 진행중인 미국 대통령 선거전은 기술적 혁신부분에서 인터넷의 위력을 실감나게 보여주고 있다. 즉, 웹사이트를 이용한 정책공개, 인터넷을 통한 자원봉사자와 기부금모집, 인터넷 캠페인, 웹사이트를 통한 여론조사 등 인터넷 정치는 기존의 정치의 형태를 흔들어 놓고 있다.

이와 같은 현대 선거전의 양상은 이제 우리에게도 남의 얘기만은 아니다. 지난 15대 총선의 경우를 보면, 광고의 카피문구를 무색케 하는 선거구호, 인터넷 홈페이지를 통한 홍보, 각종 이벤트를 이용한 선거유세 등 겉으로 드러나는 모습에서부터 알려지지 않은 은밀한 선거전략까지 거의 모든 후보들이 많은 부분 정치 마케터에 의존하였다. 다가올 다음 대통령 선거전에서는 이런 양상이 더욱 짙어질 것이 확실하다.

이러한 맥락에서 상업 시장(commercial marketplace)에서 사용되는 현대 마케팅 기법들이 정치 시장(political marketplace)에 어떻게 성공적으로 적용되는지에 관해 종합적인 설명을 제공하고 있는 미국 듀폴대학교의 브루스 뉴만(Bruce Newman) 교수의 《대통령 선거 마케팅》(The Marketing of the President: Political Marketing as Campaign Strategy)은 미래의 선거와 정치과정을 예측하는 데 중요한 지침서가 되리라고 본다.

이 책에서 뉴만 교수는 1992년의 미국 대통령 선거를 하나의 사례로 이용하여 마케팅적 접근에 의해 대통령 선거과정이 어떻게 변형되었는지, 그리고 이것이 미국의 선거와 정치제도에 어떤 영향을 주었는지에 대하여 설명하고 있는데, 후보들이 사용했던 포커스그룹(focus group), 여론조사, 인포머셜(infomercial) 광고, 텔레마케팅(telemarketing) 등과 같은 몇 가지 구체적인 마케팅 기법은 물론 마케팅 개념에 기반한 선거 캠페인의 전반적 과정에 대한 이해를 도모하고 있다.

그에 따르면, 미국 정치권에서 일어난 지난 20년간의 구조적 변화는 정치캠페인 과정을 변화시키고 이른바 권력 중개인(power agent)으로서 캠페인을 통제하는 선거컨설턴트에 대한 의존도를 심화시켜 왔다고 한다. 컨설턴트를 중심으로 전략을 빠르게 입안하고 수행할 수 있는 잘 조직된 팀을 구성하는 것은 선거에 앞서 가장 먼저 밟아야 할 단계이다. 미디어 전문가, 여론조사 전문가, 캠페인 전략가는 입후보자 이미지를 긍정적으로 형성하기 위해 유권자를 세분화하여 입후보자를 포지셔닝한다. 또한 재정적 규제조항의 변화로 인해 입후보자는 직접우편(*direct mail*) 전문가와 필요한 자금을 모으는 기금 조성자를 필요로 하게 되었다.

한편, 1992년 캠페인에서 가장 중요한 역할을 했던 것은 여론조사와 매스미디어였다. 특히 매스미디어는 더욱 중요한 역할을 하게 되었는데 입후보자들에 대한 보도는 훌륭한 탐사보도에서부터 선정적인 기사에 이르기까지 전 범위에 걸쳐 수행되었다. 문제시되는 이슈의 진실을 파악하기 위해서 지속적이고 공격적인 보도가 필요하지만, 시청률을 감안할 때 쉽게 선택할 수 있는 주제는 입후보자의 사생활과 같은 대중적인 이야기였다. 장기적으로 볼 때, 이러한 보도태도는 미디어의 신뢰도 유지에 해로운 영향을 미칠 것이다.

미디어의 유형에 대한 선호도 변화하였다. 미국의 유권자들은 래리 킹(Larry King)과 같은 토크쇼 사회자의 비형식적인 인터뷰를 더 선호하였고, 입후보자가 선거유세를 위해 공항에서 내리는 그 순간에서부터 마을로 차를 타고 가는 장면, 연설이 끝난 후 후보와 유권자가 악수를 나누는 것까지 자세하게 보도를 하는 형식을 선호함으로써 결과적으로 선거보도에 있어서 케이블 텔레비전의 영향력이 커진 반면 전국 네트워크 방송사들의 역할은 감소되었다.

또한 무소속 입후보자 로스 페로(Ross Perot)의 활약도 재미있는 시사점을 제공하고 있다. 그는 선거운동에 관한 통상적인 관례를 벗어나 선거과정을 완전히 회피한 후보자였다. 그는 텔레마케팅을 이용한 고도의 기술적인 전술에 의존했으며, 결과적으로 그러한 점은 대통령선거 캠페인 과정에 변화를 초래하게 되었다. 단 하나의 예비선거과정이나 정당의 지지도 없었지만 페로는 전유권자의 19%라는 높은 지지를 얻을 수 있었던 것이다.

이런 측면에서 볼 때, 이 책은 미국 대통령선거에서의 마케팅의 역

할이 얼마나 중요하며, 실제 선거결과에 어떠한 영향을 미치는가를
보여주고 있다. 우리의 선거도 점차 미디어선거로 전환되는 시점에서
이 책이 담고있는 의미는 더욱 크다고 할 수 있다. 저자는 권력중개
자들에 의해 만들어지는 선거과정에서 정직성의 수준이 캠페인 방향
을 결정한다고 결론짓는다. 만약 컨설턴트가 입후보자를 당선시키기
위해 부정직한 전략을 사용하고, 입후보자가 지키지 못할 공약으로
집권하여 통치하게 된다면 대다수의 국민들이 고통을 겪게 될 것이
분명하기 때문이다.

마지막으로 이 책의 출간을 기꺼이 응낙해 주시고 정치마케팅 분야
에 관심을 보여준 나남출판 조상호 사장님께 고마움을 전한다.

2000년 가을, 서강의 언덕에서

김충현 · 이수범

# 저자 서문

사람들은 1992년 대통령선거에서 승리한 빌 클린턴(Bill Clinton)의
놀라운 공적을 묘사하는 것 중의 하나로, 그를 보잘 것 없는 존재에서
다시 부상하여 자유세계 지도자의 후보로 등장한 '돌아온 아이'(come-
back kid)라고 불렀다. 그는 선거운동이 시작되기도 전에 이미 어떤 의
미로든 끝을 다 본 후보자였다. 클린턴의 명백한 부정에 관한 비난이
연일 뉴스를 장식하고 있을 때 뉴햄프셔(New Hampshire) 예비선거는
막 달아오르고 있었다. 그때 클린턴은 그러한 주장에 대해 용감하게
대응하면서 그의 부인 힐러리(Hillary)와 함께 〈60분〉(60 Minutes)이
라는 생방송 프로그램에 출연하였다. 클린턴이 당일 일요일 저녁 TV
에 출연하여 그들의 사생활에 대해 이야기하는 장면을 수백만 미국인
들이 시청하는 것을 보는 것은 이번 선거캠페인에서 두드러지게 대두
될 놀라운 사건의 첫 징조를 보는 셈이었다. 그러나 이번 선거에서
나타날 실제 이야기는 놀랄 만한 이벤트나 인상적인 퍼스낼리티, 또
는 특이한 방식으로 진행되는 선거캠페인에 관한 것이 아니었다. 그
보다는 실제로 선거를 승리로 이끈 클린턴의 성공적인 마케팅 기법의
사용 바로 그것이었다. 즉, 수많은 상품과 서비스를 시장에 내놓기

위해 사용되는 마케팅 기법이 같은 방식으로 빌 클린턴의 선거전략에
사용되었다. 이 책은 이러한 마케팅 기법이나 도구들이 어떻게 사용
되었으며 그러한 사용이 선거의 승부에서 어떠한 차이를 만들어 내는
지에 관하여 설명하고 있다.

이 책은 마케터의 관점에서 선거캠페인 전략의 전개에 대한 내적인
시각을 제공하고 있으며 이는 언론인이나 미디어가 선거운동 전개과
정을 보도하는 방법과는 또 다른 것이다. 클린턴의 승리에 대한 언론
인들의 해석은 선거 후 이를 분석한 몇 편의 간행물에서 잘 보도된 바
있다. 그 중에서 특히 《뉴스위크》지의 '선거특집기사'는 현대 선거전
에서 사용되는 몇 가지 새로운 기술들에 관해 훌륭하게 분석, 보도하
고 있다. 우리는 이미 1992년에 후보들이 사용했던 포커스 그룹, 여
론조사, 인포머셜광고(informercials), 그리고 텔레마케팅 등과 같은 몇
가지 마케팅 기법들을 보아왔다. 이 책은 이러한 기법들의 독립적 사
용에 대해 설명하기보다는 선거 캠페인에 대한 이른바 큰 그림을 제
시하려고 한다. 즉, 마케팅이란 무엇인지에 관해 자세한 해설과 함께
마케팅적인 접근방법이 어떻게 빌 클린턴을 '뺀들이 윌리'(Slick Willie)
에서 '대통령 각하'로 변신시킬 수 있었는지를 구체적으로 설명하고자
한다.

1992년 우리는 로스 페로(Ross Perot)가 최초로 시도한 텔레마케팅
선거운동을 목격한 바 있다. 그는 선거운동에 관한 통상적인 관례를
벗어나 선거과정을 완전히 탈피한 후보자였다. 그는 대통령 정치에
경쟁하기 위해 고도의 기술적인 전술에 의존했고 결과적으로 그것은
대통령 선거캠페인 과정에 변화를 초래하게 되었다. 단 하나의 예비
선거과정이나 정당의 지지도 없었지만 페로는 전 유권자의 19%라는
높은 지지를 얻을 수 있었다.

　정치 여론조사는 선거과정에서 권력 중개인을 위한 척도로 계속 사용될 것이다. 후보자나 미디어, 정당, 정치행동위원회들, 컨설턴트들, 그리고 유권자들 모두는 어느 특정 시기의 정치현실을 파악하기 위해서 여론조사원들의 전문성에 의존해야 한다는 사실을 알게 되었다. 선거전 과정은 이 나라에서 유권자가 정당을 통한 참여에서 후보와의 직접적인 접촉으로 변해왔다. '래리 킹'(Larry King, 역자주 : CNN에서 화제의 인물을 초청, 인터뷰 방식으로 진행되는 토크쇼의 유명 사회자)과 '필 도나휴'(Phil Donahue, 역자주 : 다양한 화제의 주인공, 관련 전문인 및 방청객인 참여하는 전통있는 토크쇼의 사회자)와 같은 토크쇼 진행자는 후보자들과 유권자들 사이에서 하나의 통로가 되어왔으며 일부에서는 이러한 정치형태를 '전화참여 민주주의'(dial-in democracy) (역자주 : 토크쇼에 전화로 참여함으로써 정치참여가 가능하다는 의미)로 언급하기도 하였다.

　1992년에 빌 클린턴이 사용했던 승리전략은 1960년에 케네디가 비밀회합조직을 이용하였던 방식과는 매우 상이하다. 1992년은 우리의 정치역학을 획기적으로 변화시킨 기술적 혁신을 보여준 해였다. 즉 컴퓨터화된 여론조사를 통해 후보자들은 즉각적인 여론결과를 알게 되었고, 위성중계를 활용, 후보자들은 많은 다른 지역 방송국 뉴스에 동시적으로 인터뷰에 응할 수 있었으며 무료 장거리 전화를 활용하여 수백만 달러의 선거자금 모금캠페인도 전개하였다.

　클린턴 선거조직은 마치 미국의 유수한 소비자 제품회사인 프록터와 갬블(Proctor & Gamble), 맥도널드(McDonald's), 퀘이커(Quaker) 등과 같이 마케팅 기법과 전략이 뛰어난 회사의 마케팅부서와 유사했다. 클린턴의 선거조직원들은 선거의 소비자인 유권자의 동향을 면밀히 파악하기 위해 그들의 손가락은 항상 유권자의 맥박을 감지하고 있었다.

즉, 마치 맥도널드(McDonald's)가 식당을 새로 개점하기 위해서 마케팅 조사를 이용하는 것처럼 빌 클린턴의 여론조사원들은 어떤 지역을 목표로 광고를 할 것인지에 똑같은 기술을 활용하였다. 뿐만 아니라 퀘이커(Quaker)가 시장에 어떤 신제품을 내놓을 것인지를 결정하기 위해서 포커스 그룹을 사용하는 것처럼 빌 클린턴의 조사원들은 미국인들에게 경제변화에 관한 그들의 메시지를 어떻게 가장 잘 전달할 수 있을까 하는 문제를 결정하기 위해 포커스 그룹을 이용하였다.

이 책은 대통령 선거운동에서 마케팅이 어떻게 사용되었는지에 관해 최초로 종합적인 설명을 하고 있다. 또한 오늘날 선거과정을 거의 통제한다고 할 수 있는 마케팅에 의해 미국 대통령선거 과정은 어떻게 변형되었는지, 그리고 이것이 미국의 선거에 어떤 영향을 주었는지에 대하여 설명하고 있다. 이러한 정보를 소개, 전달하기 위하여 저자는 1992년 대통령 선거를 하나의 사례로서 이용하고 있다. 뒤이은 논의에서 저자는 '상업 시장'(commercial marketplace)에서 사용되는 현대 마케팅 기법들이 '정치 시장'(political marketplace)에 어떻게 성공적으로 적용되었는지에 관하여 살펴볼 것이다.

## 이 책의 구성

이 책은 〈그림 1-1〉에 제시된 모델을 기본으로 하여 각 장의 주제를 구성하고 있다. 이 모델은 '새로운 정치캠페인 기술'(new political campaign technology)을 요약하고 마케팅이 현대 정치에서 어떻게 사용되는가를 보여주고 있으며 그것은 다음 장에서 자세하게 살펴볼 각각의 주제들을 하나의 일관된 틀로 묶은 것이다.

제1부에서 저자는 마케팅의 발달과정과 정치 캠페인에서 마케팅의

역할이 왜 더 큰 중요성을 갖게 되었는지에 대해 자세하게 설명하고 있다. 1장은 정치에서 마케팅의 발달을 개괄하고 마케팅이 하나의 체계로서 어떻게 선거과정에 통합되어 왔는지에 관하여 역사적이고 사실적인 설명을 제시한다.

2장에서는 정치에서 마케팅의 역할을 논의하는 논리적 근거를 제시함으로써 후보자들의 초점이 어떻게 정당 개념에서 마케팅 개념으로 이동해 왔는지를 검토한다. 이러한 이동은 정당 당수로부터 컨설턴트로의 권력이양에서도 드러난다. 그리고 계속해서 마케팅 개념의 도입의 필요성과 그것이 선거과정을 통제하는 사람들에게 어떻게 영향을 끼치는지, 그리고 정치영역에서 마케팅접근을 사용한 결과가 무엇인지에 대하여 설명하고 있다.

3장에서는 후보자들의 초점에 마케팅적인 변화를 초래한 환경적인 세력요인에 대해 설명하고 있는데 특히 후보자들에 의해 실시되고 있는 마케팅과 정치 캠페인에서 이러한 요인들의 영향력을 집중적으로 검토하고 있다. 이 세력요인들은 세 가지 영역으로 나누어 분류될 수 있다. 즉, 첫째, 정치영역에 일어났던 기술적인 변화들, 둘째, 선거 캠페인의 진행방법에서 구조적 변화, 그리고 셋째, 정치 및 마케팅 캠페인을 통제하는 권력 중개인의 영향력에서의 변화 등이다.

제2부에서는 마케팅 캠페인을 상세하게 다루고 있다. 4, 5, 6장은 후보자와 그 조직들이 이용하는 각각의 전략적인 기법들에 대하여 초점을 맞추고 있다. 구체적으로 4장은 시장세분화(*market segmentation*)를 다루고 이러한 전개의 한 부분으로서 유권자 행동의 혁신적인 모델을 검토하여 시장세분화를 위한 기초로서 사용한다. 5장은 후보자 포지셔닝(*positioning*)을 살펴보고, 6장은 마케팅 전략 형성과 실행을 포함한 선거과정의 전략적 구성성분을 밝히고 있다.

마지막으로 제3부에서 7장은 정치 마케팅의 미래를 살펴보고 우리의 선거과정에 관한 비판과 백악관 진출을 위한 마케팅의 역할에 대해서 밝히고 있다. 이어서 1996년 대통령 선거에 진출하는 후보자들의 성공에 작용하게 될 결정적인 몇 가지 이슈들에 관하여 논의하고 있다. 이 장은 다음 선거에서 권력 중개인들 중에서 누가 권력을 얻고 잃을 것인지에 관한 평가와 정치에서 마케팅의 오용 결과에 관한 강력한 경고로 이 책을 마무리 짓고 있다.

### 저자의 변

이 책이 출판될 무렵 빌 클린턴은 이미 9개월 정도 대통령 직무를 맡고 있었다. 그때 저자는 빌 클린턴이 백악관에 입성하기 위해 사용한 동일한 마케팅 기법들이 여론형성을 위해 어떻게 사용되고 있는지를 살펴볼 기회가 있었다. 예를 들어, 클린턴은 그의 경제정책을 제시하기 위해서 그의 선거캠페인 동안 리틀 록(Little Rock, 역자주 : 클린턴이 주지사로 재직하던 아칸소의 주 수도)에 설치·운영하였던 중추조직과 유사한 '전쟁실'(war room)을 설립, 활용해 왔다. 그는 또한 의료정책을 미국 사람들에게 소개하기 위해 유사한 접근법을 사용할 것이라고 언급하고 있다. 클린턴은 신중하게 선택된 유권자 집단들과 주요 정치의견 지도자에게 그의 의견을 잘 정리하여 직접 전달하기 위해서 포커스그룹, 마케팅 조사, 전자타운 홀 미팅(electronic town hall meeting), 텔레마케팅 등의 기법들에 의존해 오고 있다.

클린턴에게는 불행히도 캠페인동안 창조된 이미지에 계속 의존하는 것이 쉽지 않았다. 그가 백악관에 입성하는 데 결정적인 역할을 수행하였던 똑같은 마케팅 기법들이 현재까지는 그가 국민들로부터 높은 지지율을 보장하는 데 큰 역할을 못하고 있는 것으로 보인다.

우리는 미국 정치가 새로운 전기, 즉 이 책에서 논의되고 있는 것들과 같은 기술적 발달에 의해서 형성되는 시대에 진입하였다. 빌 클린턴은 상품이나 서비스가 소비자에게 소개, 판매되는 것(*marketed*)과 똑같은 방식으로 미국 선거에 마케팅화되었으며 우리는 클린턴 행정부가 그들의 정책에 대한 지지를 얻기 위해서 이와 똑같은 기법들에 의존해 오고 있는 것을 목격하고 있다. 그들의 마케팅 전쟁은 그들의 메시지를 미국민들에게 전달하는 데 있어 아이디어의 재포지셔닝과 끊임없이 변화하는 시장환경에 대한 반응, 그리고 전략의 재형성 등의 마케팅 개념을 포함하고 있다.

브루스 뉴만 (Bruce I. Newman)
미국 듀폴대학교 (DePaul University)

나남신서 · 812

# 대통령 선거 마케팅

클린턴의 캠페인 전략과 정치마케팅

차 례

- 역자 서문 / 5
- 저자 서문 / 9

## 제 1 부  정치에서 마케팅의 전개

## 제 2 부  마케팅 캠페인

제 3 부  정치 마케팅의 미래

# 1

## 제 1 부

# 정치에서 마케팅의 전개

1956년 이전의 대통령 선거를 살펴보면 풀뿌리 민주주의(또는 기계정치학) 원칙에 의해서 정치가 이루어지던 시점으로 거슬러 올라가게 된다. 후보자들은 지지 자원단 조직을 관리하는 지방과 주 정당관리들로부터 도움을 얻기 위해서 전국적 정당조직에 의존했다. 이러한 현상은 여전히 지방 및 주 수준의 선거운동을 전개할 때 볼 수 있는 원칙이다. 마케팅지향적인 관점에서 볼 때 이 시기 동안의 선거운동은 유통력에 의해서 이루어졌다고 할 수 있다. 여기서, 마케팅의 유통력이라고 하는 것은 상품이 생산자에서 도매상, 소매상, 그리고 소비자로 전달되는 일련의 운송과정에서 나타나는 대인접촉(person-to-person)을 의미한다. 텔레비전 기술의 발달이 없었다면 후보자들과 그들의 조직원들은 메시지를 전달하기 위해서 투표자들과의 개인적인 접촉에 의존했을 것이다.

선거에 처음으로 자신의 메시지를 유권자에게 전달하기 위해서 텔레비전을 사용한 사람은 1956년 당시 대통령 후보자인 아이젠하워

22

(Dwight Eisenhower)였다. 당시만 해도 텔레비전이 1960년처럼 세련
된 수준은 아니었으나, 대통령 선거에서 텔레비전의 역할에 대한 하
나의 분수령이 되는 해로 간주되었다. 이후 케네디(John F. Kennedy)
는 선거운동에 텔레비전의 기술적 측면을 잘 적용시켰다. 그는 토론
에서 텔레비전 매체의 특성을 최대한 활용하여 닉슨(Richard Nixon)보
다 훨씬 더 편하고 여유있는 모습을 보였으며 이를 바탕으로 백악관
에 입성할 수 있는 성공적인 이미지 형성과 전달을 달성할 수 있었다.
　후보자들은 처음으로 텔레비전을 이용하여 그들의 정치적 이미지를
연출하기 위한 선거전략을 전개시킬 기회를 갖게 되었다. 후보자들이
전자적으로 자신의 이미지를 연출할 수 없었던 기계적인 정치시대와
는 달리 텔레비전이라는 미디어를 사용할 수 있게 됨에 따라 그들은
유권자들에게 팔릴 수 있는 선거강령을 형성할 수 있게 되었다. 시각
적인 커뮤니케이션의 이점이 없었더라면 후보자들이 선거캠페인 전략
의 수립을 위한 기초로서 이미지에 의존한다는 것은 거의 불가능한
일이었다.
　정치 후보자들은 메디슨 가(Madison Avenue, 역자주：미국의 광고
중심지)의 전문가들이 선거 캠페인 조직에 진출하게 되자 비로소 마케
팅의 진정한 영향력을 깨닫게 되었다. 1968년 닉슨 캠페인이 선거에
승리하기 위해 어떻게 세련된 광고캠페인에 의존했는지에 대한 맥기
니스(Joe McGinniss)의 설명은 텔레비전이 선거과정에 미치게 된 진
정한 영향력을 밝히게 되었으며 그 이후로 정치에서 마케팅의 발전이
계속되었다. 즉, 선거 캠페인 조직의 권력은 정당 당수로부터 광고전
문가를 지나서 마케팅에 관한 전문성을 지닌 새로운 컨설턴트 조직으
로 이동되었다. 저자가 비록 대통령 선거에서 일어난 것을 중심으로
설명한다 할지라도 정치캠페인에서 마케팅의 역할을 이해하기 위한
기본 틀을 제공하는 한 그 분석은 지방이나 주 수준에서의 선거에도
그대로 적용될 수 있을 것이다.

    제1부에서는 미국의 선거과정은 마케팅에 의해 변화되고 있다는 주장의 근거를 제공하고 있으며 이러한 변화에 대한 논쟁에서 저자는 세 가지 주제에 초점을 맞춘다. 1장에서는 마케팅을 정의하고 마케팅이 선거캠페인 전략으로서 어떻게 사용되는가를 설명할 기본틀을 제시한다. 다음에는 상품과 서비스를 마케팅하기 위해서 사용되는 동일한 전략적 도구들이 어떻게 빌 클린턴의 1992선거 캠페인에 성공적으로 적용될 수 있었는지에 대하여 논의한다. 그 다음 2장에서는 정치에서 마케팅의 발전에 대한 역사적 배경을 보여주며 마케팅이 지난 수 차례의 대통령선거에서 왜 후보자들의 성공에 결정적 역할을 수행하게 되었는가에 대한 설명을 덧붙이고 있다. 정당 당수로부터 컨설턴트로의 권력이동에 대해서도 자세하게 분석하고 있다. 마지막으로 3장에서는 선거캠페인에서 이러한 변화를 초래하게 된 그 영향력을 개괄한다. 저자는 과거와 현재의 권력 중개인이 누구인가를 밝히고, 1992년 대통령 선거캠페인이 이러한 참여자들의 권력구조를 어떻게 변화시켰는지에 대해서도 설명하고 있다.

# 1장
## 새로운 정치캠페인 기술

    1992년 대통령 선거는 유권자와의 직접접촉이라는 사실과 이로 인해 상업시장에서 볼 수 있는 가장 세련된 마케팅 기법이 사용되었다는 점에서 매우 독특한 선거라 할 수 있다. 직접 우편(*direct mail*)에 대해서는 모두 들어본 바 있으며 또한 우체통에 이러한 우편물이 쌓이고 있는 것을 분명 알고 있다. 주민들을 대상으로 이용된 이러한 직접우편은 다양한 정치적 설득의 대상인 유권자들에게 기금조성을 위한 편지로 사용되었으며 소비자에게 상품을 마케팅하기 위해서 사용되었던 동일한 기법들이 정치 후보자를 유권자에게 마케팅하기 위해서도 이용되었다.

    그 해는 다른 어떤 요소보다도 이른바 '변화'라는 승리 주제를 설정하였던 것이 중요하게 작용했던 의외의 선거였다. 미국 유권자들은 과거에도 대개 그러했듯이 정치에 식상하여 변화를 갈망하고 있었으며, 특히 대통령 선거캠페인이 전개되는 방식에 대해서 무언가 변화가 있기를 기대했다. 따라서 1988년 선거에 성행했던 부정적 광고(*negative advertising*)에 대한 지나친 의존이 1992년 선거캠페인에서는 그 빛을 상실하게 되었다. 유권자들은 보다 직접적으로 후보자들에게 접근하기를 원했다. 즉 후보자들의 개인적 성격이나 개성보다는 그들이 관련된 현안을 해결할 수 있는 능력을 파악할 수 있는 토론을 희망하였으며 후보자들은 유권자들이 원하는 것을 제공하였다.

정치과정에서 참여의 변화는 1992년에 실시된 새로운 종류의 정치 캠페인에 대한 반응으로 나타난 것이다. 유권자들의 투표율에서 나타난 바와 같이 이들은 대통령 선거에 보다 많은 관심과 흥미를 갖게 되었다. 어떤 후보자는 후보자 광고를 보완하기 위해 인포머셜(*infor-mercial*, 역자주 : *information*과 *commercial*의 합성어로서 일반적으로 20~30분 정도의 정보와 오락을 담은 새로운 형태의 광고)을 사용하였다. 심지어 어떤 후보자는 주요 현안에 대해 논의하기 위해 차트, 그래프, 그리고 '주술막대'(*voodoo sticks*)를 동원하기도 하였다.

이러한 선거운동이 종전의 선거운동과 확연히 구분되는 것은 클린턴 선거조직이 마케팅 개념을 능숙하게 수행했다는 점이다. 즉, 마케터는 우선 고객의 욕구를 이해한 후 이러한 소비자의 욕구를 충족시킬 수 있는 상품을 개발해야 한다. 클린턴 선거참모들은 유권자들이 변화를 원하고 있으며 경제, 구체적으로는 일자리에 대해 가장 많은 관심을 지니고 있다는 사실을 파악하였다. 클린턴 참모들은 국민들의 이러한 관심사를 파악해 가면서 전당대회 이후 변화와 경제라는 주제를 가지고 끊임없이 유권자들에게 접근하였다.

클린턴 선거본부는 또한 선거전에서 경쟁후보들이 서서히 낙오하기 시작하자 그들의 아이디어를 취사선택하고 이를 자신들의 아이디어화하여 일반 상업시장에서 행해지고 있는 것처럼 경쟁성을 위주로 선거에 활용하였다. 클린턴 선거본부는 관리나 운영의 묘가 뛰어난 회사에서나 볼 수 있는 융통성과 적응력이 생기게 되었다. 클린턴은 유권자들의 요구와 욕망을 효율적이고 효과적인 방법으로 만족시키기 위해 마치 자동차업계에서 수년 동안 도요타(Toyota)가 해온 것처럼 그의 선거운동을 부단히 통합하고 새롭게 하였다.

미국 대통령 출마자는 모두 미국과 세계의 미래에 대한 시각을 나타내는 정치철학을 채택해야 한다. 1992년 대통령선거에서는 이 철학이 여론조사의 방법을 넘어서 복잡하고 정교한 마케팅 기법의 사용을 통하여 형성되었다. 오늘날 정치적 지도력은 단지 정치적 이데올로기뿐 아니라 마케팅에 의하여 발휘되며 정치과정은 단순히 여론조사뿐 아니라 마케팅에 의해 형성된다는 것을 이해할 필요가 있다. 마케팅은 캠페인 전략에서 필수적인 부분으로 자리잡게 되었다. 1)

빌 클린턴은 마치 의사나 변호사들이 그들의 서비스를 소비자에게 마케팅하는 것처럼 미국 유권자를 대상으로 자신을 상품화하여 마케팅하였다. 클린턴의 수석전략가인 제임스 카빌(James Carville)은 경제문제와 경제상황이 중산층에게 미치는 영향력을 캠페인 전략의 초점으로 삼았으며 클린턴은 지난 12년 동안 중산층을 제대로 돌보지 않은 공화당 정부를 맹렬히 공격하였다. 그는 중산층이 곤궁에 빠져 침체하고 있다는 것을 파악하고 1980년대 재정적 성공의 물결을 탔던 부자들에게 세금을 부과할 것을 약속했다. 클린턴은 중산층이 힘들어하고 그들은 변화와 일자리를 필요로 하며 이러한 문제를 해결할 수 있는 사람은 바로 자신이라는 메시지를 효과적으로 전달할 수 있었다.

1992년 대통령 선거캠페인 동안 유권자들은 이 선거에 유례없는 깊은 관심을 보였다. 이전의 선거에서 보였던 것처럼 역시 경제문제가 주요 쟁점이 되었으며 유권자들은 자신들의 지갑에서 그것을 실감하였기 때문에 깊이 관심을 갖게 되었다. 지난 선거 이후로 케이블 텔레비전의 시청이 계속 증가하고 있기 때문에 유권자들은 그들을 대상으로 하는 케이블 텔레비전의 각종 프로그램을 통해 직접 후보자들을 만날 수 있었다.

시청자들은 지금까지 자신들에게 익숙한 일반적인 인터뷰 프로그램이 아닌 색다른 쇼 프로그램에서 후보자들을 만나게 되어 신선함을 느끼게 되었다. 빌 클린턴은 〈아시니오 홀 쇼〉(The Arsenio Hall Show) (역자주 : 흑인 사회자가 출연하여 진행하는 일종의 토크쇼로서 형식 및 주제, 출연자가 약간 파격적인 젊은 층을 겨냥하는 프로그램)에 출연함으로써 어려움에 처해 있었던 선거국면을 전환시켜 놓았다고 하는 사람도 있다. 그 쇼에서 그는 펑키 스타일의 옷차림에 검은 색 선글라스를 끼고서 열광하는 관중들에게 색소폰을 불었다. 시청자들은 이 나라의 최고 직위에 출마한 후보자가 늦은 저녁 텔레비전 프로그램에 출연하여 대통령 후보자라기보다는 팝 스타처럼 행동하는 사실을 믿기 어려웠다. 빌 클린턴과 로스 페로는 모두 케이블 방송매체의 힘과 중요성을 재빨리 깨닫고 조지 부시(George Bush)에 앞서 이를 활용하였다. 반면에 조지 부시는 매우 신중하였으며 그가 여론조사에서 뒤떨어진 후에야 케이블 프로그램에 뒤늦게 참여하였다.

여기서 문제는 왜 모두가 전화로 참여하는 생방송 초청 쇼(live call-in shows)에 출연하는가 이다. 그것은 투표자들이 권력을 부여받는다는 것을 느끼고 싶어하고 그들의 일생동안 직접 볼 수 없는 출연자들과 직접 접촉한다고 생각하고 싶어하기 때문이라고 하는 견해도 있다. 1992년 당시 케이블 텔레비전은 텔레비전 시청가구의 60% 이상을 확보하고 있는 반면 3대 주요 네트워크들은 약 10년 동안 그들의 고객을 점점 잃어가고 있는 실정이었다. 클린턴은 거의 대부분의 주에서 타운 미팅 형식(town meeting format)을 사용하여 10월의 대통령 토론에서 효과적으로 사용할 수 있는 기법을 연마했다. 이처럼 정치인이 유명인으로 변신하게 되는 1992년도의 정치계 풍조는 래리 킹(Larry King)에 의해 시작되었다고 할 수 있다. 2)

클린턴이 생방송 초청 쇼(call-in shows)를 집중적으로 활용하게 된 또 하나의 이유는 그가 유권자들에게 접근하기 위해서는 실제 관중들 앞에 모습을 드러냄으로 발생할지도 모르는 위험도 감수했던 그의 적극성이었다고 할 수 있다. 뉴 햄프셔(New Hampshire) 예비선거일이

다가왔을 때, 클린턴은 그의 개인적 자질에 대한 근거없는 주장 때문에 경제에 관한 공약들이 제대로 전달되지 못하고 있는 것을 깨닫게 되었다. 어떤 사람들은 그가 그의 견해와 입장을 전환시키고 홍보하기 위해서 비정통적이며 대체적인 미디어를 선택했다고 주장하기도 했다. 반면에 부시는 현직 대통령으로서 그가 미디어로부터 원했던 만큼의 대접을 받았다.

정치과정의 구조적 변화로 인해 후보자들은 컨설턴트들에게 계속 의존할 수밖에 없게 되었다. 후보자들에 대한 개인들의 기부금을 제한하는 연방규제로 인해 선거운동을 치르기 위한 필요자금을 마련하기 위해 이들은 직접우편과 자금조성 전문가에게 보다 더 의존하게 되었다. 오늘날 후보자들은 그들의 선거 캠페인을 후원해 줄 부유한 기부자들에게 의존하는 사치를 더 이상 누릴 수 없게 되었으며 더불어 정당의 영향이 약화됨에 따라 새로운 선거제도의 탄생이 앞으로 예견된다.

1992년 대통령 선거는 클린턴이라는 후보가 얼마나 성공적으로 마케팅화되었는지, 반면에 부시는 얼마나 비성공적으로 마케팅화되었는지, 그리고 뛰어난 세일즈 맨인 페로는 마케팅과 판매의 차이를 알고 있는 전문가가 지배하고 있는 시장에서 왜 그러한 기법들에 의존할 수 없었는가를 보여주었다고 할 수 있다. 다음으로 이 장의 나머지 부분에서는 마케팅을 소개하여 이를 정의하고 정치에서 마케팅의 역할은 무엇인지, 그리고 왜 이러한 새로운 정치 캠페인 기술(new political campaign technology)이 선거과정을 변화시키는가를 설명할 것이다.

## 마케팅이란 무엇인가?

마케팅과 정치라는 전혀 별개의 것으로 보이는 두 영역이 어떻게 결합될 수 있는 것인가 하고 의아해하게 되는 이유는 마케팅 자체에 대한 오해에 기인한다. 단순히 말하자면 마케팅이란 교환과정을 의미하는 것이다. 즉, 교환과정은 구매자(소비자)로부터 돈을 받고 상품이나 서비스를 교환하는 판매자(기업)가 그 중심이 되며 이러한 교환은 마케팅 전략을 사용하는 판매자에 의해서 수행된다. 일반적으로 마케팅 전략은 4가지 요인으로 구성되는데, 이는 (1) 상품(혹은 서비스), (2) 판매촉진 캠페인, (3) 가격, 그리고 (4) 유통(즉, 제조업자로부터 소비자에게로 상품의 이동)이다.

보다 전문적인 용어로 설명한다면 마케팅이란 제품개발시 수요자의 필요를 분석해 내는 접근방법으로서, 시장조사를 통하여 연구개발의 방향을 결정한다. 이것은 가장 성공적인 상품이란 시장조사 및 연구 결과를 통하여 제조된다는 것을 의미한다. 자동차나 운동화는 이처럼 시장의 동향을 따르게 되는 상품의 예라고 할 수 있다. 새로운 차 모델이나 혁신적인 펌프 운동화와 같은 제품은 시장조사 결과를 바탕으로 하여 개발된 것이다.

혹자는 정치 후보자들도 상품처럼 마케팅의 대상이 된다고 주장하기 위하여 그들을 하나의 비누와 같다고 표현한다. 그러나 이것은 한동안 대중적인 언론에 떠돌던 하나의 신화이며, 그보다 후보자는 서비스 제공자이고 따라서 필연적으로 마케팅의 대상이라고 할 수 있다. 제품으로서 정치 후보자를 상품으로 언급한 첫 번째 사람은 선거홍보 캠페인 전략을 개발하기 위해 선거조직에 초빙되었던 미디어 종사자들이었다. 이러한 사람들은 모두 업계 출신으로 상품광고에 대한 그들의 지식을 후보자 광고에 직접 적용시켰다. 이러한 연관성이 점차 발전됨에 따라 정치 후보자를 상품으로 인식하는 것이 일상적인 것이 되었다.

사실 후보자는 실제로 서비스 제공자이고 마치 보험 대리인이 그의 계약자들에게 서비스를 제공하듯이 소비자인 유권자들에게 서비스를 제공한다. 이 경우 보험정책(계약내용)은 대리인에 의해서 팔린 상품이다. 이 책에서 필자는 비록 상품으로서 정치 후보자의 마케팅을 지칭하고 있으나 그것은 실제로 캠페인 전략을 의미한다는 점을 잘 이해할 필요가 있다. 정치 후보자의 마케팅이 마치 비누 마케팅과 유사하다는 인상을 주게 되면 그것은 마케팅을 정치에 적용시키는 데 있어 나타나는 고유성을 지나치게 약화시키고 단순화하는 결과가 될 것이다.

우선 소비자들이 어떤 특정 브랜드의 비누를 선택할 때 유권자들이 후보자를 선택, 투표하기로 결정하는 것만큼 시간과 노력을 소비하지는 않는다. 따라서 비누 구매자는 의사결정에 필요한 정보를 입수하는 데 있어 유권자가 후보자를 선택하는 데 필요한 정보를 입수하는 것만큼 깊게 관여되지 않는다. 두 번째로 후보자가 실제로 서비스 제공자라는 것을 염두에 두면 선거 캠페인과 실제 당선되어 집무를 통해 서비스를 제공하는 것과는 다르다는 것이 보다 명확해진다. 즉 후보자가 유권자들에게 제공하는 서비스의 실제적인 전달은 그가 실제로 당선되어 집무를 해야 발생하기 때문이다. 저자는 앞서 클린턴이 비록 그의 재임시에도 선거 캠페인 당시 이용했던 마케팅 기법을 다시 활용한다고 지적했으나 이 책은 당선된 이후의 집무 및 통치가 아닌 선거캠페인에 대한 마케팅의 적용에 대해 그 초점을 맞추고 있다고 강조한 바 있다.

마지막으로 정치 후보자들은 빠른 변화와 장애물들로 인해 유연성이 요구되는 마케팅적 도전에 직면하는 역동적인 환경에 처해 있다는 사실이다. 일반 상업시장에서 보다 많은 것을 요구하는 소비자들에게 부응하기 위해 그들의 서비스를 변화·개선하는 기업들처럼 정치 후보자들도 정치시장에서 빠르게 일어나고 있는 변화에 대응해야 하는 것이다. 예를 들어, IBM은 그의 고객들에게 보다 좋은 서비스를 제공함으로써 시장 점유율을 확보하고자 한다. IBM 같은 회사들이 성공하기 위해서 주어진 환경세력에 대응해야 하는 것처럼 정치 후보자들도 선거캠페인 기간 동안, 나아가 당선 후 직무에서도 환경의 변화세력들에 대응해야 하는 것이다.

서비스라는 것은 상품이 갖지 못한 고유한 특성을 지니고 있기 때문에 서비스 마케팅은 상품 마케팅에 적용될 수 없는 모든 전략적 문제들을 고려해야 한다. 즉, 서비스는 소비해 보기 전에는 보거나 느낄 수 없으며 들어볼 수도 없는 무형적인(intangible) 것이며, 서비스 제공자에 따라서 서비스의 질은 확연히 차이가 날 수 있는 변이적인 (variable) 것이고, 상품처럼 저장이 불가능한 소멸성을 지니고 있으며 서비스와 그 제공자를 분리시킬 수 없다는 불가분성 등의 고유한 특성을 지니고 있기 때문이다. 이러한 차이점들이 의미하는 바는 마케팅의 원리를 정치에 적용시키는 것처럼 그 나름대로 매우 독특한 면모가 있으나 한편으로는 여전히 상품 마케팅과도 유사한 점이 있다는 것이다.

마케팅을 정치에 적용할 때 교환과정은 후보자들이 유권자들로부터 표를 얻기 위해서 제공하는 정치적 지도력을 중심으로 발생한다. 정치에서 상품은 선거캠페인 정책이며, 이러한 정책공약을 개발하기 위해서 연구조사와 여론조사 등의 마케팅이 요구되고 이러한 기법은 후보자들의 이미지를 연출하기 위해서도 사용된다. 정책공약 이상으로 이미지나 인상은 투표자의 마음 속에 강하게 남게 된다. 이미지는 후보자들의 직접적인 출현이나 접촉, 미디어 출연, 정치지도자로서의 경험과 기록에 의해서 전달되어 시각적 인상의 작용으로 창조된다. 후보자들이 당선되고 나면 서비스의 변이성, 소멸성, 불가분성과 같은 다른 특성들에 대해 보다 더 신중하게 연구해야 할 것이다.

마케팅과 정치 사이에는 세 가지 명백한 차이점이 있다. 우선 철학적인 면에서 차이가 있다. 정치의 목표는 적어도 미국과 같은 국가에서는 성공적인 민주주의의 운영이며 기업의 목표는 이윤을 창출하는 것이다. 두 번째로, 정치에서의 승리는 때때로 단지 투표율에서의 몇

퍼센트의 차이에 달려 있는 반면에 기업의 경우 승리와 패배의 차이는 많은 요인들에 근거한다. 세 번째로 기업은 사업이 지속적으로 이윤을 얻고 있다면 마케팅 조사결과에 기반하여 집행을 계속하는 경우가 많으나 정치에서는 후보자 자신의 정치철학이 마케팅 조사결과를 수용할 정도를 결정하게 되는 수가 많다. 즉, 마케팅 조사연구의 결과에 의하면 그 후보자의 당선 가능성을 높이기 위해서는 어떤 문제나 정책에 대해 구체적인 관점을 주장해야 하지만 그의 철학적 차이로 인하여 마케팅 조사결과를 따르지 않기로 결정할 수 있기 때문이다. 3)

마케팅과 정치에서의 차이점이 있다고 해서 이 분야의 실무자들이 이를 결합하여 일을 수행할 수 없었던 것이 아니며 오히려 두 영역 사이에는 매우 유사한 점들이 많이 있다. 즉, 마케팅과 정치는 마케팅 조사, 시장 세분화, 표적시장 선정, 포지셔닝, 전략개발과 이행과 같은 기본적인 마케팅 기법과 전략에 의존하기 때문이다. 상업시장에서 소비자를 연구하기 위해서 사용되는 마케팅 이론과 모델을 똑같이 정치 마케팅 분야에서 적용하여 소비자인 유권자를 분석할 수 있다. 또한 모두 경쟁시장을 다루고 있으며 그렇기 때문에 승리하기 위해서는 비록 각기 몇 가지 상이한 방법을 선택할 수 있겠으나 전반적으로 유사한 접근법에 의존할 필요가 있다. 4)

## 정치 마케팅 모델

〈그림 1-1〉은 마케팅과 정치를 결합하여 마케팅 캠페인과 정치 캠페인을 하나의 단일한 틀로 나타낸 것이다. 마케팅 캠페인은 후보자들이 정치 캠페인의 각 단계들을 성공적으로 수행하기 위해서 사용하는 마케팅 도구들을 포함하고 있으므로 모델의 핵심이 된다. 마케팅 캠페인에는 시장(유권자) 세분화(*market/voter segmentation*), 후보자 포

34

〈그림 1-1〉 정치 마케팅 모델

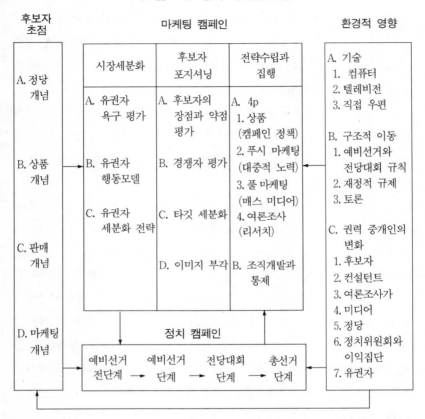

| 후보자<br>초점 | 마케팅 캠페인 | | | 환경적 영향 |
|---|---|---|---|---|
| A. 정당<br>개념<br><br>B. 상품<br>개념<br><br>C. 판매<br>개념<br><br>D. 마케팅<br>개념 | 시장세분화<br><br>A. 유권자<br>욕구 평가<br><br>B. 유권자<br>행동모델<br><br>C. 유권자<br>세분화 전략 | 후보자<br>포지셔닝<br><br>A. 후보자의<br>장점과 약점<br>평가<br><br>B. 경쟁자 평가<br><br>C. 타깃 세분화<br><br>D. 이미지 부각 | 전략수립과<br>집행<br><br>A. 4p<br>1. 상품<br>(캠페인 정책)<br>2. 푸시 마케팅<br>(대중적 노력)<br>3. 풀 마케팅<br>(매스 미디어)<br>4. 여론조사<br>(리서치)<br><br>B. 조직개발과<br>통제 | A. 기술<br>1. 컴퓨터<br>2. 텔레비전<br>3. 직접 우편<br><br>B. 구조적 이동<br>1. 예비선거와<br>전당대회 규칙<br>2. 재정적 규제<br>3. 토론<br><br>C. 권력 중개인의<br>변화<br>1. 후보자<br>2. 컨설턴트<br>3. 여론조사가<br>4. 미디어<br>5. 정당<br>6. 정치위원회와<br>이익집단<br>7. 유권자 |
| | 정치 캠페인 | | | |
| | 예비선거<br>전단계 → | 예비선거<br>단계 → | 전당대회<br>단계 → 총선거<br>단계 | |

지셔닝(*positioning*), 전략수립과 집행(*strategy formulation and imple-mentation*) 등 세 부분으로 구성되어 있다.

시장 세분화는 모든 유권자들을 층으로 분화하여 여러 개의 부분이나 그룹으로 나누는 과정이며, 그런 다음 후보자는 각 그룹을 표적으로 그의 메시지를 전달한다. 예를 들면, 빌 클린턴은 매우 큰 시장층인 중산층이 표적층으로 적당하다는 것을 캠페인 초기에 깨달았으며 이러한 표적 시장층에 어필할 수 있는 메시지를 개발하는 것이 무엇

보다도 중요한 결정사항이었다. 미국이 직면한 경제적 문제점들을 고
려하여 클린턴은 보다 많은 일자리와 좋은 임금을 약속하는 다양한
경제적 소구를 사용할 것을 결정했다. 또한 베이비 붐 세대들이 또
다른 중요한 시장층으로 확인되어 이들을 표적으로 한 다양한 메시지
를 전달하였다. 이 책의 뒷부분에서 논의될 것이지만 표적이 되는 층
은 선거 캠페인의 단계에 따라 변화한다.

　일단 다수의 유권자 층이 확인되면 각 후보자들은 후보자 포지셔닝
에 관심을 갖게 된다. 포지셔닝은 우선 후보자 자신과 경쟁자들의 장
점과 단점을 평가하는 단계로부터 시작하는 다단계 과정이다. 예를
들면, 빌 클린턴은 민주당이고 중앙행정부에 참여하지 않은 외부인으
로서 레이건(Reagan)과 부시가 12년 가깝게 지배해왔던 체제를 비판
할 좋은 위치에 있다는 것을 알게 되었다. 그 다음 선거 캠페인의 표
적대상으로 선택된 구체적인 층에 대한 표적화의 문제에 대한 고려를
하게 된다. 여기서 다수의 층 중에서 어떤 특정층을 표적화하기로 결
정하는 데 있어 제기되는 몇 가지 전략적 문제점들이 있으며 이에 대
해서는 책의 뒷부분에서 클린턴 선거조직이 중요한 표적시장 선정작
업을 어떻게 성공적으로 이행했는지에 특별히 초점을 맞추어 충분히
다루게 될 것이다.

　이러한 과정으로부터 후보자의 이미지가 설정된다. 후보자의 이미
지는 미디어를 통하여 다양한 이슈들을 강조하는 것뿐 아니라 후보자
들의 어떤 성격이나 인성적 특성을 강조함으로써 형성된다. 예컨대
빌 클린턴은 일련의 혁신적인 경제정책을 통하여 연방정부에 변화를
가져올 외부인으로서의 자신의 이미지를 창출하였다. 경쟁적인 관점
에서 볼 때 그는 불경기를 전환시키는 어떤 경제적 정책의 실시로부
터 아무런 결과도 얻지 못한 현직 대통령과 비교·경쟁되는 상황이었
다고 할 수 있다. 따라서 클린턴은 그의 장점과 경쟁자의 약점을 이
용한 셈이었다. 또한 선거캠페인 과정 동안 발휘되었던 강한 지도자로

서의 이미지를 낳게 된 몇 가지 다른 요인들도 있었다. 이러한 과정을 통해 후보자의 '위치/포지션'(*position*)이 개발되는 것이다.

일단 후보자의 포지션이 확립되면 이어서 마케팅 전략이 개발되고 수행된다. 여기서 마케팅 전략에서 중요한 요소로서 후보자의 선택된 포지션을 강화하기 위해서 사용되는 4Ps에 설명하고자 한다. 즉, 이는 상품(*product*), 푸시 마케팅(*push marketing*), 풀 마케팅(*pull marketing*), 여론조사(*polling*)의 머리글자를 따서 4P라고 부르는 것이다. 앞 장에서 자세히 논의되었듯이, 정치에서의 상품은 선거 정책공약이며 선거에서 성공하려면 후보자들은 그 자신에 대한 마케팅뿐만 아니라 그의 캠페인 정책공약도 잘 마케팅해야 한다.

선거 정책공약은 정치 캠페인의 전과정을 통해 개발·전개되며 후보자 자신, 그의 선거본부관계자들, 정당, 그리고 특히 유권자를 포함한 몇 가지 요인에 의해서 영향을 받게 된다. 선거 정책공약이 개발되면 후보자들이 자신을 홍보, 촉진할 수 있는 두 가지 정보채널이 있는데 그 하나는 푸시 마케팅(*push marketing*)이라고 부르는 채널이고, 두 번째는 풀 마케팅(*pull marketing*)이라고 부르는 것이다. 푸시 마케팅은 앞에서 언급했던 유통이라는 개념과 유사한 것으로 정치적 입장에 관한 후보자의 메시지가 소비자라고 할 수 있는 유권자에게 전달되기 전에 후보자로부터 선거운동 종사자들에게 전달되는 것을 의미한다. 메시지를 전달하는 하나의 방법은 전통적인 풀뿌리 민주주의 노력의 소산인 지역과 주 정당 메커니즘을 통해서이다. 또한 후보자들은 선거당일 득표를 위해서도 이들에게 의존해야 하는데 예비선거와 총선거에서 후보자들이 승리하기 위해서는 효율적인 자원자 조직체계를 지녀야 하는 것은 필수적이다. 후보자는 지역과 주 차원의 선거운동을 전국적인 정당 지도자에게 연결시키기 위해서 컨설턴트의 도움을 받는다.

풀 마케팅은 두 번째 정보채널로서 후보자들의 메시지를 유권자에게 전달하기 위해서 매스 미디어의 사용에 초점을 맞추며, 이 경우 이용할 수 있는 미디어는 텔레비전, 라디오, 신문, 그리고 다른 미디어를 포함하여 몇 가지 선택이 있다. 1992년 선거는 후보자들이 전통적인 미디어는 물론 비전통적인 홍보·판촉 수단에 의존했다는 점에서 독특했다. 즉 후보자들은 이 선거에서 유권자들에게 접근할 수 있는 보다 직접적인 통로를 취했고 그럼으로써 전통적인 미디어를 회피한 셈이었다. 이것은 결국 후보자들이 네트워크 뉴스 프로그램보다는 케이블 프로그램에 보다 많은 시간을 소비한 예에서도 볼 수 있다.

마지막 P는 여론조사(polling)인데, 이는 후보자에게 마케팅 캠페인을 개발하기 위해 필요한 정보를 제공하기 위하여 선거과정 동안 수행된다. 마케팅과 마찬가지로 정치에서도 조사를 수행하기 위해서 다양한 도구와 방법이 사용되는데 그 중에서 가장 널리 이용되는 중요한 것이 여론조사이다.

전략에 관해서는 요원의 선발, 업무목록 작성, 모니터 활동, 그리고 결정적인 역할을 하는 모금 등을 포함하는 조직적 문제점에 대해 논의하면서 끝을 맺고자 한다. 기업계와 유사하게 정치 캠페인 조직도 이를 운영해나가는 데 있어 똑같은 근본적인 원칙들에 의존하게 된다. 마케팅 전략이 개발되고 나면 중요한 문제는 이 전략을 실제로 집행하는 것이다. 후보자로서 클린턴의 가장 큰 장점 중의 하나는 유권자들에게 국가를 위한 그의 비전을 성공적으로 전달하고 수행할 수 있는 조직을 확립한 그의 능력이었다.

마케팅 캠페인은 정치 캠페인과 함께 동시에 수행되고 이는 예비선거 전 단계, 예비선거, 전당대회, 총선거 등 4단계에서 후보자가 각 단계를 성공적으로 이끌 수 있도록 도와준다. 마케팅과 정치 캠페인은 이른바 '초점'(focus)이라고 부르는 후보자들의 전략적인 지향과 환경내의 세력에 의해서 영향을 받게 된다. 후보자의 초점은 정치에서 마케팅의 발전, 즉 '정당 개념'(party concept)에서 '마케팅 개념'(mar-

*keting concept*) 으로 발전됨에 따라 함께 변해왔다. 이러한 논의는 마케팅과 정치 간의 이론적 연결을 어느 정도 밝혀 주게 될 것이고 정치 후보자가 어떻게 정당 지도자를 만족시키는 차원에서 이제 유권자의 욕구를 만족시키는 것으로 그의 초점을 재조정해 왔는지를 보여주게 될 것이다.

두 캠페인에 영향을 미치는 두 번째 요인은 환경적 세력이다. 이러한 환경적 세력은 최근 몇십 년간 선거과정에서 점차로 마케팅의 역할이 중요하게 된 역동적인 변화가 발생한 각 영역을 나타내 준다. 예를 들면 컴퓨터로 인하여 선거에서 여론조사와 기금조성에는 엄청난 기술적 변화가 있었다. 또한 주요 제도적인 면에서 발생한 구조적 변화로 인해 후보자들은 한층 더 마케팅 전문가들에게 의존할 수밖에 없게 되었다. 예컨대 후보자들은 '슈퍼 화요일'(Super Tuesday, 역자주 : 대통령 예비선거일)에 몇 개의 다른 지역에서 유권자들에게 동시에 접근하려고 할 때 대부분 매스미디어에 의존하게 된다. 또한 후보자에 대한 일인당 기부금을 제한하는 연방선거개혁법(Federal Election Reform Acts) 때문에 후보자들은 선거캠페인을 운영하는 데 필요한 자금을 조달하기 위해서 직접우편(*direct mail*) 전문가들에게 의존하게 되었다.

마지막 환경적 세력은 정치에 영향력을 미치는 이른바 권력 중개인들(*power brokers*)로서 이들간에도 굉장한 권력이동의 변화가 있었다. 정당간부의 힘은 감소한 대신 미디어, 여론조사자들, 컨설턴트들, 정치 행동위원회 및 유권자들의 힘과 영향력은 증대하였다.

## 정당간부에서 컨설턴트로의 힘의 이동

1992년 대통령 선거에서 몇 가지 이유로 컨설턴트들이 상당한 주목을 받았다. 그들은 힘의 급진적인 이동이 진행되면서 정치에서 새로운 정당의 간부로 부상되었을 뿐 아니라 마치 대작영화에서 슈퍼스타를 기용하기 위해 치열한 경쟁을 벌이는 것과 같이 영입되었다. 사실 각 후보자들은 유명한 컨설턴트를 영입한 후에야 비로소 대단한 후보로 인식되는 상황이었다.

지역 정치지도자가 캠페인을 주도했던 케네디 시대 이후 대통령 선거과정에는 상당한 변화가 있었다. 그때와는 대조적으로 중앙무대(워싱턴)에 기반없이 출마한 빌 클린턴은 워싱턴의 권력자들과 자신을 분리시켰다. 자연히 예비선거에서 성패가 오고갔으며 클린턴에 대한 워싱턴 내부자들의 감정도 마찬가지였다. 클린턴은 캠페인 초기에 선두주자가 되기에는 너무 많은 짐을 지니고 있었던 것처럼 보였기 때문에 방치되다시피 했다. 그러나 시간이 경과함에 따라 민주당은 하나의 통합된 정당으로 존립하기 위해서 클린턴을 포용할 수밖에 없었다. 이것은 민주당이 12년 만에 처음으로 백악관으로 갈 수 있는 기회였고 정당 지도자는 클린턴이 일리노이주에서 승리할 무렵 그에게 의지하지 않고는 어디에도 갈 수 없다는 것을 깨닫게 되었다.[5]

## 부정적 광고의 역할

1988년 선거에서 나타났던 것만큼 공격적이지는 않았지만 1992년 선거에서도 여전히 부정광고가 성행했다. 우선 긍정적인 면에서 볼 때 클린턴이 아메리칸 드림의 소생의 중요성을 강조한 반면 부시는 가족, 일자리, 그리고 평화를 강조했다. 클린턴은 1980년대의 탐욕과 무기력에서 벗어날 수 있는 변화를 추진할 시기임을 지적했다. 그러나 두 후보들은 그들의 목적을 달성하기 위해서 가끔 비방광고에 의존하기도 했다. 부시는 클린턴에 대해 실속없는 허풍쟁이라는 이미지를 심어주려 했으며 전체적으로 세 가지 점을 바탕으로 공격하였다. 즉 아칸소(Arkansas) 주지사로서의 과오를 공격하였고, 말솜씨 좋은 장사꾼으로 묘사했으며, 또한 외교에서의 무경험을 강조하였다. 클린턴도 이와 유사하게 세 가지의 주요한 점을 강조하였다. 즉 그는 부시의 차기 집권에 대한 비전의 부족과 현 상태에 안주하려는 그의 욕망에 초점을 맞추었고, 또한 부시는 보통의 미국인보다는 특수층을 대변한다고 주장했다. 그리고 부시의 소극적인 외교정책을 비난했는데 특히 구 소련에 대한 외교정책은 극히 소극적인 대처라고 공격했다.[6]

부시의 문제점의 일부는 자신의 소속당인 공화당의 일원으로부터 부정광고를 당하는 것이었는데, 즉, 패트릭 뷰캐넌(Patrick J. Buchanan)은 부시가 기독교적 가치를 더 강력하게 지지하지 않는다고 공격했다.[7] 그러나 부시는 역으로 페로 후보자에 대한 부정광고를 실시하였다. 부시는 페로가 그가 부대통령 재직당시 혹시라도 연루될지도 모를 흑색 정보를 얻으려고 사립 정보원을 고용하였으며 이로 인해 그의 자식들이 의심을 받게 되었다고 비난했다. 또한 부시는 페로가 모든 사람들이 따라야만 하는 규칙을 어긴 후보자라고 하였다. 이러한 비난에 대해 페로는 공화당원들의 더러운 속임수라고 반박했다. 부시는 또한 클린턴이 로즈 장학생(Rhodes Scholar)으로서 소련을 방문한 것을 공산주의자와의 회합으로 묘사하였는데, 이러한 공격은 부시에 대한 맞대응이라는 결과를 초래했다.[8]

클린턴이 부시의 공격을 받아넘기고 그를 공격하기 위해서 사용했던 전략과 전술은 카빌(James Carville)이 전쟁상황실이라고 불렀던 곳에서 꾸며졌다. 부시가 자신의 행동에 대한 책임을 회피한 사람이라는 클린턴의 공격은 사적인 문제를 비난의 소재로 삼은 것이라고 할 수 있다. 부시는 대통령 재직동안 그 스스로 부자와 권력의 도구로 전락함으로 전 미국인들에게 수치감을 안겨주었다고 비난하였으며 그는 문자 그대로 대통령 업무의 모든 면에서 서투른 대통령이란 공격을 받았다. 그러나 클린턴 진영은 부시의 공적인 업무성과를 결부시켜 공격을 가하는데는 신중을 기했다.[9] 한편 클린턴은 만약 페로가

대통령에 당선되었을 경우 과연 무슨 일을 할 수 있겠는가를 유권자
들이 깨닫게 되면 그는 곧 주목을 받지 못하는 후보자로 전락할 것이
라고 공격했다. 10)

1992년의 선거에 사용된 부정광고의 새로운 점은 특정 주와 지역의
사정에 맞추어 공격을 했다는 것인데, 결과적으로 후보자들은 그들의
홍보 전략에 있어서 보다 표적화된 접근을 시도했다고 할 수 있다.
이와 관련하여 또 다른 혁신적인 접근은 전국적 시장을 대상으로 하
는 방송보다는 특히 케이블 방송국을 위시한 지역을 대상으로 하는
방송광고가 증가된 사실이다. 한 공화당 전략가는 1980년 선거 당시
TV 광고예산 중 단지 10%밖에 안되었던 지역 채널의 예산이 1992년
선거에서는 반 이상을 차지한 것으로 추정하였다. 11)

세 후보자들 모두 그들의 광고에 사용할 자료를 수집하기 위해서 사
립 정보원을 고용했다. 그들의 활동은 공식적으로 '상대편 조사'(op-
position research)라고 부르는, 상대방을 곤경에 빠뜨릴 수 있는 어떠한
종류의 정보라도 조사, 수집하는 것까지도 포함하는 것이었다. 실제
로 공화당은 클린턴의 학교 연감에서부터 그에 관한 기사가 게재된 아
칸소 주에서 발행된 신문의 정보를 즉각적으로 처리하고 검색하는 정
교한 컴퓨터 시스템을 설치하였다. 게다가 클린턴이 출연했던 모든 텔
레비전 프로그램 비디오 목록까지 준비하였다. 이것은 1988년에 부시
를 도운 핀커턴(James P. Pinkerton)이 발견한 공문서 보관소에서 수
집한 것이었는데, 이는 예비선거동안 듀카키스(Dukakis, 역자주 : 1988
년 민주당 대통령 후보자로 출마)가 1988년 선거 캠페인에서 가장 불명
예스러운 광고중의 하나인 호튼(Willie Horton)의 휴가를 언급한 토론
원고와 유사한 것이었다. 그러나 부정적 광고에도 몇 가지의 불문율이
있다. 즉, 부정확한 정보는 사용을 피해야 하며, 성 문제와 마약 문제
는 언급을 회피하고, 정보를 수집할 때 그 사람의 신원에 관하여 거짓
말은 하지 않고 동시에 그 사람을 확인할 수 있는 방법에 대해서도 피

하는 것이다. 12)

## 마케팅과 정치의 결합에 관한 역사적 관점

정치와 마케팅이 결합하게 된 배경에는 몇 가지 이유가 있다. 아마
도 가장 중요한 요인은 후보자들이 텔레비전 미디어를 사용하게 됨에
따라 이 미디어를 이해하여 적절히 활용할 수 있도록 도와줄 수 있는,
마케팅을 비롯한 관련 영역의 전문가에 의존할 수밖에 없게 된 사실
일 것이다. 1960년 케네디와 닉슨의 선거 캠페인 당시, 텔레비전 토
론 이후 후보자들은 유권자에게 어필할 수 있는 적절한 이미지를 연
출하기 위해서는 메디슨 가의 광고 전문가에게 의지해야 한다는 생각
이 더 절실해졌다. 텔레비전에 어울리지 않고 카메라 앞에서 긴장하
는 후보자들은 오늘날 대통령에 당선되기가 무척 어려운 실정이다.

1960년의 시뮬매틱스(Simulmatics) 프로젝트는 마케팅, 즉 마케팅
연구의 또 다른 차원에서의 시작이었다. 그것은 정치가들에게 선거공
학에 있어서 발생하는 여러 가지 사건의 과정을 완전히 변화시킬 숫
자와 컴퓨터에 관한 새로운 세계를 제시한 것이었다. 컴퓨터와 통계
전문가들의 손끝으로 온 나라를 지방과 지역으로 세분화할 수 있게
되었으며 이에 따라 선거에 대한 다양한 문제에 대한 유권자의 태도
뿐 아니라 인구 통계학적, 사회 경제학적 구성의 차이도 파악할 수
있게 되었다. 13)

카터 대통령 시절을 되돌아보면 캐들(Pat Caddell)의 보좌 하에 선
거 캠페인에 있어 정교한 마케팅 접근을 사용하고, 선거에 있어서 소
비자층이라 할 수 있는 다수의 유권자 그룹에 호소하는 마케팅 기법
을 적절히 활용한 카터의 능력을 볼 수 있다. 1976년 대통령 선거에
서는 개인적 인격과 두 후보자의 성실성, 그리고 각 후보가 후보직을
위해 당 지도자들에게 의존하고 있지 않은 점을 강조했다. 또한 1976

년은 정치 광고에서 변화를 기록한 한 해였다. 1964년 이후 이 때까지는 광고에 후보자들이 직접 출연하거나 말을 하지 않고 신중하게 만들어진 광고를 많이 이용하였다. 그러나 뜻밖에도 1976년 캠페인에서 지미 카터(Jimmy Carter)와 제럴드 포드(Gerald Ford)는 모두 구식의 사적 소구와 증언을 토대로 한 광고를 재등장시켰다. 14)

1980년 선거에는 카메라 앞에서 수십 년간 활동했던 경험으로 그 미디어를 자신에게 유리하게 사용하는 방법을 잘 알고 있었던 도널드 레이건이 공화당 후보로 선택됨으로써, 선거에 있어 마케팅 접근 캠페인에 대한 또 하나의 중요한 변화가 발생하였다. 사실 이와는 대조적으로 카메라 앞에 서면 굳어서 병자처럼 보였던 먼데일(Walter Mondale)에 대항하여 레이건이 출마했을 때 이것은 더욱 명백해졌다. 레이건의 좋은 카메라 인상 외에 그의 캠페인 조직위는 모든 캠페인과 광고에서 단일 주제로 일관된 이미지를 전달하기 위해서 애국심이나 가족과 같은 주제를 중심으로 하여 원활한 마케팅 활동을 과시하였다. 이것은 항상 수백 명의 젊은이들이 깃발을 흔들면서 레이건을 후원함으로써 가능하였다.

레이건 대통령시대는 상업시장에서의 기업의 활동을 밀접하게 반영한 캠페인 전략의 기획과 집행 뿐 아니라 비방광고나 직접 우편, 정교한 마케팅 조사와 여론조사 등을 포함한 몇 가지 마케팅 기법이 사용되기 시작한, 진정한 의미에서 정치에서의 마케팅 시대가 열린 때라고 할 수 있다. 전문 광고인의 도움 외에도 레이건은 여론조사 전문가인 워스린(Richard Wirthlin)의 도움도 받았다. 당시 그는 포커스 그룹(focus group)과 전국적인 여론조사로부터 나온 정보에 근거한 대통령 선거 캠페인 운영의 중요성을 이해하는 누구보다도 뛰어난 여론조사자였다. 사실 그는 유권자들을 대상으로 수집한 자료의 통계적 분석을 통하여 미래의 투표행위를 예측하고 이들이 누구인가를 밝히는 것 뿐 아니라 이들의 숨어있는 동기를 파악하는 단순한 여론조사

44

를 한 차원 높은 마케팅 조사로 끌어올린 장본인이라 할 수 있다.

또한 레이건 시대에는 정치 행동 위원회(political action committee)의 영향력이 증대하였다. 레이건은 사적인 채널을 통해 법적으로 허용된 금액의 두 배의 기금을 효과적으로 조성하였으며, 사회 복지 프로그램을 반대하는 조직화된 그룹들은 자신들에 대한 보다 많은 유권자의 지지를 얻기 위해서 텔레비전 광고에 치중하였다. 15)

1984년 캠페인은 공화당이 취약한 분야에서 민주당의 도전을 선취하는 하나의 방법으로서 수사(修辭, rhetoric)와 현직에 있다는 사실이 얼마나 힘을 발휘하는지를 연구할 수 있는 대상이다. 레이건 선거조직은 민주당이 제기하는 어떤 문제점도 이슈화되지 않도록 현직이 사용할 수 있는 모든 이점을 활용했다. 레이건 광고는 "나는 적어도 자유로움을 만끽할 수 있는 미국인임이 자랑스럽다"라는 노래와 함께 성조기가 올라가고 새로운 집들이 건축되며 자동차가 판매되는 장면 등의 배경으로 가득했다. 반면에 민주당은 재정적자와 종교적 권리의 영향, 소련과의 무기통제 협상의 부재, 레이건하에서 제대로 수행되지 않았던 재정적 곤경 등에 관한 불안감을 창출하려고 했지만 성공적이지 못했다. 16)

선거가 민주당의 패배로 끝나자 먼데일은 비난을 받았다. 그는 선거 캠페인을 활기차게 운영할 수 없었던 점, 비효율적인 캠페인 조직과 일관성 없는 광고와 더불어 텔레비전 출연에 제대로 적응하지 못한 것 등 때문에 그의 능력을 의심받았다. 한마디로 민주당의 문제는 메시지에 있는 것이 아니라 이를 전달하는 메신저에 있었던 것이다. 반면에 레이건은 이슈와 개인적 자질 모두를 광고 전문가들의 도움을 얻어 그에게 유리하게 작용하도록 사용했다. 외교정책에 있어서 미국이 세계에서 그 위치를 다시 찾았다는 것을 보여주는 증거로써 미국의 효과적인 그레나다(Grenada) 개입과 증가된 군사력을 언급했다. 이 선거에서 레이건의 성공은 주로 그의 운동원들에 의해서 잘 연출

된 그의 이미지에 있었는데 이는 자신감 있는 성격, 놀라운 커뮤니케
이션 기술, 그리고 종교와 가족에 대한 강한 헌신 등이 성공적으로
잘 조화를 이루고 있는 호감가는 것이었다.[17]

1984년 레이건 재선 캠페인 조직위는 계속해서 애국심, 가족주의
등의 단순한 주제를 중심으로 정교한 마케팅 전문가의 재능에 의존하
여 레이건을 잘 포장하였다. 물론 부정광고를 널리 사용하였다. 이
선거는 특히 레이건이 마케팅 개념을 토대로 하여 선거를 수행한 반
면 먼데일은 전통적 민주당의 풀뿌리 정치에 계속 의존하면서 정당
개념에 기반을 두고 선거를 치른 점에서 정치에 있어서 신정치와 구
정치의 모습을 보여주었다고 할 수 있다.

1988년 대통령 선거에서 공화당은, 서민층의 고통을 함께 하는 정
당이라는 민주당의 주장을 깎아내리기 위한 이미지를 윌리 호튼(Willie
Horton)의 광고를 이용하여 효과적으로 창조했는데 이는 결국 듀카키
스의 부정적인 면, 즉 약점을 드러내는 광고였다. 공화당은 듀카키스
가 예비선거에서 사용했던 '위험'이라는 슬로건을 역으로 단일주제로
사용하여 공격하였다. 호튼의 광고는 "듀카키스는 그가 매사추세츠 주
를 위하여 했던 일 보다도 미국을 위하여 보다 더 많은 일을 하기를
원한다. 그러나 미국은 그런 위험을 감수할 수 없다"는 말로 끝을 맺
었다. 반면에 듀카키스의 슬로건은 매주 바뀌었다. 그의 광고는 "그들
은 당신에게 여러 가지가 함께 섞여있는 것을 하나로 포장된 것으로
팔고 싶어한다. 하지만 당신은 대통령을 선택하고 싶지 않은가?"라는
주장으로 끝을 맺었다. 보다 건설적인 듀카키스의 광고 슬로건은 "미
국의 미래를 떠맡자"와 같은 것들이 있었는데 이는 후에 "최상의 미국
은 미래에 달려있다"로 바뀌었다.[18]

부시 캠페인의 성공은 선제공격을 가하면서 동시에 전당대회부터
선거일까지 일관되게 미디어와 문제제기 등을 잘 통제함으로써 가능
했다. 듀카키스 광고와 비교해 볼 때 부시의 광고는 매우 일관성이

46

있었고 토론에서의 그의 성과와도 잘 연결되어 있었다. 듀카키스의
캠페인은 부시의 주장을 반박하는데 급급했는데, 이는 부시가 의제를
설정하고 듀카키스의 비방문제를 성공적으로 제기하는 등에서 잘 나
타났다. 그린우드(Lee Greenwood)의 노래 〈나는 미국인임을 자랑스
럽게 생각한다〉(I'm Proud to Be an American)는 깃발로 뒤덮인 부시의
선거 캠페인에서 한층 더 정서적 열기를 불러일으키는 배경으로 일조
를 하였다.

　미국의 '1984년 아침'(1984 Morning in America)이라는 광고의 일부
는 부시의 전당대회 필름과 선거 전날 밤 프로그램에 포함되었다. 더
욱이, 다른 광고들도 미국의 작은 마을 풍경을 떠올리게 하는 1984년
이라는 동일주제를 연출하였다. 부시의 텔레비전 광고는 손주 하나를
공중으로 안아 올리고, 큰솥에 식사를 준비하며, 다른 손주들에 둘러
싸여 잔디밭에서 피크닉을 하는 등 아버지와 할아버지로서의 역할을
하는 긍정적인 면이 주를 이루었다. 민주당이 지니고 있던 국민을 보
살피는 따뜻한 당이라는 전통적인 평판을 오히려 공화당이 차지하게
되었다. 게다가 부시는 캠페인을 통해 공포심을 유발하는 메시지도
아주 효과적으로 사용하였다. 19)

## 마케팅과 1992년 대통령 선거

　1992년은 정치 후보자들이 유명연예인들이나 출연하는 심야 텔레비
전 프로그램에 등장하는 정치에 있어서 정말로 새로운 시대를 개진한
해였다. 후보자들이 선거에 승리하기 위해서는 전통적인 저녁 뉴스에
나 등장하는 정도로는 만족할 수 없는 상황이 되었다. 이는 전에는
결코 볼 수 없었던 새로운 형태의 선거운동이 시작된 것으로, 전혀
다른 종류의 선거라 할 수 있었다. 후보자들은 전통적인 커뮤니케이
션 연결을 뛰어넘어서 생방송 토크쇼를 통하여 유권자들과 직접적인

접촉을 하였다. 심지어 로스 페로는 CNN의 '래리 킹 생방송'(Larry King Live) 쇼에서 그의 출마를 선언하기도 하였다.

포커스 그룹(focus group)이라는 개념은 1992년 선거동안 미디어에 의해서 활용된 가장 최신의 마케팅 도구였다. 예를 들면, 후보자들의 토론성과를 분석하는 방법으로 토론 직후 텔레비전 저널리스트들이 포커스 그룹 조사를 실시하는 것은 흔히 볼 수 있었다. 권력 중개인들은 계속해서 여론조사를 많이 사용했으며, 선거기간 동안 방송뉴스에서는 최신의 여론조사에서 나타난 결과가 거의 항상 보도되었다. 이러한 기법은 후보자들의 모든 연설을 지나치게 극화시키게 되었고 결과적으로 선거는 치열한 각축전의 양상인 듯 보이게 되었다.

1992년, 선거사상 처음으로 페로 진영에서 텔레마케팅 캠페인을 선보였는데 그는 미디어에 의해 자신의 모습이나 이미지가 형성되는 것을 거부하고 대신 자신이 주도적으로 미디어를 활용하고자 하였다. 대부분의 대통령 후보들처럼 캠페인에 직접 모습을 나타내는 대신 그는 텔레비전 광고를 주로 사용하고, 비디오카세트를 직접 유권자들에게 우송했으며 인포머셜 광고를 이용하기도 했다. 나아가 그는 일반적으로 데이터베이스 마케팅이라고 부르는 직접 마케팅(direct marketing) 영역의 최신기법을 몇 가지 활용하였는데, 그 중에는 선거조직의 자원봉사자 확보와 기부금을 조달하기 위해 수신자 부담전화인 800번의 사용도 포함되었다.

1992년 선거 캠페인에서는 1988년 캠페인에 비해 여러 문제점에 대해 훨씬 더 본질적으로 논의되었다. 현대의 선거는 점차로 마케팅 캠페인화되고 있다. 비록 현대 선거캠페인에 대해서 주로 정치학자와 다른 사회과학자들에 의해 연구가 이루어지고 있는 반면 마케팅 학문영역에서는 진지한 연구가 진행되고 있지 않지만, 오늘날의 선거는 정치에 있어서 마케팅의 영향력에 대해 이론화하고 이를 실천하는 전문가들의 협력에 의해서 치러진다는 사실은 분명하다.

48

# 결 론

　맥기니스(Joe McGinniss)가 대통령 선거 캠페인에서 차지하는 미디어의 역할에 대해 설명한《대통령 판매하기》(*The Selling of the President*)라는 책이 출간되어 미국인을 사로잡은 지 24년이 경과되었다. [20] 그후 정치 캠페인이 어떻게 움직이는지 그 미묘한 과정을 이해하는데 많은 시간이 소요되었다. 오늘날 정치 캠페인은 유권자를 중심으로 전개되며 후보자는 유권자들의 생각과 일치하는 방향으로 자신의 위치를 정해야 한다. 포커스 그룹조사 및 여론조사의 결과와 일치하는 이미지를 구축하는 것이 후보자가 당면한 도전이다. 이러한 이미지는 캠페인의 이벤트를 중심으로 구축되는데 때때로 담당자들의 통제와 원하는 정확한 이미지로부터 약간 벗어나게 되는 경우도 있다.

　캠페인이 정치과정에 가져올 영향에 관한 견해는 소비자로서 유권자가 정치과정에 미치는 영향만큼 다양하다. 유권자를 소비자로 인식하는 것은 선거과정의 진정한 목적을 희석시킨다고 주장하는 견해도 있다. 이것은 후보자들이 국가에 대한 비전을 창출하기보다는 단지 당선을 위해서 필요한 것만을 제시하게 되기 때문이다. 사실 조지 부시는 두 차례 선거에서 오로지 백악관의 입성만을 위해 노력했다는 비난을 많이 받았다.

　여기서 생각해야 할 중요한 문제는 후보자들이 현대 정치에서 후보자로서 마케팅 관점을 취하지 않는 것이 가능한가 하는 것이다. 분명히 맥도날드, GE, 도요타 등 세계에서 가장 성공적인 기업은 소비자 지향적인 태도를 취하고 있다. 레이건과 부시가 승리했던 지난 선거에서 마케팅은 유권자에 초점을 맞추어 조직을 이끄는 엔진 역할을 수행했다. 이 책의 후반에서 보다 자세히 논의하겠지만 과거 수년간 정치 환경에는 큰 변화가 있었으며 이로 인해 후보자들은 이러한 변화가 지향하는 바의 중요성을 충분히 파악하고 있는 컨설턴트들에게 의존할 수밖에 없게 되었다.

일단 후보자가 당선되면, 다음 문제는 후보자가 여론조사에서 좋은 반응을 얻고 그의 정책이 실행되며, 궁극적으로 재선되기 위해서 어떻게 마케팅을 사용할 것인가 하는 것이다. 즉, 클린턴이 백악관으로 가기 위해서 사용했던 똑같은 마케팅 기법들이 또한 집무에 사용될 수 있다는 것이다. 예를 들어 그가 집무를 시작한지 한 달도 채 안되어서 클린턴은 그를 괴롭힌 '유모스캔들'(Nannygate, 역자주 : 유모라는 'nanny'와 'Watergate' 스캔들의 gate에서 따온 단어를 합성한 것으로 클린턴이 지명한 법무장관이 유모를 고용하는 과정에서 세금을 포탈했다는 스캔들)을 논의하기 위해 그의 수석 전략가인 카빌(James Carville)을 불러 들여야만 했다. 이러한 사건이 있은 지 두 달 후에 똑같은 팀이 클린턴의 경제정책을 의회에서 통과시키기 위해 마케팅 캠페인을 전개하였다.

소비자 위주의 경영이 절실한 일반 시장에서 기업은 이들에게 보다 좋은 서비스와 가치를 제공하기 위해 노력을 하게 되며 기업들은 이처럼 소비자위주의 경영을 유지하지 않고서는 경쟁력을 갖지 못한다. 마찬가지로 정치에 있어서도 유권자를 중심으로 초점을 맞추어야 하는 시대가 된 것이다. 이로 인하여 정치 후보자들은 유권자들을 만족시키기 위해 유권자의 관심사에 보다 많은 주의를 기울일 필요가 있기 때문에 정치과정은 계속해서 강화될 것이다. 그러나 만일 후보자들이 유권자에게 제시한 공약 덕분에 당선된 후 이를 이행하지 않을 경우 정치과정은 많은 고통이 뒤따르게 될 것이다.

■ 주

1) Newman & Sheth(1985), p. ix.
2) *Chicago Tribune*(1992, November 1).

3) Kotler (1982), pp. 461~469.

4) Kotler (1982), pp. 461~469.

5) *New York Times* (1992, March 31).

6) *U. S. News and World Report* (1992, March 30), p. 36.

7) *New York Times* (1992, February 28).

8) *New York Times* (1992, June 27).

9) *New York Times* (1992, August 11).

10) *New York Times* (1992, June 10).

11) *U. S. News and World Report* (1992, October 5), p. 17.

12) *New York Times* (1992, May 7).

13) Pool & Abelson (1961), pp. 167~183.

14) Jamieson (1992), p. 378.

15) Euchner & Maltese (1992), p. 289

16) Jamieson (1992), p. 446.

17) Pomper (1988), p. 218,

18) Jamieson (1992), p. 468.

19) Jamieson (1992), p. 459.

20) McGinniss (1969), p. 35.

# 정치의 변화 바람

　빌 클린턴과 로스 페로의 선거 캠페인 주제는 그들이 쓴 책에서 상세히 설명되어 있다. 빌 클린턴과 앨 고어(Al Gore)가 집필한《국민을 우선으로 : 어떻게 미국을 변화시킬 수 있겠는가》(Putting People First: How We Can All Change America) 라는 책과 로스 페로의 《우리모두 함께 나서자 : 어떻게 우리나라를 되찾을 수 있을까》(United We Stand: How We Can Take Back Our Country) 라는 책은 유권자들이 미국이라는 나라의 운명을 변화시킬 수 있는 힘을 부여받게 되는 것에 중점을 두고 있다. 이러한 주제는 각각의 선거운동에 지배적인 역할을 했으며 유권자들에게 그들의 이름과 메시지를 전달하기 위해서 컨설턴트들에게 의존해야 했다는 것을 의미하는 것이다. 1)

　오늘날 대통령 선거운동에 필요한 자금을 도와줄 기부금을 조달하고 자원봉사자의 도움을 얻기 위해서는 후보자들의 이름을 널리 알려야 하는데, 이러한 인지도를 창출하는 것이 점점 비싸지고 있다. 정치광고에 소요되는 비용도 엄청나게 증가하고 있다. 1984년 지출된 정치광고비가 153,824,000달러인 데 비해 1988년에는 227,900,200달

52

〈그림 2-1〉 정치 마케팅 모델의 후보자 초점

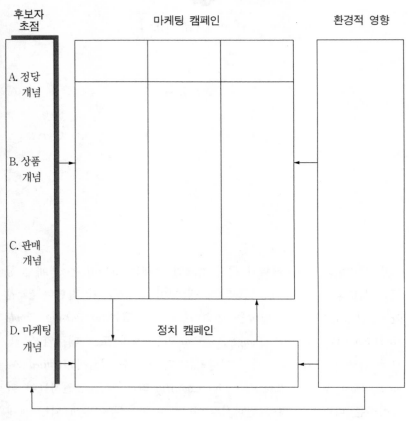

러가 지출되어 48.3%의 증가를 보였다.[2] 컴퓨터 기술의 발달로 인해 인쇄물을 보다 쉽고 효과적인 비용으로 제작할 수 있어 잠재적인 유권자와 기부자 그룹들을 표적화할 수 있는 직접우편의 사용이 증가하게 되었다. 그러나 한편 후보자들은, 경쟁력을 갖추기 위해서는 아무리 비용이 많이 소요되더라도 컨설턴트들을 고용해야 한다는 것을 깨닫게 되었다.

이 장에서는 책 앞부분에서 소개한 정치 마케팅 모델의 후보자 초점(candidate focus)  구성요인을 전개하고자 한다(〈그림 2-1〉을 보라).
먼저 후보자들의 초점이 정당으로부터 유권자로 이동하게 되는 배후
세력과 결과적으로 컨설턴트에 의존하게 되는 사실에 관하여 논의하
고 이어서 정당개념과 마케팅 개념을 대조하여 각 개념이 어떻게 선
거과정에 영향을 끼치는지에 관하여 설명할 것이다.

## 후보자들은 직접적으로 유권자를 향하고 있다

기업들이 이른바 관계 마케팅(relationship marketing)이라고 부르는
고객과의 장기적인 관계설정에 몰두하면서 마케팅 기술은 지난 10년
간 꾸준히 발전되어 왔다. 즉, 지금 기업들은 상품과 메시지를 유통
과 관련된 복잡한 과정을 거치지 않고 소비자에게 직접 전달하고 있
다. 예를 들면, 컴퓨터 회사인 델(Dell)은 대학생들의 기숙사에서부터
출발했는데 이들은 수신자 부담 전화를 이용하여 컴퓨터를 소비자에
게 직접 판매하는 비상한 재주를 발휘하였다. 모든 거래는 회사와 소
비자 간에 전화를 통한 직접적인 접촉으로 이루어졌다. 그러한 과정
에서 델 회사는 중간 소매상을 없애 비용을 절감하고 결과적으로 최
종 고객에게 보다 저렴한 가격을 제공할 수 있었다.

관계 마케팅은 표적이 되는 메시지를 구체적인 소비층에게 전달하
기 위해서 정보기술을 사용하는 것이 그 특징이다. 델과 같은 회사들
은 그들의 시장에 관한 데이터 베이스를 구축해 오고 있으며 본질적
으로 이러한 기술을 활용하여 사업을 추진하고 있다. 마찬가지로 오
늘날 정치 후보자들도 컴퓨터 기술의 도움으로 그들의 선거 캠페인을
운영하고 있다. 선거 캠페인 운영에 소요되는 자금을 조성하기 위해
서 컴퓨터 파일에 확인·저장되어, 선택된 유권자층을 대상으로 직접
우편을 보내 도움을 호소한다.

## 값비싼 대통령 출마비용

최근 대통령 선거에 소요되는 비용은 수억 달러에 이르며 이렇게 많은 비용이 필요한 하나의 이유는 선거 캠페인이 '고도의 기술'(high-tech)로 전개되기 때문이다. 클린턴의 최고 전략가인 카빌(James Carville)은 아칸소(Arkansas) 주의 리틀 록(Little Rock)에 설치한 그들의 캠페인 본부를 '전쟁상황실'이라 불렀는데, 이곳에는 선거기간동안 매일 매시간대마다 축적되는 정보를 모니터하기 위해 컴퓨터, 텔레비전 그리고 다른 기술적 장치들이 설치되어 최첨단 회사의 핵심센터를 연상시켰다. 상대 후보자가 미디어를 통해 언급한 내용들을 추적하는 데는 엄청난 비용과 노력이 들지만, 효과적인 마케팅 캠페인을 운영하기 위해서 경쟁자를 모니터하는 것은 퍽 중요한 일이다. 이는 모든 정치 캠페인은 하나는 유권자들이 생각하고 있는 것을 추적하고 또 다른 하나는 경쟁자들이 말하는 바를 추적하는 두 관이 흐르는 심장을 통해 움직이기 때문이다.

1990년대에 대통령 선거에 승리하는 것이 특히 힘들었다는 사실은, 캠페인 동안 매일 노력을 기울인 것은 물론 캠페인이 실제로 시작하기 전 준비기간 등에 소요되는 시간이 상당했다는 점에서도 알 수 있다. 클린턴은 예비선거를 함께 시작했던 모든 민주당 지명자들 중에서 가장 조직적이었던 것으로 알려졌다. 이것은 최근 두 번의 선거에서 야당으로 출마, 현직 대통령에 도전하여 승리했던 1976년의 카터(Jimmy Carter)나 1980년의 레이건(Ronald Reagan)에게도 똑같이 적용될 수 있다. 선거전은 첫 예비선거가 시작되기 적어도 2년 전에 비공식적으로 시작되는 것이며, 또는 정당내외의 영향력 있는 그룹들이 자리를 잡게되는 선거가 막 끝나는 그 순간에 다음 선거전이 시작된다고 보는 견해도 있다.

이와 더불어 극복해야 할 또 다른 장애는 미디어 문제이다. 즉, 후보자들이 자신의 메시지를 전달하고 그들의 이미지가 캠페인 조직위의 전략과 일관되게 창출되기 위해서는 미디어 산업의 권력 중개인과 함께 일을 해야 하기 때문이다. 이것은 후보자들이 이들 미디어 권력 중개인들의 사적, 전문적인 배경에 관한 심각한 탐색을 하면서 서서히 나아가야 한다는 것을 의미한다.

## 노령화, 파편화, 그러나 더 정보화된 유권자

선거가 컨설턴트에게 의존할 수밖에 없게 된 또 다른 요인은 유권자가 더욱 분화·파편화되고 정교화되었다는 점이다. 유권자는 점점 더 세련·정교화되었고 전보다 훨씬 많은 정보를 접할 수 있게 되었다. 특히 케이블 텔레비전이 보편화되고 C-Span(역자주 : 의회에서 중요한 정치문제를 실황중계 또는 방송하는 정보 케이블)과 같은 케이블은 선거전의 이벤트에 관한 프로그램을 매일 방송함에 따라, 유권자는 더 많은 정보에 접근할 수 있게 된 것이다. 여론조사자들은 이제 유권자들의 여론변화의 추이를 매일 다양한 미디어에 제공한다. 후보자들의 입장에서 볼 때 직면하는 어려움은 선거의 각 단계에 따라 대다수의 유권자들에게 공통적으로 호소할 이미지와 메시지를 고안하는 문제이다. 이러한 문제를 해결하기 위해 후보자들은 '시장을 세분화'하여 각 세분화된 그룹을 대상으로 각기 상이한 메시지를 전달할 수밖에 없게 되었다. 그러나 동시에 이러한 메시지 전달이 다른 유권자 그룹의 감정을 상하게 해서는 안된다.

게다가 미국 유권자들은 점점 더 노령화되어 있고 이들은 그 동안 겪은 선거에서 여러 후보자들로부터 그들의 주장을 듣고 표를 던진 경험이 있다. 이들은 후보자들이 선거당시 약속한 공약들이 일단 당선된 후에는 어떻게 무산되는지를 목격해 왔기 때문에 결과적으로 유권자들은 점점 더 회의적이 되고 있다. 유권자들은 냉소적일 뿐 아니라 정치가들의 평판은 사상 최저치를 기록하고 있으며 그 결과 유권자들은 정치가를 전혀 존경하지 않게 되었다. 유권자들이 선거경험이 많고 신중해질수록 어떠한 능력 있는 권력 중개자라 할지라도 이들에게 영향력을 끼치는 것은 쉽지 않다. 유권자들은 선거 캠페인의 세부사항에 대한 보도를 읽고 이전보다 이에 대해 더 많은 관심을 기울이고 있다.

오늘날의 유권자들은 인구구성의 변화에서 보듯이 그들의 요구가 보다 다양해지고 있다. 이들은 보다 개인적인 라이프 스타일에 의해서 움직이고 있고 그 결과 매우 독특한 소비패턴을 보인다. '머피 브라운'(Murphy Brown, 역자주 : CBS방송의 시트콤으로 독신 커리어 우먼인 머피 브라운이 방송앵커로 등장함. 선거 캠페인 동안 극중 독신 미혼모 에피소드와 관련, 이를 놓고 클린턴과 부시진영 간에 논란이 있었는데 부시진영은 전통적 가족의 가치에 대한 중요성을 강조한 반면 클린턴 진영은 진보적 입장을 보였음)이라는 이름의 미혼모(single mother)가 등장하는 텔레비전 쇼에 쏟아진 관심에서 보이듯 가족에 대한 정의는 변화되고 있다. 머피 브라운을 둘러싼 이슈들은 강력한 반응을 불러일으켰고 가족이라는 문제가 얼마나 민감한 사안인지를 보여주는 사례라 할 수 있다. 이제 각 후보자들에게는 소수민족, 사회적인 문제에 관심이 많은 사람들, 환경주의자, 그리고 기타 다른 층들을 포함하여 각기 호소해야 할 많은 새로운 유권자층이 등장하고 있다. 이처럼 변하는 유권자들의 관심으로 인하여 결과적으로 후보자들은 선거 캠페인 동안 컨설턴트의 도움을 계속 받게 된다. 후보자들은 이전보다 많은 마케팅에 대한 이해가 있어야 하고 컨설턴트들이 제공하는 전략적 사고를 사용할 필요가 있게 되었다.

## 구식으로는 통하지 않는다

　구식의 선거운동방법은 더 이상 통하지 않으며 특히 대통령 선거 캠페인은 단지 정당체제만을 기반으로 삼아 전개할 수 없다. 이것은 미국에서 풀뿌리 민주주의 정치가 소멸되었다는 것을 말하는 것이 아니라 후보자들이 대통령에 출마하기 위해서 단지 정당관리들의 승인을 얻는 것보다는 훨씬 더 중요한 문제에 관심을 가져야 한다는 것을 의미한다고 하겠다. 이 문제는 과거 어떤 대통령 주자보다 카터 (Jimmy Carter)의 사례에서 잘 살펴볼 수 있다. 사실 워싱턴에 전혀 기반이 없었던 국외자인 카터는 예비선거 시작에서 정당 내부자들에게 기대지 않고서도 최고직위를 향해 출마할 수 있었다. 이는 마케팅의 힘과 전략적인 다양한 도구들을 잘 이해하고 있는 현명한 사람들의 도움을 받아, 정당 내부자의 영향력을 초월할 수 있었기 때문에 가능했던 것이다.

　캠페인 과정은 전보다 더 복잡해지고 있는데 이는 관련 문제들이 끊임없이 변화하기 때문이다. 1992년 선거에서 목격했듯이 정치적 돌발사건은 언제라도 후보자들에게 떨어질 수 있으며, 그 결과 후보자들은 이러한 폭탄을 제거하고 동시에 그들 자신의 폭탄을 다시 설치하는 데 능숙한 전문가를 필요로 한다. 클린턴은 그의 성격과 과거 경력에 대한 끊임없는 비난에 대해 보복하기 위해서 미디어를 사용했는데 특히 ABC 방송의 나이트라인(Nightline, 역자주 : 관심의 초점이 되는 문제에 관한 관련 당사자, 전문가의 인터뷰, 토론 심야 프로그램)을 비롯한 토크 쇼 포맷을 활용했다. 기업들이 무역이라는 새로운 기법을 채택하는 것처럼 텔레마케팅의 출현으로 후보자나 선거조직위는 선거 캠페인을 전개하는 데 구식방법에 의존할 수 없게 되었다.

## 정당 지지도의 쇠퇴

로스 페로의 무소속 후보 출마는 미국 정치제도에서 양당체계의 권력구조가 상실되고 있음을 잘 보여준다. 놀랍게도 그는 1992년 6월 2일 어떤 정당의 후원 없이도 여론조사에서 클린턴과 함께 수위를 차지했다. 유권자와 정당 간의 계속된 단절로 인하여 유권자들은 후보자들을 다른 각도에서 보고 있다. 정당은 내부적으로 화합이 제대로 이루어지지 않고 있으며 그로 인하여 내부조직은 약화되고 있다. 공화당 전당대회에서 뷰캐넌(Pat Buchanan)의 연설로 야기된 분열은 이점을 잘 보여주고 있으며 과거 세 번의 민주당 전당대회 또한 내적 불안정을 보여준 바 있다. 즉 1980년 케네디(Edward Kennedy)와 카터(Jimmy Carter) 간에, 그리고 1984년과 1988년 전당대회에서 잭슨(Jesse Jackson)과 정당의 예비지명자 간에 분쟁이 있었던 것이다. 이러한 당내의 갈등은 부분적으로 정당들이 자신들의 위치나 노선을 재정의하는 과정에 기인하기도 한다. 1992년 캠페인기간 동안 CBS에서 실시한 여론조사에 의하면, 스스로를 공화당원이라고 하는 사람은 28%, 민주당원은 31%, 그리고 35%는 무소속이라고 응답하였다. 3)

정당에 대한 지지도는 최근 얼마간 계속 쇠퇴하고 있다. 이는 유권자들이 정당에 대한 지지도에 기반하여 투표하지 않는다는 것이 아니라 예전과는 같지 않다는 것을 의미하는 것이다. 즉, 오늘날의 유권자들은 캠페인의 중요 이슈들을 이해하려고 많은 시간과 노력을 들이고 오직 자신의 정당가입에 근거하여 후보자에게 투표하는 것 같지는 않다는 사실이다. 닉슨 이후로 정당 자체도 과거만큼 자신의 당에서 내세운 후보자에 대해 열렬한 지지와 충성심을 보내는 것 같지 않다. 클린턴 선거 캠페인 도중 어려운 국면을 맞이했던 당시 몇 명의 워싱턴 관계자들의 다음과 같은 언급은 쇠퇴해 가는 충성심을 잘 보여준 사례라 하겠다 : 몇몇 국회의원들은 클린턴이 너무 부담스러운 존재로

서 결과적으로 정당에 해를 끼치게 될 것이라고 발설하였다. 오늘날
후보자들은 정당조직의 후광에 편승할 수가 없게 되었다.

## 막강한 언론

언론은 정치과정에서 주된 권력중개인 중의 하나이다. 특히 워터게
이트와 베트남전쟁 이후 심층보도를 하는 저널리스트들이 등장하여,
정치 후보자가 부상하는 과정에서 이들이 결정적인 역할을 수행하는
경우를 목격한 바 있다. 실제로 언론은 감시견의 역할을 해왔기 때문
에 후보자들이 그들의 과거를 감추는 것은 점점 더 어렵게 되었다.
유권자들은 대통령 후보자의 사생활에서부터 공적인 발언 등 그들에
관한 모든 것을 알기를 원하고 있으며 언론은 이런 종류의 정보에 대
한 유권자들의 욕구를 만족시켜야 하는 위치에 있다.

언론은 또한 이러한 일을 수행할 수 있도록 도와주는 기술적인 이
점을 지니고 있다. 1992년은 '여론조사의 해'라고 할 수 있을 만큼 모
든 주요 미디어는 상상할 수 있는 모든 문제에 관하여 즉각적인 조사
를 실시, 정보를 제공하였다. 여론조사의 이용이 이처럼 급격하게 증
가된 한 이유는 이 분야에 활용될 수 있는 기술적인 발전이 있었기 때
문이었다. 예컨대 텔레비전 방송국은 유권자 표본을 추출하여, 누름
단추식 전화(*touch tone telephone*)를 사용하여 즉각적으로 정치광고나
토론, 연설 등에 관하여 응답하도록 했으며 그 결과는 불과 몇 초 이
내에 텔레비전에 보도되는 등 상호작용적인 미디어로 발전한 것이다.

언론의 위력과 관련하여 또 다른 문제는 세계적인 뉴스의 즉각적
보도와 세계의 다른 편에서 발생하는 정치사건을 이용하여 지방뉴스
화하는 언론의 능력이다. 1992년 선거의 마지막 몇 주에 걸쳐 부시
(George Bush) 당시 대통령이 그 자신의 정치적 목적을 위해 이라크
전쟁을 이용하였다는 비난을 받았다. 정치적 이득을 위해서 국제적

사건을 조작하고 은폐했다는 논쟁이 있었다. 언론은 세계적인 사건들
이 유권자들에게 전달되는 하나의 채널이 되고 있다. 오늘날 각 나라
의 세계 지도자들은 정치 캠페인에 영향을 줄 수 있는 어떤 사건에 관
해 언급하기 위해 위성을 통하여 뉴스 프로그램에 등장할 수 있게 되
었다.

## 더욱 교육화, 경험화된 오늘날의 언론

언론이 그 동안 교육에 보다 관심을 보인 결과, 더욱 간결하고 압축
된 형식으로 정보를 전달할 수 있게 되었다. 예컨대, 정교한 시장세
분화 기법을 사용함에 따라 저널리스트들은 유권자 그룹이 생각하는
것과 느끼는 바를 제대로 보도할 수 있게 되었다. 이는 다시 말하면
저널리스트들이 유권자 반응을 알아내기 위해서 그들 스스로 마케팅
연구조사를 수행했다는 뜻이다. 유권자들의 행동과 생각을 정확하게
설명, 예측하기 위해서는 고급 여론조사방법을 사용하기도 한다.

캠페인 기금을 공개하기로 한 새로운 규정에 따라 각 선거조직위는
저널리스트들에게 모든 것을 개방할 수밖에 없다. 이러한 것은 케네
디가 대통령에 출마했던 30년 전에는 불가능한 것이었다. 더구나 후
보자들의 개인적인 재정공개 덕분에 언론은 이전보다 다양한 방법으
로 후보자들의 개인적인 배경을 볼 수 있게 되었다.

오늘날 언론이 정치체제에 미치는 영향은 막강한 것으로 보는 시각
도 있다. 이러한 견해의 긍정적인 측면은 현재의 정부는 전에 비해
훨씬 더 많은 책임감을 지니게 되었다는 점이다. 그러나 미디어가 소
문에 떠도는 이야기를 보도함으로써 정치과정을 사소한 문제로 유도
한다는 비난을 받는 부정적인 측면도 있다. 제니퍼 플라워즈(Gennifer
Flowers, 역자주 : 클린턴이 아칸소 주지사 시절 이 여자를 성희롱했다는
스캔들) 사건의 실패는 미디어가 창출할 수 있는 수렁을 보여준 사례

라 하겠다. 4)

언론이 보다 경험을 쌓고 교육적이 되면서 일반 유권자에 대해 선택적으로 영향력을 미치는 힘을 지닌 미디어로 변모했다. 이것의 좋은 예는 민주당 전당대회의 방영에서 찾아볼 수 있는데, 각 텔레비전 방송국들은 시청자들에게 각기 매우 다른 느낌을 주었다. 즉 C-Span의 초점은 연단에 있는 연설자였으며 그 프로그램은 당일의 모든 사건을 전부 방영하였는데, C-Span에서 방영된 전당대회가 시청자들에게 준 이미지는 당일의 주요 이슈에 관해 다양한 배경을 가진 연설자들이 그들의 관점을 피력하는 것이었다. 한편 ABC를 시청한 사람은 전문가와 정치가들의 해설에 중점을 둔 반면 연사들의 발언중계는 짧았으므로 전혀 다른 느낌을 받게 되었을 것이다. 즉 ABC는 C-Span보다 훨씬 더 긴박한 상황으로 방영함으로써 시청자들에게 전당대회의 보다 재미있는 순간을 전달한 것이다. 5)

## 마케팅 개념의 발전

마케팅 개념의 발전과정은 〈그림 2-2〉에 나타나 있는데, 여기서 대통령 후보자가 정당 지도자에 의해서 운영되는 선거운동 조직위로부터 마케팅 전문가에 의해서 운영되는 조직위로까지 어떻게 변화해 왔는지를 설명하기 위해서 4단계를 제시하고자 한다. 조직위의 초점은 또한 정당 중심에서 유권자 중심으로 변화되어 왔다.

아이젠하워(Eisenhower) 대통령선거 당시를 거슬러 살펴보면 선거 조직위는 정당개념을 따르고 있다는 사실을 알 수 있다. 당시 조직위는 조직 내부의 사람들로부터의 정보에 의해서 가동된다는 의미에서 내부적인 초점을 갖고 있었으며 이 조직은 정당만을 유일한 충성의 대상으로 하는 정당간부에 의해서 움직여졌다. 정당권력의 핵심은 대중의 표를 획득하기 위한 노력에 집중되었고 이는 고(故) 델리

(Richard Daley) 시카고 시장 같은 사람이 정당의 위계서열 내에서 그렇게 많은 권력을 행사할 수 있었던 이유이기도 했다. 그는 어느 때라도 가동할 수 있는 '정치적 기계'(political machine)를 성공적으로 만들어냈다. 당시 후보자들은 지명자로 오르기 위해서 조직 내 정당간부에게 의존해야만 했다.

<그림 2-2> 정치마케팅 모델의 후보자 초점

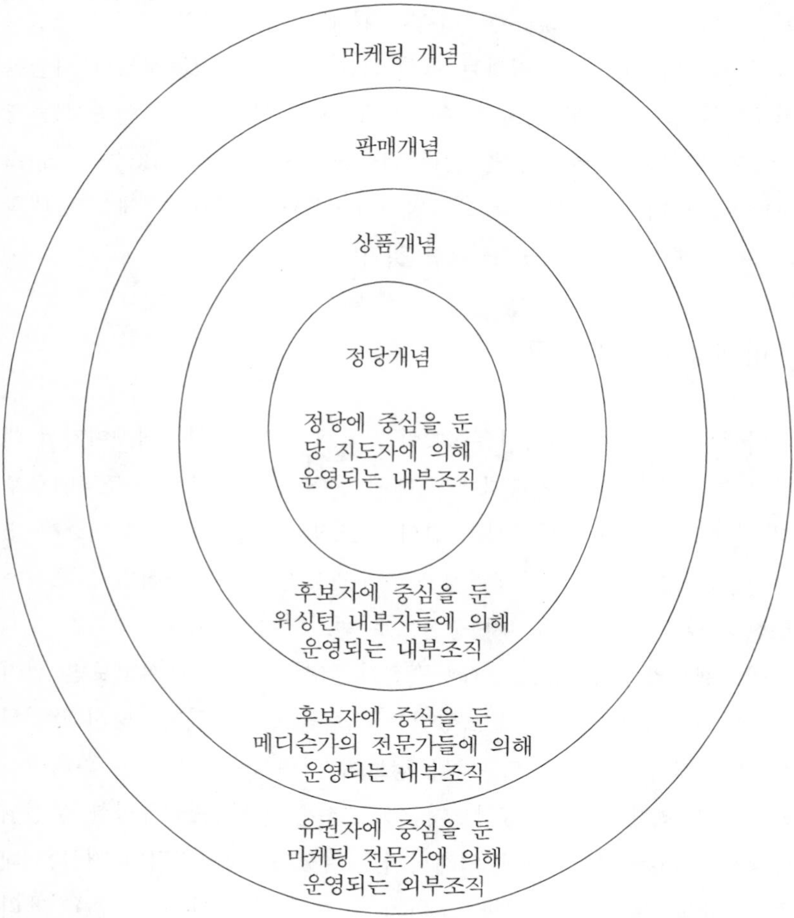

마케팅 개념

판매개념

상품개념

정당개념

정당에 중심을 둔
당 지도자에 의해
운영되는 내부조직

후보자에 중심을 둔
워싱턴 내부자들에 의해
운영되는 내부조직

후보자에 중심을 둔
메디슨가의 전문가들에 의해
운영되는 내부조직

유권자에 중심을 둔
마케팅 전문가에 의해
운영되는 외부조직

《대통령 만들기》(*The Making of the President*)라는 책에서 화이트 (Theodore White)는 케네디 대통령 시대로 돌아가 변화하는 선거과정에 대한 그의 그림을 제시하기 위하여 정당 대신 후보자에게 초점을 맞추었다. 예를 들면 당시 케네디를 가능한 한 경쟁력있게 만들기 위해서 워싱턴에서 가장 훌륭하고 뛰어난 사람들이 케네디 주위를 둘러싸게 하려는 많은 노력이 있었는데, 이는 마케팅에서 질 높은 상품 생산의 중요성을 강조하는 제품개념으로 볼 수 있다.[6] 마치 포드 (Ford)에서 오직 훌륭한 자동차를 생산하겠다는 일념으로 T모델을 개발, 생산한 것과 마찬가지이다. 정치에서도 제품개념은 캠페인 조직위가 단지 한 가지 생각, 즉 정당을 대표할 가능한 한 가장 좋은 후보자를 발견하는 것을 가지게끔 하는 데 동일하게 적용될 것이다. 정당에 대한 충성이 중심인 정당개념과는 달리 여기서는 후보자에게 충성이 집중된다.

마케팅 개념의 발전에서 다음 단계는 판매중심으로, 이것은 맥기니스(Joe McGinnis)의 《대통령 판매하기》(*The Selling of President*)에 잘 나타나 있다. 이 책에서 그는 미디어 전문가에 의존하여 닉슨을 유권자들에게 팔기 위해 어떻게 대단한 노력들이 경주되었는가를 설명하고 있다. 그에게 투표할 확신을 유권자들에게 심어주기 위해서 광고물에 설득적인 소구를 사용하여, 닉슨이 최대한 텔레비전에 호의적으로 보이도록 많은 노력을 하였다. 이것을 판매개념 (*selling concept*)으로 부르는데, 이런 점에서 선거운동 조직의 초점은 내부로부터 외부 지향으로 이동하게 된다. 이것은 캠페인이나 정당 조직위 내부에서 나온 정보가 아니라 다른 출처에서 나온 정보에 의존한다는 중요성을 반영함으로 선거 캠페인의 초점이 이동한 중요한 변화이다. 여기서 후보자들의 미디어 출연에 대한 유권자들의 반응은 결정적인 작용을 하게 되며 제품개념과 마찬가지로 여전히 후보자에 초점이 맞추어진다.

마케팅 개념은 우선 소비자 욕구를 확인하여 이러한 욕구를 만족시킬 수 있는 제품과 서비스를 개발함으로써 한 걸음 더 발전된다. 앞서 지적했던 것처럼 마케팅 개념은 정당 개념과 그 철학적 기반이 매우 상이한데 그 주요 차이점은 마케팅 개념은 소비자, 즉 유권자가 캠페인의 일차적인 초점이 된다는 사실이다. 후보자들이 당선되어 캠페인의 공약을 이행하는 것이 또한 마케팅 개념이 의미하는 철학의 중요한 측면이다.

기업들이 매우 경쟁적인 시장환경에 처해 있기 때문에 소비자에게 초점을 맞추어야 한다는 생각이 다시 대두되어 왔다. 실패를 피하고 소비자들은 자신이 원하는 바를 얻는다는 사실을 확신시키기 위해서 기업들은 소비자의 욕구에 대해 많은 관심을 가져야 한다. 이러한 원리는 정치시장에서도 역시 찾아볼 수 있으며 정치 후보자들이 실패를 피하고 선거에서 승리하는 데 중요한 뒷받침으로 작용된다. 마케팅 전문가들의 도움으로 후보자의 조직위는 전체적으로 새로운 방향을 갖게 되는 것이다.

코틀러(Kotler, 역자주: 마케팅학계의 원로학자로 현재 미국 노스웨스턴 대학교 교수)는 기업이 마케팅 개념을 도입하는 것이 얼마나 중요한가를 다음과 같이 잘 언급하고 있다.

> 많은 기업들이 생산이나 제품 또는 판매에 초점을 맞추는 것보다는 변화하는 고객의 필요와 욕구를 만족시키는 것이 더 가치 있다는 것을 깨닫게 되었다. 그들은 생산, 제품, 판매란 결국 모두 그들이 목표로 하는 시장에 만족을 창출하기 위한 수단이란 것을 인식하게 된 것이다. 고객의 만족이 없다면 이 조직은 곧 고객이 줄어들고 쇠퇴하여 결국은 소멸하게 된다는 것을 알게 될 것이다. 7)

이러한 논리는 정치에 그대로 적용될 수 있다. 즉, 우리는 이러한 중요한 교훈을 제대로 인식하지 못했던 1992년 선거 당시의 현직 대통령에서 이러한 논리를 찾아볼 수 있었다.

앞서 지적했던 것처럼 마케팅 개념은 제품과 판매의 개념과는 여러 가지 측면에서 다르다. 우선 마케팅 개념은 후보자가 아니라 유권자로부터 출발한다. 부시와 클린턴 진영은 1992년 예비선거에서 다양한 캠페인 주제를 시험하면서 유권자의 마음을 사로잡을 수 있는 올바른 광고 주제를 발견하는 것이 중요하다는 사실을 재인식하였다. 다음으로 기업경영에서 보는 바와 같이 제품이나 판매개념 중심으로 전략을 개발하는 것은 제품이 팔릴 것이라는 보장이 없기 때문에 위험부담이 있다. 마찬가지로 정치에서도 제품이나 판매개념을 따른다는 것은 후보자가 캠페인 전략을 개발하는 데 있어 후보자 자신의 이데올로기를 바탕으로 한다는 것을 의미하며 이것은 유권자들이 기대하는 것과는 거리가 먼 주제일 수 있다.

기업에서와 마찬가지로 마케팅 개념은 후보자들이 해야 할 바를 지정해 주고 후보자들은 그들의 고객을 창조하고 유지시키기를 원하게 된다는 것을 의미한다. 드러커(Peter Drucker, 역자주 : 유명한 경영학자, 컨설턴트)에 따르면, 기업은 관리 중심으로 조직화되어 왔으며 이것은 오늘날 정치조직의 중추가 되고 있다. 현대 정치조직에서는 오늘날 기업처럼 모두가 마케팅과 컴퓨터 기술 메커니즘의 전문화된 지식을 지니고 있다. 8)

## 최선의 후보자가 출마하는가?

1992년 대통령직에 출마했던 사람을 자세하게 살펴보면, 민주당에서 쿠오모(Mario Cuomo) 뉴욕 지사나 게파트(Richard Gephardt) 하원의원 등과 같이 잘 알려진 후보자들이 예비선거가 시작될 무렵 여론조사에서 부시가 선두주자의 위치에 있다는 사실로 인하여 출마를 포기하게 된 것은 아닌가 하는 궁금증이 생긴다. 이런 관점에서 본다면 보다 잘 알려진 후보자들이 출마를 못하게 된 것은 체제나 제도의 문제보다는 승리와 패배의 가능성과 경쟁적인 환경이었다고 주장할 수 도 있다.

대통령 선거에서 승리의 법칙은 새로운 정치기술과 후보자의 자격 에 상관없이 이러한 기술을 다루는 후보자들의 능력에 의해서 좌우된 다고 주장하는 정치 전문가, 참여자 등의 견해도 있다. 그 증거로서 여론조사를 살펴보면 유권자들은 현재의 미국 선거과정에 대해 불만 이 있다는 사실을 알 수 있으며, 나아가 페로(Perot)가 대통령에 출마 하여 불만에 찬 유권자들을 연합하여 놀랍게도 19%나 되는 표를 끌 어모은 사실에서도 부분적으로 볼 수 있다.

물론 다른 후보자와 페로를 전적으로 비교하는 것은 타당하지 않은 부분이 있는데, 그 가장 큰 이유는 그가 캠페인에 1억 달러나 사용할 수 있었다는 데 있다. 즉, 1억 600만 달러를 사용했던 듀카키스 (Dukakis)나 1988년에 9,300만 달러를 사용했던 부시와 비교해 보면, 페로가 미국유권자들에게 강렬한 인상을 남긴 사실은 놀랄 일이 아니 다.9) 페로의 높은 득표율에 대한 또 하나의 설명은, 그가 과거 미국 의 선거 캠페인에서 각 후보자들이 선거에 승리하기 위해서 자원봉사 자 조직에 의존, 이를 적절하게 활용하였다는 사실을 기본적으로 인 식하는 감각을 지니고 있었다는 것이다.10)

궁극적으로 과연 페로의 출마가 의미했던 바가 무엇이었는가를 알 아보자. 어떤 분석가들은 그것은 사람들이 원하거나 필요하지 않는 것을 구매한 첫번째 사례는 아닐 것이라고 주장하기도 했다. 사실 그 는 매우 교활한 장사꾼으로 언급되어 왔다. 아마도 가장 중요한 문제 는 페로가 후보로 나서서 이룬 기대 이상의 선전은 유권자가 기존의 정치권에 대해 낙담한 나머지 워싱턴에 대한 그들의 불만을 이러한 결과로 표출한 것인지의 여부일 것이다. 만약 그것이 사실이고 클린 턴이 대통령으로서의 직무를 잘 수행하지 못한다면 1996년 선거에서 는 페로와 같은 후보자를 보다 더 많이 목격하게 될지도 모른다.11)

## 정당 개념 대 마케팅 개념

선거 캠페인에서 정당을 중심으로 전개하는 정당지향과 유권자를 중심으로 하는 유권자 지향 간의 몇 가지 차이점에 대해 설명하고자 한다. 이러한 두 가지의 대안적인 접근법을 비교하기 위해서 몇몇 차원을 기준으로 설명하고 대조함으로써, 선거 캠페인에서 전환이 요구된다는 것이 보다 명확해질 것이다.

### 초 점 (Focus)

초점은 캠페인 조직의 중심 목적과 방향을 말하는 것으로 마치 건축물의 청사진과 유사하며 선거 캠페인의 청사진이라 할 수 있다. 선거 캠페인의 전체적인 목표를 나타내는 이 초점은 캠페인 동안 후보자들이 사용할 전략 및 전술적인 색조를 결정한다.

• 정당 개념(Party Concept) : 선거 캠페인에서 초점을 개발하는 첫 단계는 당내에서의 위치, 자금, 대중적인 지지 등을 확보하기 위해서 정당체제 내에서 가동되고 있는 기능과 위계질서에 대한 이해로부터 출발한다. 비록 이 조직이 매우 느슨하다 할지라도 어떤 조직에서나 마찬가지로 후보자들이 지명자가 되기 위해서 겪어야 하는 몇 가지의 승인단계가 있다. 대통령이란 다른 후보자들이 그의 후광에 의존하게 되는 간판 후보자가 되는 것이다. 미디어 분석가들에 의하면 부시는 여론조사에서 그의 지지율이 떨어지자 정당에서의 입지를 잃게 되었고 따라서 의회 출마자들은 그와 거리를 두기 시작했다고 보고되었다. 이러한 경향은 의원들이 대통령과 사진을 찍을 기회를 갖게 되는 백악관의 사진촬영 행사에서 잘 나타났다. 즉 부시의 입장이 이렇게 되자 촬영행사에 겨우 몇 명의 의원만 나타났으며, 행사 자체로서는 그다지 손색이 없었으나 이러한 사실이 그날 저녁뉴스를 장식했던 것

이다.

정당을 대표하는 후보지명자는 정당 내에서 가능한 한 최선의 선택이며 적어도 정당의 기본철학과 가장 잘 부합하는 인물이어야 할 것이다. 민주당 예비선거가 진행중이던 어느 시점에서 당내 지도자들은 클린턴이 너무 많은 '더러운 세탁물'을 가져와 부담스러운 존재이며 결과적으로 그는 민주당을 대표하는 가장 매력적인 후보자가 될 수 없다고 간주한 적이 있었다. 정당관계자들의 이러한 생각과는 상관없이 클린턴은 그가 가장 좋은 후보임을 자처했고 새로운 정치기술의 발달과 이의 활용 때문에 정당은 그러한 결정을 거부할 권력을 갖지 못했던 것이다.

• 마케팅 개념(Marketing Concept) : 마케팅 과정의 첫 번째 단계는 유권자에 대한 이해이며 이들이 후보자에게 바라는 것이 과연 무엇인가를 파악하는 것이다. 정당개념에서와 마찬가지로 이러한 초기단계에서의 충분한 이해는 각 후보자들이 기금을 조성하고 대중들의 지지체계를 수립하며 여론조사에서 유리한 위치를 확보하는 데 도움이 된다. 특히 여론조사에서 유리한 위치를 차지하는 것은 오늘날의 선거에서 선두주자로 부상하려는 후보자들에게 사실상 선행 필수조건이다. 여기서 또한 후보자들이 거쳐야 할 몇 가지 단계가 있는데 이 경우에 후보자들은 그들의 마케팅 전략을 수행할 가능한 최고의 여론조사가, 매체전문가, 전략가, 직접우편 전문가를 비롯하여 이를 집행할 전문가들로부터 지지와 도움을 얻어야 한다.

경우에 따라서는 컨설턴트들이 그들의 여론조사나 마케팅 연구 전략가에 의해서 결정된 이상적인 이미지에 적합한 가장 좋은 후보자를 찾는 경우도 있다. 즉, 어떤 시장에서 소비자가 원하는 이상적인 제품이 무엇인가를 알아내기 위해서 컴퓨터 프로그램을 이용하여 조사를 실시하는데 이러한 기술이 정치 캠페인에도 활용되어 유권자들이 생각하는 이상적인 후보자의 특성들을 조사, 파악한다는 것이다. 이러한 접근방법은 도덕적으로나 윤리적인 측면에서 중대한 문제를 야기하는 결과를 초래할 뿐 아니라, 이는 마치 소수의 관련자에 의해서 빈배를 물에 띄워 후보자들의 비전을 고안하여 뚜렷한 명분도 없이 백악관을 목표로 항해하는 것과 같기 때문에 위험한 현상이라 할 수 있다.

## 목 표 (Objective)

마케팅과 정치가 서로 만나서 하나가 되는 지점이 바로 목표이다. 즉, 마케팅 체제와 정치 체제가 존재하는 이유는 바로 목표 때문이다. 각 체제가 갖는 목적은 그들의 기본철학에 기반을 두고 있으며 각기 상이하다.

• 정당 개념 : 정당개념을 기본으로 따를 경우 그 목적은 개별 정당의 철학을 수행하는 것이다. 이 경우 체제는 정치과학 이론에 따라 움직이게 되고 자유주의와 보수주의라는 각기 상이한 민주적 통치를 기본으로 하는 주요 양당의 목적을 설정하게 된다. 정당 개념에 따르면 캠페인 전략은 정당의 위계질서와 다양한 강력한 이익집단의 영향력에 의해 결정되며, 후보자의 선택도 정당관계자들이 생각하기에 그가 선거에 승리할 수 있고 정당의 강령을 성공적으로 수행할 수 있는가 하는 기준에 의해서 결정된다.

• 마케팅 개념 : 한편 마케팅 개념에 입각한 목적은 우선 선거에 승리를 하는 것이고 그 후에 캠페인과정에서 약속된 공약을 이행하는 것인데 이러한 목적은 유권자들의 욕구를 만족시킴으로써 이루어질 수 있다. 정치에서 이러한 접근에 대한 가장 커다란 비판은 후보자가 선거에서 일단 승리하고 나면 그의 공약을 결코 이행하지 않을 수도 있다는 점이다. 따라서 이러한 개념의 목표는 후보자가 당선된 다음 그의 공약을 실천할 때만이 비로소 달성된다고 할 수 있다.

## 전략 (Strategy)

전략이란 선거캠페인 조직의 목적을 달성하기 위해 계획된 접근방법의 전개를 말한다. 이것은 선거조직이 잘 이해하고 사용할 수 있는 최신의 기술이나 방법을 활용하여 그날의 기준에 따라 캠페인 종사자들에 의해서 고안되는 전술적인 결정이 그 중심이 된다. 전략에서 핵심적인 도구는 미디어의 활용이며, 1992년 선거에서 새로운 미디어의 활용에서 몇 가지 극적인 변화가 있었다.

• 정당 개념 : 과거 수 년간 정당은 그들의 목적을 달성하기 위해서 이른바 '기계정치'(*machine politics*)라 일컫는 과정을 겪어왔다. 이러한 전략적인 접근은 정당의 메시지를 전달·홍보하기 위해서 자원봉사자 조직이나 대중조직을 널리 활용하는 방법에 의존하게 되며 가능한 한 많은 유권자들과 일 대 일 접촉을 하는 데 캠페인의 힘이 소진된다. 이러한 유형의 전략의 성공적인 수행은 후보자들이 평생동안 충성스런 정당관계를 습득하는 많은 'IOUs'의 결과들이다. 부시는 이러한 후보의 고전적인 예이다. 그의 정치적 혈액은 이러한 정치 지향적 상황에서 생성되었다. 그는 평생 행정부에서 몇 가지 지위를 차지했던 정치인이고 많은 사람들의 도움을 얻어 그것을 이루었다. 이러한 전략적 지향의 기초는 정당 위계로부터 나온다. 그것은 위계의 가장 위에 위치해 있는 국가위원에서 시작하여 아래로 후보자를 위한 대중적인 노력을 제공하는 주와 지역 위원회들로 여과된다.

• 마케팅 개념 : 전략은 유권자로부터 기원해서 선거구를 분명하고도 독립된 유권자층으로 나누면서 시작한다. 이렇게 선택된 유권자층을 목표로 매스미디어 기술로 분류된 메시지가 전달된다. 일단 유권자 세분화가 이루어지고 나면 후보자는 그 자신을 포지셔닝할 이미지를 창출하고 사용한다. 그리고 나서 전략은 마케팅 조사와 여론투표의 결과에 기반하여 정보채널을 통하여 수행된다.

## 기 획 (Planning)

기획은 캠페인의 하루하루 활동을 수행하기 위한 조직의 정책을 말한다. 기획접근에는 중요한 변화가 있어왔는데, 캠페인 조직을 운영하기 위해서 사용되던 것이 현재는 전통적인 캠페인 조직보다는 기업조직에서의 접근에 가까워지고 있다는 점이다.

• 정당 개념 : 정당 개념에 의해서 운영되는 조직의 기획은 전략적이기보다는 훨씬 더 기능적이다. 다른 말로 하면, 기획은 어떻게 조직화할 것인가에 관하여 보다 많은 관심을 갖는다. 그것은 정당경영에서 보다 전통적인 접근을 따르며, 정당구조는 그 안에서 어떻게 계획이 수행되는지를 결정한다. 후보자들의 조직은 전국적인 정당 위계와 긴밀히 연결되었다.

• 마케팅 개념 : 여기서의 방향은 미래와 경쟁 중심의 사고와 함께 본질적으로 보다 전략적이다. 그것은 경영정보 시스템 전개의 기초가 되는 유권자로 시작하고, 마케팅 조사와 기획 자체에 대한 여론조사에 상당히 의존한다. 이러한 접근은 후보자들의 조직은 전국적인 정당 조직과는 무관하게 운영되나 여전히 그것과 연결되어 있는 것을 말한다.

기업조직들은 지난 10년 동안 극적으로 변화해 왔다. 이러한 변화들은 캠페인 조직들의 망에도 침투해 왔다. 정보와 지식들이 다양한 회사운영을 결합하기 위해서 창조적으로 사용되고 전문가들은 권력의 영역을 양도받아 왔다. 오늘날 조직의 고유한 특성들은 그들이 유연적이라는 데 있다.

## 구 조 (Structure)

구조는 조직적 목록이 조직화되는 방식과 캠페인 조직내에서의 명

72

령체계를 말한다. 사람 선별, 개인에의 임무할당, 수행화, 감독과 조직의 활동 통제와 같은 이슈들이 여기서 가동된다.

• **정당 개념** : 정당 개념하에서 구조는 매우 중앙집중화되어서, 한두 명의 사람을 중심으로 전체 조직의 통제와 경영이 이루어진다. 전당 대회 의장은 거대한 영향력을 지니며 전당대회에도 그 영향이 미친다. 그리고 내적 분화를 최소한으로 유지하고 가장 좋은 지명자가 정당을 대표하기 위해서 선택된다는 것을 확신한다. 후보자들 자신의 캠페인 조직은 정당조직과 잘 통합되어 있다.

• **마케팅 개념** : 여기서 초점은 훨씬 더 탈중심화이다. 유권자 반응을 기능화함으로써 책임 영역이 캠페인동안 다양한 단계에 따라 다른 사람들에게 주어진다. 다양한 임무들이 특정 사람에게 위임되고 상부사람은 지시와 감독을 수행한다. 대체로, 후보자는 조직을 운영하는 그 자신의 전문가 팀을 갖는다.

이러한 개념하에서 정당 조직은 후보자들의 조직과 잘 통합되어 있지 않고 대개 몇몇 경우에는 서로 배타적인 지점까지도 간다. 정치조직 구조는 지금 기업에서 발견되는 구조적인 혁신을 겪는다. 사람들 사이의 내적 기능들은 흐릿해지고 조직은 하나의 팀으로서 기능하려고 노력한다.

## 광고와 촉진 (Advertising and Promotion)

광고와 촉진은 정치에서 극적으로 변화해 왔다. 캠페인 버튼과 자동차 범퍼 스티커는 그의 배경과 경험을 부각시키는 후보자의 비디오테이프를 포함하여 다양한 혁신적인 매체들에 의해서 대체되어 왔다. 유권자들에게 상세한 메시지를 전달하기 위해서 30분의 광고시간을 소요하는 인포머셜 광고들과 인터뷰를 지역 텔레비전들에 동시에 중계하는 위성을 사용하게 되었다. 재정에서 또한 지역케이블 방송국은 하나의 변화가 되어왔다. 후보자들은 지역 케이블을 통하여 보다 효과적이고 효율적으로 그들의 메시지를 잠재 유권자에게 보내고 목표화할 수 있었다.

• 정당 개념 : 여기서 방향은 후보자와 정당을 중심으로 한다. 이러한 지향은 홍보전략의 모든 면에 침투하는데 특히 선거구민들에게 나갈 캠페인 전략에서 그러하다. 후보자는 그 자신보다는 보다 정당의 철학에 몰두하고 그런 식으로 그는 정당 이데올로기 관점에서 정의된다.

• 마케팅 개념 : 이러한 접근은 유권자를 중심으로 하고 매체이용과 마케팅조사와 여론조사로부터 보도된 결과에 기반한 메시지를 강조한다. 후보자는 그 자신의 관점과 철학에 근거해서 자신을 정의하고, 예비선거는 메시지 소구를 결정하기 위한 시장 테스트로서 사용된다. 시장 테스트는 수요가 전체 제작규모만큼 충분히 큰지 어떤지를 결정하기 위해서 새 상품의 샘플들을 나누어주는 회사에서 행해지는 것과 비슷하다. 메시지의 일관성을 강조하여 모든 홍보매체들을 전략적으로 함께 결합시킨다.

## 결 론

이 장은 정치에서 일어나고 있는 정당 지향적인 면에서 마케팅 지향적으로 이동하는 것을 조사해 왔다. 이러한 이동과 함께, 정치 캠페인이 운영되는 방식에서 몇 가지 발전이 있었는데, 그들 중 가장 중요한 것은 마케팅 캠페인을 정치 캠페인으로 통합시키는 것이고 그것은 차례로 정당으로부터 유권자로 초점이 이동한다. 정치 캠페인 조직들은 오늘날 컨설턴트에 의해서 운영되는데, 융통성있는 조직 스타일로 후보자들이 거의 즉각적으로 일어나고 있는 사건들에 반응하도록 해준다.

후보자들은 정치환경에서 보다 강력한 언론, 쇠퇴기에 있는 정당과

74

보다 분화되고 정교화된 선거구를 포함한 몇 가지 세력 때문에 마케팅 전문가들에 의존해야만 한다. 이러한 압력의 순 결과는 정치와 사업조직 간에서 성장하는 유사성에서 발견된다. 몇 가지 사건들이 여기서 말하는 이동이 있다는 사실을 지지한다. 다음 장에서 본인은 약술된 이동이 어떻게 실제로 이 나라에서 선거과정을 통제하는 사람들에게 영향을 끼쳐왔는지에 관하여 조사할 것이다.

■ 주

1) Clinton & Gore (1992), p. 1; Perot (1992), p. 3.
2) Alexander (1992), p. 85.
3) *The New York Times* (1992, June 2).
4) Sabato (1991), p. 208.
5) *The New York Times* (1992, July 16).
6) White (1982), p. 165.
7) Kotler (1982), p. 22.
8) Drucker (1986), p. 119.
9) *The New York Times* (1992, April 24).
10) *Time* (1992, May 25), p. 26.
11) *Time* (1992, November 2), p. 47.

# 힘의 속성

# 3장

정치환경 속의 몇 가지 세력들은 현재 정치 캠페인 과정을 통제하는 사람들에게 영향을 끼친다(〈그림 3-1〉을 보라). 정치권력 이동은 두 기본세력들로부터 기인하는데, 그 세력들이란, 즉 정치과정에서 기술(*technology*)과 구조이동을 말한다. 기술에서 세 가지 영향력 있는 혁신적 영역들은 컴퓨터, 텔레비전과 직접우편이다. 이들 각각은 대통령 후보자들이 그들의 캠페인을 운영하는 방식에 직접적으로 영향을 끼친다. 후보자들은 혁신에 따르는 혼란들로부터 그들을 이끌어줄 수 있는 마케팅 전문가들의 전문성에 의존해야만 했다.

구조적 이동은 예비선거와 전당대회 규칙, 재정적 규제와 토론들에 영향을 끼친다. 복잡한 예비선거와 전당대회 규칙들은 후보자들이 대통령직에 출마하는 방법을 바꾸어왔다. 50개 주에서 표를 획득하려 한 페로의 시도는 그의 조직에 행정적인 어려움을 겪도록 하였다. 그것은 대통령에 출마하려는 무소속 후보자의 어려움을 반영한다. 마찬가지로, 개별 기부자에 대한 제한은 후보자들로 하여금 기금조성 전문가에 의존하거나 직접우편 전문가에게 의존하도록 만들었다.

〈그림 3-1〉 정치마케팅 모델의 환경적 영향

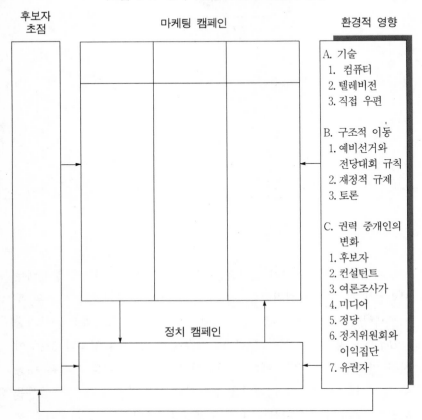

직접우편 기술의 발전은 후보자들에게 적절한 메시지와 함께 신중하게 선택된 유권자 집단을 표적으로 하는 능력을 갖게 하였다. 그리고 그들의 캠페인은 더 이상 전국적인 정당본부의 자금에 의해서 운영되는 것이 아니라 개별적인 기부자에 의존한다. 이러한 이동은 한층 더 후보자들에게 직접우편 명수의 전문성에 의존하여 그들이 정치캠페인의 각 단계를 활보하도록 압력을 가했다. 이 장에서 다루어지는 기술적이고 구조적인 변화는 권력 중개자들 사이의 영향력에서 극

적인 이동을 초래했다. 제2부에서 제시될 해석을 충분히 이해하기 위해서 우리는 지금 선거과정의 변화에 대해 책임 있는 세력들을 살펴볼 필요가 있다.

## 기 술

캠페인 활동에서 기술이 변함에 따라 다른 기술들에 대해 자세히 알고 있는 마케팅 전문가들에 의존해야만 한다. 컴퓨터 하드웨어와 소프트웨어의 발전으로 후보자들은 1992년 유권자들에게 직접 다가갈 수 있었다. 이전에 논의되었듯이 몇 가지 기술적 진보의 응용물들에는 데이터베이스 마케팅, 직접 마케팅(*direct marketing*), 기금조성, 여론조사, 화상회의 등이 포함된다.

### 컴퓨터 (Computer)

컴퓨터는 권력 중개자들에게 정치캠페인 과정을 변화시키기 위해 사용되었던 어떤 기술적 혁신보다도 강력한 도구를 제공한다. 예를 들어, 컴퓨터의 사용은 처음으로 1992년 선거과정 동안 텔레비전 매체가 후보자 연설과 캠페인광고에 대하여 즉각적인 반응을 얻도록 해주었다. 갤럽(Gallup)은 ABC 뉴스프로그램인 나이트라인(Nightline)과 함께 콘서트에서 생방송 인터뷰에 참여할 유권자를 무작위 표집으로 추출했다. 단지 그들의 전화번호 버튼을 누름으로써, 유권자들은 토론이 진행되는 동안 후보자들의 발언에 대하여 응답할 수 있었다. 나이트라인은 그리고 나서 즉각적으로 인터뷰 조사결과를 텔레비전에 방영할 수 있었다. 텔레비전 프로그램은 수백만 시청자들을 위하여 이러한 표집된 유권자 그룹의 반응을 시각적으로 보여주기 위해 색색으로 그려진 차트를 이용했다.

이러한 캠페인 과정동안, 컨설턴트들은 그들이 수십 년 동안 해왔던 것과 매우 똑같은 방식으로 컴퓨터를 사용했다. 아마도 그것의 주사 용은 유권자들의 시각과 인구통계학적 특성에 따라 분류된 수십만의 이름, 전화번호, 주소의 데이터베이스와 같은 것이었을 것이다. 이러 한 목록은 캠페인 '자금 전쟁'(war chest)을 위한 돈을 끌어들이기 위한 기금조성과 직접우편 캠페인의 기초가 된다. 컴퓨터는 또한 캠페인 조직원들에 의해서 수행된 마케팅 연구조사의 결과를 분석하기 위해 서 사용되었다.

여론조사자들은 캠페인이 진행되는 동안 수 차례에 걸친 여론투표 를 수행하기 위해서 컴퓨터 기술을 응용한다. 여론조사자들은 후보자 들을 위해 일을 하는데, 여론조사 기법을 이용해서 캠페인의 제반 상 황을 통계처리해서 보여준다. 각 언론들은 캠페인의 경마와 같은 속 성을 부각시키고, 유권자들의 관심을 끌기 위한 방법으로서 여론조사 기법을 사용한다. 정치 행동위원회와 로비스트들은 또한 그들이 제기 한 이슈의 강도를 측정하기 위해서 컴퓨터에 의존한다. 마지막으로 연합을 형성하는 유권자들은 그들의 대중적 노력들을 정교하게 하기 위해서 이러한 기술을 이용한다.

더욱이, 새로운 컴퓨터 서비스들은 캠페인 조직들이 어떤 캠페인이 나 정치 행동위원회, 또는 정당에 대한 연방 선거위원회의 보고를 살 펴볼 수 있도록 한다. 데이터베이스 시스템들은 현재 매우 발달되어 서 과거에는 사용자들이 직접 해야만 했던 조사를 수행할 수 있게 하 고 있다. 1992년 선거에서, 후보자들은 계속하여 '대통령 캠페인 핫 라인'이라고 불리는 컴퓨터 서비스를 사용하였다. 룬츠(Frank Luntz) 에 따르면,

대통령 캠페인 핫 라인은 최근 정치정보, 분석, 여론투표와 추문을 대통령 후보자들과 뉴스 매체에 매달 일정요금을 받고 제공한다. 그

리고 또한 가입자들은 대통령 캠페인에서 발행되었던 독점적 기사들을 설명하는 15에서 30페이지 정도의 보고서와 중요한 정치사건에 대한 내부자들의 요약을 실을 수 있다. 1)

거의 모든 주, 도시, 마을의 유권자 등록부의 컴퓨터화가 완성되었을 때 이러한 기술은 동시에 이루어진다. 그리고 이에 따라 캠페인 조직위는 그들이 선택한 어떤 지역에 대해서 구체적인 유권자 그룹을 표적화할 수 있게 된다. 컴퓨터 기술에서 이러한 발전의 결과로서, 정치적 조사연구는 최소의 비용으로 후보자들에게 점점 더 정확하고 정밀한 결과를 알려줄 수 있었다. 여론조사 방법론과 분석적 기술들은 모두 과거 10년 동안 중요한 정교화과정을 겪어왔다. 2)

룬츠는 이른바 '지각 분석가'(Perception Analyzer)를 포함하여 선거에서 사용되었던 몇 가지 기술적 진보들에 대하여 폭넓게 기술하여 왔다. 이러한 장치는 응답자들을 50에서 100명의 그룹으로 만드는데 사용된다. 그 각각의 사람들은 숫자가 입력된 다이얼이 있는 장치와 연결된 포켓용 컴퓨터를 제공받는다. 응답자들은 그리고 나서 그들이 부정적인 인상을 받았는지 또는 호의적인 인상을 받았는지에 따라 다이얼을 돌려야 하는데, 이는 결과적으로 사용자들에게 즉각적인 피드백을 준다. 3) 이러한 새로운 여론투표 기법은 1992년 캠페인에서 역시 사용되었다.

## 텔레비전 (Television)

텔레비전에서의 기술적 진보들은 몇몇 영역에서 볼 수 있는데, 특히 케이블 산업에서 그러하다. 텔레비전은 대중적인 기금조성 노력들이 수행된 기반들이었다. 그의 자원자 조직을 발전시켰던 제리 브라운 (Jerry Brown)의 텔레비전 선거운동으로 시작해서 자원자들의 우편 명부를 발전시켰던 페로의 비슷한 노력들이 해당된다. 브라운과 페로는 늦은 밤에 방영되는 텔레비전 광고를 모방하는 전략을 사용했다. 그 광고에서 아나운서는 최신의 채소 자르는 기계나 소비자들에게 직접 파는 다른 상품들을 주문하려면 800번으로 전화하라고 말한다.

프로그램의 전국적 배포를 위하여 위성을 사용하는 케이블 텔레비전 중앙방송국은 후보자들에게 가장 효과적인 방송망 중의 하나가 되었다. 방송은 중심적인 대중 커뮤니케이션 통로로써 신문을 대체해 왔다. 그러나 텔레비전에 정의된 정치적 경계와 매체시장 간의 불일치로 인하여 표적시장 선정은 점점 더 어려워지고 있다. [4] 신문은 인구통계학적 경계들을 훨씬 더 잘 정의할 수 있다. 신문은 더 적은 지역화된 수용자를 갖고 있기 때문이다. 텔레비전과 라디오는 반면에 때때로 전국적인 시청자에게 방송되기 때문에 구체적인 메시지를 전달하기가 어렵다.

미래를 예측하는 미디어와 마케팅 전문가들은, 새로운 매체는 현재 선거권을 부여받지 못한 시민들이 정치정보에 보다 더 접근할 수 있도록 할 것이라고 암시해 왔다. 한편 현대 커뮤니케이션에 관한 또 다른 해설은 미국정치에 당파문제를 한층 더 악화시킬 것이라고 한다. 그러나 대부분은 매스미디어가 점점 더 유권자와 후보자 간 주요 통로였던 정당조직을 대체할 것이라는 데 동의한다. [5]

《전자 국가》(*The Electronic Commonwealth*)라는 책에서 후보자들은 개별시민들의 관심에 대해 보다 쌍방적인 매체를 가지고 잘 응답해 줄 수 있을 것이라고 주장한다. 이 새로운 기술에 관한 논의는 저널리스트들이 정치적 담론에 대해 발휘하는 게이트키핑(*gatekeeping*) 기능을 정치가들이 피하려는 노력을 다루고 있다. 이것은 보다 직접적이고 덜 매개되는 정치형태에 대한 하나의 단계이다. 전국적안 이익집단은 이전에 그들의 메시지를 여과시켜 버린 우회로를 피하여 직접 그들의 회원들에게 도달할 수 있다. 시민들은 캠페인에서 무엇이 일어났는지를 말해주는 뉴스앵커들이 나오는 시간을 기다릴 필요가 없다. 후보자들을 케이블 텔레비전에서 정기적으로 볼 수 있게 된 것이다. 6)

### 직접 우편 (Direct Mail)

직접 우편은 주로 다음과 같은 네 가지 방법, 즉 이슈, 프로그램, 후보자들을 홍보하고, 정치 지도자에 대한 공적 영향력을 동원하고, 기금을 조성하고, 시민 압력단체의 새로운 회원을 끌어들이기 위한 방편으로 사용된다. 대중들을 전국적인 압력단체에 가입하도록 하고 정치기금 조성에 참여하도록 하는 직접 우편물에 대해 많은 사람이 상당한 경고를 해왔다.

그러나 보다 많은 유권자들은 직접 우편물을 통하여 정치에 참여하고 있고 그 결과 정치과정에서 그것은 긍정적 역할을 하고 있다고 주장할 수 있다. 7)

후보자들은 유권자들의 이름으로 직접 우편물을 발송하여 구체적인 유권자 층에 그들의 장점을 알리고 유권자들과 보다 친밀한 관계를 만들기 위해서 데이터베이스에 의존한다. 그들의 이름으로 직접 발송되는 우편은 수신자들이 봉투를 열어보고 싶도록 자극할 수 있는 개인적인 접촉을 증가시킨다. 앞에서 이러한 기술의 사용에 대해 짧게 언급하면서 필자는 그것을 '관계 마케팅'(relationship marketing)이라고 했다. 관계 마케팅은 장기적 시각으로 소비자들을 바라보는 전략적인 지향이다. 이러한 지향은 상업시장에서 상품의 맞춤화, 판촉활동의 개인화, 유연한 가격정책의 창출, 직접 소비자에게 다가가는 것 등으로 수행된다. 모든 이러한 활동들은 소비자들의 욕구를 보다 더 만족시키기 위하여 행해진다. 마찬가지로, 우리는 정치시장에서도 이러한 지향들이 여과되는 것을 알 수 있다.

관계 마케팅은 세 가지 단계로 구축된다. 첫 번째 단계는 소비자와 유권자에 관한 정보 데이터베이스를 알아내고 부단히 최신화하는 활동을 포함한다. 축적될 수 있는 정보의 양과 형태는 사용하고 있는 소프트웨어, 하드웨어, 그리고 목록을 작성하는 사람의 상상력과 창조성에 의해서만 제한받는다. 두 번째로, 정보는 구체적인 소구점과 메시지를 매우 사적으로 유권자에게 표적화하기 위해 사용된다. 즉, 기금을 부탁하는 직접 우편편지는 유권자 이름으로 발송된다. 일단 데이터베이스가 발전되면, 돈을 기부할 것 같은 유용한 유권자들에 관한 정보의 기준선을 반영하도록 그것을 최신화해야 한다. 8)

직접 우편은 어떤 다른 홍보기구들보다도 시장 시험, 메시지의 개인화, 메시지 표적, 즉각적인 피드백 체계와 같은 기술적인 장점을 지닌 강력한 정치도구이다. 정치에서 관계 마케팅이 발전함에 따라서 이러한 기술들에 대한 의존 역시 증가할 것이다.

## 구조적 이동

선거과정이 구조화되는 방식에서 일어나는 몇 가지 극적인 변화를 우리는 보아왔다. 필자가 언급한 변화는 세 가지 영역(예비선거와 전당대회 규칙, 재정적 규제, 토론)에 영향을 끼쳐왔다. 예비선거와 전당대회 규칙들은 지명과정에 영향을 끼쳤고 각 정당 후보자들은 그것을 따라야만 했다. 두 주요 정당은 운영체계에서 매우 다른 규칙을 갖는다. 또 다른 변화는 후보자와 정당의 기부금을 제한하는 최근에 제정된 재정규제에 반영된다. 후보자들은 매스미디어를 이용한 기금조성 호소방법을 발전시켜야 했다. 마지막으로, 중요한 변화는 1992년 토론과정에서 발생했다. 즉 후보자들에게 직접 질문을 던지도록 유권자를 질문자에 포함한 것이 가장 중요한 변화 중의 하나였다.

## 예비선거와 전당대회의 규칙 (Primary and Convention Rules)

정치체계에서 몇 가지 구조적 변화들은 정치와 마케팅을 통합하도록 자극했다. 각 주마다 다른 의제와 인구통계적 구성을 지니고 있었기 때문에 모든 예비선거에서 유권자들은 각기 달랐다. 게다가, 예비선거 유권자는 총선거 유권자와도 달랐다. 그 결과, 후보자들은 각각의 정치캠페인 단계에 따라 그의 전략을 적응시켜야만 했다. 마찬가지로, 후보자들이 하나의 예비선거에서 다른 예비선거로 이동할 때 여론투표의 후보자들의 등위가 오르내리면서 소구점들도 변할 것이다. 비록 지명을 얻기 위해서 다양한 메시지와 이미지를 취한다 할지라도 총선거에서 승리하기 위해서는 보다 중심적인 소구점이 필요하다.

1968년 전당대회 이후로, 민주당은 그들의 지명과정을 4년마다 개정해 왔다. 민주당은 상대적으로 변화가 적었던 해도 있었지만 몇 년 동안 그들의 과정을 실질적으로 바꾸어왔다. 이러한 변화의 중심에는 대중들의 참여를 유도하는 체계를 고안하려는 정당 측의 열망이 있었다. 두 정당들은 각기 다른 규칙 하에서 가동되므로, 각각은 상대 당의 변화 정도에 대해서 매우 다른 평가를 내린다. 9)

대통령 예비선거가 약 40개로 증가하면서, 현재는 후보지명을 위해서 모든 예비선거와 정당의 지방대회에 후보자들이 참여해야 한다. 공화당에서 승리자는 대표들을 배치하는 모든 체계를 쥐게 되는데, 그 결과 공화당원들은 지난 몇 번의 대통령 선거에서 그들의 지명경쟁을 빨리 결론지을 수 있었다. 10)

지난 일곱 번의 대통령 선거에서 여섯 번 패한 민주당은 1992년에 전당대회를 새롭게 치르기로 결심했다. 이것은 빌 클린턴·앨 고어와 지난 일곱 번의 대통령 선거운동의 핵심 민주당원 사이를 잇는 연결고리를 잘라버리는 것이었다. 즉, 클린턴과 고어는 노동조합과 그 외 전통적으로 자유주의적 정치성향을 가진 이익집단들의 대의명분으로부터 스스로를 분리하였다. 1992년에 민주당은 정당방침에서 몇 가지 중요한 변화를 겪었는데, 동성애자들의 권리에 대한 보장과 부유한 사람들에 대한 높은 과세, 낙태와 유아보호에 영향을 끼치는 정책들을 포함한다. 이것들은 최근의 전당대회에서 보이는 정책이 아니라 소수의 공장 노동자와 노동조합에 소속된 다수의 교사와 정부 노동자들이 있는 선거구에서의 몇 가지 구조적 변동을 반영한다.

후보자들은 예비선거 입후보자 명단에 오르기 위해 매우 복잡한 과정을 따라야만 한다. 예를 들어 법이 가장 복잡한 뉴욕 주 입후보자가 되려면, 민주당 후보자들은 등록된 민주당 유권자들로부터 만 명 이상의 서명을 받아야만 한다. 그리고 최소한 100명의 서명이 각 의석 지역으로부터 나와야 한다. 그러한 의석지역이 34개 있다. 11)

사실, 1992년 뉴욕에서 공화당 예비선거는 없었는데 주 선거규칙의 요구조건을 충족시킬 만한 능력이 뷰캐넌(Patrick Buchanan)에게는 없었기 때문이다. 뷰캐넌의 상황은 현재 공화당 대통령을 보호할 주 정당의 권력뿐만 아니라 현직의원의 권력을 반영한다. 12)

페로는 대통령에 출마했을 때 그가 무엇을 위하여 출마했는지에 대해 거의 알지 못한 채, 주마다 다르고 복잡한 예비선거 법률과의 투쟁을 시작하였다. 예를 들면 주마다 요구하는 서명의 수가 달랐을 뿐 아니라 양당체제는 제3의 정당후보들을 배제하도록 설계되어 있었다. 여기서 우리는 다음과 같은 페로의 유명한 말을 떠올린다. "나에게 50개 주의 선거구를 주면 나는 대통령직에 출마할 것이다." 몇 주들은 심지어 특정 종류의 종이를 요구하고 그 신청서는 특정한 방법으로 묶여야만 한다. 13)

우리의 민주주의가 얼마나 잘 가동되고 있는지에 대한 가장 강력한 표시 중의 하나는 선거구민의 참여수준이다. 미국 대통령 선거가 갖고 있는 모순 중의 하나는, 점점 더 많은 시민들이 투표권을 획득하지만 점점 더 적은 수만이 그 권리를 행사하고 있다는 것이다. 등록과 투표에 대해 너무 규제적인 법률 때문인데, 시민들은 이로 인해 투표장에 가는 것을 꺼리고 있다.

### 재정 규제 (Financial Regulations)

정치적 캠페인 과정 동안에는 재정규제와 관련한 많은 이슈들이 있다. 우선, 선거는 점점 더 비용이 많이 들고 있다. 정교화된 마케팅 기법의 사용으로, 마케팅 기능을 수행하는 컨설턴트에게 비싼 비용이 지불되었다. 캠페인 기간은 길어지고 있으며, 후보자들은 예비선거 2~3년 이전에 선거운동을 시작하고 있다.

대통령 캠페인에서 많은 예비선거 경쟁들과 지명 캠페인 기간의 증가로 캠페인 비용은 상승되어 왔다. 1974년에 실행된 캠페인 재정개혁은 지명이전 캠페인 기간을 한층 더 연장시켜 왔고 그 결과 캠페인 조직의 비용부담은 증가되어 왔다. 후보자들은 더 이상 캠페인 비용을 감당할 고액의 기부자에게 의존할 수 없었기 때문에, 그들은 일반적으로 많은 소액 기부자들로부터 충분한 돈을 받기 위하여 초기 단계에 기금모금을 시작한다.

1976년 캠페인은 1971년과 74년에 실행된 재정개혁 입법회에서 규제된 첫 선거였다. 1971년의 연방선거 캠페인 조항은 캠페인 비용을 제한했고 캠페인 비용의 공개를 요구했다. 14) 1980년 선거에서는 비록 카터와 레이건의 지출이 연방법에 의해서 제한되기는 했지만, 추가적인 지출이 1976년 연방대심원 규칙에 의거하여 독립위원회에 의해서 허가되었다 : "약 1천 2백만 달러를 레이건을 위하여 개별그룹이 사용했으며, 카터는 5만 달러 미만을 사용하였다. 1980년에 레이건은 연방 배당금 중 18,476,000달러를 광고비로 지출했지만 30,000,000달러 이상의 이익을 남겼다." 15)

정치 캠페인 과정은 1988년 대통령 캠페인 이후로 실행된 몇몇 다른 재정규제에 의해서 지배되는데, 그들은 다음과 같다.

· 200달러를 초과하는 비용은 사항을 작성하고 200달러 이상을 기부하는 기부자 리스트를 작성할 것.
· 한 개인이 내는 기부금은 각 대통령 후보에게 각각 1,000달러, 정치행동위원회에게는 5,000달러, 정당의 전국위원회는 20,000달러로 제한하며 총 합계가 25,000달러를 초과하지 않을 것.

그 외에, 대통령 후보자들은 개인 기부자들로부터 100,000달러를 조성할 수 있는데, 5,000달러를 적어도 20개 주 이상에서 모금하여 전체 기부금에 상당하는 재정기금을 받을 수 있다.[16]

이러한 규제는 초기 예비선거 승리의 중요성으로서 후보자들에게 영향을 끼친다. 초기 예비선거와 지방 정당대회에서 승리하려는 욕망으로 후보자들은 캠페인 초기 단계에 많은 지출을 하게 된다. 그러나 총선이 일단 시작되면 주요 정당의 지명자, 즉 마지막 대통령 선거에서 약 25% 이상의 표를 획득한 후보자들에게 공적 기금이 주어진다. 연방정부의 돈을 받기 위해서 지명자들은 캠페인 동안 다른 기부금에 의존하지 않겠다는 것에 동의해야만 한다. 이전 선거에서 5%에서 25%의 투표를 얻었던 소수당의 후보자들은 공적 기금의 일부를 받는다.[17]

1970년대 이후로 대통령 후보자들은 주 선거가 시작하기 전에 그들의 캠페인 기금을 조성하기 시작했다. 그리고 기금 간청은 총선 캠페인 기간동안 계속된다. 첫 예비선거에서 잘하지 못한 후보자들은 재정법의 결과로 선거전에서 일찍 낙오되는 경향이 있다. 캠페인 재정법 하에서, 만일 후보자가 두 번 연속 예비선거에서 10% 이하의 표를 얻는다면 30일 안에 연방기금이 삭감된다. 따라서, 후보자들은 기금을 어떻게 조성하고 사용할 것인지를 결정해야만 한다. 대통령 후보자들이 정부로부터 연방기금을 받지 않을 것을 결심한다 할지라도 여전히 법의 규제를 받는다. 페로는 캠페인을 위한 연방기금을 전혀 받지 않았지만, 대통령 후보자들은 정치행동위원회로부터 5,000달러 이상을 받을 수 없고 총선거에서 개인 유권자로부터 1,000달러 이상을 받을 수 없다는 법에 묶여 있었다. 18)

### 토 론 (The Debates)

역사적으로 토론은 유권자들이 후보자들의 지도력에 대한 참된 인식을 얻을 수 있는 통로가 되어왔다. 토론에서 한 번 잘못하면, 선거 기회가 끝날 수도 있다. 예를 들어, 카터와 포드 간에 1976년 토론에서 포드는 동유럽 국가들이 소련의 지배하에 있다고 여기지 않는다고 주장했다. 욕심을 갖고 토론에 큰 모험을 걸게 되는데 거기서 하나의 사실에 대한 단 한 마디의 실언은 선거승리의 기회를 사장시켜 버릴 수 있다.

과거와 마찬가지로, 1992년에도 토론에 관한 논쟁이 있었다. 그런데, 1992년 토론에서는 매우 다른 일들이 발생했다. 즉, 두 번째의 토론에서 후보자에게 질문을 하는 중립적 입장에 서 있는 유권자가 포함되었다. 텔레비전 저널리스트인 캐롤 심슨(Carol Simpson)에 의해서 진행되었는데, 이러한 형식은 대통령 토론에서 처음이었다. 평소처럼 토론에서 중재자는 캠페인 단계에서 중요한 이미지를 창조하는 힘을 갖고 있었다. 예를 들어, 캐롤 심슨은 부시를 토론의 어느 지점에서 '교육 대통령'으로, 페로는 모든 것에 대해 하나의 대답을 갖고 있는 사람으로 언급함으로써 그러한 인상을 지속시켰다. 이러한 언급들 자체가 냉소적인 것을 의도하지는 않았을지라도, 이는 유권자의 마음에 지우기 어려운 이미지들을 만들어낸다.

두 번째 토론의 구성은 클린턴의 조직위에 의해서 협상되었다. 클린턴의 조직원들이 느끼기에 토론 형식에서 이러한 요소들은 많은 사람들로 하여금 부시보다 훨씬 더 민첩한 그를 두드러지게 할 것이라

88

고 생각했다. 사실, 전략은 적중했다. 클린턴은 빛났고 부시는 불편해 보였으며 유권자들에 의해 제기된 질문에 답할 때 부시는 방어적이었기 때문에 효과적으로 행동하지 못했다.

정치 캠페인과 마케팅 캠페인에 끼친 토론의 영향력은 막강했다. 클린턴은 유권자들이 백악관의 원형 사무실에 그가 앉아 있는 것을 상상하도록 토론을 이용하고 싶어했다. 그의 답변은 짧았으며, 요점을 말하고 상대 후보와 싸우지 않으면서 궁극적으로는 그의 목표를 달성하도록 했다.

부시측 사람들은 토론형식에 관한 그들의 조건을 제시했고 만약 클린턴이 그들의 규정을 이행하지 않는다면 토론을 거절하겠다고 말했다. 클린턴은 토론에 관한 독립적인 위원회에 의해서 제시된 형식을 따르고 싶어했다. 그리하여 그는 세 번의 토론을 요청했고, 각 토론에서 질문을 하는 단 한 명의 진행자를 요구했으나 부시는 한 명의 진행자는 편파적일 수 있다고 동의하지 않았다. 결국, 그들의 협상은 토론에서 질문을 할 수 있는 유권자를 포함하는 혁신적인 형식으로 결정되었고 이러한 구조적 변화는 앞으로의 대통령 선거토론 형식에서 고정적인 포맷이 될 것이다.

## 권력 중개인

토론들은 우리를 대통령직을 현재 누가 통제하고 있고 그러한 통제는 지난 몇 번의 캠페인동안 어떻게 변해왔는지에 대한 논의로 이끌어왔다. 오늘날, 정치에서 권력 중개자는 누구인가? 1장에서 지적하였듯이, 오늘날 선거에서 정치과정에 영향을 끼치는 7가지의 역할이 있다. 즉 후보자, 컨설턴트, 여론 조사가, 미디어, 정치행동위원회, 이익집단, 정당, 그리고 유권자가 그들이다. 이러한 각 그룹들은 미국에서 정치현실을 바꾸어왔던 권력의 토대를 대표한다. 필자는 이러한

참여자들을 권력 중개자로서 언급했는데 이들 각각은 영향을 끼치면
서 동시에 다른 것에 의해서 영향을 받기 때문이다. 보다 중요한 것
은 이러한 각 권력 중개자들은 마케팅과 정치 캠페인에 직접적인 영
향을 끼친다는 것이다(〈그림 3-2〉를 보라). 권력은 정치를 통하여 추
구되는 것이며, 이러한 참여자들은 누가 그것을 소유하고 그것이 어
떻게 사용되어야 하는지에 대해 영향을 끼치고 결정한다. 1992년 선
거는 정치과정 내에서 계속적이고도 중요한 권력이동을 보여주었다.

〈그림 3-2〉 1990년대 정치의 권력 중개인

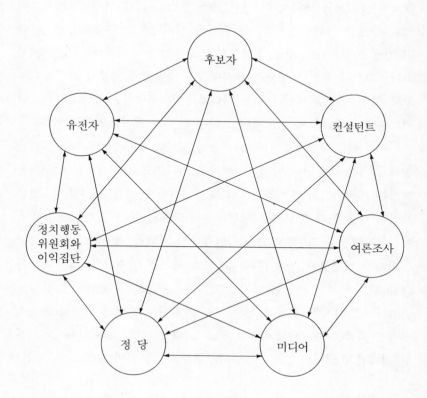

## 후보자 (The Candidate)

  대부분의 후보자들은 철학과 이데올로기적 경향을 가지고 정치를 시작하는데 이것은 이슈에 대한 그들의 입장에 영향을 끼친다. 이는 후보자들이 조사결과와 그들의 이데올로기를 조합하고 균형을 맞출 필요가 있다는 것을 보여준다. 앞에서 지적되었듯이, 후보자들은 점점 그들의 캠페인 전략의 전개를 이끌어나갈 여론조사와 초점그룹에 의존한다.

  1992년 대통령 선거는 매우 다른 세 명의 후보자를 보여주었는데, 각각은 그 자신의 정치적 브랜드를 갖고 있었다. 주지사인 클린턴은 경제재건 정책과 변화로 미국인들에게 호소했다. 당시 현직 대통령이었던 부시는 미국인들에게 사회안정과 세계안정을 약속하면서, 이라크 전쟁을 이러한 주장을 실행할 수 있는 그의 능력의 증거로서 제시했다. 그러나 동시에 부시는 유권자들의 마음속에 공포심을 일으키려고 노력했는데, 바로 클린턴은 나라를 이끌 도덕성을 갖지 못했고 위기상황에 처할 때 자신을 제대로 다루지 못할 것이라는 것이었다.

  마지막으로 양당체제를 뚫고 대통령 토론에서 다른 두 후보들과 동등하게 겨룬 외부인이 있었다. 정치적 외부인으로서 페로는 미국인들에게는 비전통적인 후보였다. 페로는 나라의 문제를 해결할 수 있는 능력과 경험을 갖추고 있는 행동하는 사람으로 자신을 소개했고 미국이 처한 현실을 직면하라고 미국인들에게 문제를 제기했다.

  마케팅 캠페인이 계속 정치 캠페인에 영향을 끼치면서, 후보자들은 그들 자신의 배의 선장이 되기 위하여 보다 많은 영향력을 손에 넣으려고 할 것이다. 오늘날의 정치적 물결 속에서 캠페인 과정의 최종적 결정을 해야 하는 사람은 바로 후보자이다. 1992년 클린턴은 그 자신의 캠페인 운영에서 그의 지도력을 증명한 후보자였다.

## 컨설턴트 (The Consultant)

대통령 선거에서 컨설턴트의 계속적인 영향력의 상승은 현대 정치에서 그들이 행사하고 있는 역할의 중요성을 확장해 왔다. 이러한 새로운 전문인들은 그들이 후보자들에게 실제적으로 필수불가결하도록 틈새를 파고들어 왔다. 컨설턴트들은 본질적으로 후보자들과 함께 후보자들의 메시지와 이미지를 세련되게 다듬기 위해 일하며 나라의 미래에 대한 후보자의 비전을 알린다.

클린턴의 수석 전략고문인 제임스 카빌(James Carville)은 클린턴의 메시지를 단순화시키고 그가 그것을 국민들에게 효과적으로 전달하도록 도왔다. 많은 정치분석가들은 컨설턴트들이 정당지도자의 위치를 차지해 오고 있고 현재 선거과정을 형성하고 있다고 주장한다. 심지어 후보자들은 대통령직에 출마한다는 것을 알리기도 전에 그의 컨설팅 팀을 이끌 사람을 찾아낸다. 컨설턴트들은 캠페인 조직을 운행하고 기업조직에서 발견할 수 있을 만한 전문영역들을 맡는다.

현대의 캠페인 기술은 후보자들의 삶을 복잡하게 하고, 컨설턴트의 역할을 적법한 전문활동으로 바라보게 했다. 대통령에 출마하는 모든 후보자들은 설문조사, 기금조성, 광고와 같은 필수적 서비스를 위해 컨설턴트들을 이용한다. 또한 정치행동위원회와 전국적 정당조직에서도 이들을 필요로 한다. 컨설턴트들은 그들의 고객을 결정하는 데 있어 후보자들의 이데올로기, 당선 가능성과 개인적 부와 같은 몇 가지 요인들을 고려한다. 대통령 캠페인을 승리로 이끌었을 때, 회사들은 즉시 명성과 신뢰도를 획득한다. 19)

1970년대와 1980년대 정치 컨설턴트들에 대한 룬츠(Frank Luntz)의 설문조사를 살펴보면 지난 10년 내의 캠페인에서 가장 큰 변화 두 가지는 텔레비전과 선거법에서였다.

1971년의 연방선거캠페인법, 1974년 캠페인법(연방선거법 개정안으
로 알려져 있기도 하다), 76년과 79년 개정안들, 이러한 모든 입법
조항들은 개인 캠페인 기부금에 엄격한 제한을 두었고 주요 기부자
와 지출비용의 공개를 요구했으며, 후보자들의 캠페인에서 정당의
재정관여를 규제했다. 그리고 조직화된 노동과 대기업을 대표하는
정치조직 형성을 법률화했고 새로운 법률을 강화할 법적 권력을 가
진 연방선거위원회라는 연방조직을 창출했다.

1970년대 개혁입법은 정치과정을 공개화하고 부유한 기부자와 전문
이익집단의 영향을 줄일 목적이었는데, 모순되게도 실제로는 후보자
들이 정치 컨설턴트의 도움에 의존하도록 만들었다. [20]

### 여론 조사가 (The Pollster)

1992년 대통령 캠페인 과정에서는 어느 해보다도 여론투표가 확산
되었다. 사실, 여론조사는 후보자와 정책만큼이나 선거의 초점이 되
어왔다. 과거에는 캠페인 조직이 여론조사와 마케팅 조사자료를 캠페
인 전개와 후보자 이미지 구축에 통합시키는 것은 일반적인 현상이
아니었다. 사실, 여론조사와 마케팅조사의 이용은 후보자들이 마케팅
을 캠페인에 적용하는 가장 중요한 방법들이다. 그러나 여론조사 기
술이 계속적으로 발전하게 됨에 따라 그러한 기술의 이용이 갖는 함
의들을 살펴보아야 한다.

여론조사의 확산에 대한 반대주장들은, 여론조사가 캠페인에 대해
경마심리(*horse race mentality*)를 증가시키고 이슈에 대한 초점을 흐리
며, 심지어 그들의 생각에 자신들이 지지하는 후보자가 당선될 기회
를 갖지 못한다고 여기면 다른 사람들로 하여금 투표를 하지 말도록
설득할 수 있다는 것이다. 또는 페로의 경우, 그가 여름에 1위로 뛰
어올랐을 때 여론조사는 그 후보자를 부각시키기도 하였다. 사실, 몇

몇 유권자들은 여론조사에 따르면 그가 당선될 가능성이 없기 때문에 페로에의 한 표는 사장되는 표라고 주장했다. 여론조사의 활성화를 찬성하는 논리는 그것이 유권자들에게 많은 정보와 피드백을 주어 후보자를 보다 잘 선택하게 하고 민주주의를 강화할 것이라는 것이다. 이것은 매우 진지하게 살펴보아야 하고 계속해서 논의되어야 할 하나의 이슈이다.

여론조사에 관한 또 하나의 중요한 질문은 일반적인 여론조사를 신뢰할 수 있느냐의 여부가 아니라, 하나의 구체적인 여론조사를 신뢰할 수 있느냐 하는 점이다. 즉, 여론조사를 보도하는 사람들은 여론조사의 방법론과 그것을 전체 모집단에 일반화할 수 있는 한계를 평가하기 위한 지식을 습득해야만 한다.[21]

여기서 가장 중요한 이슈들은 또 다시 민주주의에 끼치는 여론조사 영향과 관련된다. 여론조사가들은 캠페인이 전개됨에 따라서 모든 유권자가 캠페인에 대한 빠른 시각을 가질 수 있도록 하므로, 그들의 역할에 찬성하는 주장도 있을 것이다. 그러나 동시에 앞에서 제기되었던 정확성과 신뢰도에 관한 이슈들은 계속해서 앞으로의 선거에서도 남아 있을 것이다. 아마도 여론조사가들은 정치과정을 통제하는 주요 권력 중개자로서의 역할을 계속할 것이다.

## 미디어 (The Media)

미디어는 1992년 선거에서 매우 중요한 역할을 했으며, 다가올 대통령 선거에서 나타날 몇 가지 혁신에 대한 하나의 단계를 마련했다. 중요한 변화 중의 하나는 샘 도널슨(Sam Donaldson)과 테드 커플(Ted Koppel)과 같은 탐사적 보도를 하는 저널리스트들의 역할과 관련된다. 과거 선거에서 이러한 저널리스트들은 대중들이 정치 지도자를 뽑아서 선택할 수 있도록 도와주는 보통의 뉴스 전달자였다. 그러나 계속적인 정당의 쇠퇴 이후로 미디어의 탐사적 보도는 정치에서 새로운 역할을 했다. 어떤 의미에서, 미디어는 의원직에 출마한 후보자들, 특히 대통령직에 출마한 후보자들의 배경과 성격을 조사하고 비교하는 데 기여했다. 미디어의 권력과 영향력을 이해하기 위해서는 케네디(Ted Kennedy)와 무드(Roger Mudd)의 인터뷰를 떠올려보기만 하면 된다. 케네디가 무드의 단순한 질문, 즉 왜 그가 대통령이 되기를 원했는지를 물었을 때 케네디는 대답할 수 없었다. 1980년 여름에 그 인터뷰는 케네디의 후보직을 즉시 난국에 처하게 했다.

그 이후로, 미디어는 대통령 후보자들을 조사하는 데 있어 계속해서 더욱 더 중요한 역할을 했다. 종종 기자들은 성적 행위부터(클린턴과 그의 아내 힐러리와의 〈60 Minutes〉인터뷰) 애국주의(나이트라인에서 클린턴과 가졌던 20년 전 베트남전에 대해 반대하면서 썼던 편지에 관한 인터뷰)에 관하여 후보자들을 심문했다. 그러나 1992년 선거과정 동안 기자의 탐사적인 역할은 토크쇼 진행자에 의해서 보완되었는데, 그들은 전화와 시청자 참여를 통하여 후보자들이 직접 유권자들의 관심분야에 대하여 답하도록 하는 생생한 형식을 보여주었다. 클린턴은 1992년 예비선거동안 시청자 참여형식을 사용한 첫 번째 후보자로서 인정받았다. 이를 시초로 모든 후보자들이 각기 참여한 토크쇼 형식이 이어졌다.

선거에서 미디어의 역할에 관한 몇 가지 이슈들을 여기서 밝힐 필요가 있다. 먼저 형평성에 관한 이슈인데, 미디어가 1992년 캠페인을 국민들에게 보고하는 데 있어 공정하였는지의 여부이다. 두 번째 이슈는 미디어가 현재처럼 책임감을 가져야 하는지에 관한 것이다. 세 번째 이슈는 래리 킹과 다른 토크쇼 진행자들의 최근의 두드러진 활동과 관련된다. 그리고 네 번째 이슈는 클린턴이 그에 관한 비난을 저지하기 위해 텔레비전에 등장하여 위기에 공격적으로 대항하면서 미디어를 성공적으로 이용했던 방법과 관련된다.

보다 많은 유권자들은 어떤 다른 매체에서보다도 텔레비전으로부터 그들의 뉴스를 얻는다. 오늘날 캠페인 시기에 미디어간의 경쟁은 후보자들 사이에서 만큼이나 치열하다. 그러나 각각은 다른 것의 욕구를 충족시키는 장점을 갖는다. 후보자들은 미디어만이 할 수 있는 노출이 필요하고 미디어는 후보자들에 관한 내부 정보가 필요하다. 그 결과, 각각은 후보자들이 유권자에게 보여주는 것들의 조건을 통제하려고 애를 쓴다. 미디어와 캠페인 조직 모두는 다른 것의 통제에 영향받는다. 22)

최근 이익집단의 증가는 정당 영향력의 쇠퇴와 함께, 뉴스 매체의 중요성을 증가시켜 왔다. 여론형성을 통한 정책의제 설정에서, 이익집단들의 새로운 지위와 영향력 때문에 뉴스매체는 그들의 역할을 보다 주의깊게 살펴볼 필요가 있다. 그들은 사회의 다양한 이익들을 대표한다. 미디어는 단지 후보자들의 의제를 전하는 것 이상을 한다. 그들은 후보자들의 의제를 확대하고 정당화하는 것이다. 23)

그렇다면 미디어는 클린턴에게 얼마나 공평했을까? 캠페인 동안 그에 대한 과거의 모든 면을 추적하는 데 미디어는 상당한 역할을 했다고 사람들은 말한다. 그러나 클린턴은 미디어를 공격적으로 사용하여 그를 선거전으로부터 밀어내려고 노력했던 사람들과 정면으로 승부하였다. 미디어는 현대의 정치에서 더욱 중요한 역할을 할 것이고 체제 내에서 권력 중개자로서 윤리적 책임을 갖는다.

## 정당(The Political Party)

미국에서 정당들은 여전히 대통령에 출마하는 후보자들의 관련사항을 지휘한다. 비록 정당의 역할이 과거의 대통령 선거에서보다 감소되기는 했지만, 총선에서 대통령 후보자들에 대한 선거재정 지원에 행사한 역할을 보게 되면 여전히 정당은 상당한 권력 중개자임을 알 수 있다.

대통령 선거 단계에서 정당당수는 보조 역할인 캠페인 조직위와 함께 일한다. 정당은 본질적으로 유권자와 후보자 사이의 통로로서 작용하며, 기업이 돈과 노력을 상품 브랜드 매니저에게 분산하는 것과 같은 방식으로 기부자들로부터 얻은 돈과 시간을 후보자들에게 재배분한다.

정당들은 공직에 출마하는 후보자들에게 제공하는 지원을 통하여, 그리고 그들 중 가장 권력을 지닌 자들의 시각을 추구함으로써 정치권력을 행사한다. 정당의 두드러진 기능 중 하나는 예전에는 후보자의 선택과 그들에게 제공하는 캠페인 활동이었다. 그러나 대표자 선택법칙에서의 변화로 이 기능은 컨설턴트들에게 이전되어 왔다. 현재는 후보자들이 스스로 출마를 결심하고 미디어를 통하여 그 자신을 위한 캠페인을 하고 있기 때문에 정당권력이 쇠퇴되었다.

대통령 선거에서 정당 영향력의 쇠퇴는 정당이 당면한 중요한 국내 · 국외 정책이슈를 해결할 위치에 있지 못하는 것으로 인식되기 때문이다. 유권자들은 정당과 후보자들 사이의 연계가 약화되어 가고 있으며, 궁극적으로는 정당이 후보자들의 이슈 포지션을 조율해 내지 못한다고 생각하게 되었다.

전국 선거와 함께 정당들은 현대 민주주의의 인증이 되어 왔고 사람들은 정당을 유권자들의 주장을 대신하는 것으로 생각했다. 그러나 정당은 선거에 참여하는 많은 그룹 중의 하나가 되고 있다. 결과적으로, 후보자들은 정당 지도자로부터의 독립을 주장해 왔다. 24)

여론조사와 표나누기는 정당에 대한 동일시가 미국에서 위협받고 있다는 사실을 뒷받침한다. 여론조사에 따르면 특정한 주요 정당과 동일시하는 유권자의 비율이 감소하고 있는 반면, 특정한 당과 동일시하지 않는 유권자는 증가하고 있다. 이와 상응하여 분할투표에 투표하는 사람의 수는 매우 증가하고 있다. 정당 지도자의 역할 역시 능동적인 참여로부터, 참여하기 위해서는 먼저 후보자로부터 초청되어야 하는 역할로 변화되어 왔다. 예를 들면, 민주당 의회에서 클린턴은 현행 정치인들에 대하여 갖는 유권자들의 부정적인 태도로부터 자신을 멀리하기 위하여 유명한 민주당 지도자들과 함께 하지 않았다.25)

그러나 정치행동위원회들의 증가는 정당에게 새로운 역할을 부여하게 되었다. 사실상, 정당은 대규모적인 정치행동위원회가 되어 왔고 이러한 능력으로 후보자들에게 돈과 전문성을 제공한다. 양당 모두는 매달 후보자들을 위한 기금조성을 위해 정치행동위원회에 회보를 보낸다. 이 회보들은 어떠한 선거전이 치열하며 어떠한 방향으로 그들의 노력을 설정할 것인지를 정치행동위원회에게 알리는 역할을 한다. 또한, 양당은 현재 정치행동위원회 전문가를 보유하고 있다. 이런 식으로 전국당은 대중이 변화를 찾고 있을 때에 여전히 다른 정치적 영향력을 제공할 수 있다.26)

미국 정당체제의 위기 가능성에 대해서 논쟁이 일고 있지만, 그 역할은 확실히 변하고 있다. 정당은 여전히 정당의 대통령 지명자에게 자원봉사자 조직과 같은 대중조직의 분배와 재정적인 형식으로 중요한 기능을 한다. 그러나, 지명자에게 정당 메커니즘이 사용되는 정도는 감소되고 있다. 과거의 캠페인과 달리 정당 지도자는 더 이상 지명자를 선발하지 않는다. 우리는 지금 후보자들이 지명을 얻기 위해서 의회로 가기 전에 구조적으로 마케팅 전문가에 의존하게끔 하는 예비선거 체계를 갖고 있다. 즉, 이 나라는 내부적으로 주도된 정당지향 체제에서 외부적으로 주도되는 소비자 지향체제로 움직이고 있다는 증거를 보인다는 것이다.

정당 권력의 감소는 페로 후보자를 보게 되면 분명해진다. 그는 어떤 정당에도 가입하지 않고 그의 독립적인 후보출마를 캠페인의 판매 초점으로 삼아, 유권자들에게 이 나라의 정치과정에는 문제가 있으며 그들이 현 정치인들로부터 나라를 되찾아올 필요가 있다고 주장하였다.

## 정치 행동 위원회와 이익 집단
(Political Action Committees and Interest Groups)

이러한 권력 중개자들은 (정치)과정에서 다른 권력 중개자에 영향을 끼치기 위해 매우 중요한 영역에서 기능한다. 정치행동위원회는 보다 강력한 목소리를 내고 조성된 기금을 그들이 지지하는 후보자들에게 전달하기 위해 개인 유권자들의 권력을 이용했다. 로비스트들은 의제가 조직의 건강과 힘의 중심이 되는 기업이나 다른 조직들에서와 동일한 기능을 수행한다.

마케팅 관점에서 이러한 권력 중개자들은 후보자들이 만든 캠페인 소구의 발전뿐 아니라 유권자층의 의견결정까지 참여한다. 예를 들어 임신중절 합법화에 관해 찬성과 반대를 대표하는 정치행동위원회들은 지지자들로부터 돈을 간청하고 그 돈을 그들의 대의명분을 지지하는 후보자들에게 전달한다. 이 위원회들은 주요 후보자와 이슈에 관해 그들 자신의 간단하고 비공식적 설문조사를 수행하면서 마케팅에 참가하고 그들의 후원자에게 결과를 다시 배포한다. 예를 들어, 이것은 각 세 후보자에게 일련의 질문에 답하게 했던 낙태 합법화에 반대하는 그룹에서 일어났다. 이익집단은 그 후 전 교회에 소책자 형식으로 결과를 배포했다.

이익집단들은 정부의 이슈와 정책들에 찬성하거나 반대하고 후보자들의 시각에 영향을 주기 위해서 그들의 필요에 따라 조직을 구성한다. 많은 회원들을 가진 이익집단들은 행동에 영향력을 끼치기 위한 방법으로서 공적 관계에 많은 강조를 둔다. 회원들은 돈을 내고, 정당 관리들에게 편지를 쓰며, 시위 행동, 또는 그룹에 적합한 후보자에 대한 찬성투표 등을 통하여 그룹의 힘에 공헌하게 된다. 가장 중요한 것은, 이익집단이 선거 캠페인에서 그들의 재정적인 기부를 통해 정치과정에 영향을 끼친다는 것이다. [27] 관심사는 이익집단의 영향력을

제거할 수 있느냐의 여부가 아니라 어떻게 그들의 권력을 보다 정당
화할 수 있느냐이다.

정치권에서 이익집단의 수가 증가함으로써 공적 관계 컨설턴트, 기
금조성 전문가, 여론조사가들을 많이 필요로 한다. 정치권 이익집단
의 3/4 이상이 PR 컨설턴트의 도움을 이용한다. 지난 20년 동안 정치
에서 다양한 이익을 대표하는 조직들은 갑자기 발생했는데, 이는 정
치과정에서 일어난 변화를 반영한다. 전국적 수준에서 정치의 공적
참여에 대한 기회들이 증가함에 따라서 그룹에 대한 충성은 정치행동
의 기준으로서 보다 중요하게 여겨졌다. 그 결과 우리는 정치행동위
원회와 이익집단이 정치과정에서 마케팅의 역할에 어떻게 영향을 주
어왔는지, 왜 후보자들에게 통제를 행사하게 되었는지 알 수 있게 되
었다. 28)

## 유권자 (The Voter)

권력 중개자들의 마지막 요소는 유권자들인데, 그 권력이 구조적이
고 조직적으로 이용된다면 정치과정에서 최고의 권력을 갖는다. 몇몇
유권자 그룹들은 후보자들의 캠페인 정책에 관한 그들의 관심을 표현
하기 위해 연합을 형성했다. 예를 들어 동성연애자들은 클린턴과 제
휴를 맺었고 선거 당일 그를 투표구역으로 불러내어 선거에서 승리하
는 데 공헌하였다. 많은 유권자들이 정치행동위원회와 이익집단을 지
지하지 않고 여전히 특정후보에 대하여 투표하기 때문에 선거구는 정
치행동위원회와 구별된다.

결국, 유권자들은 상업시장에서 소비자들이 권력 중개자인 것과 마
찬가지로 정치과정에서 중요한 권력 중개자들이다. 그룹이나 개인으
로서 유권자들은 모든 선거에서 정치과정에 영향을 끼치기 때문에 권
력 중개인으로서 고려되어야 한다. 그들의 역할의 일부분은 1992년

선거동안 부정광고와 비방 캠페인에 대한 거부의 형식으로 나타났는데, 이는 레이건 선거와 재선에서 시작하여 1988년 부시의 선거까지 계속되는 신세대 정치인의 요청으로 보인다. 유권자들은 1992년 전력을 기울여 선거일에 투표하러 나오고 캠페인 동안 참여자가 됨으로써 그들이 얼마나 강력한지를 증명했다.

## 결 론

이 장에서는 정치 캠페인 과정의 형식을 변경해 온 중요한 힘들을 살펴보았다. 그 힘은 테크놀로지, 정치과정에서의 구조적 변화, 권력 중개자들의 영향력의 변화를 포함한다. 정치과정을 통제하고 정치과정의 방향에 책임이 있는 사람은 권력 중개자들이다.

제1부에서 정치과정에서 마케팅의 변형을 묘사했다면 제2부는 실제적으로 백악관에 진출하기 위해서 클린턴이 마케팅을 어떻게 이용했는지를 기록한다. 이러한 논의와 함께 똑같은 기술에 의존했지만 실패한 시도였던 부시와 페로에 대한 평가가 있을 것이다.

### ■ 주

1) Luntz (1988), p. 203.
2) Luntz (1988), p. 206.
3) Luntz (1988), p. 208.
4) Kraus (1990), p. 149.
5) Abramson, Arterton, & Orren (1988), p. 122.
6) Abramson et al., p. 122.
7) Godwin (1988), p. 1.
8) Shani & Chalasani (1992), pp. 33~42.
9) Cook (1992), p. 1.
10) Cook (1992), p. 10.

11) *The New York Times*(1992, February 21).

12) *The New York Times*(1992, April 7).

13) *The New York Times*(1992, May 14).

14) Euchner & Maltese(1992), p. 287.

15) Jamieson(1992), p. 417.

16) Pika, Mosley, & Watson(1992), p. 23.

17) Pika et al. (1992), p. 24.

18) *The New York Times*(1992, April 21).

19) Luntz(1988), p. 42.

20) Luntz(1988), p. 6.

21) Cantril(1991), p. 1.

22) Cantril(1991), p. 17.

23) McCombs, Einsiedel, & Weaver(1991), p. 95.

24) Pomper(1988), p. 282.

25) McCubbins(1992), p. 1.

26) Luntz(1988), p. 115.

27) Polsby(1980), p. 1.

28) Cantril(1991), p. 7.

# 2 제 2 부

# 마케팅 캠페인

마케팅 캠페인은 모든 유형의 상품과 서비스를 마케팅하기 위해서 회사들이 사용했던 가장 표준적인 몇 가지 마케팅 기법들의 수행을 중심으로 운영된다. 이러한 기법들을 사용하는 이유는 앞장에서 설명되었는데, 각각의 다음 장에서 묘사될 도구들에 영향을 끼친다. 이러한 도구들의 의존을 필요로 하는 환경적 세력들이 있는데 이들이 조화롭게 사용될 때 후보자에게 보다 효과적으로 경쟁할 수단을 제공하게 된다. 상업시장에서의 회사들처럼 캠페인 조직들은 경쟁적 압력때문에 같은 도구들에 의존해야 한다.

앞에서 언급되었듯이, 정치와 상업 마케팅 간의 가장 중요한 차이 중의 하나는 도구를 사용하는 조직의 철학이다. 사업과는 달리 정치조직은 이익에 의해서가 아니라 정치 이데올로기를 수행하려는 욕망과 통치권을 획득하려는 욕망에 의해서 이끌어진다. 이것은 하나의 명제로서 출마하는 사람의 후보직을 이끄는 정치철학들을 반영한다.

두 번째 차이는 시기이다. 정치 캠페인에 발생하는 모든 것은 상업

시장에서 우리가 보는 것보다도 훨씬 더 빠르게 일어난다. 마케팅 조사, 여론조사, 광고물들은 굉장한 시간 압력하에서 제작된다. 그 결과 다음 장에서 묘사되는 결정행위 지역들은 정치 캠페인에서만 볼 수 있는 독특한 성격을 갖는다. 그것들은 그러나 우리가 상업시장에서 보는 똑같은 영역들을 포함한다.

1992년 선거는 통제의 고삐를 쥐고 과거 선거에서처럼 승리전략을 배후 조종하는 주요 인물들을 진열하였다. 클린턴이 사용했던 전략은 이전에 레이건과 부시가 사용했던 것과는 달랐다. 이것은 앞에서 기술했던 환경적인 세력들의 결과이다.

클린턴 진영은 4년 전 듀카키스가 그에 대한 비난에 대응하지 않음으로써 경험하였던 일을 다시 경험하지 않을 것을 결심하면서 선거에 임하였다. 이러한 전체적 전략은 워싱턴에서 있었던 저널리스트와의 조찬 모임을 클린턴이 어떻게 이용했는지에서 극명하게 드러난다. 빌과 힐러리 클린턴은 빌의 간통에 관한 소문들이 현재는 관련이 없으며 그들은 과거에 있었던 부부간의 어려움을 모두 극복했다는 것을 언론에 알리는 한 방법으로 모임을 이용하였다.

그러나 조찬 모임은 캠페인 동안 클린턴을 괴롭혔던 루머와 선정주의를 종식시키는 못했다. 징병과 마리화나 이슈를 포함하여 일어났던 갖가지 위기를 처리했던 진짜 천재는 제임스 카빌(James Carville)이었다. 그는 경제에 관한 의제를 제기하는 클린턴의 능력을 부각시키고 그의 성격에 대한 의제를 제시하는 것이 선거에서 승리전략이 될 것으로 생각했다. 이러한 전체적 전략은 민주당 전당대회 전 여름에 정교화되고 다듬어졌는데 이는 11월까지 경제적인 선회와 회복에 대한 희망이 없었기 때문이다.

제2부에서는 마케팅 캠페인에서 사용된 각 주요 결정영역을 설명하기 위해서 1992년 대통령 캠페인에 대한 시장세분화, 상품 포지셔닝, 전략 형성과 수행 등의 자세한 분석을 기술할 것이다. 다음 장은

클린턴이 어떻게 그의 성공적 마케팅 캠페인을 계속해서 실행해 왔는
지에 관하여 상세한 설명을 한다.

# 4장

# 유권자 세분화

마케팅 선거운동의 핵심은 후보자가 자신들이 모든 유권자층에 대해 호소할 수 없다는 것을 자각하는 것에 있다. 따라서 후보자들은 선거운동의 각 단계를 진행해 감에 따라 누가 그들의 지지자가 될 수 있는지를 분류하는 것이 필요하다. 유권자들을 일련의 그룹들로 분류한 후 지지자들에게 소구하는 선거정책을 만드는 것은 정치학에서 새로운 것은 아니다. 정당 가입은 이러한 사고에 부합하는 구상이다. 즉, 후보자들은 각자 정당내의 유권자들이 중요시 여기는 이슈와 정책들을 지지하는 선거정책을 만든다. 새로운 것은, 각 유권자 그룹이 그 자신의 의제를 갖고 있다는 것이다(〈그림 4-1〉을 보라). 더욱이, 이슈가 되는 사안들에 대한 후보자들의 입장(position)에 영향을 주기 위해서 많은 돈을 지출하는 이익집단들의 영향을 감안하면, 후보자들은 더 이상 선거에서 승리하기 위해 단순히 정당가입에만 의존할 수가 없다.

상업시장에서 기업가들은 소비자의 기호와 욕구의 분화와 변화라는 현실을 다루기 위하여 '시장 세분화'라고 불리는 도구를 사용한다. 정

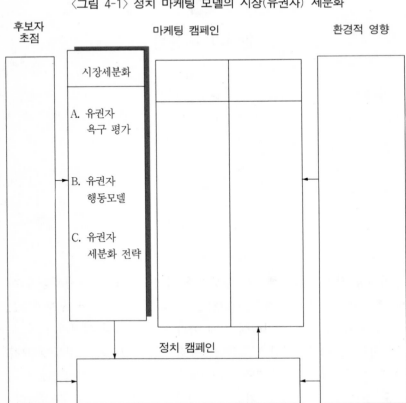

〈그림 4-1〉 정치 마케팅 모델의 시장(유권자) 세분화

보 공학의 발전과 더불어 시장세분화 도구는 하나의 시장을 특징이 뚜렷한 세분된 시장으로, 즉 소비자 그룹들로 분류하는 능력을 갖게 되었다. 시장세분화 분석은 사업가들이 그들의 상품과 서비스가 모든 소비자들을 만족시킬 수 없다는 것을 알고, 따라서 그들은 그들의 상품을 살 것 같은 소비자들을 위하여 상품을 개발해야 하며, 상품이 특정한 세분시장의 소비자들의 필요와 욕구에 맞게 만들어져야 한다는 것을 깨달았기 때문에 사용되었다. 이것은 특히 그들의 산업에서

최우수 기업들과 경쟁하는 회사들에게서 더욱 그러하다. 탄산음료 산
업에서 세븐 업은 그들의 상품이 코카콜라와 펩시콜라와 전면적인 경
쟁을 할 수 없다는 것을 깨닫고, 결과적으로 그들의 소프트 드링크
시장을 세분화하는 하나의 방식으로서 '콜라가 아닌 것'(Uncola)이라고
불렀다.

이와 비슷하게, 정치인들은 세분화된 유권자 그룹들에 대해 동일한
도구를 사용하기 시작했다. 각각의 세분시장은 선거에서 이기기 위해
필요로 하는 특정한 유권자 그룹을 나타낸다. 이 장에서는 대통령 선거
에 출마한 후보자들에 의해 사용되는 시장세분화 과정에 대해 서술할
것이다. 첫 번째 단계는 소비자의 성향을 파악하여 시장을 분석하는 것
으로부터 시작한다. 몇 가지 전략적인 결정들은 후보자의 이미지, 선거
정책, 그리고 마케팅 전략 등을 포함한 정보에 기초하게 된다.

판매시장은 몇 가지 면에서 다양한 구매자들로 구성되어 마케터들
이 시장을 세분화할 수 있는 기회를 제공한다. 판매시장은 여러 가지
방식으로 나누어질 수 있다. 표준적인 시장세분화 전략들은 하나의
시장을 지정학적 위치, 인구통계학적 구성, 생활방식의 차이, 관습,
그리고 태도로 나눌 수 있다.

시장세분화 전략이 결정되면, 마케터들은 '표적시장의 선정'(target
marketing)을 시작하게 된다. 코틀러에 따르면,

> 표적시장 선정이란 하나의 시장을 구성하고 있는 서로 다른 그룹들
> 을 구분하고, 각각의 표적시장에 맞는 상품과 마케팅 믹스를 개발하
> 기 위한 결정이다. 표적시장 선정에서 결정적인 단계는 시장세분화
> 인데 이것은 하나의 시장을 개별상품들과 마케팅 믹스를 선호할 것
> 같은 뚜렷하고 의미있는 구매자 그룹들로 나누는 행위이다. [1]

여기에 상업시장에서 시장세분화에 대한 몇 가지 기본적인 필요조
건들이 있는데 정치시장에서도 응용된다. 이것은 크기, 분류가능성,

그리고 접근가능성의 세 가지 척도이다. 이 척도들의 사용은 하나의 시장이 이윤창출이 가능할 만큼 커야 하는 동시에 마케터가 그들의 메시지로서 접근하기 위해 누가 소비자인지를 분류할 수 있어야 한다는 논리에 기반하고 있다.

## 유권자의 욕구와 소비자의 욕구 비교

시장세분화 과정은 하나의 시장을 여러 개의 세분시장으로 분류하는 첫 번째 단계로서 유권자의 욕구를 분류하는 것이다. 기업과 같이 후보자는 유권자들이 이용할 만한 미디어를 통하여 그들의 지지자들에게 호소해야 한다. 케이블 텔레비전과 같은 미디어는 구체적인 시청자층에게 호소할 수 있는데, 예를 들어 정치에 대단한 관심을 갖는 계층에 소구하기 위해서는 C-Span과 다른 뉴스 방송국을 이용할 수 있다. 앞서도 언급한 바와 같이, 유권자들은 선거를 다루는 언론매체의 종사자만큼이나 정치에 대하여 좀더 철학적이고 수준 높은 접근을 하고 있다. 로비와 유권자들의 특정한 이익을 대변하는 정치행동위원회들이 있기 때문에 유권자들에 대한 직접적인 소구는 점점 더 어려워지고 있다. 따라서 이러한 특정한 이익집단들은 후보자들에게 그들이 특정한 논점과 정책을 지지하지 않는다면 자신들도 그들 후보를 지지하지 않겠다는 것을 알려준다.

텔레비전의 영향으로 후보자는 마치 상품과 서비스를 가진 마케터가 다른 수준의 소비자들에게 어필할 수 있게 된 것처럼, 다른 수준의 유권자들에게 어필할 수 있는 기회와 능력을 갖게 되었다. 하지만 유권자와 소비자들 사이에는 중요한 차이가 있다. 유권자는 사실상 특정한 종류의 소비자라는 논쟁이 진행되어 왔지만 그들이 어떻게 서로 다른지를 지적하는 것 역시 똑같이 중요하다.

유권자와 소비자는 몇 가지 차원에서 다른데, 유권자시장을 세분화하는 것은 소비자시장을 세분화하는 것과는 다르다. 먼저 후보자는 당 관료들과 지도부로 하여금 자신을 지지하도록 해야 하는 장애를 갖는다는 것이다. 이것은 이 시장에서 초기의 비공식적인 시장세분화와 이 청중들에게 매력을 끌 수 있는 철학과 정책의 개발과 관련이 있다. 이러한 과정은 종종 정당기능을 포함하는 예비선거 이전에 시작되는데, 예비선거 때 전망있는 후보자들은 영향력있는 그룹들 앞에서 자신을 소개해야 한다.

두 번째 장애는 예비선거 시즌이다. 여기서 후보자들은 총선거의 유권자들과는 다른 관심을 가질 것 같은 고관여의 유권자들을 끌어들여야 한다. 유권자들은 예비선거, 전당대회, 그리고 총선거로 넘어감에 따라 계속 확장되는 유권자들에 대해서 시장세분화 전략을 변경할 것이 요구된다. 결과적으로 후보자는 예비선거에서 총선거로 넘어감에 따라 같은 유권자에게 서로 다른 소구를 해야 하는 경우에 직면하게 되고, 총선거를 치르는 동안에는 서로 다른 유권자에게 같은 소구를 해야 하는 경우와 맞닥뜨리게 된다. 이것이 바로 시장세분화를 과학으로서보다는 기술로서 이해해야 하는 까닭이다.

## 유권자 행동의 모델

유권자를 연구하는 데 사용되는 모델에는 다섯 가지 요소가 있다. 유권자의 동기가 파악되고 나면 유권자는 이 다섯 가지 요소 중의 하나 혹은 그 이상과 조응하는 세분시장으로 분류될 수 있다. 이 모델은 공화당원과 민주당원이라는 두 가지 기본적인 분류 이상으로, 유권자들을 분류할 수 있는 정당가입에 대한 대체물로서 사용된다. 그러나 이 모델은 그 안에 정당가입을 포괄하는 하나의 구성요소를 가지고 있다. 이 모델은 또한 상업시장에서 소비자 동기를 분류하는 데 사용되기 때문에 이 모델의 다섯 가지 요소로서 소비자 분석을 행할

수도 있을 것이다. 2)

첫 번째 요소는 '기능적 가치'(*functional value*)이다. 이것은 유권자가 후보자가 당선된 후에 그로부터 획득하기를 기대하는 효용 또는 혜택을 의미한다. 유권자들은 1992년 대통령 선거에서 그들이 지지하는 정책에 기반해서 대통령을 선출하였다. 클린턴은 경제, 전국민적 건강 보험, 그리고 실업자 구제대책에 대해서 말한 반면, 부시는 그의 외교정책 성과에 대해서, 그리고 페로의 주요 이슈는 재정적자를 줄이고 이민자들을 그들의 나라로 되돌려 보내는 것에 대해서 이야기하였다. 서로 다른 이슈와 정책에 대한 지지에 의해 후보자들은 서로 다른 방식으로 미국민에게 호소하였다.

이는 자동차 시장과 비슷하다. 하나의 고객 세분시장은 볼보(Volvo)가 내구성이 있고 제대로 제조되었으며 안전하기 때문에 구매되며, 동시에 도요타(Toyota)는 수행능력이 뛰어나고 재판매 가치가 좋기 때문에 구매되는 것으로 고려될 수 있다. 여기서 두 가지 서로 다른 자동차 제조업체는 서로 다른 특징을 강조하는 다른 상품으로 같은 세분시장을 목표로 삼을 수 있다. 이러한 차원에서 합리적인 소비자는 그들에게 가장 효용이 큰 선택을 할 것이다.

선거운동을 지배하는 이슈를 잘 살펴보면, 경제, 세금, 재정적자, 의료보험과 관련한 몇 가지 논점에 대하여 세 후보자들 사이에 결정적인 차이가 있음을 알 수 있다. 부시의 경제변화에 대한 제안들은 도시와 지방에 산업구역을 지정하고 금융소득세를 낮추는 것을 포함하고 있다. 클린턴은 최우선적으로 직업 프로그램에 관한 법을 통과시키기 위해 의회와 함께 일할 것과 경제의 하부구조에 대한 지출을 증가시킬 것에 대해 이야기하였다. 그리고 페로는 중소기업에 대한 지원기구를 설치하고 경제의 하부구조에 대한 투자를 통해 직업구조를 재구축하겠다는 것을 약속했다. 세금과 관련하여, 부시는 세금을 줄이고 정부의 재정지출을 감축하여 예산의 균형을 이루겠다고 약속했다. 반대로 클린턴은 해마다 20만 달러를 넘는 돈을 충당하기 위하여 세금을 늘리겠다고 약속했고 페로는 부유한 퇴직자들의 사회보장 수당에 과세할 것이라고 말했다.

재정적자와 관련하여, 부시는 사회보장 수당을 없애고 재취업 프로그램의 성장을 완성할 것이라고 말했다. 클린턴은 경제성장에 대한 투자를 통해 재정적자를 감소시킬 것이라고 말했다. 페로는 이 이슈에 대해 애매모호하게 얘기했지만, 그의 제1의 과제로서 재정적자 감소를 약속하였다. 마지막으로 의료보험과 관련하여, 부시는 미보험자가 자발적으로 개인보험을 사도록 세금감면 혜택을 주겠다고 약속하였다. 한편 클린턴은 노동자들이 개인보험을 사는 것에 관하여 고용주들이 보험이나 프리미엄을 제공하도록 주(State)의 정책에 넣겠다고 하였다. 페로는 전국민적인 보험에 대한 기본적 혜택을 결정하는 공식적 · 비공식적인 노력에 대한 합의를 도출하겠다고 약속했다.

각 후보자들 사이의 이러한 차이에 대한 검토는 다양한 유권자 세분시장에 대한 함의를 갖고 있는 그들 프로그램 사이의 몇 가지 중대한 차이를 보여준다. 후보자들의 프로그램들이 목표로 한 사람들에게 어떠한 영향을 주었는지는 선거운동 분석에 대한 장에서 나중에 다루게 될 것이다.

두 번째 요소는 '사회적 가치'(social value)이다. 이것은 후보자들이 후보자와 선택된 세분시장의 유권자들과의 더욱 강한 유대를 위하여 자신의 이미지를 고정화하는 것을 말한다(이를테면, 클린턴의 지지자는 중간파, 환경주의자, 젊은 유권자, 그리고 동성연애자들인 반면에 부시의 지지자는 보수주의자, 기업의 리더, 그리고 다수의 도덕가 등이다). 이미지 고정화는 광고방송에서의 선택적인 소구의 사용과 그룹 또는 개인들의 후보자에 대한 지지를 포함하여 후보자들은 다양한 방식으로 이를 행한다. 후보자들의 이미지는 이 요소와 매우 밀접하게 연결되어 있고 아마도 정당 내에서 후보자의 소속감에 의해 가장 크게 영향받

114

을 것이다.

소비자 시장에 대한 유추는 슈퍼스타들에 의한 상품판촉의 관점에서 가장 잘 드러난다. 가령, 마이클 조던은 소비자들이 단순히 그를 우상화하기 때문에 상품을 구매할 것이라는 기대를 기반으로 상품광고를 위해 기업들에 고용된다. 마찬가지로, 다양한 세분시장의 유권자와 후보자 간의 연합은 그에 대한 긍정적이고 부정적인 이미지를 창출한다. 예를 들면, 클린턴의 동성연애자에 대한 구두지지는 개방적인 유권자들에게는 그에 대한 긍정적인 이미지를 주겠지만 공화당 안에서 자신의 권리를 추구하는 사람들에게는 부정적인 이미지를 창출할 것이다.

사회적 가치는 클린턴의 성공적인 선거운동에서 매우 중요했는데 그것은 그가 국민의 후보자로서 자신을 포지셔닝하였기 때문이다. 이렇게 함으로써, 그는 좀더 자유주의적인 그룹들의 지도자들이 텔레비전에서 그에 대하여 공식적인 지지를 하도록 하였다. 이는 유권자들을 끌어들이는 매력으로 작용했다. 많은 유권자들은 종종 후보자가 지지하는 특정한 정책에 대한 이해없이 단지 후보자에 대한 유대감으로 투표하는 경우가 있다. 예를 들면, 정당원이기 때문에 투표하는 유권자가 있을 수 있다. 필자는 후보자에 대한 정당의 영향력이 줄어들었다는 문제를 제기했으나, 가장 중요하지는 않더라도 유권자에게 영향을 주는 하나의 요소로서 정당은 기능하고 있다. 따라서 사회적 가치라는 차원은 정당가입의 영향력을 포함한다.

세 번째 요소는 '정서적 가치'(emotional value)이다. 이것 또한 후보자가 사용하는 이미지와 관계되지만, 약간 다른 방식이다. 이 차원에서 후보자는 유권자 마음속의 특정한 이미지를 강화하기 위하여 그의 개인적 특성을 강조한다. 그렇게 함으로써, 유권자와의 감정적인 유대를 만들어낸다. 유권자들은 사업에서의 성공과 경험을 기초로 지도자가 되겠다는 페로의 주장과 같은 후보자의 개인적 자질과 관련한 소구방식에 노출된다. 마찬가지로, 페로는 미국인들에게 그들의 돈을 누구에게 빌려주기를 원하는가 라고 물으면서 그의 라이벌과 그 자신을 차별화시키기 위하여 이 도구를 사용하였다. 그 질문은 신뢰성이라는 논점을 제기하고 페로야말로 그의 라이벌들과는 달리 신뢰할 만함을 암시했다.

후보자들은 자신의 성공적인 이미지를 구축하기 위하여 그들의 개성 가운데 특정 측면을 표현하였다. 부시는 가정적이고 따뜻한 사람이며 좀더 친절하고 예절바른 나라를 원하는 개인들을 돌보는 사람으로 보이기를 희망하였다. 또한 부시는 유권자들이 그에 대해 좀더 안심할 수 있도록 그의 외교 경험을 강조하였다. 클린턴은 그 자신을 보통 서민의 문제를 돌보는 강력한 지도자로서 표현하였다. 마지막으로, 페로는 있는 그대로를 말하며, 우리의 문제들을 해결하기 위해 이 나라에서 필요한 해결책을 처방하는, 허튼 짓을 하지 않는 충분히 강한 후보자로서 비쳐지기를 원했다.

하나의 상품에 대한 성공적인 마케팅은 소비자들에게 감정적 정서를 불러일으켜 종종 특정한 브랜드를 구매하도록 하는 결과를 발생시킨다. 예를 들면, BMW에 대한 구매는 이 차의 운전대 앞에 앉을 때 사람들이 느끼는 흥미를 자극한 것일 수도 있다. BMW에 의해 창출되는 흥분된 느낌은 차 그 자체가 지니는 공학에 의해서뿐만 아니라 방송광고에서 사용된 사회적 이미지의 고정화 때문이기도 하다. 마찬가지로 후보자들은 그들 자신을 다른 영웅들과 함께 위치지어서 유권자들의 정서적 유대를 창출한다. 클린턴과 존 케네디 사이의 끊임없는 연결은 변화를 대표하는 강력한 지도자로서 클린턴의 이미지를 각인시키게 되었다.

후보자는 또한 확실한 분위기를 창출하기 위해 광고방송에서 세트와 배경을 사용하여 유권자의 정서를 자극한다. 1988년의 부시의 광고방송과 1984년, 1980년의 레이건의 광고방송은 애국심을 고취하기 위해 대부분 깃발을 휘두르는 젊은 미국인들을 묘사하였다. 몇 개 광고에서 부시가 세계적 지도자로서 그의 이미지를 심기 위해 다른 나라의 지도자들 옆에 서 있는 것을 보여주기도 했으나, 이와 같은 광고는 1992년에 보다 작은 범위에서 사용되었다. 마찬가지로 클린턴과 고어는 미국 변두리의 조그마한 마을 버스정류장에 서민들과 함께 서 있는 그들을 보여주는 것으로써 보통 사람으로서 그들의 이미지를 창출하였다.

네 번째 요소는 '상황적 가치'(conditional value)이다. 이것은 때때로 유권자의 선택이 그들의 개인적 삶에서, 또는 국가와 세계에서 일시적 사건들에 영향을 받는 현실을 나타낸다. 한 후보자의 라이벌은 종종 이러한 요소를 자신이 다른 후보자보다 특정 위기관리 능력이 뛰어나다는 것을 보여주는 계기로 삼는다. 예를 들면, 부시가 이라크나 다른 국제적인 위기를 더 잘 다룰 수 있다는 인식 또는 클린턴이 경제를 변화시킬 수 있을 것이라는 인식 등이다. 이것은 효과적인 도구로서, 부정적인 견지에서 상대방을 묘사하는 교묘한 시도와 그렇지 않은 시도 모두를 포함한다.

마케터는 이 요소를 다양한 방식으로 소비자들에게 소구하기 위한 기초로서 사용한다. 예를 들면, 가정 경보기를 파는 기업은 소비자들이 경보기를 구매하게 되는 상황을 광고에서 묘사하여 소비자가 그러한 사건들이 그들에게 발생할 것으로 상상하게 한다. 또 다른 예는 집 소유자에게 금리가 오를 것이 필연적이므로 재투자하라는 광고가 최근에 증가하고 있는 것을 들 수 있다.

클린턴은 대체로 미국경제를 고칠 수 있다고 유권자를 확신시킨 그의 능력과 경제적으로 열악한 주들로 인해 1992년 선거에서 당선되었다. 부시는 그가 위기의 시기에 가장 믿음직한 사람임과 클린턴이 어려운 일을 겪어본 경험이 없음을 유권자에게 확신시키는 데 실패했던 것이다.

여기서 후보자는 특정한 논점과 정책을 통해서가 아니라, 유권자들의 마음속에 '이것이 발생한다면?'이라는 가정적인 상황을 만들어서 하나의 이미지를 만든다. 가정적인 상황을 통해 후보자는 유권자가 미래의 사건에 기초하여 마음의 결정을 내리도록 한다. 미래에 대한 비전이 가장 정확하다는 것을 유권자들에게 좀더 확신시킨 후보자는 유권자들로 하여금 가장 그럴듯한 시나리오를 제시하고 있는 선거정책을 기대하도록 유권자를 유도한다.

마지막으로 다섯 번째 요소는 '인식론적 가치'(epistemic value)이다. 이것은 유권자의 호기심과 참신함에 대한 감각에 소구하는 후보자의 전략 차원을 나타낸다. 이 요소는 현재의 행정부에 대한 유권자의 불만족을 강조하고, 유권자에게 다른 느낌을 줄 사람이 백악관에 들어가는 것을 보고자 하는 욕구를 불러일으킨다.

이 가치는 혁신을 위한 마케팅 캠페인을 위해서 상업시장에서 사용된다. 예를 들면 기업은 전화시장에서 최신 기술발전의 진보를 경험하고자 하는 소비자의 욕구에 소구해서 무선 전화기를 판매한다. 마찬가지로, 실리 퍼티(Silly Putty), 페트 락(Pet Rock), 또는 치아 페트(Chia Pet)와 같은 상품들은 최근에 유행하는 물건들을 소유하고자 하는 소비자의 욕구에 소구하는 참신한 아이템으로서 광고된다. 그것의 참신한 매력에 기초한 '빌리 맥주'(Billy Beer, 지미 카터가 대통령이던 시절 그의 막내 동생 빌리가 판매한 맥주)의 마케팅과 같은 다른 예들도 풍부하다. 여섯 팩의 빌리 맥주를 구매한 소비자는 대부분 단 한 번 그것을 샀다. 만약 상품의 참신함 때문에 구매했다면 그것에 대한 반복적인 구매는 거의 드물다. 대통령 선거에서도 유권자들은 오직 한 번 이런 가치기준에 의해 후보자를 선택하는데, 1976년에 지미 카터의 경우가 그러했다.

1992년 선거에서 이 가치는 선거를 좌우한 힘이었는데 클린턴과 페로 둘 다 경제적으로 열악한 주에서의 변화와 새로운 지도자에 대한

요구에 부응하여 후보자의 위치를 확립하였다. 클린턴은 그의 이미지
와 선거정책으로 인해 몇몇 유권자들의 마음속에 어느 정도 호기심어
린 요소가 되었다.

## 부시, 클린턴, 페로의 시장세분화 전략

세 후보는 실제로 어떻게 하나의 시장을 뚜렷한 특징을 갖는 각각
의 세분시장으로 나누었는가? 〈그림 4-2〉는 클린턴이 그의 마케팅 전
략에서 목표로 했던 좀더 가시적이고 중요한 네 개의 유권자 세분시
장을 보여주고 있다.

후보자들의 시장세분화 전략에 대한 이러한 분석은 4단계로 나누어
진다. 즉 예비선거 전 단계, 예비선거 단계, 전당대회 단계, 그리고
총선거 단계가 그것이다. 이러한 단계들 각각은 선거운동에서 중요한
국면을 나타내고, 다음의 두 장에서 우리의 분석대상이 될 것이다.

〈그림 4-2〉 시장(유권자) 세분화 : 시장을 각 부분으로 분류

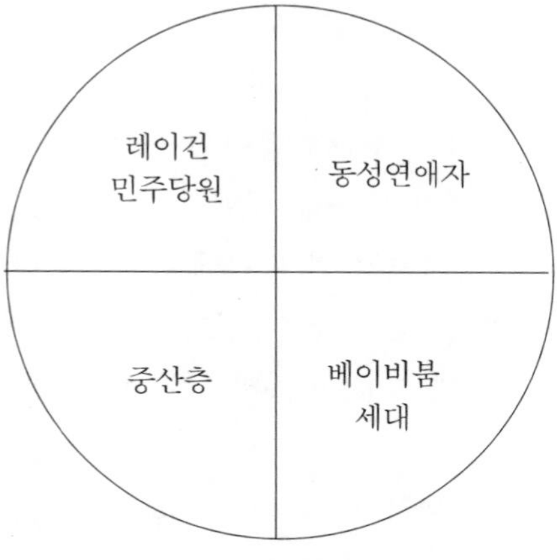

## 예비선거 전 단계(The Preprimary Stage)

예비선거 전 단계에서 후보자의 목표 중의 하나는 뉴스매체를 통해
진지하게 다루어지는 것이다. 이것은 종종 후보자들이 공직을 위한
주요 선거에 승리해야 한다는 것을 의미한다. 또한, 뉴스매체는 후보
자가 정치 컨설턴트와 참모진을 기용했다는 사실에 매우 주목한다.
뉴스매체가 이러한 사건을 발견하면, 다음에는 번갈아가며 후보 X가
매우 중요하다고 뉴스에서 공식적으로 선언하게 된다.[3]

예비선거가 시작하기 전에, 후보자들은 어느 정도 유권자의 눈에
드러나도록 하기 위해 그들의 표현전략을 짠다. 예비선거 전 단계에
서 많은 시간을 투여하여, 후보자들은 기금을 조성하고, 선거과정의
초기에 대표자를 선출하는 주들을 방문한다. 이 기간동안, 후보자들
은 예비선거의 선거인단에 이데올로기적으로 포지셔닝되어야 한다는
것을 알아야 한다. 그들은 총선거의 유권자들과는 다르다. 매우 작은
비율의 시민들이 예비선거에서 투표한다. 그들은 정치에 대하여 좀더
많은 흥미와 관심을 갖는 계층이다. 결과적으로, 후보자들은 예비선
거와 총선거 기간동안 서로 다른 소구방식을 도입해야 한다.[4]

레이건이 유권자들과 새로운 연합을 이룬 후에, 몇몇 지역적인 변
화들이 발생하였다. 가장 두드러진 점은, 1980년 이후로 남부는 공화
당 후보들의 황금시장이 된 것이다. 부시는 공화당에 일체감을 느끼
는 계층을 끌어안기를 시도했지만 뷰캐넌의 도전으로 그럴 수가 없었
다. 뷰캐넌은 극단적인 권리에 호소하였으며 결과적으로 이 지역 유
권자들의 지지를 흡수할 수 있었다. 뷰캐넌의 지지자들은 확신에 찬
행동과 복지에 대한 강력한 입장을 지녔고 무역장벽에 대한 그의 주
장을 지지했다.[5]

부시는 뷰캐넌의 도전을 예견했지만, 그가 그렇게 강력한 지지자를
형성할 줄은 미처 몰랐다. 예비선거가 시작되기 전에, 부시는 미국인

유권자들에게 그가 경기침체의 원인을 치유하고 그것의 종결을 위한 몇 가지 방책을 도입하겠다는 약속과 함께 그의 재선 노력을 시작하였다. 결과적으로 부시는 그를 대통령에 당선시켰던 유권자들을 목표로 삼고 있었다. 그러나 그것만으로는 충분하지 않았다. 아마 부시의 가장 큰 문제는 그의 명성에 대한 과대평가와 이라크에서의 승리가 준 지지에 대한 과잉의존이었을 것이다. 부시는 의회와 연방예비위원회(Federal Reserve Board)를 희생양으로 내몰고 그 자신은 안전지대로 몸을 감추었다. 그러나 궁극적으로는 충분히 경제가 회복하지 못하여 그를 어렵게 하였다. 경제통계는 경제가 회복되고 있다는 그의 주장을 뒷받침하지 못했다. 적어도 많은 실업자를 구제하기에는 충분하지 못했다. 6)

　　여론조사에서의 부시의 추락은 놀라운 것이었지만 유권자 시장에 호소하기 위한 올바른 메시지를 발견하지 못한 무능력을 반영하는 것이기도 했다. 예비선거가 시작되기 전의 여름에, 부시는 여론조사에서 최상위를 차지했었다. 부시의 전략은 유권자의 감정적 가치에 호소하여 그 자신을 결단력 있고 강인한 지도자로서뿐만 아니라 전쟁영웅으로 부각시키는 것이었다. 그러나, 그러한 호소는 유권자가 좀더 기능적 가치와, 특히 경제적 문제에 관심을 가지게 됨에 따라 가치가 떨어졌다. 노동절에 즈음하여 발표된 궁핍지수(인플레이션과 실업률의 조합)는 경제에서의 신용을 여지없이 무너뜨렸고, 결과적으로 경제적 문제가 선거운동의 가장 중요한 사안이 되게 하였다. 그러자 부시는 새로운 제안을 내는 시도를 하였다. 7)

　　선거운동의 이 단계에서, 몇몇 민주당원들은 후보로 나설 것을 천명하였다. 그들 중에서 잘 알려진 워싱턴 정치인은 아무도 없었다. 리처드 게파트(Richard Gephardt), 샘 넌(Sam Nun), 앨 고어(Al Gore), 그리고 몇몇 다른 유력한 후보 지망자들은 무적으로 보이는 부시를 상대로 경쟁하는 것을 포기했다. 그러나 출전을 천명한 민주당원 가운데, 클린턴 진영이 뚜렷이 부각되었다. 페로는 이 단계에서 친숙한 이름이 아니었다.

### 예비선거 단계 (The Primary Stage)

이 단계에서는 언론매체 보도의 초점을 조작하기 위한 후보자들의 노력이 중요하게 작용한다. 후보자들은, 특히 때때로 '기대치 게임' (*expectations game*) 으로 불리는, 이기고 지는 것과 관계된 예비선거 전후의 기사에 대해 영향을 줄 수 있어야 한다. 후보자들은 스핀 컨트롤 (*Spin Control*), 즉 후보자와 참모들이 언론매체에 알리기를 원하는 얘기에 대한 조정을 한다. 예비선거 결과에 대한 해석은 실제 결과만큼 혹은 그보다 더 중요하다. 졌지만 기대치 이상이면 이겼지만 기대치보다 떨어진 후보자보다 더 큰 승자라고 할 수 있다. 따라서, 후보자들은 선거전에 기대치를 최소로 하는 것이 보다 유리하다고 할 수 있다. [8]

예비선거는 후보자들이 초기에 신용을 쌓아서 자금을 조성할 수 있도록 하기 때문에 후보자와 그의 전략에 중요한 영향을 끼친다. 그러므로, 예비선거의 가장 중요한 면은 그것이 여론에 어떻게 분석되고 이러한 정보가 언론매체에 의해 어떻게 전달될 것인가의 문제이다. 더욱이, 예비선거의 투표율을 계산하는 주요 정당의 규칙은 전략개발에서 중대한 차이를 만든다. 초기 투표결과와 예비선거는 언론에 의해 광범위하게 다루어진다. 그리고 이것은 정당 지도자들이 선두 후보를 지지하도록 하게 한다. 또한 이 기간에 모든 대의원들이 선출되기 때문에 예비선거는 중요하다. 이 결과가 어떤 후보자가 총선거에서 이길 수 있을 것인지의 여부를 나타내는 객관적 지표이므로 예비선거는 또한 이익집단과 정치행동위원회로부터의 기부금의 향방을 결정짓는다. [9]

예비선거와 정치인의 관계는 표본시장과 마케터와의 관계와 같다. 여기에서 기업은 신중하게 선택된 소비자에게 제한된 기간에 상품을 판매한다. 그 소비자들은 전체시장의 특성을 반영하여 선택된다. 예를 들어, 한 기업이 어떤 제품을 전국에 판매하기를 원한다면, 전국적인 구성과 가장 비슷한 주민의 인구통계학적 특성과 소비패턴 때문에 표본시장으로서 페오리아(Peoria)를 선택할 수 있을 것이다. 그 상품은 나머지 지역에서 얼마나 잘 팔릴 것인가를 알아보기 위해 제한된 기간 동안에만 공급될 것이다.

예비선거는 후보자에게 똑같은 방식으로 작용하는데, 후보자는 예비선거가 치러지는 여러 주에서 후보자의 어떤 이미지와 이슈가 가장 적합할지를 결정하기 위해 여러 가지 소구방식을 시험하는 데 사용된다. 어려운 경제상황으로 호된 타격을 입은 뉴햄프셔주의 유권자와 그렇지 않은 시카고의 유권자의 관심이 다르다는 것은 의심할 바 없다.

클린턴은 낮은 지명도로 인해 뉴햄프셔에서 어렵게 시작했다. 그는 변화와 경제재건이라는 자신의 메시지를 전달하기는커녕 몇몇 선발주자로부터 그 자신을 방어해야만 하였다. 언론매체는 선거정책보다는 그의 성격에 대해 좀더 흥미를 보였다. 어떤 이들은 그것이 뉴스가치가 있어서 다루어졌다고 주장했고, 다른 이들은 성격이 지도력의 주요 요소이기 때문에 있는 그대로 탐구되어야 한다고 주장했다. 따라서 클린턴의 문제는 어떻게 언론의 초점을 변화시키는가였다. 클린턴의 참모들은 일단 그의 메시지가 전달되면 지지율이 향상될 것으로 보았다.

그의 낮은 지명도에도 불구하고 클린턴은 뉴햄프셔 예비선거에서 2위를 차지하고 '기대치 게임'에서 이겼다. 클린턴은 굉장한 회복을 이루었고 자기 쪽으로 여세를 몰았다. 클린턴은 부각되었다. 그는 예비선거의 마지막 주에 있었던 텔레비전 인터뷰들을 매우 잘해내었다. 그의 선거운동으로 영향을 받은 사람들은 그가 유명인사가 되었다고

생각했다. 이것은 그의 결점과 모든 것이 받아들여질 것이라는 것을 의미했다. 10)

클린턴이 감정적 차원에서 유권자에게 호소했을 때, 유권자들은 감정적·이성적 차원에서 변화와 경제에 대한 그의 메시지를 받아들였다. 초기에 클린턴의 주요 라이벌은 폴 송거스(Paul Tsongas)였다. 그는 프로 사업가 정신을 지닌 후보를 찾는, 제대로 교육받고 고소득을 올리는 유권자에게 어필했다. 11) 송거스가 타깃으로 삼은 전형적인 유권자는 젊고 경제적으로 보수적이나 사회적으로 자유주의적인 계층이었다. 클린턴은 민주당원처럼 걷고 말하지만 공화당원처럼 사고하는 후보로서 송거스의 이미지를 고정관념화시켰다. 12) 그의 다른 주요한 경쟁자는 제리 브라운(Jerry Brown)이었는데, 그의 지지계층은 국민 의료보험체제의 획기적 변화에 대한 그의 주장을 열렬히 지지하였다.

이 기간중에 클린턴의 가장 중요한 중점은 중산층에 있었다. 이것은 결정적인 시장(전 국민의 약 63%일 것으로 추정되는)이라고 할 수 있는데 이들은 지난 십 년간의 정치가 경제를 망쳤다고 느끼고 있었다. 각 후보자는 다소 상이한 방식으로 이 계층에 호소했다.

송거스(Paul Tsongas)는 경제문제 해결을 위해서는 모든 국민의 고통이 요구된다는 것을 강조하기 위해 자신이 산타클로스가 아니라고 말했다. 브라운은 중산층의 경제에 대한 불만족을 이용하고, 그것을 정부 전체에 대한 싫증으로 연결시키려 했다. 13) 여기에다가, 브라운은 제시 잭슨과 그를 연결하여 이미지를 고정화시키면서 제시 잭슨을 그의 부통령 러닝메이트로서 일찌감치 공표하여 그의 지지기반을 확장시키려고 하였다. 14)

클린턴은 그가 대통령에 당선되기 위해 꼭 지지를 얻어야 하는 곳이 남부지역의 유권자라는 것을 알았다. 남부에서 예비선거를 휩쓸고 이어서 중서부에서 승리하여 클린턴은 지명을 확보할 수 있었을 것이다. 그러나 그는 여전히 뉴욕과 캘리포니아 예비선거에서 당선된 브라운과 싸워야만 했다. 브라운의 전략은 클린턴의 평판을 충분히 손상시켜서 결과적으로 몇몇 '워싱턴 내부인들'을 자극해 선거전에 참여하도록 하는 것이었다. 그러나 그런 전략은 유용하지 않았다. 왜냐하면 이곳과 다른 예비선거에서 유권자들은 브라운의 일률적인 세금정책에 주목하기 시작했기 때문이다. 많은 유권자와 매체의 의견 지도자들은 이것이 즉흥적으로 나온 것으로 생각했던 것이다. 15)

예비선거동안 실제 이야기는 민주당 쪽에 있었다. 비록 부시가 뷰캐넌과 예비선거동안 손을 잡았다 할지라도 실제 부시는 뷰캐넌의 도전에 맞서 싸웠다. 뷰캐넌은 그의 최고의 힘을 여기 이 단계에서 발휘하여 유권자의 지지를 획득하였지만, 이것은 전당대회까지 이어지지는 않았다.

## 전당대회 단계 (The Convention Stage)

로스 페로는 전당대회 기간의 일반적인 공식을 바꾸었다. 보통, 지명은 전당대회가 소집되기 전에 완전히 결정되었다. 그러나, 페로는 이것을 변화시켰다. 그는 30년이 넘는 기간동안 처음으로 이 단계에서 다크호스(dark horse)로서 진입했다.

전당대회는 후보자와 그의 지지자들이 가능한 많은 대의원들과 그들의 의사교환을 실현시키는 것을 시도하는 모임이다. 전당대회가 열릴 때쯤이면 대부분의 대의원은 이미 한 후보를 선택하고, 당선될 만한 후보자는 좁혀진다. 전당대회는 단지 그 결과를 비준하는 것이다. 16)

부시와 클린턴 모두 전당대회가 다가옴에 따라 새로운 위협과 직면하였다. 민주당과 공화당의 전당대회에서, 각각 그들이 지명될 것을 예상했음에도 불구하고, 언론매체와 유권자들로부터 페로는 호기심의 대상으로 크게 부각되었기 때문이다. 전형적이고 평범한 정치인이 아니라 페로는 '비정치인'이었다. 즉 한 정치인의 모든 것이 현 시대의 정치에서 기대되지 않는 것이었다. 그는 어떠한 조종자도 두고 있지 않다고 공언했다. 그의 이미지는 다양했고, 유권자의 애국심, 변화 욕구, 그리고 그들의 아이들과 손자들에게 아메리칸 드림을 심어주기를 희망하는 것에 대해 이야기하였다. 페로는 그의 메시지를 통하여 몇몇 다른 층의 유권자들에게 어필하였다.[17]

페로는 클린턴의 선거운동원들이 걱정할 만큼 많이 언론의 주목을 받기 시작했다. 특히 클린턴의 지지율이 6월 초에 3등으로 떨어질 때 그랬다.[18] 클린턴은 "국민을 최우선으로"라는 타이틀을 가진 새로운 경제정책으로 맞섰다. 그의 새로운 경제정책으로 클린턴은 그의 구체성과 페로의 애매모호성을 대비시키는 효과를 얻었다. 아마도 페로의 가장 큰 실수는 그의 정책을 좀더 일찍 제기하지 않은 점일 것이다. 그의 정책은 그가 6월의 레이스에서 뒤진 후에 제시되었다.

민주당 전당대회에서 클린턴은 그가 이기는 데 필수적인 지지자, 즉 레이건 민주당원들을 또 다른 결정적인 유권자로 분류해서 소구하였다. 레이건 민주당원들(역자주 : 레이건을 지지했던 민주당원들)은 경제문제에서의 위기를 느끼고 있었는데, 클린턴은 그의 내각에 그들을 임명하겠다고 약속했다.[19] 클린턴의 최고 전략가인 카빌은 6월 중순에 고어를 끌어들인 것이 선거운동의 전기를 마련했다고 믿었다. 그의 생각에 따르면, 고어의 영입은 유권자가 클린턴을 인식하는 방식을 변화시킨 것이었다.[20]

공화당 전당대회에서는 몇 개의 유권자 그룹에 대한 공격이 있었는데 이것은 부시의 이미지를 치명적으로 손상시켰다. 뷰캐넌의 황금 시간대의 TV 유세에서 시작하여, 전당대회 동안 동성연애자들에 대한 대대적인 공격과 끊임없는 가족의 가치에 대한 언급이 이어졌다. 공화당원들은 이러한 사실, 즉 그들의 표현에 따르면 클린턴이 동성연애자들에 대해 특별한 대우를 해주고 있다는 점을 선전하기를 원했다. 이것은 동성연애자에게 밀접하게 연관된 이슈, 즉 AIDS에 대한 대책을

126

토론하는 것으로 전당대회를 이끌었다. 21) 전당대회 이후로 공화당의
상황은 악화되었다. 짐 베이커조차 이것을 만회할 수는 없었다.

　이것은 페로에게도 또한 흥분된 시기였다. 그는 다시 선거전에 참
여했다. 페로의 제안은 그에 대한 지지를 증가시켜서 몇 개 유권자 그
룹을 포섭했다. 그는 복지를 위한 높은 소득세를 주장했으며, 휘발유
세의 증가는 운전자 모두에게 영향을 줄 것이고, 교육에 대한 투자는
공립학교 체계를 변화시킬 것이라 주장하였다. 그리고 사회보장 기금
에 대한 논쟁적인 프로그램을 제안했다. 페로의 모든 프로그램은 재
정적자를 감소시키는 것에 역점을 두었다. 이것은 중산층에게 강한
호소력을 가졌는데 그들을 압박하는 재정적자를 위해서 무엇인가가
행해져야 한다고 생각했다. 22)

## 총선거 단계 (The General Election Stage)

　전당대회가 끝나면 공식적으로 총선을 위한 캠페인이 시작되고 운
동원들은 그들의 목표에 따라 활발히 움직인다. 두 번째 임무는 긍정
적인 미디어 보도를 만들어내는 것이다. 유권자의 절대적인 크기, 그
리고 많은 유권자들이 그들의 정보를 텔레비전에서 얻는다는 사실은
미디어가 선거과정에서 더욱 더 중요해졌음을 의미한다. 미국의 대다
수 사람들에게 캠페인은 마음을 바꾸기보다는 사전의 태도나 행위들
을 강화하는 경향이 있다. 민주당에게 있어 하나의 도전은 유권자로
하여금 투표하도록 하는 것인데, 왜냐하면 그들은 당에 대하여 충성
스런 많은 유권자를 가지고 있지만 실제 투표에서는 공화당원들이 많
이 참가하기 때문이다. 따라서 그들에게 가장 중요한 것은 정당 일체
감이다. 23)

　총선거에서의 클린턴의 성공은 여러 가지 요인에 기인하지만, 그러
나 아마도 가장 중요한 요인은 그의 경제정책에 대한 중도적 접근이

었을 것이다. 이 메시지를 가지고 그는 매우 다양한 기준에 의해 그의 시장들을 세분화하고, 자유적 접근 대신 중도적 접근으로 각 층에게 호소하였다. 그는 또한 예비선거를 시작하기 전뿐만 아니라 주지사로 재직할 때에도 계획을 잘 세웠다. 결국 지속적인 미디어의 압력으로부터 세련되게 잘 견뎌내는 그의 능력은 강한 지도자로서의 그의 이미지를 강화시켜 주었다. 24)

고어와 함께 한 전국 버스일주는 클린턴이 단지 보통의 남자라는 이미지를 강화시켜 주었다. 그것은 트루먼(Truman)의 지방유세 (Whistle Stop) 기차여행의 재판이었고 "국민을 최우선으로!" 라는 클린턴의 주제를 강화시켜 주었다. 버스일주에 대한 아이디어가 4년 전 듀카키스의 실패한 전략에 대한 반작용이었다는 것은 흥미로운 일이다. 그는 전당대회에서 강한 인상을 주었지만 노동절에 캠페인을 중단했기 때문에 기회를 잃어버렸다. 버스일주에 대한 현명한 결정은 대통령후보를 만날 기회를 비행기를 타고 와서 가질 여유가 없는 지방의 기자와 저널리스트들에게 기회를 주자는 아이디어였다. 이 전략의 진짜 힘은 전국적으로 더 많은 미디어의 주목을 얻는 것이었다. 25)

선거 후에 클린턴의 여론조사가이자 최고 고문인 스탠 그린버거 (Stan Greenberg)는 어떻게 클린턴이 옛 레이건 지지자들에게 성공적으로 접근했는지 이야기하면서 이번 선거를 통해 레이건 연대는 깨졌다고 믿었다. 이 연대는 젊은 유권자들, 기업가들, 그리고 남들이 흔히 레이건 민주당원이라고 부르는 사람들을 포함한다. 이 중요한 연대에 의해 1988년 부시가 당선되었지만 1992년에는 졌다. 왜냐하면 그 중의 절반 이상이 빠져나갔기 때문이다. 클린턴은 레이건과 부시의 지지자들을 몇 개의 시장층으로 세분화하였는데 65세 이상, 30세 이하, 남부인, 교외거주자, 서쪽의 유권자들, 그리고 매우 크고 중요한 집단인 중산층을 포함한다. 클린턴은 이들이 스스로를 '새 민주당원' 혹은 중도파로 생각하게끔 함으로써 이 목적을 달성했다. 그린버

128

거(Greenberg)에 따르면 거기에는 레이건 시대가 있었고 앞으로는 클린턴 시대가 있을 뿐이라는 것이다. 26)

1992년 클린턴이 고어와 함께 전국을 버스로 누비고 있을 때, 부시는 이 중요한 시간을 낭비하고 있었다. 부시는 출발이 늦었고 그의 캠페인 조직은 베이커(Baker)가 결합하기 전까지는 조직적이지도 못했다. 그리고 나서 부시는 클린턴과 고어를 가능한 한 부정적인 고정관념으로 공격하였다. 그는 그들을 극단적인 환경주의자로 낙인찍었고 그들의 정책이 수십만 명의 자동차 산업 노동자들을 직장에서 떠나게 할 것이라고 주장하였다. 부시는 또 유권자들에게 분명히 더 이상 소용없는 이라크 전쟁에서의 그의 승리를 지속적으로 호소하였다. 부시의 호소는 미국민은 안정적인 지도자를 원하고 만약 위기가 발생한다면 자신이 그것을 가장 잘 극복할 후보자라는 것이다. 27)

한편, 페로는 그가 경제를 고치기 위해 어떻게 할 것인가를 알고 싶어하는 유권자들의 기능적 측면에 확실히 호소하는 인포머셜(infomercial)을 등장시킴으로써 미국선거에 새로운 캠페인 양식을 도입하였다. 파이차트와 도표를 사용하면서까지 페로는 워싱턴에서 운영되는 방식들에 만족하지 못하는 유권자들에게 접근하였다. 그의 캠페인은 변화를 바라는 유권자들의 열망을 끌어내는 그의 능력과, 클린턴과 부시가 국민들에게 제시했던 것과는 다른 정부를 표방하는 것에 기초해서 만들어졌다.

그의 책《우리 함께 나서자》(United We Stand)에서 페로는 1갤런당 휘발유세를 50센트 올린다거나 최고 소득세율을 33% 올리고, 여러 가지 프로그램을 위해 소비의 10%를 가져간다든지 하는 등의 구체적인 경제계획의 세부사항을 유권자에게 제시하였다. 그러나 광범위한 유권자들의 관심에 대해 언급하는 그의 방식은 그가 5년 안에 예산적자를 줄이고 균형재정을 이룰 수 있을 것인지 논란을 불러일으켰다. 28)

# 결 론

정치에서 유권자의 욕구를 평가하고 그들을 움직이게 하는 것에 대한 이해는 승리와 실패를 결정할 수 있을 만큼 중요하다. 후보자들은 유권자들을 다른 층으로 나누기 위해 시장세분화 분석을 사용한다. 각각의 집단들은 다른 것들과는 분리되는 고유한 욕구에 따라서 분류된다. 필자는 세 후보자가 각각 어떻게 정치캠페인의 각 단계에 따라서 그들의 시장을 세분화했는가를 논의하였다. 선거구의 세분화는 후보자들이 각각의 포지셔닝과 시장전략을 개발하는 데 기초로 사용된다.

총선이 진행될 무렵에는 매우 분명하고 다른 유권자 층이 나타나게 되는데, 후보자들이 승리하기 위해서는 상대 후보를 지지하는 유권자 층에게도 접근해야만 한다. 시장세분화 전략은 후보자들이 예비선거와 전당대회에서처럼 구체적인 유권자층에게 호소하기보다는, 모든 유권자층에게 더욱 광범위한 호소를 목표로 하는 지점으로 확대된다. 성공적인 세분화 전략은 후보자의 정책에 대한 모든 구체적인 사항을 담으면서 그의 경쟁자들과는 확실히 구분되는 이미지를 전달하는 것이다. 이것은 후보자의 포지셔닝 전략이라는 것인데, 이 개념은 후보자 포지셔닝에 관한 다음 장에서 자세하게 논의될 것이다.

■ 주

1) Kotler(1982), p. 217.
2) Sheth, Newman, & Gross(1991), p. 7. The model was applied to political settings in Newman & Sheth(1987), p. 31.
3) Polsby(1980), p. 88.
4) Polsby(1980), p. 88.
5) U. S. News and World Report(1992, September 23).
6) Newsweek(1992, October 21), p. 54.

7) *Time* (1992, November 2), p. 29.

8) Polsby (1980), p. 92.

9) Polsby (1980), p. 92.

10) *The New York Times* (1992, February 21).

11) *The New York Times* (1992, February 27).

12) *The New York Times* (1992, February 27).

13) *Time* (1992, March 2), p. 17.

14) *The New York Times* (1992, March 23).

15) *Time* (1992, November 2), p. 28.

16) Polsby (1980), p. 115.

17) *The New York Times* (1992, July 9).

18) *Time* (1992, November 2), p. 28.

19) *The New York Times* (1992, August 20).

20) Clinton/Gore campaign (1992).

21) *The New York Times* (1992, August 20).

22) *The New York Times* (1992, July 21).

23) Polsby (1980), p. 156.

24) *Time* (1992, November 2), p. 29.

25) *Time* (1992, November 2), p. 29.

26) Clinton/Gore campaign (1992).

27) *Time* (1992, November 2), p. 29.

28) *Time* (1992, October 12), p. 38.

# 5장

## 후보자 포지셔닝

　후보자는 그가 미국민들에게 제시하는 비전을 효과적으로 전달하기 위해, 그가 누구이며 무엇을 대표하는가에 대한 명확한 초점을 가져야 한다. 포지셔닝(positioning)은 후보자의 비전과 구조전략의 핵심을 확보하는 마케팅 수단이다. 후보자의 포지션을 발전시키는 실제적인 과정은 몇 가지 단계들을 포함한다. 먼저, 후보자 자신의 장점과 단점에 대한 평가가 있어야 하고 그 자신의 정치철학을 제시해야 한다. 다음으로는 후보자가 참여하는 경쟁환경에 대한 통찰력을 얻기 위해 상대 후보자에 대해 같은 절차가 행해져야 한다. 후보자는 그 후 그가 접근할 선별된 유권자층을 표적화하는데, 그 과정은 그 후보자가 그와 상대방 후보 사이의 철학적 차이들을 명확히 파악할 때까지 계속된다.

　이 과정의 결과물은 그 후보가 누구이며 그가 무엇을 표방하는가에 대하여 유권자의 의식 속에 후보자의 이미지, 즉 하나의 상을 확립하는 것이다. 그 후 그 후보자의 이미지는 그의 마케팅 전략에 있어 전략적 초점이 되는 것이다. 이 장에서, 필자는 1992년 대통령 후보들이 그들을 어떻게 포지셔닝하였는가를 분석할 것이다(〈그림 5-1〉을 보라). 상업시장에서, 예를 들어 말보로를 피우는 카우보이 이미지를 강조하는 담배 광고는 건장한 사내의 기분을 느끼고 싶어하는 소비자들을 목표로 한다. 그러한 소비자는 아마도 자신의 남성다움을 자랑으로 여기며, 강인한 모습을 다른 사람들에게 보여주고 싶어하는 자들일 것이다. 이들 중에는 트럭 운전기사들 및 젊은 10대 남성들, 그리고 조사를 통하여 이 상표의 담배를 피울 잠정적 후보로서 묘사된 사람들도 포함될 수 있다.

왜 마케터들은 이러한 활동을 하는가? 대답은 간단하다. 이것이 상품판매의 성공에 결정적이기 때문이다. 포지셔닝을 하는 주된 이유는 마케터가 가진 자원을 최대한 활용하기 위해서이다. 예를 들어 건장한 사내나 카우보이의 이미지를 과시하는 데 관심이 전혀 없는 여성들에게 말보로 광고를 한다는 것은 터무니없는 일일 것이다. 그러므로 마케터는 분류된 시장층의 인구통계학적 구성을 파악하는 것이 매우 중요하다. 인구통계학적 분석들은 매체 습성을 보여줌으로써 마케터가 소비자들에게 호소할 수 있는 적절한 선전통로를 선택할 수 있게 한다.

마찬가지로 이러한 동일한 분석이 정치 후보자들에게 적용될 수 있다. 후보자들은 정치시장에서 그들의 포지션을 창출해 내기 위해 두 가지 전략적 방법들을 사용할 수 있는데, 이는 (a) 그들이 내놓는 선거공약, (b) 그들이 자신을 위해 창조해내는 이미지이다. 한 후보자의 이미지는 가능한 한 그 후보자가 접근하고자 하는 모든 유권자층에 관련될 수 있도록 충분히 포괄적으로 만들어지며, 동시에 그 이미지는 상대후보의 이미지들을 감안해서 다듬어져야 할 것이다. 예를 들어 빌 클린턴은 모든 아이들에 대한 무료 면역제도를 요구함으로써 국민을 걱정하는 지도자로서의 자신의 이미지를 강화시켰다.

1992년 후보자들은 각각 고유한 이미지를 가지고 매우 상이하게 포

〈그림 5-1〉 정치 마케팅 모델의 후보자 포지셔닝의 역할

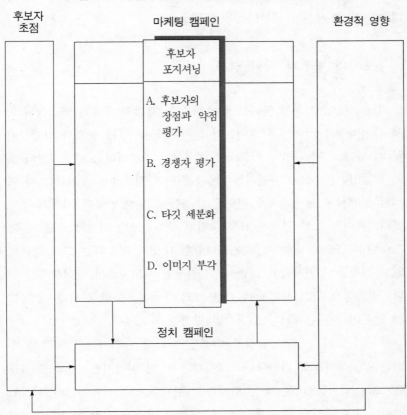

지셔닝하였다. 부시는 그 자신을 정부의 개혁으로 국민들에게 권력을
되돌려주는 대통령으로서 포지셔닝하였으며, 유권자들에게 경험을 바
탕으로 한 지도력을 제시했다. 클린턴은 "모든 미국인은 단지 받기만
하는 것이 아니라 주기도 해야 하며, 비난만 하는 것이 아니라 책임
또한 져야 한다"라고 말함으로써 그 자신을 포지셔닝하였다. 로스 페
로의 이미지는 "우리 모두 함께 나서자"(United We Stand) 라는 그의 모
토와, 그가 국민의 하인으로서 워싱턴에 진출하는 것을 매우 자랑스

러워한다는 것에 집약된다. 각각의 후보자들은 정교한 시장조사를 통해 그들의 포지션의 세부항목들을 결정했다.

## 후보자의 장점과 약점 평가

지난 1992년 선거를 돌아보면 세 후보들 각각의 장점과 약점들이 미국 유권자들에게 어떻게 보이는지를 알아볼 수 있는 중요한 검증들이 몇 개 있다. 클린턴의 시험은, 즉 예비선거 기간이라는 유세기간의 초기에 있었는데, 그때 유권자들에게 클린턴의 결혼생활 중의 외도와 베트남 전쟁시의 징병기피에 관련된 주장들에 대한 반응의 기회가 주어졌다. 아마도 그의 인격에 관한 그러한 주장들보다 더 중요했던 것은, 그러한 비난들에 대해 침착하고 냉정한 태도로 대응하는 그의 능력이었고 그것은 유권자들이 그를 아주 침착한 지도자로서 인식하게끔 했다. 결과적으로 그 문제들에 관한 그의 대응과, 특히 경제에 대한 그의 관심이 클린턴에게서 실질적인 강점들이 되었다.

부시의 임기는 그의 강점과 약점들에 대해 유권자들이 지각할 수 있는 평가기간으로 기능했다. 그에게는 안 된 일이지만, 이라크 전쟁은 그의 임기중 너무 빨리 발생했고 결과적으로 선거기간이 시작될 때쯤에는 유권자들은 경제 측면에 초점을 맞추기 시작했으며 해외에서의 그의 업적은 덜 부각되었다. 아마도 그의 최강점은 그의 해외정책의 성과들이었으며 그의 최약점은 미국의 불황에 대해 인정하려 하지 않는 것이었다.

페로의 강점과 약점은 여론조사에서의 그의 순위가 오르내림에 따라 들쭉날쭉했다. 먼저, 페로의 실질적인 강점은 그의 아웃사이더적인 위치와 전형적인 워싱턴의 정치인이 아니고 평소처럼 기업을 이끌고 있다는 유권자의 인식이었다. 그는 자수성가하여 미국 최고의 부자 중의 한 명이 되었기 때문에 실제의 성공담으로서 인정을 받았다.

그의 최강점은 일처리 능력과 보통의 유권자가 현재의 상태에 완전히 실망을 하던 때에 실질적 변화를 대표했다는 것이었다. 더욱이, 페로의 첫 토론회에서의 눈부신 성공은 그의 인기순위를 높이 올려놓았으며 그의 입후보에 강점을 더한 것으로 드러났다. 그러나 그의 최약점 중의 하나는 여론 조사에서 1위나 혹은 거의 1위에 있을 때 경합에서 중도탈퇴함으로써 나타났다. 유권자들은 페로를 중도에 그만둔 사람으로 여겼고, 아마도 이것은 다른 무엇보다도 그를 경선에 다시 참여하도록 한 점이었을 것이다. 그러나, 그가 그를 위해 일하는 자원봉사자들 몇 명에 대한 조사를 행한 것에 대하여 고소가 발생했다. 그의 인기도는 그가 특히 부시 선거본부를 더러운 속임수라고 비난하고 그의 딸 결혼을 방해하겠다고 위협을 성토했던 〈60분〉(60 minutes) 인터뷰 후 급속히 하락했다. 결국, 페로는 유권자들이 원하던 유형의 지도자로 여겨지지 않았으며, 단지 얄팍한 사람(thin skinned)으로서 지각되었다.

## 경쟁자 평가

선거유세를 통해, 그리고 그 후보자 자신의 포지션 개발과정 중에 경쟁자들의 강점과 약점은 끊임없이 모니터되어야 한다. 아마도 이 지점에서는 강점과 약점이 무엇인가에 대해 정의하는 것이 중요할 것 같다. 여기에서 여론조사는 다시 한 번 후보자의 성공에 결정적으로 작용한다. 이 지점은 또한 마케팅 리서치와 여론조사가 가장 잘 구분되는 곳이다. 마케팅 리서치는 왜 유권자들이 어떤 후보자를 선호하고 싫어하는가를 판단하기 위해서 사용되며, 여론조사는 그 후보자의 성격적 특징들과 관련하여 유권자의 의식 속에서의 후보자에 관한 평판을 모니터하는 데 사용된다. 만일 여론조사에서 한 후보자가 좋은 결과가 나타난다면, 그는 그의 강점들이 그의 경쟁자들의 강점보다 더 나아보인다거나 혹은 다른 한편으로는 그의 약점들이 경쟁자의 약점만큼 나쁘게 여겨지지 않는다고 확신할 수 있는 것이다.

후보자는 그 자신 혹은 그 경쟁자들의 강점들 중 어떤 것이 여론조사에서의 상위를 설명하는지를 언제 알게 되는가? 이는 마케팅 리서치가 결정적인 역할을 하고, 포커스 그룹의 사용과 분리되는 부분이다. 포커스 그룹은 후보자들로 하여금 유권자들에게 무엇이 잘 먹혀들어가고 무엇이 그렇지 않은가에 대한 생각을 제공할 뿐이지만, 반면 마케팅 리서치는 후보자의 어떠한 강점들과 약점들이 여론조사에 있어 그의 순위에 직접적인 영향을 미치는가를 밝혀준다.

## 타깃 세분화

후보자의 관점에서 보면, 융통성을 갖고 선거운동의 단계에 따라 승리를 보장해 줄 유권자 층들에게 호소를 할 수 있는 것이 중요하다. 그러나 1992년 유세기간 중 나타난 것들을 보면 말하기는 쉬워도 행하기는 어렵다는 것을 알 수 있다. 예를 들어 부시는 전당대회 이후 자신을 재포지셔닝(*repositon*)하려는 시도에서 성공적이지 못했다. 따라서 성공적인 재포지셔닝에서 중요시되는 또 다른 요소는 유권자들을 끌어들이는 주제의 선택이다. 유세가 총선거 국면으로 접어들어감에 따라 경제변화라는 클린턴의 메시지는 뚜렷한 성공적 주제가 되었다.

클린턴의 선거 매니저인 데이비드 윌헬름(David Wilhelm)에 의하면, 클린턴이 선거에 승리하게끔 한 표적화 전략(*targeting strategy*)은 나라를 세 가지 표적그룹 주들로 분할하는 데 기초했다고 하는데, 우세주(*top-end states*), 경합주(*play-hard states*), 열세주(*big challenge states*)가 그것들이다. 경합주와 열세주의 두 그룹은 클린턴 선거운동원들이 그들의 '전략주'라 부르는 곳이었다. 각 주들은 경제적 능력,

대통령 선거에서의 역사적인 선호성, 민주주의 수행능력, 남부적 요
소(이른바 문화적 친밀감, 즉 남부주 출신의 후보자들에 대한 유권자의
태도)와 지속적인 여론조사를 포함한 몇 가지 기준을 사용하여 세 가
지 표적층들 중의 하나로 분류되었다. 총괄해서 32개 주들이 표적으로
정해졌고 19개 주들(컬럼비아 지역을 포함해서)이 표적화되지 않았다.
목표로 정해진 32개 주들 중에서 클린턴은 31개 주에서 승리했으며 노
스캐롤라이나(North Carolina) 단 한 개 주에서만 패배했다. 표적화되
지 않은 19개 주들 중 네바다(Nevada) 한 개 주에서만 클린턴은 승리
했다. 1)

  우세주들은 자원의 한정된 할당만으로 승리할 수 있는 주들로 여겨
졌다. 이 주들은 아칸소, 매사추세츠, 로드아일랜드, 웨스트버지니
아, 하와이, 캘리포니아 그리고 일리노이주를 포함했다. 이 주들 모
두에서 클린턴은 승리했고, 그것은 그가 경쟁이 좀더 심한 경합주들
에서 더 많은 시간을 보내는 것을 가능케 했다. 특히, 캘리포니아와
일리노이주들을 목표그룹으로 둘 수 있었던 능력은 클린턴 선거본부
에게 막대한 양의 시간과 자원들을 절약시켜 주었다. 2)

  전략적 주들은 경합주들(클린턴과 부시측 모두 획득에 주력했던)과
열세주들(클린턴 선거본부가 그들이 이길 수 있으리라고 생각지 않았던)
을 포함한다. 대부분의 돈과 시간이 노스캐롤라이나를 제외하고는 클
린턴이 모두 승리했던 경합주들에 사용되었다. 이러한 주들은 메릴랜
드, 델라웨어, 미주리, 콜로라도, 펜실베이니아, 조지아, 아이오와,
켄터키, 루이지애나, 메인, 미시간, 몬태나, 노스캐롤라이나, 뉴멕시
코, 뉴저지, 오하이오, 테네시, 그리고 위스콘신 주를 포함한다. 클
린턴은 이 주들에서 부시보다 2주 이상 우세했는데 이로 인해 그가
더 빨리 방송에 출연할 수 있었다. 타깃시장 선정 측면에서 볼 때 클
린턴의 선거본부는 매우 성공적이었던 것이다. 3)

## 이미지 부각

앞에서 지적했듯이, 청중은 후보자가 예비선거에서 전당대회, 마지막으로 총선거에 이름에 따라 점점 광범위해진다. 각각의 후보자는 처음에 선거 유세기간의 다양한 시기에 따라 그가 표적화하는 유권자들의 선거구와 유권자층을 이해한다. 다음에, 그는 유세의 각 단계에 따라 그의 이미지를 부각시키는 데 꼭 필요한 변화들을 시도한다. 이것은 그 후보자와 그가 대표하는 정당의 지시와 그들의 철학 내에서 행해진다. 그러나 이 책에서 반복적으로 지적해 왔듯이, 후보자의 철학은, 나 이미지 속에 반영되어 있는) 가장 최근의 여론조사 결과에 상당한 영향을 받는다. 또한 정당은 더 이상 예전과 같은 권력을 지니고 있지 않으며, 따라서 더 이상 그 후보가 따르는 철학을 좌우할 수 없다. 니모(Nimmo)는 후보자를 다음과 같이 매우 간명하게 정의한다.

> 정치학자들이 선거적 행동이라고 이해하는 것과 유권자들이 소비자들이라는 생각 사이의 차이를 메우기 위해 이미지라는 개념이 사용된다. 이미지는 어떤 이가 어떠한 것에 대해 진실로 믿는가, 혹은 그것을 좋아하는가 싫어하는가 등의 사물에 대한 그 개인의 주관적인 이해로 구성된다. 이미지의 이러한 용도는 광고와 시장조사에서의 브랜드 이미지의 정의와 유사하다. 브랜드 이미지처럼 정치적 이미지도 정치적 사상, 감정, 경향들을 자극하는 정치적 대상(혹은 그들의 상징적 대리인)과 분리하여 존재하지 않는다. 정리하면, 이미지는 대상, 사건 혹은 사람에 의해 투사되어 지각되는 속성들에 대한 인간의 구성개념이다. 따라서 예를 들면, 한 후보자의 이미지는 유권자들이 그를 어떻게 지각하는가와, 유권자들에 의해 형성된 주관인인 평가와 그 후보자에 의해 전달된 메시지들(연설, 특징, 자질 등)에 기반한 지각으로 구성된다. 4)

클린턴은 변화의 이미지를 구축하는 데 성공적이었고 그것은 유세기간을 통해 지속적으로 강화되었다. 그의 이미지는 경제와 사회복지에 관한 견해들에 의해 뒷받침되었는데, 그것은 선거운동동안 그의 경쟁자들과 그를 구분시켰다. 이제부터 세 후보자 각각에 의해 사용된 포지셔닝 전략들에 비추어서 선거운동의 각 단계들을 분석할 것이다.

## 부시, 클린턴, 페로의 후보자 포지셔닝 전략

〈그림 5-2〉에서 필자는 후보자 포지셔닝의 사용을 후보자들의 위치를 구분하는 2차원 공간인 포지셔닝 지도를 통해 설명하고자 한다. 이 그래픽 설명은 유권자들에게 행해진 서베이 조사의 결과를 소프트웨어 프로그램으로 처리한 컴퓨터 결과물이다.[5] 여기에 묘사된 지도는 이런 테크닉의 사용을 설명하기 위해 수작업으로 전개되었고 선거 후반부의 후보자들의 위치들에 대한 간략한 사진을 보여준다. 포지셔닝은 역동적인 과정이며 후보자의 '포지션'은 정치적 선거운동의 과정을 통해 항상 변화한다는 점을 명심하라.

전당대회 이후 두번의 여론조사에서 유권자들은 강력한 변화를 주창할 만한 지도자를 찾고 있다는 사실이 나타났다. 3월 25일에서 30일(1992년)까지의 《타임》지에서 실시한 여론조사의 조사대상 중 40% 이상이 그들이 속해 있는 부분의 경제적 상태가 열악 또는 매우 안 좋다고 생각한다는 결과가 나타났다.[6] USA Today지의 1992년 12월 4일의 여론조사에 따르면, 50%가 클린턴이 경제적 전환에 필요한 변화를 가져올 것이라고 믿었고 47%는 페로가, 그리고 단지 20%만이 부시가 그렇게 할 수 있다고 생각했다. 유권자들이 후보자들의 지도자적 자질에 관한 질문을 받았을 때는 31%가 부시가 적절한 경험을 가지고 있다고 생각했으며, 31%는 클린턴이 미국을 위해 가장 좋은 계획을 가지고 있다고 생각한 반면, 28%가 페로를 지지했다(20%만이 페로가 강한 신념을 가지고 있다고 생각했다).[7]

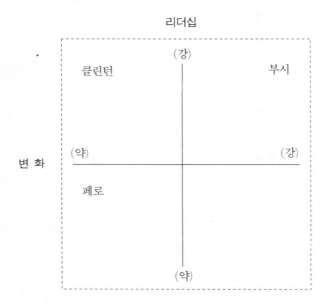

〈그림 5-2〉 후보자 포지셔닝

클린턴은 워싱턴의 거대한 변화를 이룰 강력한 지도자로서 자신을 위치화시킬 수 있었던 그의 능력으로 인해 1992년 선거에서 승리했고, 부시는 단지 온건한 변화들만을 주도할 수 있는 지도자로서 인식되었기 때문에 패배했다. 그러나 페로는 그의 극단적인 변화의 주창에도 불구하고, 강력한 지도자임을 미 유권자에게 확신시키는 데 실패함으로서 패배했다. 결국, 미국인들은 강력한 지도자와 워싱턴에서의 거대한 변화 모두를 원했던 것이다.

〈그림 5-2〉에서 설명된 지도화 과정은 그들의 인기도가 변함에 따라 후보자들의 위치에서의 미묘한 변화들을 반영하기 위해 선거운동의 각 단계 동안에 사용되었다. 선거운동의 각 단계로 옮겨감에 따라, 후보자는 이기기 위해서 호소해야 할 시장층 수의 증가에 반응하여 그 자신을 재포지셔닝시킨다. 결과적으로 후보자의 위치는 유권자

들이 그를 어떻게 인식하는가에 대한 반영이며, 그것은 왜 서베이 조사에 기반하여 지도를 만들어내는 것이 중요한 것인가에 대한 이유이다. 이 수단은 상대방 후보의 홍보전략이 어떠했는가를 평가함은 물론 그 후보자 자신의 선전전략의 효율성을 점검하는 데 있어 효과적인 방법이다. 요약하면, 그것은 후보자가 그 자신에 대한 특별한 이미지를 창조해 내려던 시도가 얼마나 효과적이었는가를 평가하는 데 접근수단으로 제공된다.

## 예비선거 전 단계(The Preprimary Stage)

선거운동 초창기의 클린턴의 장점은 여론에 의해 선두주자로 선택되었다는 것이었다. 클린턴은 그의 개성과 아이디어를 가지고 언론매체(이것은 예비선거가 시작되기 전에는 엄청난 영향력을 갖는다)에 호소했다. 그는 즉각적으로 그가 중산층에게 제시했던 변화에 기반해서 그에 대한 포지션을 만들어냈다. 또한 악수를 하는 대신 유권자들을 포옹하는 클린턴의 편안한 모습, 호감이 가며 개개인을 돌보는 이미지가 성공적이었다. 8)

선거운동이 다음 세 단계로 이동함에 따라 냉정하고, 신중하며, 침착한 클린턴은 그에게 쏟아지는 비난들을 물리칠 때까지 싸워나갈 것이라는 점이 분명해졌다. 클린턴이 강력한 지도자로서 그 자신의 포지션 정의를 가능케 한 것은 이러한 지도력 때문이었다.

선거운동이 형태를 취해감에 따라, 클린턴의 경쟁자들은 그의 이미지 형성에 영향을 미쳤다. 지난 후보 경선에 참여했던 유일한 민주당원인 브라운(Jerry Brown)은 높은 지명도를 갖고 있었다. 워싱턴에 대해 완전히 실망한 유권자들에게는 호감을 주었지만, 브라운의 메시지와 호소는 주요 유권자의 귀에는 잘 소구되지 않았다. 하킨(Harkin)은 노동자와 전통적인 민주당원들과의 그의 유대와 구식의 자유주의

142

프로그램에 대한 주창을 기반으로 그 자신을 위치화시켰다. 그러나 유권자들은 그가 제공할 수 없을 정도까지의 변화를 원했기 때문에 1992년에 이것은 통하지 않았다. 9)

예비선거에 참여한 많은 분석가들은 커리(Bob Kerry)가 상당한 기세로 그의 선거운동을 시작했기 때문에 경쟁력있는 사람으로 여겼다. 그러나 그의 지도력은 내실없는 것으로 드러났다. 그는 전쟁영웅, 성공한 사업가, 그리고 전임 주지사로서의 인상적인 배경을 가지고 있었지만, 국립 의료보호 프로그램을 요구하는 것 외에는 정부의 변화에 대한 그의 요구를 뒷받침할 수 없었다. 그는 결코 강력한 지도자로 통할 수 없었다. 송거스(Paul Tsongas)는 실제로 클린턴에게 도전했던 유일한 후보자였고 그에게 설득적인 이미지를 확실히 하도록 했다. 일련의 정부정책 변화의 주창자로서, 송거스는 변화에 대한 미국의 욕망과 조화를 이루고 있었고, 그것을 뒷받침할 계획도 가지고 있었다. 10)

선거운동에서 이 당시 부시측 포지션의 문제점은 백악관 재임시절과 관련되었는데 그것은 명확한 비전이 없다는 것이었다. 많은 유권자들은 그를 그의 두 번째 임기에서 거대한 변화를 가져올 지도자로 여기지 않았고 부시는 그의 정책으로 통치하고 있지 않다는 느낌을 갖고 있었다. 부시는 공산주의의 소멸과 이라크 전의 승리로 유권자들에게 그의 강력한 지도력을 확신시키기에 충분하다는 그의 승리감과 희망에 안주했던 것이다. 11)

예비선거 단계(The Primary Stage)

예비선거 기간중 클린턴은 그의 인격에 관한 문제로부터 경제에 대한 변화계획으로 논의를 전환시키기 위해 노력하였다. 민주당 후보자들이 예비선거 기간중의 여론조사에서 유리한 위치를 차지하려고 할

때, 많은 유권자들이 표명한 매우 심각한 관심 중의 하나는 당선가능
성이었다.  송거스는 예비선거가 남부로 옮겨감에 따라 당선될 수 없
다고 여겨지기 시작했으며 그곳에서 클린턴은 매우 인상적인 승리를
거두었다.  그 후 클린턴의 선거후보지명이 명백해졌다. 12)

송거스는 그가 쓴 책에서 옹호했던 사상에 바탕을 두고, 그가 진지
하고 도덕적인 후보라는 이미지를 통해 그의 위치를 강조했다. 반면,
브라운은 100달러 이상의 기부금을 받지 않겠다는 그의 선언을 통해
그 자신을 정의했다.  이를 통하여 유권자들에게 강렬한 메시지를 전
달했으며 브라운은 이 나라에서 정치가 이루어지는 방식을 거부하는
후보라고 그 자신을 위치화했다.  클린턴의 각각 주요 경쟁상대들은
그를 다른 사람들로부터 부각시키는 방식으로 그 자신을 포지셔닝하
려 했는데, 클린턴은 그의 세부적인 계획으로, 송거스는 그의 새로운
이상으로 그리고 브라운은 그의 선거 기부금제한을 통하여 이를 실행
하였다. 13)

공화당 측의 경우,  뷰캐넌(Pat Buchanan)이 그의 아웃사이더적인
위치를 이용해서 워싱턴의 내부인들과 투쟁하기 원하는 대중주의자로
서 자신을 위치시키려 노력했다. 14)  뷰캐넌은 미제를 사자는 선전문구
를 통하여 그의 아웃사이더적인 측면을 강조하고자 했으며,  이러한
주제에 이어 매우 강력한 무역장벽을 포함한 많은 이슈들과 정책들이
뒤따랐고 이런 것들은 그러한 시각을 뒷받침하였다.  그러나 이러한
그의 이미지는 그의 부인이 메르세데스 벤츠 자동차를 몰고다니는 것
을 유권자들이 보는 순간 즉시 퇴색되었다.

부시는 단지 이라크 전쟁으로부터 얻은 그의 명성에만 의존하는 데
어려움을 겪고 있었기 때문에 자신이 공격적인 자세를 취해야 하며,
그가 두 번째 임기를 따내기 위해서는 민주당 후보들,  특히 클린턴과
대조적인 선거운동에 의존해야 한다는 것을 깨닫게 되었다.  부시 자
신이 후보자의 사생활은 선거운동의 금기라고 말했음에도 불구하고,

그는 끊임없이 선거기간 내내 클린턴에 대한 공격을 하기 시작했다. 부시는 그의 조력자들을 이용하여 클린턴의 인격과 정책들을 공격함으로써 미국을 위한 최고의 지도자로서의 자신을 위치화시켰다. 그러므로 부시는 클린턴이 겪고 있는 똑같은 문제들을 자신은 겪고 있지 않기 때문에 그가 더 나은 지도자라는 사실을 암시하였다.

선거운동의 이 단계에서 부시에 대한 인신공격은 매우 가혹하였다. 아마 자신이 더 큰 손해를 입게 되었을 것이지만, 부시는 선거운동 후반부에는 그들의 선거운동에 더 큰 타격을 가하기 위한 마지막 노력으로 클린턴과 고어를 광대로 일컫기까지 했다. 부시는 예를 들어, 클린턴의 의료보호 정책은 KGB의 동정을 살 것이라고 말하였다. 그의 상대방을 부정적인 시각으로 위치시키려는 시도는 1988년에는 부시에게 효과적인 전략이었으나, 1992년에는 클린턴 선거조직이 부시의 공격에 빠르고 집요하게 대응했기 때문에 많은 부분에서 실패하고 말았다. 15)

### 전당대회 단계(The Convention Stage)

전당대회에 접어들 때, 클린턴의 임무는 민주당을 새롭고 다양한 생각에 기반하고 있는 당으로 재위치화시키는 것과, 인식된 것보다 훨씬 더 온건한 방향으로 민주당과 그 자신을 위한 위치를 창조해 내는 일이었다. 16) 전당대회 단계로 접어들어 감에 따라 시장이 확대되었기 때문에 이때의 임무는 충성스러운 민주당 지원 유권자들뿐만 아니라 공화당 유권자들에까지 호소해야 하는 것이었다. 이러한 목표를 달성하기 위해 클린턴은 앨 고어에게 그의 러닝메이트가 되어줄 것을 부탁했다. 이러한 이례적인 지명은 모든 사람으로부터 즉각적으로 찬사를 얻어냈다. 이 경우에 어떤 이를 러닝메이트로 뽑을 것인가를 정할 때 지리적인 다양성이 결정적인 역할을 하지 않았다.

클린턴과 앨 고어 팀은 역사상 백악관에 출마하는 가장 젊은 후보자들로 구성되었다. 이 단계 동안에 이들의 젊음이 미국을 운영하던 낡은 방식으로부터의 변화를 위한 힘찬 선택으로서 그들의 위치를 강화시켰다. 이와는 상당히 대조적으로 부시는 68세였고 20년 이상을 워싱턴에서 일해 왔다. 17)

그들의 자녀 세대는 그들보다 경제적으로 더 나아질 것을 확인하고자 하는 베이비 붐 세대들에 대한 클린턴과 고어의 어필은 전당대회에서 매우 분명했다. 18) 민주당 전당대회는 클린턴과 고어가 누구인지를 정의하는 것뿐만 아니라 지난 4년간 부시의 경제 프로그램에 대한 공격을 가하기 위한 공식적인 서막으로의 기능을 하였다. 또한, 전당대회는 유권자들이 클린턴의 인격에 대하여 가지고 있던 부정적인 인상들을 일소하는 역할을 했다. 클린턴이 과거에 어떠했으며 그가 어디 출신인가에 대해 정의하면서 형성된 정서적인 분위기로 그의 부정적인 특성들은 효과적으로 제거되었다. 예를 들면, 많은 유권자들은 그가 아버지없이 자랐으며 알콜중독자인 의부와 살고 있다는 사실을 몰랐다. 19)

전당대회를 통해 클린턴은 중산층과 서민들을 경제파탄으로부터 구출해야 하는 필요성에 대해 지속적으로 이야기했다. 결과적으로, 클린턴은 그 자신을 아주 평범한 환경 속에서 자라난 사람으로 성공적으로 포지셔닝하였고 평범한 중산층 시민들이 겪고 있는 고통에 자신을 연결시킬 수 있었다. 그는 옛 가치에 기초한 새로운 선택이라는 철학을 제기한 동정심 많은 사람으로서 연상되었다. 이러한 주제에 더해서 클린턴은 모든 미국인들이 책임감을 가질 것을 요구했다. 전당대회 측면에서 민주당 측은 매우 성공적이었다. 과거의 내분은 지났고, 클린턴과 그의 조직은 예비선거 기간동안 클린턴을 괴롭혔던 인격에 관한 비난들을 일소시켰다고 느꼈다. 20) 그러나 페로라는 새로운 문제가 대두되었다. 그의 등장은 클린턴을 여론 조사에서 3위로 끌어내렸다. 페로의 강력한 존재는 민주당 측이 선거운동의 나머지 기간동안까지 희망하던 순조로운 항해에 제동을 걸었다.

민주당 전당대회 이후, 공화당 측은 부시가 강력한 지도자로서 그 자신의 이미지를 투영시키기 위해 매우 노력함으로써 그들이 누구인가에 대한 정의를 내릴 수 있는 기회를 갖게 되었다. 부시는 전당대회동안 그 자신의 위치를 단호하고 경험있는 지도자로서 만들어내려 노력했다. 그러나 부시가 여론조사에서 약 20% 정도 클린턴에게 뒤떨어지게 한 계기가 되었던 성공적인 민주당 전당대회 이후에는 이것이 어려워졌다. 클린턴이 선거운동의 초점을 그의 개인적 자질에서 경제 쪽으로 변화시킨 것을 인식하자 부시는 그 후 경제정책들을 통해 그 자신과 클린턴 사이의 차별성을 내놓았다. 21)

부시는 선거운동중 이 시기에 매우 바빴다. 그는 1988년 그의 승리 이후 공화당에서의 우익을 멀리했고 이번 선거에서는 뷰캐넌과 페로와 경쟁해야 했다. 세 사람의 경쟁에서 부시는 유권자들이 그에게 실망한다면 페로 쪽으로 돌아서리라 믿었다. 22)

전당대회기간 동안 점점 압력이 가해지자 부시는 치사한 방법으로 빌과 힐러리 클린턴에 대한 부정적인 공격을 가했다. 부시는 특히 클린턴 행정부 내에서 아내인 힐러리가 수행하게 될 역할의 측면에서, 유권자들로 하여금 그를 하나의 도박으로 여기게끔 설정하였다. 클린턴 선거본부는 이러한 유형의 비난에 대해 공화당의 약점인 경제에 초점을 맞추어 활발하고도 공격적으로 대응했다. 클린턴은 그 자신이 경제의 주도자가 될 것이며 전당대회 동안 부시가 경제전문가로서 극구 칭찬한 짐 베이커(Jim Baker)와 같은 사람에게 의존하는 일은 없을 것이라고 말했다. 23)

부시에게 있어 그 자신을 평범한 사람으로 포지셔닝하는 과정은 매우 어려운 것이었다. 그는 대통령이었다는 권력의 장신구로부터 빠져나올 수 없었다. 버스를 타고 미국의 작은 도시를 방문하는 클린턴과 고어와는 달리, 부시는 수행원의 규모 때문에 대통령 전용기를 타고 여행할 수밖에 없었다. 총선에 대한 분위기는 형성되었다. 즉, 클린턴과 고어는 사람들과 접촉하며 변화를 준비하는 후보자들로서 그들 자신의 위치를 성공적으로 확립한 반면, 부시와 퀘일은 미국의 분위기에 어울리지 않는 구시대의 후보자로 남게 되었다. [24)

이 시기의 선거운동에서, 유권자들은 양당 모두와 특히 진행되고 있는 선거과정의 양태를 비난했다. 부시와 클린턴 모두에게 투표하려 하지 않는 얼마의 유권자들은 단순히 체제에 대한 그들의 불만족을 표현하기 위해 페로에게 투표한다는 의견을 나타내었다. 페로가 그 자신에 대해 형성했던 위치는 불만족자를 위한 목소리였다. [25)

### 총선거 단계 (The General Election Stage)

세 후보의 각각의 포지션은 총선단계의 선거캠페인에서 강화되었다. 〈그림 5-2〉에서 묘사된 것처럼 클린턴은 행정부에 변화를 가져올 수 있는 지도자로 인식되었고, 유권자들이 그가 변화를 촉진시키는 데 필요한 지도자적 자질을 가지고 있다고 생각했기 때문에 마침내 승리했다. 부시는 접근하기 어렵고 미국에 필요한 변화를 만들 준비가 되지 않은 지도자로 인식되었기 때문에 패배했다. 선거 한 달 전에 나타난 경제적 정체를 암시하는 경제지수들은 그 상황을 치유할 명확한 프로그램을 가지고 있지 않았던 부시에게 불리하게 작용했다. 페로는 정치적 지도자로서는 부시와 클린턴에 미치지 못하지만, 유권자들의 몇몇 실질적인 변화에 대한 욕망을 이해하고 있어 미국의 상황을 정확히 간파하고 있는 후보자로서 매우 존경할 만한 3인자였다. 선거 이후의 몇 달 동안 알아본 바에 의하면, 페로의 메시지는 선거와 함께 사라지지 않았다.

총선으로 들어가면서, 부시는 해외정책 성과물들을 기초로 하여 그

148

의 위치를 강력한 지도자로서 정의했다. 그는 클린턴에 대한 공격을 계속하면서, 가끔 누가 사담 후세인(Saddam Hussein) 같은 사람을 가장 잘 다루겠는가의 측면에서 클린턴을 자신과 비교하였다. 26)

그는 국제적 지도력을 선거운동의 초점으로 삼았지만, 부시는 미국민들이 국제적 위협보다는 경제적 고통에 더 많은 관심을 갖는다는 사실을 발견했다. 미국인들은 어떤 신중한 계획이 없이는 부시가 이러한 문제들을 해결할 수 있는 지도자가 될 수 없다는 사실을 지각했다. 그는 결코 변화를 일구어 낼 후보자로서 그 자신을 규정하지 않았고 총선국면에서 재포지셔닝하기에는 너무 늦어버렸다. 만일 부시가 경제를 바로잡기 위한 강력한 수단을 주창하였다면, 많은 유권자들 왜 그가 이러한 것을 수행하는 데 오랜 기간이 걸렸는지에 의문을 제기할 것이다. 한편, 만일 그가 취약한 경제를 인정한다면 그는 그 자신을 과거 그 자신의 행정부를 비판하는 자리에 위치시켜야 하는 것이다. 27)

클린턴의 이미지를 재규정하기 위한 노력으로, 부시는 공격과 사과(*attack and apologize*)로 알려진 전략을 사용했다. 그 이름이 의미하는 것처럼, 한 번은 공격을 사용하고 그 다음에는 사과하는 전략이다. 공격은 부시의 조력자들에 의해서 행해졌고, 그 다음은 부시가 그러한 공격을 한 그의 참모에게 사과를 요구하는 것이었다. 이것은 전당대회 기간동안 사용되었으며 총선까지 계속된 전략이었다. 분명히, 그 목적은 유권자들의 의식 속에 클린턴에 대한 두려움의 씨앗을 심음으로써 클린턴에 대한 좀더 부정적인 위치를 책략하자는 것이었다. 28)

그러나 클린턴은 국민의 요구에 좀더 주의를 기울이며 유권자들에게 그들이 원하는 것을 제공했다. 그는 예비선거 동안 그의 인격에 대해 가해진 모든 비난들에 대응하고, 전당대회 동안에 긍정적인 이미지를 형성하며, 국내 경제 악화를 치유할 수 있는 세부적인 계획을 가지고 총선에서 그의 위치를 강화함으로써 이러한 것을 성취할 수

있었다. 29)

선거운동의 이 단계에서 클린턴에 대한 아주 효과적인 이미지 형성 수단의 하나는 그가 항상 고어와 함께 나타난 것이었다. 부시가 거의 계속해서 댄 퀘일(Dan Quayle)과의 공식적 접촉을 피하는 행동은, 클린턴을 선출하면 유권자들은 일하는 부통령을 얻게 되지만 부시를 선출하면 그렇지 않다는 함축적인 메시지를 강화시켰다. 30)

이 시기동안 클린턴 선거본부에서 사용된 효과적인 또 다른 계획은, 과거에서 살고 있는 대통령으로 묘사된 부시와 대조적으로, 변화를 통해 국가를 이끌어갈 이른바 새 민주당원으로 클린턴을 포지셔닝하는 것이었다. 31)

선거운동의 이 시기동안 토론들은 여론조사에서의 부시와 클린턴 모두의 평판을 고정시켰고 페로는 그의 뛰어난 수행능력으로 인해 높은 평판을 이끌어냈다. 초기 두 번의 토론을 통해, 클린턴은 광범위한 문제들에 관한 세부적인 이해를 기반으로 여론조사에서 상당한 우세를 점했다. 클린턴은 그의 관점을 명확하게 밝힐 수 있었고 첫 토론회 이후 부시만큼 대통령 자질을 갖추고 있는 것으로 비춰졌다. 그러나 두 번째 토론회에서는 유권자들이 직접 질문을 하는 독특한 유형이었기 때문에 클린턴이 그에 대해 가장 좋은 인상을 만들어낼 수 있었다. 예비선거 기간을 통해 클린턴이 사용한 방식이었으므로 그는 그러한 방식에 매우 익숙해 있었던 것이다. 따라서 클린턴은 강력한 지도자로서의 그의 이미지를 보강했고, 두 번째 토론회에서 그가 국민들의 감정과 교감하고 있다는 사실을 보여주었다. 32)

첫 번째 토론을 시청한 분석가들의 대부분은 페로가 승리했다고 여겼다. 그는 재치있고 명석하였으며 항상 부시와 클린턴을 이슈에 집착하도록 했다. 부시는 마침내 세 번째 토론회에서 그의 중심을 발견했지만 잃어버린 시간을 보상받을 수는 없었다. 특히 처음 두 토론회에서 부시의 모습은 미국 대중의 관심과 동떨어진 대통령의 이미지를 강화시켰다. 아마도 많은 유권자들이 기억하는 전형적인 이미지는 부시가 한 토론회에서 시계를 쳐다보는 것이었는데, 이는 시청자들에게 그러한 자리는 그가 있고 싶어하지 않는 장소라고 생각하게 하였다. 그 작은 제스처를 통하여 부시가 불편해하고 있으며 집중하고 있지 못하다는 강력한 메시지를 전달했다. 33)

페로는 9월 16일에 선거전에서 떠났고 76일 후 재등장했다. 선거전을 떠난 후, 몇몇 미디어 분석가들은 그가 즉시 재진입에 관한 전략 구상을 시작했다고 믿었고 그것은 결국 현실화되었다. 이러한 동요의 과정에서 언론을 성공적으로 혼란시켜서 주목으로부터 벗어나는 데 성공하였는데, 이것이 선거전을 떠난 실제 이유였을지도 모른다. 34)

이 기간동안, 페로는 유권자들에게 그가 변화에 대해 진지하다는 사실을 확신시킬 수 있었고 의료보험에서의 변화, 휘발유세의 신설 등을 포함하는 몇 가지 급진적인 제안들에 기반하여 그 자신에 대한 위치를 효과적으로 설정하였다. 그가 너무 성급하며 이 나라의 지도자로서 충분한 인내력이 없다는 인식은 그에 대한 지지세력을 감소시켰다. 그러나 선거운동의 후반에 이를 때까지도 페로는 여전히 그가 미국을 이끌어 나갈 사람이라고 확신하며 충실히 따르는 유권자들을 끌어들일 수 있었다. 이것은 무소속 후보자에게 대단한 성과였고, 차후 미국 정치학에서 페로의 위상에 대한 기초를 설정해 줄 것이다.

## 결 론

상품과는 달리 후보자 포지셔닝은 복잡한 작업이라 할 수 있는데 이는 유권자의 결정이 소비자들보다 훨씬 빠르게 변화하기 때문이다. 페로의 경우, 여름의 여론조사에서 1위를 차지했다가 선거전에서 빠진 이후에는 바닥까지 추락했다. 어떻게 유권자가 그렇게 빨리 선택을 바꿀 수 있었을까? 유권자의 의식변화만큼 빠르게 포지셔닝을 지

도화하는 것이 가능한 일인가? 유권자들의 생각은 예비선거동안 후보
자들에 관한 언론매체에 집중하기 때문에 빠르게 변화한다. 결과적으
로 후보자들이 중요한 예비선거를 이기거나 지게 될 경우, 여론조사
에서 그들의 순위는 변화하며 그에 따라 유권자들의 결정 역시 변화
한다. 그러나 복잡한 컴퓨터 기술은 후보자들의 선거조직이 유권자들
의 결정변화를 빨리 지도화하는 것을 가능케 하였다.

클린턴의 성공은 선거운동을 통해 그가 유지했던 융통성에 기인하
는데, 예비선거 기간동안 유권자들에 잘 먹혀들어 간 변화의 메시지로
시작하였다. 그러나, 전당대회 단계에 일단 들어서자 클린턴은 변화
에 대한 그의 주제를 경제를 둘러싸고 재포지셔닝하였다. 반면에 부
시는 그가 이라크 전쟁에서 승리한 시기로부터 그 자신의 이미지를
재포지셔닝하려 노력했다. 그는 자신의 이미지를 서방세계의 지도자
로서, 그리고 위기적 상황에 의존할 수 있는 후보자로 고정하려는 것
같았다.

결국 경제에 있어 변화를 일구어 낼 지도자로서의 클린턴의 이미지
가 그를 당선시켰다. 부시의 몰락은 그가 자신의 생각 속에서 창조해
낸 이미지와 유권자의 생각 속으로 이식된 이미지 사이의 불일치에
기인한 것이었다. 국민의 하인이 되겠다는 페로의 제안은 분명 매력
적인 위치화였지만 그를 당선시킬 만큼 유력한 것은 아니었다. 다음
단원은 전략형성과 수행이라는 마케팅 선거운동의 마지막 부분이다.

■ 주

1) Clinton/Gore·campaign (1992).
2) Clinton/Gore campaign (1992).
3) Clinton/Gore campaign (1992).
4) Nimmo (1974), pp. 771~781.
5) For a good discussion of the methodological issues related to the de-

velopment of the positioning map, see Johnson (1971), pp. 13~18.

6) *Time* (1992, september 14), p. 36.

7) *USA Today* (1992, November 4).

8) *Time* (1991, December 30), p. 19.

9) *Time* (1992, January 27), p. 22.

10) *Time* (1992, January 27), p. 22.

11) *U. S. News and World Report* (1992, February 10), p. 24.

12) *The New York Times* (1992, February 25).

13) *The New York Times* (1992, March 20).

14) *The New York Times* (1992, February 25).

15) *The New York Times* (1992, August 3).

16) *The New York Times* (1992, July 17).

17) *The New York Times* (1992, July 10).

18) *The New York Times* (1992, July 13).

19) *The New York Times* (1992, July 17).

20) *The New York Times* (1992, July 17).

21) *The New York Times* (1992, July 21).

22) *The New York Times* (1992, August 10).

23) *The New York Times* (1992, August 10).

24) *The New York Times* (1992, August 24).

25) *The New York Times* (1992, June 3).

26) *U. S. News and World Report* (1992, September 23), p. 34.

27) *U. S. News and World Report* (1992, September 14), p. 32.

28) *The New York Times* (1992, August 20).

29) *The New York Times* (1992, September 28).

30) *The New York Times*(1992, September 8).

31) *The New York Times* (1992, September 28).

32) *The New York Times* (1992, October 21).

33) *The New York Times* (1992, October 21).

34) *Newsweek* (1992, October 12), p. 30.

# 6장

# 전략수립과 집행

 

 

 

후보자가 캠페인 단계들을 거쳐감에 따라서 그는 그가 선택한 입장을 강화하기 위해 사용할 수 있는 일관된 전략을 모아야 한다. 이 장에서는 전략적 계획, 전략형성 뒤의 청사진과 전략수행이 논의될 것이다(〈그림 6-1〉을 보라). 전략적 계획의 중심에 상업시장에서 흔히 추구되는 전략인 4P가 있다.[1] 회사의 상품 마케팅을 위해서 4P는 다음 요소들, 즉 상품(*product*), 촉진(*promotion*), 가격(*price*), 그리고 유통(*place*)을 포함한다. 후보자가 추구하는 전략은 이러한 4P를 밀접하게 반영한다. 후보자의 전략에서 첫 번째 P는 상품인데 후보자에게 그것은 그의 지도력과 캠페인 정책, 특히 그가 주장하는 이슈와 정책의 관점에서 정의된다. 다음 P는 푸시 마케팅(*push marketing*)이라고 불리는데, 선거운동에서 그날의 활동들을 수행할 자원자 조직의 구축을 위해 필요한 대중적 노력(*grass-root effort*)을 말한다.

이러한 요소는 생산자에게서 소비자로 상품을 전달하기 위해 사용되는 장소(*place*), 즉 유통채널과 비슷하다. 정치에서, 유통채널은 제품이 아닌 정보 전달을 중심에 둔다. 구축된 대중적 노력은 후보자들

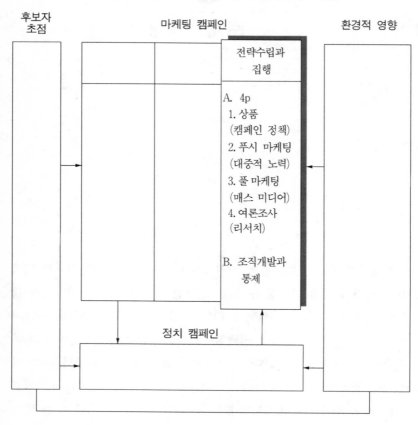

〈그림 6-1〉 정치 마케팅 모델의 전략수립과 집행

의 메시지를 그의 조직으로부터 유권자에게로 전달하는 하나의 정보
채널이 된다.

세 번째 P는 풀 마케팅(*pull marketing*)인데 판촉과 유사하다. 풀 마
케팅은 후보자에게 두 번째의 정보채널이 된다. 푸시 마케팅 접근과
함께 사용되는 일 대 일 채널 대신에 이 채널은 텔레비전, 라디오, 신
문, 잡지, 직접 우편, 비디오카세트와 사용할 수 있는 또 다른 형식
의 촉진활동과 같은 매스미디어 통로를 이용한다. 텔레비전에서 광고

된 상품을 본 후 소비자들을 소매 상점으로 끌고가는 방식과 유사하
게, 유권자들에게 직접 홍보하여 그들을 선거당일 투표구로 끌어들이
는 것이 목적이므로 풀 마케팅이라고 언급된다.

마지막으로 정치시장에서 4번째 P는 여론조사(polling)인데, 새로운
아이디어를 개발하고 시험하는 데 사용되는 데이터 분석과 연구조사
를 나타내고 얼마나 그 아이디어가 성공할 것인지를 결정한다. 이것
은 소비자 지향 때문에 오늘날 정치에서 후보자가 사용하는 후보자의
마케팅 전략의 일부분이다. 후보자들은 전략을 형성하고 수행하기 위
한 여론조사와 마케팅 연구조사를 필요로 한다. 한 후보자 대신 다른
후보자에게 투표를 하는 것이 가격과 상관이 있는가 하는 문제로 초
점이 확장되고 논쟁이 생기겠지만, 가격과 정치 사이에는 직접적인
관련이 없으므로 여론조사는 가격 대신 네 번째 P로 대체된다.

## 부시, 클린턴, 페로의 후보자 포지셔닝 전략

4P는 일반적으로 마케팅 전략으로서 언급되며, 후보자가 표적화된
유권자층에 도달하여 유권자의 마음에 그의 메시지와 이미지를 강화
하기 위해 필요한 도구들을 통합한다(〈그림 6-2〉를 보라).

〈그림 6-2〉 마케팅 전략 : 4P

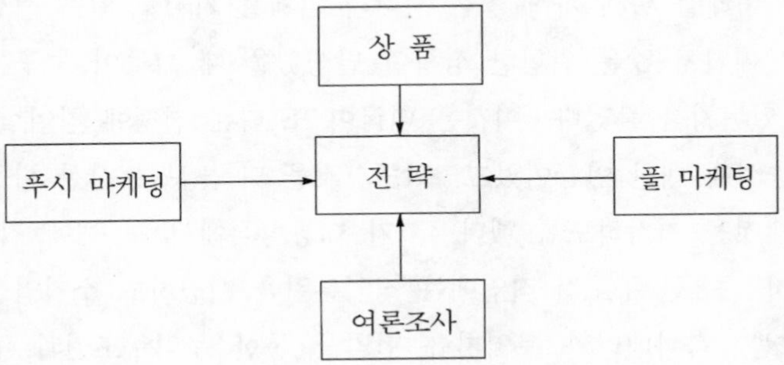

156

## 상품 (Product)

1992년 세 후보자 각각의 정책의 전개는 몇 가지 요인으로 인해 상당히 달랐다. 첫째, 각 정책은 각 후보자들의 위치를 강화하기 위해 작용하고 있었다. 둘째, 부시와 클린턴의 경우, 그들이 속한 각 당은 각자의 전국 전당대회에서 그들의 정책을 설정하는 데 영향력을 행사했다. 셋째, 세 후보자들의 성격과 배경은 그들과 함께 일하는 컨설턴트들이 달랐던 만큼 상당히 달랐다. 마지막으로, 비록 총선 시기에 약간 겹쳐지기는 했지만, 각 후보자들에게는 호소해야 할 다른 선거 구민, 즉 시장층이 있었다.

부시는 그의 실제적 업적보다는 격언의 관점에서 대통령직을 정의했다. 그의 재능의 천 가지 항목(*thousand points of light*)과 정치에 대한 더욱 친절하고 부드러운(*kinder and gentler*) 접근은 특정 프로그램보다도 유권자들의 마음속에 깊은 인상을 만들었다. "새로운 세금은 없다"(*no new taxes*)는 공약만큼 1988년 부시의 정책을 잘 정의하기는 어려웠는데, 이러한 상황은 1992년에도 마찬가지로 적용된다. 1992년 그의 희망은 그 자신의 어떤 다른 특정한 프로그램보다는 오히려 미국의 문제를 다루는 그의 능력과 그 자신의 좋은 의도에 근거하여 정책을 세우는 것이었다.[2]

부시의 주제는 '경험에 기반한 지도력'이었다. 그는 유권자들에게 나라의 미래를 위해 가장 좋은 시각과 의제를 가지고 있는 사람이 누구이며 예기치 않은 위험한 상황이 발생했을 때 그들이 누구를 신뢰할 수 있는지를 물었다. 이것은 미국이 또 다른 전쟁에 참여할 수 있는 가능성에 대한 언급이었고 그는 그것을 다룰 보다 강한 힘을 갖고 있다는 것을 지각하도록 했다. 그가 대통령직에서 첫 해에 착수했던 세 가지 중요한 주도적 작업에는 직업훈련을 제공하고 소기업을 돕는 프로그램, 북아메리카 무역자유 협약을 통한 무역주도권과, 비용을

통제하는 의료계획과 누구나 가입할 수 있는 의료보험을 만드는 것
등이 포함되어 있다. 부시는 클린턴 경제학(Clintonomics)이 높은 세
금과 규제로 가는 퇴보라고 비난했다. 아마도 부시의 가장 중심적 주
제는 미국인들에게 그들이 신뢰할 수 있는 대통령이 필요하다는 사실
이었고, 결국 클린턴은 신뢰할 수 없다고 주장하였다.

부시는 몇 가지 실제적 내용을 그의 연방 메시지를 위한 재선공약
에 첨가하려고 노력했지만 나라의 경제적 상황에 대한 오판이라는 비
난을 받았다. 비록 그가 세금감면 프로그램을 제시했었다 할지라도 그
계획은 너무 늦었고 많은 유권자를 만족시킬 만큼 내용이 풍부하지
못했다. 다른 뜻으로 알려지는 것을 막기 위해 부시는 외국여행을 줄
이기로 결심했고 국외정책에 관하여 언급하는 것을 피하는 대신 국내
정책에 초점을 맞추었다. [3]

일반적으로 부시의 정책은 가족에 관한 가치에 중심을 두었는데 그
러한 주제의 확장은 가족에서 국가로 확대되었다. 이것은 공화당원들
과 부시를 위한 효과가 전혀 없었는데, 많은 부분에서 이 나라에서의
가족구조는 변해 왔으며 그러한 주제는 어떤 유권자들에게는 혼란스
럽고 모욕적이었기 때문이다. 바버라 부시(Barbara Bush)는 5명의 자
식들, 12명의 손자들과 함께 이러한 정책의 중심역할을 하였고 클린
턴은 도저히 경쟁할 수 없었다. 부시의 대가족은 미국 사람들에게 매
우 매력적인 초상을 제시했다. [4]

로스 페로의 주제는 "나라를 다시 움직이자"(getting the country
moving again)였는데, 이는 미국인들에게 돈을 지불하고 직업을 창출
하는 사업을 진행시켜야 하는지 아니면 단지 문제가 사라질 것을 희
망할 것인지를 결정하도록 요구함으로써 이루어졌다. 캠페인 내내 페
로는 선거 당시 약 4조 1천억 달러 규모였던 국가 빚을 줄여야 하는
중요성을 강조했으며, 그는 적자를 해결할 구체적 해결방안을 갖고
있다고 말했다. 페로는 부모들에게 그들의 자손들이 아메리칸 드림을

그대로 지니기를 원하는지에 대하여 물었다. 그리고 그는 그에 대한 한 표는 워싱턴에서의 정치상에 교통정체를 끝낼 것이고 그곳에서의 일이 행해지는 방식을 변화시킬 것이라고 약속했다.

페로는 진정으로 텔레마케팅을 이용한 첫 후보자였다. 앞장에서 논의된 모든 기술을 실행하면서 고도의 기술로 캠페인 활동을 했다. 캠페인의 후반부에 상징적으로 약간 자신의 모습을 드러냈지만, 그는 캠페인에 모습을 나타내는 대신에 공중파로 메시지를 전달하는 것을 선택했다. 페로는 예비선거에 참여하지 않고 대신 토론시간의 소동에 뛰어드는 등 보통의 캠페인 과정을 벗어났다. 그는 미국이 통치되는 방식에서 급진적 변화를 제기했다. 그러나 그의 정책에 있어 가장 큰 영향력은, 미디어의 관심을 후보자들의 이미지에서 멀어지게 하고 이슈로 집중시키는 것이었다.

클린턴의 주제는 "근본적 변화를 선택하라"(choosing fundamental change)였다. 그와 유권자들이 뭉치면 이번 선거를 단지 사람들이나 하나의 정당을 위해서가 아니라 미국 정신을 위한 승리로 만들 수 있다고 그는 제시했다. 그가 미국민에게 제시한 선택은, 현재와 거의 같은 상황 대 근본적 변화 사이에 있었다. 그는 부시가 미국인들로 하여금 소수를 위해 문제를 해결하도록 요구하고 있다고 비난했다. 본질적으로, 클린턴의 프로그램은 레이건의 유산인 여택경제정책 (trickle-down, 역자주 : 정부투자 등으로 대기업의 경제성장을 촉진하면 간접적으로 복지가 증대하는 것)으로부터 탈피한 경제정책을 중심 축으로 진행되었다. 클린턴은 도로와 고속도로의 건설, 공장의 재정비, 노동자들의 재교육, 미국의 경쟁력 회복 등을 통하여 8백만 직업을 창출하는 계획을 제안했다.

클린턴의 수석 전략가인 폴 베갈라(Paul Begala)에 의하면, 클린턴의 주제는 그가 미국인들에게 긍정적 메시지를 제시할 수 있었기 때문에 성공했다고 한다. 부시가 잘못한 점에만 초점을 맞추는 것이 아니라, 클린턴이 미국민들에게 전달하고자 했던 메시지에는 명확한 초점이 있었으며, 그의 시각은 캠페인의 시작부터 끝까지 일관되게 명료했다. 폴 베갈라는 또한 캠페인 주제와 관련하여 클린턴이 제시했던 전략적 초점에 관하여 언급했다. 클린턴은 민주당 전당대회 막바지에 그와 앨 고어가 그들은 '다른 종류의 민주당원'이라고 말할 수 있는 지점까지 민주당을 바꾸기 위해 12년 동안 노력하였다. 이것은 클린턴이 당시 캠페인의 마지막에 그의 메시지를 홍보하기 위해 사용하던 은유였는데, 그는 '다른 종류의 대통령'이 될 것이라고도 언급하였다. [5]

## 푸시 마케팅 (Push Marketing)

후보자에게 있어 중요한 정보채널 중 하나는 그가 구축한 풀뿌리 민주주의의 성과인 자원자 네트워크이다. 지역 당과 도시의 캠페인 관리자들은 캠페인 노력을 지원할 자원자로부터 도움과 돈을 간청하는 작은 캠페인 조직을 움직인다. 여기에는 전화은행이 운영되어야 하는데, 선거당일 나와서 투표하도록 하기 위하여 지지자들에게 수천 통의 전화를 걸게 된다. 우편발송은 정규적으로 할 필요가 있으며 후보자들이 하는 캠페인 지역에서 집회가 조직되어야 한다. 이러한 모든 활동들은 수천 명의 캠페인 종사자들의 노력을 중심으로 진행되고, 자원자의 대부분은 후보자들의 대의명분에 그들의 시간을 할애한다. 대중적 노력(grass-root effort)은, 후보자를 중심으로 하나의 핵을 형성하는 컨설턴트에 의해서 조직된다. 그 핵의 내부에는 기금조성과 직접 우편 전문가들이 있는데 그들은 이러한 모든 활동의 재정을 충당하기 위해 기용된다.

기금조성은 정치에서 고유한 하나의 영역이고 그 자체의 동력과 이슈들을 갖는데, 그들 중 많은 것들이 앞장에서 제기되어 왔다. 어떤 다른 단일 이슈보다도 기금조성은 캠페인 조직에서 풀뿌리 민주주의의 중요한 성과이다. 1992년의 기금조성은 경기후퇴로 쉽지 않았다. 재정적으로 어려움에 처해 있는 산업들을 대표하는 정치행동위원회들은 1988년에 정당에 건네주었던 만큼의 돈을 기부하지 못했다. 이 때문에, 후보자들은 더욱 미디어의 무료 노출에 의존했다. 6)

클린턴 캠페인에서 주요 기부자 중의 하나는 제이콥스(Jeremy Jacobs)였는데 아칸소에 위치한 가장 큰 개 경주장의 소유주였다. 기금조성에서 '꾸러미'(bundling)로 알려진 기법으로 제이콥스는 개인당 1,000달러의 기금을 제한하는 연방법을 피하여, 가족 구성원들 각자가 1,000달러를 기부하도록 하여 결국 10,000달러의 기부금을 효과적으로 조성할 수 있었다. 클린턴은 그러한 기부자를 지닌 유일한 후보자는 아니었지만, 변화가 필요한 선거법의 허점을 부각시키는 예가 되었다. 7)

돈은 종종 캠페인의 중요한 정세에서 기금조성 이벤트를 개최함으로써 모금된다. 예를 들면 민주당 전당대회에서 클린턴의 수락연설 이후 그는 기금 조성자를 모을 수 있었는데, 거기서 적어도 한 의석에 1,000달러가 나왔고 전체적으로 3백만 달러 이상이 모금되었다. 8)

월스트리트(Wall Street)회사와 석유나 가스 회사들은 1992년 대통령 후보자들에게 가장 큰 기부자였다. 그 다음으로 주요 기부자는 보험, 담배, 부동산 회사였다. 단일 기부자로서 가장 큰 기부자는 일리노이(Illinois)주의 Archer-Daniels-Midland 회사였다. 그들은 개별 후보자에 대한 후원에서 선거법을 위반하여 선거 후 FEC에 의해서 8,000달러의 벌금을 냈다. 개인 후보자들에게 내는 기부금에 대한 연방법의 제한 때문에 기부금은 대체로 정당으로 들어온다. 9)

페로의 조직은 고도의 기술양식으로 조직되었음에도, 옛날의 풀뿌리 민주주의 조직을 세우는 데 성공했다. 그러나, 그의 캠페인을 주로 자원자의 노력에 의존해서 구축되었던 조직으로부터 컨설턴트와 컴퓨터에 의존하는 조직으로 이행하는 것은 페로로서는 쉽지 않았다. 페로가 50개의 모든 주에서 대통령 결정 선거에 이름이 올려질 수 있도록 청원을 한 사람들 사이에서는 페로에 의하여 고용된 컨설턴트들이 조직을 양도할 것이라는 두려움이 팽배해졌다. 사실, 캠페인의 어느 시점에서 페로는 통제의 고삐를 그가 고용한 전문가들에게 양도했다. 10)

아마도 대중적 노력을 확립한 가장 중요한 부분은 후보자들의 개인적인 출현이었을 것이다. 개인적인 출현은 선거조직에 활기를 부여하고 후보자들과 사람들이 일 대 일 접촉을 할 수 있도록 한다. 선거 관찰자들은 그가 전국을 돌면서 29시간 연속 논스톱 선거운동으로 캠페인을 끝냈던 클린턴의 마라톤 여행을 잊지 못할 것이다. 여기서 의문점은, 대부분의 후보자들이 이러한 수준의 노력으로 선거를 결말짓는가에 대한 것이다. 그에 대한 대답은 클린턴 선거본부의 전략적 사고와 같다. 선거운동의 끝에서조차 클린턴 선거본부는 미국인들에게 부시와 비교하여 젊은 클린턴이 얼마나 정력적인지를 보여주고 싶어했던 것이다. 11)

### 풀 마케팅 (Pull Marketing)

풀 마케팅은 아마도 후보자와 상품 마케팅 사이의 가장 밀접한 연결고리일 것이다. 이때 미디어는 후보자의 이미지와 메시지를 전달하는 수단으로서 사용된다. 세 후보자들은 보다 직접적으로 유권자에게 접근하기 위해서 전통적인 미디어 통로를 피하고 지역 텔레비전을 사용하였다. 부분적으로는 전국 뉴스에 대한 유권자들의 시청률은 떨어져가고 있었기 때문이며, 또한 초기 예비선거동안 전통적인 미디어 출구를 통하여 그의 메시지를 전달하는 데 클린턴의 무능력으로 인하여 지역 텔레비전이 선택되었다. 그는 그 대신 생방송 초청 쇼에서 성공적인 방식을 찾아냈으며, 남은 캠페인 기간 동안 대체 미디어의 사용을 고수하였다.

  사실, 모든 새로운 정치현실은 1992년 선거운동에서 창출되었다. 텔레비전 초청 쇼는 모든 후보자들에게서 흔히 볼 수 있는 장면들이 되었다. CBS의 〈디스 모닝〉(This Morning)이라는 프로그램에서 있었던 부시와의 생방송 인터뷰에서는 약 1시간 동안 시청자로부터 직접 부시에게 질문이 이루어졌다. 방송은 백악관 로즈 가든(Rose Garden)에서 생중계되었는데, 부시는 이러한 형식을 몇 번 사용하지 않았다. 정치적 시기에 클린턴과 페로는 생방송 미디어 형식을 마스터했지만 부시는 이에 대한 거부감 때문에 불리한 입장에 있었다. 12)

  부시는 그의 미디어 캠페인을 퓨리스(Martin Puris)와 윌하이트 (Clayton Wilhite)에게 넘겼다. 그들은 유명한 브랜드 이름을 가진 상품인 버드와이저, BMW 자동차, Magnesia 우유 등을 책임지고 있는 매디슨 가(Madison Avenue) 광고회사의 사장이다. 그들 모두 정치광고에 대한 경험이 없었지만, 둘의 선택은 뉴햄프셔 예비선거동안의 정치광고 집행자 시플(Don Sipple), 머피(Michael Murphy), 카스텔라노스(Alex Castellanos)가 만든 광고의 좋지 않은 결과에 대한 반응이 되었다. 퓨리스와 윌하이트의 지도하에 이 세 명의 광고집행자들은 뉴햄프셔에서 성공적으로 표현하지 못했던 부시의 면을 창출하기 위해 크리에이티브 팀에서 함께 일했다. 그들의 목표는 부시가 유권자들에게 각인시키고자 했던 그의 목적을 확립하고 부시의 개인적인 면을 표현하는 것이었다. 13)

  부시 광고의 전략은 그의 매력적인 이미지를 유권자에게 전달할 몇가지 다른 길을 이용하는 것이었다. 하계 올림픽동안 한 광고물은 부시의 지도력에 관하여 이야기하는 평범한 미국인들과 러시아인들을 보여주었다. 그의 업적과 그가 대통령직에서 이루었던 방대한 경험들에 관하여 말하는 이러한 유형의 광고는 유권자들에게 부시의 신뢰성을 부각시켰다. 14) 비슷한 맥락에서 부시의 미디어 컨설턴트들은 변화라는 주제를 재초점화하고 변화의 성공은 원칙에 의해서 이루어진다는 암시를 했다. 이러한 이미지는 광고물에 의해서 전달되었는데, 광고는 대통령 봉인에 초점을 맞추어 시작해서 점점 밝아지며 부시의 얼굴이 클로즈업되면서 부시는 매우 성실한 태도로 말하기 시작하는 형식을 취했다.[15]

부시 진영은 변화라는 주제를 활용했는데, 그러나 그들은 비록 늦었지만 그 변화가 유권자들의 마음속에 중요한 이슈로 자리잡은 것을 깨닫게 되었다. 그렇지만 그들의 일반적 접근은 그 변화를 대통령을 제외한 행정부와 연결시켜서 국회와 내각에 대한 변화 필요성을 제기하였다. 부시 광고는 미국 유권자들에게 현 상태를 거부하면서 동시에 부시를 지지할 수 있다는 것을 암시하려 했지만 이 전략은 성공하지 않았다.[16]

부시는 뉴햄프셔 예비선거 결과를 통해 뷰캐넌이 진정한 위협이었다는 것을 알고 난 후 경쟁자에 대한 공격 중심으로 전략적 관점을 바꾸었다. 그러나 부시는 선거운동과 나라를 통치하는 것을 분명히 구별하였기에 부정광고에 대해서 문제가 없었다. 선거운동에서는 한 마디로 대부분 모든 것이 부시에 따라서 움직였다. 부시는 종종 선거운동과 통치를 분리했고 그가 비록 어떻게 통치할 것인지에 대하여 매우 신중했다할지라도 그가 선거운동을 보다 개방된 전쟁으로 보고 있다는 것과 그러한 명분으로 이기기 위하여 무엇이든지 할 수 있는 자유를 갖고 있다고 현명하게 지적했다.[17]

클린턴에 대해서도 많은 부정적인 광고들이 방송되었다. 한 광고물에서는 공원에서 클린턴에 대하여 대화를 나누는 두 사람의 모습이 클로즈업되는데, 클린턴이 진실을 말하지 않고 있으며 대통령이 되려면 솔직할 필요가 있다고 말한다.[18] 또 다른 광고물의 경우 클린턴의 세금에 대한 공약에 공격을 가했다. 해설자의 목소리로 일반적인 납세자에게 세금이 어떠한 의미를 지니는지를 설명하면서, 세금은 감소하지 않고 증가할 것이라는 이야기를 하였다.[19] 대부분의 부정적 광고들은 라디오를 통하여 방송되었는데 부시가 먼저 클린턴에 대항하여 징병이슈를 제기했다. 어떤 라디오 광고물에서는 아나운서가 징병이슈와 연결된 연대순으로 일어난 일련의 사건들을 통하여 시청자의 관심을 모으고 나서, 클린턴이 처음에는 그가 결코 징병통지를 받지 않았다고 말했지만 그 후 그의 이야기를 번복한 사건에 대하여 토론을 하도록 하였다. 그 아나운서는 계속해서 클린턴이 군대를 존경한다고 말하지만 결코 참여하지는 않았다고 관련지어 말했다.[20] 이를 통해서 부시는 실속없는 허풍쟁이로서의 클린턴의 이미지를 강화하기 위해 노력하고 있었다.

그러나 선거날이 가까워지면서 부시는 언론회담을 계속 줄여나갔으며 실수를 피하기 위해 보다 신중해지려는 노력을 하였다. 그러나, 세계의 지도자로서 부시의 이미지는 계속해서 언론에 나타났다. 이상하게도, 퀘일(Quayle)은 신중하게 선거운동의 대부분 동안 매우 조용했고 특히 광고물에 그는 거의 나타나지 않았다. 그의 선거운동 스케줄은 그에 대한 공격기회를 제한하였다. 전당대회 이후가 돼서야 퀘일은 더 많은 열광적인 군중들을 모으기 시작했다.[21]

클린턴의 광고전략은 매디슨 가의 집행자들을 고용한 공화당 전략과 유사했으나, 클린턴을 위해서는 단지 긍정적 광고물만을 만들었다. 정치광고 전문가들이 부정적 광고를 개발하기 위해 고용되었다. 클린턴 선거본부는 도미 듀츠(Domy Deutsch)를 고용하였는데 그는 자신의 회사의 크리에이티브 디렉터였고 가정가구인 이케아 라인(Ikea line)을 위한 혁신적 광고를 담당하고 있었다. 프랭크 그리어(Frank Greer)가 예비선거를 위한 광고를 주재하면서 했던 작업에 대해서 많은 비난이 있었지만 그의 파트너인 맨디 그런왈드(Mandy Grunwald)는 전당대회 후에 광고를 이끌었다. 그런왈드(Grunwald)가 매디슨 가 집행자들의 몇 팀을 이끌게 되면서 클린턴 진영의 접근은 부시가 사용한 기법과 매우 비슷하게 되었다.[22] 특히, 클린턴은 듀카키스 선거본부의 실수를 피하려고 했다. 듀카키스의 미디어팀은 너무 산만해서 광고물에 통일된 주제가 없었기 때문이다.

민주당 전당대회에서 매우 혁신적인 전환으로, 정당관리들은 전당대회 위성뉴스서비스(Convention Satellite News Service)를 개발했다. 이 서비스는 기자를 의회에 보낼 여유가 없었던 지역방송국에 미리 제작된 육성(*soundbites*)을 무료로 제공하였다. 민주당 전당대회를 운영하는 매우 조직적이고 결속된 그룹은 국민을 최우선으로 라는 주제가 크고 명확하게 들리도록 하기 위하여 모든 연설을 검토했다.

마찬가지로, 클린턴의 팀은 매일 한 페이지의 소책자를 배포해서 전당대회 참여자들이 TV 인터뷰에서 무엇을 말했는지에 대한 요점을 제공했다. 예를 들면, 전당대회에 배포된 소책자에서 전날 제시 잭슨(Jesse Jackson)의 연설은 강력했고 클린턴과 잭슨 모두는 똑같은 경제 의제를 주장하고 있다고 클린턴이 말한 것으로 인용되었다. 전당대회에서 집행 제작자였으며 이전에 맥네일/레러(Macneil/Lehrer) 프로그램에 있었던 데니스 헤이던(Denis Hayden)은 그가 효과적으로 클린턴을 포장했는지에 대해서 질문을 받았는데, 그는 전당대회의 목적은 뉴스 운영과 비슷한 방식으로 정보를 유권자들에게 배포하는 것이었다고 답변했다.[23]

전당대회에서 클린턴의 전략은 예비선거동안 그에게 가해진 비난에 대해 대응하는 것이었다. 인간으로서의 그의 긍정적인 면을 강화시키고 동시에 미국 사람들에게 그의 정책을 진행시켜 갈 클린턴의 전기를 제시하려는 것이었다.[24] 전당대회부터 그는 매체 출연을 통하여 유권자들에게 가장 중요한 이슈, 특히 경제로 그들의 관심을 돌리려고 하였다.

클린턴 역시 비방광고를 사용했지만, 공격의 중심은 부시의 성격보다는 대통령으로서 그의 정책과 경력에 있었다. 더욱이, 클린턴은 언론을 공격하였다. 한 광고에서는 아나운서가 클린턴이 언론의 잘못된 공격에 어떻게 맞섰는지에 관하여 말하였다. 그리고 그 광고는 클린 턴의 배경에 대해 말했고 그가 믿는 것을 위하여 얼마나 그의 삶을 헌 신해 왔는지에 대하여 이야기하였다. 로드 장학생(Rhodes Scholar)으 로서, 조지타운(Georgetown)과 예일(Yale)에서의 교육과 아칸소 주지 사로서의 그의 경력이 부각되었고, 광고는 클린턴이 국민을 최우선으 로 놓음으로써 중산층을 도울 수 있을 것이라는 것을 확신시키면서 끝났다. 25)

부시에 대한 그의 비방광고 중의 하나에서, 클린턴은 부시가 이 나 라 역사에서 어떻게 두 번째로 가장 큰 세금인상을 법률화했는지를 설명하였다. 그리고 나서 그는 이러한 정책오점을 아칸소의 주지사로 서 그의 경력과 비교하고 그의 주는 이 나라에서 개인당 두 번째로 가 장 낮은 세율을 갖고 있다고 언급하였다. 이 광고는 다음과 같은 캐 치 프레이즈를 표현한 것이었다. "사실을 직시하라."26) 또 다른 비방 광고는 스크린을 약간 초점이 흐린 부시의 영상으로 가득 채우면서 그는 경제가 얼마나 확고한지에 대해서 말한다. 그가 말하고 있을 때 해설자는 다음과 같은 문제를 제기한다. "부시가 문제를 이해하지 못 하는데 어떻게 그가 이것을 해결할 수 있을까?" 27)

보다 긍정적인 한 광고에서, 클린턴/고어의 버스 투어는 나라를 일 주하면서 도로를 따라 깃발을 흔들고 미소짓는 평범해 보이는 사람들 을 방문하기 위해서 멈추며 클린턴은 악수하러 다가간다. 다음 장면 은 주지사 저택의 책상에서 일하고, 전당대회에서 연설을 하는 클린 턴을 보여주었다. 클린턴은 사람들을 보살피고 그들을 위하여 일하는 대통령이 될 것이라고 말하면서 마지막 장면을 채웠다. 28) 또 다른 광 고물에서, 클린턴은 미국인들을 교육시켜서 다시 일하게 할 수 있게 하는 그의 계획을 사용하여 사람들이 생활보호를 받지 않게 하겠다고 말하였다. 광고의 끝에 그의 계획이 씌어진 글에 관심 있는 사람들을 위하여 '800' 번호가 스크린에 나타났다. 29)

클린턴은 대부분의 비방광고 메시지를 전달하기 위하여 라디오 광고에도 의존하였다. 한 라디오 광고에서는 대통령이 논쟁을 피한 것에 대하여 비판을 가한다. 아나운서가 경제통계에 대한 긴 목록을 보여준 후, 그는 미국인들은 많은 의문점을 갖고 있을 것이며 유권자들은 후보자들의 논쟁을 들을 기회를 가져야 한다고 지적한다. 광고는 왜 부시가 클린턴과 논쟁을 하려 하지 않는지에 대하여 질문을 하면서 끝난다. 라디오 광고는 후보자가 상대방에 대한 부정적 메시지를 전달하는 통로로써 기능하는 것 외에도, 후보들이 보다 효과적으로 특정한 타깃 수용자에게 다가설 수 있도록 했다. 30)

부시와 클린턴이 공중파에서 계속해서 전쟁을 치르는 동안, 페로는 새로운 형식의 정치 커뮤니케이션인 인포머셜(informercial)을 소개했다. 30~60초 광고 대신에 페로는 경제가 좋지 않은 상태에 있고 이를 해결하기 위해 어떤 조치가 취해져야 한다는 그의 의견을 중계하기 위해 30분짜리 프로그램을 사용했다. 31) 페로는 그 자신의 돈으로 선거운동 비용을 충당했다. 이 사실은 적어도 왜 그가 비용 면에서 가장 효과적인 텔레비전 인포머셜을 이용했는지 설명해 준다.

많은 회의론자들은 30분 동안 도표와 목차로 미국 유권자들의 주목을 유지하는 것은 불가능하다고 생각했지만 그들은 옳지 않았다. 어떤 경우에 페로의 광고는 같은 시간에 방영된 시트콤보다 더 인기가 좋았다. 이것은 부시의 프로그램이 건전한 사고가 아닌 마술에 기반하고 있다는 것을 강조하기 위해 주술 막대(Voodoo stick)와 같은 미디어를 새롭게 이용한 덕택이다. 닐슨(A. C. Nielson) 회사는 금요일 밤에 방송된 30분 광고는 약 1,300만 명의 사람들이 본 것으로 산정했다.

그러나 클린턴의 비슷한 비정통적인 광고비의 사용은 성과가 있었다고 미디어 담당자 그런왈드(Grunwald)는 말하고 있다. 클린턴 진영은 역사상 어느 대통령 선거운동보다 중앙 텔레비전에 적은 돈을 사용하였다. 이는 그런왈드(Grunwald)에 따르면 일종의 도박이었다. 광고전략을 엄밀히 살펴보면 사람들은 이러한 조직 내에서 전략적 통일성을 느끼게 된다. 매체 조직원들은 그들이 우위를 차지한 주(이길 것이 확실한 주)에서는 텔레비전 광고를 하지 않았다. 이러한 주에서 차지한 30점의 우위를 최대한 15~20점 정도의 우위로 낮추게 되면, 이는 결국 다른 곳에서 쓸 수 있는 수백만 달러를 절약하도록 하는 결과를 갖고 오게 된다. 그들은 우세지역을 비보호 상태로 두었지만 도박은 성공하였다. 32)

그들의 모든 광고비용은 접전 주(battelground states, 결정되지 않은 지역들)에 사용되었다. 그런왈드(Grunwald)의 말에 따르면 그들은 이 지역에서 국회의원 수준의 선거운동을 했다. 이는 노동절 이전에 방송하는 것을 의미하는 것으로 또 다른 매우 비정통적인 전략이었다. 결과적으로 그들의 광고비용은 그들이 타깃으로 한 32개 주에서만 지불되었다. 예를 들어, 이 전략으로 인하여 노동절 이전의 여론투표에서 클린턴이 단지 4~6%의 우위를 점했던 미시간에서 9월 후반 무렵에는 두 자리 숫자로 우위를 차지하게 되었다. 부시는 그러한 큰 규모의 선두를 깨기에는 너무 늦은 9월 후반부터 방송에 나가기 시작했다. 게다가 부시는 중앙 텔레비전에 그의 광고를 집중했는데, 높은 비용으로 그러한 지역에서 그의 보도는 제한적이 되었다. 접전지역의 모든 주에서 클린턴은 부시의 광고보다 더욱 자주 텔레비전 스팟 광고를 방송했다. 33)

메시지 관점에서 클린턴 수석전략가인 베갈라(Begala)는 두 영역의 홍보가 캠페인에 사용된 것을 지적했다. 하나의 영역은 부시가 약속을 이행하지 못한 것에 집중했고 그의 직무수행의 실패를 다루었다. 두 번째 영역은 클린턴의 경제적 계획과 국가를 위하여 그가 원하는 국가가 나아가야 할 새로운 방향의 비전에 중점을 두는 것이었다. 이러한 계획은 아칸소에서의 그의 경력과 미국인들을 위하여 열심히 일하려는 욕망에 의해서 뒷받침되었다. 클린턴 진영의 사람들은 유권자

들에게 왜 그들이 부시를 외면하며 동시에 클린턴/고어 티켓에 희망
적일 수 있는지를 상기시켜 주고 싶어했다. 34)

클린턴 진영에서는 항상 이러한 두 가지 영역에 근접하도록, 특히
부시의 경제정책 수행능력에 초점을 맞추어 경주에 임하려고 노력하
였다. 클린턴의 성공의 주된 이유는 선거운동 내내 이러한 두 가지
영역에 초점을 유지시킨 그의 능력 덕분이었다. 이는 그런왈드
(Grunwald)에 따르면 클린턴 자신의 말과 직무경력에 초점을 맞춘 직
접적이고 매우 효과적인 광고를 사용하여 달성되었다고 한다.

이러한 광고는 매우 다른 민주당원으로서의 클린턴의 경력을 강조
했다. 복지개혁, 사형법, 균형재정을 포함한 이슈에 관해서 아칸소에
서 그의 경력을 언급하는 몇 가지 광고들이 이것을 가능하게 했다.
이러한 메시지들은 부시 진영이 그들의 광고에서 그를 그리려고 했던
이미지와는 역으로 클린턴이 전통적 자유주의자가 아니라는 분명한
신호를 보냈다. 35)

### 여론조사 리서치 (Polling)

4P의 마지막은 여론조사인데, 이는 후보자의 선거운동 전략을 발전
시키고 그것을 다양한 공중들에게 전달하도록 돕는 모든 정보의 형식
을 포함한다. 후보자 마케팅에서 연구조사와 여론투표 행사가 차지하
는 중요한 역할 때문에 4P 중의 하나로 제시된다. 시간적 압력과 성
공적인 선거운동을 운영하는 데 필수적인 상당한 정도의 융통성을 위
해서는 후보자가 즉시 그의 마케팅 전략을 수정할 수 있도록 효과적
인 정보 피드백 체제를 필요로 한다.

1992년 선거운동 과정에서 몇 가지 혁신들이 사용되었는데, '900',
'800' 전화 번호들, 포커스 그룹의 창조적인 적용, 순간 조사(moment-
to-moment research — 광고에 대한 유권자 반응을 그 즉시 알아보는 정교

화된 기술을 이용한 연구조사), 그리고 그 외 다른 여러 가지 예들이 있다. 여론 조사원들은 선거과정에서 주요 권력중개자 중의 하나가 되었다. 여론종사자들의 시각과 그들의 전문성에 대한 의존은 선거운동 전략이 선거운동 과정에서 얼마나 변할 것인지를 결정해 준다. 많은 면에서 연구개발이 회사의 중요한 몫인 것처럼 여론투표는 정치마케팅의 일부가 되어왔다. 그 둘 모두는 제품의 혁신을 책임지는 것이다.

여론조사 결과는 특히 선거전의 막바지에 세 후보 모두에 의해서 자세히 주시되었다. 클린턴의 여론종사가인 그린버그(Stan Greenberg)는 클린턴과 부시 간의 결말에 대한 어떤 예측도 무시했는데, 선거운동의 마지막 주에서 인기투표의 비율은 그린버그가 예측한 숫자에 근접하였다. 사실, 그린버그는 선거운동의 마지막 주중에 7점 정도 앞설 것으로 내다보았다. 이는 인기투표에서 마지막 비율과 비슷하였는데 클린턴은 43%였고, 부시는 38%, 그리고 페로는 19%의 표를 얻었다. 36)

선거운동 과정동안 나온 정보는 후보자가 유권자 시장을 세분화하고 그 속에서 그 자신을 포지셔닝하기 위한 토대를 설정한다. 후보자 외에도 여론종사자들, 정당, 정치행동위원회들과 매체 또한 그들의 목표를 추구하기 위해 이러한 정보기술에 의존한다. 1992년 가장 흔하게 사용된 두 가지 기법은 포커스 그룹과 여론조사였다.

### 포커스 그룹 (Focus Group)

포커스 그룹은 수십 년 동안 새로운 상품 컨셉을 시험하고 광고 소구대상에 대한 소비자 반응과 다른 목적을 위해서 마케팅에서 사용되었으나, 이것은 정치에서 매우 대중적이 되었다. 포커스 그룹에 대한 다음의 기술적 정의는 이러한 정치적 연구조사 기법의 주요 면을 부각시킨다.

포커스 그룹은 여론 종사자들에 의해서 제기된 이슈의 비공식적이고 공개적 논의를 위해 구성된 인구특성을 가진 소수의 개인들이다. 후보자에게 전략적 함축은 선거구 입장에서 후보자를 정의하는 것이다. 이러한 기법은 여론조사를 표집하기 위한 보충물로써 사용된다. 자유롭게 흐르는 커뮤니케이션에 의하여 초점그룹은 사람들이 이슈를 보는 관점을 찾고 그들이 다른 사람들의 시각에 어떻게 반응하며 그들에게 새롭거나 불편한 이슈들은 어떻게 해결되는지를 살펴보도록 해준다. 37)

초기 여론조사에 대한 반응양식과 특정기준에 기반하여 초점그룹을 위한 개인들을 선택한다. 초점그룹이 갖는 문제점들 중 하나는 그것들이 정의상 타깃화된 모집단을 대표하지 못한다는 것이다. 그러나, 여론 종사자에게 다른 차원의 유권자의 생각에 대해 알리기 위해 포커스 그룹이 여론조사를 완성시키려 사용될 수 있다. 질문들은 포커스 그룹 결과에 기반을 두고 여론조사와 설문지에 차례로 나타난다. 38)

### 여론 조사 (Polls)

현대 정치 선거운동에서 가장 영향력 있는 기법 중 하나는 여론조사이다. 그것은 선거구의 생각에 대한 하나의 간단한 사진을 보여준다. 여기서 구별되어야 할 점은, 미묘하기는 하지만 여론조사와 마케팅 조사 간에 한 가지 중요한 차이점이 있다는 것이다. 여론조사는 시기적으로 다른 점에서 선거구의 다양한 층에 대한 기술적인(descriptive) 시각을 보여준다. 정교화된 통계분석의 사용을 통하여 마케팅 연구조사는 단지 여론조사만으로 결정될 수 없는 후보자들의 전략 차원들을 설명하고 분리하기 위해 사용된다.

여론조사는 종종 왜 유권자들이 그런 식으로 생각하는가에 대한 심층적인 해석이 아닌 전체적인 묘사를 하는 데 사용된다. 그 이유는 여론조사의 경우 종종 매체소비를 위해 이용되고 그 결과 간결하고 해석하기 쉬워야 하기 때문이다. 이것들은 또한 누가 누구 앞에 있는지를 예측함으로써 선거운동의 경마보도적 심리를 따른다. 결과가 전 선거구에 일반화될 수 있도록 하기 위해서 표집은 여론투표의 핵심이다.

다음을 포함하여 몇 가지 여론조사와 설문이 있다.

- 벤치마크 서베이(benchmark survey) - 대개 후보자들의 출마 결심 후에 행해진다. 뒤이은 선거운동을 평가하기 위한 기준선으로서 작용한다. 후보자의 공적 이미지, 이슈에 관한 그들의 입장과 선거구의 인구통계 분포에 관한 표준적인 정보를 수집한다.
- 예선전 서베이(trial heat survey) - 설문이 아니라 질문, 혹은 하나의 설문 내에 있는 일련의 질문들을 일컫는다. 가정적 조합 내에서 후보자를 그룹화하고 시민들에게 가정적 조합 내에서 누구에게 투표할 것인지를 묻는다.
- 추적 여론조사(tracking polls) - 캠페인에 의해 수행되는데, 대개 선거일에 즈음하여 지지의 최신 이동을 자세히 감시하기 위해 매일 행해진다. 캠페인 전략과 광고에서 최후 변화를 시도하기 위한 최신 정보를 제공한다.
- 패널 서베이(cross-sectional and panel survey) - 선거경쟁이 이루어지는 시기에 주요 여론조사 조직에 의해서 행해지는 여러 여론조사로, 각 인터뷰를 위해 다른 표본 시민을 이용하고 선거구가 어느 시점에서 어디에 서 있는지에 대한 그림을 제시한다.
- 출구 조사(exit polls) - 유권자가 투표한 직후에 행해진다. 39)

출구조사는 미디어에서 인기가 매우 높아졌는데 공중들에게 즉각적인 해석을 얻기 위해 특히 선거결과 보도에서 이용된다. 출구조사는 단지 유권자를 표집해서 선거당일 인터뷰함으로써 무작위 샘플을 수행하는 데 드는 많은 비용을 절약한다. 이러한 유형의 연구조사 수행에서 표집(*sampling*)은 매우 중요한 요소이다. 주로 출구조사가 행해지고 있는 관할구역 안에서 모든 선거구의 완전한 목록을 만드는 것으로써 표집의 과정이 시작된다. 그런 다음 선거구의 한 표본이 뽑히는데 대체로 양면에 36개의 질문이 인쇄된 모의 투표용지가 배포된다.

전화 참여 여론조사(900, 800 번호)는 상대적으로 논쟁 후에 즉시 반응에 관심 있는 미디어와 여론조사가에 의해서 자주 사용된다. 예를 들어, AT&T는 여론조사를 위한 기제를 제공하고 방송 미디어에 서비스를 판매한다. 이러한 종류의 여론조사는 표집 관점에서는 불행히도 신뢰하기 매우 어렵다. 거의 독점적으로 미디어에 의해서 이용되는 900번을 이용한 여론조사는 전화하는 사람들이 일반 모집단을 대표할 수 없기 때문에 잘못된 결과를 제시할 수도 있다.

최근 여론조사 자료를 사용하는 매스미디어의 일이 증가되면서 신문, 잡지, TV 조직에 의한 인하우스(in-house) 여론조사 수행의 제도화가 이루어졌다. 뉴스미디어는 정보의 주요 원천으로서 여론투표를 사용하여 선거에 관한 보도를 하기 시작하였다. 사실, 여론조사는 현대 선거운동의 초점이 되었는데 이는 미디어 선거운동 의제를 설정함에 있어 주요 역할을 하기 때문이다.

여론조사의 상대적 장점에 관한 논쟁이 확산되고 있다. 그 중 하나의 관심분야는 밴드왜건(Bandwagon) 효과에 미치는 영향이다. 한 평가에 의하면,

어떤 학자들은 선거캠페인 과정동안의 여론조사 결과를 지속적으로 유포할 때 밴드왜건 효과를 낳는다고 주장한다. 여론조사 결과와 언론보도가 확고한 경향을 보여주기 시작하면 여론은 같은 방향으로 고착화된다. 여론조사 보도는 여론을 형성하고 선두 후보자에게 유리하게 여세를 만들어낸다. 밴드왜건 효과는 언론이 승리와 패배에 관한 정보를 쉽게 유포할 수 있다는 것과 그러한 정보의 영향력에 관하여 공중이 상당히 정확하게 지각하고 있기 때문이다. 40)

기업가와 소비자에 관한 여론조사의 효과는 브래드번(Bradburn)과

수드만(sudman)이 잘 설명해 주고 있다.

> 만약 합법적인 사업이 계속적으로 존재할 수 있고 소비자의 욕구를
> 만족시켜야만 이윤창출이 가능하다고 믿고 있는 경우라면 여론조사
> 의 역할은 자명하다. 회사가 소비자의 욕구가 무엇인지 알지 못하면
> 소비자의 욕구를 만족시켜 줄 수 없다. 따라서 서베이는 회사가 고
> 객에게 더욱 질 높은 서비스를 할 수 있도록 정보를 제공해 준다. …
> 만약 회사가 소비자로 하여금 필요치 않거나 해로운 물품을 구매하
> 도록 조종한다고 믿고 있을 경우, 여론조사는 악마적인 도구의 하나
> 라는 책임을 져야한다. … 여론조사에 기반을 둔 마케팅은 사람들이
> 새로운 상품을 사보도록 하는 데 이용될 수 있지만 제품사용에 대한
> 만족감을 갖게 될 경우에만 소비자들이 계속해서 구매하게 된다. 대
> 부분의 회사들은 그들의 끊임없는 번영을 위해 고객 만족에 의존한
> 다. 그리고 많은 회사들은 불만족의 원인을 파악하고 빨리 시정하기
> 위해서 그들의 고객에 대한 서베이를 중요하게 여긴다. 41)

후보자들의 마케팅전략을 발전시키는 데 널리 사용된 또 다른 차원
의 리서치는 상대편 조사(opposition research)이다. 비록 캠페인과정 동
안 그에게 나쁘게 작용할 만한 경쟁자에 관한 토막기사를 찾아내는 것
자체는 새로울 것이 없지만, 이 과정이 전개되는 정교함의 수준은 새
로운 것이었다. 1992년 당시 각 정당에서 이러한 유형의 조사를 담당
한 두 사람이 있었다. 민주당의 댄 캐롤(Dan Carol)과 공화당의 데이
비드 텔(David Tell)이 그들이다. 이들 모두 30대였고, 지난 선거기록
과 세금서 등을 포함한 상대편에 관한 흥미있는 정보를 찾아내기 위해
철저히 조사를 하였다. 댄 캐롤과 데이비드 텔은 일반적인 사무실을
벗어나서 활동했는데 그 당시에 가장 정교한 컴퓨터 LEXIS와 NEXIS
시스템을 사용하였다. 이 시스템들은 한 번의 버튼을 누름으로 언론의
기사들을 찾고 다른 전체 문서를 볼 수 있도록 해주었다. 42)

## 전략 계획

캠페인 조직의 전략계획은 선거에 승리하기 위한 청사진과 같다. 전략계획은 경영조직에서 발견되는 동일한 요소를 결합한다. 사실 정치조직이나 경영조직이 동일한 기본적 원칙 하에 운영되기 때문에 정치조직의 운영은 경영조직의 운영과 비슷하기 때문이다. 전략계획은 선거운동 기간중 각각의 위치에 걸맞게 후보자를 위한 목표와 전략을 수립하는 확고한 조직화의 개발에 달려 있다. 목표와 전략은 최종화되기까지 상호적으로 발전한다. 일단 조직원들이 제 위치에 서고 최종 목표가 수립되면, 세 가지 시스템이 마케팅 전략을 효과적으로 수행하기 위해 채택되어야 한다. 전략형성 시스템, 전략수행 시스템, 그리고 조직의 활동을 모니터하고 관리할 시스템이 그것이다. 〈그림 6-3〉은 전략계획 각 단계를 묘사하고 있다.

〈그림 6-3〉 전략 계획

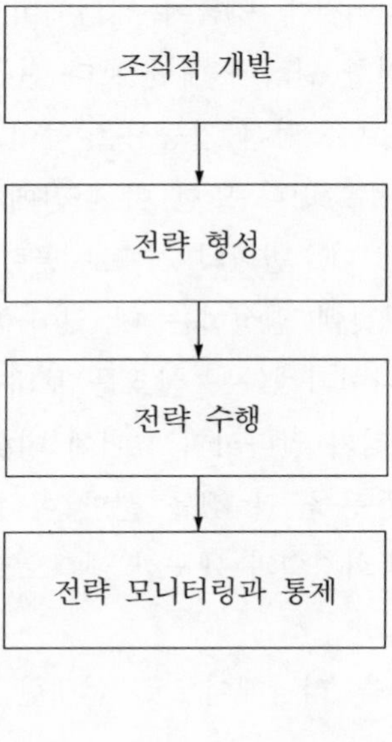

조직적 개발

전략 형성

전략 수행

전략 모니터링과 통제

## 조직적 개발 (Organizational Development) : 컨설턴트

선거운동 조직을 구성하는 것은 명령체계와 책임의 영역을 분명히 하는 것을 포함한다. 이 과정은 책임과 의무가 서로 다르기는 하지만 기업활동에서의 조직적 구조화와 매우 유사하다. 기업의 세계와는 달리, 정치적 조직 내에서의 업무는 종종 자원봉사자 조직을 이끌 후보자의 능력에 중점을 둔다. 많은 자원봉사자들은 정부의 직책을 맡기를 원하는데, 그런 가능성은 후보자가 승리한다는 것을 가정할 때 훨씬 더 커질 것이다.

아주 뛰어난 컨설턴트와 전문가들 없이는 효과적으로 작동할 수 있는 조직을 구성하는 것이 거의 불가능하다. 최고의 전문가를 확보하는 데는 커다란 경쟁이 따른다. 그것은 후보자가 지지하는 정치철학과 11월에 후보자가 이길 수 있다는 인식의 함수이다. 어떤 컨설턴트라도 승리할 가능성이 있는 대통령 후보를 위해 일하는 것이 자신의 컨설팅 사업에서 성공하는 지름길이라는 것을 알고 있다.

컨설턴트를 고용하는 것에 덧붙여 러닝메이트의 선택에도 특별한 주목이 필요하다. 이러한 결정에 대한 보다 전통적인 접근에 따르면, 남부 출신의 대통령후보는 당선 가능성을 높이기 위해 다른 남부 출신을 선택하지 않는다. 그러나 또한 이 나라에서 정치는 늘 같은 방식으로 진행되지는 않았다. 변화의 기수로 클린턴은 고어를 선택했는데, 이는 자신이 백악관에 입성하는 데 있어 기존의 방식을 따르지 않고 대신 용감하게 나아가겠다는 신호를 보내기 위한 것이었다. 그 둘은 승리했으므로 우리가 알다시피 고어에 대한 클린턴의 선택은 훌륭했다. 고어는 선거운동을 잘 했을 뿐만 아니라 실수를 전혀 하지 않았고 그의 뛰어난 국회경력과 깨끗한 행적으로 인해 클린턴에게 신뢰성을 부가시켰다. [43)

스톡데일(Stockdale)을 러닝메이트로 선택한 페로는 러닝메이트의

선택이 얼마나 중요한가를 잘 보여주는 1992년의 교훈이라고 할 수
있다. 토론에서도 대부분의 사람들이 확실하게 느꼈던 것처럼 스톡데
일의 능력은 고어나 퀘일을 뛰어넘을 정도는 아니었다. 앞으로 언급
되겠지만 페로의 경우 정치적 컨설턴트를 이끄는 데에서도 어려움을
갖고 있었다. 좋은 조직은 그 구성원의 모든 업무를 파악해야 한다.
적절한 업무목록 작성의 중요성에 대한 좋은 예로는 부시 선거조직의
실패에서 찾을 수 있다. 베이커(Baker)가 위원회에 참석하였을 때 그
는 일정과 연설을 포함한 모든 중요행사의 의사결정자가 되었다. 그
러나 선거조직 안에서 사람들의 역할을 규정할 때 후보자의 정치적
이미지에 끼치는 영향이 무엇보다 중요하다. 베이커는 이러한 것에
가장 큰 영향을 끼쳤다. 그가 선거운동에 참여한 후로 부시는 변화했
다. 그의 연설은 좀더 효과적이었고 그의 메시지는 더욱 일관성을 지
니게 되었다. 전당대회 때까지의 부시의 전반적인 문제는 토론에서도
드러났지만 일관성의 부족이었다. 그러나 그의 연설은 하루하루, 연
설마다 바뀌었다. 베이커는 부시의 연설이 유권자에게 방향과 비전을
제시하도록 하였는데 이는 어떤 선거운동에서도 궁극적인 작업이었
다. 44)

그러나 이는 부시에게 너무 늦은 일이었다. 그의 선거운동조직은
늦게 자리를 잡아갔고 전체적으로 비조직적인 것처럼 보였다. 훈련된
여론 종사자인 로버트 티터(Robert Teeter)와 존 스누누(John Sununu)
가 물러난 후 참모의 자리에 앉게 된 사무엘 스키너(Samuel Skinner)
가 부시의 선거운동의 공동의장이었다. 결국 선거운동은 베이커가 8
월에 결합한 후에야 재조직되었다. 베이커는 자신의 팀을 데려와서
신속한 결정을 내리고 그가 위원회에 참석하기 전에 그런 작업을 수
행하는 데 실패하게 만든 모임들을 제거하였다. 또한 정보누설의 문
제를 비밀리에 중단되도록 하였다. 45)

이미 베이커는 부시의 1988년 선거를 훌륭히 주도하였으므로 많은

미디어의 정치분석가들은 1992년 선거에서도 그가 마찬가지로 훌륭히 수행하리라고 믿었다. 베이커가 선거운동에 합류하였을 때 선거조직을 운영하는 비조직화된 집단을 발견하였음에도 불구하고, 그는 선거운동이 심한 혼란에 빠졌다는 망상을 만들지 않기 위해 많은 집행부원들을 해고하길 원하진 않았다. 그는 자신을 도울 핵심그룹을 가지고 있었다. 마가릿 터트윌러(Margaret Tutwiler), 로버트 조엘리크(Robert Zoellick), 데니스 로스(Dennis Ross), 자넷 뮤린스(Janet Mullins)가 베이커를 도와주었다. 이들은 선거운동의 일일행사를 관리했다. 이들 모두는 베이커와 마찬가지로 국무성 출신들이었고 매일 몇몇의 부시사무원들과 함께 일을 했다. 매일 아침 이들은 재정담당인 리처드 다만(Richard Darman)과 만났으며, 로버트 텔터(Robert Telter)와 프레드 마레크(Fred Malek), 그리고 국가안보고문 브렌트 스카우크로프트(Brent Scowcroft)와 언론담당 말린 피치워터(Marlin Fitzwater)와도 만났다.46) 이들과 함께 베이커는 주제를 변화에서 신뢰로 재조직화하기 위해 노력했으나 성공하지 못했다. 그들이 믿는 유권자에게 호소하면서 베이커는 그가 유권자와 언론매체의 관심을 다시 이끌 수 있다고 생각했다. 부시 또한 미국 유권자의 마음을 설득하려는 바람으로 두 번째 분기동안 경제에 관한 전문가로서 베이커를 이용하는 것을 제안했지만 전략은 실패했다.47)

모든 후보자들은 그들의 선거운동의 정책과 이미지를 세우는 데 도움을 주는 컨설턴트에 매우 의존하였지만 누구도 클린턴보다 더하지는 않았다. 그의 선거운동 위원장은 처음에는 밀키 캔터(Milkey Kantor)였다. 그는 몇 년 동안 클린턴 일가를 알고 지낸 LA의 법률가였다. 그는 신문들이 클린턴의 추문을 보도하기 시작했을 때, 뉴햄프셔의 예비선거 바로 전의 기간동안 선거운동에 적극적으로 참여했다. 선거운동의 후반에 캔터(Kantor)는 조직의 주 집행자가 되어 데이비드 윌헬름(David Wilhelm)을 캠페인 매니저로 고용했다. 윌헬름의 책

임은 지역적 기반에 맞게 전략을 조정하는 것이었다.[48]

클린턴의 이미지는 민주당 기업의 공동경영자인 그리어(Greer)와 그런왈드(Grunwald)가 맡았다. 컨설팅 회사의 공동경영자였던 카빌과 베갈라는 일일전략을 결정하였는데 카빌은 리틀 록을 벗어나 활동하였고 베갈라는 클린턴과 동행하였다. 베갈라는 클린턴의 수석 연설문 작성자였고 카빌은 클린턴에게 불리한 여론을 만드는 언론을 책임지고 있었다.[49] 이슈 관리자는 브루스 리드(Bruce Reed)였는데 이후에 그는 고어의 캠페인 매니저가 되었다. 디 디 마이어스(Dee Dee Myers)는 언론담당비서로 일했고 엠마누엘(Raham Emmanuel)은 재정관리를, 시갈(Eli Segal)은 선거운동의 관리, 재정, 인사를 맡았다.[50]

카빌은 해리스 워포드(Harris Wofford)가 1991년에 펜실베이니아 하원선거에 큰 승리를 거두는 데 공헌함으로써 최고의 민주당 컨설턴트가 되었다. 그는 이후 1991년 11월에 클린턴의 선거운동에 합류했다. 카빌은 선거운동의 전략과 선거운동의 선전물에 쓰이는 인터뷰를 담당하였다. 조지 스테파노풀러스(George Stephanopolous)는 1988년 듀카키스(Dukakis)의 선거운동 때 커뮤니케이션 부감독으로 활동하였다. 이후 1988년 선거에서 그는 게파트(Gephardt)를 위해 일했다. 그는 클린턴의 커뮤니케이션 디렉터가 되어 홍보, 여론조사, 연설, 조사업무와 모든 광고결정에 대한 책임적인 임무를 담당하였다.[51]

그런왈드(Grunwald)와 그리어(Greer)는 언론매체 전략을 수립하였고 클린턴과 그의 가족을 국내 주요 잡지의 커버에 나오게 만드는 데 성공하였다. 게다가 클린턴은 자신의 친구인 텔레비전 프로듀서 린다 부드워드(Linda Boodworth-Thomason)의 지원도 받았는데 그녀는 전당대회 때 보여졌던 자전적 필름을 만들었다. 그녀와 그의 남편은 〈디자이닝 우먼〉(Designing Women)과 〈이브닝 셰이드〉(Evening Shade)의 공동제작자였으며 클린턴의 많은 생방송 출연을 도와주었다. 가령 린다의 남편은 〈아시니오 홀 쇼〉(The Arsenio Hall Show)에 클린턴을 출연시키기 위하여 섭외를 해주었다.

1992년 선거에서 컨설턴트들이 행한 더욱 중요한 역할 중의 하나는 클린턴에 관한 뉴스의 초점을 변화시킨 것이었다. 이것은 리틀 록에서부터 클린턴 진영이었던 벳시 라이트(Betsey Wright)의 몫이었는데, 클린턴의 배경에 대한 부정적 보도를 하는 리포터들과 계속적으로 싸워나가는 일을 담당하였다. 52) 클린턴과 라이트는 1972년의 조지 맥가번(George McGovern) 선거에서 함께 일하였다. 1980년 재선거에서 패하자 클린턴은 라이트에게 주지사 선거운동을 도와달라고 했으며 라이트는 그의 요청을 즉각 수락했다. 주지사에 당선된 후 클린턴은 라이트를 집행부 수석에 임명하고 그녀는 1990년까지 이 자리를 유지했다. 클린턴이 대통령 선거운동에 뛰어들게 되자 라이트는 캠페인 조사활동을 수행하기 위해 리틀 록(Little Rock)으로 돌아갔다. 그녀는 빈틈없는 기록 담당자로서의 그녀의 능력을 인정받아 금세 선거운동의 부위원장이 되었다. 53)

리틀 록(Little Rock)의 이른바 작전지휘부는 카빌과 그룬월드, 그린버그와 클린턴의 여론조사자들에 의해 고안된 개념이었다. 이들 모두는 전략을 수행하기 위해서는 조직이 단일한 목소리를 가져야 한다고 결정하였다. 리틀 록(Little Rock) 밖에서 활동하는 주된 이유는 클린턴의 딸 첼시(Chelsea)가 그곳에서 살기 때문이었는데, 작전지휘부의 중심 임무는 그들이 매일 진전시키는 것과 맞추어서 클린턴을 사건의 중심이 되게 하는 것이었다. 참모진들은 뉴스와 밤새 계속된 미디어의 최근 여론조사를 모니터하였고 다른 주의 참모진들과 계속 접촉하였다. 일정과 전략은 카빌과 그런월드, 스테파노풀러스가 도착한 후에 아침모임에서 밤새 진행된 보고서를 이용하며 논의되었다. 이러한 작업은 클린턴이 유권자의 메시지를 반영하도록 하였고 위기에 즉각적으로 대처할 수 있게 하였다. 54)

1992년 초여름에 양당의 정치 컨설턴트들에게 페로의 선거조직이 함께 일하기 위해 접근하고 있다는 말이 나돌았다. 이 명단은 존 시어즈(John Sears, 1980년 레이건의 캠페인 매니저), 레이몬드 스트로터(Raymod D. Strother, 1984년 게리 하트의 미디어 컨설턴트), 그리고 스코트 밀러(Scott Miller, 송거스의 미디어 컨설턴트)가 포함되어 있었다. 미래에 결코 어떤 일도 얻지 못할 것이라는 두려움으로 이들 중 누구도 페로를 위해 일하려고 하는 사람은 없었다. 55)

선거운동 초반에 그의 선거운동을 운영하는 조종자를 허락하지 않을 것이라고 말했지만 페로는 결국 그들의 영향력에 굴복하였다. 그는 두 명의 최고 컨설턴트를 고용했다. 공화당 컨설턴트 에드 로린스(Ed Rollins)와 민주당 컨설턴트 해밀턴 조단(Hamilton Jordan)이 그들이었다. 페로와 함께 두 사람이 일하게 된 것은 분명 현명한 행동이었다. 그러나 레이건과 일한 적이 있는 로린스는 페로의 자신을 홍보하는 방법과 시기를 생각하는 것에 대한 서로 다른 의견 때문에 합류한지 두 달 만에 페로 진영을 떠나고 말았다. 로린스는 페로가 즉시 자신을 규정하는 광고를 시작하는 것이 중요하다고 믿었다. 그러나 페로는 이에 동의하지 않았고 로린스와 다른 컨설턴트를 실망시켰다. 로린스가 떠날 때에는 주의 정치적 조정자와 고용된 정치컨설턴트 사이에 이미 높은 긴장감이 돌고 있었다. 이는 페로의 입후보가 더욱 신빙성을 갖고 있었기 때문에 불가피한 것이었다. 조단도 로린스가 떠난 후에 곧 페로를 떠났다. 56)

로린스와 조단에 이어 페로는 그의 선거운동을 위해 사업동료 두 명을 새로 고용하였다. 모턴 메이어슨(Morton H. Myerson)은 1992년 봄에 비공식적 고문으로 일하였다. 그는 1965년 컴퓨터 프로그래머로 시작해서 페로의 가까운 동료가 되었고 1977년 이후에는 E. D. S.의 회장이 되었다. 그는 페로 체제의 주 집행자로서 페로를 도왔다. 페로는 50개 주에서 페로의 이름을 알리기 위한 선거유세를 위해 토마스 루스(Thomas W. Luce)를 법률자문으로 선임하였다. 루스는 후에 조

182

단과 로린스를 능가하여 선거운동의 지휘자로 승진되었다. 57)

그의 선거운동이 분열되자 페로는 스윈들(Orson Swindle)을 선거조직의 의장으로 앉혔다. 이전에 스윈들은 현장에서 자원봉사자와 긴밀한 관계를 가지고 있었다. 페로의 사위인 뮬포드(Clayton Mulford)는 1969년 이래로 페로를 위해 일한 호만(Sharon Holman)이 언론담당비서를 맡는 동안 50개 주의 투표구에 페로가 진출하도록 도왔다. 스윈들은 레이건의 1980년 선거운동 동안 그의 고향 조지아의 국회의원으로 있었다. 스윈들은 여러 해 동안 페로와 개인적인 친분을 맺고 있었고 여러 방면으로 페로의 이상적인 조력자였는데, 그는 매우 충성스럽고 효율적이면서 순종적인 사람이었다. 머피 마틴(Murphy Martin)은 페로의 미디어 담당으로, 전에 달라스 텔레비전의 앵커였다. 그는 오랫동안 페로의 텔레비전, 라디오 광고의 제작을 도와주었다. 제임스 스콰이어(James Squire)는 《시카고 트리뷴》(Chicago Tribune)의 전 편집장이었으며 페로의 새로운 언론담당 비서가 되었다. 58)

페로의 컨설턴트들 사이에 타깃을 누구로 정할 것이며 어떻게 그의 메시지를 공표할 것인지에 대한 의견이 일치하지 않았다. 페로는 집회에 많은 대중들을 끌어모으기 위해 공화당의 진보주의자인 조 캔저리(Joe Canzeri)를 고용하였다. 그는 또한 전국에 걸친 야외유세를 조직하기 위해 1976년 카터의 유세 책임자였던 팀 크래프트(Tim Kraft)를 고용하였다. 크래프트는 30명의 사람들을 고용했는데, 이들은 몇몇 주에서 사무실을 열고 그 주의 유권자에 대한 관리를 책임졌다. 카터의 부 재정담당이었던 존 화이트(John White)는 정책과 포지션 개발을 담당하였다. 페로는 새로운 정치가로서 자신의 선거운동을 시작했겠지만, 결국에는 조직운영을 위해 단지 자원봉사자뿐 아니라 컨설턴트에게 의지하게 되었다. 59)

## 전략 형성 (Strategy Formulation)

전략을 공식화하는 첫 번째 단계는 시장분석을 수행하는 것인데 시
장분석은 여러 가지 변인에 대하여 조사하는 것을 포함한다. 1992년
대통령선거에 나서려고 하는 모든 후보자는 다른 나라들과 비교하여
국가의 상태를 고려해야 한다. 미국이 경제, 사회, 정치적으로 어떤
위치에 있는가? 이러한 질문에 답함으로써 국가의 일반적인 복지상태
와 현직 대통령의 재선 가능성을 살펴볼 수 있다. 부시가 이라크전쟁
을 승리로 이끌었고 여론투표에서 압도적이었기 때문에 대부분의 민
주당원에게 이 질문에 대한 대답은 많은 부담감을 주었다. 또한 각각
의 예상출마자들은 적절한 시기에 그 시점에 대한 국가적 이슈와 관
심을 주시해야 한다. 후보자가 선거전에 돌입할 적절한 시기라고 확
신한다면 그는 자신의 내부상황을 깊이 살펴보고 입후보하는 것이 바
람직한지를 확인해야 한다.

선거과정에서 가장 중요한 결정들 중의 하나는 후보자가 현재 자신
의 책무와 그가 이러한 책무에 헌신을 다할 시간과 능력이 있는지를
파악하는 것이다. 후보자는 자기자신의 배경에 주목해야 하고 과거의
범죄화되거나 구설수에 오를 수 있는 행동과 결정들을, 다른 이들이
알기 전에 조사해야 한다. 감추어졌던 과거가 드러나면 후보자는 대
응자세를 취할 것인지, 아니면 선거가 시작되기 전에 나와서 사과할
것인지를 결정해야 한다.

마지막으로, 자기 자신이 얼마나 동기화되었는지, 자신이 전에 해
본 적이 없는 공공의 영역으로 뛰어들 열정과 용기를 가지고 있는지
를 내적으로 깊게 고민하는 것이 후보자에게 필수적인 요소이다. 확
실히, 클린턴 진영은 그가 아칸소의 주지사가 되는 선거 때 그들이
견뎌야 했던 것보다 훨씬 더 뜨거운 스포트라이트 속에 자신들을 드
러내야 한다는 것을 선거 동안에 깨달았다.

다음으로, 자신들의 입후보를 알렸거나 가까운 미래에 입후보를 생각하고 있는 후보자들에 입각하여 중대한 경쟁상황의 분석이 이루어져야 한다. 선거과정 초반에 클린턴 진영 내에서는 고어가 출마했을 때 클린턴이 출마할 것인지에 대한 많은 토론이 있었다. 더욱이 마리오 쿠오모(Mario Cuomo)의 출마에 대해서도 많은 동요가 있었는데 이는 그의 출마가 클린턴의 당선에 많은 영향을 끼치기 때문이었다. 이 상태에서 후보자는 결심을 굳혀야 하고 출마목적과 승리에 대한 가능성을 결정해야 한다. 즉, 입후보자는 현재 선거를 다음 선거를 위한 이름 알리기용으로 이용할지 아니면 당선기회로 연결시킬지에 대한 고려를 해야 한다. 이러한 질문은 후보자들이 경쟁상황에 대한 분석을 통해서 답변할 수 있다. 사실, 쿠오모가 출마하지 않았다는 것을 알았을 때야 비로소 클린턴은 이번이 단지 다음 기회를 위한 선거전이 아닌 현재 승리할 수 있는 기회라는 것을 깨달았다고 많은 이들이 말한다.

## 전략 수행(Strategy Implementation)

전략의 수행은 다음과 같은 변인들을 따르며 전통적인 기업의 경향을 추구한다. 첫째, 대통령선거에서의 굴곡은 매우 분명하기 때문에 전략수행은 극도로 융통성을 가져야 한다. 융통성의 수준은 선거운동의 생명이 달려 있는 예비선거 동안에 가장 높아야 한다.

예비선거 때까지 게임은 매우 다르다. 후보자들은 당 내에서 유리한 위치를 차지하려고 노력해야 하고, 전략은 그들이 중요한 경쟁자라는 것이 지각될 수 있도록 수행되어야 한다. 후보자의 성공적 전략 수행을 위한 중요한 요소는 유권자의 마음속에 있는 후보자의 아이덴티티(identity), 즉 정체성이다. 이것은 상업시장에서의 '브랜드 인지도'와 같은 의미를 지니는데, 이는 회사의 브랜드 이름에 대하여 소비

자가 인지하는 정도이다.  마찬가지로 후보자는 유권자에게 일상적인
단어가 되어야 한다.  이러한 목적을 달성하기 위해 후보자들이 한두
번 출마하는 것은 일반적인 일이다.

　예비선거를 통과하기 위해서는 가장 훌륭하고 뛰어난 컨설턴트 영
입을 위한 엄청난 노력이 필요하다.  첫 예비선거가 다가오면서 민주
당의 각각의 후보자들에 관한 고도의 추측들이 이루어졌다.  실제로,
어느 컨설턴트가 선거운동본부에 참여하는지의 여부가 주목의 대상이
되었다.  클린턴이 스테파노풀러스(Stephanopoulos)와 카빌(Carville)을
고용했을 때 많은 사람들이 그를 중요한 경쟁자로 믿었다.  그 당시
에,  스테파노풀러스는 클린턴과 합류하기 전에 게파트(Gephardt)가
대선에 출마하는지를 보기 위해 기다리고 있었다는 풍문이 있었다.
게파트가 출마하지 않자 클린턴은 그의 첫 번째 중요한 컨설턴트로서
스테파노풀러스를 기용하였다.

　일단 예비선거를 치르고 전당대회로 옮겨가면 전략수행은 중요한
변화를 꾀한다.  전당대회에서 모든 것은 후보자가 대표임원들과 유권
자들 속에서 그의 힘의 기초를 굳건히 하느냐 못하느냐에 전적으로
달려 있다.  캠페인이 노동절로부터 유세의 막바지에 이르게 되면 전
략의 수행은 날카로운 초점을 가지고 이루어져야 한다.

## 전략 모니터링과 통제(Monitoring and Controlling the Strategy)

　선거과정 내내 후보자와 컨설턴트들은 어떻게 하면 그들의 전략이
잘 작동될 수 있는가를 결정하기 위해 지속적으로 경쟁상황을 정밀하
게 살핀다.  이는 코틀러(Kotler)의 다음과 같은 인용을 통해 잘 나타
나 있다.

　마케팅통제 시스템은 계획의 목표에 대하여 현재 진행되고 있는 계

186

획의 결과물들을 측정하고 너무 늦기 전에 올바른 조치를 취하는 데
사용된다. 올바른 조치는 목표와 계획 또는 새로운 환경에 맞도록
전략수행을 변화시킬 수 있다. 60)

전술은 클린턴 조직의 성공에서 매우 중요한 부분이었고 실제로 클
린턴 자신도 승리하기 위해서 자신이 무엇을 해야 하는지 잘 알고 있
었다. 베갈라(Begala)에 따르면 클린턴이 많은 인터뷰에 응하고 그를
향한 질문에 대한 참을성있는 대답을 통해 미디어에서 그의 메시지를
통제하였다고 한다. 특히, 그는 그에게는 상당히 곤혹스러운 문제인
징병기피와 마리화나 사용에 대해 일관되게 답변하였다. 그러나 클린
턴은 유권자들이 선거가 그의 것이 아닌 그들의 삶에 관한 것이 되기
바란다는 것을 알고 있었다. 그 결과 그의 메시지는 긍정적인 어조를
유지하면서 유권자들과 그들의 아이들을 위해 그가 무엇을 하려고 하
는가에 대하여 초점을 맞추었다. 한편 베갈라는, 클린턴의 인격에 대
해 끊임없이 공격한 부시의 메시지가 부정적인 효과를 가져왔다고 믿
었다. 클린턴은 각각의 유세장에서 기계적으로 똑같은 연설을 하지
않으면서도 동일한 메시지를 전달하는 뛰어난 재능을 갖고 있었다.
그는 유권자들에게 직접 이야기하면서 그들이 말하고자 하는 것들을
귀담아듣고 그들의 관심과 이야기들을 그의 연설로 수용함으로써 이
를 달성하였다. 베갈라에 따르면 이는 포커스 그룹만큼이나 중요했다
고 한다. 61)

## 결 론

정보기술의 사용과 현대의 캠페인과는 깊은 관계가 있다. 이제 정
보기술은 시장에서 후보자들이 자신들을 포지셔닝하기 위한 소구점을
형성하기 위해서 상당한 정도로 사용된다. 정보는 유권자의 태도와

행동들을 설명하는 데 사용되고 또한 정치캠페인의 각 단계마다 후보
자가 그것과 일치하게 자신의 메시지와 이미지를 바꿀 수 있도록 한
다. 이러한 도구들이 얼마나 효과적인가에 대한 측정은 그들의 예측
력을 결정하는 것이다. 이 장에서 언급한 이러한 도구 중의 하나는
여론조사이다. 여론조사가 몇몇의 권력 중개인들에게 이용되는 반면
에 주요 여론조사 회사와 텔레비전 네트워크사들의 예측은 그들이
1992년에 얼마나 제대로 예측하였는가를 보여준다.

　선거결과에 따르면 클린턴은 42.9%, 부시는 37.4%, 페로는
18.9%를 얻었다. 이를 몇몇 미디어의 예측과 비교해 보면 여론조사
자들이 매우 정확한 계산을 한 듯이 보인다. 《워싱턴 포스트》는 클린
턴의 지지도를 43%로 거의 정확하게 예측하였다. 갤럽과 ABC 뉴스
는 부시의 37% 지지도를 맞추었다. 그리고 해리스(Harris)는 페로의
17%의 지지도를 가장 제대로 예측했다. 이러한 정확한 수준의 예측
은 큰 힘을 제공한다. 여론조사기술들이 유권자의 태도와 신념들을
분석하기 위해 사용될 때, 이는 후보자에게 유권자층에 대하여 어떻
게 소구해야 하는가에 대한 귀중한 정보를 제공한다. [62]

　이 장은 제 2부를 결론짓고 1992년 선거에서 후보자들이 시장에서
어떻게 마케팅되었는지에 대한 토론을 마친다. 필자는 후보자가 그들
의 메시지를 유권자에게 전달하기 위해 어떻게 정교화된 마케팅전략
을 사용하였는가에 대하여 자세히 설명하였다. 그리고 이러한 과정에
영향을 끼치는 기술과 도구에 관한 토론을 통하여 정치와 상업시장
간의 유사성을 도출하였다.

　클린턴은 가장 훌륭한 마케팅 캠페인을 사용했기 때문에 대선경쟁
에서 승리하였다. 좋은 제품도 중요했지만, 클린턴은 강한 지도자의
이미지로서 유권자에게 확신을 줄 수 있었다. 그는 미국민들에게 변
화라는 메시지를 아주 효과적으로 전달하였다. 클린턴은 선거 내내
그의 메시지와 함께 한다는 원칙을 가졌을 뿐만 아니라, 이렇게 함으

로써 그의 개인적 자질에서 경제의 문제로 토론의 초점을 다시 맞출 수 있었다. 부통령으로서 고어를 선택한 것은 선거에서 승리하기 위한 결정적 전환점이 되었다.

　시장세분화와 포지셔닝 전략을 성공적으로 사용하여 클린턴은 민주당의 대권후보자가 되었다. 이러한 달성을 위해서 우수함, 융통성, 비전, 세련된 마케팅 전술을 사용하려는 의지 등 오늘날 기업에서 요청되는 모든 기술들이 요구되었다. 아마도 그 다른 어떤 것보다 중요한 기술은, 그 자신의 것보다는 유권자의 관심과 바람을 이야기함으로써 그 자신을 마케팅한 클린턴의 능력일 것이다. 클린턴은 미국의 유권자가 살 만한 비전을 가지고 있었다. 그 비전은 리틀 록의 작전지휘부에 있는 다음과 같은 표어에 잘 나타나 있다. "바로 경제야, 바보야!"

　클린턴의 마케팅전략은 매우 효과적이었다. 그의 선거전략들은 유권자들이 특히 관심이 있는 경제, 일자리, 그리고 의료보호 등에 대한 이슈들을 통합한 것이었다. 이러한 이슈들은 미디어를 통하여 잘 전달되었다. 그러나 무엇보다 중요한 것은 클린턴의 조직이 집중되었고, 조직적이었고 또한 마케팅의 중요성을 잘 알고 있는 전문가에 의해 운영되었다는 점이다. 그들은 전략을 잘 이끌기 위해서 포커스 그룹과 여론조사를 이용하였으며, 그들을 돕고자 하는 수천 명의 지원자를 모을 수 있었다. 궁극적으로 클린턴은 변화를 지지하는 강한 지도자로서 자신을 포지셔닝하는 전략을 개발했기 때문에 승리할 수 있었다.

## ■ 주

1) McCarthy & Perreault (1991), p. 33.
2) *U. S. News and World Report* (1992, August 24), p. 22.
3) *U. S. News and World Report* (1992, January 27), p. 30.
4) *The New York Times* (1992, August 21).
5) Clinton/Gore campaign (1992).
6) *The New York Times* (1992, March 18).
7) *The New York Times* (1992, April 27).
8) *The New York Times* (1992, July 16).
9) *The New York Times* (1992, July 10).
10) *The New York Times* (1992, August 7).
11) Clinton/Gore campaign (1992).
12) *The New York Times* (1992, July 2).
13) *The New York Times* (1992, May 27).
14) *The New York Times* (1992, July 22).
15) *The New York Times* (1992, August 4).
16) *The New York Times* (1992, August 20).
17) *U. S. News and World Report* (1992, March 2), p. 31.
18) *The New York Times* (1992, October 22).
19) *The New York Times* (1992, October 3).
20) *The New York Times* (1992, October 5).
21) *The New York Times* (1992, August 26).
22) *The New York Times* (1992, June 15).
23) *The New York Times* (1992, July 16).
24) *The New York Times* (1992, July 16).
25) *The New York Times* (1992, April 3).
26) *The New York Times* (1992, August 19).
27) *The New York Times* (1992, September 21).
28) *The New York Times* (1992, August 21).
29) *The New York Times* (1992, September 21).
30) *The New York Times* (1992, October 5).
31) *The New York Times* (1992, October 20).
32) Clinton/Gore campaign (1992).
33) Clinton/Gore campaign (1992).

34) Clinton/Gore campaign (1992).
35) Clinton/Gore campaign (1992).
36) Clinton/Gore campaign (1992).
37) Cantril (1991), p. 139.
38) Cantril (1991), p. 134.
39) Asher (1992), p. 96.
40) Owen (1991), p. 94.
41) Bradburn & Sudman (1988), p. 225.
42) *The New York Times* (1992, May 7).
43) *The New York Times* (1992, June 9).
44) *U. S. News and World Report* (1992, July 27), p. 32.
45) *Time* (1992, September 21), p. 22.
46) *Time* (1992, September 21), p. 22.
47) *Time* (1992, September 21), p. 22.
48) *The New York Times* (1992, July 16).
49) *The New York Times* (1992, July 16).
50) *The New York Times* (1992, July 16).
51) *The New York Times* (1992, July 16).
52) *The New York Times* (1992, July 16).
53) *The New York Times* (1992, July 16).
54) *The New Yorker* (1992, October 12), p. 92.
55) *The New York Times* (1992, May 28).
56) *The New York Times* (1992, May 28).
57) *Time* (1992, July 13), p. 24.
58) *Time* (1992, July 13), p. 24.
59) *Time* (1992, July 13), p. 24.
60) Kotler (1982), p. 102.
61) Clinton/Gore campaign (1992).
62) *Marketing News* (1993, January 4), p. 13.

제 3 부

# 정치 마케팅의 미래

1996년에는 어떠한 변화를 우리는 기대할 수 있는가? 래리 킹(Larry King)은 후보자와 유권자들 사이의 중요한 연결고리 역할을 계속할 것인가? 후보자와 유권자 사이의 보다 직접적인 연결고리가 국가를 위해 도움이 되는가? 마케팅은 선거과정을 돕는가, 아니면 방해하는가? 페로나 다른 부자들은 1996년에 텔레마케팅 캠페인을 할 것인가? 만약 한 사람이 그렇게 한다면, 그 사람이 성공하여 선거에서 승리한다면 어떻게 될까? 양당체제의 통상적인 억제와 균형을 거치지 않고 대통령이 당선된다면 그것은 무엇을 의미할까? 이러한 의문들과 보다 많은 것들이 이 책의 마지막 부분에서 대답이 될 것이다. 마케팅이 이 나라와 전세계의 다른 나라들의 선거과정에서 중요한 역할을 계속할 것이라는 것은 의심의 여지가 없다. 필자는 상품이나 서비스가 소비자에게 판매되는 방식과 똑같이 어떻게 후보자가 유권자에게 판매되는가를 자세히 설명해 왔다. 상업시장에서 마케팅의 역할에 대해서 제기될 수 있는 윤리적인 이슈들이 정치적인 장에서도 똑같이 제기될 수 있는데, 이는 마지막 부분에서 이야기될 것이다. 최종적으로, 필자는 누가 오늘날의 정치에서 중요한 권력중개자인지, 그리고 각각은 어떻게 다른 것과 선거체제에 영향을 미치는지 자세히 설명하려고 시도했다. 또한 정계의 실력자들의 변화하는 역할을 논의하고 정치에서 마케팅의 사용에서 이러한 변화들이 함축하는 의미를 조사할 것이다.

## 7장

# 전화 참여 민주주의

1992년은 미국에서 사상 유례없는 선거의 해였다. 전 대통령 부시는 그러한 정치적인 환경을 '불가사의' 하다고까지 말했다. 이 불가사의함을 나타내는 것은, 클린턴이 〈아시니오 홀 쇼〉(The Arsenio Hall Show)에서 색소폰을 연주한 것뿐 아니라, 전 부통령이 머피 브라운(Murphy Brown)이라는 허구의 텔레비전 등장인물과 논쟁에 빠진 것이었다. 타블로이드 신문사에 의해 주최된 뉴스 컨퍼런스가 공공방송에서 다루어지기도 하였다. C-Span은 클린턴과 제니퍼 플라워즈(Gennifer Flowers)와의 열애설을 다루었다.

또한 텍사스의 부자이고 토크쇼의 게스트인 페로도 있었는데, 그는 이 나라를 바꾸기를 원했고 대선에 나설 것인지에 대해서 그의 마음을 여러 번 바꾸어서 그가 후보로 나섰는지 아닌지 유권자들은 알 수 없었다. 물론, 그것으로 인해 그가 토크쇼에 출연하는 것을 그만두지는 않았다(우리가 이미 새 대통령을 선출한 지금에도 토크쇼 출연은 계속하고 있다). 그리고 페로와 함께 부통령후보로 나섰던 제임스 스톡데일(James Stockdale)이 있는데, 그는 그의 보청기를 틀지 못해서 질문을 듣지 못했음을 고백했다. 마침내, 선거의 마지막에, 우리는 현직 대통령이 그의 적수들을 촌스러운 놈들(bozos)이라고 부르는 것을 들었다.

이번 선거에서 특별히 흥미를 끈 것은 오랫동안 이어져 온 우리의 양당체제에 대한 실제적인 첫 위협이었다. 페로는 근래의 무소속 후보자 중에서는 최고인 19%의 표를 대중으로부터 얻었다. 페로의 깜짝 놀랄 만한 득표는 부분적으로 이 책의 앞부분에서 '참여 전화 민주주의'로 언급되었던 것에 의한 것이다. 토크쇼라는 포맷이 공중파를 지배하여 후보자들로 하여금 전통적인 대중매체 출구를 피하도록 하였다. 이것은 우리가 이전에는 보지 못했던 하나의 방법으로서 후보자들과 유권자들 사이의 직접적인 연결고리를 창조했는데 이는 1992년에 투표자 수가 증가한 데에도 부분적으로 기인한다.

더욱이, 재정적자가 부시에게 개인적으로 어떻게 그 자신을 괴롭혔는지 설명을 요구한 성난 유권자의 질문에 대답을 못한 전자타운 홀 형식의 두 번째 토론을 잊어버릴 시청자는 거의 없을 것이다. 비록 질문이 실제로 중요한 것은 아니었지만 부시는 유권자들의 일상생활과 멀리 떨어져 있는 것처럼 보이도록 대답했다. 반대로, 클린턴은 유권자들에게 가까이 다가가서 따뜻하면서도 신중하게 대답을 하며 최선을 다하였다. 유권자들은 이번 선거에서 새로운 권력을 얻었다.

1992년 선거에서 유권자들은 그들의 적극적인 참여와, 매체와 후보자들 간의 상호작용을 통해서 선거과정에서 영향력 있는 권력 중개자가 되었다. 토크쇼의 진행자들은 후보자들과 유권자들 간의 통로가 되었다. 대부분의 분석가들과 유권자들에 의해 경쟁에서 질 것으로 오랫동안 생각되어 왔던 클린턴은 도전을 했고 승리했다. 불과 1년 전에 이라크에 대해 멋진 승리를 거둔 현직 대통령은 당선이 확실한 후보자로 생각되었지만 선거에서 졌다.

제임스 카빌(James Carville)에 의해 잘 운영된 캠페인은 해리스 워포드(Harris Wofford)를 전 미국 법무장관인 딕 손버그(Dick Thornburg)

에 대해 승리로 이끌었는데, 이는 이번 선거에서 경제의 중요성을 잘
설명해 주었다. 워포드는 주(州) 규모의 직책에 한 번도 출마한 적이
없고 오직 보건개혁과 일자리만을 이야기하던 관료인 반면, 손버그는
그의 워싱턴에서의 영향력과 부시와의 연계를 강조했다. 결국, 부시
와의 관련은 그의 당선기회에 치명적이었다. 부시의 파멸원인은 국가
가 실제로 경기침체기였고 거기에 대해서 무언가를 해야 한다는 것을
인정하지 못한 데 있다. 게다가, 부시는 클린턴의 징병기피에 모든
것을 걸었지만 유권자들은 궁극적으로 그것에 신경 쓰지 않았다. 그
럼에도 불구하고 그는 그 점을 계속 강조했다.

변화는 유권자에 대한 후보자들의 호소에서뿐만 아니라 이 선거에
서도 중요한 테마였다. 변화는 또한 선거과정의 구조에도 스며들어
정치선거의 운영방식을 바꾸었다. 필자는 이 변화를 책임지고 있는
시스템을 마케팅이라고 이름 붙였다. 선거과정에서 마케팅의 중요성
을 설명하기 위해서, 필자는 사업과 정치의 유사함, 즉 오늘날의 성
공적인 정치적 선거는 성공적인 사업과 마찬가지로 소비자에 초점을
둔다는 기본적인 전제를 끌어내었다. 이것은 정치적인 선거가 유권자
를 시작부터 끝까지 염두에 두고 있다는 것을 의미한다.

## 1992년 선거의 변화

### 기술적인 변화 (Technological Changes)

1992년의 기술적인 발전은 대통령 후보자들이 유권자들과 보다 직
접적인 연계를 가질 수 있도록 하였다. 동시에, 이러한 발전들은 유
권자들에게 그들이 선거에서 원했던 것, 즉 후보자들에 대한 접근과
자신들이 권력을 갖고 있다는 느낌을 갖게 해주었다. 이 해에 처음으
로, 컴퓨터 서비스 네트워크인 '프로디지'(Prodigy)의 가입자들이 전자

데이터베이스 기술의 이점을 이용해서 선거의 다양한 측면에 관한 정보를 접할 수 있었다. 케이블TV 방송국인 C-Span은 시청자들에게 후보자들의 편집되지 않은 실제 모습들을 보여주기 위해 전국으로 그들을 따라다녔다.

기존의 기술을 새롭게 사용하는 것은 이번 선거에서는 빈번한 일이었다. TV 뉴스 프로그램들은 선거에서 중요한 시기에 후보들에 대한 유권자들의 생각과 감정에 대한 시각을 얻기 위해서 활발한 포커스 그룹을 이용했다. 이들 프로그램은 또한 생방송되는 후보들의 연설에 대한 유권자들의 반응을 시각적으로 탐지하기 위하여 광고회사의 조사부에서 흔히 사용하는 순간 추적방법을 하였다. ABC의 나이트 라인 프로그램은 한 토론에 대한 표본 유권자들의 반응을 감지하기 위해 TV 화면에 색깔 있는 도표를 이용하며 이러한 기술을 사용했다. 클린턴과 페로는 사업조직처럼 다른 주에 있는 지지자들을 동시에 불러모으기 위해 '위성 원격회의'를 가졌다. 이렇게 기술이 진보함에 따라, 후보들과 유권자들은 서로를 커다란 화면 위에서 동시에 볼 수 있게 될 것이다. [1]

1990년대 말을 예측하게 되면, 우리는 보다 많은 기술적인 발전을 보게 될 것이다. 특히, 우리는 상호작용이 가능한 텔레비전 기술발전이 매우 빨리 진행되는 것을 보게 된다. 소비자들은 500개가 넘는 유선방송국에 채널을 맞출 수 있게 되고, 곧 텔레비전과 상호작용할 수 있게 될 것이다. 이것이 후보들과 권력 중개인들에게 의미하는 것은 무엇일까? 새로운 기술의 발전은 여론조사, 광고, 그리고 자금조달의 보다 효율적인 방법들을 위한 수단을 제공할 것이다. 그 기술은 후보와 유권자 사이의 보다 직접적인 접촉을 향한 움직임을 뒷받침하는데 사용될 것이다.

정치인들의 마케팅에서 여론조사가 보다 중요한 역할을 계속하게됨에 따라, 규제에 대한 요구가 있어왔다. 자율규제는 여론조사 기업

에서 여론조사에 수반되는 절차와 방식에 관한 중재를 위해 추천하는
하나의 방법이다. 이러한 이슈를 다루는 네 가지 방법이 제시되었는
데, 증명을 포함해서 불평의 처리, 동료집단 조사(peer review), 그리
고 일련의 진술된 원칙 등이 있다. 미국 여론조사협회(The American
Association for Public Opinion Research)는 이 분야에서 해결의 실마리
로서 과거에 그래왔고 미래에도 계속해서 사용되어야 할 전문적인 토
론의 장이다. 2)

선거과정에서 막대한 영향력을 가진 마지막 분야는 직접우편(direct
mail)이다. 직접우편에 관한 논쟁은 다음의 인용문구에 잘 나타나 있다.

> 직접적인 마케팅이 미국 정치체계에 부정적인 효과와 긍정적인 효과
> 를 모두 가지고 있는 상황에서, 어떤 변화가 장점은 유지하면서 단
> 점을 감소시킬 수 있겠는가? … 취할 수 있는 한 가지 방법은 부정확
> 한 우편물에 대한 단호한 처벌이다. 일반적으로, 연방선거위원회
> (Federal Election Commission)가 조치를 취하려고 결정할 때쯤에
> 는 너무 늦다. 두 번째 처방은 모든 정치행동위원회(Political Action
> Committees)로 하여금 그 기부자들에게 재정진술서를 보내도록 하
> 는 것이다. 3)

이 분야는 미래의 정치에서 중요한 역할을 계속할 것이고 특히 규
제의 시각에서 주의깊게 지켜봐야 할 것이다.

### 선거의 사회정치학적 구성의 변화
(Changes in the Sociopolitical Makeup of the Electorate)

1992년에 선거과정에 영향력을 가졌던 유권자의 사회정치학적 구성
에 몇 가지 변화가 있었다. 인구가 노령화되어 그들의 관심은 사회안
보와 보건, 경제에 관한 이슈들에 쏠려 있었다. 나이든 사람들의 유
권자 그룹으로서의 수가 계속적으로 증가함에 따라, 후보자들에 대한

198

그들의 영향력도 커질 것이다. 사실, 이 유권자 그룹은 다음 대통령 선거에서 후보들이 선거정책 공약을 형성하는 데 있어 결정적인 세력들 중의 하나가 될 것이다.

더욱이, 현재 이 나라에는 많은 맞벌이 가정들이 있다. 이 때문에, 소득격차는 가난한 유권자와 부유한 유권자에 대한 새로운 분류법을 만들어내는 결과를 가져왔다. 가정에서 여자는 보다 독립적이 되었고 결과적으로 강력한 세력의 유권자가 되었다. 여권주의자들과 여성의 권리를 위한 활동가들은 이번 선거에서 중요한 역할을 했다. 가족 구성원이 한 명뿐인 가정의 증가 역시 후보자들에게 새로운 필요와 요구를 제시하여, 새로운 정치적인 현실을 깨닫도록 했다. 다른 종류의 가정형태로 가족구성원이 하나뿐인 가정이 제시됨에 따라, 자녀가 있는 가족에게만 이로운 많은 이슈들은 재고되어야 했다.

기독교 우파(Christian Right)는 공화당 전당대회에서 미국에서의 가족의 가치기준은 변화되어야 한다고 분명하게 의견을 밝혔다. 많은 비평가들과 분석가들은 공화당 내의 두 명의 팻(Pat)의 영향력을 지적했다. 팻 로버트슨(Pat Robertson)은 1988년 그의 대통령 출마로 인해 생긴, 매우 영향력 있는 정치활동위원회를 만들었고 팻 뷰캐넌(Pat Buchanan)은 공화당 전당대회에서 부시의 재선기회는 꺾였다고 일부 사람들이 믿고 있다는 내용의 연설을 했다. 기독교 우파(Christian Right)의 가족 가치기준에 대한 요구와, 특히 그들의 동성연애자들에 대한 비난은 양당 체제 내에서뿐만 아니라 공화당 내부에서도 분열이 생길 것이라는 강한 신호를 유권자들에게 주었다. 이 점은 확실히 미래에 공화당의 선거에서 강한 영향을 미칠 것이다. 사회에서의 동성연애자들의 역할과, 이익집단과 정치활동위원회들의 형성을 통하여 정치적인 세력을 구성하는 그들의 능력으로 인하여 1996년에 출마하는 어느 후보자라도 이들을 잘 다루어야만 할 것이다. 군대 내의 동성연애자에 관한 이슈는 1996년의 선거가 되기 전에 논의될 것이다.

클린턴이 이 유권자집단(동성연애자)을 포섭한 것은 1992년에 그에게
이점으로 작용했다.

## 텔레커뮤니케이션의 변화 (Changes in Telecommunications)

1992년의 선거에서 중요한 역할을 담당했던 텔레커뮤니케이션에 몇
가지 변화가 일어났다. 이 선거에서 유선방송의 광고는 보편적인 현
상이었다. 우리는 앞으로도 후보들이 홈쇼핑 네트워크(Home Shop-
ping Network)와 MTV 같은 쇼프로그램에 출연하는 것을 계속해서 보
게 될 것이다. 유선방송국들은 후보들에게 특정한 관심을 가진 시청
자들을 목표로 하여, 보다 주의깊게 그들의 메시지를 전달할 기회를
제공해 준다.

유권자들은 이번 선거에서 이전의 대통령선거보다 훨씬 적극적인
역할을 하였다. 이러한 유권자들의 높은 참여는 텔레커뮤니케이션 산
업의 발전에 대한 결과였다. 예를 들어 제리 브라운(Jerry Brown)은
유권자들과 접촉할 수 있는 수단으로서 무료 장거리 전화번호를 이용
하는 데 200만 달러나 사용하였다. 이 분야에서 발전의 실제 승자는
페로였다. 〈필 도나휴 쇼〉(The Phil Donahue Show)에서 그의 전화번
호 800을 잠시 내보내자 그는 24시간 동안 약 500,000여 통의 전화를
받았다. 통화량을 조절하기 위해서, 페로는 홈쇼핑 네트워크에서 다
른 1,000개의 전화라인을 사용해야 했다. 4)

사실, 방송망들이 이러한 프로그램들이 사업에 좋다는 것을 발견했
을 때, 후보들만 토크쇼의 프로듀서들을 찾아다닌 것이 아니라 프로듀
서들도 적극적으로 후보들을 찾아다녔다. 폴라 잔(Paula Zahn)은 부시
를 자신의 프로그램인 CBS 〈디스 모닝〉(This Morning)에 출연시키기
위해 적극적으로 로비했다. 샘 도널슨(Sam Donaldson)은 그의 프로그
램인 〈프라임 타임〉(Prime Time)에 페로를 출연시키기 위해 로비했지

만 소용없었다. 래리 킹 쇼(Larry King Live)의 책임프로듀서인 타마라 하다드(Tamara Haddad)는 모든 방송망들이 그들의 프로그램에 후보들을 먼저 출연시키기 위해 경쟁하고 있다고 말했다. 5)

정치에서 토크쇼 포맷의 대중성에 관련된 하나의 이슈는 인터뷰가 진행되는 방식과 관련된 공평성이다. 부시가 〈래리 킹 쇼〉에 출연했을 때, 클린턴의 커뮤니케이션 관리자인 스테파노풀러스로부터 전화가 걸려왔다. 전화가 연결되도록 한 행위의 공평성 여부가 의문스러웠다. 이 새로운 커뮤니케이션 포맷과 더불어 앞으로는 이러한 상황을 방지할 불문율을 만들어야 한다.

어떤 경우에는, 한 후보가 어느 프로그램에서 출연해 달라는 초청을 받았을 때, 그는 다른 프로그램에 출연하여 그들이 경쟁하도록 하여, 자신의 대중매체 노출빈도를 증가시켰을 것이다. 비록 후보들이 이것을 인정하려 하지 않는다 하더라도, 텔레비전 산업의 몇몇 종사자들은 후보들이 보다 노련하고 보다 적극적인 인터뷰가 있는 쇼들을 기피하려고 했다고 주장했다. 그러나, 이러한 경향이 계속되도록 용인해서는 안 된다. 이는 전통적인 대중매체가 정보보급 능력과 유권자 조사에서 중요한 역할을 담당하고 있기 때문이다. 6)

## 구조적인 변화 (Structural Changes)

미국에는 예비선거와 정당 간부회의 제도에 대해서 지대한 관심이 쏠려 있다. 그리고 이 제도가 어떻게 변화되어야 하는지, 또 변화가 꼭 필요한지에 대해서 의문이 계속적으로 제기되고 있다. 11개의 주에서 동시에 벌어진 슈퍼 화요일(Super Tuesday) 예비선거와 간부회의에서 후보자들에 대한 거대한 조직적인 도전이 제기된다. 후보자들은 그들의 메시지가 모든 주에 동시에 전해질 수 있도록 필수적으로 대중매체에 의지해야 하므로, 후보자들이 선거에서 승리하기 위해서는 텔레마케팅에 보다 많이 의존할 수밖에 없다. 페로가 50개의 주에서의 투표에 참가하는 데 겪은 어려움으로 현재의 규칙과 규제의 형평성에 관한 관심을 불러일으켰다.

민주당과 공화당의 경계에서 모호성이 있었고, 그 결과로 두 당 어디에도 속하지 않은 페로와 같은 후보가 있게 되었다. 이것이 1996년에는 제3의 당이 생겨날 것이라는 것을 의미하는 것인가? 페로의 주장은 확실히 그에게, 자신이 이끄는 제3당 — 1996년에 그가 대통령에 또 한 번 도전하는 데 시류를 시험할 수 있게 해주는 기반 — 의 기치 아래 1994년에 출마하는 국회의원 후보들을 지원할 수단을 준다. 거론될 필요가 있는 또 하나의 이슈는 선거비용이다. 어디서 돈이 나오는지, 그리고 개개인들과 정치행동위원회들이 후보들의 조직에 어느 정도까지 기부하는 것이 허용되어야 하는지가 관건이다. 선거 재정개혁의 핵심은 무제한적인 소프트 머니(soft money, 정당이 선거에 나선 후보를 도와주기 위해 사용하는 돈)의 이용을 하드 머니(hard money, 규제되고 제한된 돈)로 전환하는 문제에 관한 이슈이다.

만약 소프트 머니가 완전히 폐지될 경우 개인들이 합법적으로 기부하는 돈의 액수를 늘리는 방안에 대한 협의를 클린턴 행정부 내에서 가지게 되었다. 현재, 부유하고 영향력 있는 기부자들이 후보자들에게 영향력을 행사하기 위한 대안으로 정당을 이용하는 것을 차단하기 위하여 클린턴 행정부는 다음과 같은 대안적인 해결책을 하나 제시했다. 즉, 개인이 기부할 수 있는 총액을 현재의 25,000달러에서 50,000달러로 두 배 늘리고, 그 돈의 반은 후보에게, 그리고 나머지 반은 정당과 주와 지방 당에 주도록 하자는 것이다. 다른 제안은 개인이 기부할 수 있는 액수를 현재의 3배로 해서 각각 25,000달러씩을 후보, 정당, 그리고 주와 지방 당에 할당하는 것이다. 연방선거위원회(Federal Election Commission) 기록에 따르면 클린턴이 1992년에 민주당을 통해 소프트 머니 29,800,000달러를 모은 것으로 나타났다.

이러한 기부금은 노동조합, 회사, 그리고 개인들로부터 나온 것이다. 확실히 소프트 머니의 기부가 중단되어야 한다면 다른 기부자들이 이 돈을 기부해야 할 것이다. 7)

과거에 재정적 기부금의 규제와 관련하여 요구되었던 몇 가지 변화들은 정치자금 공개의 증진, 현행법의 허점 보완, 필요한 경우에 한해서 정부보조의 이용, 그리고 정치활동위원회들의 영향력 약화를 위한 정당의 역할의 강화를 포함한다. 이러한 변화들에 대한 요구를 요약하면 재정적 참여가 시민의 실제 투표 다음으로 중요하다는 사실이다. 8)

우편이 1970년대 정치에 큰 기여를 한 것과 마찬가지로 텔레마케팅은 1990년대와 그 이후 정치에 큰 기여를 할 것이다. 마케팅 기술은 강력하며 선거과정에서 강한 영향력을 갖게 될 것이다. 여론조사는 이 분야에서 빙산의 일각일 뿐이다. 유권자에 관해서 가능한 모든 인구학적 특성과 생활방식을 자세히 분석한 컴퓨터 파일에 대한 접근이 가능해짐에 따라, 후보들이 유권들에게 그들에게 맞도록 정교하게 만들어진 정치적 메시지를 보내면 유권자들은 그 후보가 자신의 마음을 읽고 있다고 생각할 것이다. 후보자들이 그들의 자금조성 대상을 보다 세분화시켜 주는 데이터베이스 마케팅 기술은 곧 주류 정치광고에도 쓰이게 될 것이다. 이제는 보다 정교하게 표적화된 유권자를 세분화하게 됨에 따라 케이블광고에 많은 돈이 쓰이는 첫 단계를 보게 되었다.

## 유권자 태도의 변화 (Changes and Voter Attitudes)

지금까지 발생한 몇 가지 이슈들 중 가장 중요한 것이 미디어 선정주의이다. 제니퍼 플라워즈(Gennifer Flowers)와의 인터뷰로, 앞으로는 이러한 선정적인 뉴스들의 역할이 제한될 것임이 분명하다. 더욱

이, 클린턴과 플라워즈의 스캔들이 대중에게 보도된 방법이 얄팍할 뿐만 아니라 그 기사에 대처하는 클린턴의 능력이 드러남에 따라 관계자들은 앞으로는 귀중한 방송시간을 그러한 선정적인 뉴스에 할애하지 않을 것이다.

유권자들은 이번 선거에서 비방광고는 배격한다고 말했다. 그러나 후보들 중의 일부는 여전히 부정적인 광고를 전술상의 도구로 이용했다. 특히, 부시가 베트남의 역할과 관련하여 부정적인 광고를 함으로써 좋지 않은 반응을 불러일으켰다. 모든 가능성을 갖고 고려해 볼 때, 1996년과 이후의 선거에서는 이러한 비방광고는 이슈가 되지 않을 것이다. 그리고 클린턴의 승리로 인해 미래의 선거에서 이러한 가능성의 여지는 없을 것이 확실하다. 그러나 여전히 선거에 참여하는 모든 사람들의 행동에 대해 보다 많은 책임이 부여되어야 한다. 특히, 후보들은 그들의 선거조직들이 관련하는 활동들에 대해서 책임을 져야 할 것이다.

오랫동안 터부시되어 왔던 것을 깨고 처음으로 후보들은 대중매체를 공격했다. 부시는 대중매체를 공격하는 스티커를 부착하고 집회에 나왔다. 클린턴도 또한 자신의 사생활을 불공정하게 보도한 것에 대해 대중매체를 공격했다. 뉴스의 보도에 대한 전체적 구조가 바뀌고 있으며, 유권자들에게 정보를 배포하는 데 있어 지방뉴스 방송이 보다 큰 역할을 갖게 되었다. 이러한 변화들은 유권자들로 하여금 대중매체의 힘이 커진 것을 인식하게 하였다.

유권자들은 대중매체에서 뉴스보도가 상호작용적인 방법으로 변화하는 것을 반가워하는 것 같다. 1992년의 선거는 저녁뉴스가 아니라 토크쇼에서 다루어졌다. 비록 이러한 상호작용이 참여의 관점에서 보면 건전한 것이지만, 래리 킹(Larry King)이나 필 도나휴(Phil Donahue) 같은 토크쇼 진행자에게는 막대한 힘을 주고 샘 도널슨(Sam Donaldson)과 댄 래더(Dan Rather) 같은 뉴스 진행자에게서는 힘을 빼앗아가는 결과를 가져온다. 미래의 방송망에서는 그 관계자들이 이 새로운 정치체제를 받아들일 수밖에 없다는 것을 깨닫고 최고의 인터뷰 담당자들을 유권자들과 보다 많은 상호작용이 가능한 프로그램에 배치하기 시작할 것이다.

미국에서 정치적인 선거과정이 변화하는 것과 마찬가지로, 유권자들의 태도를 다루는 방법도 변화하고 있다. 사바토(Sabato)는 다음과 같이 설명함으로써 유권자의 태도를 다루는 하나의 연구방법에 대하여 잘 설명하고 있다.

> 유권자들의 정치에 대한 냉소감은 어떠한 부패나 비도덕적인 행위의 책임도 정치인에게 있다고 믿게 한다. 공중은 종종 언론만큼이나 후보들을 공평하게 보려고 하지 않는다. 이러한 상황을 개선하기 위해, 유치원부터 대학까지 모든 학교에서는 현재의 사건들과 미국정부, 그리고 정치의 역사연구에 앞장서야 한다. 보다 많은 정보를 가진 시민은 보다 쉽게 대중매체들을 평가하고 좋은 정보를 주는 매체를 선택할 것이다. 그리고 이슈와 실질적인 내용에 보다 많은 주의를 기울이고 선정적인 내용에 대해서는 덜 신경 쓰게 될 것이다. 9)

이러한 생각에 따라, 고등학교나 대학의 정치학과에서 정치적 선거에서의 마케팅의 역할에 대한 교육을 실시하는 것도 건전한 방법일 수 있다.


## 1996년 선거의 암시

### 로스 페로 후보의 효과(The Impact of Ross Perot's Candidacy)

페로의 후보 출마는 여러 변화를 가져왔다. 이러한 변화들 중의 일부는 매우 긍정적이고 나머지는 그렇지 않았다. 긍정적인 발전 중에는 그가 정치의 세계에 인포머셜(informercial), 즉 정보를 주는 동시에 설득적이기도 한 30분 이상의 광고를 도입했다는 점을 들 수 있다. 더욱이, 그는 유권자와 접하는 통로로서 텔레비전과, 특히 토크쇼를 이용하는 새로운 선거전략을 사용했다. 토크쇼 체제는 건전하지만 보다 깊이있는 질문을 하는 기존의 텔레비전 인터뷰 체제를 대신할 필요는 없다. 어떤 면에서는 공격적인 인터뷰를 통해서가 아닌, 보다 자연스러운 배경에서 후보들을 보는 것도 좋지만, 동시에 미국에서는 유권자들이 친숙한 전통적인 방식의 인터뷰에서 오는 곤혹스러운 상황에 후보들이 어떻게 대처하는가를 보는 것도 유용하다.

정치체계에 이롭지 못한 영향을 준 것은 페로가 언론을 다루는 방법이었다. 미디어에 대해 대항적인 접근을 사용하고 선거과정을 공격함으로써, 그는 '알려지지 않은'(unknown) 후보에 대해서는 반드시 필요한 정밀조사를 피하였다. 아마도 그는 거친 질문을 피하기 위해 대항적인 방법을 사용했을 것이다. 후보에 대해 그 사람이 누구인지, 그리고 그 사람이 나타내는 바가 무엇인지에 대하여 명확히 알지 못하고서 그 사람을 여론조사에 상위를 차지하도록 할 수는 없는 것이다. 그러나 7월에 페로는 여론투표에서 1위를 했고 대부분의 사람들이 그가 변화를 주장하는 것만 알았을 뿐, 그가 이 나라의 문제를 어떻게 해결할지에 대해서는 전혀 몰랐다. 일부 분석가들은 페로가 도중에 출마를 포기하지 않았다면 대통령에 당선되었을지 모른다고 믿고 있다.

페로는 매 선거 때마다 출마했던 제 3 당의 후보자들을 완전히 능가했다. 그는 역사상 가장 규모가 큰 선거에서 약 19%의 표를 얻었고 28개의 주에서 20%의 표를 받았다. 페로의 출마 이전에, 소수당에서 출마한 후보들 중 가장 많은 지지를 받은 사람은 1924년에 출마한 라포르테(Robert LaFollette)였다. 선거에서 페로가 가진 이점은 그의 부(wealth)였지만, 다른 이점은 그가 전통적인 미디어가 필요하지 않다는 것을 깨달은 것이었다. 사실상, 페로는 토크쇼를 선거유세를 위한 작은 역(짧은 유세가 가능한 곳)으로 바꾸어 놓았다.

결국, 텔레비전은 페로의 지지도를 하락시켰는데, 그가 〈60분〉에 출연하여 공화당이 그의 캠페인을 고의적으로 방해하였기 때문에 여름에 후보사퇴를 했다고 말했을 때 특히 그러했다. 페로가 주장한 방해공작들은 그의 사업상의 전화를 방해하고, 그의 딸의 결혼식을 방해하고 그리고 그녀의 변하고 화난 모습을 찍은 사진들을 공개하는 것 등을 포함했다. 많은 사람들이 예상한 대로, 부시를 포함한 공화당 간부들은 그러한 혐의를 터무니없는 것이라고 말했다.

그것은 끝이었을까, 아니면 단지 시작에 불과했을까? 많은 사람들은 페로의 후보출마에 구애받지 않는 세력들이 없어진 것은 아니라고 말하고 있다. 선거가 끝난 지 약 세 달 후에도, 유권자들은 여전히 그의 전화번호 800뿐 아니라 페로가 인터뷰 프로그램에서 그의 '우리 모두 함께 나서자'(United we stand) 라는 조직에 참여해서 15달러를 내줄 것을 호소하는 것을 볼 수 있었다. 사실상, 그는 자금모집과 지지를 호소할 때 사용할지도 모를 직접우편(direct mail) 목록을 만들고 있다. 아마도 불만스러운 유권자를 가장 잘 표시해 주는 것은 1972년 이래 처음으로 활동한 유권자 모임과 유권자들의 제3당의 후보에 대한 투표의사일 것이다.

만약에 클린턴이 경제를 정상궤도에 올려놓지 못한다면, 제3당 출현의 가능성은 증가할 것이다. 만약 클린턴이 경제정책에서 성공한다면, 그는 새로운 연합을 형성할 것이다. 만약 성공하지 못한다면 아마 페로가 자신을 지지하는 제3당과 나타나는 것을 볼 것이다. 새로운 당의 도전은 항상 지도부의 카리스마적인 리더십에 의존해 왔다. 페로는 그러한 카리스마적인 리더십을 충분히 발휘할 수 있을 것이다. 사람들이 워싱턴에 책임을 묻고 싶어한다는 사실과, 페로가 좋은 이미지를 유지하는 한 유권자들의 불만족이 계속 높을 것이라는 사실은 미국에서 새로운 제3당이 실제로 만들어질 가능성을 보여준다.

페로와 같은 후보가 텔레마케팅을 사용하여 선거전에 뛰어드는 능력이 사회를 위해 유용한가? 어떤 측면에서 보면 미국에서의 언론 자유의 극단적인 예를 보여주므로 건전하다고 볼 수 있다. 동시에, 오랫동안 우리의 체제로 구축된 전통적인 정치적인 절차들을 완전히 피하여 후보자들이 텔레마케팅 선거를 운영할 수 있다는 것은 놀라운 일이다.

페로와 같은 무소속 정치인이 어떻게 양당체계로 운영되는 의회와 잘 지낼 수 있을까? 이것은 1992년에는 심각하게 거론되지 않았지만, 만약 페로가 다시 입후보한다면 1996년에는 거론되어야 할 이슈이다. 페로의 계속된 영향력에 대한 증거는 클린턴의 연방 주 연설에 앞서 나타났는데, 그때 그의 연설의 세부사항에 대해 페로와 협의했다고 뉴스에 보도되었다. 마지막으로, 페로는 텔레비전 인포머셜을 부흥시켰는데 그 결과 인포머셜은 무방비한 노출에 대한 대책 이외에 상품 (후보자)의 목적에 맞게 쓰였다. 궁극적으로, 그의 유산은 그가 미디어와 함께 만든 작품에 있는데, 바로 그가 래리 킹을 1992년 선거의 스타로 만들었던 것이다.

## 어떻게 마케팅이 사용될 것인가? (How Will Marketing Be Used?)

만약 클린턴이 재선되지 못한다면, 1992년 선거의 결과로서 이미 새로운 정치적 기술의 이점을 이용한 페로 자신을 포함해서 페로와 같은 사람들에게 대권으로의 문을 열어주게 될 것이다. 후보자들은 판매되고 있다. 그리고 그러한 일들이 어떻게 일어나는지를 우리 모두가 빨리 깨닫고 이해할수록, 우리는 보다 빨리 그러한 마케팅이 미국에서 정치적 과정을 강화시킬 수 있는 방법으로 사용되도록 할 수 있다.

클린턴이 그의 유세에서 얻은 한 가지 교훈은 마케팅이 공직에 출마할 때뿐 아니라 국가를 운영하는 데에서도 사용된다는 점이다. 그가 대통령이 된 지 한 달이 지난 후에도, 클린턴은 여전히 유세중인 것처럼 그의 메시지를 직접 국민에게 전달하기 위해서 그가 유세기간 중 사용했던 것과 같은 방법을 사용했다. 그의 경제 프로그램은 유선방송과 전자타운 홀 미팅을 통해서 미국 국민에게 홍보되었다. 그러나, 이러한 활동은 많은 사람들이 원했던 기자회견을 줄이는 대신 이루어진 것이다.

클린턴은 그의 대통령 집권 초기에 상원에서 묶여 있던 일괄적인 경제타결안을 풀어놓기 위해 2,500개의 지역사회에 위성중계를 사용하였다. 이것은 그의 계획에 대중들의 지지를 얻기 위한 노력의 일환이었고 또한 그의 유세를 몰고다녔던 분위기를 회상케 하였다. 우리가 알 수 있는 것은 클린턴이 국가를 통치하는 방법으로 마케팅을 이용한다는 것이다. 그의 위성중계와 함께, 그의 프로그램에 대한 지지를 구축하기 위해 1백만 명이 넘는 유권자를 불러모으고 50만 통의 우편물을 보내는 캠페인이 시작되었다. 그의 선거유세에서 뛰었던 같은 사람들이 이제는 그의 행정부의 다양한 직책에서 활동하고 있다. 10)

주(州)들을 타깃으로 하는 대신, 클린턴은 이제 의회에 영향력 있는 중요한 로비스트들을 목표로 하고 있다. 전당대회에서 매일 아침 성공적으로 했던 것처럼, 민주당 전국위원회(Democratic National Committee)는 클린턴의 프로그램을 지지하는 담화내용을 지지자들에게 팩스로 보냈다. 클린턴은 이러한 노력을 통해 온건하고 보수적인 민주당원뿐만 아니라 보다 온건한 공화당원과도 접촉하기를 희망했다. 선거기간 동안 카빌 밑에서 일했던 셀리아 피셔(Celia Fisher)가 힐러리 클린턴의 의료보호 정책을 마케팅하기 위한 로비활동을 추진하고 있다는 말이 있다. 11)

만약에 페로가 출마를 결정한다면, 그는 1996년의 격렬한 선거를 치를 무기를 갖는 것이다. 그는 인지도, 리더십을 발휘할 잠재력, 동

원 가능한 대중인력, 돈 등을 지니고 있으며, 그리고 가장 중요한 것
으로, 경제가 더욱 나빠진다면 변화를 외치는 그의 메시지는 점점 더
강해질 것이다. 만약 클린턴이 1996년에도 여전히 인기가 있다면 페로
가 왜 입후보하려고 하겠는가? 그는 2000년 대선을 준비하기 위해 그
의 추종자들을 지켜야 할 필요가 있을 것이다. 페로는 현재, 아직도
평소와 같이 정치에 불만을 품은 유권자들이 받아들일 만한 대안만을
제시하고 있기 때문에 그가 정치에서의 이방인이라는 이유로 승승장구
하는 상황에 놓여 있다. 비록 그가 민주당이나 공화당 어디에도 속해
있지는 않지만, 두 당 중의 어느 한 쪽에 소속되어서 얻는 실질적인 이
익은 겨우 재정적인 보조와 당을 지지하는 대중들의 지지일 뿐이기 때
문에 그가 무소속이라는 점은 이점이 될 것이다. 그의 정치활동위원회
를 통해서 그가 필요한 대중들의 지지를 모두 받을 것이다.

공화당 측에서는, 당의 중심부를 차지하기 위해 특히 잭 켐프(Jack
Kemp), 댄 퀘일(Dan Quayle), 필 그램(Phil Gramm), 팻 뷰캐넌(Pat
Buchanan) 그리고 당의 다양한 파의 지도자들 사이에서 엄청난 내분
이 있을 것이다. 어떤 사람들은 공화당이 승리하려면, 엄정한 우파의
전당(공화당)의 분쟁을 깨끗이 해결해야 한다고 말한다. 어느 정도까
지는, 1992년에 민주당에서 잡은 정치적 지반을 공화당에서도 잡을
것이다. 만약 1995년까지 경제가 호황이 되면, 클린턴은 어떠한 스캔
들도 없고 예측할 수 없는 상황을 제외하고는 확실히 패배시키기 힘
든 사람이 될 것이다. 그러나, 만약 클린턴이 진행하고 있는 프로그
램이 경제회복에 큰 효과가 없으면 그는 곤란에 처할 것이다. 현재
민주당이 의회에서 다수 의석을 차지하고 있기 때문에 의회가 그의
프로그램 진행을 허가하지 않았다고 변명할 수는 없을 것이다.

허약한 경제상황은 1992년에 입후보하지 않은 민주당원들을 1996년
대선에 나오게 할 수도 있다. 여기에는 빌 브래들리(Bill Bradley), 샘
넌(Sam Nunn), 마리오 쿠오모(Mario Cuomo) 등이 포함된다. 그러나

이러한 일이 일어나려면 경제가 극도로 약해져야 할 것이다. 게다가 1996년을 기대하는 힐러리 클린턴이 있다. 많은 사람들은 그녀의 성취도를 그녀의 남편과 비슷하게 평가할 것이다. 많은 사람들은 영부인으로서의 역할이 힐러리 그녀 자신을 바꿀 것인지, 아니면 영부인의 역할 자체를 바꿀 것인지 궁금해 한다. 어떤 언론에서는 1996년에서 2000년 사이에는 힐러리 클린턴이 아마도 그녀의 남편과 지위를 바꿔서 그녀 자신이 백악관에서 근무할지도 모른다고 말했다.

이 책에서 언급된 새로운 선거기술은 1996년에는 그대로 영향력을 발휘할 것이다. 그러나 현재보다는 상호작용적인 형식을 취할 것이다. 토크쇼와 전자타운 미팅(electronic town meeting)은 선거과정에 적극적인 참여를 원하는 보다 관심있는 유권자들이 다음 대통령 선거에서 보다 큰 영향력을 가질 수 있는 무대를 마련했다. 진보된 원격통신 기술은 후보들이 전국적으로 텔레비전 시청자들과 타운 미팅을 가질 수 있는 상호작용적인 가능성을 만들 것이다. 케이블 방송은 쌍방적인 통신수단이 될 것이다.

확실히, 1996년의 중요한 유권자 집단들 중의 하나는 페로를 지지했던, 즉 모든 후보들이 이 사람들의 표를 획득해야 한다는 것을 알고 있는 19%의 유권자일 것이다. 만약 페로의 선거전략이 이러한 유권자들이 좋아하는 것을 나타낸다면, 우리는 1996년에는 후보들이 직접 유권자들에게 가는 것을 확실히 볼 수 있을 것이다. 우리는 또한 이러한 유권자들과 그들의 리더인 페로가 비방광고의 이용을 다시 거부하는 것을 볼 수 있을 것이다.

윤리강령은 선거과정에 관련된 권력 중개인의 책임들을 중점적으로 다루는 데까지 발전시킬 필요가 있다. 이것은 매체, 후보들, 컨설턴트, 정치활동위원회, 그리고 유권자나 여론조사원, 매체, 정당들을 대표하는 이익집단들이 그들의 영향력 있는 역할에 대해서 보다 많은 책임을 져야 할 것을 의미한다. 권력 중개인들 사이에서 '어떤 희생을 치르더라도 이겨야 한다'는 태도는 배제되어야 한다. CBS와 NBC는 1992년 선거를 치르는 동안, 후보들이 진실을 말하는지의 여부를 살펴보고 보도했다. 이러한 현상들은 여러 가지 이름으로 불리는데 그중 CBS에서는 리얼리티 체크(reality check)라고 불렀다. 이는 하나의 권력 중개인인 매체의 본분에 대한 일종의 보도와 책임감 있는 활동이며, 모든 관련자들이 보다 강력하게 수행할 필요가 있다.

## 결 론

이제 1992년으로 거슬러 올라가 그 해에 무슨 일이 일어났는지, 그리고 이 나라에서 마케팅이 선거과정에 어떠한 영향을 미쳤는지 살펴보도록 하자. 저자는 정치에서 마케팅의 발전과, 누가 그 과정을 통제하는가와 관련하여 우리는 오늘날 어디에 위치하고 있는지에 대해 개괄하고 분석하였다. 마케팅과 정치 캠페인에 영향을 미치는 환경 내의 세력들은 입증되었고 미래에도 정치의 형성에서 틀림없이 지속적인 역할을 할 것이다. 마케팅과 정치의 교차가 어떻게 선거결과에 영향을 미치고 선거에 승리를 가져다줄 수 있는지를 이 캠페인에서 클린턴과 페로는 보여주었다. 클린턴은 정치의 새로운 규칙에 따라 행동하여 승리한 반면 페로는 미래에 승리하기 위하여 규칙을 변경시켰다. 페로는 유권자들이 이미지보다는 다른 것들에 보다 관심이 있고 후보자들이 이슈에 관한 사실들을 그들에게 제공해 줄 것을 기대한다는 것을 증명하였다. 유권자들은 이번 선거에서 어느 선거보다 강력해졌다. 선거일의 유권자들의 분출은 이 선거에서 그들이 느꼈던 일종의 권력위임을 증명하는 것이었다. 페로는 클린턴이 그의 공약을 지키도록 하는 감시자의 역할로서 정치적 과정에 계속 영향을 미치고 있다.

1992년 11월 선거 이래로, 페로는 그의 조직을 위한 새로운 회원을

212

적극적으로 물색해 왔다. 그는 유권자들에게 15달러의 회원비를 요구
하였고 그 돈이 유권자에게 일종의 권력위임이며 그들이 목표를 추구
하는 데 있어 적극적 행동을 하게 할 것이라고 주장하였다. 그러나
어느 마케팅 전문가라도 직접우편 명부(direct mail list)를 개발하는 것
이 대단히 효과적이라는 것을 알고 있다. 그 명부에는 모든 활동이
수록될 수 있는데 회원들에게 워싱턴의 국회의원에게 편지 쓰기, 시
간과 돈의 기부 혹은 1996년 백악관 진출을 위한 대중적 기반으로 사
용하는 것 등을 포함한다.

페로의 사후선거 행위들 중 하나는 그의 정치행동위원회의 의제를
만들기 위한 17가지의 질문을 담고 있는 그의 전국적인 국민투표였
다. 〈TV 가이드〉는 1993년 3월 20일자 판에 투표결과를 실었다. 페
로는 모든 신문편집자에게 편지를 써서 텔레비전을 보지 못해서 국민
투표에 참가하지 못한 사람들에게 기회를 주기 위해 국민투표의 질문
들이 무료로 신문에 실려야 한다고 주장하였다. 우리는 아직 이 서베
이의 결과가 어떻게 사용될지 모르지만 페로에 따르면 그는 그 결과
를 정부의 모든 기관들에 배포해서 일반국민들이 어떤 생각을 하고
있는지 공무원들이 알 수 있도록 할 계획이라고 한다. 여론조사는 선
거 캠페인에 계속해서 강력한 도구로 사용된다. 900명을 대상으로 실
시한 여론조사를 사용하는 것은 문제가 있다. 비록 무작위 표집이 아
니어서 전체 모집단의 생각을 반영하지 못한다는 부정(denial)이 늘 있
어왔지만, 이런 종류의 여론조사결과를 듣는 모든 잠재적 유권자들이
진심으로 그러한 부정을 이해할 것 같지는 않다. 정보가 왜곡되어서
나타날 때, 투표결과를 수축시키는 어떠한 사람이라도 그는 정치적
과정에 해를 끼치는 행위를 하는 것이다.

여론조사는 1992년 캠페인의 미디어 보도를 주도했다. 전에 없이
신문기자, TV 저널리스트, 그리고 미디어들이 이 선거에서 더 많은
여론조사를 실시하였다. 여론조사가 이슈나 사건들을 대체하지 않는

한 그것은 정치적 과정에서 도움이 되는 행위이다. 그러나 여론조사
가 미디어의 중요한 초점이 되거나 선거보도에서 주도적인 위치를 점
할 때 사람들은 어려움을 겪는다. 미국인들의 정신세계에서 중요한
부분을 차지하고 있는 승패 그 자체가 선거의 초점이 될 때, 우리는
리더십이나 이슈들과 같이 중요한 문제에 대해서는 너무 쉽게 잊어버
린다.

미디어는 권력의 중재자로서 정치에서 여전히 중요한 역할을 하고
있다. 1992년 대통령 선거에 나선 후보자들에 대한 면밀한 조사는 훌
륭한 탐사보도에서부터 타블로이드 신문에 이르기까지 전 범위에 걸쳐
수행되었다. 제니퍼 플라워즈의 기자회견을 취재한 몇몇의 네트워크
들의 예는 정치의 보도에서 가장 낮은 단계를 보여주는 새로운 예이
다. 사건보도에서 문제가 되는 후보자의 성격에 관한 이슈들에 대해
어느 정도까지는 미디어가 진실을 추구하기 위해 지속적인 공격을 해
야 한다. 시청률을 감안하여 후보자의 성생활에 대한 이야기를 추적
한다면 미디어는 그들의 신뢰도 유지에 필요한 신용을 잃을 것이다.

더욱이 역사적으로 후보자와의 인터뷰를 하는 역할이 맡겨졌던 미
디어의 종사자들도 1992년 선거에서는 변화하였다. 클린턴의 전자타
운 미팅(electronic town meeting) 사용덕분에 샘 도날슨(Sam Donaldson)
과 같은 탐사적 보도스타일의 기자에서 래리 킹(Larry King)과 같이
토크쇼 사회자 스타일로의 중요한 권력이동이 발생했다. 이러한 이동
과 함께 케이블 텔레비전의 영향력은 커진 반면 선거뉴스보도에서 네
트워크사들의 역할은 감소되었다. 1992년의 유권자들은 후보자와의
더 많은 접촉을 갈망했고 그리고 실제로 그들은 그러한 기회를 가졌
다. 그러나 유권자들은 아직도 테드 커플(Ted Koppel)의 인터뷰에서
나온 것과 같은 거친 질문들을 여전히 듣고 싶어한다. 이러한 질문들
은 후보자가 얼버무리려는 상황들에 대해 '강한 압력'을 가함으로써
유권자들로 하여금 후보자의 리더십과 그의 아이디어 등을 꿰뚫어 보

는 엄청난 통찰력을 준다. 유권자의 권익을 위해 두 가지의 저널리즘 유형이 적절하게 혼합되어야 한다.

C-Span과 같은 프로그램은 후보자들의 행동에 대해서 더 많은 통찰력을 원하는 유권자의 열망으로 인해 1988년보다 1992년에 더 많은 주목을 받았다. 예를 들면, 후보자의 연설을 보도하는 경우에서 그가 공항에서 내리는 그 순간에서부터 마을로 차를 타고 가는 장면, 연설이 끝난 후 후보와 유권자가 악수를 나누는 것까지 보도를 한다. 마찬가지로 1988년에는 들어보지 못했던 클린턴이 MTV나 〈아시니오 홀 쇼〉(The Arsenio Hall Show)에 출연한 것 같은 토크쇼나 TV의 출연은 이제는 일반적인 행사가 되었다. 이러한 것이 없었다면 정치과정에 참여하지 않았을 유권자들이 참여하는 정도에 따라 이와 같은 후보자 출연은 바람직할 수 있을 것이다.

대통령 후보가 되기 위해서 후보자가 그 당의 전통적 서열을 두루 거쳐야 했던 과거로 돌아가자는 요구가 많다(이 과정은 지금도 지역과 주 단위에서 여전히 광범위하게 행해지고 있다). 그러나 지난 20년 동안 일어난 구조적 변화로 볼 때 그러한 현상은 발생하지 않으리라고 본다. 정당활동의 일부를 담당하게 된 권력 중개자들이 도덕적이고 윤리적인 면에서 신뢰될 수 있는 한 우리 정치과정은 앞으로 강화될 수 있을 것이다. 예를 들면 정치행동위원회, 이익집단들, 그리고 미디어는 유권자들에게 권력을 부여하는 데 중요한 역할을 할 수 있으며 정치과정에서 그들의 참가수준을 높일 수 있다.

미국에서 일어난 지난 20년간의 구조적 변화는 정치캠페인 과정을 바꾸고 선거에 승리하기 위해서 컨설턴트들에게 많은 의존을 하도록 후보자에게 압력을 가하였다. 예를 들면, 첫 번째 과정에서는 전략을 빨리 만들고 수행할 수 있도록 제대로 조직된 팀을 후보자가 이끌어야 한다. 미디어 전문가, 여론조사자, 캠페인전략가들은 유능한 후보자 이미지를 만들기 위해 노련한 마케팅 혁신들을 수행하고 시장을 거기에 맞게 세분화한다.

후보자는 그의 청중을 향해 어떤 메시지를 목표로 할 것인지를 알고 있는 컨설턴트들에게 의존할 수밖에 없다. 예를 들면 슈퍼 화요일에는 하루 만에 11개 주를 돌며 유세할 기회가 없기 때문에 후보자는 모든 주의 저녁뉴스 시간에 각기 다른 관심을 가진 유권자층에게 목표화된 메시지를 가지고 접근하는 데 위성 화상회의를 이용해야 한다. 후보자는 시장을 세분화하고 유권자들을 설정한 다음 선거에서 승리하기 위한 적절한 전략을 골라야 한다.

선거 개혁법이 제정된 이후로 재정적 규제는 크게 변했다. 이러한 변화는 후보자로 하여금 캠페인에 필요한 돈을 모으는 데 도움을 주는 직접 우편 전문가와 기금조성자를 고용하도록 했다. 그 당의 영수 (boss)들로부터 권력을 위임받은 컨설턴트들은 정치캠페인의 운영방식을 변화시켰다.

1992년 클린턴과 페로에 의해 변화된 정치캠페인은 다가오는 몇 년 동안 중요한 의견 지도자에 의해 지속적으로 수정될 것이다. 과연 이는 바람직한 것인가? 그 대답은 이 나라의 정치를 만들어가고 있는 권력중개자들에 의해 형성되는 선거과정의 성실성에 달려 있다. 가령 컨설턴트가 후보자를 당선시키기 위해 부정적이거나 잘못된 전략을 사용한다면 우리의 정치과정은 고난을 겪을 것이다. 만약 후보자가 지키지 못할 공약으로 집권하여 통치하기 시작한다면 우리 국민들은 고통을 겪을 것이다.

마케팅은 1992년의 대통령선거의 승패에 중요한 역할을 했다. 필자는 백악관을 차지하기 위해서 클린턴이 사용한 캠페인 전략에 어떻게 마케팅이 사용되었는가를 보여주었다. 클린턴의 마케팅 캠페인이 정직하게 추구되었는지에 대한 판단은 아직 유보해야 한다. 우리는 그가 그의 공약들을 실천하는지 좀더 기다려야 한다. 필자는 후보자와 유권자 사이에 암묵적인 봉사계약을 맺고 있다는 마케팅 개념을 따른다면 마케팅은 건설적인 방법의 도구로 사용될 수 있다고 믿는다. 클린턴은 그의 프로그램에 대한 대중적 지지를 받아내기 위하여 동일한 마케팅 수단들을 사용한다. 마케팅이 공개적이고 정직한 방식으로 여론을 형성하는 데 사용되는 한 여기에 묘사된 변화를 통하여 정치과정은 더욱 강화될 것이다.

■ 주

1) *The New York Times* (1992, June 9).
2) Cantril, A. H. (1991), p. 175.
3) Godwin R. K. (1988), p. 151.
4) *Time* (1992, April 6), p. 26.
5) *The New York Times* (1992, July 6).
6) *The New York Times* (1992, July 6).
7) *USA Today* (1993, March 26).
8) Alexander, H. E. (1992), p. 161.
9) Sabato, L. (1991), p. 245.
10) *Chicago Sun Times* (1993, April 14).
11) *Chicago Sun Times* (1993, April 14).

찾아보기

## ■ 용 어

218

ㅈ

ㅊ, ㅋ, ㅌ

ㅍ

222

■ 역자 약력

김 충 현
서강대학교 신문방송학과 졸업
미국 미주리대학교, MBA
미국 오리건대학교, Ph. D. in Marketing Communication
현재 서강대학교 영상대학원 광고 PR 학과 교수

이 수 범
한국외국어대학교 졸업
서강대학교, MA
미국 오클라호마대학교, Ph. D. in Communication
현재 서강대학교 영상대학원 광고 PR 학과 교수

나남신서 812

# 대통령 선거 마케팅
클린턴의 캠페인 전략과 정치 마케팅

2000년 10월 25일 발행
2000년 10월 25일  1쇄

저   자 : Bruce I. Newman
역   자 : 김충현 · 이수범
발행자 : 趙   相   浩

발 행 처 : ㈜ 나 남 출 판

1 3 7 - 0 7 0    서울 서초구 서초동 1364-39 지훈빌딩 501호
전화 : (02) 3473-8535 (代),   FAX : (02) 3473-1711
등록 : 제 1-71호 (79.5.12)
홈페이지 : http://www.nanamcom.co.kr
천리안, 하이텔 ID : nanamcom

ISBN 89-300-3812-3                          값 8,500원